KB103388

Leopoldo Alas 'Clarín'
La Regenta

·

레헨따 1

창 비 세 계 문 학

56

•

레헨따 1

•

레오뽈도 알라스 '끌라린'

권미선 옮김

창비

차례

•

레헨따 1

7

발간사

608

일러두기

1. 이 책은 Leopoldo Alas 'Clarín,' *La Regenta* (Madrid: Castalia 1987)를 번역 저본으로 삼았다.

2. 이 책의 삽화는 스페인에서 발간된 초판(Barcelona: Daniel Cortezo 1884, 1885)에 들어간 후안 리모나(Juan Llimona)의 삽화를 가져온 것이다.

3. 본문 중의 각주는 옮긴이의 것이다.

4. 외국어는 되도록 현지 발음에 가깝게 표기하되, 우리말 표기가 굳어진 것은 관용을 따랐다.

레헨따 1

1장

영웅적인 도시가 오수午睡에 빠져 있다. 북쪽을 향해 질주하느라 너덜너덜해진 희뿌연한 구름을 후덥한 남풍이 굼뜨게 밀어내고 있다. 거리에는 먼지와 넝마조각, 지푸라기, 종이 들이 회오리바람을 일으키며 몰려다니는 요란한 소리 이외에는 아무 소리도 들리지 않았다. 이 골목에서 저 골목으로, 이 거리에서 저 거리로, 이 길모퉁이에서 저 길모퉁이로 뒤엉켜다니는 모습은 마치 보이지 않게 접힌 공기에 에워싸여 서로를 좇아 날아다니는 나비와도 같았다. 쓰레기 부스러기와 온갖 잡동사니들이 패거리를 지어 다니는 동네 꼬마들처럼 잔뜩 뒤엉켜 몰려다녔다. 그것들은 한순간 잠든 듯 잠잠해졌다가도 순식간에 위로 솟구쳐올라 흩어지기도 하고, 흔들리는 가로등까지 기둥을 타고 올라가기도 하고, 길모퉁이에 삐딱하게 붙어 있는 포스터에 들러붙기도 했다. 깃털이 건물 3층 높이까지 날아오르고, 모래먼지가 납으로 고정된 쇼윈도 틈새에 며칠이고, 몇년이고 들러붙어 있었다.

옛 왕도의 귀족적이고 고풍스러운 면모를 간직한 도시 베뚜스따[1]가 꼬시도와 오야 뽀드리다[2]를 소화해내며 호리호리한 대성당 종탑 위에서 성무일도[3]를 알리는 귀에 익은 단조로운 종소리를 꿈결에 들으며 휴식을 취하고 있었다. 대성당 종탑은 돌로 이뤄진 낭만적인 시이자 섬세한 찬미가로, 고요한 불멸의 아름다움이 부드러운 곡선을 이룬 16세기 작품이었다. 물론 이전에 고딕 양식에 따라 건축이 시작되기는 했지만, 신중과 조화를 추구하고자 하는 본능에 따라 이 건축양식의 천박한 호들갑스러움은 감해졌다. 검지를 치켜들어 하늘을 가리키는 듯한 석조 건축물은 몇시간을 보고 있어도 질리지 않았다. 그렇다고 종탑의 첨탑이 금세라도 부러질 듯한 모습은 아니었다. 날씬하다기보다는 깡마른 편이어서 거들먹거리며 코르셋을 있는 대로 졸라맨 겉멋 든 아가씨 같지 않고, 거룩한 영혼의 울림을 조금도 잃지 않은 단단한 모습이었다. 종탑은 우아한 난간을 지닌 견고한 성처럼 우뚝 솟았으며, 2층 난간부터는 크기와 비율에서 절대 모방할 수 없는 우아한 각도로 피라미드 모양을 이뤘다. 돌들은 마치 근육과 신경다발처럼 서로 감싸며 공중에서 곡예사가 균형을 이룬 모습이었다. 커다란 금빛 청동 구슬이 석회암 끝에 자석처럼 붙어 있고, 그 위로 조금 더 작은 구슬 한개, 또 그 위로 십자가가 피뢰침처럼 달려 있는 모습이 신기한 요술을

1 작가가 거주하던 스페인 북서쪽에 위치한 도시 오비에도를 상징하는 가상의 도시.
2 꼬시도(cocido)와 오야 뽀드리다(olla podrida)는 돼지 잡뼈와 비계기름, 감자, 콩이 주재료인 대표적인 스페인 서민 음식.
3 매일 정해진 시간에 하느님을 찬미하는 교회의 공적이고 공통적인 기도이다. 찬미가, 시편, 영성 독서와 성서 독서, 그리고 정해진 시간(아침기도, 3시경, 6시경, 9시경, 저녁기도, 끝기도)에 바치는 정시과(定時課)로 이루어져 있다.

부리는 듯했다.

　성대한 종교행사가 열려 성직자회의에서 색색 종이등으로 탑을 환하게 밝히도록 할 때면 어둠속에서 낭만적인 건물이 더욱 도드라져 보였다. 그러나 이런 거추장스러운 치장을 하게 되면 탑은 말로 형용할 수 없는 그 우아한 자태는 사라지고 거대한 샴페인 병처럼 보였다. 차라리 달 밝은 밤에 바라보는 탑이 훨씬 멋졌다. 후광 같은 별들에 둘러싸여, 빛과 그림자가 어우러진 주름들 사이로, 맑은 하늘을 배경으로 거대한 혼령이 우뚝 서 있는 모습이었다. 발밑에 잠든 어둠속의 작은 도시를 지켜주는 거대한 혼령과도 같았다.

　어떤 연유인지 모르지만 동료들 사이에서 비스마르크라 불리는 베뚜스따에서 유명한 망나니가 왐바의 거대한 추와 연결된 기름때 흐르는 줄을 꽉 붙잡고 있었다. 왐바는 대성당의 성직자들을 성가대석으로 불러 모으는 대종의 이름이었다.

　비스마르크는 기병대의 기수였으며, 베뚜스따에서는 그들 계층을 가리켜 '채찍을 휘두르는' 사람이라고 불렀다. 하지만 그의 남다른 취향이 그를 종루로 이끌었다. '채찍을 휘두르던' 그는 교회사람인 셀레도니오 복사[4]의 위임을 받아 며칠간 종을 쳤는데, 이제는 셀레도니오의 일이라고 보기 힘들어졌다. 이 유명한 외교관은 높으신 성직자들의 성스러운 오수를 깨우는 영광을 누리며, 성직자 본연의 의무인 성무일도를 위해 그들을 불러모았다.

　비스마르크는 평소 농담도 잘하고 활달해 수선스러운 편이지만, 왐바 종의 추를 만지는 손길만큼은 예언을 위해 희생양의 내장을 살피던 고대 로마 시대의 사제 못지않게 엄숙했다. 그는 성무일도

---

4 복사(服事)는 미사 등의 전례 때 주례사제를 돕는 봉사자를 말하며, 보통 10대 초반의 소년들이다.

시간에 맞춰 종을 칠 때면 자기가 시계라도 되는 듯 시간을 엄수해야 한다는 진지함과 책임감을 온몸으로 느꼈다.

때에 절어 시커멓게 반들거리는 복사복이 몸에 꽉 끼여 보이는 셀레도니오가 창문 쪽으로 고개를 내밀었다. 그는 창문에 기댄 채 거들먹거리며 광장 쪽을 향해 이 사이로 침을 뱉었다. 그러다가 자기 눈에 쥐새끼처럼 별 볼일 없어 보이는 누군가가 지나가면 마음 내키는 대로 욕설을 퍼부었다. 망나니들은 그런 높은 곳에 올라가면 머리에 잔뜩 바람이 들어가, 저 아래 지상의 일들이 아주 하찮게 보였다.

"이봐요, 치리파가 그러더라고. 자기가 당신보다 한수 위라고!" 복사가 거의 침을 뱉듯이 단어들을 내뱉으며 말했다. 그러고서 그는 맞추지 못할 거라 확신하며, 지나가던 성직자를 겨냥해 썩은 구운 감자 반토막을 거리 쪽으로 던졌다.

"무슨 소리!" 비스마르크가 대답했다. 그는 종루에서는 셀레도니오의 비위를 맞춰주지만, 막상 거리에서는 셀레도니오를 함부로 대하며, 억지로 그에게서 열쇠를 빼앗아 기도시간을 알리러 올라오곤 했다. "그래, 너야 기마병들 다 합해서 덤벼도 해볼 만하겠지. 나만 빼고 말이야."

"그건 당신이 구라를 잘 쳐서 그래. 덩치발도 좋고 어쨌든 나보다 나이도 많고. 그런데 비스마르크, 저기 자문신학자 오는 거 보이지? 봐봐."

"너는 여기서도 그를 알아볼 수 있냐?"

"바보, 당연하지. 수단을 펄럭이며 뒤뚱거리는 것만 봐도 알겠네. 이리 와서 봐봐. 자문신학자가 걸을 때 앞뒤로 흔드는 거 안 보여? 나한테도 저놈의 잘난 체를 얼마나 하는지. 저번 날인가는 꾸스또디오 보좌신부가 종지기 뻬드로에게 뭐라고 한 줄 알아? '저 놈의 페르민 신부는 교수대에 오른 돈 로드리고[5]보다도 훨씬 목이 뻣뻣해.' 그러자 뻬드로가 좋다고 웃어대더군. 그러고는 페르민 신부가 지나가자 뻬드로가 이렇게 말하더라고. '아이고, 얼굴이 아주 훤하네. 볼터치 한 티가 난다니까!' 당신이 보기에는 어때? 신학자가 화장하고 다니는 거 말이야."

비스마르크는 화장 얘기에는 부정적이었다. 꾸스또디오 신부가 괜히 시기하는 거라고 생각했다. 비스마르크는 자기가 기마병이 아니고 성직자라면, 그것도 고위직이라면(그는 페르민 신부가 고위 성직자라고 생각했다) 젊은 목동보다도 더 요란하게 멋을 내고 다닐 거라고 생각했다. 그건 당연했다. 그리고 진짜로 종지기라면, 뻬드로는 그냥…… 아, 하느님 아버지! 그렇게만 된다면 주교 어르신하고 로케 우체국장하고만 상대할 생각이었다.

"무슨 소리? 그건 당신이 뭘 모르고 하는 얘기야. 보좌신부는 교회에서 겸손해야 한다고 했어. 사람들 앞에서 공손하고 말을 아껴야 한다고. 게다가 뺨을 얻어맞아도 참으라고 했어. 아니면, 교황이 한 말이 있는데…… 뭐더라…… 그래…… 이런 거였는데…… 종들의 종.[6]"

---

5 로드리고 깔데론(Rodrigo Calderón, 1576~1621). 스페인 펠리뻬 3세의 총신으로 절대권력을 휘둘렀지만 펠리뻬 4세가 왕좌에 오르면서 권력을 잃고 마르가리따 왕비를 독살했다는 혐의로 교수대에서 처형되었다. 죽음에 굴하지 않고 끝까지 자존심을 지킨 그의 모습이 깊이 각인되어 '교수대에 오른 돈 로드리고'라는 표현은 '공작새처럼 거만한' 또는 '끝까지 굴하지 않고 자존심을 지킨 사람'이라는 의미를 지니게 되었다.

6 예수 그리스도뿐 아니라 교회의 직무를 수행하는 이들을 하느님의 종이라 칭하는데, 교황은 '하느님의 종들의 종'(servus servorum Dei)이라 하여 하느님의 종인 그리스도인들에게 봉사하는 위치라고 스스로 낮춰 부른다.

"그거야 그냥 하는 말이지." 비스마르크가 대답했다. "교황을 봐. 왕보다 더 막강한 권력을 휘두르잖아! 교황을 아주 위대한 성자처럼 그린 그림을 본 적이 있어. 교황이 안락의자처럼 생긴 마차를 타고 가는데, 노새가 아니라 샌님들(비스마르크가 신부들을 부르는 말)이 끌고 가더라고. 신부들이 우산으로 파리를 쫓으면서 가고 있었다니까. 무슨 연극의 한 장면 같았어…… 이놈아…… 나도 알 건 안다고!"

논쟁은 점차 치열해졌다. 셀레도니오는 초대 교회의 관습을 옹호했고, 비스마르크는 예배의식의 화려함을 지지했다. 셀레도니오가 임시 종지기를 자르겠다며 윽박질렀다. 그러자 기마병이 목소리를 낮춰 몇대 얻어맞을 수도 있음을 은근히 암시했다. 하지만 대성당 지붕 위로 울려퍼진 종소리가 그들의 의무를 상기시켰다.

"기도시간이야!" 셀레도니오가 소리 질렀다. "얼른 종을 쳐요. 기도시간을 알려야지."

비스마르크가 줄을 힘껏 잡아당기자, 엄청나게 커다란 추가 종신을 울렸다.

공기가 뒤흔들리자 기마병은 두 눈을 꼭 감았다. 그러나 셀레도니오는 멀찌감치 떨어져 있는 듯 전혀 흐트러지지 않은 침착한 모습으로 웅장하고도 육중한 종소리를 들었다. 종소리가 바람에 실려 종루에서 베뚜스따 도시 전체로 울려퍼지며 수백가지 초록빛으로 어우러져 환하게 빛나는 드넓은 들판으로, 그리고 근처 산으로 전해졌다.

가을이 시작되었다. 초원이 다시 살아났고, 9월에 내린 마지막 빗줄기 덕분에 풀이 더욱 싱그럽고 힘차게 자라났다. 드넓은 계곡을 따라 협곡과 산허리에 이뤄진 밤나무숲과 떡갈나무숲, 사과나무숲이 짙은 톤으로 물들어가는 초원과 옥수수밭에서 더욱 또렷하게 모습을 드러냈다. 드문드문 보이는 밀대의 누런빛이 온통 초록빛인 가운데 더욱 도드라졌다. 산과 계곡에 자리 잡은 온통 하얗게 칠한 농가와 몇몇 별장들이 거울처럼 빛을 반사했다. 황금빛과 은빛으로 물든 해바라기들과 어우러진 찬란한 초록빛이 산에서는 누그러졌다. 눈에 보이지 않는 구름 그림자가 산허리와 산 정상을 휘감은 듯했고, 풀들이 제대로 자라지 못하는 박토는 붉은 빛을 띠었다. 그곳의 풀은 계곡의 풀만큼 생생하지도 다양하지도 못했다. 산맥은 북서쪽으로 뻗어 있었고, 한눈에도 훤히 트인 남쪽을 향해 수평선이 멀어져갔다. 눈부신 흙먼지처럼 반짝이는 안개 사이로 사라진 산의 씰루엣으로 수평선이 더욱 또렷하게 드러났다. 맑게 갠 하늘 아래로 완벽한 아치를 그린 수평선 너머 북쪽으로 바다가 있었다. 하늘에서는 창백한 금빛 구름들이 배처럼 무리지어 항해하고 있었다. 그곳에서 떨어져나온 가느다란 구름 한조각이 하얗고 푸른 하늘 위를 둥둥 떠다니는 게, 빛바랜 달처럼 보였다.

도시 주변의 경작지에서는 각종 작물들이 최상의 비료와 정성으로 비옥하게 자랐다. 끊임없이 갈아엎고 충분히 물을 준 대지는 거무스름한 황갈색을 띠었고, 작물들은 뭐라 정확하게 이름 붙일 수 없는 갖가지 색깔로 그 위에 그림을 그려넣었다.

누군가 나선형 계단으로 올라오고 있었다. 두 망나니가 깜짝 놀라 서로 눈길을 주고받았다. 웬 간덩이가 부은 놈이지?

"치리파일까?" 셀레도니오가 짜증과 두려움이 섞인 표정으로 물었다.

"아니, 샌님이야. 수단 스치는 소리 안 들려?"

비스마르크의 말이 옳았다. 천 스치는 소리가 돌 위로 휘파람 소리를 냈다. 조용히 하라며 나지막하게 속삭이는 목소리와도 같았다. 문 쪽에서 수단이 모습을 드러냈다. 거룩한 교회의 자문신학자이자 주교의 총대리신부[7]인 페르민 데 빠스였다. 기마병은 몸을 떨며 생각했다. 우리를 패러 온 건가?

딱히 맞을 만한 이유는 없었지만 그런 건 상관없었다. 비스마르크는 아무 이유도 없이 따귀 맞고 발길로 걷어차이는 데 이골이 나 있었다. 비스마르크가 볼 때 높으신 양반은 아무에게나 손찌검을 남발했다. 그리고 페르민 신부는 사회적으로 가장 지위가 높은 사람이었다. 비스마르크는 이런 특권이 정당한지에 대해서는 절대 토를 달지 않았다. 오로지 이 땅의 고관대작들을 피해다닐 뿐이었다. 그리고 그런 고관대작에는 성당관리인과 경찰도 포함되어 있었다. 그는 자기 혼자 그런 원칙을 세워두고, 가급적 그 영향권에서 벗어나려 노력했다. 만에 하나 자기도 지체 높은 사람이나 시장, 성직자, 배관공, 식물원 경비원, 매점 직원, 야경꾼, 그런 뭔가가 되었다면 똑같이 발길질하며 다녔을 것이다! 하지만 그는 자기가 기마병 비스마르크에 불과하고, 베뚜스따의 높으신 분들을 피해다녀야 하는 처지라는 것을 잘 알고 있었다.

하지만 그곳에서는 피할 방법이 없었다. 창문으로 뛰어내리든지, 아니면 폭풍우가 휘몰아치길 기다릴 수밖에 없었다. 나선형 계단으로 신부가 올라오고 있는데, 그는 오도 가도 못하는 신세가 되었다. 비스마르크는 왐바 종 뒤에 있는 들보 위로 올라가 최대한 몸을 웅크린 채 숨어서 상황을 지켜보는 수밖에 없었다.

셀레도니오는 총대리신부가 올라오는 것을 이상하게 생각하지

---

7 총대리신부는 교구장을 보필하도록 교구장이 임명한 신부나 주교를 말하며, 통상 교구장을 대신하여 행정 전반을 관장한다.

않았다. 성무일도 전후 오후 나절에 그가 종탑에 올라오는 것을 여러번 봐왔기 때문이다.

그토록 존경받는 높으신 분이 대체 여기서 뭘 하는 거지? 기마병이 눈빛으로 복사에게 물었다. 셀레도니오도 친구가 뭘 물어보고 싶어하는지 알지만 입을 다물고는, 은근히 친구의 두려움을 즐기며 미소를 머금었다.

복사의 건방진 표정이 순식간에 공손한 태도로 돌변했다. 그의 얼굴이 갑자기 공적인 표정을 띤 것이다. 셀레도니오는 열두살이나 열세살쯤 되었는데, 이미 가톨릭 의식의 예법이 원하는 바에 따라 납작한 얼굴의 근육들을 움직일 줄 알았다. 부리부리한 눈이 지저분한 밤색을 띠는 영악한 녀석은 성직자 일이라는 생각이 들면 자기가 알고 있는 수많은 성직자와 여신도들을 흉내 내며 눈을 위에서 아래로, 아래서 위로 가식적으로 움직였던 것이다.

그리고 그가 의도한 바는 아니지만, 공중도덕을 회복하려는 경찰 앞에서 두 눈으로 자신의 서글픈 사업을 알리는 길거리 창녀처럼 그의 시선에는 음탕하면서도 뻔뻔한 뭔가가 있었다. 이 빠진 채 헤벌어진 입도 눈 못지않게 경망스러워 보였다. 셀레도니오가 더없이 겸손한 표정을 짓게 되면 그나마 봐줄 만한 추남에서 역겨운 추남으로 바뀌었다.

그 또래의 여자들이 들어갈 데 들어가고 나올 데 나오는 여성적 몸매를 미리 보여주듯, 서품 받지 않은 복사에게는 삐뚤어진 교육의 부작용으로 타고난 본성이 장차 변태적으로 발전할 가능성이 엿보였다. 셀레도니오가 주교의 친척인 아나끌레또 신부가 촛농으로 얼룩진 사제복 아래로 리드미컬하게 씰룩거리며 움직이는 모습을 따라 할 때면—그는 그것이 소명감을 드러내는 몸짓이라고 믿었다 — 파렴치한 군부대 창녀처럼 몸을 움직이며 표정을 지었다. 그리고 대성당에서 일하는 직원인 빨로모는 이미 그런 낌새를 눈치챘다. 나쁘게 빗대서 표현하면 그의 일은 개를 쫓는 개지기였다. 그러나 빨로모는 자신의 사리판단에 따라, 셀레도니오의 그런 성향을 상관에게 일러바치지 않았다. 그는 그러한 사리분별 덕분에 위생과 경비라는 복잡한 임무를 점잖고 위엄있게 30년간 수행해왔다.

페르민 신부가 나타나자 셀레도니오가 얼른 창가에서 떨어져, 양팔을 가만히 포개고 고개를 숙였다. 저 아래 루아 거리에서는 풍뎅이만 하게 보였던 페르민 신부가 지금 복사의 겸손한 눈에, 그리고 잔뜩 겁에 질린 비스마르크의 눈에는 얼마나 크게 보였던지! 셀레도니오는 사제의 허리춤에도 닿지 못했다. 그의 눈앞에 주름이 조각처럼 똑바르게 각 잡힌 사제복이 보였다. 비싸고 고급스러운 비버 가죽으로 만든 간절기용 사제복이었다. 그리고 그 사제복 위로는 주름이 잔뜩 잡혀 유난히 펄럭거리는 실크 수단이 두둥실 떠 있었다.

왐바 종 뒤에 있던 비스마르크는 사제의 아랫도리밖에 보지 못했으면서도 감탄을 금치 못했다. 저런 게 바로 세도가라는 것이었다! 얼룩 한점 없었다! 발은 귀부인의 발처럼 생겼다. 그는 주교라도 되는 듯 자줏빛 스타킹을 신고 있었다. 게다가 신발은 온갖 정성을 들여 제작한 부드러운 가죽 신발이었다. 단순하면서도 우아한 은 버클이 반짝거려 스타킹 색깔이 더욱 돋보였다.

그들이 용기를 내서 페르민 신부의 얼굴을 똑바로 쳐다봤더라면, 그가 종루에 나타나는 순간 미간을 심하게 찡그렸다는 것을 눈치챘을 것이다. 페르민 신부는 종지기들의 존재를 알고는 잠시 당혹스러워하다가 얼른 미소를 머금으며, 두 눈을 스르르 부드럽게 뜨면서 전형적인 자비로움을 입술에 담았다. 기마병의 말이 옳았다. 페르민 신부는 화장을 하지 않았다. 오히려 회반죽을 바른 것 같았다. 정말로 하얀 피부가 회반죽처럼 번들거렸다. 약간 튀어나온 광대뼈가 얼굴에 힘과 특징적인 표현을 실어주었다. 광대뼈 때문에 얼굴이 못생겨 보이지도 않았다. 오히려 사제복의 목덜미를 감싼 깃 부분과 스타킹의 색깔과 유사한 선분홍색을 띠게 했다. 화장한 것도 아니고, 건강한 안색도 아니고, 알코올 기운을 알리는 붉은색도 아니었다. 뺨 가까이에서 자석처럼 피의 철분을 끌어당기며 사랑의 말을 속삭일 때나, 부끄러워 어쩔 줄 몰라하며 양 볼이 후끈 달아오를 때의 붉은빛이었다. 바로 그런 생각으로 오르가즘을 느낄 때도 그와 비슷하게 피가 몰렸다. 가루담배와 같은 초록색 눈이 이끼처럼 부드러운 것이 가장 눈에 띄었다. 그러나 그렇게 촉촉하면서도 끈끈한 두 눈에서 가끔 날카로운 광채가 날 때도 있었는데, 그것은 폭신한 베개에서 바늘을 발견하는 것과 같은 섬뜩한 놀라움이었다. 그 시선을 견뎌내는 사람은 그리 많지 않았다. 두려움을 느끼는 사람들도 있었고, 혐오감을 느끼는 사람들도 있었다. 하지만 누군가 대담한 사람이 그 시선을 견뎌냈다 하더라도, 페르민 신부는 형태가 없는 육질이 그렇듯, 넓고 두툼하고 무의미한 눈꺼풀의 육중한 막을 무시하듯 감아버렸을 것이다. 길고 곧은 코는 교양있어 보이지도, 위엄있어 보이지도 않았다. 그 코 역시 끝에 살집이 두툼했으며, 지나치게 열매가 많이 달려 그 무게로 축 처진 나무처럼 보였다. 그러나 페르민 신부가 느끼고 생각하는 바를 읽고 해독하기 쉽지 않았기 때문에 모든 표현이 담겨 있는 그 얼굴에서 코는 죽은 작품이었다. 물론 그 표현이란 것도 그리스어로 적힌 표현이었다. 길쭉하면서도 얇고 가늘고 창백한 입술은 자꾸 위로만 치켜올라가려고 하는 턱수염에 눌려, 어쩔 수 없이 살아가는 듯한 인상을 주었다. 아직은 멀었지만, 장차 늙으면 콧수염이 구부러진 코끝과 닿을 수도 있다고 위협하는 듯한 모습이었다. 하지만 나이 들어 생길 이러한 단점이 지금 얼굴에서는 드러나지 않았다. 위선적인 겁쟁이의 분위기를 풍기며, 냉정하면서도 계산적이고 이기적으로 보이는 신중한 표정만이 담겨 있었다. 그 입술은 절대 발설하지 않을 최고의 말을 보물처럼 고이 간직하고 있는 듯 보였다. 끝이 뾰족해 한눈에 띄는 턱수염이 그 보물의 자물쇠와도 같았다. 머리통은 예쁘장하고 작았으며, 머리카락은 숱이 많고 검은데다가 꽤 짧은 편이었다. 육상선수의 목처럼 근육질이 단단하고 건강해 보이는 하얀 목이 사지가 건장한 사제의 몸과 균형을 이뤘다. 마을에서 제일 잘나가는 볼링 선수의 체구였다. 맞춤정장이 눈부신, 베뚜스따에서 가장 멋지게 거리를 활보하고 다니는 사람이라고 해도 손색이 없을 정도였다.

페르민 신부는 셀레도니오가 무슨 대단한 인물이라도 되는 듯 살짝 몸을 숙이며 손가락이 하얗고 부드럽고 가녀린 오른손을 내밀었다. 귀부인의 손 못지않게 잘 가꾼 손이었다. 셀레도니오가 복사답게 무릎을 꿇으며 그 손에 입을 맞췄다.

숨어 있던 비스마르크는 신부가 사제복 안쪽 주머니에서 금처럼 번쩍이는 파이프를 꺼내는 모습을 지켜보며 깜짝 놀랐다. 파이프가 무슨 고무줄처럼 쭉 늘어져 이어지더니 두개로 되었다가, 잠시 후에는 세개가 되는 것이었다. 자기처럼 별 볼일 없는 기마병을 단숨에 없앨 수 있는 소형 대포인 게 분명했다. 아니, 페르민 신부가 그것을 얼굴 가까이 대고 조준하는 걸 보면 소총이었다. 비스마르크

는 안도의 한숨을 내쉬었다. 그 총은 그를 겨누지 않았다. 샌님은 창
문에 기댄 채 거리 쪽을 조준하고 있었다. 복사는 까치발을 한 채 몰
래 신부 뒤에서 망원경 방향을 따라갔다. 셀레도니오는 세상 이치
에 밝은 복사답게 베뚜스따의 명문대가 집들을 친한 지인처럼 들락
거렸다. 비스마르크가 망원경을 소총으로 착각한 것을 알았다면 아
마 면전에서 코웃음을 치며 비웃었을 것이다.

　높은 곳으로 올라가는 것은 페르민 데 빠스가 혼자 즐기는 취미
중의 하나였다. 산골 출신인 그는 본능적으로 산 정상과 성당의 종
류를 찾았다. 여행한 국가들마다 가장 높은 산에 올랐고, 높은 산이
없으면 가장 높은 탑에 올랐다. 그는 위에서 모든 것을 완벽하게
내려다보는 새의 눈으로 볼 수 없으면 보려고도 하지 않았다. 주교
의 시골 방문을 수행할 때면 걸어서 가든 말을 타고 가든, 무슨 수
를 써서라도 제일 높은 곳에 올라갔다. 베뚜스따가 주도인 그 지방
에는 곳곳에 구름 사이로 모습을 감추는 높은 산들이 많았다. 그래
서 페르민 신부는 제일 잘 걷는 힘 좋은 사람이나 제일 산을 잘 타
는 산사람을 제치고 가장 힘들고 가장 높은 산들을 올라갔다. 그
는 높은 곳에 오를수록 더 높이 오르고 싶은 열망에 휩싸였다. 다
리에는 피로감 대신 강철과 같은 힘이 솟았고, 폐에서는 화로와 같
은 생명의 열기가 느껴졌다. 페르민 신부에게는 가장 높이 오르는
게 가장 큰 쾌감을 안겨주는 승리였다. 멀찍이서 땅을 내려다보고,
먼바다를 감상하고, 자기 발아래로 장난감처럼 흩어져 있는 마을
들을 내려다보고, 사람들을 적충류라고 상상하고, 위치에 따라 자
기 눈 아래로 독수리나 솔개가 지나가며 태양 빛에 반사된 등을 보
여주는 광경을 바라보았다. 무엇보다 위에서부터 구름들을 내려다
보는 것은 늘 최선을 다하는 그의 거만한 성격에 강한 쾌감을 안겨

주었다. 그럴 때면 그의 양 볼에서는 불길이 타오르고, 두 눈에서는 화살이 튀어나왔다. 그런데 정작 베뚜스따에서는 이러한 열정을 마음껏 채울 수가 없었다. 이따금 대성당 종탑에 오르는 걸로 만족해야 했다. 그는 시간 나는 대로 오전이나 오후, 성무일도 시간에 종탑에 올랐다. 셀레도니오는 페르민 신부가 한눈팔 때를 틈타 한 번 그의 망원경을 들여다본 적이 있어서 그 강력한 매력을 알고 있었다. 셀레도니오는 종루보다 높이 있는 난간에서 미모가 출중한 판사 부인[8]을 분명히 본 적이 있었다. 눈부시게 아름다운 그녀가 오소레스 저택의 '공원'이라 불리는 그 집 과수원을 거닐며 책을 읽고 있었다. 그랬다. 확실했다. 손으로 직접 만지듯 분명히 그녀가 보였다. 그녀의 저택은 대성당 종탑에서 꽤 멀리 떨어진 누에바 광장 한쪽 모서리에 있었다. 그러니까 그 사이로 대성당 광장도 있고, 루아 거리와 싼뻴라요 거리도 있었다. 그리고 뭐가 더 있더라? 그 망원경으로는 싼따마리아 성당 옆에 있는 카지노의 당구대도 보였다. 그리고 셀레도니오는 상아 당구공들이 당구대 위로 굴러다니는 것을 봤다! 그런데 망원경이 없으면, 어휴! 발코니는 귀뚜라미 집의 작은 창구멍처럼 보였다. 위험하지 않다는 확신이 들자 용기를 내서 가까이 다가온 비스마르크에게 복사가 나지막하게 얘기하는 동안, 종지기들의 존재를 잊은 신부는 도시 구석구석을 관찰하고 있었다. 마음껏 상상력을 발휘해 지붕들을 들어올리며, 강력한 현미경으로 몸의 미세한 부분까지도 세밀하게 관찰하는 자연주의자처럼 꼼꼼하게 도시를 내려다보았다. 들판 쪽은 쳐다보지도 않았다. 멀리 있는 산이나 구름은 감상하지 않았다. 그의 시선은 도시

---

8 이 책의 제목인 레헨따(regenta)는 스페인어로 판사(regente)의 아내를 뜻한다.

밖으로는 절대 나가지 않았다.

　베뚜스따는 그의 열정이자 먹잇감이었다. 다른 사람들은 그가 현명한 신학자이자 철학자이고 법률가인 걸로 알고 있지만, 그는 모든 학문 중에서 베뚜스따학을 최고로 손꼽았다. 그는 베뚜스따를 속속들이 안팎으로, 영혼과 육체까지 꿰뚫고 있었으며, 사람 마음의 구석까지, 집 구석까지 면밀히 관찰했다. 영웅적인 도시를 앞에 두고 느끼는 감각은 식탐이었다. 그는 단지 연구만을 추구하는 생리학자가 아니라, 식욕을 자극하는 음식을 찾아다니는 정통 요리사처럼 베뚜스따를 해부했다. 그는 수술용 메스 대신 고기 써는 큼지막한 칼을 사용했다.

　그리고 지금으로서는 베뚜스따에 만족하는 걸로 어느정도 마음을 달랬다. 페르민 신부는 좀더 높은 목표를 꿈꿨으며, 아직 포기하지 않았다. 젊은 시절 열심히 읽은 영웅시에 대한 기억처럼, 야망으로 밑그림을 그린 환상 속의 찬란한 그림들을 기억 속에 고이 간직했다. 그 그림 속에서 그는 똘레도 대주교였고, 추기경들로 이뤄진 교황선거에 참석하기 위해 로마로 향하고 있었다. 그에게는 교황의 직위도 그렇게 버겁지 않았다. 모든 것이 이뤄지고 있는 중이었다. 중요한 것은 계속 앞으로 밀고 나가는 것이었다. 하지만 세월이 흐르면서 그 꿈은 점차 멀어지듯 희미해졌다. 희망이란 원래 그런 거야. 페르민 신부는 생각했다. 야망을 향해 조금씩 다가설수록 원하던 목표는 점점 멀게만 느껴지지. 그것은 목표가 미래가 아닌 과거에 있기 때문이야. 우리가 앞에 두고 보는 것은 아주 먼 옛날 꿈 속에 남겨뒀던 낭만적인 그림이 반사된 거울이거든. 그리고 그는 올라가는 것, 가능한 한 높이 올라가겠다는 마음을 포기하지 않았다. 하지만 청춘의 특징이라 할 수 있는 저 먼 막연한 야망에 대한 생각은 점점 줄어들었다. 그는 서른다섯이 되었고, 권력욕이 더욱 강해지면서 이상주의와는 점차 멀어져갔다. 그는 비교적 작은 것에 만족하는 편이었지만 권력은 더욱 강렬하게 원했고, 더욱 가까이 두고 싶어했다. 예상치 못한 굶주림 같은 것이었다. 이글거리는 사막에서 멀리 어딘가에 있을 샘을 기다리지 못하고, 눈앞에 있는 지저분한 물웅덩이로 채우는 갈증이었다.

그는 자기도 모르게 가끔 의지가 꺾이고, 자신에 대한 믿음이 사라져 몸서리를 칠 때가 있었다. 그럴 때면 자기가 원하던 목표를 절대 이루지 못할 것 같았다. 어쩌면 현 상태가 최고이며 더이상 출세하지 못할지도 모른다는 생각이 들었다. 아니면 늙어서 완전히 빈껍데기만 남은 비참한 주교가 한계일 것 같았다. 이런 불안감이 압박해올 때면, 그런 생각을 떨쳐내기 위해 자기 손에 쥐어진 현재의 쾌락과 권력을 더욱 열심히 탐닉했다. 그는 우리에 갇혀 조련사가 던져준 고기 몇점을 게걸스럽게 먹어치우는 사자처럼 자신의 먹잇감인 종교도시 베뚜스따를 게걸스럽게 먹어치웠다.

그럴 때면 그의 야망은 구체적이고 손으로 만져지는 한가지에 집중되면서 훨씬 강해졌다. 그의 의지력이 워낙 강해서 온 교구를 통틀어 그에게 저항할 만한 반대 세력을 찾기란 힘들었다. 그는 주인 중의 주인이었다. 주교는 그의 손아귀에 있었다. 주교는 자기가 포로인 것조차 느끼지 못하는 자발적인 포로였다. 그런 날이면 총대리신부는 성당의 허리케인이고, 성경에 등장하는 무시무시한 형벌이고, 주교 대신 벌을 내리는 신의 매였다.

그런 의욕도 인사 발표가 있으면 가끔 흔들리는 때가 있었다. 젊은 사람이 주교로 임명되었다는 소식이 그런 경우였다. 자기는 한참 뒤처졌고, 서열상 도무지 높은 위치에 다다를 수가 없을 것 같왔다. 페르민 신부가 이런 생각을 하는 동안, 꾸스또디오 보좌신부는 페르민이 서른살이라는 이른 나이에 교구 자문신학자가 되었다는 이유로 그를 혐오했다.

페르민 신부는 도시를 내려다보았다. 사람들이 그와 겨루며 싸우고 있지만 결국에는 그 혼자 독식하게 될 먹잇감이었다. 참 내! 사람들은 이 궁색한 제국마저 그에게서 빼앗아가려 한단 말인가? 아니다. 그것은 오롯이 그의 것이었다. 그가 멋지게 싸워서 얻어낸 거였다. 왜 사람들은 그렇게도 어리석을까? 신부의 머리에도 바람이 들었다. 그 역시 베뚜스따 사람들이 풍뎅이로 보였다. 허영 가득한 베뚜스따 사람들은 낡고 거무칙칙하며, 납작하게 눌린 집들을 저택으로 여겼다. 그런데 그 집들은 토끼굴이고 동굴이고 흙더미이고 두더지 구멍이었다…… 저기 그의 발아래에 있는 엔시마다 구역의 다 허물어져가는 낡은 저택의 주인들이 뭘 했단 말인가? 그들이 뭘 했냐고? 상속받았다. 그렇다면 그는? 그는 뭘 했는가? 정복했다. 그의 영혼에 불꽃을 일으키는 야심은 그가 젊은 시절에 느꼈던 야심이었다. 그럴 때면 페르민 신부는 베뚜스따라는 닫힌 공간이 좁게만 느껴졌다. 로마에서 설교했고, 짧은 기간에 매우 높은 분들로부터 칭찬이라는 향 연기를 맡고 우쭐했던 그는 베뚜스따 대성당에서는 승진이 뒤처졌다고 생각했다. 하지만 또 어떨 때는 문득 떠오르는 그 기억이 야망을 품기에는 아직 어린 시절의 부질없는 꿈이라는 생각이 들었고, 그렇게 생각할 때가 더 많았다. 그러면 그는 자기 발아래 얌전히 엎드려 있는 그 도시에서 미친 욕망의 절정을 보았다. 지금의 현실과 유년기의 꿈을 비교하면서 느끼는 쾌감은 일종의 물질적 쾌락이라고 페르민 신부는 생각했다. 젊은 시절 훨씬 높은 것을 꿈꿨다면, 그의 현재는 유년기에 고민했던 것에 대한 약속된 땅과도 같았다. 그 시절 그가 산골 들판에서 혼자 외롭고 우울하게 보내던 오후 시간에 했던 고민들이었다. 그는 자신의 청년기를 얼마간 무시하게 되었다. 가끔은 자기 꿈이 어처구니없어 보였고, 제대로 보상받지도 만족스럽지도 않았던 진한 열정의 시기였던 그 시절의 행동들이 모두 마음에 들지 않았다. 오히려 기억 저 깊숙한 곳에 있는 옛날 일들을 떠올리는 게 더 위안이 되었다. 그는 유년기를 생각하면 가슴이 저려왔다. 하지만 그의 청년기는 너무나도 많은 사랑을 받아, 수도 없이 미친 짓을 저지르게 한 바람에 이제는 망각과 멸시를 받는 여자에 대한 기억처럼 떨떠름한 맛이 났다. 꽤 유치하기도 하지만 그가 물질적 쾌락이라 부르는 그것이, 그가 자주 기운이 처질 때마다 그의 영혼을 달래주었다.

페르민 신부는 따르사 산골의 목동이었다. 바로 그가! 베뚜스따를 마음대로 쥐락펴락하는 바로 그가! 이렇게 이런저런 생각들을 하다보면 페르민 신부는 음탕한 죄를 지을 때의 묘한 쾌감과 같은 강렬하면서도 유치한 물질적 쾌감의 정수를 맛보았다.

고위성직자의 거룩한 망토 아래 주름 잡힌 백색 제의로 건장하고 우아한 몸을 감싸고 강론대 위에 서서 저 아래 충실한 신자들의 존경과 감탄을 얼마나 많이 받았던가? 그러면 그는 쾌감으로 숨이 막혀 목에서 소리가 나오지 않아 유창한 설교를 잠시 멈춰야 했다! 청중이 숨죽인 채 침묵을 지키며 설교자가 종교적 감동을 계속 이어가기를 기다리는 동안, 그는 자화자찬의 절정에 오른 듯 큼지막한 초와 등불에서 탁탁 튀기는 불꽃 소리를 들었다. 그는 묘하게 강렬하면서도 관능적인 느낌을 받으며, 본당의 향냄새와 자기를 에워싸고 있는 귀부인들의 후끈한 향수 냄새가 짙게 풍기는 공기를 깊이 들이마셨다. 그에게는 사각거리며 스치는 실크 소리와 부채질 소리가 숲속 나뭇잎들 사이로 속삭이는 산들바람 소리처럼 느껴졌다. 사람들이 자기에게 집중하며 침묵을 지키는 그 시간 그는 열에 들떠 자기를 향해 밀려드는 무언의 존경심을 느끼며 희열을 느꼈다. 그 순간 신자들은 그가 말하고 있는 하느님이 아니라 자기네가 보고 듣는 목소리의 주인인 달콤하고 늠름하고 우아한, 행동거지가 바른 설교자를 생각하고 있다는 확신이 들었다. 그러면 그 순간, 옛 추억들을 쫓아낼 겨를도 없이, 산골에서 보낸 어린 시절이 모습을 드러냈다. 생각이 많고 침울한 목동이었던 그 시절이 떠올랐다. 그는 해질 때까지 몇시간이고 눈뜬 채 꿈을 꾸며, 산꼭대기 높은 언덕 위로 흩어진 가축들의 종소리를 듣고 있었다. 무슨 꿈을 꿨더라? 저기 저 구름 아래, 아주 멀리 떨어진 넓은 세상에 따르사보다 백배는 큰, 어쩌면 그보다 더 거대한 도시가 있었다. 그 도시의 이름이 베뚜스따였고, 그곳은 아직 본 적이 없는 자치주 수도 싼힐 데 야나보다 훨씬 컸다. 그 대도시에 감각을 즐겁게 하고 그의 불안한 고독을 채워줄 엄청난 일들이 있을 거라고 기대했다. 무지와 환상으로 가득했던 어린 시절과 지금 설교자가 바라보고 있는 그 순간과는 간격이 없었다. 어린아이가 보였고, 신학자가 보였다. 현재는 어린 시절의 꿈이 이뤄진 거였고, 그는 이 순간을 즐기고 있었다.

망원경이 찬란하게 햇빛을 반사하며, 이 지붕에서 저 지붕으로, 이 창문에서 저 창문으로, 이 정원에서 저 정원으로 천천히 시선을 옮기는 동안, 페르민 신부의 영혼은 이와 비슷한 감격에 젖어들었다.

원래 베뚜스따는 대성당 주변으로 비좁게 펼쳐져 있었다. 엔시마다 지역이라고 불렸으며, 북서쪽과 남동쪽으로 팽창해간 마을 전체에 해당했다. 반쯤 폐허가 된 낡은 집들의 안마당과 정원, 과수원과 축사 사이의 테라스나 경계벽이 된 옛 성벽의 잔해들이 종탑에서 보였다. 엔시마다 지역은 베뚜스따 귀족들의 동네와 가난한 동네로 나뉘었다. 최고의 명문가들과 극빈자들이 서로 가까이 살고 있었다. 명문가 사람들은 마음껏 누리고, 가난한 사람들은 궁색하게 살았다. 엔시마다 지역에 사는 사람이 제대로 된 베뚜스따 사람이었다. 우쭐대기 좋아하는 사람들은 아무리 누추한 집이라도 베뚜스따 시내에서 가장 높은 지대에 위치한 대성당이나 싼따마리아 성당, 싼뻬드로 성당의 그늘이 드리워진 곳에 집이 있는 것을 매우 자랑스럽게 여겼다. 싼따마리아 성당과 싼뻬드로 성당은 엔시마다 지역의 귀족 동네를 구분하는 대성당 근처에 있는 아주 오래된 두 교구 성당이었다. 페르민 신부는 궁전의 자태를 뽐내는 저택들이 들어서 있는 귀족동네와 마을만큼이나 커다란 수녀원들, 베뚜스따의 서민들이 다닥다닥 모여 있는 작고 누추한 오두막집들을 자기 발아래로 내려다보았다. 그들은 조금 더 아래 남동쪽의 깜뽀 델 솔에 세워진 신시가지에도 살 수 없을 정도로 가난한 사람들이었다. 깜뽀 델 솔에는 '옛날 공장'이 우뚝한 굴뚝들을 일으켜세웠고, 그 주변에 노동자들이 사는 동네가 들어섰다. 엔시마다 지역의 거리는 거의 모두 비좁고 구불구불하며, 해가 들지 않아 질퍽거렸다. 어떤 거리에서는 풀이 수북이 자랐으며, 귀족이나 최소한 귀족처럼 살고자 하는 사람들이 많이 사는 거리치고는 청결 상태가 서글픈 수준이었다. 볼품없는 수용소 부엌의 청결 상태만큼이나 비참했다. 그곳의 광장이나 골목에는 시청의 빗자루든 청결한 귀족의 빗자루든 닳아빠진 천 위를 스쳐간 솔의 흔적조차 남기지 않았다. 그곳은 몇개 안되는 점포만 보일 뿐 그다지 화려하지도 않았다. 종탑에서는 베뚜스따 구도시의 돌과 벽돌들이 전하는 특권층들의 이야기가 보였다. 무엇보다 가장 먼저 교회 계층이 있었다. 수도원들이 그곳 면적의 절반 가까이를 차지했다. 싼또도밍고 수도원 한개가 엔시마다 지역 전체 면적의 5분의 1을 차지했다. 그리고 크기로는 레꼴레따스 수녀원이 그 뒤를 이었다. 9월 혁명[9] 당시 수녀회 두곳이 합쳐진 곳인데 합해서 모두 10명이었으며, 수녀원과 과수원까지 합쳐 그 지역의 6분의 1에 해당하는 면적을 차지했다. 사실 싼비센떼 수도원은 군부대와 다름없었다. 성벽 안에서는 수도원 안의 성스러운 침묵을 끊임없이 모독하는 경박한 나팔소리가 울려퍼졌다. 금은 세공으로 과장되게 장식한 끌라리사스 수녀원은 정부가 관공서 건물로 바꿔버렸다. 그리고 싼베니또 수도원은 위험한 범죄자들을 가두는 우중충한 감옥이 되었다. 이 모든 것은 서글픈 일이었다. 그러나 입술에 씁쓸함을 머금고 망원경이 생생하게 드러내놓는 이러한 전리품들을 바라보던 페르민 신부는 베뚜스따 도시 근교에서 되살아나고 있는 믿음의 이정표를 바라보며 위안과 희망을 얻었다. 베뚜스따 서쪽과 북쪽의 부자 동네 외곽에서 수도원 생활을 위한 새로운 석조 건물들이 올라가고 있었다. 새로 건축된 수도원들은 옛 수도원만큼 견고하고 넓지는 않았지만 훨씬 화려하고 우아했다. 9월 혁명이 무너뜨리고 약탈해간 것을 왕정복고가 되돌려주지는 못했지만, 복구하고자 하는 정신은 격려해주었다. 그리고 가난한 이들의 작은 자매회[10]는 광이 날 정도로 매우

---

9 1868년 9월 18일, 까디스에서 시작한 자유주의 혁명으로 '명예혁명' 또는 '1868년 혁명'이라 불린다. 스페인에서는 이 혁명을 계기로 이사벨 2세의 왕위 박탈과 망명이 이뤄졌으며, 훗날 1873년 스페인의 공화정부 수립에 큰 영향을 미쳤다.
10 프랑스 쎙세르방에 처음으로 설립된 수녀회.

깨끗한 자기네 건물을 이미 소유하고 있었는데, 그 건물은 꼴로니아[11] 지역의 저택과 별장 들에서 그리 멀지 않은 서쪽의 에스뽈론 근처에 있었다. 꼴로니아 지역에는 중남미에서 온 신흥부자인 중남미인들과 그 일대의 상인 계층이 신시가지를 이루고 있었다. 그리고 북쪽으로는 쌀레시오 수도회가 엄청난 정성을 기울여 세운 하얀 공장이 있었다. 올이 촘촘하고 강렬한 초록색 비로드처럼 펼쳐진 목초지에 세운 공장이었다. 그런데 지금 쌀레시오 수도회는 베뚜스따내 엔시마다 지역의 하수구 근처에 있는 보잘것없는 작은 예배실을 성당으로 삼아, 시궁창과 다름없는 낡은 집에서 거의 매장되다시피 살아가고 있다. 그곳에는 부유하고 집안 좋은 수많은 가문의 상속녀들이 둥지를 틀고 살고 있다. 그녀들은 십자가에 못 박힌 예수를 기려, 저 높은 곳에 위치한 넓고 편안한 대저택이라는 선물을 버리고, 돼지우리 같은 비위생적이고 비좁은 그곳을 택했다. 반면에 그녀들의 부모와 형제 등 다른 친척들은 자기네 게으른 육신에게 엔시마다 지역의 넓지만 우중충한 대저택의 편안한 생활을 선사했다. 베뚜스따의 윗동네는 교회만 기지개를 활짝 펴고 양다리를 쭉 펴고 사는 것은 아니었다. 귀족가와 명문가의 후손들 또한 그 지역의 면적으로 볼 때 숲이라 할 수 있을 정도로 넓은 축사와 정원, 과수원을 소유하고 있었다. 그리고 실제 오소레스 가문과 베가야나 가문의 소유지처럼 넓은 곳은 약간 과장해서 '공원'이라고 부르기도 했다. 수도원이나 저택뿐만이 아니라, 나무들에게도 마음껏 위로 뻗고 옆으로 벌어질 수 있는 확 트인 들판이 허락되었다. 반면에 가난하다는 이유로 어쩔 수 없이 귀족들과 성직자들의 이기적인 횡포를 피

---

11 Colonia. 식민지, 식민지 거류민이라는 의미로, 여기서는 식민지에서 돈을 벌어 돌아온 사람들이 사는 신흥 주거지역을 뜻한다.

할 수 없는 비참한 평민들은 시에서 벽에 회덧칠을 하라고 강요한 흙집에서 부대끼며 살았다. 켜켜이 쌓이고 줄줄이 이어진 오두막집들이 뒤죽박죽 엉켜 있어, 지붕이나 창문들이 분간도 되지 않을 정도였다. 앞에 가는 짐승의 등 위를 올라탈 정도로 비좁은 길을 빼곡히 줄 서서 가는 가축떼와도 같았다.

페르민 신부는 자기 눈 아래로 이런 불공평한 부의 분배가 펼쳐져 있는데도, 전혀 화가 나지 않았다. 사람 좋은 성직자는 오히려 바실리까 양식을 대표하는 대성당이 있는 그 지역을 사랑했다. 엔시마다 지역은 당연히 그의 제국이었으며, 그의 종교적 위력이 미치는 거대도시였다. 페르민 신부는 공장의 연기와 윙윙거리는 소리가 들리는 깜뽀 델 솔 쪽을 우려스러운 눈길로 바라보았다. 그곳에는 반란자들이 살고 있었다. 석탄과 쇠로 시커멓고 땀범벅이 된 지저분한 노동자들과, 평등이니 연방국가, 분배와 같은 말도 안 되는 소리를 늘어놓으며 미쳐 날뛰는 놈들의 얘기를 입을 헤벌리고 듣는 사람들이 살고 있었다. 그들은 페르민 신부가 저세상에서 보상받는다거나 천국에서 상을 받는다는 얘기를 할 때면 들으려고도 하지 않았다. 그가 그곳에서 전혀 영향력을 행사하지 못하는 것은 아니었지만 아무래도 영향력이 덜 미치기는 했다. 물론 그곳에도 순수한 가톨릭 믿음이 쇠사슬처럼 건강하게 뿌리를 내리고 있었다. 그러나 믿음이 신실한 선량한 노동자가 한명 죽는다면, 이제는 체념이나 충성, 믿음, 복종과 같은 말은 들으려고도 하지 않는 노동자들이 두명, 세명 늘어났다. 총대리신부는 괜한 환상은 갖지 않았다. 깜뽀 델 솔은 그냥 제쳐두었다. 그곳에서는 여자들이 마지막 방어막을 구축하고 있었다. 페르민 신부가 이런 생각을 갖기 얼마 전 노동자 동네에 사는 여자 몇명이 개신교 목사라는 외지인 한명을 돌팔매로 죽이려 한 적이 있었다. 그러나 이런 과도함 혹은 고사해 가는 믿음이 일으키는 이러한 발작은 신부를 고무시키기보다는 오히려 서글프게 했다. 아니, 그 연기는 향이 없었다. 높이 올라가기 는 했지만 하늘로 올라가는 게 아니었다. 페르민 신부에게는 기계 들이 윙윙거리며 돌아가는 소리가 야유 같았다. 비웃거나 채찍을 휘두르는 소리처럼 들렸다. 우상숭배의 기념비와도 같은 저 가늘 고 길쭉한 굴뚝들이 대성당 첨탑의 패러디 같았다……

총대리신부는 북서쪽으로 망원경을 돌렸다. 그곳에는 일직선 으로 설계된 베뚜스따의 신도시인 꼴로니아 지역이 있었다. 사방 이 번쩍거리며 색상들이 화려하고 눈부신 곳이었다. 새나 다양한 색상의 깃털과 리본을 장식한 중남미 밀림의 용감한 인디오 처녀 같은 곳이었다. 기하학적인 균형은 있지만 색상은 불균형을 넘어 무정부적이었다. 지붕들은 고대 메디아 왕국의 수도 엑바타나의 성벽처럼 무지갯빛 총천연색이었다. 발코니에 둘러진 사면의 유 리창은 그나마 남은 세련미마저 앗아갔고, 석조들은 지나친 과시 같아 오히려 어울리지 않았으며, 견고함은 가짜처럼 보였고, 화려 함은 쓸데없는 절규와도 같았다. 고리대금업자나 직물 상인, 밀가 루 상인들이 조국에 남아서 힘들게 세운 도시와 인디아노[12]가 꿈 에 그리던 도시를 합한 것이었다. 돈을 덜 들인 외벽 때문에 폐렴 에 걸릴 수도 있고, 우스꽝스러운 화려함 때문에 확실하게 불편 할 수도 있었다. 하지만 총대리신부는 개의치 않았다. 그런 거에 는 신경 쓰지 않았다. 그곳에서는 재산밖에는 아무것도 보지 않았 다. 그곳은 페루의 축소판이었고, 그는 그곳의 정신적인 삐사로가

---

12 아메리카로 이민 가서 돈을 벌어 스페인으로 돌아온 사람들을 가리킨다.

되고자 했다. 그리고 이미 그렇게 되기 시작했다. 중남미에서는 거의 미사도 보지 않던 꼴로니아 지역의 인디아노들은 베뚜스따로 돌아온 이후에는 조국의 품을 되찾듯 조상들의 믿음을 되찾았다. 그들에게는 어린 시절 배웠던 방식의 종교가 바다 건너편 꿈속에서 보았던 스페인이 자기네에게 전하는 달콤한 약속 중의 하나였다. 게다가 인디아노들은 보기 좋은 것이 아니면 결코 원하지 않았다. 평민 냄새가 나는 것이나 조상의 비천한 신분을 연상시킬 수 있는 것은 절대 원하지 않았다. 베뚜스따에서 믿음이 부족한 사람들은 죽을 때 의지할 데 없는 망나니 서너명에 불과했다. 시쳇말로 모든 재력가들은 믿음이 있었고, 성당에 다녔다. 빠예스, 돈 프루또스 레돈도, 하까 집안, 안똘리네스, 아르구모사 집안, 그리고 꼴로니아 지역의 많은 다른 아메리고 베스뿌치[13]들은 아주 훌륭하고 오래된 기독교임을 자부하는 꼬루헤도스 집안과 베가야나스 집안, 멤비브레스 집안, 오소레스 집안, 까라스뻬께 집안과 그밖의 엔시마다 지역에 사는 다른 귀족 집안의 '고상한' 관습들을 용의주도하게 따라 했다. 그리고 설령 빠예스 집안과 레돈도 집안 등이 자발적으로 따라 하지 않더라도, 각 집안의 아내, 딸, 그리고 다른 여자들이 그들에게 다른 모든 것을 포함해 그들이 부러워하는 귀족계급의 행동 양식과 생각, 말, 종교를 따라 할 것을 강요했을 것이다. 그렇기 때문에 총대리신부는 반감보다는 탐욕스러운 마음으로 북서쪽 지역을 바라보았다. 그곳에 그가 아직 제대로 조사하지 못한 영혼들이 수두룩하게 있다면, 그 아메리카 축소판에 개척할 땅이 수두룩하게 있다면, 이미 이뤄진 조사나 준비된

---

13 아메리고 베스뿌치(Amerigo Vespucci, 1454~1512). 아메리카라는 이름을 유래시킨 이딸리아 항해사. 여기서는 인디아노를 빗댄 말로 쓰인다.

'교역소'[14]는 매우 좋은 결과를 알리고 있었고, 페르민 신부는 가장 순수한 믿음의 빛을 거둬들일 수 있을 거라 믿어 의심치 않았다. 그리고 그와 함께 꼴로니아 지역에 가지런히 줄지어 서 있는 그 집들 구석구석까지 자신의 영향력이 미치리라는 것 또한 믿어 의심치 않았다. 시청이 한치의 오차도 없이 그 지역의 지붕들 높이를 파악해놓은 상태였다.

그래도 총대리신부는 자기가 사랑하는 엔시마다 지역 쪽으로 망원경을 돌렸다. 기품있고 유서 깊고 위풍당당한 종탑의 그림자 아래로 무질서하게 모여 있는 엔시마다 지역에 애정이 깊었다. 어쩌면 대성당이 탄생하는 것을 보았을 수도 있는, 아니면 적어도 자기네는 절대 이루지 못한 위대함과 번영이 이뤄지는 모습을 목격했을 수도 있는 아주 오래된 성당 두곳이 저 아래에 있었다. 의장대처럼 대성당을 엄호하며 한곳은 동쪽에, 한곳은 서쪽에 위치하고 있었다. 앞에서 말한 싼따마리아 성당과 싼뻬드로 성당이었다. 그 성당들의 역사는 국토회복전쟁에 대한 짤막한 연대기들에 적혀 있었으며, 성당들은 습기의 희생양이 되어 조금씩 영광스럽게 썩어가며 수세기에 걸쳐 먼지가 되어가고 있었다. 싼따마리아 성당과 싼뻬드로 성당 주변의 골목과 광장에는 명문가들이 들어서 있었다. 그들 명문가의 최고의 영광은 다 허물어져가는 성당들과 동시대 건물이라고 자부하는 데 있었다. 그러나 그 저택들은 성당들보다 몇세기 후 쇠락기로 접어들때 너무 무겁거나 과도한 취향의 건축양식으로 지어져 상대적으로 오래되지 않은 게 드러나 그렇게 자랑할 수도 없을 터였다. 이 저택들의 돌은 험한 바깥

---

14 식민지 국가에 설치된 교역 장소를 빗댄 말.

날씨로 시커메져 있었다. 베뚜스따에서는 습한 날씨 때문에 밝은 색상의 건축물이 오래가지 못했으며, 하얀 색상은 영구적이지 못했다.

베르무도 왕[15]의 베르무데스 성을 직접 물려받은 가문의 후손임을 증명하는 서류가 있다고 맹세하는 돈 사뚜르니노 베르무데스는 그 대저택들 하나하나의 역사를 얘기하는 데는 최고의 전문가였다. 그는 그 대저택들 또한 그 지역이 지니고 있는 수많은 영광 중 하나라고 생각했다. 급진적인 시청이 폐가가 된 저택을 허물거나, 다른 공익적인 목적으로 저택을 수용하려고 하거나, 그럴 계획만 세우더라도 베르무데스는 노발대발 난리를 피우며, 베뚜스따 극보수파의 『엘 라바로』 신문에 아무도 읽지 않는 기나긴 글을 실었다. 그런데 그 글은 설령 시장이 읽었다 해도 이해하지 못했다. 베르무데스는 사설에서 성벽과 벽돌 하나하나의 역사적 가치를 하늘까지 치켜올린 나머지 주벽마다 완벽한 고증을 장황하게 붙여댔다. 아무리 예술을 위한 거라고는 하지만, 베르무데스가 글로 남기지 않은 거짓말뿐만 아니라, 로마네스끄 양식과 무어 양식을 과하게 들먹이고 있다는 데는 의심의 여지가 없었다. 그의 눈에는 모든게 로마네스끄 양식 아니면 무어 양식이었다. 아직 생존해 있는 평범한 석공이 세운 벽의 토대를 프루엘라[16] 시대까지 거슬러올라간적도 몇번이나 되었다. 그래도 이러한 부주의로 인한 잘못이 이 석학의 명성에는 전혀 누가 되지 않았다. 설령 그 오류를 발견한 사

---

15 중세 스페인 아스뚜리아스 레온의 왕 베르무도 1세(재위 788~791).

16 아스뚜리아스의 왕(재위 757~768). 쌀바도르 성자를 기려 성당을 건축했는데, 아랍인들에 의해 폐허가 된 이후 알폰소 2세가 그 터에 오비에도에 첫 로마풍의 바실리카 건물인 엘 가스또를 세웠다.

람이 있다 하더라도 몇명 되지 않았으며, 그들 또한 그것을 인정에 치우친 과장이나 선의의 시대착오 정도로 여겼다. 그리고 다른 베뚜스따 사람들은 그런 글은 아예 읽지도 않았다. 그래도 그는 자기가 자랑스럽게 여기는 수사학을 그만두지 않았다. 그는 과감한 이미지와 에너지가 넘치는 수사를 마음껏 구사했다. 그리고 그러한 수사들 중에서는 살벌하게 무시무시한 의인화와 운율이 매우 훌륭한 첩어법이 두각을 드러냈다. 성벽을 책처럼 묘사하며 "떨리네 나의 토대가, 떨리네 나의 성벽이"라고 자주 얘기했다. 한번은 마차 출입문에 관해 말하면서는 비통한 연설로 울음을 터트리게 하기도 하였다. 그렇기 때문에 고고학자의 글은 다음과 같은 문장으로 자주 끝을 맺었다. "결론적으로, 문화재위원회의 위원 여러분, sunt lacrimae rerum![17]"

　그날 오후 총대리신부는 30분 이상을 그렇게 관찰하였다. 그는 보는 데 지쳤는지, 아니면 끊임없이 망원경이 향하던 누에바 광장 방향에서 자기가 찾던 것이 보이지 않았는지, 창문에서 떨어져 망원경을 원래 크기로 접은 다음 호주머니에 조심스럽게 집어넣었다. 그러고는 손을 흔들며 고개를 숙여 종지기들에게 인사를 건넨 후, 올라왔을 때처럼 근엄한 모습으로 나선형 계단을 내려갔다. 종탑 문을 열고 대성당의 북쪽으로 들어서는 순간, 그는 트레이드마크인 변하지 않는 미소를 되찾고 양손을 배 위에 살포시 포갰다. 그러고는 신비스러운 듯하면서도 로맨틱하게 몸의 힘을 살짝 빼며 잘생긴 머리를 약간 앞으로 기울였다. 그는 걷는다기보다는 미끄러지듯 흑백 체스판 무늬의 대리석 위를 걸었다. 높은 창문들과 천

---

17 라틴어로 '불행이 여기서 눈물을 흘리고 있네!'라는 뜻.

장 아치의 장미꽃 모양의 원형 장식들 사이로 형형색색의 빛이 쏟아져들어와 성당 안은 무지갯빛으로 가득했다. 총대리신부가 어깨와 엉덩이를 부드럽게 흔들며 걷는 리듬에 따라 망토가 살짝 흔들리며 주름이 넓게 잡혔다. 대리석 위를 거의 두둥실 떠가듯, 그가 걸을 때면 꿩 깃털의 무지갯빛을 띠기도 하고, 또 어떨 때는 공작새의 꽁지 같기도 했다. 넓은 빛줄기가 신부의 얼굴을 비출 때면, 어떨 때는 음습한 식물처럼 희미한 옥색으로 물들기도 하고, 또 어떨 때는 끈적거리는 해초 모습을 띠기도 하고, 또 어떨 때는 시체처럼 창백하기도 했다.

회중석에는 신자 몇명이 거리를 두고 드문드문 앉아 있었다. 옆으로 나란히 늘어선 경당[18]들이 두꺼운 벽을 사이에 두고 어둠에 잠겨 있었다. 그곳에는 고해신부들 주변으로 무릎을 꿇거나 다소곳하게 앉아 있는 여자들이 있었지만 제대로 보이지 않았다. 고해실에서 신부와 여신도가 비밀스럽게 조용히 얘기를 나누는 소리가 여기저기서 들려왔다. 북쪽에서부터 두번째에 있는 제일 어두운 경당에서 귀부인 두명이 나지막하게 속삭이고 있었다. 총대리신부가 그녀들 앞으로 걸어갔다. 그녀들은 페르민 신부의 이름을 부르며 따라가고 싶어했지만 감히 그러지 못했다. 그녀들은 그를 기다리고, 그를 찾았지만, 헛수고일 뿐이었다.

"성가대석으로 가시네." 한 귀부인이 말했다. 그러고서 그녀들은 어둠에 잠긴 고해실 주변의 의자에 앉았다. 그곳은 페르민 신부의 경당이었다. 제단에는 가느다란 쇠사슬로 연결되어 있는 청동 촛대 두개가 초 없이 놓여 있었다. 제단 뒤 장식벽에는 예수 조각

---

18 성당의 측면 회랑 주변이나 주제단 뒤편에 제대를 갖춘 작은 예배실.

상이 있었다. 서글픈 유리 눈이 어둠속에서 빛나며, 유리에 반사된 빛이 차가운 눈물처럼 보였다. 빈혈 환자의 얼굴이었다. 틀에 박힌 얼굴 표정이 얇은 입술과 날카로운 광대뼈로 돌처럼 굳은 확고한 생각을 전하고 있었다. 그 입술과 광대뼈는 신자들의 입맞춤으로 닳은 것 같았다.

총대리신부는 멈추지 않고 성가대석 옆문을 지나 성가대석과 제단 사이의 경계에 이르렀다. 성물실로 향하던 신부는 제단 뒤의 본당을 둘러보았는데, 여기도 다른 경당들이 이어져 있었다. 각 경당 앞에 기둥들이 있고, 그 기둥들 사이로 고해실이 한개씩 숨어 있었다. 성당 제단 뒤쪽 반원형의 돌출벽에 기둥들이 있어, 바로 앞에까지 가기 전에는 고해실이 보이지 않았다. 그곳에서는 신부들이 죄를 더하기도 하고 감해주기도 했다. 총대리신부가 지나치는 순간, 숨바꼭질하는 것 같은 그곳에서 개들에게 쫓기는 자고새처럼 생긴 꾸스또디오 보좌신부가 모습을 드러냈다. 꾸스또디오 신부는 보라색 잉크를 탄 듯한 양 볼을 제외하고는 얼굴 전체가 창백했으며, 습기 먹은 벽처럼 땀을 흘렸다. 총대리신부는 미소를 거두고, 눈에서 바늘이 튀어나와 찌를 듯 보좌신부를 노려보았다. 꾸스또디오 신부는 그 시선에 맞서지 않고 고개를 숙인 채 당황해 어찌할 바를 몰라하며 성가대석 쪽으로 향했다. 그는 여자처럼 곱상하게 생기고 통통한 편이었으며, 매우 깔끔하고 우아한 사제복을 입었지만 프랑스 장사치 같은 분위기였다. 넉넉한 품의 휘날리는 망토 아래로 여자 옷같이 소매가 짧은 수단이 여자처럼 굴곡 있는 몸매를 선명하게 드러냈다. 그리고 그 옷 위로 품계에 맞는, 가슴과 등을 덮은 실크 망토를 입고 있었다. 꾸스또디오 신부는 내부의 적으로 반대파에 속했다. 그는 총대리신부를 무너뜨릴 갖가지 나쁜 얘기들을 퍼뜨리고 다녔으며, 적어도 자기가 총대리신부를 무너뜨릴 수 있다고 믿었다. 그러면서도 그렇게 많은 중상모략이 밑도 끝도 없는 이야기는 아닐 거라 믿으며 총대리신부를 은근히 부러워했다. 페르민 신부는 그를 무시했다. 그는 이 불쌍한 신부의 질투를 거울삼아 자신의 장점을 들여다보았다. 보좌신부는 총대리신부를 존경했고, 그의 미래를 믿었다. 총대리신부가 주교나 추기경, 궁정의 총애를 받으며 정부나 살롱에서 영향력을 행사하고, 귀부인과 고관대작들이 정중하게 대하는 사람이 될 거라고 믿었다. 보좌신부의 질투는 총대리신부 본인이 꿈꿨던 것보다 훨씬 높은 곳까지 이르렀다. 페르민 신부는 자기를 시기하는 자가 나온 고해실 쪽으로 뭔가를 캐려는 듯 얼른 시선을 돌렸다. 격자창 옆에 까르멜회 제복을 입은 젊은 여자가 창백한 얼굴로 무릎을 꿇고 있었다.

좋은 집안의 여자는 아니었다. 시중을 드는 하녀나 삯바느질하는 여자, 뭐 그런 여자라고 총대리신부는 생각했다. 만족한다기보다는 분노가 이글거리는 사악한 호기심이 여자의 두 눈에 가득했다. 여자는 십자가를 집어삼킬 듯 성호를 긋고는 자리에서 움직이지 않은 채 무릎을 꿇고 앉아 고해성사의 세세한 부분을 음미하고 있었다. 꾸스또디오 신부의 열기와 체취가 아직 그대로 고해실에 남아 있었다.

총대리신부는 계속 앞으로 걸어가 제단 뒤 벽을 돌아 제의방[19]으로 들어갔다. 네개의 높은 원형천장이 라틴십자가 모양을 이루고 있는 넓고 차가운 예배당이었다. 사방 벽에는 미사복과 용기들

---

19 보통 제대 가까이 마련된 방이나 별관으로, 사제들은 하느님께 경배하기 위해 여기서 옷을 갈아입는다. 제의방에는 옷을 갈아입는 탁자와 전례의식에 사용되는 물품들이 있다.

을 보관하는 밤나무 서랍장들이 있었고, 서랍장 위에는 평범한 화가들이 그린 그림들이 걸려 있었다. 대부분 옛날 화가들의 그림이었고, 훌륭한 화가의 나쁘지 않은 복사본도 있었다. 그림과 그림 사이에 걸린 거울들이 옛날의 화려함을 뽐내고 있었지만, 이제는 먼지와 파리 때문에 사물을 제대로 비춰주지 못했다. 제의방 한가운데에는 그 지역 특산품인 검정 대리석 테이블 한개가 길게 놓여 있었다. 붉은 옷을 입은 복사 두명이 미사 때 입는 제의와 장신구들을 옷장 안에 넣고 있었다. 앞이 파인 지저분한 복사복을 입고 가발이 목덜미까지 내려온 빨로모가 한쪽 구석에서 고양이 똥을 치우고 있었다. 고양이 한마리가 어떻게 대성당 안으로 들어왔는지는 모르겠지만 모든 것을 불경스럽게 만들었다. 개지기는 노발대발이었다. 복사들은 모른 척하고 있었지만, 개지기는 그들을 보지 않은 채 그들을 가리키며 벌을 주겠다고 윽박질렀다. 대체적으로 비위가 상하는 벌들이었다. 총대리신부는 성스러운 미사와는 거리가 먼 그런 지저분하고 자질구레한 것들에는 개의치 않는 듯 앞으로 걸어갔다. 그는 성스러운 공간을 존중하는 듯 제의방 반대편 구석에서 나지막하게 세속적인 대화를 나누고 있는 한 그룹에게 다가갔다. 귀부인 두명과 신사 두명이었다. 네 사람은 고개를 뒤로 젖힌 채 그림을 감상하고 있었다. 원형지붕의 열려 있는 작은 창문들 사이로 빛이 들어왔지만, 그림들이 있는 곳까지는 소량의 빛만이 간신히 미쳤다. 그들이 감상하고 있던 그림이 짙은 어둠속에 잠겨서, 큼지막하고 시커먼 무광택 얼룩처럼 보였다. 정면에 있는 두개 골과 살이 없는 맨발의 발목뼈만이 도드라져 보이는 색깔이었다. 그런데도 돈 사뚜르니노 베르무데스는 그 그림의 탁월함을 귀부인들과 신사에게 5분 이상 설명하고 있었다. 그들은 믿음으로 충만해 입을 헤벌린 채 고고학자의 설명을 들었다. 총대리신부는 그런 일을 하고 있는 베르무데스를 거의 매일 목격했다.

일단 중요한 외지인이 베뚜스따에 도착하면, 어떤 경로를 통하든 베르무데스는 외지인과 함께 다니며 대성당의 고색창연함과 엔시마다 지역의 또다른 고색창연함을 소개해달라는 부탁을 받았다. 베르무데스는 하루 종일 많이 바빴지만, 3시에서 4시 반 사이에는 자신의 고고학 지식과 만성적인 친절함을 시험해보고 싶어하는 (그의 표현에 따르면) 품위있는 사람들에게 언제든지 시간을 내주었다. 베르무데스는 자기가 그 지방의 최고 고미술 연구가이고, 그게 아니더라도 스페인에서 가장 세련되고 예의 바른 남자라고 믿었으며, 그것은 사실이었다. 그는 성직자가 아니라 양서류였다. 머리에서 발끝까지 검은색의 단정한 옷차림은 프리힐리스의 말을 빌리면 사제복이 환경의 영향을 받아 적응한 것이라고 할 만했다. 프리힐리스는 잠시 후에 등장하게 될 다윈주의자이다. 돈 사뚜르니노가 베르무데스 성의 아이를 낳겠다고 작정한다면 그 아이는 최소한 부제副祭가 되어 나올 거라는 게 프리힐리스의 말이었다. 고고학자는 키가 작은 편이었으며, 머리는 시커먼 돼지털처럼 빡빡 밀었다. 가급적 이마를 넓게 남겨두려는 거였는데, 일찌감치 대머리가 된 것을 적지 않게 흐뭇해한다고 알려져 있었다. 늙은 편은 아니었다. 본인은 '우리 주님 예수 그리스도의 나이'라는 식으로 농담을 하며, 속으로는 진지한 농담이라 믿었지만 사실 약간은 세속적인 느낌을 풍겼다. 외모가 신부처럼 보이는 건 그의 의도가 아니라 자연의 섭리일 뿐이었다. 돈 사뚜르노는 ─원래는 돈 사뚜르니노인데 사람들은 돈 사뚜르노라고 부른다─ 사람들이 자기를 성직자로 오해하는 바람에 여자들과의 진지한 만남에서 희망을 잃은 후 중국 잉크처럼 새까만 턱수염을 기르면서 정원의 회양목처럼 잘 손질해 가꿨다. 입이 상당히 큰 편이라, 기쁨을 주려는 목적으로 미소를 띠면 입술이 양쪽 귀에 걸렸다. 이렇게 웃을 때야말로 그의 위가 말을 안 들어 소화가 힘들고 고질적인 변비에 시달리는 바람에 다른 사소한 것들은 신경 쓰지 않는다는 것을 가장 확실히 알 수 있는 순간이었다. 그는 내장의 고통 때문에 잔뜩 주름 잡힌 일 그러진 미소를 지었다. 베르무데스는 그 미소와 함께 베뚜스따에서 가장 '정신적인' 남자, 심오하고 복잡한 열정을 가장 잘 이해하는 남자 행세를 하고 싶어했다. 그런데 그의 야심찬 정신세계에는 짧은 연대기와 고서들을 탐독하는 진지한 독서와 당시 빠리에서 출간되는 섬세한 심리소설들이 공존하고 있다는 사실에 주목해야 했다. 그는 결코 성직자처럼 보이고 싶어하지 않았다. 멋쟁이들이 입고 다니는 트리코직 정장을 주문해도, 베르무데스가 입었다 하면 그 옷이 순식간에 사제복으로 변하는 것에 재단사는 놀라움을 금치 못했다. 그는 상중이 아닌데도 늘 상복을 입고 다니는 것처럼 보였다. 그는 베뚜스따의 귀족들과는 대부분 인척관계인지라 누가 죽었다 하면 뛰다시피 조문을 갔고, 그래서 모자에서 상장喪章을 떼는 일도 아주 드물었다.

그는 자기가 사랑을 위해 태어났다고 마음속 깊이 믿었으며, 사실 고고학에 대한 열정도 사랑 다음이었다. 프랑스와 스페인의 유명한 소설에 등장하는 상류사회의 인물들이 자기처럼 희생자라는 답답한 마음을 가지고 있는 것을 보면서 자기에게 부족한 건 무대뿐이라는 터무니없는 생각도 서슴지 않았다. 베뚜스따의 젊은 여자들이 자기를 이해하지 못한다고 생각했다. 그런데 그가 혼자 있을 때 자주 고백하다시피, 그는 감히 여자에게 다가가 사랑한다는 얘기를 과감하게 건넬 위인도 되지 못했다.

혹 유부녀들, 그중에 적어도 몇명은 그를 제대로 이해할 수도 있었다. 그는 이런 생각이 들자 처음 일주일 동안은 양심의 가책을 느꼈다. 그러나 다시 그 생각이 매혹적으로 다가왔다. 그가 즐겨 읽는 소설들에서는 유부녀들이 거의 항상 주인공이었다. 물론 그녀들이 잘못을 저지르기는 했지만, 결말에 가서는 사랑과 굳은 믿음으로 구원을 얻었다. 그래서 그는 자기가 유부녀를 사랑할 수 있으며, 심사숙고 끝에 그 사랑이 더없이 순수한 이상주의의 범주 안에 있다면 그 사랑을 고백할 수도 있다는 확신에 이르렀다. 그리고 실제로도 베르무데스는 유부녀를 사랑하게 되었다. 하지만 아가씨들을 대할 때와 마찬가지였다. 감히 그 유부녀에게 사랑을 고백하지 못했던 것이다. 눈으로 사랑을 전하려고 노력했으며, 심지어는 성경과 동양서에 등장하는 비유와 알레고리를 사용해 전하려고도 했다. 하지만 베르무데스가 사랑하는 부인은 그의 눈에 전혀 관심이 없었고, 알레고리나 비유도 이해하지 못했다. 그녀는 베르무데스의 등 뒤에서 이런 얘기만 했다.

"돈 사뚜르노가 어떻게 그렇게 박식한지 모르겠네요. 어리석어 보이는데요."

베뚜스따에서는 이 부인을 판사 부인이라고 불렀다. 이미 퇴임했지만 남편이 법원의 판사였다. 그녀는 고고학자의 불타는 열정을 전혀 눈치채지 못했다. 지식을 사랑하는 감성적인 이 남자는 침묵 속에서 자기만의 유일한 사랑에 집착하는 데 지친 나머지 더욱 경솔하게 굴며 정신줄을 놓기도 했다. 그리고 어떤 여자든 한두번 눈길로 그를 현기증 나게 했다 하면 그보다 더 얼을 빼놓을 사람이 없기 때문에 그리 어려운 일도 아니었다. 4년 전부터 그는 무도

회나 사교모임, 연극, 산책에 절대 빠지지 않았으며, 귀부인들은 그가 스퀘어 댄스의 일종을(왈츠나 폴카 춤은 감히 시도도 하지 못했다) 추는 것을 볼 때마다 아직도 이런 얘기를 반복했다.

"하지만 베르무데스 이 작자는 정말 모르겠어!"

모든 사람들은 그를 까르뚜하 수도사라고 굳게 믿었다! 그리고 그는 이 때문에 절망했다. 물론, 그는 육체적인 사랑의 물질적이고 과감한 달콤함을 단 한번도 맛보지 못했다. 하지만 그게 보통 사람들에게도 확실하게 보이나? 물론 아침에 해가 뜨듯이 8시 미사에는 꼬박꼬박 참석했다. 하지만 한달에 두번 영성체하는 것과 같은 이러한 종교적 헌신이 그가 그토록 우기는 세속적인 남자라는 타이틀을 (그의 말대로) 폄훼하는 것은 아니었다. 만에 하나 사람들이 알게 된다면! 베뚜스따에서 흔히 말하듯 아랫것이나 돌아다니는 한밤중에 얼굴을 가리고 아주 조심스럽게 로사리오 거리로 나와, 어둠이 깔린 낀따나 거리로 꺾여져, 빤 광장의 회랑에 도착하는 사람이 대체 누구란 말인가? 그 시간에 꼴로니아 지역에서 혼자 모험을 즐기기 위해 엔시마다 지역을 나서는 사람이 대체 누구란 말인가? 바로 돈 사뚜르니노 베르무데스였다. 신학박사이자 민법과 교회법 두 분야의 박사이고, 인문학 석사에 자연과학의 학사인 바로 그였다. 게다가 그는 바로 『로마 시대의 베뚜스따』『고트 시대의 베뚜스따』『봉건시대의 베뚜스따』『기독교시대의 베뚜스따』『변화된 베뚜스따』로 구성된 베뚜스따 시리즈 저자였다. 망토와 접히는 모자를 쓰고 변장하고 나가는 사람이 바로 그였다. 그렇게 변장하면 아무도 자기를 알아보지 못할 것 같아 두렵지 않았다. 그런데 어디를 가는 걸까? 밖에서 유혹과 싸우기 위해서. 끝나지 않을 기나긴 산책으로 육신을 지치게 하기 위해서. 그리고 또한 약간의 일탈을 맛보기 위해서. 그는 나쁜 짓을 생각했다. 하지만 빠져들지 않을 자신은 있었다. 덕을 실천하고자 하는 노력 때문이 아니라, 추락의 나락으로 향하는 마지막 결정적인 발걸음을 절대 내딛지 못하는 두려움이 강했기 때문이다. 매일 밤 그는 그 경계선 앞에서 멈춰섰다. 더러운 골목길의 어둠속에는 지저분하고 시커먼 문이 조금 열려 있었다. 어떤 때는 앞에서 언급한 그 심연의 밑바닥에서부터 유혹을 느꼈다. 그러면 학자는 얼른 뒤로 물러나 정신을 차리고, 다시 넓은 거리로 나와 기분 좋게 맑은 공기를 들이마셨다. 그의 육체처럼 순수한 공기를 들이마셨다. 그러고는 자신의 고유 영역인 이상적인 동네로 가급적 서둘러 돌아가기 위해 「정결한 여인」[20]이나 「아름다운 자태」[21] 「거룩하고 강한 분」[22]을 부르며, 어릴 때 사랑했던 여자들이나 소설에서 읽은 여주인공들을 생각했다.

아, 이러한 순결의 승리들 속에 얼마나 큰 행복이 들어 있던가! 그때는 신의 섭리라는 생각이 얼마나 분명하고 확고했던가! 신비주의자들이 느끼는 황홀경이란 바로 이런 것이리라! 그렇게 베르무데스는 이상주의에 심취해 발걸음을 재촉했다. 마음속에 충만한 이상을 되뇌며 그는 감격하여 흘리는 눈물로 망토 깃을 적시며 집으로 돌아왔다. 그런 감동은 특히 달 밝은 밤에는 분명히 믿음에서 우러나온 것이었다.

---

20 Casta Diva. 이딸리아 작곡가 벨리니(Vincenzo Bellini)의 1831년 작품으로 벨깐또 오페라의 정수로 꼽히는 「노르마」(Norma) 1막에서 주인공 노르마가 부르는 아리아.

21 Spirto Gentil. 이딸리아 작곡가 도니쩨띠(Gaetano Donizetti)의 오페라 「라 파보리따」(La Favorita, 1840)에서 수도사 페르난도가 부르는 아리아.

22 성 금요일에 십자가를 경배하는 비탄의 노래. "거룩한 하느님, 거룩하고 강한 분, 거룩하고 죽지 않는 분, 불쌍히 여기소서 저희를."

저녁식사 후 그는 자기 집 서재에 틀어박혀 촛불을 밝혀놓고 시를 쓰거나, 아니면 책을 뒤적였다. 그러고는 마침내 자기 자신에 만족하고 삶을 기뻐하며 잠자리에 들었다. 중상모략에 물든 세상이지만 사람들이 무슨 말을 하든 아직은 선량한 사람들과 강인한 정신들이 존재하는 이 세상에서 행복을 느끼며 잠자리에 들었다. 올바른 행동에 대한 관념적인 쾌락이 부드럽고 푹신한 잠자리의 따뜻하고 기분 좋은 열기와 뒤섞이며 베르무데스는 조금씩 다른 사람이 되어갔다. 그럴 때면 자신이 이상향으로 꼽는 빠리에서 사교적인 남자가 되어 로맨틱한 사랑을 하는 모험을 상상했다. 잠자는 시간이 되면, 판사 부인의 모습이 그의 소설 속으로 돌아왔으며, 그는 판사 부인이나 그녀 못지않게 아름다운 다른 귀부인들과 매우 즐거운 대화를 나눴다. 그럴 때면 그는 여성적인 기지와 진지하고 남성적인 자신의 기지 사이에서 갈등했다. 모든 것이 정신적이기만 한 이런저런 대화들 속에서 잘해봐야 미래에나 받을 수 있는 막연한 보상에 대한 약속들을 들으며 고고학자는 차츰 잠 속으로 빠져들었다. 그는 상식에서 벗어난 말도 안되는 논리를 펼쳤으며, 심지어 도덕성마저 문란해졌다. 그리고 조금 전까지만 해도 신학박사를 구해주었던 강력한 두려움은 허물어졌다.

이튿날이면 베르무데스는 위에 통증을 느끼며, 절망 가득한 비관주의와 배 속에 가스가 가득한 몸과 개운치 못한 기분으로 깨어났다. 불쌍한 남자는 '메멘토 호모(인간이여, 기억하라)!'를 되뇌면서 강한 불쾌감과 함께 침대에서 일어났다. 그는 날카롭고 아프게 후회하며 올바르게 처신해야 한다고 다짐했다. 그러면서 그는 큼지막한 스펀지로 몸을 닦으며 차가운 물줄기로 뒷덜미를 적셨다. 청결이라는 덕목이 어쩌면 『변화된 베뚜스따』의 유명한 저자가 마호메트가 말하는 덕목 중 유일하게 긍정적으로 생각하는 것일 수도 있었다. 그는 정성껏 씻은 후 복음서가 원하는 새로운 인간을 찾으러 한번도 거르지 않고 미사를 드리러 나갔다. 새로운 인간이 조금씩 조금씩 돌아왔다. 그리고 매일 아침 예수 성심을 믿는 독실한 신자는 허영 때문이든 믿음 때문이든 자신의 재생을 믿었다. 그래서 그의 정신은 늙지 않았다. 그런데 그의 위가, 그 고약한 위가 불쌍한 남자의 열렬한 통회를 완전히 무시했다. 그런데도 물질이 비천하고 조잡한 게 아니라니!

그날 점심식사 전 베르무데스는 평소 친분이 있던 뽀마레스의 미망인인 옵둘리아 판디뇨에게서 향수 뿌린 편지를 받았다. 얼마나 감격했던지! 그는 수프를 먹은 후에도 그 의문스러운 편지를 열어보고 싶지가 않았다. 꿈꾸지 못할 이유라도 있나? 이건 뭐지? 편지봉투에 뱀처럼 돌돌 말린 두 글자 O. F.가 보였다. "옵둘리아 부인께서 보내셨습니다." 하인이 말했다. 그 여자는 걱정거리가 없는, 어쩌면 지나치게 쾌활한 여자였으며, 그 사실은 베뚜스따 전체가 알고 있었다. 상당히 특이한 여자였다…… 그렇다면…… 안될 이유도 없잖은가?…… 데이트 신청…… 사실 그들은 서로 어느정도 통하는 사이였다. 사람들이 의심하는 정도는 아니지만 어쨌든 서로 통하는 사이였다…… 그녀는 성당에서 그에게 눈길을 보내며 한숨을 쉬었다. 한번은 그녀가 보기에 베르무데스가 또스따도[23]보다 더 학식이 뛰어나다고 말했고, 그는 아빌라가 낳은 훌륭한 아들의 글을 읽은 적이 있었기 때문에 그 칭찬이 지닌 가치를 알 수 있었다. 또 한번은 그녀가 편지와 같은 향수 향이 나는 손수건을 떨

<hr>

23 알폰소 데 마드리갈(Alfonso de Madrigal, 1400?~55). 스페인 중부의 주(州)인 아빌라의 주교이자 작가.

어뜨렸고, 그가 손수건을 주워 건네며 그녀의 손가락을 건드리자 그녀가 이렇게 말한 적도 있었다. "고마워요, 사뚜르노." 존칭어인 '돈'을 빼고 사뚜르노라고만 말한 것이었다.

어느날 밤에는 비시따시온 올리아스 데 꾸에르보가 주최하는 모임에서 옵둘리아의 무릎이 그의 다리에 닿은 적이 있었다. 그는 다리를 치우지 않았고, 그녀는 무릎을 치우지 않았다. 그가 발로 그녀의 아름다운 발을 건드렸는데도, 그녀는 발을 치우지 않았다…… 그는 수프를 한숟가락 떠넣다가 잘못 삼켰다. 와인을 들이켠 후 편지를 열어보았다.

이렇게 적혀 있었다.

"사뚜르노, 당신이 매우 친절하시니, 오늘 오후 3시에 당신 집과 다름없는 저희 집에 방문해주시는 영광을 베풀어주실 수 있을까요? 기다리겠어요."

그는 편지를 뒤집어봐야 했다.

'마음이 급하네.' 학자는 생각했다. 하지만 뒷장에 이렇게 적혀 있었다. "빨로마레스에서 친구들이 찾아왔는데, 학식이 높은 분과 동행하여 대성당을 방문하고 싶어하네요……" 등등 베르무데스는 집회에서 망신당하기라도 한 듯 얼굴을 붉혔다.

"상관없어." 그가 혼잣말을 했다. "대성당을 방문한다는 건 핑계야." 그러고는 덧붙였다.

"그녀가 불경한 마음으로 나를 초대한다는 건 하느님이 잘 아시지!"

그는 최대한 신경 써서 옷을 차려입었다. 그는 고고학을 공부하는 러브레이스[24]처럼 생긴 자신의 모습을 틈틈이 거울로 확인한 후

---

24 쎄뮤얼 리처드슨(Samuel Richardson, 1689~1761)의 소설 『클래리사』(*Clarissa*) 속 인물로 여주인공을 유혹하는 방탕아.

옵둘리아의 집으로 향했다.

두 귀부인과 한 신사에게 온통 시커먼 그림의 탁월함을 설명하고 있는 이가 바로 그런 사람이었다. 그 그림 한가운데로는 올리브 색깔의 두개골과 앙상한 발의 복사뼈만 겨우 알아볼 수 있었다. 예수의 첫번째 제자인 싼뻬드로를 그린 그림이었다. 화가는 17세기 베뚜스따 사람으로, 베뚜스따와 그 지방의 골동품 전문가들만 아는 화가였다. 그래서 베르무데스에게는 그 그림과 화가가 매우 각별했다.

빨로마레스 신사는 꽤 기다란 건포도색 여름 외투를 입고 있었으며, 그 계절에 어울리지 않는 파나마 모자를 오른손에 들고 있었다. 그 모자는 4온스나 5온스 — 아바나의 가격이었다 — 나가는 것이었고, 그래서 가을 내내 쓸 수도 있겠다고 생각한 것이었다. 귀족 양반은 자기가 귀부인들보다 학자의 예술적 열정을 훨씬 제대로 이해한다고 믿었다. 보이지 않는 그림 앞에서 여자들이 놀라워하지 않는 건, 그녀들이 상당히 무식해서 그런 거라고 생각했다. 그는 적절한 문장을 찾다가 바로 이 문장을 찾아냈다.

"아! 정말이야! 확실합니다! 진짜 그래요!"

그러고서 그는 생각에 잠긴 듯 가슴 쪽으로 고개를 숙였다. 하지만 사실은 — 베르무데스의 말이었다 — 학자가 자기를 15분이나 불편하게 한 것에 대해 적절한 반응을 보이며 쉬고 싶어서였다. 마침내 파나마 모자를 쓴 남자가 탄성을 내뱉었다.

"베르무데스 씨, 제가 보기에 이 무지하게 유명한 그림은 그 저명한……"

"센세뇨.[25]"

---

25 오비에도 출신의 화가 안드레스 까레뇨(1591~1660)를 가리키는 것일 수 있다.

"그래요, 그 저명한 센세뇨. 그러면 더 멋있을 텐데……"

"보이기만 한다면 말이죠." 귀족 양반의 부인이 끼어들었다.

귀족 양반이 남편답게 억압적이고 살벌한 눈초리로 아내를 노려보며 바로잡았다.

"더 멋있을 겁니다…… 약간 그을리지만 않았다면 말이지요…… 양초나…… 향 때문이지 않을까요……"

"아닙니다. 그을렸다니요!" 학자가 양쪽 귀에 입이 걸릴 듯 환한 미소를 띠며 대답했다. "그을렸다고 생각하시는 게 바로 고색古色이라는 겁니다. 그게 바로 오래된 그림들의 매력이지요."

"고색!" 설득당한 시골 귀족이 탄성을 질렀다. "그래요. 그럴 가능성이 높겠군요." 그는 빨로마레스에 도착하면 고색이 뭔지 사전을 찾아봐야겠다고 다짐했다.

바로 그 순간 총대리신부가 베르무데스에게 인사를 건네기 위해 다가왔다. 그는 옵둘리아를 알아보고는 미소를 띠며 인사했다. 하지만 베르무데스에게 인사할 때보다는 미소가 약했다. 그러고는 학자가 소개하는 빨로마레스에서 온 사람들에게 머리와 상체를 깊이 숙여 인사했다.

"우리 교구의 자문신학자이자 총대리신부이신 페르민 데 빠스 신부님이십니다."

"오! 오! 네! 네!" 아까 멀리서 놀란 채 자문신학자를 바라보았던 시골 귀족이 감탄을 내뱉었다. 시골 귀족의 부인은 총대리신부의 손에 입을 맞추고 싶었지만, 남편의 눈길이 그녀를 가로막아 거의 쓰러질 듯 무릎만 꿇었다. 총대리신부는 자기 말이 원형 천장에 울려퍼지게 큰 소리로 말했다. 그리고 다른 사람들 또한 그를 따라 신나서 소리를 높였다. 그들이 들어선 순간부터 제의방을 오염

시킨 속세의 냄새는 이미 불경스러웠고, 옵둘리아 판디뇨의 경박한 웃음이 곧 그곳을 가득 채웠다. 베르무데스의 표현에 따르면 신선하고 진주 같은 웃음소리였다. 속세의 냄새란 돈 냄새이고, 손수건의 냄새이고, 학자가 가끔 꿈꾸는 옵둘리아의 냄새였다. 고미술연구가에게는 그 냄새가 초와 향의 냄새와 뒤섞인 영광스러운 맛이었다. 그렇게 조화나 화해를 통해 종교의 신비스러운 냄새와 에로틱한 냄새를 결합시키는 게 그의 이상이었다. 이승에서 모든 유혹을 뿌리쳤던 사람에게는 그것이 저승에서 최고의 보상이라고 믿었다.

베르무데스가 그림과 끝이 뾰족한 아치, 반원 모양의 아치, 아치의 홍예석 등 절대 이해하지 못할 쓸데없는 것들을 설명하는 동안, 지겨움을 제대로 감추지 못하고 있던 옵둘리아는 총대리신부의 등장에 좋아서 어쩔 줄을 몰라했다. 페르민 신부는 그녀의 고해신부였으며, 그는 이런 먹잇감에 굶주려 있는 꾸스또디오 신부에게 그녀를 넘겨주려고 몇번이나 시도했지만 헛수고였다. 그 여자는 페르민 신부의 신경을 건드렸다. 그녀는 걸어다니는 스캔들이었다. 성당에 입고 온 옷차림만 봐도 알 수 있었다. 이런 여자들이 종교의 권위를 실추시켰다. 옵둘리아는 진홍색 비로드 보닛 모자를 과시하듯 쓰고 있었고, 그 보닛 아래로는 인위적이고 칙칙하고 지저분한 금발 곱슬머리가 요란하게 꼬불거리며 금빛 폭포처럼 풍성하게 삐져나와 있었다. 8일 전 총대리신부는 고해실의 격자창 사이로 완벽하게 새까만 머리를 봤다! 귀부인이 움직이지 않는 한 드레스는 특별할 게 전혀 없었다. 새까만 융단 스커트였다. 하지만 최악은 하늘을 향해 절규하는 것 같은 선홍색 실크 가슴조끼였다. 그 가슴조끼는 자연으로부터 과다하게 축복받은 여성의 몸매를 흉갑에(다른 것으로는 불가능했다) 꽉 조여 맸다. 팔하고! 가슴이! 모두 한순간에 터질 것 같았다! 성당에서는 그 어떤 스캔들도 원하지 않는 신학자에게는 이 모든 것이 짜증나는 반면, 베르무데스에게는 더없이 좋았다. 그 귀부인은 믿음을 마드리드나 빠리, 로마처럼 큰 도시에서 통용되는 유행처럼 이해했다. 그러나 베뚜스따에서는 통하지 않았다. 그녀는 비슷한 성격의 여자 친구에게 화장하며 수다 떨듯이 은밀한 목소리로 엄청난 죄를 고해했다. 그녀는 자기와 친한 서인도제도의 대주교와 소탈한 그리스 나우쁠리아의 주교를 자주 들먹였다. 그녀는 가톨릭 복권을 제안하고, 점잖은 사람들을 위한 자선무도회와 9일기도, 어려운 사람들을 위한 부채탕감 행사를 '조직'했다…… 별의별 것들을 다 해댔다! 총대리신부는 가능한 한 그녀를 자제시키려고 했지만 늘 성공하지는 못했다. 거의 절대적인 그의 권위조차도 손가락 사이로 새어나가는 수은 덩어리처럼 붙잡아두지 못했다. 옵둘리아는 그를 지치고 멀미 나게 했다. 그런데 그녀가 그를 유혹하고, 나우쁠리아 주교에게 했던 것처럼 그를 손아귀에 넣으려고 하다니! 그녀가 주교와 함께 마드리드의 파이스 호텔에서 가운데 칸막이를 치고 함께 지냈을 때, 무척이나 매너가 좋은 주교는 그녀에게서 단 한시도 떨어지지 않았다. 그녀는 페르민 신부에게 더할 수 없이 뜨거운 눈길을 보냈다. 불타는 듯한 크고 까만 눈보다 더 까만 눈길을 보냈다. 미망인의 추종자들은 그런 사실을 알고 있었으며, 그래서 그를 질투했다. 하지만 그는 그녀의 집착을 저주했다.

'멍청한 여자 같으니, 베르무데스를 정복했듯이 나를 정복할 수 있다고 믿는 거야?'

페르민 신부는 마음속으로는 그녀를 싫어했지만, 이곳에서는 친구와 적의 구분이 없기 때문에 그녀에게 늘 친절하고 예의 바르게 대했다. 페르민 신부는 다른 사람에게 흠을 잡히지 않기 위해서라도 그 사람을 자기 발아래로 누르고 있었다. 페르민 신부나 베르무데스, 둘 모두에게 정중함은 똑같은 교리였지만 결과는 너무 달랐다.

대성당의 유물이 얼마나 훌륭한지 얘기하는 동안 시골 귀족은 얼이 나갔고, 그의 부인은 감탄사를 연발하였으며, 옵둘리아는 높이 걸려 있는 거울을 들여다보려고 안간힘을 썼다.

총대리신부는 그들과 작별했다. "부인들과 함께 있을 수가 없습니다. 정말 죄송합니다…… 거룩한 부르심, 성무일도를 바치러 가야 하거든요." 모두 몸을 숙여 인사를 건넸다.

"중요한 일이 우선이지요." 빨로마레스 귀족이 주님을 언급하며 한쪽 무릎을 꿇었다(주님에게 꿇은 건지 총대리신부에게 꿇은 건지는 알 수 없었다).

페르민 신부는 다행히 베르무데스가 베뚜스따의 유적지에 대한 살아 있는 연대기이기 때문에 자기가 없어도 상관없을 거라고 말했다.

베르무데스는 양 눈썹을 높이 치켜뜨며, 바닥에라도 입을 맞출 듯했다. 그러고는 송곳처럼 뚫을 듯한 진지한 눈빛으로 옵둘리아를 바라보았다.

'이제 들었지요. 최고의 신학자의 말씀에 따르면, 내가 최고의 고미술사입니다.' 그는 이 모든 말을 눈으로 전하려 했지만 그녀는 알아듣지 못했다. 페르민 신부와 헤어질 때 두 눈으로 주름 잡힌 넉넉한 망토에다 영혼을 걸어두었기 때문이다. 페르민 신부는 옷장 가까이 가서 수단을 벗고는 엄숙한 표정으로 몸에 딱 달라붙는 장백의를 입고 그 위에 제의를 걸쳤다.

"정말 잘생겼어!" 시골 귀족들이 베르무데스가 자랑하는 다른 그림을 맹목적인 믿음으로 감탄하며 감상하는 동안 옵둘리아가 멀리서 말했다.

그들은 제의방 전체를 한바퀴 돌아보았다. 문 근처에 유명한 화가들이 그린 썩 나쁘지 않은 모조 그림들이 몇 작품 더 있었다. 그 그림들이 훨씬 잘 보였기 때문에 시골 귀족에게는 그 그림들이 센세뇨의 기적보다 훨씬 마음에 들었다. 하지만 신중한 남편은 베르무데스가 활기차고 화려한 색상들 앞에서 약간 무시하는 표정을 짓는 걸 보고는 그 앞에서는 괜히 요란 떨지 말고 조용히 지나가라며 아내를 팔꿈치로 쿡 찔렀다. 그 그림들 중에는 세비야의 인꾸라블레스 병원에 걸린 무리요의 그 유명한 「성 요한」을 상당히 잘 모방하고 꽤 신중하게 표현한 그림 한점이 있었다. 시골 부인은 유독 그 성자의 머리에 빠져들었다. 한번 보면 절대 잊을 수 없을 만한 것이었다.

"오우! 정말 아름답네요!" 그녀가 참지 못하고 탄성을 질렀다.

베르무데스가 동정어린 미소를 띤 채 쳐다보고는 말했다.

"예, 작고 아름다운 작품이지요. 하지만 엄청 유명하기도 하지요."

그러고는 어둠속에서 양어깨 위로 병든 거지를 짊어지고 가는 성 요한에게서 등을 돌렸다.

시골 귀족이 아내를 꼬집었다. 그는 얼굴이 시뻘겋게 달아올라, 나지막한 목소리로 아내를 야단쳤다.

"당신은 늘 나를 망신시켜야 좋겠어? 저기엔…… 고색이 없는 거 안 보여?"

그들은 제의방을 나왔다.

"여기로." 베르무데스가 오른쪽을 가리켰다. 그러고서 그들은 십자가가 있는 곳을 가로질러갔다. 그러자 열심히 기도를 드리고 있던 여신도들이 기도를 멈추고 옵둘리아의 붉은 조끼를 뚫어질 듯 무섭게 노려보았다. 움직이지 않는 동안에는 달리 특별한 것이 없던 융단 드레스가 미망인이 걷는 순간부터는 그렇게 파괴적일 수가 없었다. 드레스가 몸에 꽉 껴서 조각 같은 몸매가 더욱 드러나, 그곳의 거룩한 분위기에 적합하지 않았다.

"신사 숙녀 여러분, 왕들의 빤떼온을 보러 가시지요." 고고학자가 매우 나지막하게 중얼거렸다. 그는 이미 『고트 시대의 베뚜스따』와 『기독교시대의 베뚜스따』의 각 구절을 준비해두었다. 사실대로 말하자면, 왕들의 이름이 왔다 갔다 했다. 즉 베르무데스가 왕들을 뒤섞어가며 착각한 것이다. 옵둘리아의 드레스가 그 착각의 원인이었다. 베뚜스따에서는 처음 보는 그 과감한 발명품에 학자는 정신이 오락가락했다. 꿈속에서 아니면 절대 볼 수 없는 우아하고 의미심장한 곡선이 그 드레스를 통해 그의 눈앞으로 펼쳐졌던 것이다. 하늘거리며 교묘하게 사람의 마음을 뒤숭숭하게 하는 옵둘리아가 거룩한 장소와 대조를 이루며 마음의 불을 가라앉히기보다 모닥불에 기름을 들이붓듯 그의 마음에 불을 지펴놓는 바람에 신실한 고미술연구가는 크나큰 시름을 느꼈다.

그들은 빤떼온의 경당으로 들어섰다. 넓고 어둡고 차가운 곳이었다. 세련되지는 않았지만 장엄하고 웅장한 정결함이 있었다. 옵둘리아의 꽉 끼는 짤막한 드레스 아래로 드러난 청동색 구두가 경박하게 내는 따각 소리와 페티코트에서 스치는 요란한 실크 소리, 흰눈처럼 부푼 풀 먹인 속바지가 사각거리는 소리가 들렸다. 베르무데스에게 그렇게 보이고 들린 것은 이미 몇차례 그 속바지를 목도한 적이 있었기 때문이다. 그렇게나 훌륭한 군주들의 영원한 안식에 관해 고고학자가 한 말이 사실이라면, 그들은 그곳에서 수세기 동안 잠들어 있는 왕들의 잠을 깨우러 달려간 것이 될 수도 있었다.

"이곳에는 군주들께서 8세기부터 누워 계십니다……" 그러고서 그는 oi 대신에 ue라고 우스꽝스럽고 촌스럽게 발음하는 시골 귀족을 배려해 모음을 바꿔가며 예닐곱명의 이름을 언급했다.

시골 남자는 베르무데스의 학식과 언변에 깊은 감동을 받았다.

지하 경당에는 벽으로 파서 들여놓은 거대한 석조 관이 하나 있었는데 판독 불가능한 부조와 비문이 가득했다. 관과 벽 사이에 0.3미터 정도의 좁은 통로가 있었는데 그 건너편으로 같은 거리에 쇠창살이 있었다. 통로 안쪽은 완벽한 어둠이었다. 시골 방문객들은 그 쇠창살 쪽에 서 있었다. 베르무데스, 그리고 그의 뒤를 따라 옵둘리아가 어둠에 잠긴 통로로 사라졌다. 베르무데스가 왕들을 호명한 후 엄숙한 침묵이 뒤따랐다. 학자가 헛기침을 하고 말을 이으려고 했다.

"귀족 어르신, 성냥 좀 켜주세요." 옵둘리아가 말했다.

"여긴…… 없는데. 하지만 초를 빌리면 됩니다."

"아닙니다. 그럴 필요 없습니다. 비문은 다 외워서 알고 있습니다…… 게다가 읽을 수도 없습니다."

"라틴어로 적혀 있나요?" 시골 부인이 감히 물었다.

"아닙니다. 지워졌습니다."

불은 밝혀지지 않았다.

고고학자는 15분 가까이 말을 이어나갔다. 그는 임기응변으로 자신의 『베뚜스따』 시리즈 작품 중 하나에서 1장, 2장, 3장, 4장을 읊었고, 글자 하나하나까지 옮겨야 마땅한 에필로그를 마무리지으려는 순간 옵둘리아가 그의 말을 가로막았다.

"하느님 맙소사! 쥐가 있는 거야? 여기 뭔가 있는 것 같은데……"

그러고는 비명을 지르며 베르무데스에게 매달렸다. 그는 어둠의 비호를 받아 자신의 어깨를 짓누르는 여자를 양손으로 잡았다. 그는 옵둘리아를 꼭 끌어안아 진정시킨 후 이런 말을 하며 결론지었다.

"이 유명한 왕들은 귀한 보석과 부러운 특권, 믿음의 재정을 기탁하여 베뚜스따의 거룩한 대성당을 대접하였으며, 대성당은 유한한 육신에게 세세에 이어지는 지상의 화려한 저택으로 보답하였습니다. 장엄한 기탁물과 함께 베뚜스따는 문화중심지로서의 명성이 더 높아져 뚜이와 두니오, 브라가, 이리아, 꼬임브라, 비세오, 라메고, 셀레레스, 아구아스 깔리다스 등등의 성교회를 넘어서는 헤게모니를 쥐고 있습니다. 말하자면 그렇다는 겁니다."

"아멘!" 시골 귀족 부인이 더는 참지 못하고 소리 질렀다. 한편 옵둘리아는 어둠속에서 베르무데스의 양손을 꼭 쥐며 축하를 전했다.

2장

성무일도 시간이 끝났다. 공경하올 사제들은 연신 하품하는 가운데 주를 찬양해야 하는 그날의 의무를 마쳤다. 그들은 기계적으로 공무를 수행하는 전형적인 공무원 못지않게 지겨운 표정으로 한명씩 줄지어 제의방으로 들어갔다. 일용할 양식을 얻기 위한 이런 노력이 유용하다고 믿지않는 그들은 늘 똑같은 모습이었다. 다시 사제복을 입기 위해 벗고 있는 장백의와 제의가 군데군데 닳아있듯이 고결한 사제들의 영혼 역시 매일 반복되는 정시과로 닳아있었다. 베뚜스따 성직자회의에서도 다른 여느 단체에서 흔히 볼 수 있는 모습이 엿보였다. 몇몇 신부들은 서로 말을 나누지 않았으며, 어떤 사람들은 인사조차 건네지 않았다. 하지만 이러한 부조화를 외부 사람이 눈치채기란 여간해선 어려웠다. 신중함이 그런 떨떠름한 관계를 잘 덮어주었으며, 전체적으로 보면 잘 화합되고 유쾌한 분위기였다. 그들은 서로 악수를 건네기도 하고, 어깨를 툭 치기도 하고, 끊임없이 농담을 건네기도 하고, 우스운 얘기도 주고받고, 웃기도 하고, 귓속말로 비밀 얘기도 했다. 과묵한 사람들은 얼른 작별인사를 하고 성당을 떠났으며, 작별인사도 없이 떠난 사람들도 없지 않았다.

총대리신부가 들어왔을 때, 깔라따유드 태생의 아라곤 사람인 까예따노 리빠밀란 신부가 팔꿈치를 테이블의 대리석에 기대지도 못하고 한쪽 손으로 잡고 있었다. 그는 흔적을 쫓는 개처럼 여러번 킁킁거리며 냄새를 맡더니 탄성을 내뱉었다.

내 코에 와닿았네.
냄새가……[1]

총대리신부가 등장하자 리빠밀란 수석사제는 입을 다물었다. 그는 인용하려던 것을 얼른 그만두고 덧붙였다.

"페르민 신부님, 이곳에 치마 두른 분들이 계셨나보지요?"

그러고서 그는 대답도 기다리지 않고, 눈이 부실 듯한 젊은 미망인의 미모에 대해 깍듯하면서도 장난기 가득히, 약간은 야하게 언급했다.

리빠밀란 수석사제는 일흔여섯으로 좀 늙었지만 기운이 넘치고 쾌활한 노인이었다. 깡마른 체구에 불에 그을린 양피지처럼 자글자글한데다 낡은 가죽 같은 피부색이었다. 정확한 이유는 모르겠지만 그는 전체적으로 실제 크기의 콘도르를 연상시켰다. 물론 까치나 털이 빠져 졸아든 개똥지빠귀를 훨씬 닮았다고 말하는 사람

------

[1] 모차르트의 오페라 「돈 조반니」 1막 2장에서 조반니가 도나 엘비라가 등장하자 외치는 가사를 옮긴 듯하다.

들도 있다. 확실히 외모나 행동에서 새의 모습을 많이 닮았으며, 특히 그림자를 보면, 그 말이 더 분명한 듯했다. 그는 깡말라 뾰족한 인상이었으며, 옛날 사람들이 쓰던 돈 바실리오[2]풍의 챙이 많이 올라간 길고 좁다란 천모자를 쓰고 다녔다. 게다가 그가 모자를 목덜미 쪽으로 젖혀서 썼기 때문에, 머리에 천체 망원경을 이고 다니는 것처럼 보였다. 거기에다 근시가 심해 길게 구부러진 코 위에 금테 안경을 얹어 결점을 보완했다. 안경알 뒤로는 근심 가득한 까맣고 동그란 작은 눈이 반짝였다. 그는 학생풍으로 사제복을 입고 다녔으며, 주로 양팔을 허리춤에 얹고 다녔다. 그러다가 신학이나 교회법과 관련된 대화가 나오면, 오른손을 뻗어 엄지와 검지로 안경 모양을 만들었다. 대부분 대화 상대방이 그보다는 키가 컸기 때문에, 상대방의 얼굴을 보려면 리빠밀란은 고개를 비틀어 우리에 갇힌 새들이 흔히 그러듯 한쪽 눈으로만 봐야 했다. 리빠밀란은 참사회원인데다가, 사제석에서 주교의 오른쪽에 앉는 명예를 지닌 수석 사제의 위엄까지 갖추고 있었다. 그러나 그는 이러한 지루한 직함이나 각하 같은 존칭 때문이 아니라 전원풍의 경구시를 짓는 시인으로서의 뛰어난 재능 때문에 자기가 존경과 감탄을 받는다고 생각했다. 가르실라소[3]와 그와의 동향인인 유명한 마르티알리스[4]가 그의 작은 신이었다. 그외 멜렌데스 발데스[5]를 높이 평가했고, 이나

---

2 오페라 「세비야의 이발사」(1816)에서 여주인공 로시나의 음악 선생.

3 가르실라소 데 라 베가(Garcilaso de la Vega, 1498~1503). 쏘네트를 널리 알린 스페인 최고의 시인.

4 마르쿠스 발레리우스 마르티알리스(Marcus Valerius Martialis). 스페인 출신의 고대 로마 시인. 경구로 인간의 통속성을 풍자했다.

5 후안 멜렌데스 발데스(Juan Meléndez Valdés, 1754~1817). 스페인 시인이자 법률가이고 정치가.

르꼬 쎌레니오[6]도 많이 존경했다. 그는 마흔살에 베뚜스따에 와서 교회의 녹을 받으며 36년째 대성당의 성무일도에 참석하고 있었으며, 베뚜스따가 고향인 사람들보다 더욱 그곳 토박이 같다고 할 수 있었다.

많은 사람들은 그가 다른 고장 출신인 것을 몰랐다. 그는 시 말고도 세속적인 욕망 두가지를 더 가지고 있었다. 바로 여자와 엽총이었다. 엽총은 포기했지만, 여자에 대해서는 30대 때의 순진무구함으로 여전히 경배하고 있었다. 하지만 리빠밀란의 오랜 독신서원에 대해서는 성 금요일마다 레스토랑에서 고기를 자르는 자유사상가들을 포함하여 베뚜스따 사람 어느 누구도 감히 의심하는 사람이 없었다. 그의 방식은 전혀 달랐다. 그의 여성 숭배는 성욕과는 전혀 상관이 없었다. 그가 말하길 여자는 시적 과제였다. 그는 황금세기의 시인처럼 목에 힘을 주고서 '주제'라는 말보다 '과제'라 표현하였다. 그는 젊었을 때부터 숙녀들에게 매너 좋은 신사처럼 행동했으며, 여자들 모임에 자주 참석하면서 짧은 연가를 작곡해야한다는 필요성을 절감하였다. 연가의 의도가 순수한 만큼 내용은 풍자적이고 신랄했다. 성직자회의에서는 한때 리빠밀란의 집착이 무슨 범죄라도 되는 듯 스캔들처럼 회자되기도 했었다. 수석사제가 위대한 문학 후원가인 꼬루혜도 후작의 후원을 받아 출간한 시집을 불태워야 한다며 신랄하게 비판하던 비타협적인 어두운 시절도 있었다. 돈 뽐뻬요 기마란을 파문하려고 했던 때가 바로 이 시기였다. 이 인물은 나중에 차차 만나게 될 것이다.

그러한 광풍은 지나갔고, 수석사제는 악의 없는 전원풍의 시들

---

6 스페인의 뛰어난 극작가이자 시인인 레안드로 페르난데스 데 모라띤(Leandro Fernández de Moratín, 1760~1828)의 예명.

을 잔뜩 짊어진 채 산속에 사는 토끼와 자고새들을 제외한 모두의 사랑을 받으며 두둥실 떠다녔다. 물론 그 당시에는 수석사제가 아니었다. 그때야말로 정말 옛날이었다! 이제는 누가 멜렌데스 발데스나 「빌빌리스 목동의 목가와 시들」을 기억한단 말인가? 그러니까 빌빌리스 목동은 바로 다름 아닌 돈 까예따노 리빠밀란이었다. 낭만주의와 자유주의는 완전히 파산했다. 낭만주의는 지나갔지만 목가풍은 아직 돌아오지 않았고, 경구시는 아무리 신랄해도 별 충격을 주지 못했다. 리빠밀란 신부가 말하듯, 그는 '그 시대의 잘나가는' 성직자는 아니었다. 그는 체제를 위해 과거를 칭찬하지도 않았고, 시에 관한 한 혁명은 아무런 이점도 가져오지 않았다고 고백했다.

"우리는 위선 가득하고 무례하고 슬픈 사회에서 살고 있습니다." 그는 자기를 많이 따르는 베뚜스따의 젊은 신사들에게 말했다. "예를 들어, 여러분은 제대로 춤을 출 줄도 모릅니다. 아니면 얘기해보십시오. 어떻게 여인의 허리를 붙잡고 여러분 가슴에 꼭 잡아당기는 게 훌륭한 교육이라고 말할 수 있습니까?"

그는 살롱에서 은밀한 폴카 춤을 춘다고 믿었다. 수년 전 흥미로운 여행을 갔다가 마드리드에서 그 춤을 본 적이 있었던 것이다.

"우리 시절에는 다른 춤을 추었지."

수석사제는 자기가 의자하고만 춤을 춰봤을 뿐, 실제로는 누구와도 춰본 적이 없다는 사실을 기꺼이 잊어버렸다. 그러나 이건 기억했다. 옛날 그가 신학생이었을 때는 그 역시 훌륭한 피리 연주가였고, 파트너 없이도 춤을 잘 췄다는 것이다. 어찌 됐든 그는 신이 내려주신 풍부한 시적 판타지로 우아함과 매력을 발산할 수 있는 스퀘어 댄스를 상상하며 혼자 춤을 췄다. 소모임에서는 팔 아래로 모자를 끼고 사제복을 약간 추켜올린 후 발로 장단을 맞춰가며 사제복을 우아하게 흔들면서 재치 넘치는 춤을 홀로 추었다. 혼자 빙그르 돌다가 무릎을 꿇었다가, 심지어는 펄쩍 뛰어올라 양발을 교차하기도 했다. 젊은이들은 재미있어하며 웃었고, 사람 좋은 수석사제는 산문이 유행하던 시절에 펜으로 이루지 못한 승리를 발로이루며 영광을 맛보았다.

그 춤은 70대로 접어든 수석사제가 빠지지 않고 참석하는 여러 모임에서 볼 수 있었다. 의사들이 그에게 글쓰기를 금지하고, 밤에 책을 읽는 것까지 금지한 이후, 그는 즐겁고 우아한 사교 모임 없이는 지낼 수 없었다. 카드놀이도 지루했고, 신사복을 입은 신부 주교들의 비밀모임도 우울했다. 그는 자유주의자도 왕정주의자도 아니었다. 성직자였다. 그는 젊은이들에게 관심이 많았고, 베뚜스따의 지식인들보다 젊은이들과 어울리기를 좋아했다. 그 지역의 아마추어 시인과 기자 나부랭이들은 그가 영악해 꿍꿍이속이 따로 있지만 늘 예의 바르고 유쾌한 평론가라고 생각했다. 예를 들어, 그가 길을 가다가 베뚜스따에서 제일 입김이 센 시인인 뜨리폰 까르메네스를 만난 적이 있었다. 뜨리폰은 시 경연대회에서 피를 흘리지 않고도 늘 승리를 거두는 영원한 승자였다. 그때 리빠밀란이 그를 손가락으로 부른 후 구부러진 코를 시인의 넓찍한 귀에 바짝 대고 말했다.

"나도 봤는데…… 나쁘지는 않았어. 하지만 '그리스 시인들을 밤낮으로 손에서 놓지 말라'라는 말을 잊어서는 안되네. 고전작가들! 뜨리폰, 특히 고전작가들 말일세! 그것만한 소박함이 어디 있겠나?"

나는 작은 새 한마리를 보았네,

백리향 위에 앉아 있는

그러고서 리빠밀란은 두 눈에 눈물을 글썽인 채 입에 침을 고여가며, 비예가스의 서정시를 마지막 줄까지 모두 낭송했다. 사제회의에서는 수석사제가 노망났다는 전제하에 그의 이런 허물없는 행동을 용서했다.

"아무리 그래도 말입니다." 법무장관의 친척뻘로 베뚜스따에 새로 부임한 아주 젊은 신부가 말했다. "아무리 그래도 말이지, 수석사제가 매사에 지나치게 경솔하게 말하는 것은 가만히 듣고 있을수가 없습니다. 그는 무작정 경솔하게 뱉어내고, 서둘러 판단한단말입니다. 그러고는 높은 지위에 있는 사람에게 어울리지 않는 단어와 인용구들을 사용합니다."

수석사제는 가끔 신랄한 경구시로 은근히 혼내줌으로써, 자주젊은 신부의 입을 다물게 했다.

"아니야, 아니지. 나랑 동향이자 내가 좋아하는 마르티알리스시인이 그런 경우를 대비해 남겨둔 시를 들려주겠네. 자 들어보라고."

내 글은 음탕하지만 내 삶은 정숙하다

이런 말로 자신은 혀끝만 음란하지만, 다른 성직자들은 그 못지않게 다른 부위가 음란함을 넌지시 지적했다. 사실 맞는 말이긴 했다. 리빠밀란이 이런 종류의 이야기에서 너무나도 솔직한 게 어제오늘 일은 아니었다. 사실 그는 이런 주제에서는 한평생 수다쟁이였다. 그러나 순전히 입으로만 떠들어댔다. 물론 마르티알리스 시를 이렇게 인용한 것은 완전히 자유로운 번역이었다.

그날 오후 수석사제는 상당히 말이 많았다. 옵둘리아의 대성당 방문이 그의 본능적인 성욕 결핍과 여자에 대한, 말하자면 귀부인에 대한 무조건적인 열정을 자극했던 것이다. 아무도 눈치채지 못했지만, 옵둘리아의 체취를 리빠밀란은 여전히 느낄 수 있었다.

총대리신부는 의미없는 미소를 띤 채 대답했지만 그 자리를 뜨지는 않았다. 수석사제에게 할 말이 있었다. 총대리신부는 성무일도가 끝난 후 제의방에 따로 남아 얘기를 나누는 모임에는 동석하지 않았다. 날씨가 좋으면 그 모임 사람들은 함께 거리에 나가 산책하거나, 에스뿔론으로 향하기도 했다. 비가 내리거나 날씨가 꾸물거리면 빨로마가 성당 열쇠를 가지고 들어와 기적을 낼 때까지 계속 얘기를 나눴다. 그러고 나서 그들은 각기 자기네 집으로 향했다. 성무일도가 끝난 후 얘기를 나눴다고 해서, 그들이 서로 친한 사이라고 생각해서는 안되었다. 그곳에서도 남 말하기 좋아하는 사람들의 일반적인 법칙이 적용되었다. 모두 그 자리에 없는 사람들에 대해 쑥덕거렸다. 자기네는 아무 결점도 없이 바른 길만을 가고 있으며, 다시는 서로 보지 않을 사람처럼 수군거렸다. 그러다가도 누군가 자리를 뜨게 되면, 남아 있는 사람들은 예의상 몇분간은 가만히 있었다. 경솔하게 자리를 뜬 사람이 집에 도착할 즈음 남아 있던 사람들 중 누군가 갑자기 입을 열었다.

"그 사람은 말이지……"

그러면 문을 가리키는 동작과 그 말이 무슨 의미인지 모두 알고 있었다.

"완전 폭탄이지!"

그러고 나면 그 사람에게는 뼈마디 하나 성한 게 없었다.

수석사제는 말이 적은 사람은 아니었다. 레스띠뚜또 모우렐로 주임신부에게도 별명을 붙여주었고, 주임신부는 자기 등에 붙어 있는지도 모르고 그 별명을 달고 다녔다. 사제회의에서는 아무도 그를 '모우렐로'나 '주임신부'라고 부르지 않고, '글로스터'라고 불렀다. 주임신부는 오른쪽 어깨가 약간 삐뚤어졌으며 ─ 그 외는 장관의 친척 못지않게 키가 크고 훤칠한 청년이었다 ─ 이러한 고칠 수 없는 결점이 그가 늘 원하는 늠름한 모습에 걸림돌이 되었기 때문에, 그는 그것을 극복하기 위해 노력하거나 재미있게 웃어넘기려고 했다. 그는 그 결점을 감추지 않고, 오히려 몸을 수양버들처럼 오른쪽으로 더 기울여 육체적 결함을 강조했다. 그 이상한 자세로 인해, 모우렐로 주임신부는 늘 뭔가를 노리는 사람처럼 보였다. 그는 소문보다 앞서 소식을 알아내 의도를 파악하려 했으며, 심지어는 열쇳구멍으로 엿듣기도 했다. 모우렐로 주임신부는 다윈에 대해 읽어본 적은 없지만, 자기 몸이 만들어내는 이탤릭체 F자 모양과 영악함, 교활함, 내숭, 내밀한 악의, 심지어 그가 가장 중요하게 여기며 정석이라고 생각하는 마끼아벨리즘 사이의 미스터리하면서도 신비로운 관계를 발견했다. 그는 총대리신부의 미소를 살짝 닮은 자신의 미소로 세상 전체를 속이고 있다고 믿었다. 그리고 그건 사실이었다. 모우렐로는 확실히 두가지 얼굴을 가지고 있었다. 그는 축제에 가는 얼굴을 하고 나갔다가, 시장에 간 얼굴을 하고 돌아왔다. 그는 끈끈한 친절로 애써 질투를 감췄으며, 어리바리한 것처럼 보였지만 절대 어리바리한 사람은 아니었다.

"하지만 그의 친절도 모두 속이지는 못하지. 그가 아무리 영악하고 처세술에 능하다고 해도 마끼아벨리의 발끝에 미치지 못해." 수석사제가 말했다.

모우렐로 주임신부는 거의 항상 상대방의 귀에 대고 귓속말을 하고 양쪽 눈을 번갈아 윙크하며, 야바위꾼의 주사위 종지처럼 한 가지, 심지어 두어가지 숨겨진 뜻이 담긴 문장을 즐겨 썼다. 자신의 믿음이 단순하고 자연스러운 것처럼 보이기 위해, 외양에 치중하는 의식에는 무심하게 굴기도 했다. 그는 모든 것이 비밀스러웠다. 자기와 통하는 사람에게만 처음으로 딱 한번 마음을 연다는 식으로 말했다.

"물고기는 주둥이 때문에 망합니다. 그건 나도 잘 알지요. 다문 입에는 파리가 절대 못 들어간다는 말을 잊어버리지 않습니다. 하지만 당신한테만큼은 솔직하고 분명하게 말씀드리고 싶네요. 평생 처음 있는 일입니다. 한번 들어보실래요?"

그러고서 그는 비밀을 얘기했다. 아리송한 분위기를 풍기며 나지막하게 말했다. 그는 제대로 들리지 않을 정도로 소곤거리며 수시로 제의방에 들어왔다.

"날씨가 좋네요, 신사 여러분! 이런 날씨가 계속되면 좋겠습니다!"

리빠밀란은 예전에는 가뭄에 콩 나듯 어쩌다 한번씩 연극을 봤는데, 무대 옆 관람석의 어둠속에 숨어서 얼굴을 가리고 다녔다. 한번은 밤에 브레똔 데 로스 에레로스가 각색한 「에두아르도의 자식들」[7]이라는 연극을 본 적이 있었다. 그때 뒤틀린 모습의 곱사등이에다 음흉한 섭정인 글로스터가 무대에 등장하자마자 리빠밀란이 소리 질렀다.

"여기 주임신부가 오셨다!"

---

7 원작은 프랑스 작가 까지미르 드라비뉴(Casimir Delavigne, 1793~1843)의 작품 (1833)으로, 마드리드에서는 1835년에 초연했다.

곧 그 말은 유명해졌다. 이후 베뚜스따의 교양있는 분들에게 돈 레스띠뚜또 모우렐로 주임신부는 글로스터가 되었다. 주임신부는 그곳에서 수석사제의 얄궂은 농담을 재미있는 척 흘려넘겼다. 수석사제가 있든 없든 모우렐로 주임신부는 그의 혀를 두려워했다. 리빠밀란 수석사제는 자주 발뒤꿈치를 디디며 몸을 돌렸는데, 그가 몸을 돌리면 글로스터는 한쪽 눈을 깜빡여 성당 참사회장에게 윙크하며 손가락 한개를 이마에 대고 돌렸다. 목가풍 시인의 광기를 얘기하려던 것이었다. 리빠밀란이 계속해서 얘기했다.

"아닙니다, 여러분. 아니에요. 나는 밑도 끝도 없는 얘기를 하는 게 아닙니다. 나는 이 미망인이 궁정에서 어떤 삶을 살았는지 잘 압니다. 그녀가 그 유명한 나우쁠리아 주교와 절친한 사이이기 때문이지요. 나도 그곳에서 그 주교님과 친한 사이였거든요. 아레날 거리의 한 여인숙에서 나는 옵둘리아 부인을 제대로 알 기회가 있었습니다. 그전에는 베가야나 후작 집의 모임의 회원이었지만 거의 인사도 나누지 않는 사이였습니다. 그런데 이제는 아주 친한 사이가 되었지요. 그녀는 쾌락주의자입니다. 여섯번째 계율[8]을 믿지 않지요."

모든 사람들이 한바탕 크게 웃었다. 총대리신부만 살짝 미소를 머금은 채 몸을 앞으로 숙이며, 귀로 듣는 스캔들을 신의 사랑으로 극복하는 성자와 같은 표정을 지었다. 주임신부는 마지못해 웃고 있었다.

조금 전 옵둘리아 판디뇨의 웃음과 옷, 향수가 제의방 경내를 불경스럽게 했듯이, 그녀의 이야기가 다시 경내를 불경스럽게 했다.

---

8 '간음하지 말라'를 가리킨다.

수석사제는 라틴어만 빼고는 마치 마르티알리스가 얘기하듯 그 귀부인의 모험담을 얘기했다.

"여러분, 호아낀 오르가스가 그러던데, 에스뽈론에서 그 귀부인이 입고 있던 옷이……"

"정말 요란하더군요." 주임신부가 말했다.

"그런데 상당히 보기 좋던데요." 장관의 친척이라는 신부가 거들었다.

"아주 보기 좋지요. 똑같은 옷을 두번 입는 일이 없습니다. 매일 요란한 장식물을 새로 달고 나타나지요. 그녀가 부자도 아닌데 그게 다 어디서 나오는지 모르겠습니다. 고상하게 보이려고 안간힘을 쓰지만, 그녀는 고상하지도 않고, 집세 조금하고 얼마 안되는 연금밖에 없는 과부입니다……" 주임신부가 덧붙였다.

"나도 그 얘기를 하려던 거였소." 리빠밀란 수석사제가 의기양양하게 끼어들었다. "싼까를로스에서 의사 공부를 마친 오르가스 가문의 아들내미가 나에게 말해준 거요. 요 근래 몇년 동안 옵둘리아가 마드리드에서 사촌인 따르실라 빤디뇨의 시중을 들었다더군. 그 유명인사하고 뭔 일이 있다던 그 유명한 여자 말이오."

"그래서, 어떻게 됐습니까?"

"말하자면 그녀가 뚜쟁이 역할을 했다더군. 다시 말하자면, 그 정도까지는 아니더라도, 그녀가 사촌을 동행해서…… 물론 그 사촌은 고마워했고…… 지금은 자기가 입던 옷들을 옵둘리아에게 보내준다더군. 그 많은 옷이 거의 새 거나 다름없고, 죄다 비싼 것들이니……"

수석사제의 얘기를 예의상 듣는 것처럼 보이던 성직자들이 곧바로 그 이야기에 귀를 쫑긋하기 시작하였다. 리빠밀란은 음란한 이야기를 재담처럼 늘어놓는 경향이 있었다. 끼리끼리 그런 잡담이 오고가자 불편해하는 사람들도 있었다. 수석사제는 까맣고 날카로운 눈으로 옵둘리아의 고해신부인 총대리신부를 쳐다봤다. 마치 그의 증언을 구하려는 듯 보였다.

총대리신부는 리빠밀란 수석사제와 단둘이 할 얘기가 있어 그곳에 있을 뿐이었다. 그는 리빠밀란의 경솔한 얘기를 묵묵히 참고 듣고 있었다. 총대리신부는 수석사제의 흠잡을 데 없는 몸가짐과 선량한 마음씨를 알고 있었기 때문에, 수석사제가 괜히 에로틱한 분위기를 풍기며 으쓱대기는 하지만 실은 더할 나위 없이 순진한 사람이라 그를 용서했다. 그들은 매우 친한 사이였고, 리빠밀란은 사제회의의 싸움판에서 총대리신부를 가장 확실하고도 열심히 편들어주는 사람이었다. 총대리신부에게는 이해관계 때문에 따르는 사람들도 있었고, 두려움 때문에 따르는 사람들도 많았다. 두려운 사람이 아무도 없는 리빠밀란은 그를 대접하고 아껴주었다. 리빠밀란에 의하면, 페르민 신부가 베뚜스따 대성당에서 단연 제일 나았다. 주교는 더할 나위 없이 좋은 사람이고, 주임신부는 재능보다는 계략이 더 많은 엉큼한 사람이었다. 그런데 총대리신부는 학자에 문학가, 연설가, 정치가를 겸했다. 그리고 리빠밀란은 그가 세상이치에 밝다는 것을 그 무엇보다 높이 샀다. 총대리신부가 매수당했다거나, 전횡을 부린다거나, 암거래를 하고 있다는 얘기를 들으면, 노인은 화를 내며 매우 확실한 증거가 있는 성직매매까지도 완강하게 부인했다. 증거도 없고 헛소문에 지나지 않는 여자 얘기가 귀에들어오면, 수석사제는 그럴 가능성은 있지만 상관없다며 미소를 머금었다.

"사실, 페르민 신부는 꽤나 잘생긴 젊은이입니다. 설교대에서 크리소스토무스[9]처럼 말하고 늠름하고 깔끔하고 우아한 그에게 여신도들이 반한다 해도 그에게 책임을 물을 수는 없지요. 현명한 자연법칙을 거스르는 것도 아니고요."

총대리신부는 리빠밀란이 자기를 어떻게 생각하고 있으며, 그가 편드는 사람들 중에서 자기를 가장 충직한 사람이라고 여기고 있다는 것도 잘 알고 있었다. 그래서 그는 리빠밀란을 기다리고 있었던 것이다. 그에게 몇가지 물어볼 게 있었다. 하지만 수석사제가 아니면 위험한 질문이 될 수도 있었다. 주임신부도 뭔가 냄새를 맡았다.

총대리신부가 어떻게 지금까지 여기에 남아 있는 거지? 그 골치 아픈 이야기를 어떻게 견디고 있는 거지? 아니지. 그 역시 그 직책을 포기하지 않으니. 주임신부는 총대리신부의 적들 중에서 제일 예의가 바른 편이었다. 아주 세련된 마끼아벨리즘을 구사하는 주임신부는 바로 그 때문에라도 겉으로는 '독재자'와 좋은 관계를 유지해 같은 편인 것처럼 행동하며, 그의 환심을 사서 돈 로드리고 깔데론의 추락과 같은 그런 몰락을 준비하고 있었다. 주임신부의 계획은 무궁무진했다. 수많은 계략과 함정, 미로, 속임수, 사기, 심지어 시한폭탄까지 준비되어 있었다. 꾸스또디오 신부가 그의 심복이었다. 그날 오후 판사 부인이 고해성사를 하기 위해 총대리신부의 경당에서 기다리고 있다는 소식을 전해준 사람도 바로 꾸스또디오였다. 정말 엄청난 소식이었다. 그 지체 높은 숙녀는 돈 빅또르 낀따나르의 부인이었다. 낀따나르는 여러 법원에서 유급 판사직을 수행했으며, 근래에는 베뚜스따 법원장으로 근무하였다. 여기에서 자격문제가 생길 수 있는 이상한 상황에서 벌어진 구설수

---

9 5세기 콘스탄티노플의 주교이자 설교자들의 모델.

를 피하려고 은퇴를 하였다. 그러나 사실은 많이 지친데다 현직에서 물러나 편안하게 살고 싶어서였다. 그런데 사람들은 그의 아내를 계속해서 판사 부인이라고 불렀다. 낀따나르의 후임자는 독신이라 별 문제는 없었다. 1년 후 부인이 있는 유급판사가 부임하였지만 이곳에서 판사 부인은 아나뿐이었다. 베뚜스따에서는 이미 판사 부인이란 칭호는 낀따나르의 아내이자 베뚜스따 명문가인 오소레스 집안의 딸에게 영원히 주어진 것이었다. 새로 부임한 판사의 부인은 그런 현실을 받아들이고, '다른 판사 부인'에 만족해야 했다. 그러나 그로 인한 갈등은 얼마 가지 않았다. 곧 '의장'이라는 명칭이 사용되기 시작하면서 판사 부인이라는 호칭은 사용하지 않았기 때문이다. 그래서 그때까지는 오소레스 가문의 딸이 판사 부인이었다. 그리고 그녀는 리빠밀란 수석사제의 영적 딸이었다. 몇 년 전부터 수석사제는 극소수 사람들의 고해만 들어주었다. 그는 친분이 있는 남녀만 골라서 고해성사를 주었는데 거의 대부분 지체가 높은 귀부인들이었다. 그러다가 그의 나이에는 이 가벼운 직책마저도 힘들고 지쳐 고해실에서 완전히 물러나기로 결심했다. 그러고는 자기가 고해성사를 주는 영적 딸들에게 자기를 그 직책에서 자유롭게 해방시켜달라고 호소하며, 그 무겁고 흥미로운 직책의 후계자를 직접 지명했다. 사람에 따라 각기 어울리는 후계자를 배당하였다. 이런 식의 승계, 다른 말로 하면 '증여'라 할 수 있는데, 참사회 회원이든 성당 신부든 누구나 탐을 냈다. 선술집이나 카페, 집회에서 즉흥적으로 과격한 자유사상가들이 생겨나면서 스페인 전역에서 종교적 반동이 있었듯 베뚜스따에서도 그런 일이 일어났는데, 수석사제는 그 이전부터 엔시마다 상류층 사람들의 고해신부였다. 어떤 문제에 관해서는 편하게 대해주었기 때문이다. 하지만 이제는 유행도 바뀌고 도덕성에 대한 잣대도 많이 느슨해지면서, 신중하게 처신하는 총대리신부의 인기가 높아졌다. 어떤 이는 습관적으로, 어떤 이는 고해신부를 바꾸면 화를 낼까봐, 또 어떤 이는 눈을 질끈 감아주는 방식에 만족해서 리빠밀란의 고해실을 계속 찾았지만, 결국에는 지쳐버린 리빠밀란이 파리처럼 성가시게 구는 귀부인들을 정중하게 쫓아내게 되었다.

자기 욕망에 충실한 젊은 꾸스또디오 신부는 고해성사의 은총으로 이루어지는 재산 축적의 기적을 지나치게 신봉했으며, 총대리신부의 발전도 그 기적 때문이라고 믿었다. 특별한 이유는 없었다. 그래서 그는 수석사제로 승계되기를 그 누구보다 욕심내며, 경솔할 정도로 열심히 엿보고 있었다. 꾸스또디오는 꼴로니아 지역에서 중남미 출신의 가장 돈 많은 빠예스 집안이 자랑스러워하는 외동딸 도냐 올비도가 오래전 리빠밀란의 고해실에서 총대리신부 페르민 신부의 고해실로 인계되었다는 사실을 알아냈다. 그것만으로도 이미 잘 차려진 밥상이었다. 그런데 오, 완전히 스캔들이다! 지금(꾸스또디오 신부가 문 뒤에서 엿들으며 알아낸 사실이다), 이제는 노망난 전원시인이 보석 같은 신도 중에서 가장 탐나는 신도를 총대리신부에게 넘겨주려 하고 있었다. 다름 아닌 돈 빅또르 낀따나르의 위엄있고 정숙하고 아름다운 아내였다. 꾸스또디오 신부는 입술 밖으로 질투의 침이 뿜어나오는 것을 느꼈다! 꾸스또디오는 제단 뒤에서 총대리신부와 우연히 마주친 후 성가대석 뒤쪽을 지나가며, '다른 놈'의 경당에 있는 숙녀 두명을 곁눈질로 슬쩍 보았다. 틀림없이 '새' 신도들이었다. 그녀들은 그날 오후 페르민 신부가 고해소에 들어가지 않는다는 것을 모르고 있었다. 꾸스또디오는 그곳을 다시 지나가며, 시치미를 떼고 더 주시했다. 그러고는 경당 쪽이 어두운데도 불구하고, 그 숙녀 중 한명이 바로 다름 아닌 판사 부인이라는 것을 알아보았다.

꾸스또디오는 성가대석으로 들어가 주임신부에게 그 사실을 보고했다. 주임신부는 그 특별한 인계를 원하고 있었다. 아나 오소레스 부인에게 고해성사를 주는 영광은 마땅히 그에게 돌아와야 했다. 자기의 직위에 걸맞은 일이라고 믿었기 때문이다. 주교는 신경 쓸 필요도 없어. 참사회장은 먹고 떠드는 일만 할 줄 아는 노인이야. 참회의 행렬 도중 술주정뱅이 네명한테 식겁하도록 당하고서는 위통만 나왔다니까. 소화는 잘 시키는데 머리는 잘 돌아가지 않아. 꾸준히 먹어대다가 기도시간에 오는 것 이외에는 아무 생각이 없다니까. 그 역시 신경 쓸 필요는 없어. 이 수석사제가 판사 부인을 내놓으려고 하고 있어. 그렇다면 누가 이어받아야겠어? 당연히 내 차례지. 서열상 주임신부 차례지. 그러니 이건 무모한 짓이고 하늘에 호소해야 할 불의야. 주교는 페르민 신부의 노예나 다름없으니 아무 말 안할 테고. 꾸스또디오 신부도 주임신부와 같은 생각이었다. 꾸스또디오 보좌신부는 그렇게 맛난 먹잇감을 꿰차겠다는 욕심은 부리지 않았지만, 최소한 적이 날름 먹어치우는 것만큼은 원치 않았다. 보좌신부는 자기 직분에 대한 정당한 명분을 갖고 싸우라며 주임신부에게 알랑거렸다. 기분이 좋아진 주임신부가 벌겋게 상기된 얼굴로 심복의 귀에 속삭였다.

"그 부인이 자유롭게 선택한 걸까?" 주임신부는 악의가 담긴 자기 말의 반응을 살피기 위해 약간 거리를 두고 하급성직자를 바라보았다. 주임신부의 두 눈에는 악의가 잔뜩 담겨 있었으며, 보랏빛 살이 부풀어오른 볼살과 입술 사이로는 금세라도 웃음이 터져나올 것 같았다.

"그럴 수도 있지요." 꾸스또디오 신부가 상대방의 의도를 눈치 챈 듯 힘줘서 대답했다.

수석사제가 옵둘리아 판디뇨의 삶과 기적에 대한 세속적인 이야기로 라틴십자가 모양의 사면, 즉 제의방을 신성모독 하는 동안, 주임신부는 총대리신부가 베뚜스따 귀족 중 가장 탐나는 여신도가 기다리고 있는 경당으로 얼른 달려가지 않고 왜 리빠밀란의 얘기를 듣고 있는지 생각하며 미소를 지었다.

베뚜스따 참사회의의 마끼아벨리는 그 이유가 뭔지 알아내기 전까지는 절대 자리를 뜨지 않겠다고 마음먹었다.

총대리신부는 그날 자신의 경당이라 불리는 곳으로 들어가지 않기로 했다. 그날 오후 고해성사를 준다면 예외적인 것이 될 것이고, 그게 또 사람들의 입방아에 오르내릴 것이다. 귀부인들은 아직까지 그곳에 있을까? 그는 종탑에서 내려와 성가대석 뒤쪽을 지나치면서 그녀들을 보았으며, 그녀들이 누군지 알아보았다. 판사 부인과 비시따였다. 분명했다. 왜 미리 알리지도 않고 온 거지? 리빠밀란이 알고 있을 텐데. 판사 부인과 같은 명문가의 부인은 총대리신부의 고해성사를 받고 싶으면, 미리 기별을 보내 시간을 정했다. 일반인이나 마을 여자들은 감히 그렇게 하지 못했다. 그에게 고해성사를 하는 몇 안되는 이 계층의 여자들은 함께 어두운 경당으로 몰려왔으며, 꾸스또디오 신부는 그 비법을 은근히 부러워했다. 그곳에서는 익명의 신도들이 자기 차례를 기다렸다. 신분이 낮은 여신도들은 총대리신부가 쉬는 날이 언제인지 이미 알고 있었다. 그날이 쉬는 날이었고, 그래서 두 귀부인이 올 때까지는 경당이 텅비어 있었다. 비시따는 두달이나 석달에 한번 고해성사를 했다. 그녀는 '길일'과 '액일'을 정확히 몰랐으며, 총대리신부가 언제 '앉는지' '앉지 않는지' 알지 못했다. 판사 부인은 처음 온 것이다. 왜 미리 알리지 않은 걸까? 이는 실로 엄청난 일이었다. 그러니만큼 좀더 격식을 차려 준비했어야 했다. 자존심 때문일까? 귀부인께서 언제 행차하여 은혜를 베풀지 알기 위해 그가 먼저 간곡하게 청했어야 하는 걸까? 겸손해서 그런 건가? 베뚜스따 귀부인들 사이에서는 흔치 않은 훌륭한 기독교인이라 깊이 배려해서 행동한 걸까? 평민들과 뒤섞여 익명으로 고해성사하는 수많은 사람들 중의 한명이 되고 싶은 건가? 이러한 상상이 총대리신부를 매우 흡족하게 했다. 그는 믿음이 마음에서 우러나온 시적인 것이라고 생각했다. 그는 옵둘리아나 비시따 같은 여자들한테 질려 있었다. 이런저런 숙녀들의 경박스러움 때문에 성사 때나 거의 모든 미사 때 대체적으로 귀부인들에게 불손하고 무례하게 대했다. 그랬다. 무례하게 굴었다. 그녀들은 허물이 없다지만 불경스러웠다. 그녀들은 경솔할 정도로 금세 친근하게 굴며, 멍청한 사람들이나 악의가 있는 사람들에게 말거리를 만들어주었다.

총대리신부는 꾸스또디오 신부와는 달랐다. 그 인간은 세상물정을 모르고 헛꿈만 꾸었다. 혹 고해실에서 쪼가리라도 주울 수 있을까 두리번거리고, 번지르르한 성직을 탐내며 경솔한 고자질을 하며 흐뭇해하기도 했다. 하지만 비루한 영혼만 남을 뿐이었다. 총대리신부는 뭔가 더 새롭고 세련되고 특별한 것을 원했다. 수석사제가 자기는 이제 고해소에서 물러날 생각이고, 판사 부인에게 총대리신부의 경당으로 가보라고 권했다는 소문을 듣고 있었다. 하지만 리빠밀란 수석사제는 아직 그에게 아무 말도 하지 않았다. 게다가 성직자들은 고해성사와 같은 일에서는 상당히 보수적이라, 수석사제는 판사 부인에 대해 총대리신부에게 단 한마디도 하지 않았다. 그건 성교회 법원에서 판단할 일이었다. 수석사제는 신중한 문제는 신중하게 처리하는 사람이었다. 총대리신부는 무슨 말이라도 듣고 싶었다. 그런데 글로스터 주임신부가 자리를 뜨지 않았다. 이제 옵둘리아, 그리고 그녀의 모델이라는 마드리드 사촌에 대한 이야기도 그치고 날씨 얘기로 넘어갔지만 주임신부는 꿈쩍도 하지 않았다. 모두 자리를 떠났고, 이제는 세 사람밖에 남지 않았다. 빨로모가 요란하게 서랍들을 열고 닫으며 중얼거렸다. 악담이 분명했다.

리빠밀란 수석사제는 말을 아꼈다. 총대리신부가 자기에게 뭔가 얘기하고 싶어하는데 주임신부가 방해가 된다는 것을 눈치챘다. 그러다가 자기 또한 그에게 할 말이 있다는 사실을 갑자기 떠올렸다. 그런 경우 그는 절대 입을 가만두지 못하는 사람이라 금방 대화를 자르며 들어갔다.

"아! 이런 깜빡했네그려. 페르민 신부, 주임신부의 양해를 구해 한마디만 하겠네…… 그러니까 한마디가 아니고, 영성적인 거라 조금 길어지겠는데."

주임신부가 입술을 깨물었다. 그는 뻐딱한 몸을 아치형 모양으로 숙여 인사한 후 제의방을 나가며 혼자 중얼거렸다.

무례하기 짝이 없는 노망난 늙은이 같으니라고! 두고 보라지! 나중에 한꺼번에 갚을 날이 올 테니!

수석사제는 주임신부의 외교적 수완과 마끼아벨리즘을 비웃었다. 주임신부가 나가면서 『꼬보스 신』[10] 풍으로 돌려서 얘기하는 거나, 그 비슷한 스타일을 풍기는 게 웃겼던 것이다.

---

10 1854년부터 1856년까지 스페인에서 발간된 풍자성이 짙은 신문으로 성직자와 경제전문가, 정치가 들을 공격했다.

'모두가 나 같다면 글로스터가 그 꾀와 거짓으로 할 수 있는 게 아무것도 없을 텐데. 하긴 닭이 없으면 여우가 살아남을 수 있겠어?'[11]

주임신부는 항상 북쪽 날개쪽에 있는 회랑문으로 나갔다. 그곳으로 가면 그의 집에 빨리 도착할 수 있었다. 하지만 이번에는 종탑 쪽 문으로 나가고 싶었다. 그래야 총대리신부의 경당에 빨리 갈 수 있었던 것이다. 그는 흘낏 쳐다보았다. 아무도 없었다. 그제야 그는 발걸음을 멈추고, 다시 뚫어져라 쳐다보며 경당 쪽으로 한걸음 내디뎠다. 아무도 없었다. 확실했다. 그러니까 귀부인들이 고해성사도 보지 않고 그냥 가버렸다! 그리고 총대리신부에게는 다른 사람도 아닌 판사 부인을 무시할 수 있는 사치가 허용되었다! 주임신부는 총대리신부의 부주의에서 계략을 꾸미는 가능성을 엿보았다. 그는 검은 대리석으로 되어 있는 커다란 성수반의 성수를 찍어 성가대석 뒤쪽 제단 앞에서 몸을 구부려 성호를 그으며 혼잣말을 했다.

'이건 아킬레스건이 될 거야. 이런 부주의 때문에 값비싼 댓가를 치러야 할걸'.

그러고서 주임신부는 손가락을 꼽아가며 대성당 밖으로 나갔다. 꼽다보니 함정, 음모, 계략, 심지어 비밀문과 지하계단까지 헤아렸다.

사람들 말처럼 판사 부인이 대성당에 왔었는데 총대리신부가 뛰어나가 인사하고 고해성사로 인도하지 않았다는 말을 당사자에게 전해듣고 수석사제는 입을 딱 벌렸다. 판사 부인이 성당을 찾아

---

11 중세 프랑스 문학작품 『여우 이야기』(*Roman de Renart*)에서 인용.

왔다면 당연히 그렇게 했어야 했다.

"하지만 그 마음씨 좋은 천사가 어떻게 생각할지?" 리빠밀란이 진심으로 깜짝 놀라며 소리 질렀다.

"빨로모! 총대리신부의 경당에 얼른 뛰어가보게. 그곳에 부인이 없으면⋯⋯"

부질없는 짓이었다. 그 순간 셀레도니오 복사가 들어와, 그들의 대화에 끼어들었다.

"안 계신데요. 이미 돌아가셨습니다. 비시따 부인과 판사 부인이 오셨는데, 이미 떠나셨습니다. 제가 그분들과 얘기를 나눴습니다. 오늘은 총대리신부님이 고해성사를 보는 날이 아니라고 말씀드렸습니다. 그래서 얼른 돌아가고 싶어하던 비시따 부인이 아나 부인의 팔을 잡아끌며 떠나셨습니다."

"그럼, 뭐라고 하시던가?" 리빠밀란이 물었다.

"아나 부인은 아무 말씀도 하시지 않았습니다. 오시기 전에 판사 부인이 기별도 없이 오려 하셨다며 비시따 부인이 언짢아하셨습니다. 비시따 부인이 에스뽈론, 뭐 그런 얘기를 하신 걸 보면 산책 가신 것 같습니다."

"에스뽈론으로!" 리빠밀란이 한 손으로는 총대리신부의 팔을 잡고, 다른 손으로는 사제 모자를 잡으며 소리 질렀다. "에스뽈론으로!"

"하지만 수석사제님!"

"나에게는 명예가 걸린 문제네. 이런 결례에는 내 잘못도 있네."

"하지만 이건 결례한 게 아닙니다." 총대리신부가 끌려가며 재차 말했다. 그때 그의 얼굴은 기쁨이라는 거룩한 빛으로 충만하여 아름다워 보이기까지 하였다.

"맞다니까. 무례든 결례든, 내가 친애하는 그분에게 설명을 하고 싶네…… 에스뽈론으로 가세! 가면서 얘기하세. 오늘날 현학자들이 얘기하는 대로 말하자면, 나는 자네가 그분을 심리적으로 제대로 알았으면 하네. 대단한 여자일세. 이미 말했듯이 선한 천사야. 추한 건 전혀 어울리지 않는 천사 말이야."

"하지만 추한 건 없었습니다…… 제가 어르신께 설명드리겠습니다…… 저는 몰랐습니다……"

둘은 소리를 낮춰 얘기를 나눴다. 정문을 향해 신도석 남쪽 복도를 걷고 있었기 때문이다. 맨 끝 경당은 싼따끌레멘띠나 경당인데, 다른 예배실들보다 몇세기 후인 17세기에 지어졌다. 가운데에 제대가 네개 있었다. 중앙에 네개의 제단이 서로 등을 지고 자리를 잡았다. 벽에는 지어질 당시의 퇴폐풍으로 나뭇잎, 아라베스끄, 다른 장식 등이 뒤섞여 장식되어 있었다.

총대리신부와 수석사제는 경당 안에서 사람들 소리를 들었다. 페르민 신부는 무신경했지만 리빠밀란이 걸음을 멈추고 코를 훌쩍이며 냄새를 맡았고, 고개를 쑥 빼더니 귀를 쫑긋했다.

"아, 하느님 보호하사! 그들이야!" 리빠밀란이 깜짝 놀라며 말했다.

"누구요?"

"그들. 젊은 미망인과 베르무데스. 귀뚜라미가 징징대듯 목소리가 갈라지는 소리를 내가 알지."

그러고는 조금 전까지만 해도 한시 바삐 서둘러 성당을 나가려고 했던 수석사제가 싼따끌레멘띠나 경당에 들어가겠다며 고집을 피웠다. 총대리신부는 가능한 한 빨리 에스뽈론에 가고 싶은 속마음을 감추고 리빠밀란의 뒤를 따라갔다.

정말 그들이었다.

경당 한가운데서 베르무데스가 땀을 뻘뻘 흘리고 있었다. 정장 양복은 거미줄과 석회 자국들로 지저분하고, 시뻘겋게 달아오른 얼굴에다 양쪽 귀는 보랏빛이었다. 원형천장을 향해 한쪽 팔을 들고 청중을 향해 일장연설을 늘어놓고 있었다. 베르무데스는 화가 난 것처럼 보였다. 그는 시골귀족들에게 다자고짜 자신의 분노를 이식하려는 듯했다.

"신사 숙녀 여러분." 그가 탄성을 내뱉었다. "여러분 자신이 보고 계십니다. 이 경당은 혹입니다. 못생긴 혹이지요. 다시 말씀드리자면, 보석 같은 이 고딕 성당의 오점이지요. 여러분은 엄격한 로마 양식으로 건축된 빤떼온을 보셨습니다. 간결함이 그 자체의 아름다움이지요. 그리고 여러분은 순수한 고딕 양식의 회랑을 보셨습니다. 천장이 둥그런 회랑을 보셨지요. 전혀 틀에 박히지 않은 소박한 고딕 양식이지요. 그리고 여러분은 유물들이 전시된 '까마라 싼따'[12]이라 불리는 지하경당도 보셨고, 초기 기독교 성당의 복사판도 보셨습니다. 그리고 성가대석에서 베루게떼의 작품은 아니더라도, 잘 알려져 있지는 않지만 정교한 빨마 아르뗄라[13]의 작품을 음미하셨습니다. 본당의 제단에서 여러분은 히랄떼[14]의 조각품의 천재적인 기운을 감탄하고 좋아하셨습니다. 네, 감히 천재적이라 말할 수 있지요. 바실리까 대성당 중에서 이 성당이 엄격하고, 순수하고, 소박하면서도, 세련된 예술작품으로 돋보이는 것을 확인하실 수 있

---

12 '거룩한 집'. 오비에도 대성당의 싼미겔 경당을 가리킨다.

13 가공의 인물.

14 오비에도 성당의 중앙 제단은 1508년 히랄떼 데 브루셀라스(Giralte de Bruselas)에게 위임해 1517년 5월에 완성됐다.

습니다…… 신사 숙녀 여러분, 하지만 이곳은 지나칠 정도로 고약한 취향과 과장된 양식, 지나친 중복이 더해 결국 틀에 박힌 것이 지나치다 못해 기괴하고, 지나친 장식은 기형적이 되었다고 고백할 수밖에 없습니다. 지금 말씀드리고 있는 이 싼따끌레멘띠나 경당은 예술의 수치이자 베뚜스따 대성당의 오점입니다."

그리고 베르무데스는 향수를 뿌린 옵둘리아의 손수건으로 이마와 목덜미의 땀을 닦으려고 잠시 입을 다물었다. 그의 손수건은 오래전에 액화된 언변 덕분에 이미 흥건하게 젖어 있었다.

시골 귀족 부부 역시 땀을 흘리고 있었다. 남편의 머릿속은 벌집을 쑤셔놓은 듯했다. 그는 고고학과 건축학, 스페인 역사에 대한 아리스토텔레스식 강의를 한시간 반째 듣고 있었다. 그것도 계속 걷다 서다 하면서 말이다. 불쌍한 양반은 이제 꼬르도바의 깔리프와 회교 사원의 기둥을 분간하지 못했으며, 기둥인지 깔리프인지, 800년 이상 된 게 어떤 건지 제대로 기억도 하지 못했다. 도리스식 건축양식과 이오니아식 건축양식, 꼬린뜨식 건축양식이 알폰소데 까스띠야와 뒤섞였으며, 이제는 베뚜스따의 기원이 맨발 수사에서 유래되었는지, 말발굽 모양의 아치에서 유래되었는지도 확신하지 못했다. 학자식 표현으로 '다시 추정해보자면' 불쌍한 시골 귀족은 참을 수 없는 구토증을 느꼈으며, 위장의 충동이 불경죄를 범할까 두려워 안간힘을 쓰느라, 이제는 고고학자의 말도 거의 들리지 않았다.

배를 타고 있는 거라면 그렇게 욕먹을 짓은 아닌데. 하지만 여기는 대성당이잖아! 그는 생각했다.

시골 귀족은 먼바다에 나와 있는 듯 경직되어 있었다. 그는 북쪽 회중, 남쪽 회중, 중앙 회중이라는 말을 들을 때마다 해군 함대 앞에 와 있는 기분이었으며, 베르무데스에게서 역겨운 타르 냄새가 진동하고 있다고 생각했다. 하지만 불쌍한 시골 귀족은 모든 얘기에 연신 예라고 대답하기만 했다.

그도 같은 의견이었다. 그곳은 불경스러웠다. 무슨 천개天蓋니 패인 것이니, 정말 답답해 죽을 것 같았다! 그리고 정말 무겁게 보이기도 했다! 시골 귀족은 그것들이 자기 위로 떨어질까봐 걱정이었다. 틀림없이 흔들리는 것 같았다. 하지만 자비로우신 하느님! 그는 혼자 속으로 덧붙였다. 16세기 금은세공 장식이 부담스럽고 무겁다 해도 이 사뚜르니노라는 사람보다 더한 금은세공이 또 있겠는가?

시골 귀족은 자기네가 시골 어촌에서 왔다고 베르무데스가 자기네를 놀리는 건 아닌지 잠시 의심했다. 하지만 아니었다. 거짓말쟁이의 얼굴이 아니었다. 베르무데스는 성심으로 얘기하고 있었으며, 베르무도 왕의 이야기와 아랍 양식의 기둥들에 매달린 솔방울 모양의 유입 경로에 대한 이야기는 진짜였다. 그렇지만 선출직 의원인 그에게 이 모든 이야기가 다 무슨 소용이란 말인가!

시골 귀족의 아내 역시 피곤하고 지겹고 절망적이었지만 얼은 빠지지 않았다. 그녀는 한시간 반 전부터 그 뻔뻔하고 음흉하고 말 많은 남자의 이야기를 한쪽 귀로 흘려보내고 있었다. 오! 남편이 이 모든 것을 부적절하고 무례하다고 생각하지 않는다면! 하느님의 집에만 있지 않았다면! 그녀는 분노마저 느꼈다. 자기와 바보 멍청이 같은 남편이 하고 있는 훌륭한 연기를 끝장내고 싶었다. 남편에게 눈짓을 했지만 소용없었다. 남편은 그녀가 건축 얘기를 하는 줄 알고는 모른 척했다. 그리고 옵둘리아 부인은? 맙소사, 솜씨가 보통이 아니었다! 그들은 단 한 순간도 그냥 지나치지 않았다. 분명했다! 그래서 피곤해 죽을 것 같으면서도 자기네를 다락방이랑 지하저장고로 여기저기 끌고 다녔다. 어두침침하기만 하면……
바로!…… 손을 잡더라니까. 시골 귀족의 아내는 그런 장면은 딱
한번밖에 보지 못했지만, 그들이 몇번 더 그랬을 거라는 건 분명했
다. 그가 그녀의 발을 지그시 밟은 채…… 그들은 항상 함께 있었
다. 그리고 조금 비좁은 곳만 나왔다 하면 그들은 같이 동시에 지
나가려고 했다…… 정말 눈뜨고 볼 수 없을 정도였다! 하지만 남편
은 그 여자하고 어떻게 친해진 걸까? 고상한 시골 부인은 질투마저
느꼈다. 그녀는 한마디도 하지 않았다. 옵둘리아와 베르무데스가
르네상스 얘기에 조금만 덜 신경을 썼더라면, 조금 전까지만 해도
상냥하고 깍듯하던 시골 부인이 미간을 찡그리며 떨떠름한 표정을
짓고 있다는 걸 눈치챘을 것이다. 베르무데스는 다시 강의를 시작
했다. 자신의 모욕적인 주장이 정당하다는 것을 증명하기 위해서
였다.

 "미감이 있는 눈(제가 말하는 것은 영혼의 눈입니다)으로 보면
자명합니다. 모든 존경을 다 바쳐서 최고로 존경하는 주교님, 가르
시아 마드레혼 주교 각하는 벼락을 맞아 마땅합니다. 바로끄 양식
의 정수랍시고, 너저분한 잎사귀 장식들을 치렁치렁 매달아 도가
넘치도록 장식해 오히려 가짜처럼 보이게 하다니요. (손가락으로
가리키며) 벽보에다 메달, 벽감 기둥의 장식머리, 건물 정면의 깨
진 아치형 합각合閣, 꽃가지 장식, 튀어나온 작은 지붕, 무성한 이파
리, 아라베스끄풍의 등, 문과 창문, 채광창, 모서리 박공의 장식들
이 덕지덕지 붙어 있습니다! 예술의 이름으로, 단순함이라는 성스
러운 이름으로, 그리고 그에 못지않게 조화라는 순결한 개념의 이
름으로, 나는 당신에게 역사의 저주를 내리노라!"

 "여보세요." 시골 귀족의 아내는 남편은 쳐다보지도 않고 감히 입

을 열었다. "당신이 무슨 말을 하든, 제가 보기에 이 경당은 아주 예쁩니다. 반면에 당신이 하느님과 하느님의 성자들을 그렇게 비난하는 게…… 오히려 성전을 모독하는 것 같아 아주 듣기 불편하네요!"

그녀는 지쳐 있었다. 바람둥이에게 시비를 걸고 싶던 차에, 그녀는 자기 나름대로 신중하게 순수하고 사심없는 예술이라는 중립지역을 선택했다. 게다가 그녀는 정말로 그 경당이 마음에 들었고 더이상 말을 빙빙 돌리고 싶지 않았다.

시골 귀족은 아내가 정신이 나갔다고 생각했다.

'아내도 나처럼 속이 안 좋은 게 분명해.' 그는 무슨 말이라도 하고 싶었지만 그럴 수 없었다. 옵둘리아가 큰 웃음을 터트렸는데, 밖에 있던 리빠밀란 신부의 귀에까지 들릴 정도였다. 베르무데스는 민망해하며, 그런 뜻밖의 반항에 무슨 이유가 있을 거라 의심했다. 그는 총대리신부처럼 몸을 숙인 채 입을 비틀며, 직접 거울 앞에서 연습한 바 있는 눈썹 찡그리는 표정에 만족해했다. 베르무데스 집안사람은 여자들과 싸우지 않는다는 의미였다. 그는 단지 이 말만을 했다.

"부인…… 나는 아무것도 모독하지 않습니다…… 예술은……"

"당신은 모독했습니다!"

"하지만 여보, 까롤리나!"

"괜찮습니다, 선생님. 저는 모든 의견을 존중합니다."

그러면서도 베르무데스는 시골 귀족의 아내가 모독이니 아니니 하는 언쟁에서 좋은 자리를 선점할까봐 얼른 한마디를 덧붙였다.

"모든 것을 떠나서, 부인께서도 이해하시리라 믿습니다만, 저는 바로끄 취향을 과감히 비판하는 데 있어 규범적인 고전미를 따를 뿐입니다. 이게 바로 쁠라떼레스꼬 양식……"

"추리게레스꼬!"[15] 선출직 의원이 외쳤다. 아내의 말도 안되는 항의를 그렇게나마 보충하려는 뜻이었을 것이다.

"추리게레스꼬!" 다시 반복했다. "토가 나올 것 같군!" 실제 그가 그랬다는 것은 어렵게 않게 짐작할 수 있다.

"추리게레스꼬!" 작은 목소리로 한번 더 말했다.

"로꼬꼬!" 옵둘리아가 결론지었다.

바로 그 순간 수석사제가 그녀의 청동색 구두에 입을 맞출 듯 몸을 숙이며 인사를 했다.

그들은 모두 함께 거리로 나섰다.

베르무데스는 서둘러 작별인사를 했다. 그의 양 볼에서 불이 뿜어져나왔다. 그는 외투를 입지 않았는데, 날씨가 제법 추웠다. 그에게서는 북풍의 후끈한 바람 맛이 났다.

"폐렴이 걱정되는군!" 베르무데스가 정장 허리춤의 단추를 채우면서 도망치듯 말했다.

베르무데스는 그날 오후의 감동을 혼자 음미하고 싶었다.

그는 사랑에 빠졌으며, 사랑받고 있다고 믿었다.

---

15 17세기 말부터 18세기 초기에 걸쳐 스페인 및 그 식민지에서 나타난 바로끄식 건축양식.

3장

그날 오후 판사 부인과 총대리신부는 산책길에서 얘기를 나눴다. 수석사제가 만남을 주선했는데, 판사 부인의 신뢰가 깊은 편이라 비교적 쉽게 이뤄졌다.

아름다운 숙녀와 총대리신부는 그때까지 거의 얘기를 나눠본 적이 없었다. 있더라도 사회관계에서 요구하는 평범한 내용 그 이상은 아니었다.

아나 오소레스 부인은 교회모임 아무 데도 가입하지 않았다. 주일학교에 매달 회비를 내기는 하지만 수업이나 강연회에는 참석하지 않았다. 총대리신부가 군림하는 원 밖에 있었다. 총대리신부는 자신의 포교 계획에 도움이 될 수 없거나, 되고 싶어하지 않는 사람들은 거의 찾지 않았다. 돈 빅또르 낀따나르가 베뚜스따의 법원장이었을 때는, 지역의 관례상 예우를 표해야 하는 경우 늘 의례적인 방문을 하였다. 그 도시에서 베르무데스 다음으로 가장 예의 바른 낀따나르도 경우에 따라 가장 적절한 방식으로 답방을 하였다. 낀따나르가 퇴직한 이후에는 자기도 모르게 의례적 방문도 점차 줄어들었고, 결국에는 찾아가지 않게 되었다. 낀따나르와 페르민 신부는 거리나 에스뽈론에서 만나면 가끔 얘기를 주고받으며 늘 친절하게 인사를 건넸다. 그들은 서로를 깍듯이 존중하는 사이였다. 악의적으로 페르민 신부를 쫓아다니는 중상모략이 많았지만 낀따나르에게는 통하지 않았다. 낀따나르를 통해서는 얘기가 퍼지지 않았으며, 오히려 그러한 악영향을 차단하는 게 그의 몫이었다. 아나 부인은 총대리신부와는 단 한번도 단둘이 얘기를 나눠본 적이 없었으며, 방문이 끊긴 이후에는 그를 가까이에서 본 적도 없다. 적어도 그녀는 그를 기억하지 못했다. 그 사실을 잘 아는 리빠밀란은 그의 트레이드마크나 다름없는 농반의 말투로 우연히 만난 척하며 그럴 듯하게 그를 소개했다. 판사 부인과 총대리신부는 말을 거의 나누지 못했다. 대부분 리빠밀란이 얘기했고, 아나 부인을 동행한 비시따 부인이 나머지를 했다. 아나 부인은 바로 집으로 돌아와 그날밤 일찍 잠자리에 들었다.

판사 부인은 그날 오후에 나눈 짧은 대화에서 기억하는 것은 다음날 성무일도가 끝난 후 총대리신부가 경당에서 그녀를 기다리겠다는 내용뿐이었다. 간접적이기는 했지만 고해신부가 바뀌면 총고해성사를 해야 한다는 말이었다.

총대리신부는 부드럽고 붙임성 있는 목소리였지만 거의 말이 없었다. 외려 조금은 냉정하고 무뚝뚝하기까지 했다. 그녀는 그의 눈을 쳐다보지 못했다. 하얀 살집이 두툼한 눈꺼풀밖에 보지 못했다. 속눈썹 아래가 유난히 반짝였다.

판사 부인은 침대 가까이 무릎을 꿇고 앉아 잠시 기도를 올렸다.

그러고 나서 그녀는 내실 화장대 옆 흔들의자에 앉아 15분가량 신심서적을 읽었다. 눕고 싶은 유혹에 빠지지 않기 위해 침대에서 멀리 떨어져 있었다. 질문과 답변 형식으로 된 고해성사에 관한 책이었다. 책 페이지를 넘기지 않았다. 독서를 멈췄다. 그녀는 문장을 뚫어지게 쳐다봤다. 만약 고기를 먹었다면……

이 문장을 기계적으로 세번 반복해서 읽었다. 그녀에게는 전혀 의미가 와닿지 않았다. 속으로 다시 읽어봤지만 모르는 언어인 듯했다.

그러고 나서 그녀는 정체 모를 시커먼 우물에 빠져 허우적거리던 생각을 모아 자기가 읽고 있던 내용에 주의를 기울였다. 그녀는 화장대 위에 책을 놔두고 무릎 위로 양손을 모았다. 숱이 풍성한 옅은 밤색 머리카락이 어깨 너머로 물결치며 흔들의자의 좌석에 부딪혔다. 그리고 무릎까지 덮었다. 깍지를 끼고 있는 손가락 사이로 몇가닥이 엉켰다. 아나는 몸을 떨었다. 그리고 이빨이 부딪힐 정도로 오한이 느껴져 깜짝 놀랐다. 그녀는 한쪽 손을 이마에 갖다 댔다. 맥박을 짚어본 후 양손을 펴서 눈 위에 갖다댔다. 발작이 일어날지 말지 아는 그녀만의 방법이었다. 안심이 되었다. 아무것도 아니었다. 아무 생각도 하지 않는 게 가장 좋은 방법이다.

총고해성사라니! 그랬다. 그 신부가 넌지시 비춘 내용이 그거였다. 책은 그렇게 큰 위안이 되지 못했다. 차라리 자는 게 나았다. 근래에 지은 죄에 대해서는 며칠 전 양심성찰을 했다. 총고해성사를 위한 양심성찰은 잠자리에 들어서도 할 수 있었다. 그녀는 침실로 들어갔다. 높은 천장에 회반죽을 바른 넓은 방이었다. 우아한 암적색 새틴 천 커튼이 달린 기둥을 사이에 두고 내실과 분리되어 있었다. 판사 부인은 하얀 캐노피가 달린 금색의 평범한 더블 침대를 사용했다. 침대 발치의 양탄자에는 진짜 호랑이 가죽이 놓여 있었다. 머리맡에 걸려 있는 상아 십자가 이외에는 아무 성상도 없었다. 십자가가 침대 앞으로 구부러지며 하얀 캐노피 망사 안을 들여다보는 것 같았다.

옵둘리아는 경박함을 무기 삼아 몇차례나 거기 쳐들어왔다.

"하여간 아나는 대단한 여자야!"

아나는 정결한 여자였다. 그녀가 담비처럼 깨끗하다는 건 누구도 부인하지 못했다. 인정할 수밖에 없는 미덕이었다. 하지만 베뚜스따 숙녀에게는 치명적일 수 있었다.

하지만 옵둘리아가 덧붙였다.

"청결하고 정리 잘된 것 말고는, 품격있는 여자의 방이라는 표시는 하나도 없어. 호랑이 가죽. 세련된 건가? 치…… 알게 뭐야. 내가 보기에는 돈만 잔뜩 들인 괴팍한 변덕이지. 따지고 보면 여성스럽지 못한 거지. 침대 끔찍한 것 봐! 빨로마레스 시장 마누라한테나 딱 어울리겠다. 부부 침대! 침대? 촌스럽기는! 그러면 다른 것은? 쓸만한 게 전혀 없어. 저런 데서는 밤일도 없겠다! 잘 정돈된 것을 빼면 학생 방 같아. 예술품 하나 없고. 싸구려 장식 인형 하나 없고. 안락함이나 고급스러운 취향이 전혀 없잖아. 남자에게 스타일이 중요하듯, 여자에게는 침실이 중요한 거야. 어떻게 누워 자는지가 그 여자가 누구인지 말해주는 거야. 그렇다면 믿음은? 성스럽지 않게 걸려 있는 저 십자고상에서 신앙심이 드러나잖아."

"안타까운 일이야!" 옵둘리아는 그다지 안타까워하는 기색 없이 결론내렸다. "이토록 귀한 보석이 저렇게 보잘것없는 상자에 갇혀 있다니."

그렇다! 침대 시트는 공주가 덮을 만한 거라고 솔직하게 얘기할 수 있었다. 시트! 베개! 그녀가 저 모든 곳을 아주 부드럽게 손으로 어루만졌다. 비단결 같은 저 축복받은 자그마한 몸이 시트를 스쳐도 껄끄럽지 않았을 것 같았다.

옵둘리아는 아나의 몸매와 피부를 진심으로 찬양했다. 그리고 마음속 깊은 곳에서는 호랑이 가죽을 부러워했다. 베뚜스따에는 호랑이가 없었다. 미망인은 애인들에게 이런 사랑의 증표를 요구할 수가 없었다. 그녀의 침대 발밑에는 사자가 있었다. 하지만 싸구려 융단에 프린트된 거였다!

누군가 화장대에서 자기를 엿보기라도 하는 듯, 아나는 조심스럽게 암홍색 커튼을 쳤다. 그러고는 크림색 레이스가 달린 파란 가운을 무심코 벗어던졌다. 그러자 베르무데스가 잠들기 전에 상상하는 모습이지만 베르무데스가 상상하는 그 이상으로 훨씬 아름다운 새하얀 자태가 드러났다. 아나는 침대로 들어갈 때 벗어야 할 옷들은 모두 벗은 후 호랑이 가죽을 딛고 서 있었다. 작고 동그란 맨발이 누런 얼룩이 수북한 털 속에 파묻혔다. 한 팔은 약간 기울어진 머리를 잡고 있었고, 다른 팔은 단단한 엉덩이의 아름다운 곡선을 따라 몸 옆에 두었다. 화가가 시키는 대로 학술적인 포즈를 취한 후에는 자기 자신을 잊어버리는 거리낌없는 모델 같았다. 잠자리에 드는 시각에 무감각해진 사지의 긴장을 풀어주고, 온몸으로 시원한 공기를 느끼는 이런 기쁨을 수석사제나 그 어떤 고해신부도 금지시킨 적은 결코 없었다. 이런 긴장풀기가 고해성사 거리가 될 거라고는 전혀 생각도 하지 못했다.

아나가 침대 캐노피를 젖혔다. 발은 움직이지 않고 양팔을 벌린 채, 부드럽고 하얀 몸을 그대로 앞으로 숙였다. 그녀는 시트에 뺨을 댄 채 눈을 크게 떴다. 허리부터 이마까지 닿는 그 감각적인 느낌이 좋았다.

'총고해성사라니!' 아나가 생각에 잠겼다. '그건 삶 전체를 얘기해야 하는 거야.' 푸른 눈에 맺힌 눈물 한방울이 흘러내려 시트를 적셨다.

아나는 자기가 엄마 얼굴도 모른다는 사실을 떠올렸다. 어쩌면 이 불행에서 그녀의 대죄들이 잉태되었는지도 모른다.

엄마도 없고, 자식도 없고.

볼로 이불 시트를 애무하는 것은 어릴 때부터의 버릇이었다. 건조하고 차갑고 까탈스러운 예의범절을 지닌 여자가 매일 밤 졸리기도 전에 잠자리에 들 것을 아나에게 강요했다. 불을 끄면 여자는 밖으로 나갔다. 어린 아나는 베개 위에서 훌쩍거리다가 침대에서 뛰어내렸다. 하지만 감히 어둠속을 돌아다니지는 못했다. 아나는 침대를 꺼안은 채 계속 흐느꼈다. 지금처럼 엎드려 눈물이 흥건하게 젖은 시트를 얼굴로 비비면서 그랬다. 그녀가 기댈 수 있는 모성애는 푹신한 매트리스가 전부였다. 불쌍한 어린 소녀에게 다른 부드러움은 없었다. 막연한 기억이지만 그때 나이가 네살 무렵이었던 것 같다. 23년이 흘렀는데도 그 기억이 아직도 슬펐다. 그후 그녀의 인생에서 많은 고통과 어려움이 있었지만 그건 아무것도 아니었다. 몇몇 어리석은 작자들이 그녀를 음해했지만, 그런 건 기억하고 싶지도 않았다. 하지만 옛날이야기도 없이, 부드러운 손길도 없이, 등불도 없이, 졸리지 않는데도 침대로 쫓겨났던 어린 시절의 슬픔은 여전히 분노를 일으켰으며 자기 연민이라는 달달한 감정을 불러일으키기도 하였다. 침대에서 충분한 휴식을 취하지 못하고 억지로 일어나야 할 때 향수라고 할 포근함이나 따뜻함 같은 묘한 느낌을 원하듯 아나는 한평생 엄마의 품을 그리워했다. 어릴

적 아나는 따뜻하고 부드러운 가슴에 안겨본 적이 없었다. 그래서 어린 아나는 아무 데서나 그 비슷한 느낌을 찾았다. 우아하고 아름다운 까만 털이 복슬복슬한 개가 희미하게 떠올랐다. 삽살개의 일종이었던 것 같았다. 그 개는 어떻게 되었을까? 개는 양다리 사이에 고개를 파묻은 채 햇볕을 받으며 누워 있었고, 그녀는 그 옆에 누워 털이 고불거리는 등에 볼을 갖다댔다. 거의 얼굴 전체가 부드럽고 따뜻한 털에 푹 파묻혔다. 초원에서는 베어낸 풀들을 잔뜩 쌓아놓은 더미 위로 등 쪽으로 넘어지거나 앞으로 꼬꾸라졌다. 아나는 울다가 잠들어도 위로해줄 사람이 아무도 없었기 때문에 빛과 애정이 가득한 이야기를 자신에게 들려주며 스스로 위안을 찾았다. 그 이야기 속에는 자기가 바라는 대로 모두 해주는 엄마가 있었다. 엄마는 꼭 끌어안아주기도 하고, 귓가에 자장가를 불러주며 재워주기도 했다.

　　토요일, 토요일에, 예쁜 아가야,
　　새가 감옥으로 떨어졌단다.
　　족쇄와 사슬을 차고서……

그리고 다른 노래도 불러주었다.

　　핀타 새가 있었네.
　　푸른 레몬 나무의 그림자에……

어느 큰 광장에서 가난한 여자들이 아이들을 재우면서 불러주던 노래를 들은 적이 있었다.

그런 식으로 아나는 베개가 꿈속에서 그리던 엄마의 품이고, 머릿속으로 떠오르던 그 노래가 진짜로 들린다고 생각하며 잠들었다. 그녀는 상상 속에서만 즐길 수 있는 순수하고 부드러운 즐거움을 누릴 수 있는 놀이에 조금씩 익숙해졌다.

판사 부인은 어린 시절을 생각하며, 그때의 자신을 대견해했다. 삶이 두동강 나면서 죽은 것처럼 느껴졌던 어린 천사의 삶이 그리웠다. 어둠속에서 침대를 박차고 뛰어내렸던 소녀는 지금의 아나보다 훨씬 활기가 넘쳤으며, 그녀를 기른 차갑고 무뚝뚝하고 변덕스러운 어른들의 요구와 불의에 기죽지 않고 버틸 정도로 강단이 있었다.

'맙소사, 뭐야, 이게 양심성찰이라니?' 아나 부인은 조금 부끄러운 생각이 들었다.

그녀는 맨발로 침실을 나와, 화장대 위의 기도서를 들고 다시 침대로 뛰어들어갔다. 침대에 누워 등불을 가까이 대고는 베개에 얼굴을 파묻은 채 읽었다. "만약 고기를 먹었다면" 그녀의 두 눈에 다시 졸음이 몰려왔다. 하지만 계속 읽어내려갔다. 한장, 두장, 세장…… 무슨 내용인지도 모른 채 읽어내려갔다. 그러다가 드디어 한 대목에 이르러 멈춰섰다.

"자기가 지나온 곳……"

아나는 그 말뜻을 이해했다. 책장들을 넘기는 동안 그녀는 자기도 모르게 돈 알바로 메시아를 떠올렸다. 그는 베뚜스따 카지노[1]의 회장이자 자유당의 대표였다. 하지만 "지나온 곳"을 읽는 순간, 그녀의 생각은 별안간 옛날로 돌아갔다. 그녀가 어렸지만 이미 고해

---

1 영국의 '신사클럽'의 영향을 받아 19세기 스페인에 생긴 문화사교클럽. 주로 부르주아 계층의 사교모임으로 그들만의 폐쇄적인 형식으로 운영되었다.

성사를 하는 나이였다. 기도서에서 "자기가 지나온 곳들로 기억을 따라가 보아라"라는 구절이 나올 때마다, 그녀는 저절로 뜨레볼 강의 배를 떠올렸다. 그때 아나는 친구 헤르만과 배 안에서 함께 밤을 보내며, 자기도 모르게 엄청난 죄를 지었다…… 얼마나 수치스러웠던가! 판사 부인은 그때의 스캔들을 떠올리면 수치심과 분노가 생겼다. 그녀는 침대 옆 협탁―옵둘리아의 고급스러운 취향에 거슬리는 또다른 싸구려 가구였다―위로 책을 내려놓았다. 그러고는 불을 끄고…… 자정 무렵 뜨레볼 강의 배 안에는 그녀보다 두 살 많은 열두살짜리 금발 소년 헤르만이 옆에 있었다. 헤르만이 배 바닥에서 찾아낸 투박한 천 자루로 그녀를 덮어주려 애썼다. 아나는 그도 덮으라고 말했다. 두 아이는 이불과도 같은 자루를 덮고서 배 갑판 위에 누워 있었다. 시커먼 배 가장자리에 가려, 밖의 평원은 보이지 않았다. 그곳에서는 달을 가리며 유유히 흐르는 구름만이 보였다.

"추워?" 헤르만이 물었다.

아나는 구름들 뒤로 달려가는 달을 뚫어져라 바라보느라, 두 눈을 크게 뜬 채 대답했다.

"아니!"

"무서워?"

"치."

"우리는 남편과 아내야." 헤르만이 말했다.

"내가 엄마야!"

그러고는 그녀를 재우려는 듯 흥얼거리는 달콤한 소리가 머리 아래서 들려왔다. 흘러가는 강물 소리였다.

그들은 많은 이야기를 나눴다. 그는 자기 이야기도 했다. 꼴론드레스[2]에 아빠랑 엄마가 있었다.

"엄마라는 사람은 어떻게 생긴 거야?"

헤르만이 성심껏 설명해주었다.

"엄마는 뽀뽀를 많이 해줘?"

"그럼."

"그리고 노래도?"

"응. 노래는 엄마가 여동생한테 불러줘. 나는 이제 많이 컸거든."

"그럼 내가 엄마야!"

아나 차례가 되어 자기 이야기를 들려주었다. 그녀는 그쪽 강에서는 조금 멀지만, 바다 쪽 모래사장으로 가면 바로 옆에 있는 작은 마을 로레또에서 살았다. 그녀는 유모인 까밀라 부인과 함께 살았다. 그녀는 유모를 좋아하지 않았다. 유모는 여러명의 하인과 하녀들을 거느렸으며, 밤이면 남자가 찾아와 키스를 했다. 그러면 까밀라 부인은 그를 밀치며 말했다. "이 아이 앞에서는 안돼. 아주 되바라진 아이란 말이야."

사람들의 말로는 자기를 아주 많이 사랑하는 아빠가 있고, 옷과 돈, 모든 것을 보내주는 사람도 아빠라고 했다. 하지만 아빠는 무어인들을 죽이느라 올 수가 없었다. 그녀는 벌은 많이 받았지만 맞지는 않았다. 갇히거나 굶는 벌을 받았고, 일찍 잠자리에 들어야 하는 게 최악의 벌이었다. 그러면 아나는 정원 문으로 빠져나가 울면서 바다 쪽으로 뛰어갔다. 배를 타고 무어인의 땅으로 가서 아빠를 찾고 싶었던 것이다. 뱃사람 하나가 울고 있는 그녀를 보고는 위로해주었다. 그녀가 배에 태워달라고 하자, 그가 웃으면서, 알았다며 그

---

2 스페인 북동부 싼또냐 해안에 위치한 꼴린드레스(Colindres) 지역으로 추정된다.

녀를 안아주었다. 하지만 그 고약한 사람은 아나를 유모가 있는 집에 데려다주었고, 그녀는 다시 방 안에 갇혔다. 어느날 오후, 아나는 다른 방법으로 도망쳤지만 바다를 찾지 못했다. 물레방아 옆을 지나 속이 빈 밤나무로 만든 다리가 있는 도랑을 건너자 개 한마리가 서서 길을 가로막았다. 아나는 자기 앞에 있는 개처럼 울부짖으며 요란하게 흐르는 아래쪽 하얀 강물을 바라보다가, 멀미가 나 통나무 위로 엎어졌다. 개가 아나를 넘고 지나갔지만 물지는 않았다. 그제야 아나는 강 건너편 쪽에서 개를 부르며 말했다.

"자, 받아. 이거 먹어."

호주머니에 넣어가지고 온 간식이었다. 버터를 바른 눈물 젖은 빵 조각이었다.

그녀는 눈물에 젖어 짭짤해진 빵을 거의 매일 간식으로 먹었다. 혼자 있을 때면 슬퍼서 울었다. 하지만 유모나 하인들, 그리고 그 남자 앞에서는 분노로 울었다. 아나는 물레방아 뒤로 숲을 발견하고는 노래를 부르며 뛰어갔다. 아직 두 눈에는 눈물이 그렁그렁 맺혀 있었지만 무서워서 노래를 불렀다. 숲을 나서면서 아나는 매우 푸르고 드높은 초원을 보았다.

"그리고 내가 거기 있었지? 그렇지?" 헤르만이 큰 소리로 물었다.

"그래."

"그래서 내가 뜨레볼 강의 배를 타고 싶냐며 물었잖아. 뱃사공이 우리 하인이고, 나는 강 건너편 꼴론드레스에 살고 있다면서 말이야."

"그래, 맞아."

판사 부인은 대화까지 포함해 모두 글로 적혀 있는 듯 생생하게 기억했다. 하지만 그녀가 기억하고 있는 것은 있는 그대로의 사실이 아니라, 어린 소녀가 그날밤의 일을 소설 형식으로 각색한 훗날의 기억이라고 믿었다.

그러고 나서 그들은 잠이 들었다. 꼴론드레스 쪽에서 누군가 고함을 지르는 소리가 들려 깨어보니 환한 대낮이었다. 조수에 떠밀려 하구 한가운데 작은 섬에 자기 배가 걸려 있는 것을 뱃사공이 본 것이다. 그들은 뱃사공에게 심하게 질책을 들었다. 뱃사공의 아들이 아나를 로레또로 데려다주었다. 하지만 가는 길에 유모의 하인과 만났다. 하인들이 아나를 찾아 사방을 헤매고 다녔던 것이다. 하인들은 아나가 바다에 빠졌다고 믿었다. 까밀라 부인은 놀라서 침대에 드러누웠다. 유모에게 키스하는 남자가 아나의 한쪽 팔을 피가 날 정도로 꽉 움켜잡았다. 하지만 아나는 울지 않았다.

사람들이 어디서 밤을 지냈냐고 물었지만, 헤르만이 혼날까봐 두려워 아나는 아무 말도 하지 않았다. 그날 하루 종일 갇힌 채 아무것도 먹지 못했지만 아나는 아무 말도 하지 않았다. 다음날 아침 유모가 뜨레볼 강의 뱃사공을 불렀다. 뱃사공은 두 아이가 미리 약속하고 배에서 하룻밤을 함께 보냈다고 했다. 세상에 말도 안되는 소리지! 결국 아나는 함께 자기는 했지만, 원래 그럴 계획은 아니었다고 털어놨다. 원래는 집에서 흠 좀 나더라도 하루 저녁 선장이 되어 줄을 당겨 강을 건넜다가 나중에 헤르만은 꼴론드레스로, 아나는 로레또로 돌아가는 거였다. 그런데 강하구의 물이 빠지는 바람에 배 바닥이 바위에 걸려서 아무리 안간힘을 써도 꿈쩍도 하지 않았다. 그래서 지쳐 누웠다가 잠이 들고 말았다. 배에 묶인 줄을 풀 수만 있었더라면, 헤르만이 바닷길을 알기 때문에 그들은 무어인의 땅을 찾아갔을 수도 있었다. 그러면 아나는 아빠를 찾고, 헤르만은 많은 무어인들을 죽였을 수도 있었다. 하지만 줄이 너무 튼튼했다. 그들은 줄을 풀지 못하고, 드러누워 옛날이야기를 하다가 잠이 든 것이다.

헤르만도 그와 똑같은 이야기를 뱃사공에게 했지만 뱃사공은 믿지 않았다.

엄청난 스캔들이었다! 까밀라 부인이 아나의 목을 잡고 흔드는 바람에 거의 숨 막혀 죽을 뻔했다. 그러고는 아나의 엄마와 아나를 욕하는 상스러운 얘기를 퍼부어댔다. 그때는 무슨 말인지 몰랐고 훨씬 나중에 가서야 이해했다.

까밀라 부인은 아나의 되바라진 행동이 자기에게 키스하는 남자 때문이라며 원망했다.

"당신의 경솔한 짓이 아이의 눈을 뜨게 한 거야."

아나는 그 말뜻을 이해하지 못했고, 유모의 애인은 한바탕 크게 웃었다.

그날부터 남자는 음흉한 눈빛으로 아나를 바라보며 미소를 머금었다. 유모가 방에서 나가면 남자는 아나에게 뽀뽀해달라고 했지만 아나는 절대 그에게 뽀뽀해주고 싶지 않았다.

신부가 와서 아나와 함께 방으로 들어가, 아나도 모르는 것들을 이것저것 물었다. 신부는 한참을 곰곰이 생각하더니, 뭔가 이해한 듯 결론내렸다. 신부는 아나가 엄청난 죄를 지었다며 주입시켰다. 어른들이 그녀를 마을 성당으로 데리고 가서 고해성사를 시켰다. 아나는 신부에게 어떻게 대답해야 할지 몰랐고, 신부는 아이가 몰라서 그런지, 되바라져서 그런지, 자기 죄를 숨기려고 한다며 아직 고해성사를 받을 준비가 되어 있지 않다고 유모에게 말했다. 동네 남자아이들은 까밀라 부인과 키스하는 남자의 눈길로 아나를 쳐다보았다. 남자아이들은 아나의 팔을 붙잡고 어디론가 끌고 가려고 했다. 아나는 이후 유모가 없으면 외출하지 않았다. 그리고 헤르만은 다시 만나지 못했다.

"네가 어떤 아이인지, 네 아빠한테 편지 썼다. 너는 열한살이 되면 바로 수녀원에 들어가게 될 거다."

까밀라 부인의 협박은 협박으로 끝나지 않았다. 하지만 아나는 로레또를 떠나 어디든 간다는 것이 슬프지 않았다.

그때부터 사람들은 아나를 일찌감치 되바라진 아이처럼 대했다. 아나는 그들이 하는 말을 잘 이해하지 못했지만, 그들이 자기 죄를 엄마 탓으로 돌린다는 것은 알았다……

어린 시절의 기억이 이 부분에 이르자, 판사 부인은 숨이 탁 막히며 양 볼이 불길에 휩싸이는 기분이었다. 그녀는 불을 켜고 두툼한 이불을 밀쳐냈다. 그러자 약간 풍만한 비너스의 몸매가 가는 실을 염색하여 짠 얇은 담요 아래 딱 달라붙어 과장되게 드러났다. 이불은 발치로 밀려내려가 있었다.

어린 시절의 기억들은 도망쳤지만, 그 기억들이 깨운 분노는 아무리 먼 옛날 일이라도 사라지지 않았다.

'정말 멍청한 인생이야!' 아나는 다른 생각들로 넘어가며 생각에 잠겼다.

아나는 한참이나 반항기를 기억하고 있었다는 생각이 들자 기분이 나빠졌다. 그녀는 자기 스스로 옭아맨 의무에 자신을 제물로 바치면서 살아왔다고 믿었다. 때때로 그녀에게는 이 의무감이 인생의 이유를 설명하는 시적인 임무처럼 보이기도 했다. 그래서 이렇게 생각했다.

'따분하고 단조로운 이 삶은 표면적인 거야. 나의 하루하루는 크나큰 것들로 채워져 있어. 이 희생과 이 싸움이 이 세상의 그 어떤

모험보다 훨씬 값진 거야.'

하지만 지금처럼 어떨 때는 억압당한 열정이 브레이크를 부쉈다. 이기심이 튀어나와 그녀를 얼빠졌다고, 낭만적이라고, 멍청하다고 외쳤다.

"정말 멍청한 삶이야!"

한 사람의 영혼에 그런 식으로 상처를 내다니! 마음을 진정시키려 할수록 더 화가 치밀어올랐다. 엉겅퀴가 영혼을 할퀴는 기분이었다. 그럴 때는 아무도 보고 싶지 않았고, 아무에게도 동정이 가지 않았다. 그런 순간에는 음악을 듣고 싶었다. 그보다 더 적절한 목소리는 없었다. 그렇게 아나는 자기도 모르게 마드리드 왕립극장을 떠올렸다. 그곳에서 바로 다름 아닌 카지노 회장 돈 알바로 메시아를 보았다. 주홍빛 케이프 깃을 올려 얼굴을 가리고 로시나의 발코니 아래서 노래를 부르고 있었다.

Ecco ridente il cielo……[3]

판사 부인의 호흡이 거칠고 가빠졌다. 그녀의 코가 벌렁거렸고, 반짝거리는 두 눈은 벽을 뚫어져라 응시했다. 색깔 담요에 감긴 몸매의 그림자가 벽에 비치고 있었다.

아나는 이 모든 것, 린도로와 이발사를 떠올리려고 했다. 그녀를 괴롭혀온 영혼의 아픔을 달래고 싶었기 때문이다.

"지금…… 여기…… 내 자식이라도 있다면……! 입 맞춰주

---

3 로시니의 「세비야의 이발사」(1816)에서 '린도라'라는 가명을 사용하는 알마비바 백작이 로시나에게 부르는 쎄레나데의 시작 부분으로 '장밋빛 새벽 하늘…'이라는 뜻.

고…… 노래 불러주고……!"

어린 사내아이의 희미한 모습이 사라지고, 늠름한 돈 알바로가 다시 모습을 드러냈다. 하지만 그는 몸에 딱 맞게 재단한 순백색 외투를 걸치고 아마데오 왕⁴처럼 그녀에게 인사를 건넸다.

돈 알바로는 인사를 건네는 순간 당당하고 위압적인 그녀의 시선 앞에서 사랑이 가득 담긴 두 눈을 아래로 떨어뜨렸다.

아나는 마음이 풀어지는 기분이었다. 그녀를 괴롭히던 냉담과 긴장이 점차 깊은 슬픔으로 바뀌었다.

이제 불쾌한 기분에서 벗어나 느끼고 싶은 대로 느꼈다. 자기를 희생했다는 생각으로 돌아왔다. 그 희생은 이제 위대하고 숭고하여 그 부드러운 물결은 세상에 넘쳐흐를 정도였다. 돈 알바로의 모습 또한 마술 쇼의 램프가 희미해지는 것처럼 점점 사라졌다. 이제 순백색 외투로 남아 희미해지고, 등불로 특별한 마술을 부리는 듯 체크무늬 외투에 술이 달린 황금빛과 초록색의 비로드 모자, 하얀 콧수염과 하얀 염소 턱수염, 반백의 짙은 눈썹 등 세부 묘사가 시작되더니 마지막으로 어둠을 배경으로 하여 존경하는 친근한 빅또르 낀따나르의 전체 모습이 나타났다. 주변에서 후광까지 비쳤다. 까예따노 리빠밀란 신부가 말해주었듯이, 그 사람은 그녀가 희생으로 짊어져야 할 짐이었다. 아나 오소레스는 남편의 이마에 순결한 입맞춤을 해주었다.

아나는 남편이 정말 보고 싶었고 실제로 키스를 하고 싶다는 생각이 강했다. 희미해져가는 모습에 키스를 보냈다.

---

4 아마데오 데 사보야(Amadeo de Saboya, 재위 1871~73). 1868년 혁명으로 이사벨 2세가 망명하고 입헌군주제가 채택되고 이딸리아의 왕자인 아마데오 데 사보야 가 즉위한다.

분명 적절한 시간은 아니었다.

하지만 우연한 사건이 이 정숙한 부인의 열망을 들어주었다. 그녀는 맥박을 짚고 양손을 바라보았다. 손가락은 잘 보이지 않고, 맥박만 거칠게 뛰었다. 눈동자에서는 불꽃놀이처럼 작은 별들이 폭발했다. 그래, 그랬다, 몸이 좋지 않았다. 발작이 일어나려고 했다. 사람을 불러야 했다. 아나는 종에 매달린 끈을 잡아당겼다. 2분이 흘렀다. 안 들리나?…… 아무도 오지 않았다. 그녀는 다시 줄을 잡아…… 불렀다. 서둘러 달려오는 발소리가 들렸다. 하녀인 뻬뜨라가 놀라서 거의 벗은 채로 옆문으로 들어와 암적색 커튼을 젖히는 순간, 희미해가던 모습이 다시 등장하였다. 체크무늬 외투에 초록색 모자를 쓰고 촛대를 들고서.

"내 사랑, 무슨 일이오?" 낀따나르가 침대로 다가오며 소리쳤다.

일종의 발작이었다. 평소와 같은 신경장애로 꼭 이어질 것 같지는 않지만 증상은 같았다. 앞이 보이지 않고, 눈동자와 뇌에서 불똥이 튀었고, 양손이 차가워지면서 자기 손이 아닌 듯 뻣뻣해졌던 것이다. 뻬뜨라는 지시를 기다리지 않고, 바로 부엌으로 달려갔다. 뭐가 필요한지 이미 알고 있었다. 띨라와 오렌지 꽃잎을 넣은 차를 준비하러 달려갔다.

낀따나르는 마음이 놓였다. 그는 사랑하는 아내의 발작에 이미 익숙해 있었다. 불쌍한 아내가 고통을 받기는 하지만 호들갑 떨 정도는 아니었다.

"아무 생각 말아요. 그게 최선이라는 걸 알잖아."

"네, 당신 말이 맞아요. 가까이 와서 얘기해줘요. 여기 앉으세요."

낀따나르가 침대 위에 앉아, 아내의 이마에 아버지와 같은 입맞춤을 해주었다. 아나는 그의 머리를 가슴 위로 꼭 끌어안으며 눈물을 흘렸다. 낀따나르는 눈물이 느껴지자 소리 질렀다.

"이게 뭐야? 울고 있네. 좋은 신호요. 감정 폭발은 눈물로 풀어지거든. 발작은 지나갔소. 계속되지 않을 테니 두고 봐."

실제로도 아나는 훨씬 기분이 나아졌다. 그들은 얘기를 나눴다. 아나는 자신의 애정을 표현했고, 낀따나르는 그에 마땅하게 감사했다. 뻬뜨라가 떨라 차를 가지고 돌아왔다.

낀따나르는 흐트러진 옷매무새에 전혀 신경 쓰지 않는 하녀를 눈여겨보았다. 옷을 제대로 걸쳤다 할 수 없었다. 윗도리 속옷에 짧은 양모 숄을 어깨에 두르고 치마는 대강 동여매 여인의 매력이 밖으로 불거져 나오는 걸 막을 수 없었다. 매력적인 모습이라, 낀따나르는 눈여겨보지 않으려고 해도 자기도 모르게, 하녀가 사프란 빛이 감도는 금발인 걸로 보면 살결이 매우 하얄 거라고 혼자 속으로 상상했다.

아나는 떨라와 오렌지 꽃잎을 넣은 차를 마신 후 진정되었다. 그녀는 숨을 깊이 들이켰다. 마음이 긍정적인 기운으로 가득 채워지면서 한결 편안해진 기분이었다.

뻬뜨라는 정말 민첩하고, 그녀의 빅또르는 정말 훌륭했다!

남편은 옛날에는 잘생겼을 것 같았다. 그건 확실했다. 사실 쉰살이 조금 넘었는데도 예순살처럼 보이기는 했지만, 부러울 정도로 건강하게 예순을 산 모습이었다. 하얀 콧수염과 하얀 염소턱수염, 반백 눈썹이 존경을 불러일으키며 심지어는 여단장이나 장군의 영웅적인 모습까지도 연상되었다. 은퇴한 법원 판사가 아니라 화려한 공적의 예비역 지휘관처럼 보였다.

뻬뜨라는 몸을 떨다 팔짱을 끼고 방에서 나갔다. 그 손이 새하얗고 제법 미끈했다. 하지만 지시가 있을까봐 옆방에서 대기하였다.

아나는 잔에 남아 있는 얼마 되지 않는 띨라 차를 낀따나르에게 —그녀는 남편을 거의 항상 그렇게 불렀다— 마시라며 자꾸 권했다.

하지만 낀따나르는 신경안정 같은 것과는 상관도 없었다! 그는 원래 차분한 성격이었다! 졸려 죽을 것 같기는 했지만 편안했다.

상관없었다. 그냥 아나가 변덕을 부린 거였다. 아는 바는 없었지만 놀라기는 했다.

"싫다니까, 여보. 맹세코⋯⋯"

"얼른 마셔요. 마시라니까요."

낀따나르는 띨라 차를 받아들고는, 바로 늘어지게 하품했다.

"당신 추워?"

"춥냐고요?"

낀따나르는 세시간만 있으면, 날이 밝기 전에 '공원'—오소레스 가문의 과수원— 문 쪽으로 몰래 나가야 한다는 생각이 났다. 그러면 그때는 추울 거라고, 특히 친애하는 사냥 친구이자 필라데스[5]인 프리힐리스와 함께 산에 도착하면 추울 거라고 생각했다. 그들은 함께 사냥을 다녔다. 판사 부인은 그 시간에 사냥 나가는 걸 싫어했다. 낀따나르가 원하는 것처럼 그렇게 일찍 나가는 걸 허락하지 않았다. 사랑하는 어린 아나는 그날따라 아주 말이 많았다. 아내는 늘 조용하고 화기애애한 부부생활에 대한 갖가지 에피소드를 남편에게 늘어놓았다.

"빅또르, 당신은 자식을 원치 않아요?" 아내가 남편의 가슴에 머

---

5 필라데스(Pylades). 그리스 신화에서 아가멤논의 아들 오레스테스의 절친한 친구이자 사촌형제. 오레스테스가 아버지의 원수를 갚고 쫓길 때 많은 도움을 주었다.

리를 기대며 물었다.

"간절히 원하지!" 전직 판사는 심장에서 부성애의 본질을 찾았지만 찾지 못했다. 그래서 그 비슷한 것이라도 상상하기 위해 프리힐리스가 신중하게 골라 선물한 자고새의 울음소리를 생각했다.

'아내가 내가 두시간 반밖에 쉴 시간이 없다는 것을 알면 나를 침대로 돌려보내줄 텐데.'

하지만 가엾은 아나는 그 모든 사실을 알지 못했고, 알아서도 안되었다. 판사 부인은 30분 넘게 흥분해서 많은 말을 늘어놓았다. 계획들에 대해! 완전 보랏빛 청사진에 대해! 그리고 그 청사진 속에는 빅또르와 그녀가 늘 함께 있었다.

"그렇죠?"

"그럼, 여보. 그렇고말고. 하지만 당신 쉬어야 해. 말하느라 흥분했어."

"당신 말이 옳아요. 달콤한 피로감이 몰려드네요…… 잘래요."

낀따나르는 아나의 이마에 입을 맞추려 몸을 구부렸다. 아나가 그의 목을 양팔로 감싸고 고개를 뒤로 젖히면서 입술에 키스했다. 낀따나르는 약간 몸이 달아오르며 피가 끓는 기분이었다. 하지만 차마 어떻게 하지는 못했다. 게다가 세시간 뒤면 어깨에 엽총을 둘러매고 산으로 향해야 했다. 아내와 남게 되면 사냥은 안녕…… 그리고 프리힐리스는 이 대목에서는 가차없었다. 새벽에 나오지 않거나 늦게 나오는 것만 빼고는 모두 용서하는 사람이었다.

'약속은 지켜야 해.' 사냥꾼은 생각했다.

"잘 자, 내 사랑."

그러고서 그는 새장에 있는 새들을 생각했다.

낀따나르는 먼저 아나의 이마에 다시 입맞춤을 하고는, 오른손에 촛대를 들고 침실을 나왔다. 왼손으로 암홍색 커튼을 젖혔다. 그는 뒤돌아 아내에게 미소로 인사를 건넸다. 그러고는 수놓은 실내화를 신고 위엄있게 걸어, 오소레스 대저택의 건너편 끝 쪽에 있는 자기 방으로 향했다.

낀따나르는 응접실이라 불리는 큰 살롱을 지나 넓고 긴 복도를 따라서 걷다가, 크리스털 갤러리에 도착해 그곳에서 잠시 머뭇거렸다. 그러더니 뒤돌아서 지나온 복도를 다시 거슬러올라가 어느 방문 앞에 이르러 조용히 노크했다.

뻬뜨라가 아까처럼 흐트러진 모습으로 나왔다.

"무슨 일이세요? 다시 안 좋아지셨어요?"

"그건 아니고." 낀따나르가 대답했다.

뻔뻔하기는! 젊은 것이 자기가 거의 발가벗고 있다는 걸 모르나?

"그러니까…… 그게…… 만일 안셀모가 잠들었다가 프리힐리스의 신호를 듣지 못하면…… 안셀모가 워낙 둔해서…… 개 짖는 소리가 세번 들리면…… 너도 알잖니…… 프리힐리스가…… 네가 나를 좀 깨워줬으면 좋겠다."

"네, 알겠습니다. 걱정 마세요, 어르신. 프리힐리스 어르신이 짖으시면 바로 알려드릴게요. 더 하실 말씀 있나요?" 사프란 빛이 감도는 금발 하녀가 도발적으로 눈을 뜨며 덧붙였다.

"더는 없다. 자거라. 옷을 얇게 입었구나. 날씨가 꽤 쌀쌀하다."

뻬뜨라가 얼굴을 붉히는 척했다. 사실 그녀의 마음가짐과는 꽤 거리가 먼 행동이었다. 그녀는 거의 맨살이 드러난 등을 돌렸다. 그제야 낀따나르는 고개를 들고, 하녀가 제대로 가리지 못한 매력을 감상할 수 있었다.

뻬뜨라의 방문이 닫힌 후 낀따나르는 복도를 따라 다시 위엄있게 발을 내딛었다.

그러나 그는 자기 방에 들어가기 전에 혼자 중얼거렸다.

'이왕, 이렇게 일어나 있으니 내 새끼들이나 둘러봐야겠군.'

크리스털 갤러리 끝 쪽에 문이 있었다. 낀따나르는 그 문을 부드럽게 밀어, 당연히 깊은 잠에 빠져 있을 새들의 집에 들어갔다.

낀따나르는 빈 손으로 촛대의 불빛을 가리고는, 발끝을 들고 카나리아 새장으로 다가갔다. 별다른 변화는 없었다. 그의 느닷없는 방문은 카나리아 두어마리밖에 눈치채지 못했고, 그놈들은 날갯짓을 하며 머리를 깃털 사이로 숨겼다. 그는 계속 앞으로 걸어갔다. 멧비둘기들도 잠들어 있었다. 그곳에서는 방해받아 싫다는 듯 우는 소리가 들렸고, 낀따나르는 괜한 짓을 하지 않기 위해 멀찍이 물러났다. 그는 '괜한 자랑이 아니라 그 지방에서 가장 교향 관현악단원 분위기가 나는 개똥지빠귀' 새장으로 다가갔다. 개똥지빠귀는 횡목 위에서 '양어깨를 빳빳하게 곤두세우고' 꼿꼿하게 있었지만 자지는 않았다. 무례할 정도로 주인의 눈을 뚫어져라 응시하였지만 아는 척은 하지 않았다. 새는 시선을 떨어뜨리지 않은 채 도전하듯 밤새도록 볼 테면 봐라 하는 식의 자세였다. 그는 그놈을 잘 알았다. 아라곤 기질이 상당했다. 리빠밀란을 쏙 빼닮았다! 낀따나르는 계속 앞으로 걸어갔다. 메추라기가 보고 싶었다. 하지만 아프리카 야생 새가 놀라, 리넨을 두른 납작한 새장 천장에 계속 머리를 찧는 바람에 그냥 가만히 내버려두었다. 자고새가 자기를 부르자 흥분했다. 조금 전 불순한 생각이 그의 양심을 더럽혔다면, 자기를 부르는 자연의 걸작인 새를 보고 있자니 베뚜스따 최초의 조류학자이자 경쟁자가 없는 최고의 사냥꾼인 자기에게 걸맞은 위대한 정신과 목표가 상향되는 것 같았다.

긴따나르는 마음의 평정을 되찾은 후 따뜻한 이불 속으로 돌아갔다.

그와 그녀, 사랑하는 부부는 몇년 전만 해도 그 방, 아나의 금빛 침대에서 함께 잤다. 하지만…… 그들은 한가지 생각에 의견이 일치했다.

그녀는 그가 사냥 나가기 위해 새벽 일찍 나가는 게 싫었고, 그는 그녀가 희생하는 것이 싫었고, 그녀를 깨우지 않으려고 자기가 나가야 할 시간을 늦추는 것도 싫었다. 게다가 새들은 주인에게서 멀리 떨어져 귀양 간 것처럼 지내야 했다. 아나의 방에서 지내면서 새들을 가까이 갖다놓으면 그건 아나에게 잔인한 짓이었다. 아침이면 새들 때문에 그녀가 자지 못할 게 분명했다. 하지만 그는 개똥지빠귀의 첫 휘파람소리와 멧비둘기들의 굵직한 울음소리, 메추라기의 단조로운 리듬, 사냥꾼에게는 달콤하지만 귀에 거슬리는 성난 자고새의 울음소리를 음미하고 싶었다!

누가 먼저 그랬는지 그는 아나가 부부 잠자리를 따로 하고 싶다고 먼저 얘기를 꺼냈던 걸로 기억했다. 그때 그는 제대로 기쁨을 감추지 못한 채 그 조심스러운 제안을 받아들였고, 세상에서 가장 사이좋은 부부는 각방을 쓰게 되었다. 그녀는 정남향이라 따뜻한 대저택 건너편 끝 쪽으로 가고, 그는 자신의 침실에 남았다. 그 이후로 아나는 달콤함을 훼방놓는 그 누구의 간섭도 받지 않고 늦잠을 잘 수 있었고, 긴따나르는 서광과 함께 일어나 메추라기와 개똥지빠귀, 자고새, 멧비둘기, 카나리아 들이 아침 일찍 여는 콘서트를 가까이에서 즐길 수 있었다. 부부의 완벽한 조화를 이루는 데 있어 그전에 뭔가 부족한 게 있었다면, 이제는 화합에 있어서 그들 가정의 행복은 절정에 이르렀다.

끈따나르는 자신의 법관 시절을 떠올리며, 자주 이렇게 말했다.

"개인의 자유는 타인의 자유가 시작되는 경계까지만 확장되지요. 이 점을 새기다보니, 결혼생활도 늘 행복했습니다."

그는 얼마 남지 않은 시간이나마 잠을 청해보려고 했지만 잠이 오지 않았다. 뒤척거리다가 프리힐리스가 개짖는 소리를 세번 내는 꿈을 꾸었다.

이상한 일이었다! 다른 때는 그러지 않았었다. 다리를 쭉 뻗고 늘어지게 자다가도 제때 깨어났다.

떨라 차 때문이었다! 그는 다시 불을 켰다. 협탁 위에 놓인 유일한 책을 집어들었다. 부피가 꽤 나가는 책이었다. 책등에 금빛으로 '깔데론 데 라 바르까'라는 글자가 박혀 있었다. 그는 책을 읽어 내려갔다.

끈따나르는 늘 열성적인 연극 팬이었으며, 특히 17세기의 연극[6]을 좋아했다. 그는 무엇이 명예인지, 어떻게 명예를 지킬 것이지 아는 그 시대의 관습을 특히 좋아했다. 끈따나르에 의하면, 돈 뻬드로 깔데론 데 라 바르까처럼 명예를 정확하게 제대로 아는 사람은 없었다. 명예를 지키기 위해 칼을 빼야 하는 적절한 방법을 그처럼 가르쳐주는 작가도 없었고, 무엇이 사랑이고 사랑이 아닌지 같은 미묘한 대화에서 깔데론처럼 등불을 밝혀주는 작가도 없었다. 모욕당한 남편들이 정당하면서도 속 시원하게 복수하는 데 있어서, 대단한 깔데론은 그 누구보다 이야기를 잘 풀어갔다. 로뻬 데 베가의 『복수 없는 징벌』과 뛰어난 작품들이 이룬 문학적 성과를 부인

---

6 스페인 문학사에서 17세기는 문학이 가장 번성한 '황금세기'로, 깔데론 데 라 바르까(Pedro Calderón de la Barca, 1600~81)와 같은 대표적인 극작가들이 대거 배출되었다.

하지 않는다면 다른 어떤 작가보다도 깔데론이 창조적이었으며, 낀따나르가 볼 때 『자기 명예의 의사』[7]가 최고의 작품이었다.

"내 아내가 그런 벌을 받을 정도로 천박하다면……" 낀따나르가 프리힐리스에게 말했다.

"그건 생각도 할 수 없는 일이네……"

"맞아. 하지만 그런 말도 안되는 상황이라도 발생한다면…… 피바다를 만들어놓을 걸세."

그러고서 낀따나르는 눈을 감겨주도록 부를 돌팔이 의사 이름까지 불러주었으며 그외 다른 세부사항까지 모두 얘기해두었다. 또한 집에 불을 질러 아내의 가상 간통을 비밀리에 복수하는 방법도 나쁘지 않다고 생각했다. 그런 일은 절대 일어나지 않겠지만, 만에 하나 일어난다면 주옥같은 시들을 줄줄이 늘어놓을 생각은 없었다. 자기가 무슨 시인도 아니고, 불길에 휩싸인 자기 집의 열기로 몸을 달구고 싶지도 않았다. 하지만 만에 하나 그런 일이 일어난다면, 황금세기의 옛날 스페인 남자들이 그랬던 것보다 덜 가혹하게 하고 싶지는 않았다.

프리힐리스는 그 모든 게 연극에서는 상관없지만, 실제 세상에서는 남편이 그런 격렬한 감정을 내비쳐 사람들을 즐겁게 할 문제가 아니라고 했다. 그리고 그런 절박한 상황이라면 유혹한 남자는 법정으로 끌고 가고, 여자는 수녀원으로 데려가야 한다고 했다.

"말도 안돼! 말도 안돼!" 낀따나르가 소리 질렀다. "화려한 시인들이 살았던 그 영광스러운 시절에는 절대 그런 짓은 하지 않았어."

"다행히도" 그가 진정하며 덧붙였다. "나는 그런 모욕에 복수하

---

7 1637년경에 집필한 질투와 명예를 다룬 깔데론 데 라 바르까의 극작품.

는 방법을 선택해야 하는 그런 고통스러운 상황에는 절대 놓일 일이 없겠지. 하지만 하느님께 맹세코, 그런 일이 생긴다면 나의 잔인한 행동은 깔데론의 10행시로 나열될 정도는 될 걸세."

그리고 낀따나르는 정말 그렇게 생각하고 있었다.

낀따나르는 매일 밤 잠들기 전에 옛날식으로 명예를 지키는 싸움을 생각했다. 자주 말했듯이 남의 입에 오르내린 명예는 신중한 혀와 마찬가지로 칼로 다스려야 한다고 생각했다. 낀따나르는 펜싱검, 양날검, 단검을 쓰는 데 능숙했다. 이러한 취미는 연극에 대한 열정에서 비롯되었다. 그가 아마추어였을 때, 무대에 결투가 많이 등장하는 것을 보고 검술을 배울 필요가 있다고 생각했다. 그래서 그런 열정으로 칼을 잡았으며, 재능도 있어서 마에스트로 못지않은 실력을 갖추게 되었다. 물론 살인은 계획에 들어 있지 않았다. 그는 서정적인 칼잡이였다. 하지만 그의 최고 능력은 총을 다루는 데 있었다. 스물다섯발짝 떨어진 곳에서 총알로 성냥에 불을 붙였으며, 서른발짝 떨어진 곳에서는 모기를 죽였고, 그런 비슷한 묘기들을 통해 자신의 사격 실력을 과시했다. 하지만 잘난 척하지는 않았다. 그는 자신의 능숙함을 높이 평가하지 않았다. 거의 아무도 그 사실을 알지 못했다. 4행시 레돈디야와 14행시 쏘네트와 가장 잘 어울리는 명예에 대한 숭고한 생각을 가지고 있다는 게 제일 중요했다. 그는 평화를 사랑하는 사람이었다. 단 한번도 누군가에게 손찌검을 한 적이 없었다. 판사로서 사형판결 문서에 서명하고 나면 식욕을 잃고 두통을 앓았다. 자기 책임이 아니라는 것을 알면서도 어쩔 수 없었다.

낀따나르는 깔데론의 작품을 피곤한 줄 모르고 읽었다. 한 여자를 사랑한 용감한 두 신사가 어떻게 마주치게 되는지, 5행시를 흥미진진하게 읽고 있는데 멀리서 개 짖는 소리가 세번 들려왔다. 프리힐리스였다!

아나는 잠들 때까지 한참 애를 먹었지만, 이제는 불면증을 초조해하거나 힘들어하지 않았다. 그녀는 마음가짐을 새롭게 하면서 많이 차분해졌다. 고매한 남편은 그녀가 끊임없이 헌신할 만한 가치가 있는 사람이었다. 남편 덕분에 그녀의 삶은 품위와 독립성을 갖추었다. 그녀는 남편을 위해 자신의 청춘을 희생했다. 계속 희생하지 않을 이유가 없지 않은가? 그녀는 가장 깨끗한 순수함마저 변질시킨 스캔들이 있었던 시절을 더는 생각하지 않았다. 그녀는 현재만을 생각했다. 어쩌면 뜨레볼 강의 배 사건은 신의 뜻일 수도 있었다. 그때는 너무 어려서 꼬리표처럼 붙어다니는 그 중상모략에서 일절 아무 가르침도 얻지 못했다면, 나중에는 그 가르침 덕분에 속마음을 감추는 법을 배웠다. 그녀는 과거를 돌아보며 세상은 눈에 보이는 것만 미덕으로 여긴다는 것을 깨달았다. 그녀의 영혼은 모두가 자기에게 덕이 많고 아름답다며 존중하고 감탄하며 헌신하는 장면을 상상하며 즐거워했다. 베뚜스따에서 판사 부인은 완벽한 유부녀였다. 아나는 이제 더이상 옛날의 '멍청한 삶'은 돌아보지 않았다. 사람들이 자기를 '가난한 자들의 어머니'라고 부르는 게 생각났다. 성녀라고 부르지는 않았지만 그래도 베뚜스따의 열심인 신도들은 그녀를 훌륭한 가톨릭 신자로 여겼다. 무모한 짓으로 유명한 돈 후안들도 그녀 앞에서는 시선을 아래로 떨어뜨리며 조용히 그녀의 아름다움을 경배했다. 어쩌면 많은 남자들이 그녀를 사랑할 테지만 입 밖으로 꺼내는 사람은 아무도 없었다…… 모든 여자에게 과감하게 대시해 정복한다는 명성이 자자한 돈 알바로도 분명히 그녀를 사랑하고 숭배했다. 그녀가 그 사실을 안 지도 2년이 넘었다. 하지만 그는 눈으로밖에는 아무 얘기도 하지 않았다. 그리고 아나는 범죄와 다름없는 그 열정을 모르는 척 시치미 뗐다.

사실 요 근래 몇달 동안, 특히 몇주 전부터 그가 좀 과감해지기는 했다. 심지어 약간 경솔하기까지 했다. 그는 신중함 그 자체였으며, 그래서 그 때문에 그의 불경스러운 마음에도 불구하고 그녀는 화를 내지 않았었다. 하지만 차차 그를 자제시킬 방법을 알 것 같았다. 그랬다. 그녀는 시선으로 그를 얼어붙게 만들어 조심하도록 할 생각이었다. 돈 알바로 메시아는 불길이 되려고 하는데, 아나는 그를 얼어붙게 할 생각을 하면서 달콤한 잠 속으로 빠져들었다.

그러는 동안 저 아래, '공원'에서는 낀따나르가 판사 부인 내실의 닫혀 있는 발코니를 바라보았다. 그는 술판을 끝내고 나오기라도 한 듯, 창백한 얼굴에 눈 밑에는 시커먼 다크서클이 드리웠다. 그는 추위를 떨쳐내기 위해 발을 구르며, 친구인 프리힐리스에게 말했다.

"가엾기도 하지! 남편이 자기를 속이고 2시간이나 일찍 집을 나서는 것도 모르고, 저렇게 달콤하게 꿈나라를 헤매고 있으니!……"

프리힐리스는 철학자와 같은 미소를 머금으며 앞장서 걷기 시작했다. 그는 크지도 작지도 않은 네모난 체구를 지녔다. 황갈색 모직 사냥복 차림에 귀마개가 달린 검은 모자를 썼다. 그리고 외투 대신 커다란 체크무늬 목도리로 목을 열두번을 둘렀다. 다른 나머지는 니므롯[8]의 도구처럼 소박한 사냥용품이었다.

'공원' 문에 이르러 괜히 미안한 마음이 들어 낀따나르는 다시 발코니를 바라보았다.

"자, 어서 가세. 늦었어." 프리힐리스가 중얼거렸다.

날은 아직 밝지 않았다.

---

8 구약 성경 「창세기」에 나오는 인물로 '용맹한 사냥꾼'의 대명사.

4장

오소레스 집안은 베뚜스따에서 가장 오래된 가문들 중의 하나
였다. 많은 백작과 후작 들을 배출했으며, 베뚜스따의 귀족 가문 가
운데 이 집안과 연결되지 않는 집은 거의 없었다.

아나의 아버지인 까를로스는 오소레스 백작의 차남의 장자였다.
까를로스에게는 아눈시아시온과 아게다라는 두 누이가 있었으며,
딸들은 조상들이 살던 대저택에서 오랫동안 아버지와 함께 살았
다. 백작의 장손들은 오래전에 다른 곳으로 이주했다.

차남의 장자는 몇몇 농장과 농지 임대, 물이 새는 낡은 저택을
상속받기보다는 스스로 자신의 경력을 쌓아 뭔가가 되고 싶어했
다. 그는 육군공병이 되었다. 용감한 사람답게 처신했으며, 수많은
전투에서 보방[1]의 기술에 탁월한 재능을 보였다. 그렇게 그는 여러

----

1 쎄바스띠앙 드 보방(Sébastien de Vauban, 1633~1707). 프랑스 군인이자 축성가
(築城家). 축성술에 관한 비범한 재주로 명성을 날리고 루이 14세 치하의 전술가

연안의 적재적소에 튼튼한 요새들을 건축했으며, 곧 대령으로 진급하여 공병부대장이 되었다. 그러다가 포대砲臺, 막벽, 참호, 성에 넌덜머리가 난 대령은 궁정에서 자리를 알아보았다. 그러면서 군사적인 취미는 잃고, 학문적인 취미만을 간직하게 되었다. 응용학문보다 순수 물리학이나 수학을 선호하였고, 기술보다 과학을 선호하였으며 갈수록 덜 전투적이 되었다. 그와 동시에 그는 까뿌아의 쾌락²에 빠져 수많은 사랑을 거친 끝에 진실한 사랑을 얻게 되었다. 더이상 젊은 혈기가 아닌 현자(아니면 그 비슷한)의 열정이었다.

까를로스 오소레스는 35세의 나이에 사랑에 눈이 멀어 가난한 이딸리아 양재사와 결혼했다. 그녀는 수없이 많은 유혹 속에서 정숙하게 살아간 가난한 여자였다. 그러나 아나를 낳고 저세상으로 떠나버렸다.

'그나마 다행이지!' 베뚜스따의 대저택에서 까를로스의 누이들은 그렇게 생각했다.

그 결혼으로 대령은 집안과의 인연을 끊었다. 간단한 편지 두통만이 서로 오갔고, 더이상 아무 관계도 없었다.

'아버지가 살아 계셨더라면 틀림없이 이 기운 결혼을 용서하셨을 거야.' 대령은 생각했다.

"아버지가 살아 계셨더라면 그 충격으로 돌아가셨을 거야!" 자비심 없는 노처녀 누이들은 말했다.

자기네와 어울리지 않는 이딸리아 양재사 올케가 출산 후 겪은

로서 각지 전투에 참전했다.

2 기원전 216년에 한니발의 군인들이 칸나이의 승리를 거둔 후 까뿌아에서 쾌락에 빠져든 것을 뜻한다.

불행을 하느님의 벌이라고 생각하는 두 시누이들의 생각에 베뚜스따의 귀족사회 전체가 동의하였다.

오소레스 가문의 저택은 까를로스의 소유였다. 그의 누이들이 간결하면서도 차가운 편지에 그렇게 적었다.

우리는 네가 요구하면 이곳을 떠날 용의가 있다. 다만 이렇게 고귀하고 가치있는 집을 어떻게 보존해야 좋을지 잘 생각해보라고 너에게 요구하는 바이다.

대령이 답장했다.

제발 누이들이 태어난 곳에서 계속 계시기 바랍니다. 누이들이 없으면 바로 폐가가 될 수 있기 때문에 저택의 안녕을 위해서도 누이들이 그곳에서 계시기를 바랍니다.

노처녀 자매는 답장도 하지 않고, 그렇다고 결혼 건에 대해 화해도 하지 않은 채 머물렀다. 아마 저택이 허물어지지 않도록 그랬을 것이다.

까를로스는 누이들이 딸의 안부조차 묻지 않은 게 가슴 아팠다. 개가 죽었다고 광견병이 사라지는 것은 아니라는 게 베뚜스따 귀족사회의 여론이었다. 양재사의 운명적인 죽음이 평판이 좋지 않은 까를로스와 화해하거나, 그의 딸의 안부를 물을 만한 충분한 이유는 아니라고 생각했던 것이다.

오소레스의 누이들에게도 기품을 잃지 않고 조카를 지킬 수 있는 시간은 있었다. 충분히 예상되듯이 정신 나간 까를로스의 행동

120

이 딸을 가난으로 밀어넣었다. 게다가 그는 프리메이슨의 공화파가 되었고, 따라서 당연히 무신론자가 되었다는 소문이 베뚜스따에 퍼졌다. 누이들은 검은 상복을 입고 응접실인 커다란 살롱에서 베뚜스따의 전 귀족사회의 조문객을 맞이했다.

살롱은 거의 완벽한 어둠에 잠겼다. 커다란 발코니에서는 빛 한 줄기밖에 들어오지 않았다. 거의 아무 소리 없이 한숨과 부채질 소리만 간간이 들려왔다.

"차라리 그가 미쳤다면 훨씬 나을 텐데!" 베뚜스따의 보수당 지도자인 베가야나 후작이 탄식했다.

"미치다니요……!" 누이인 도냐 아눈시아시온이 대답했다. "누가 주님께 말씀 좀 해주세요. 그렇게 되기 전에 제발 조물주께서 데려가달라고요."

모두 동감이라는 표정을 지었다. 많은 사람들이 힘없이 고개를 숙였다. 그러고는 다시 한숨을 내쉬었다. 공화주의 얘기는 더이상 꺼낼 필요도 없었다.

실제로도 까를로스는 급진파의 자유주의자가 되어 있었다. 또 물리학과 수학에서 철학 공부로 넘어왔다. 그 결과 손으로 만져볼 수 있는 것만 믿는 사람이 되었다. 예외가 있다면 만져볼 수 없어도 오랫동안 믿어온 자유뿐이었다. 그 시절 군대에서 자유주의자의 삶은 그다지 순탄치 못했다. 까를로스는 철학자이자 음모자로서 헌신을 결심했으며, 그런 목적을 위해 군대에 전역을 요청하였다.

'공병으로는 절대 음모를 꾀할 수 없어(그는 육체의 정신을 믿었다). 민간인이라야 적절한 방법을 통해 나라를 구할 수도 있어.'

그렇다고 까를로스가 바보는 아니었다. 그는 훌륭한 수학자였고, 여러 분야에서 꽤 능력있는 사람이었다. 웬만한 도서관을 세울 정도로 많은 장서를 소유했고, 그중에는 종교재판에서 금서로 지정한 책들도 적지 않았다. 그는 문학을 열렬히 사랑했으며, 당연히 진보주의자들과 함께 음모를 꾀하는 데 필요한 낭만적인 요소는 모두 갖추고 있었다.

까를로스의 성격에서 위선되고 모순되는 게 있었다면, 그것은 그 시대가 빚어낸 작품이었다. 그는 재능도 부족하지 않았고 열정적이었으며, 사상들도 매우 빨리 습득하고 쉽게 동화되었다. 하지만 독창성과 신중함이 돋보이는 사람은 아니었다. 자유사상가로서의 자부심은 자기 힘으로 창조해냈다는 수준의 긍지 단계에는 이르지 못했다. 그러나 어쨌든 그는 쾌활한 사람이었다.

그리고 그의 딸은 그런 단점들의 희생양이었다. 까를로스는 아내의 죽음을 한참 슬퍼한 후 자기가 중요하게 여겼던 문제들을 깊이 고민하였다. 스페인의 특정 집단 가운데서 자유사상을 널리 퍼트리는 것과 완전한 대의체제의 승리를 위해 일하는 것 등이 고민의 내용이었다. 그 당시에는 그런 계획에 자기 몸을 던지는 것은 대책 없는 산도적이 되는 것과 진배없었다. 그 때문에 그는 항상 도망다니는 몸이 되었다. 음모자는 어머니 없는 딸을 데리고 다닐 수 없었다. 사람들이 그에게 학교를 얘기했지만 그는 학교를 혐오했다. 그래서 영국에서 돌아온 스페인 여자를 유모로 채용했는데, 세르반떼스의 여주인공[3]과는 전혀 닮은 게 없었다. 도덕적 매력은 없었고, 육체적 매력이 있었다면, 그것을 잘못 사용하였다. 이에 대

---

3 12편의 단편소설로 이뤄진 세르반떼스의 『모범소설』(*Novelas Ejemplares*, 1613) 중 「영국에서 돌아온 여인」(La Española Inglesa)에 등장하는 인물인 이사벨라로, 온 갖 역경에서도 미덕과 신앙을 잃지 않는 여인을 상징한다.

해 아무것도 몰랐던 까를로스는 가톨릭 자유주의자였다는 이유 하나만으로 그녀를 유모로 채용했다. 그는 자기 자신에게 말했다.

'그녀는 스페인 여자이기는 하지만 계몽된 여자야. 영국에서 교육받으며 관용이라는 고귀한 정신을 배웠어.'

게다가 그녀는 성경에서 추출한 알약과 영국 가족소설에서 뽑은 물약으로 아이들의 심장과 머리를 치료했다. 간단히 말하면, 남자들이란 광신도나 비신자보다는 중간쯤을 좋아하지만 정작 그 중간쯤이라는 게 어디에 있는지는 모르는 종족이라는 걸 잘 아는 세련된 위선자였다. 까밀라 부인의 위선은 성격에서도 잘 드러났다. 외모는 남녀 구별을 할 수 없는 성불구자처럼 생겼는데, 영국식이어야 만족하는 색욕으로 가득했다. 신성모독이라고 비난하지 않는다면 메소디스트⁴식이라 불릴 만한 색정이었다.

까를로스는 다른 나라로 떠나야 했고, 아나는 까밀라 부인이 맡았다. 까를로스의 용서받을 수 없는 경솔함 덕분에 까밀라 부인은 주인의 임대 수입 대부분을 자기 마음대로 유용할 수 있었다. 그리고 음모라는 게 비용이 많이 드는 일이라 까를로스의 수입은 점점 줄어들었다.

의사들이 아나를 위해 전원과 바다의 공기를 처방했고, 유모는 친구 사이인 까를로스에게 까밀라를 추천해준 이리아르떼가 베뚜스따에 인접한 북부 지방의 전원주택을 매매하려고 한다며 까를로스에게 편지를 보냈다. 그녀는 그곳에 바다의 항구도 있고 사방에서 불어오는 바람도 건강에 좋은 아름답고 작은 마을이라고 했다. 까를로스는 베뚜스따에서 헐값에 팔아넘기지 않고 남아 있던 얼마

<hr />

4 18세기 중반 영국에서 시작된 프로테스탄트의 한 교파인 감리교. 지나친 형식주의를 뜻한다.

안되는 재산을 가능한 한 모두 처분해 그 집을 매입하라고 명했고, 그렇게 정신없이 팔아 챙긴 재산의 절반을 그의 친구인 이리아르떼의 별장을 사는 데 사용했다. 그리고 나머지 절반은 어느정도 진실하다 할 수 있는 우국지사들을 구하는 데 사용했다. 베뚜스따에는 시집 못 간 누이들이 집세도 내지 않고 살고 있는 저택 한채만이 남았다. 음모자가 지불한 액수가 전원주택과 전원주택에 속한 그 주변의 토지의 실제 가치보다 훨씬 컸지만 그는 그런 데 개의치 않았다. 조국과 마찬가지로 그 역시 망해가고 있었기 때문이었다. 연간 왕실 비용을 그가 몽땅 지불해야 한다고 해도 똑같이 힘들었을 것이며, 그래서 그는 사람들이 자기 재산을 탕진한다고 해도 그다지 개의치 않았다. 그가 손이 커서가 아니었다. 장차 조국이 자기에게 보상해줄 미래를 막연하게 기대해서였다. 물론 그 미래는 그의 당의 계획 속에 있었지만, 그의 차례까지는 오지 않았다.

아나와 유모, 하인들, 그리고 그 뒤를 따라 '남자'도 까를로스가 새로 구입한 전원주택으로 향했다. 아나는 순진무구한 자신의 꿈을 적잖이 어지럽힌 그 인물을 늘 그렇게 불렀다. 이리아르떼, 까밀라 부인의 연인이자 전원주택의 옛 주인이었다.

유모는 까를로스를 유혹하려고 노력했다. 그녀는 사별한 전 부인이 가난한 양재사였다는 사실을 알고 있었다. 그래서 귀족의 후손임을 자부하는 도냐 까밀라 뽀르또까레로 자신도 그 이딸리아 여자의 뒤를 이을 자격이 있다고 생각했다. 그녀는 까를로스가 자기가 뱉은 말 때문에 결혼했으며, 그가 하인계급과도 결혼할 수 있는 남자라고 생각했다. 그녀는 이런 타입의 남자를 잘 알고, 어떻게 다뤄야 할지도 알았다. 하지만 다 부질없는 짓이었다. 짧은 시간이나마 그녀만의 빈틈없이 정교한 유혹 시스템을 시험해보았지만 까를로스는 그녀가 자기 눈앞에 사랑의 그물을 쳤다는 사실조차 눈치채지 못했다. 그 당시 까를로스는 쌩시몽주의에 기울었다. 그는 다른 나라로 떠났고, 까밀라 부인은 배은망덕한 남자에게 영원한 증오를 맹세했다. 그러고는 영국 개혁주의자의 인내심을 발휘하여 그 허여멀건한 남자와 결혼에 성공한 이딸리아 양재사를 죽어라 질투했다. 그리고 아나가 엄마와 아빠를 대신해 그 댓가를 치렀다.

유모는 감탄사를 연발하는 가운데 네살짜리 그 아이의 교육이 매우 각별한 주의를 필요로 한다며 사방에 떠들고 다녔다. 이딸리아 여자의 사회적 신분을 교묘하게 포장하여 지중해 욕정이 낳은 어린 싹에서는 교육이 전혀 좋은 성과를 기대할 수 없다는 식으로 넌지시 암시를 하였다. "아나의 어머니가 어쩌면 양재사이기 전에 댄서였는지도 몰라요." 유모가 나지막한 목소리로 덧붙였다.

어찌 됐든 교육학적인 방법들로 중무장한 까밀라 부인은 아나 오소레스의 어린 시절을 영국식 도덕을 연마할 수 있는 진정한 학교로 바꿔놓았다. 여린 싹이 간신히 땅 위로 고개를 내밀었을 때, 이미 그 옆에는 똑바로 자랄 수 있도록 받침대가 떡하니 버티고 있어야 했다. 유모는 아나 옆에는 마른 몽둥이가 있어야 한다고, 그리고 그 몽둥이에 아나를 확실하게 묶어둬야 한다고 확신했다. 그리고 마른 몽둥이는 바로 까밀라 부인이었다. 감금과 금식이 유모의 훈육방법이었다.

아나는 살면서 즐거움과 웃음, 입맞춤을 단 한번도 경험하지 못했지만, 네살 때부터 이 모든 것을 꿈꾸기 시작했다. 그녀는 자유를 잃으면 좌절했지만, 상상력에 불을 지펴가며 조금씩 눈물을 말렸다. 상상력이 아나의 뇌와 양 볼을 따뜻하게 데워주었다. 소녀는 맨먼저 죽음과도 같은 감옥에서 구출되는 기적들을 상상하며 저 멀리 훨훨 날아가는 불가능한 모습을 그려보았다.

나에게 날개가 있어서 지붕 위를 날아가는 거야. 그녀는 생각했다. 나는 저 나비들처럼 떠날 수 있어. 그렇게 말하는 순간, 그녀는 이미 그곳에 없었다. 그녀는 저 멀리 푸른 하늘 위를 날아가고 있었다.

까밀라 부인이 열쇳구멍으로 아나를 감시하기 위해 문 가까이 와도, 아나는 아무 소리도 듣지 못했다. 어린 아나는 반짝이는 두 눈을 크게 뜨고 광대뼈가 빨갛게 달아오른 채 몇시간이고 가만히 있었다. 그 사이 난삽한 공상이 가득한, 그렇지만 머릿속에 켜진 빛으로 밝혀진, 스스로 창조한 공간을 활보하고 다녔다.

아나는 절대 잘못했다고 빌지 않았다. 그럴 필요가 없었다. 아나는 생각에 잠겨, 아무 말 없이 도도하게 갇혀 있다가 나왔다. 그녀는 계속해서 꿈을 꿨다. 이러한 상상에는 금식이 새로운 힘을 보태주었다. 그 당시 아나의 소설 속 여주인공은 어머니였다. 짙은 금발이 곱슬한 아나는 여섯살 나이에 시를 썼다. 그 시는 학대당하는 고아가 슬퍼서 흘리는 눈물과, 하인들과 로레또의 목동들에게서 들은 이야기들로 채워졌다. 아나는 늘 틈나는 대로 집에서 도망쳤다. 혼자 초원을 뛰어다니고, 자기를 이해하고 귀여워해주는, 특히 큰 개들이 있는 오두막집들을 찾아갔다. 그녀는 목동들과 함께 밥을 먹을 때가 많았다. 아나는 꽃의 꿀을 머금은 벌처럼, 자기 시를 위한 소재를 찾아 들판을 뛰어다니다가 돌아왔다. 캔버스에 옮길 자연을 연구하기 위해 초원의 풀들을 주웠던 뿌생[5]처럼, 아나는 자신의 삶에서 가장 즐겁게 누릴 수 있는 보물들로 눈과 상상력을 가

---

5 니꼴라 뿌생(Nicolas Poussin, 1593~1665). 17세기 프랑스 근대회화의 시조. 신화·고대사·성서 등에서 제재를 골라 로마와 상상의 고대 풍경 속에 균형과 비례가 정확한 고전적 인물을 등장시킨 독창적인 그림을 그렸다.

득 채워 도망쳤던 야생에서 돌아왔다. 아나 오소레스는 스물일곱 살이 되어서도, 그때의 시를 처음부터 끝까지 외울 수 있었다. 그녀가 매년 한살씩 나이를 먹을 때마다 시는 한 소절씩 늘어났다. 첫 부분에는 머리에 검은 핀이 박힌 아름다운 비둘기 한마리가 있었다. 무어 왕비였다. 그녀의 어머니였다. 눈에는 보이지 않는 아나의 어머니였다. 아나의 시적 논리에 따르면, 머리에 검은 얼룩이 있는 비둘기는 모두 어머니가 될 수 있었다.

책에서 아름다운 거짓말들이 샘물처럼 솟아난다는 생각은 그녀의 어린 시절을 통틀어 가장 커다란 발견이었다. 글을 읽을 줄 알아야 해! 이러한 야심이 그녀의 첫 열정이었다. 그녀는 음절을 배우기 전부터 까밀라 부인에게서 받은 혹독한 고통을 기꺼이 받아들였다. 드디어 글을 읽게 되었다. 하지만 그녀의 수중에 들어오는 책들은 그녀가 꿈꾸던 내용이 아니었다. 그래도 상관없었다. 그녀가 원하는 대로 책이 말하게 하면 되었다.

아나는 지리를 공부했다. 강과 산들이 지루하게 열거되어 있는 책 속에서 아나는 유리처럼 맑은 강물과 높고 늠름한 소나무들이 어우러진 산을 보았다. 그리고 섬에 대한 정의는 절대 잊는 법이 없었다. 섬은 바다에 둘러싸인 정원이고 기쁨이었기 때문이다. 성경 이야기는 까밀라 부인의 혹독한 가르침 속에서 환상을 불러일으키는 기적의 먹거리 만났였다. 아나의 시는 구체적인 형태를 갖췄으며, 이제는 희미하지 않았다. 그녀가 색색가지 장식으로 수를 놓은 이스라엘 사람들의 천막에는 로레또의 용감한 해군들이 까딸루냐 모자를 쓰고 있었다. 그들은 털이 숭숭 난 근육질의 맨다리에 햇볕에 그을리고 착하게 생긴 슬픈 얼굴, 곱슬한 숱이 많은 턱수염과 까만 눈을 가졌다.

서사시는 민족의 초창기 때처럼 사람들의 어린 시절도 지배했다. 그 이후 아나의 꿈은 거의 전투들이 등장하는 일리아드, 더 정확히 말하면 줄거리가 없는 라마야나[6]였다. 아나는 영웅이 필요했고 마침내 찾아냈다. 바로 꼴론드레스에 사는 헤르만이었다. 그는 여자 친구가 자기를 어떤 위험한 모험에 끌어들이고 있는지 전혀 모른 채 좋아하는 마음을 키워가며 뜨레볼 강의 배에서 만나자고 한 그녀와의 약속을 지켰다.

헤르만이 승리를 거둬야 하는 극동의 큰 전투들에서 아나는 그에게 아무 말도 하지 않았다. 그 전투들에서 그녀는 아마존 여전사의 기상이 느껴지는 배우자, 왕비의 역할을 맡았다. 때로는 이름도 들어본 적이 없는 먼 나라들에 가야 하는 매우 위험천만한 여행을 그에게 귓속말로 제안하기도 했다. 그러면 헤르만은 곧바로 수락했고, 아나가 나귀 역할을 한다면 그는 마차로 변할 각오도 되어 있었다. 그런데 그게 아니었다. 아나는 진짜로 무어인들의 땅에 가서, 헤르만이 마음대로 이교도들을 죽이거나 개종시키게 하고 싶었다. 헤르만은 무어인들을 죽이고 싶어했다. 뱃사공이 강가의 움막집 그늘에서 잠을 자는 동안, 그들은 그런 말을 하기가 무섭게 배에 올랐다. 아이들은 진땀을 흘려가며 자기네가 승선한 큰 함선을 살짝 움직이는 데 성공했고, 그때 그들은 자기네가 한번도 항해해본 적이 없는 바다로 나가 전속력으로 노를 젓고 있다고 믿었다.

헤르만이 소리 질렀다.

"뱃머리를 바람 부는 쪽으로 돌려!…… 좌현으로! 우현으로! 사람이 물에 빠졌다!…… 상어다!"

---

6 고대 인도의 대서사시. 라마 왕자가 원숭이들의 왕의 도움을 받아 거인에게 납치된 시따 왕비를 구출하는 이야기.

하지만 그것 역시 아나가 원하던 것은 아니었다. 까밀라 부인에게서 도망쳐 진짜로 저 멀리 떠나고 싶었다. 아나가 자기 이상형에 부여한 성격이나 장점들에 헤르만이 일치했던 적이 딱 한번 있었는데, 그것은 야반도주하여 배에서 함께 달을 보고 이야기하자는 제안을 그가 받아들였을 때였다. 헤르만은 이 계획이 무어인의 땅으로 가자는 계획보다 훨씬 실현 가능성이 있어 실행으로 옮겼다. 무지막지하고 음탕한 까밀라 부인이 어린아이들의 모험을 어떻게 이해했는지는 이미 잘 알고 있을 것이다. 이 여자의 사악함이 이 정도인지라, 까밀라 부인은 자기 예언이 정확하게 들어맞았다면서 책임 문제로 자기가 난처해질 수도 있는 상황을 오히려 좋은 기회로 삼았다.

"지 엄마랑 똑같다니까요!" 그녀가 친한 사람들에게 말했다. "improper! improper![7] 내가 벌써 얘기했잖아요! 본능…… 피…… 천성 앞에서는 교육도 어쩔 수 없다고요."

그때부터 까밀라 부인은 아나를 구원할 수 있다는 희망 없이 교육에 임했다. 아나를 교육한다는 것은 이미 벌레가 먹어서 썩어버린 꽃을 기르는 것과 같았으며, 자기는 아무것도 기대하지 않지만 단지 자기 의무를 다하는 거라고 했다. 로레또가 작은 마을인데다가, 불쌍한 까밀라 부인은 의무감에 압도되어(자신의 천성을 거스르지 못했다) 그 이야기를 듣고 싶어하는 사람에게 모두 들려주지 않고는 배기지 못했기 때문에 그 스캔들은 입에서 입으로 번져 카지노에서도 아나에게 강요한 고해성사 얘기를 모두 알고 있었다. 그 사건은 생리학적 논쟁의 대상이 되었다. 파가 나뉘어, 그럴 수도

---

7 영어로 '부정한, 부도덕한'이라는 뜻.

있다며 그런 비슷한 조숙한 예들을 수없이 인용하기도 했다.

"여러분은 믿으십시오." 까밀라 부인의 애인이 말했다. "남자는 태어날 때부터 되바라지고, 그건 여자도 마찬가지입니다."

뜻밖에 그 사건의 진위에 대해 부인하는 사람들도 있었다.

"당신들이 그걸 책으로 낸다면 아무도 믿지 않을 겁니다."

아나는 모든 사람들에게 호기심의 대상이었다. 사람들은 아나를 보고 싶어했으며, 뭔가를 알아내려고 아나의 행동과 표정을 자세히 뜯어보았다.

"나이에 비해 꽤 조숙해요. 그것도 많이……" 까밀라 부인의 남자가 미래의 음탕함을 앞당겨 음미하며 말했다.

"진짜로, 여자 냄새가 난다니까요."

남자들은 아나를 게걸스럽게 훔쳐봤다. 또 어린 아나가 실제 가지고 있는 게 아니라 카지노 회원들의 상상 속에서만 존재하는 그 매력이 기적적으로 얼른 자라기를 바랐다.

로레또에는 나타난 적이 없는 헤르만에게는 열다섯살이라는 나이를 부여했다. 이쪽은 어려울 게 없었다.

까밀라 부인은 의무상 가족들에게는 그 사실을 알려야 한다고 믿었다. 아버지에게는 알리지 않을 생각이었다. 죽을 정도로 큰 충격이 될 수 있었다. 그녀는 베뚜스따의 고모들에게 편지를 썼다.

그거야말로 가장 확실하게 뒤통수를 치는 방법이야! 오소레스 이름에 먹칠을 하는 것이! 그 아이는 오소레스 가문에 걸맞지는 않아도 어쨌든 오소레스 가문 사람이니까.

그러자 큰누이인 도냐 아눈시아는 상황이 워낙 다급하다고 생각하고, 까를로스에게 편지를 보냈다. 하지만 상황이 어떤지도 몰랐고, 그런 스캔들을 아버지에게 얘기하는 게 점잖지 않다고 생각했다. 게다가 아무리 마흔이 넘었지만 아직은 처녀인지라 세세한 이야기까지는 할 수 없었기에 그 수치스러운 일을 자세히 언급하지는 않았다. 까를로스에게는 단지 이렇게만 적었다. 아나가 아버지 곁에서 살지 않으면 오소레스 가문의 명예가 절박한 위험까지는 아니더라도 큰 위험에 처할 수도 있으니 얼른 아이를 데려가야 한다고만 적었다. 당시 까를로스는 평소 그가 말하던 대로 고국으로 돌아올 수가 없었다.

몇년이 흘러 사면을 청할 수 있게 되자, 까를로스는 꿈을 잃고 실망감만 안은 채 고국으로 돌아왔다. 까밀라 부인과 아나가 마드리드로 이사해, 그곳에서 셋이 함께 일년을 지냈다. 하지만 여름과 가을은 로레또의 별장에서 보냈다.

아나의 순수한 처녀성을 영원히 더럽히려 했던 유모의 중상모략은 뇌리에서 지워져갔다. 세상은 그런 말도 안되는 일을 잊어버렸으며, 아이가 열네살이 되었을 때는 그 조잡스럽고도 잔인한 사기 사건을 기억하는 사람은 아무도 없었다. 유모와 유모의 남자(여전히 기다리고 있었다), 그리고 고모들만 예외였다. 그리고 아나도 기억했다. 그것도 생생하게 기억했다. 처음에는 그러한 중상모략이 그녀에게 별다른 나쁜 영향을 미치지는 않았다. 그냥 유모가 저지른 수없이 많은 부당한 짓들 중 하나였다. 하지만 자기 삶에 그렇게 큰 영향을 주었고 또 유모로 하여금 애써 수많은 경고를 하게 하였던 수수께끼에 대한 의문이 점점 고개를 들었고 아나는 믿기 어려울 정도로 열심히 파고들었다. 아나는 자기를 그토록 몰아세웠던 그 죄가 뭔지 알고 싶었다. 아나는 까밀라 부인의 사악함과 그녀의 삶에서 어설프게 드러난 난잡함을 통해 성에 대해 더욱 깊이 생각하게 되었다. 그렇게 해서 아이는 명예를 지킨다는 게 무엇이고, 명예를 잃는다는 게 어떤 건지 이해하게 되었다. 모든 사람들이 뜨레볼 강의 모험을 수치로 강요하는 상황에서 아무것도 모르는 소녀는 죄를 지었다고 인정할 수밖에 없었다. 그녀의 순수함이 마지막 베일까지 벗어버리고 또렷이 쳐다볼 수 있을 즈음에는 너무 옛날 일이었다. 우정은 희미한 기억만 남았으며, 아나가 구별할 수 있는 것은 기억에 대한 기억뿐이었다. 그리고 그 죄에 정말 책임이 있는지 의심하고 또 의심했다. 이제 그때 일을 기억하는 사람은 아무도 없었지만 아나는 여전히 그걸 생각하고 순수한 행동과 비난받을 만한 일을 혼동하며 모든 것을 불신하기에 이르렀다. 그녀는 세속의 법인 커다란 불의를 믿기에 이르렀다. 하느님도 원하기 때문이었다. 그리고 그녀는 세상 사람들이 그녀의 행동에 내리는 판단이 무서웠다. 천성적인 강한 본능을 부인하고 끊임없이 속마음을 숨기는 방법을 배웠으며 행복을 향한 충동을 모두 억눌렀다. 전에는 세상 전체와 맞설 정도로 자존심이 강했던 그녀가 이제 자신이 패배자임을 인정했고, 아무 토도 달지 않고 맹목적으로 자신에게 부과된 도덕률을 따랐다. 그런 도덕에 대한 믿음은 전혀 없었지만 가식도 없었다.

아버지가 망명에서 돌아왔을 때, 아나는 이미 그런 상태였다. 아버지는 딸의 그런 성격이 마음에 들지 않았다.

아이가 오소레스 가문의 명예에 위험이 된다고 하지 않았던가? 그런데 오히려 그 반대로, 아이가 지나치게 수줍음이 많고 얌전하며, 나이에 비해 지나칠 정도로 신중하다는 생각이 들었다. 까를로스는 딸이 영국식 내숭을 부리는 게 안타까웠다. 그의 생각으로는 영국식 내숭은 라틴족에게는 아무 소용이 없었다. 그는 외국에서 돌아올 무렵에는 오히려 더 라틴족이 되어 있었다. 그런 잘못된 교육을 바로잡으려면 그나마 자기가 있어서 다행이라는 생각이 들었다. 까를로스는 까밀라 부인을 해고하고, 직접 딸의 교육을 맡았다. 외국에 머물면서 까를로스는 더 철학적이고 덜 정치적이 되었다. 스페인에는 구원이 없었다. 쇠락한 국가였다. 아메리카가 유럽을 집어삼키고 있었다. 그는 미국산 통조림 고기를 아주 염려하였다.

'그들이 우리를 집어삼킨다니까. 우리를 집어삼킨다고. 우리는 가난해. 무지하게 가난해. 선탠하는 것밖에 모르는 비참한 사람들이지.'

까를로스는 정말 가난했으며, 하루하루 더 가난해졌다. 하지만 그는 자신의 궁핍함이 전반적인 몰락 때문이고, 민족에게 피가 부족해서라는 등 별의별 말도 안되는 평계를 갖다붙였다. 그에게는 늘어난 서재와 친구들만 남았다. 물론 모두 새 친구들이었다.

그는 매일 커피를 마시며 아나 앞에서 그리스도의 신성함을 토론하였다. 그리스도가 첫번째 민주주의자라는 사람들도 있었고, 그리스도가 태양의 상징이고, 사도들은 황도 12궁이라는 사람들도 있었다.

아나는 아버지이기도 한 예민한 자유사상가의 기분을 거스르지 않는 선에서 가능한 한 얼른 자리를 뜨려고 했다. 아버지의 친구들이 그다지 신중하지 못한 무모한 수다꾼이라고 생각하며 어린 아나는 자기도 모르게 크게 슬퍼했다. 그리고 바로 그녀의 아버지(최악의 상태였음을 기억해둘 필요가 있다), 그녀가 사랑하는 아버지는 화약과 시계, 전신 등 뭐든지 만들 수 있는 재주가 뛰어난 사람인데도 철학에 너무 빠져 점점 미쳐가고 있었고, 종교문제에 있어서는 이제 자기보다 더 많이 이해하는 딸과 함께 사는 법을 알지 못했다. 이게 더 끔찍했고, 생각해봐야 할 문제였다.

겉으로 보이는 온순한 모습이나, 평소의 삶과 세속적인 관계에서 세상에 대한 걱정과 불의에 희생하는 모습은 아나에게는 위선이 아니었으며, 가면을 쓴 자존심도 아니었다. 하지만 아나의 마음 속에서 일어나고 있는 일들은 겉모습만으로는 판단할 수가 없었다. 어릴 때 까밀라 부인의 어리석고 줄기찬 핍박에서 도망치기 위해 상상 속으로 피신했던 것처럼, 이제 사춘기에 들어선 아나는 마음이 간신히 버텨내고 있는 굴욕과 슬픔을 보상받기 위해 다시 자신의 마음으로 숨어들었다. 이제는 이 세상 모든 어리석은 자들이 만든 음모라며 감히 맞서는 충동에는 넘어가지 않았다. 하지만 혼자 있을 때면 그 설욕을 갚고자 했다. 적은 훨씬 강력했지만 그녀에게는 난공불락의 보루가 있었다.

아나는 종교에서 위안을 얻을 수 있다는 교육은 단 한번도 받은 적이 없었다. 까밀라 부인은 기독교를 지리학이나 바느질하고 다림질하는 기술 정도로 이해했다. 부수적인 과목이거나 집안일에 필요한 것들이었다. 까밀라 부인은 교리에 반대하지는 않았다. 하지만 예수의 부드러움을 절대 어머니의 입맞춤으로 설명하지는 않았다. 사실 성모마리아는 주님의 어머니였다. 하지만 아나가 들판에서 돌아와서 사람들에게서 들은 대로 성모마리아가 아기 예수의 기저귀를 강에서 빨았다는 얘기를 하자 까밀라 부인은 화를 버럭 내며 소리 질렀다.

"improper! 누가 이 코흘리개에게 그런 말도 안되는 천박한 얘기를 주입시켰단 말이야?"

이 점에 있어서는 까를로스도 까밀라 부인과 같은 생각이었다. 육화肉化의 신비를 주피터가 내린 황금비와 같다고 확신하며 믿었다. 그리고 그는 교리가 비슷한 인디오의 종교에서 찾아낸 신화와 비교하며 더욱 확신했다.

아버지의 집에서 아나는 성경책은 거의 구경도 하지 못했다. 반면에 금서든 아니든 신화에 대해서는 많이 알게 되었다.

가장 기본적인 수치심으로 몸을 가리는 것만이 까를로스가 딸에게 감추고자 한 것이었다. 그 나머지는 모두 알아도 되었고, 알아야만 했다. 못할 게 뭐 있어? 그리고 까를로스는 수많은 예를 들어, 자기가 이해하는 그대로의 '전방위적이고 조화로운' 교육을 딸에게 설명했다.

"내 딸은 선과 악을 둘 다 알았으면 좋겠어. 그래야 자유롭게 선을 선택할 수 있을 것이고, 자기 행동의 결과에 책임을 질 수 있지." 그가 내린 결론이다.

그렇지만 딸이 곡예사가 되어 줄을 타야 한다면, 까를로스는 그 기술을 칭찬해주지는 못하더라도 그 밑에 그물은 쳐주었을 것이다.

그는 몇몇 근대소설은 딸이 읽지 못하게 금했지만 '진정한 예술작품'인 고전작품은 감추지 않고 모두 읽게 허락했다. 낭만주의자였던 까를로스는 이딸리아 여행 후 고전주의자가 되었다.

"예술에는 성(性)이 없습니다!" 그가 소리 질렀다. "여러분 보십시오. 나는 딸에게 고대 예술을 재현한 저 판화들을 보여줍니다. 우리 근대인들이 헛되이 모방하려 했던 나체의 아름다움이 모두 담겨 있습니다. 이제는 나체가 없습니다!" 그러면서 한숨을 내쉬었다.

아나는 어릴 때 이스라엘의 역사를 알게 되었던 것처럼 신화를 알게 되었다.

"Honni soit qui mal y pense."[8] 까를로스는 강조했다. 그리고 또

---

8 프랑스어로 '악을 생각하는 자는 악이다'라는 뜻.

다른 것도 강조했다. "Oh, procul, procul estote prophani!"[9]

그는 다른 주의는 주지 않았다.

운좋게도 아나가 고대 예술과 그리스 신화에서 받은 큰 인상은 순전히 미학적인 것이었다. 특히 그녀는 상상력이 고조되었다. 그리고 까를로스가 아니라 그 상상력 덕분에 고전주의의 나체에 대한 부적절한 공부는 아무런 악영향도 미치지 않았다.

아나는 호머의 신들이 부러웠다. 그 신들은 절반은 영국인인 유모의 회초리 없이 야외에서 충만한 빛과 모험들을 즐기는 아나의 꿈처럼 삶을 살았기 때문이다.

아나는 또한 테오크리토, 비온, 모스코[10]의 목동들도 부러웠다. 사랑에 빠진 키클롭스[11]의 서늘하고 어두침침한 동굴을 꿈꿨으며, 약간 우수에 젖어 자신의 환상을 후끈한 시칠리아 섬으로 옮기며 많이 좋아하기도 했다. 그녀는 시칠리아 섬을 사랑의 둥지라고 여겼다. 하지만 자신의 본능과 꿈, 환상에 빠져들다 보면, 어느덧 뜨레볼 강의 배 사건이 희미하게 떠올랐다. 아직도 그 사건이 부끄러웠으며, 남녀관계는 아무리 이상적인 관계라도 약간의 즐거움이 느껴지면 불신, 심지어 도덕적인 혐오감까지 느껴졌다. 유모의 중상모략과 사람들의 거친 험담 때문에 아나는 음탕함과 순수함이 뒤섞인 혼란에 빠졌다. 그리고 그런 혼란으로 인해 그녀는 어떤 사랑을 하더라도 모두 차갑고 무뚝뚝하고 시큰둥하게 대하게 되었다. 인화물은 불에서 멀리 떨어져 있어야 하듯, 남자들이 은밀하게 다가오면

---

9 베르길리우스의 『아이네이스』(*Aeneis*) 6장 258행. "멀리, 여기서 멀리, 불경한 자들이여!"

10 그리스의 목가시인들.

11 『오디세우스』에 나오는 바다의 요정 갈라테이아를 사랑한 외눈박이 거인. 동굴에 살며 테오크리토의 전원연애시에서는 폴리페오스라는 이름으로 등장한다.

그녀는 으레 한발짝 뒤로 물러났다. 까밀라 부인은 그녀가 화약통이라도 되는 듯 교육시켰다. 어린 시절 아나의 본능은 착각이었다. 헤르만과의 우정은 잘못된 것이었다. 누구든 그런 말을 하지 않겠어? 가장 좋은 것은 남자에게서 멀리 도망치는 거야. 아나가 이렇게 터무니없는 착각을 하게 된 것은 그녀의 주변 환경 때문이기도 했다. 까를로스는 몇몇 굼벵이와 개똥철학자, 음모자들 이외에 친한 사람들이 거의 없었다. 이 사람들은 이 세상에서 혼자인 것처럼 굴었다. 그들은 아내와 자식들이 있어도 소개시켜주지 않았으며, 가족에 대해서도 전혀 얘기하지 않았다. 아나는 또래 여자 친구가 없었다. 게다가 까를로스는 아나를 여자가 아닌 예술작품으로 대했다. 그것은 중립적인 교육이었다. 여자의 해방을 목청껏 외치고, 빠리에서 여자가 애인의 얼굴에 황산염을 뿌렸을 때 박수를 쳤지만, 까를로스의 의식 저변에서는 여자를 하위존재, 말 잘 듣는 애완동물처럼 여겼다. 그는 아나에게 무엇이 필요한지 깊이 생각하지 않았다. 그는 딸의 어머니를 아주 많이 사랑했다. 신혼여행 때는 그녀의 양 발에 키스하기도 했다. 신혼여행 내내 그렇게 했다. 하지만 그는 조금씩, 자기도 모르게 아나에게서 전직 양재사를 봤고, 결국 부드럽고 호탕하고 너그러운 주인처럼 아나를 대하게 되었다. 어찌 됐든 그는 아나를 그림박물관이나 무기박물관, 또 가끔은 왕궁에 데려가고, 그리고 열발짝을 못 넘기고 멈춰 서서 토론에 빠지는 친한 몇몇 자유사상가들과 함께 거의 항상 산책하면서 자신의 의무를 다했다고 믿었다. 그들은 여자와는 거의 한번도 얘기를 나누지 못한 남자들이었다. 이런 종류의 남자들은 흔하지는 않지만 생각보다 훨씬 많았다. 여자와 얘기하지 않는 남자들은 일반적으로 여자에 대해 많이 얘기하는 편이었다. 하지만 까를로스의 친구들은 그것조차 하지 않았다. 그들은 뜨거운 정오의 야자수를 보고도 한숨을 내쉬지 않는 북쪽의 외로운 소나무들이었다.

아나는 이제 여자로서의 매력을 가진 나이가 되었지만, 남자들의 관심을 끌지 못했다. 아무도 그녀를 사랑하지 않았다. 장미와 같은 그녀의 얼굴은 까밀라 부인과 까를로스 사이에서 시들었다. 유모 애인의 두 눈에서 불꽃이 튈 정도로 몸매가 아름답고 풍성하게 자랐지만, 이제는 그 성장을 억눌러야 했다. 아나는 여자가 되었지만 이제는 위험과는 거리가 멀어 보였다. 그녀는 앙상하고 창백하고 쇠약했다. 열다섯살이라고 하기에는 볼품이 없었다. 열살 때는 열세살의 모습이었지만 열다섯살 때는 두살이나 어려 보였다.

나랏돈으로 철학자를 먹여살리자는 합의가 없는 상태에서 까를로스의 유일한 직업이란 게 세상을 바로잡는 것, 지금의 세상을 비난하는 일이다보니 곧 경제적 곤궁에 빠지게 되었다.

까를로스는 '이제는 지쳤어. 살면서 충분히 싸웠어'라고 생각했다. 그렇지만 직업을 찾을 생각은 하지 않았다. 더이상 일하고 싶어 하지 않았다. 두 손 모아 간절하게 원하는 아나의 간청대로 로레또의 별장으로 은퇴하는 게 차라리 낫다고 생각했다. 불쌍한 아이는 마드리드에서 많이 지루해했다. 아나의 상상력이 그리스와 올림포스, 그림박물관에 가 있는 동안, 뼈와 살로 이뤄진 아나 오소레스의 육신은 비좁고 어두운 길가의 머리가 바로 닿는 반지하집에서 비참하게 살았다. 몇몇 이웃여자들이 아나를 데리고 산책과 모임도 가고, 자기들이 자주 찾는 썰렁한 극장들에도 데려갔다. 마드리드에서 가난이란 체념하고 그냥 받아들이거나 유치해지는 거였다. 이웃여자들은 유치했다. 아나는 그 여자들을 견딜 수가 없었다. 그녀들의 모임, 그들의 연극은 역겨웠다. 곧 이웃여자들은 아나를 건방진 꼬마, 똑똑한 원숭이라고 불렀다. 시골에서 보낸 6개월이 훨씬 나았다. 물론 거기는 옛날에 갇혀 지내던, 배 사건과 그에 따른 스캔들이 있었던 곳이지만 그래도 훨씬 나았다. 그녀에게 '수치'를 상기시켜줄 수 있는 몇몇 사람들 중에는 유모의 남자 이리아르떼만이 있었다. 그는 까를로스를 방문했으며, 열매를 따기 위해 수확을 기대하는 사람의 눈길로 아나를 바라보았다.

까를로스가 비용 절감을 위해 로레또에서 일년 내내 지내기로 결심했을 때, 아나는 아버지의 눈과 입에 입맞춤하며, 하루 종일 열린 마음으로 명랑한 아이가 되었다. 까밀라 부인의 교육학적 온실로 옮겨 심기 전 싹을 틔웠던 아이로 돌아간 것이다.

몇년 동안 책상자를 로레또로 옮겼었는데, 이번에는 까를로스의 합법적인 자존심인 서재 전체를 마라가뗴리아[12] 사람이 책임지고 운반했다.

날씨가 화창한 5월 어느날, 마음속으로 새로운 삶을 준비하고 있던 아나는 별장 서재의 책장들을 청소하며 즐겁게 노래를 흥얼거렸다. 책 먼지를 털어낸 후 까를로스가 작성한 리스트에 표시된 순서대로 책들을 책장에 꽂았다.

아나는 두툼한 노란색 종이 표지가 씌워진 프랑스 책을 발견했다. 아버지가 자기에게 읽지 못하게 금한 소설들 중의 하나일 거라 생각하고 책을 내려놓으려고 했다. 그런데 그때 책등에 『성 아구스티누스의 고백』이라고 적힌 글자가 보였다.

성 아구스티누스가 왜 저기 있는 거지?

까를로스는 평소 말하듯 성자나 신부에 대한 책이나 '신 가톨릭

----

12 스페인 서북부 레온 지방에 속하는 곳으로, 마라가뗴리아 사람들은 주로 하역인부와 마부 일에 종사했다.

주의'[13]의 책은 읽지 않았다. 하지만 성 아구스티누스는 몇 되지 않은 예외 중의 하나였다. 까를로스는 그를 철학자로 여겼다.

아나는 뿌리칠 수 없는 충동을 느꼈다. 얼른 그 책을 읽고 싶었다. 그녀는 성 아구스티누스가 방탕한 이교도였지만 어머니 싼따 모니까의 눈물 덕분에 하늘의 목소리를 듣고 개종했다고 알고 있었다. 더이상은 알지 못했다. 먼지를 털다 말고, 곱슬한 작은 머리와 펼쳐진 책 위에 쏟아지는 햇살을 그대로 받으며 선 채로 처음 몇페이지를 읽었다. 까를로스는 외출 중이었다. 아나는 팔 아래에 책을 끼고 과수원으로 향했다. 그녀는 다년생 덩굴이 우거진 정자로 들어섰다. 초록 나뭇잎 둥근 천장의 그늘이 하얗고 까맣게 반짝이는 책 페이지 위에서 장난치고 있었다. 뒤쪽에서는 햇볕을 받으며 도랑을 따라 시원하게 흘러가는 물소리가 가깝게 들렸다. 과수원 밖에서는 키 큰 포플러 나뭇가지들은 쇠창살처럼 반짝이며, 새롭게 싹을 틔우는 밝은색 잎사귀들은 부드럽게 스치는 소리가 들려왔다.

아나는 집중하여 글을 읽어내려갔다. 한 페이지를 넘기는 순간 그녀의 영혼 절반은 이미 다음 페이지로 넘어가 있었다. 정말 새로운 경험이었다. 성 아구스티누스에 의하면 신화는 모두 정신나간 짓이었다. 그리고 사랑은, 그녀가 알고 있는 사랑은 죄이고, 보잘것없는 짓이고 실수이고 눈먼 짓이었다. 미리 알아서 경계한 게 잘한 일이었다. 아나는 마드리드에서 남학생 두명이 편지를 보냈을 때 답장하지 않았던 일을 떠올렸다. 수치스러웠던 뜨레볼 강의 배 사건 이후 그것이 유일한 사건이었다. 성 아구스티누스는 아이들이

---

13 19세기 중반과 말기에 있었던 스페인의 정치·이념적인 움직임.

본능적으로 사악하다고 말했다. 타고난 비뚤어짐이 자기네를 사랑하는 사람들을 즐겁고 웃게 만든다는 거였다. 그러나 이기주의와 분노, 허영심이 아이들을 충동하기 때문에 아이들의 매력은 결점 투성이였다.

'그래, 정말 그래.' 아나는 회개하며 생각에 잠겼다.

하지만 그 순간 뭔가가 부족했다. 허전한 마음을 채울 수 있을까? 자극제가 없는 그 삶은 과거에도 시커멓고, 미래에도 시커멨다. 쓸모없고, 단점과 어리석음으로 가득한 그 삶은 끝이 날까? 폭발음이 들리듯, 머릿속에서 '그렇다'라는 굉음이 느껴졌다. 그 소리가 뇌 안에서 번쩍이는 불꽃을 내며 산산조각이 나는 것 같았다. 아나가 책을 읽는 동안 벌어진 일이었다. 그녀는 여전히 혼란스러웠으며, 소리가 몸 안에서 들려오는 것 같아 까무러치게 놀랐다. 그리고 그때 아나는 성 아구스티누스 자신이 정원을 거닐다가 "Tolle, lege"[14]라는 말소리를 듣고, 성경책이 있는 곳으로 달려가 성경책의 한 구절을 읽었다고 말하는 대목에 이르렀…… 그 순간 아나는 비명을 질렀다. 바람이 불면서 몸 전체가 살갗과 모근까지 떨렸으며, 몇초 동안 소름이 돋았다.

아나는 초자연적인 현상이 두려웠다. 자기 앞으로 뭔가가 나타날 것만 같았…… 하지만 그 공포는 지나갔고, 어머니 없는 가련한 아이는 눈물샘으로 올라와 가슴을 부드럽게 적시며 달콤하게 흐르는 뭔가가 느껴졌다. 두 눈에 눈물이 맺히면서, 앞이 보이지 않았다.

그러고서 아나는 엄마 품에 안겨 울 듯이 성 아구스티누스의 『고백』에 엎드려 엉엉 울었다. 그 순간 그녀의 영혼은 여자가 되었다.

---

14 라틴어로 '집어들어 읽어라'라는 뜻.

아나는 오후 내내 그 책을 전부 읽었다. 이해가 되지 않는 마지막 몇장은 내버려두었다.

밤에 서재에서는 까를로스와 로레또의 신부, 철학과 맛있는 사과주를 좋아하는 몇몇 지인들이 토론을 벌였다. 까를로스는 파산했지만, 그런 손님들을 맞이하는 데는 돈을 아끼지 않았다. 그는 혼자 사유思惟하는 것은 반만 사유하는 거라고 말했다. 반대가 필요했다. 토론에서 신부는 교회의 깃발을 확실하게 꽂아두면서도 아직 봄인데도 로레또에서는 영원처럼 길게 느껴지는 밤을 즐겁게 보내고 싶어했다.

아나는 멀찍이 떨어져 앉아서 귀를 쫑긋 세웠다. 큼직한 팔걸이가 있는 가죽소파에 거의 푹 파묻혀 있어, 거의 눈에 띄지도 않았다. 아나는 그 안락의자에서 깨어 있는 채 많은 꿈을 꿨으며, 지금도 두 눈을 크게 뜨고 똑바로 응시한 채 꿈을 꾸고 있었다. 그녀는 성 아구스티누스를 생각하고 있었다. 성자가 큼지막한 금빛 두건과 반짝이는 금빛 망토를 두르고, 구름까지 닿을 정도로 높은 야자수와 야수들이 있는 아프리카 사막을 돌아다니는 모습을 상상했다. 어릴 때 달콤하게 상상하던 장면이었다. 그녀가 노래하던 시의 한편이었다. 멀어진 친구가 와서 설교를 듣고 아우구스티누스와 설교대에서 화해할 때 보인 관대함을 떠올리는 것만으로도 아나는 달콤함을 느꼈다. 이루 말할 수 없는 다정함을 느끼며 그 성직자의 우주 전체까지도 사랑할 수 있을 것 같았다.

바로 그 순간 까를로스가 기독교는 박트리아[15]에서 수입해온 거라고 단언했다.

---

15 서남아시아에 있었던 고대 왕국으로 예언자 조로아스터(기원전 630~553년)의 고향으로 추정되는 곳.

그는 박트리아가 자기가 책에서 읽었던 그곳이라는 확신은 없었다. 하지만 마을사람들과의 토론에서는 그들이 대부분 무지했기 때문에 굳이 사료는 신경 쓰지 않았다.

신부는 박트리아가 뭔지도 몰랐다. 그렇기 때문에 그에게는 박트리아에서 기독교를 가져왔다는 생각이 가장 어처구니없고 웃긴 헛소리였다.

신부가 박장대소하며 말했다.

"하지만 이보세요, 하느님이 당신께 그 훌륭한 박트리아를 드리시길. 까를로스는 어디서 그것을 읽으셨습니까?"

'이 신부님은 성 아구스티누스는 아니야,' 아나는 생각했다. '아니야. 성 아구스티누스는 사과주도 마시지 않고, 아버지의 얘기처럼 그렇게 엉망으로 반론하지도 않을 테니까. 상관없어. 그런데 신부님의 말씀이 옳고, 그걸로 충분해. 신부님은 자기도 모르게 크나큰 진실을 말하고 있어.' 그 순간 까를로스가 마니교도들을 변론하고 나섰다.

"폭군에다가 독재자이고 폴란드당[16]과 같은 엘로힘 여호와[17]를 믿느니보다 착한 신과 나쁜 신을 믿는 게 덜 부당하다고 생각합니다."

아버지가 마니교도였다! 성 아구스티누스도 마니교도들을 좋은 사람들로 여겼다. 그 역시 그런 과오들을 믿은 적이 있었다. 하지만 아버지도 나중에는 개종할 것이었다. 모두를 위한 사랑과 하느님과 히포나[18]의 주교에 대한 믿음으로 마음이 가득한 그녀처럼.

---

16 1850년에서 1854년에 스페인의 여당이었던 온건 보수파 성향의 정당.

17 구약 성경에서 지칭하는 유일신.

18 히포 레기우스(Hipo Regius)라고도 불린다. 성 아구스티누스가 396년부터 아프

그후 아나는 서재를 뒤지다가 『기독교 정수』[19]를 찾았는데, 그녀에게는 그 책이 계시와도 같았다. 아름다움으로 종교를 증명한다는 것이 세상에서 가장 멋진 생각처럼 보였다. 그녀의 이성이 샤또브리앙의 논리를 받아들이기 힘들었다면, 곧 상상력이 패배를 인정했고, 그와 함께 자유의지도 패배를 인정했다.

"샤또브리앙이라는 사람은 용감한 주책바가지야. 문체가 나쁘지는 않아 그나마 작품이 있는 거야." 아버지의 말이었다. 그 시절에는 다들 샤또브리앙에 대해 상당히 안 좋게 얘기했다.

그러고 나서 아나는 『순교자들』[20]을 읽었다. 그녀는 기꺼이 씨모데세아가 될 수도 있었다. 그리고 그녀의 아버지는 이딸리아를 여행하고 난 후에는 충분히 데모도꼬가 될 수도 있었다. 아버지는 이딸리아 여행 후에는 이교도가 되었다. 하지만 에우도로는? 에우도로는 어디에 있는 거지? 그녀는 헤르만을 생각했다. 헤르만은 어떻게 되었을까?

아버지의 책들 중에서 종교를 좋게 말하는 책은 거의 없었다. 『스페인 시선집』[21]은 종교시였다. 거의 대부분 지루하고 어려웠지만, 그중에서 샤또브리앙의 시보다 훨씬 좋은 인상을 심어준 시도 몇편 있었다. 프라이 루이스 데 레온[22]의 5행시였다.

리카 이 지역의 주교였다.

19 샤또브리앙의 『기독교 정수』(1802)는 1806년에 스페인어로 번역되었다.

20 샤또브리앙의 역사소설로 스페인어로는 1809년에 번역되었다. 그리스 처녀 씨모데세아(Cimodecea)와 그녀의 아버지 데모도꼬(Demodoco), 로마인 에우도로(Eudoro)가 주인공으로 등장한다.

21 『스페인 시선집』(Parnaso Español, 1768~79) 5권. 호세 로뻬스 데 세다노(Jose López de Sedano)가 수집한 앤솔러지로, 이바라(Ibarra)가 1771년에 출간한 5권은 신비주의 시와 종교시를 모아놓은 것이다.

22 프라이 루이스 데 레온(Fray Luis de León, 1527~91). 아구스띠노회 수사로 스페

당신이 원한다면, 언젠가처럼,

금발을 칭찬하기를,

나는 마리아의 금발을 칭찬합니다.

훨씬 금빛이고, 훨씬 아름다운

정오의 밝은 태양보다.

　마리아의 머리카락을 칭찬하기 위해 다른 머리카락은 잊어버린 시인이자 성직자가 아나에게는 더할 나위 없이 부드러워 보였다. 그 5행시가 아나의 마음에 '성모마리아에 대한 감정'을 깨워주었다. 다른 여느 감정과는 전혀 다른 감정이었다. 그리고 그것은 열렬한 종교적인 사랑이었다.

　마리아는 하늘의 왕비일 뿐만 아니라 어머니이기도 했다. 슬픔에 잠긴 자들의 어머니였다. 마리아가 아나 앞에 나타났다 하더라도, 아나는 무섭지 않을 것 같았다. 여자가 되어가고 있는 어린 소녀의 마음에는 성모마리아에 대한 믿음이 성 아구스티누스나 샤또브리앙에 대한 믿음보다 훨씬 강하게 파고들어왔다. 아나에게는 「아베마리아」와 「라 살베」[23]가 새로운 의미를 가졌다. 그녀는 쉬지 않고 기도했다. 하지만 그걸로 충분하지 않았다. 그녀는 더 많은 것을 원했고, 자기가 직접 기도문을 만들고 싶었다.

　또한 까를로스에게는 싼후안 데 라 끄루스[24]가 시로 엮은 『아가서』가 있었고, 그 책은 아나가 읽을 수 없는 금서 목록에 있었다.

　인 르네상스를 대표하는 시인이자 인문학자.

23 La Salve. 가톨릭 교리의 성모찬송가인 「살베 레지나」(Salve Regina)의 스페인어 가사.

24 싼후안 데 라 끄루스(San Juan de la Cruz, 1542~91). '십자가의 성 요한'으로 불리는 스페인의 성자이자 신비주의 시인.

"나는 이해가 되지 않아." 까를로스가 한쪽 눈을 찡긋하며 말했다. "여기서 '사랑받는 여자'가 교회가 될 수도 있겠지. 하지만…… 나는 믿지 못하겠어…… 믿지 못하겠단 말이야."

그러고서 까를로스는 아무 생각 없는 헛소리들을 늘어놓았다. 천성적으로 다른 이들을 비방하지 못하는 성격이라 그는 성자와 신부 애기만 나오면 불편해했다.

아나는 쌴후안의 시들을 읽을 때면, 혀가 자유롭게 움직이며 기도문들이 즉흥적으로 저절로 나오는 것 같았다. 그녀는 바다 위로 깍아지를 듯한 낭떠러지를 이루며 라벤더 향이 진동하는 로레또의 산을 홀로 산책하며 기도문들을 시로 낭송했다.

아나가 자신에게 말하듯, '쌴후안의 작품과 같은 성향의 시들'은 영혼 속에서 작품이 되어, 단순하면서도 달콤하고 열정적인 시들이 되어 저절로 흘러나왔다. 그리고 그녀는 그런 방법으로 성모마리아와도 애기를 나눴다.

아나는 산을 오르면서 밟는 라벤더의 향과 쌴후안의 시가 묘하게도 비슷하다고 생각하며 흥분되어 어쩔 줄을 몰라 했다. 그리고 그런 느낌이 드는 순간 이상하게도 두통이 왔다.

실제로 한동안 그녀의 생각은 자기도 모르게, 사물들 사이에서 비밀스러운 관계를 찾았다. 그리고는 그 모든 사물들에 우울한 애정을 느끼다 결국에는 날카로운 편두통이 있었다.

어느 가을날 오후 아나는 아버지가 커피 다음에 마시라고 권한 퀴멜주 한잔을 마신 후 혼자 나갔다. 친숙한 소나무들이 협곡을 이룬 산속에서 책 한권을 쓸 생각이었다. 그녀가 며칠 전에 구상한 '작품'으로 성모마리아에게 바치는 시집이었다.

까를로스는 아나가 정원 문을 통해 백리향 밭이 있는 산으로 올

146

라갈 때는 혼자 가도 좋다고 허락했다. 그곳에서는 아무도 아나를 볼 수 없었으며, 땔감을 찾으러 갈 때를 제외하고는 아무도 그 산에 올라가지 않았다.

　그날 아나의 산책은 여느 때보다 훨씬 길었다. 언덕은 가팔랐으며, 길도 제멋대로였다. 오른쪽으로는 깎아지른 듯한 가파른 절벽들이 바다와 맞닿아 있었으며, 땅속 깊은 곳에서 흘러나오는 성난 소리가 저 멀리까지 포말을 일으키며 분노를 터트렸다. 왼쪽으로는 백리향 밭이 길을 따라 산 정상까지 이어졌다. 그 위에는 소나무들이 있고, 소나무 가지들 사이로는 메아리처럼 사라지지 않고 영원히 들리는 바다의 불평을 바람이 그대로 흉내 내고 있었다. 아나는 성큼성큼 위로 올라갔다. 언덕을 오르자 힘이 들고 흥분되었다. 뜨거운 열기가 느껴졌다. 늘 얼어붙은 뺨에서 먼 옛날에 그랬던 것처럼 불이 뿜어져나왔다. 그녀는 하늘과 이어지는 길이 그 언덕 너머에 있기라도 한 듯 조바심을 내며 올라갔다.

　계속 이어진 오솔길 한 모퉁이를 돌자 느닷없이 펼쳐진 광경과 맞닥뜨렸다. 로레또는 보이지 않았다. 앞에는 바다가 있었다. 그전에는 보지 못하고 소리로만 들었던 바다였다. 바다는 항구에서 봤던 것보다 훨씬 넓고 평화롭고 장엄했다. 그곳에서는 파도들이 우리에 갇힌 야수처럼 괴롭게 몸부림치지 않았고, 장엄한 노래의 리듬을 이뤘다. 동쪽에서 서쪽으로 똑같은 소리로 균형을 이루며 떨리는 금속판 같았다. 마지막 석양이 질 무렵에는 하늘로 이어지는 거인들의 계단 같은 산들이 원형극장을 이루고 있었다. 구름과 산 정상이 뒤섞여 서로에게 자기 색깔을 비추고 있었다. 푸른 돌로 이뤄진 높은 산꼭대기에서 점 하나를 발견했다. 아나는 그것이 성전임을 알고 있었다. 그곳에 성모마리아가 있었다. 그 순간 석양을 둘러싼 큰 구름이 갈라지며 안에서부터 빛이 뿜어져나오며 산 정상 신전의 주님의 어머니에게 후광을 드리웠다. 석양은 찬미 그 자체였다. 저 아래 산 그림자에 묻힌 로레또에 떠 있는 큰 배들의 돛은 물 위를 날아다니는 비둘기처럼 보였다.

드디어 아나는 소나무들이 우거진 협곡에 이르렀다. 관목들과 꽤 훤칠한 소나무들이 울창한 언덕 두개가 나지막하게 골짜기를 이룬 곳이었다. 하천 바닥이 드러난 메마른 급류는 골짜기 한가운데로 하얀 돌바닥을 보였다. 새 한마리가 서쪽 언덕 관목들 사이에 숨어 노래하고 있었는데, 어린 아나에게는 종달새처럼 보였다. 아나는 마른 하천 바닥 근처의 돌 위에 앉았다. 아나는 자기가 사막에 와 있다고 생각했다. 그곳에는 인간을 떠올리게 하는 소리가 없었다. 이제는 보이지 않는 바다가 땅속에서부터 웅얼거리듯 소리를 냈고, 소나무들은 바다처럼 소리를 냈고, 새는 종달새처럼 소리를 냈다. 혼자라고 느끼며 아나는 일기장을 펼쳐 무릎 위에 올려놓고서 첫 장에 연필로 적었다. "성모마리아께."

아나는 성스러운 영감을 기다리며 명상에 잠겼다.

글을 쓰기 전에 생각이 말하도록 내버려두었다.

연필이 첫 행을 쓰기 시작했을 때, 이미 영혼 속에서는 첫 단락이 끝이 났다. 연필이 종이 위를 쉬지 않고 달려가는데도 영혼은 늘 한발 앞서 있었다. 입맞춤 한번이 백번의 입맞춤을 낳듯이 행이 행을 낳았으며, 사랑스럽고 리드미컬한 개념 하나하나에서 시적인 생각들이 무리 지어 떠올랐다. 시적이고 간결하고 숭고하고 열정적이라 할 수 있는 생각들이 알록달록한 색상과 갖가지 향기가 나는 옷을 입고 태어났다.

생각은 여전히 펑펑 솟아났지만 연필이 더이상 써나가지 못했

다. 손이 생각을 따라가지 못했다. 아나의 눈에는 글자도 종이도 보이지 않고, 눈물만 가득 찼다. 관자놀이 안에서 채찍이 느껴졌고, 목에서는 죄어오는 강철 같은 손길이 느껴졌다.

아나는 말하고 싶었다. 그녀는 일어나 소리 질렀다. 마침내 그녀의 목소리가 골짜기로 울려퍼졌다. 종달새로 보이는 새는 조용해졌고, 눈물을 흘리며 기도문처럼 낭송하는 아나의 시가 바람에 실려 산의 메아리 사이로 울려퍼졌다. 그녀는 불길과 같은 단어들로 천상의 어머니를 불렀다. 그녀는 자기 목소리에 감격해 전율을 느끼며 더이상 말을 잇지 못했다. 그녀는 무릎을 꿇고 앉아, 땅에 이마를 갖다 댔다. 잠깐 동안 신비스러운 두려움에 압도당했다. 감히 눈을 들어 올려다볼 수가 없었다. 아나는 자신이 초자연적인 것들에 둘러싸여 있는 것 같아 두려웠다. 태양빛보다 훨씬 강한 빛이 닫혀 있는 그녀의 눈꺼풀을 관통했다. 아나는 가까이에서 이상한 소리가 들려, 겁에 질려 비명을 지른 후 고개를 들었…… 의심의 여지가 없었다. 앞에 있는 언덕의 가시나무가 흔들렸다…… 그녀는 기적에 눈을 떴고, 잡초 위를 날아 자기 이마 위를 지나가는 검은 빛깔의 새 한마리를 보았다.

5장

도냐 아눈시아시온 오소레스는 베뚜스따 지방을 떠난 적 없이 마흔일곱이 되었다. 그렇기 때문에 로레또까지 이어지는 해안도로를 따라 마차를 타고 가는 스무시간 여행은 꽤 불편한 모험이었으며, 어쩌면 위험할 수도 있었다. 그 여행에는 높은 지체와 나이로 존경받는 까예따노 리빠밀란 신부와 오소레스 가문의 오래된 하녀가 동행했다.

까를로스가 종부성사도 받지 못한 채 한밤중에 갑자기 사망한 것이다. 의사는 출혈이나 동맥경화 따위의 얘기를 했다. 순전히 물질적인 설명이었다. 도냐 아눈시아는 매도 들지 않고 돌멩이를 던지지 않으면서도 벌을 내리는 하느님의 손길을 보았다. 완벽하게 상복을 차려입은 오소레스 가문의 장녀는 여행 중 슬픔을 드러냈다. 신앙으로 받아들인다고 슬픔이 감해지는 것은 아니었다.

양재사의 딸 아나가 침대에 드러누워 있었다. 그 아이는 하인들이 돌보는 가운데 혼자 있었다. 아이를 보러 가지 않을 수 없었다. 그런 죽음 앞에서는 가족들의 의견차가 사라지는 법이었다.

"개가 죽으면 광견병도 끝이 나는 법입니다." 한 베뚜스따 귀족이 말했다.

도냐 아눈시아와 리빠밀란은 죽을 고비에 놓인 아나를 발견했다. 우울증에서 비롯된 열병 때문에 끔찍한 발작이 있었다고 의사가 말했다. 그 나이 때 겪는 몇가지 변화와 병이 함께 온 것이었다. 그 나이 때 겪는 변화라지만 시집 안 간 처녀 앞에서는 의사가 세부사항까지 언급하며 세세하게 설명할 건 아니었다. 리빠밀란은 상관없었지만 도냐 아눈시아는 비유나 완곡한 표현을 원할 수도 있었다. '억눌린 성장' '심각하고 신비스러운 변화' '깨고 나온 번데기', 이 모든 것은 괜찮았다. 하지만 의사는 도냐 아눈시아가 주저하지 않고 무례하다고 비난한 세부적인 내용까지 덧붙였다.

"도대체 내 동생은 어떤 사람들하고 상대한 거야!" 도냐 아눈시아가 두 눈을 허옇게 뜨고 말했다.

고아가 되고 병까지 든 불쌍한 아이는 보름 동안 하인들이 돌보고 있었다. 그래도 도냐 아눈시아는 죽어가는 조카를 위해 자비를 베풀어달라는 간청이 있기 전까지는 스무시간이나 걸리는 이 여행을 선뜻 결심하지 못했다. 아나는 그 끔찍한 일이 덮치기 전부터 이미 병 들어 있었다. 그녀의 병은 우울증이었다. 설명이 되지 않는 슬픔이 느껴졌다. 아버지를 잃은 슬픔은 처음에 그녀를 슬프게 한 감정보다 훨씬 큰 충격이었다. 아나는 울지 않았다. 반쯤 얼이 빠진 상태로 터무니없는 생각들을 하며, 하루 종일 추위에 바들바들 떨었다. 아나는 회한으로 가득한 끔찍한 이기주의를 느꼈다. 그때 그녀는 아버지의 죽음보다 오갈 데 없는 자신의 처지가 더 두렵고 가슴 아팠다. 용기는 모두 사라지고, 다른 사람들의 노예가 된 기분이었다. 혼자 조용히 견뎌내는 것도, 내면세계로 도피하는 것도 소용없었다. 세상의 보호가 필요했다. 아나는 자기가 몹시 가난하다는 것을 잘 알고 있었다. 죽기 몇달 전, 아버지는 고모들에게 베뚜스따의 저택을 완전히 헐값으로 팔았다. 그가 물려받은 유산 중 남은 마지막 재산이었다. 그리고 그렇게 헐값으로 팔아치운 돈은 과거의 빚들을 갚는 데 사용했다. 그런데도 아직 빚이 남아 있었다. 별장도 저당 잡혔고, 그걸 처분하더라도 곤경에서 벗어나기 어려웠다. 철학자는 수중에 가진 것은 모두 탕진하고 말았다.

'그건 내가 완전히 무일푼이라는 의미지.'

사람들의 얘기로 하찮은 도움밖에는 안되지만, 그래도 없는 것보다는 낫다는 고아 연금도 한참 있어야 나왔다. 그나마 어디서 어떻게 신청해야 하는지 알려주는 사람도 없었다. 아나는 혼자였다. 완벽하게 혼자였다. 앞으로 어떻게 될까? 철학자의 친구들은 아무 도움도 되지 않았다. 그들은 토론 말고는 할 줄 아는 게 아무것도 없었다. 신부는 그곳에 얼굴도 내비치지 않았다. 까를로스의 갑작스러운 죽음에서 살짝 악마의 냄새가 났던 것이다.

아버지의 장례를 치르고 사나흘이 지난 어느날, 아나는 일어나려고 했지만 일어날 수가 없었다. 보이지 않는 양손이 그녀를 침대에 꽉 붙잡았다. 전날 밤 그녀는 추위에 떨며 이를 악물고 잠들었다. 아나는 베뚜스따의 고모들에게 편지를 쓰고 싶었지만, 어떻게 써야 할지 몰랐다. 심지어 맞춤법까지 자신이 없어졌다.

아나는 악몽에 시달렸다. 아파 보이지 않으려고 안간힘을 썼지만, 병이 악화되면서 굴복하고 말았다. 의사는 고열과 보호자가 해야 할 간호를 얘기했다. 아나로서는 대답할 수도 없고 대답하기도 싫은 질문을 의사는 마구 퍼부어댔다. 그녀는 혼자였고, 그건 있을 수 없는 일이었다. 의사는 함께 의논할 사람도 없다며, 하인들의 무심함을 비난했다.

"애야, 너를 죽게 내버려둘 모양이다."

아나는 비명을 질렀다. 무기력을 느끼며 두려움에 떨었다. 그녀는 양손을 십자 모양으로 모으고 고모들, 베뚜스따에 살고 있는 아버지의 누이들을 부르라고 울며 애원했다. 그녀는 고모들이 매우 독실한 기독교인일 거라고 생각했다.

고모들은 베뚜스따 저택을 매입한 후 막연하게나마 미안한 마음이 들었다. 그 저택이 자기네가 지불한 가격보다 훨씬 더 나갈 거라는 것을 알고 있었다. 자기네가 남동생의 절박한 상황을 이용한 것 같았고, 게다가 남동생은 돈 문제에 있어서는 완전 문외한이었다. 물론 동생이 오소레스 가문의 믿음을 저버렸으니! 사기를 당하지 않기 위해서라도 그래야 했다.

죄 많은 남동생의 가련한 딸을 거둠으로써 양심의 가책을 상쇄할 수 있는 기회가 찾아온 것이다.

도냐 아눈시아는 아나가 거의 거지로 살 수밖에 없는 상황을 알고서 자신이 얼마나 인자한가를 더 잘 알릴 수 있게 되었다. 그녀는 남동생이 좀 별나기는 하지만, 그래도 오소레스 가문에 걸맞은 별장을 소유하고 있을 거라고 생각했다. 그런데 눈에 띄기는 해도 거의 값이 나가지 않는 시골집이었다. 과수원도 반쯤만 쓸모 있었다. 게다가 그 집은 팔아도 다 갚을 수 없는 빚에 매여 있었다. 그리고 아나는 어렸다. 불쌍한 무신론자는 부자가 될 줄도 몰랐다. 영혼과 육체, 하늘과 땅을 모두 잃어버리다니! 사업수단이 대단했다. 하지만 이제는 모두 엎질러진 물이었다.

아눈시아는 어깨 위로 그 무거운 짐을 짊어지게 됐다. 십자가를 짊어지지 않은 사람이 어디 있겠는가?

아나가 침대를 털고 일어나기까지 한달이 걸렸다.

그러나 도냐 아눈시아는 사교계가 없는 로레또가 지루했다. 그래서 알아들을 수 없는 의학용어를 남발하는 무례한 의사의 충고를 무시하고 베뚜스따로 서둘러 돌아왔다.

그들이 베뚜스따로 돌아왔을 때도 가족 주치의의 말로는 고아는 '회복에 어려움이 있었다.' 주치의는 신중한 사람으로, 대놓고 병명을 말하는 사람이 아니었다.

회복에 어려움이 생기면서 아나의 생명이 위태로울 정도로 다시 고열이 올랐다.

오소레스 집안 여자들과 베뚜스따의 귀족사회는 충분한 자료들이 모일 때까지는 까를로스와 이딸리아 양재사의 딸에 대한 평가를 미뤄뒀다. 아나는 생사를 오가면서도 도냐 아눈시아에게 흠 잡힐 만한 행동은 절대 하지 않았다.

진실을 말하자면, 아나의 교육이나 성격에서 흠잡을 만한 것은 전혀 없었다. 아나는 아주 착한 환자였다. 그녀는 아무것도 요구하지 않았고, 주는 대로 모두 먹었다.

"아나야, 어떠니?" 고모들이 물었다.

"많이 좋아졌어요, 고모님." 아나는 늘 최선을 다해 대답하려고 했다.

말할 기운이 없어 대답하지 못할 때도 있었다. 그리고 듣지 못할 때도 있었다.

두번째 회복기에도 그녀는 깍듯했다.

아나는 불평하지 않았다. 모두 좋았다. 어차피 주제넘게 요구해

봤자 소용없었다.

당연히 오소레스 가문 여자들이 속해 있는 베뚜스따 귀족사회에서는 성녀와 같은 고모들의 희생 이외에는 다른 애깃거리가 없었다.

글로스터, 그러니까 당시 참사회 평의원이던 레스띠뚜또 모우렐로 주임신부가 베가야나 후작의 모임에서 나긋나긋하고 신비로운 목소리로 말했다.

"신사 숙녀 여러분, 이것은 옛날부터 전해져 내려오는 미덕입니다. 거짓되고 말만 많은 현대식 박애주의가 아니지요. 오소레스 가문 분들은 몸소 자선을 실천하고 계시는 겁니다. 그 자선을 자세히 들여다본다면 훌륭한 행실들이 줄줄이 나올 것입니다. 모든 가능성에 비춰볼 때 이는 자기들보다 더 오래 살 사람을 위하여 입을 것, 신을 것까지 포함하여 생계를 도와주는 어마어마한 부담을 지는 문제일 뿐만 아니라, 이 부담은 평생 짊어지는, 즉 영원한 것이지요. 제가 말하기는 뭐하지만, 더구나 이 아이는 포기를 의미합니다. 아버지로부터 버림받았다는……"

"혐오스러운 포기지요." 몰락한 남작이 감히 말했다.

"혐오스럽다," 주임신부가 고개를 숙이며 덧붙였다. "뭐로 보나 오소레스 가문의 뚜렷한 푸른 피[1]가 평민의 피와 부적절하게 섞여서 생긴 서글픈 결합을 상징합니다. 그리고 더 안 좋은 것은…… 우리 모두 알고 있듯이, 이 아이가 제 어머니의 신중하지 못한 도덕성을 의미한다는 겁니다. 그 가엾은 여자의……"

"그렇습니다." 주임신부의 설교를 참지 못하는 베가야나 후작 부인이 끼어들었다. "그렇습니다. 그 아이의 어머니는 타락한 여자

---

1 푸른 피는 귀족을 상징한다.

지요. 평범한 여자예요. 하지만 아이는 고모들의 얘기를 들으면 괜찮은 것 같아요.매우 유순하고 조용하대요."

"당연히 조용하겠지요. 아직 기운이 없어 말을 할 수 없으니까요."

이는 귀족들의 의사 소모사의 말이었다. 그가 아나도 돌보고 있었다.

그날밤 모임에서 까를로스의 딸도 오소레스 가문의 여자이자 최고 명문가의 후손으로 받아들이자는 합의가 이뤄졌다. 아이의 어머니에 대해서는 더이상 아무 말도 하지 않기로 했다. 어머니에 대한 얘기는 금하고, 아이는 극찬받아 마땅한 숙녀들의 조카로 생각하기로 했다.

도냐 아눈시아와 도냐 아게다는 주치의를 통해 베뚜스따 귀족들이 내린 결정을 듣고 안도하였다.

아나는 오랜 시간을 혼자 지냈다. 고모들은 다이닝룸에서 일하는— 레이스를 뜨고 이불을 만드는— 습관이 있었고, 조카의 방은 저택 건너편 끝 쪽에 위치했다.

게다가 훌륭한 귀부인들은 조상들이 대대로 살았던 슬픈 저택 밖에서 많은 시간을 보냈다. 일주일에 한번 예수와 성모마리아를 모시러 가는 일은 물론이고, 베뚜스따의 종교행사는 모두 쫓아다녔다. 9일기도, 미사, 자선단체, 귀족들의 모임에도 빠짐없이 모두 참석했다. 점심은 일주일에 두세번 집밖에서 식사했다. 대부분의 시간은 답례 방문에 보냈다. 그것이야말로 그들의 바쁜 일상에서 가장 중요한 일이었다. 귀족의 방문에 답례 방문을 하지 않는 것은 문명화된 사회에서 저지를 수 있는 가장 큰 범죄라고 생각했다. 그들은 종교를 사랑했다. 종교는 자기네가 귀족임을 나타내기 때문이었다. 하지만 그렇게 독실한 편은 아니었다. 그들의 마음에서 중요한 것은 계급에 대한 숭배였다. 성모성전 모임과 베가야나 후작의 모임 둘 중의 하나를 선택해야만 한다면, 성모마리아의 너그러운 자비를 빌며 후작에게 갔다.

베뚜스따에서는 격식이 세상을 다스리는 법이었고, 천상의 조화도 격식에 달려 있었다.

격식이 사라지면 아마 별들이 서로 충돌해 찌그러지고 말 것이다. 그런데 조카가 이런 것들을 어찌 알겠는가? 그것이 문제였다. 아나에게 수프를 먹일 때, 도냐 아게다의 시선에는 이런 질문들이 가득 담겨 있었다. 그녀가 도냐 아눈시아보다 약간 통통하고 젊고 착했다.

고아는 늘 미소를 지어 보였다. 늘 고마워하며 모든 것에 만족해했다. 고모들은 그 상태가 길어지자 초조해졌다. 아나는 나을 기미가 보이지 않았고, 그렇다고 다시 악화되지도 않았다. 아무 해결책도 보이지 않았다. 게다가 아이의 진짜 성격을 알 수도 없었다. 철저하게 순종하는 모습은 아파서 그런 것일 수도 있었다. 주치의 소모사의 말이었다.

어느날 오후, 두 자매는 조카가 잠들었다고 생각하고는, 아니면 가까이 있다는 사실조차 의식하지 못한 채 바로 옆방에서 매우 중요한 일을 상의했다.

"정말 걱정이다. 너는 왜 그런지 모르겠지?" 도냐 아눈시아가 말했다.

"혹 내가 걱정하고 있는 것과 같은 이유예요?"

"뭔데?"

"그 아이가……"

"그 수치스러운 아이가……"

"바로 그거!"

"유모의 편지 기억하고 있니?"

"내가 그걸 갖고 있는데 뭐."

"그애가 열두살인지 열네살 때였지. 그렇지?"

"그것보다 좀더 어렸을 거예요. 하긴 그게 더 나쁘지."

"그렇다면 네 생각에는…… 그렇다면……"

"치! 당연하지."

"옵둘리아처럼 될까?"

"아니면 따르실라처럼. 따르실라가 사관생도와 그렇고 그런 사이였다가, 나중에 돈 알바로랑 무슨 일이 있었는지 기억나요?"

"여기 바보 멍청이들은 그게 모두 순진해서 그런 거라고 그러더라고."

"순진하기는. 마드리드에서 그렇게 애인들이 있었던 것 같은데." 도냐 아게다가 손가락들을 모았다가 펼치며 말했다.

"그게 사실이라면, 그 성격 어디 가겠니……"

"여차하면 바로……"

"그 여자처럼!……"

"옵둘리아? 작년에 사람들이 하던 말 생각해봐. 절대 아니라며, 중상모략이라며 극구 부인했지……"

"그거야 그냥 하는 말이지!"

"만일 그렇게 된다면!"

"어떡하지!"

그러고는 오소레스 가문의 여동생이 한숨을 내쉬었다. 그러자 언니도 따라서 한숨을 내쉬었다.

초라한 침대에서 옷을 입은 채 휴식을 취하고 있던 아나는 그 대화의 첫마디를 듣는 순간, 바로 침대에서 뛰어내렸다. 그녀는 죽은 사람처럼 창백한 얼굴로 두 눈에 눈물이 그렁그렁 고인 채 앙상한 손을 십자가 모양으로 모으고 고모들의 대화를 다 들었다.

고모들은 자기네끼리 있을 때면 '격조 높은' 귀족들과 있을 때와는 다른 말투였다. 신중하지도 않았고, 조심스럽지도 않았고, 말을 골라서 하지도 않았다. 도냐 아눈시아는 남의 입에서 들었다면 눈을 흘길 말을 거침없이 입에 올렸다. 한참 후 그 대화는 다시 아나의 죄, 까밀라가 편지에서 말한 수치스러운 짓을 언급했다. 고아는 자기 방에서 자신의 순결을 더럽히는 이야기들을 들었다. 신화에서도 듣지 못한 별의별 얘기들이 들어 있었다. 하지만 고모들은 이미 아나를 잊은 지 오래였다. 따르실라, 옵둘리아, 비시따, 애인을 따라 발코니로 도망친 어린 여자들, 베가야나 후작 부인과 후작 부인의 딸들, 시골에서 올라온 후작 부인의 조카들, 귀족사회를 포함해 베뚜스따 전체가 도마 위에, 지칠 줄 모르는 오소레스 가문의 두 여자의 외로운 도마 위에 올랐다. 약점과 스캔들만이 있는 그 세상에서 누가 아직까지 병든 조카의 모험을 기억하겠는가? 따지고 보면 그렇게 많이 알려지지도 않은 이야기였다.

그렇지만 두 노처녀는 다시 출발점으로 돌아왔다. 그들에 의하면, 뱃사람이 아이의 순수함인지 조숙함을 악용한 사건이었다. 로레또의 카지노에서처럼, 생리학적인 관점에서 그 범죄의 진실성이 논의되었다. 두 노처녀는 명부에 오른 정식 산파처럼 말했다. 얼마나 자료들이 풍부하던지! 자료들을 구비한 완벽한 경험주의는 어떻고! 도냐 아눈시아는 입이 침으로 흥건했다. 그녀는 안락의자 발치에 있는 도자기 그릇을 수시로 찾았다.

도덕적인 면에서는 그렇게 심각할 것은 없었다. 베뚜스따에서는 아무도 그 사실을 몰랐다. 문제는 그 아이가 그런 타락한 삶을 계속해서 살았냐는 것이었다. 하지만 그걸 믿을 이유도 없었다. 그건 당사자만이 아는 일이었다. 이제 두고 보면 곧 알 일이었다.

용기를 내서 마지막 말까지 참고 들은 아나는 고모들이 최소한 겉으로는 그 일을 용서했다고 생각했다. 앞으로 고모들처럼 행동한다면 무슨 일이 있어도 과거는 묻힐 거라는 생각이 들었다. 아나는 고모들이 어떤 사람들인지는 이미 조금씩 알아가고 있는 중이었다. 하지만 좀더 연구해야 할 일이었다.

침묵이 몇 분간 흘렀다.

도냐 아게다가 침묵을 깨며 말했다.

"내가 보기에는 아이가 나으면 예쁘게 클 것 같은데."

"애가 좀 약골이야. 좀 덜 자란 것 같아……"

"그건 상관없어요. 나도 그랬잖아. 그런데 나중에는……"

아나는 양 볼이 후끈해지는 게 느껴졌다.

"살이 붙고 잘 먹으면서부터는 그럴싸하게 변했잖아."

그러고서 도냐 아게다는 그럴듯했던 자신의 옛날 모습을 떠올리며 한숨을 내쉬었다.

도냐 아눈시아가 살찌지 않은 데는 이유가 있었다. 열렬한 낭만적 사랑 때문이었다. 그 사랑은 달에게 바친 노래 몇 곡으로만 남았다. 그녀가 직접 기타 반주를 하며 '플레인송'[2]으로 노래한 곡은 이렇게 시작했다.

하늘에서 빛나는 저 달이

---

2 깐뚜스 쁠라누스(Cantus Planus)라고도 하며 고대부터 기독교 교회에서 쓰인 단선율의 성가.

나에게 우울한 영감을 불어넣네

내 리라의 마지막 소리

마지막으로 울린

사형당하는 사람을 기리는 노래였다.

도냐 아눈시아의 아름다운 꿈은 늘 애인과 함께 베네찌아로 여행가는 것이었다. 하지만 그 시절에는 돈이 많이 들었고, 오소레스 가문 여자들은 사랑할 줄을 몰랐다. 그래서 그녀는 가능한 한 아나의 미모를 이용하려고 했다. 영양보충만 잘하면 아나가 제 아버지나 다른 오소레스 가문 사람들처럼 외모가 출중할 것 같았다. 타고난 혈통이었다. 그랬다. 아나를 잘 먹여 살찌우는 게 우선이었다. 그러고 나서 그녀에게 맞는 신랑감을 찾아야 했다. 힘든 일이지만 불가능하지는 않았다. 귀족은 꿈도 꾸지 말아야 했다. 귀족은 매우 깍듯하고 자기 계급의 사람들에게 상당히 정중하지만, 돈이 없으면 아메리카 부자들의 딸이나 부유한 농군의 딸과 결혼했다. 그녀들은 아픈 경험을 통해 잘 알고 있었다. 쉽게 말해서 베뚜스따의 '천한' 남자들은 별 볼일이 없었다. 하지만 변호사 나부랭이라도 받아들이고 싶어도—도냐 아게다는 솔직하게 말해 받아들인다고 한 것이었다—그 어리석기 짝이 없는 사람들 중에서는 감히 오소레스 가문 여자를 사랑하려고 하는 사람이 아무도 없었다. 아무리 그녀 때문에 죽고 못 살아도 감히 나서지 못했다. 유일한 희망은 아메리카에서 온 인디아노들이었다. 인디아노들은 돈이 주는 특권을 믿고, 귀족 신분을 더 간절하게 원하며 과감하게 나왔다. 그래서 인디아노들을 찾아야 했다. 우선은 아나가 얼른 나아 살이 붙는 게 급선무였다.

아나도 자신의 첫번째 의무가 무엇인지 알았다. 얼른 낫는 것이었다.

회복기는 눈치 없이 더디기만 했다. 아나는 한시라도 빨리 건강을 회복하기 위해 총력을 기울였다.

의사가 잘 먹어야 한다고 한 그날부터 아나는 두 눈에 눈물을 머금고 최선을 다해 식사를 했다. 그 불쌍한 고아가 고모들의 얘기를 듣지 않았더라면, 아무리 식욕이 좋다 하더라도 고모들에게 더 무거운 짐을 지우지 않겠다고 그렇게까지 많이 먹지는 않았을 것이다. 하지만 이제 아나는 자기가 어떻게 처신해야 할지 잘 알았다. 고모들은 시장에 끌려가는 암소처럼 자기를 살찌우려 하고 있다. 처음에는 음식이 목으로 넘어갈 때 서러워 조금 힘들기는 했지만 허겁지겁 먹어야 했다.

아나가 끔찍할 정도로 열심히 노력하는 것을 보고 곧 하늘이 도왔다. 아나는 힘과 건강, 좋은 안색, 살집, 미모를 원했다. 그녀는 하루 빨리 고모들을 해방시켜주고 싶었다. 그 무렵 아나에게는 자기 자신을 잘 가꾸고 잘 먹는 게 최대의 의무였다. 그녀의 심리상태는 이런 목적을 거부하지 않았다.

아나가 진정한 소명에 대한 신의 계시라고 믿었던 신앙적 발작은 사라졌다. 목숨까지 위태롭게 할 정도로 격렬한 발작이었지만 건강을 회복하자 재발되지 않았다. 새로운 피에는 그런 발작이 들어 있지 않았다.

불면증이나 심리적인 불안으로 흥분할 때면 헛소리도 하고, 신비스러운 환영들도 보이고, 믿음에 대한 강력한 예감도 들고, 갑자기 슬퍼지기도 했는데, 그것은 아나에게 때로는 위안이 되기도 고통이 되기도 했다. 아나는 그런 믿음이 지나치게 막연하다는 사실을 쓸쓸하게 인정했다. 그녀는 열심히 믿었지만, 믿음의 실체는 정확히 알지 못했다. 그리고 가장 큰 불행이었던 아버지의 죽음에 대해 그녀가 물론 새롭다고는 해도 그토록 굳게, 그리고 그렇게 깊이 믿었던 그 믿음에서 생각만큼 큰 위안을 얻지 못했다. 하지만 신앙은 그러한 빈자리에, 그리고 저 세상에서 아버지를 만날 수 있을 거라고 믿어야 하는 절박함에서라도 필요했다. 그러나 놀란 자아, 외로움과 가난에서 비롯된 그 순간의 궁핍함과 서러움을 달래기 위한 아픔에는 큰 위로가 되지 못했다. 혼자가 되었다는 공포감이 다른 모든 감정들을 앞질렀으며 그것은 믿음으로도 치유가 되지 않았다.

'성모께서 나와 함께 계시어.' 로레또에 있을 때 아나는 침대에서 이런 생각을 하다가 결국 울음을 터트리거나, 열렬하게 기도를 드리며 주님이 보이지 않는 손길로 자기 머리를 쓰다듬어준다고 느꼈다. 하지만 곧 신경발작이 밀려와, 외로움과 주변의 냉담함, 귀머거리에 벙어리가 되어 내동댕이쳐진 느낌으로 서러웠고, 그때는 신비스러운 환영들이 나타나지 않았다. 아나는 눈에 보이는 구원이 절실했다. 그래서 한번도 본 적이 없고 그다지 좋은 사람들이 아니라고 알고 있는 고모들을 떠올리게 되었고, 고모들이 와주기를 바랐다. 아나는 피의 힘과 가족의 끈끈한 관계를 절실하게 믿었다.

아나는 첫번째 고열에서 회복될 때는 시와 소설, 드라마, 단편시 들을 상상하느라 머리를 쥐어짜며 얼마 되지도 않는 힘을 모두 소진했다. 처음에는 계속해서 글을 썼고, 쉬지 않고 상상하면 재미있게 시간을 보낼 수 있어 시작했다. 게다가 허영심도 어느정도 만족되었다. 하지만 나중에는 오히려 그게 고문이었다. 그녀가 상상하는 모든 것이 훌륭하게 보였으며, 자기가 막 창조해낸 아름다움을 감상하는 순간 그 아름다움을 너무 감탄한 나머지 슬픔에 겨워 울음이 나왔다. 그리고 아나는 아기 예수와 성모마리아의 사랑을 생각할 때도 마찬가지로 울음이 나왔다. 차분하게 생각해보면, 그 두 감정이 비슷한 것이 속상했다. 아나는 자기가 창조한 예술적인 아름다움을 감상할 때면 하느님 뜻의 아름다움을 감상할 때처럼 진심으로 서글픈 기분이 들었다. 이 감정이나 저 감정이나 종교적이라 그런 걸까? 아니면 그 슬픔의 원인이 허영심과 이기심에 있어서 그런 걸까? 어찌 됐든 그녀는 많은 고통을 받았다. 살면서 머리가 어떻게 된 것 같았다. 위가 멈춰 선 기계 같고, 뇌가 그녀 안에 들어 있는 모든 것을 불태우는 화로 같다는 생각이 들었다. 자기 의지와는 상관없고 사실 원치 않는데도 약간 복잡하고 독창적이고 예민하고 섬세한 것을 생각하게 되고, 그러다 보면 구역질이 나왔으며, 동물과 식물, 돌이 부럽다는 생각이 들었다.

베뚜스따에서 두번째 고열에서 회복될 때 다시 한번 머릿속에서 이런 길들여지지 않은 생각이 일어나 괴롭혔다. 하지만 엄청난 노력을 기울여 잘 먹기 시작하면서는 머릿속의 바퀴들이 좀더 천천히 조화롭게 움직인다는 느낌을 받게 되었다. 이제는 그토록 많은 남자 주인공과 여자 주인공 들을 상상하지 않았다. 그리고 머릿속에 남아 있는 인물들도 덜 허무맹랑했으며, 감정도 덜 복잡했다. 그러면서 아나는 등장인물의 외적인 아름다움에 대한 묘사를 즐겼다. 그들을 즐겁고 아름다운 장소에 등장시켰으며, 결국 모든 모험은 전투나 사랑의 장면으로 끝났다.

매일 아침 일어나면서 아나는 영혼이 미소를 머금고, 육신이 나른하게 게을러지는 느낌이 들어 깜짝 놀랐다. 고모들은 아나가 늦잠 자는 것을 허용했으며, 아나는 그 시간의 달콤함을 즐겼다. 조상대대로 사는 그 대저택에도, 베뚜스따에도, 이 땅 어디에도 아나의 침대는 없었다. 어디 가는지도 모른 채 하늘 위를 둥둥 떠다녔다. 그녀는 몸이 좌우로 흔들리는 가운데 부드러운 곤돌라를 타고 환상 속에서 허공을 항해했다…… 그리고 환상 속의 인물들이 다정하게 자기네끼리 속삭이는 동안, 그녀는 더할 나위 없이 맑으면서도 강렬한 향이 진동하는 정원에서 그들을 위해 풍성한 점심식사를 준비했다. 아나는 점점 부풀어오르는 환영들이 내뿜는 달콤한 향기를 관능적인 쾌락과 함께 들이마셨다.

가끔은 불행하게도, 고급 가죽옷을 입은 러시아 왕자, 또는 반짝이는 그림무늬 스타킹을 신고 까무잡잡하고 튼튼한 종아리와 장딴지가 멋진 스코틀랜드 귀족이 갑자기 간이 아파 창백하고 앙상한 사람으로 변하기 시작했다. 그는 파나마 모자를 쓰고 마음속 여인과 작별인사를 나눴다.

"안녕. 곧 돌아오겠소." 그물침대처럼 흔들거리며 남자가 애교 넘치게 말했다. 그는 그녀와 고모들이 먼 미래를 위해 생각하고 있는 인디아노였다.

도냐 아게다는 아주 훌륭한 요리사였다. 요리 경험이 풍부한데다 그 경험을 원칙처럼 지켰다. 그녀는 『유럽의 요리사』를 달달 외울 정도였다. 영국 요리, 프랑스 요리, 이딸리아 요리, 스페인 요리, 그외 다른 나라의 모든 요리들에 대한 책이었다. 하지만 도냐 아게다에 의하면, 『유럽의 요리사』처럼 요리하다가는 집 기둥뿌리 하나는 통째로 뽑힐 정도로 돈이 많이 들었다. 성대한 식사나 귀족계급을 위해 간식을 준비해야 할 때면 도냐 아게다가 베가야나 후작의 부엌에서 진두지휘했고, 그럴 때면 『유럽의 요리사』를 찾아보았다. 자기 집에서는 돈이 없기 때문에 조상에게서 물려받은 레시피에 만족했다. 아나는 위가 견딜 수 있을 정도까지 엄선된 가정요리의 진수를 맛보았다. 도냐 아게다는 심하게 큰 눈을 다정하게 뜨고 아나의 회복을 음미하였다. 하지만 안타깝게도 도냐 아게다의 그런 큰 눈을 원하는 남자는 없었다. 오소레스 자매들에 따르면 아나는 매일매일 눈에 띄게 살이 올랐다. 아나가 한입 먹을 때마다 극찬하며 진수성찬을 음미하는 동안, 도냐 아게다는 저 깊은 곳에서부터의 허영심에 흡족해하며 금색과 밤색이 섞인 조카의 곱슬머리를 작고 통통한 손으로 쓰다듬었다. 아게다는 소시지처럼 통통한 손가락마다 반지들을 잔뜩 끼고 있었다. 예술가와 예술가의 작품은 접시와 다음 접시 사이에서 서로 미소로 화답했다.

도냐 아눈시아는 요리는 직접 하지 않았지만, 하녀와 함께 장을 보러 나가 가장 저렴한 가격으로 최상의 물건들을 사서 돌아왔다. 심리학과 논리학, 미학을 전공한 전직 대학교수가 그녀가 물건들을 잘 살 수 있도록 도와주었다. 그는 스코틀랜드학파[3]와 수제 소시지의 열렬한 신봉자로, 자신의 감각이나 시장에서 파는 소시지는 그렇게 신뢰하지 않았다. 도냐 아눈시아와 절친한 사이인 그는 그녀가 물건 값을 깎는 데 많은 도움을 주었다.

도냐 아눈시아는 장을 본 후에는 귀족들의 집을 돌아다녔다. 자기와 동생이 세상에 좋은 사례가 되고 있는 넘치는 자비심을 선전하기 위해서였다.

"여러분이 지금 그 아이를 보시면 못 알아볼 정도예요." 도냐 아눈시아가 말했다. "그 아이가 살이 오르는 게 바로 눈에 보일 정도

---

3 토머스 리드, 애덤 퍼거슨 등을 중심으로 하는 영국의 '상식철학'(philosophy of commonsense) 학파. 버클리, 로크, 흄 등의 철학을 비판하고, 상식에서 철학의 원리를 구하였다.

라니까요. 조금씩 부풀어오르는 고무풍선 같아요. 정말이지, 아게다의 손은…… 여러분도 내 동생이 어떻게 요리하는지 잘 아시잖아요. 저희는 그 아이를 위해 온갖 정성을 쏟고 있어요. 우리집에서는 베풀다가 마는 자비란 없어요. 다들 가난한 친척을 데리고 사는 일이야 매일같이 겪고 있지요. 왜 그러겠어요? 하인이나 하녀를 한 명 줄이려는 거지요. 월급 없이 빵 조각이나 던져주려고요. 하지만 우리는 자비를 다르게 생각한답니다. 그러니까 여러분이 직접 그 아이를 보세요. 그리고 얼마나 예뻐질지도 두고 보세요."

실제로도 귀족들은 기적을 보기 위해 순례여행을 떠났다. 그러니까 아나가 살찌는 걸 구경하러 갔던 것이다.

아나의 뛰어난 미모는 여자보다 남자들이 훨씬 먼저 알아보았다. 고열에 시달린 지 몇달이 지나자 아나는 기적적으로 성장했다. 그녀의 몸은 베뚜스따 귀족사회에 긍지를 안겨줄 정도로 균형있게 불어났다. 사실 품위없는 천민인데도 귀족적인 기품은 잃지 않았다. 정신 나간 자유주의자 나부랭이 아버지의 품에서 벗어나 천한 삶과 결별한 아이는 잘 먹이자 혈통을 되찾았다. 아나가 상당한 미인이라는 사실은 모두 만장일치로 인정했다. 평민층도 귀족층과 같은 의견이었으며 중산층도 동의하였다. 얼마 지나지 않아 그 미모의 명성은 확고해졌으며, 아나 오소레스는 열렬한 환호 속에서 그 지역에서 가장 아름다운 여자가 되었다. 외지인이 오면 대성당 종탑과 엘 빠세오 데 베라노를 구경시켜주었으며, 가능하면 오소레스 가문의 조카도 보여주었다. 그 지역의 3대 명물이 되었다.

피디아스[4]가 자신의 미네르바 작품에 온 세상이 바치는 감탄을

---
4 피디아스(Phidias). 기원전 460~430년경에 활약한 고대 그리스 조각가.

감사했듯이, 도냐 아게다도 이러한 승리를 고마워했다.

"그리스 조각 같아요!" 베가야나 후작 부인이 말했다. 몇 년 전 평퍼짐한 모습을 좋아하는 어떤 숭배자가 그녀에게 설명해줘 그리스 조각은 대충 어떤 건지 알고 있었다.

"밀로의 비너스[5]야!" 별명이 '학생'인 샌님 론살이 넋을 잃고 말했다.

"밀로의 비너스보다야 메디찌의 비너스[6]가 낫지." 이미 학자가 된 젊은 사뚜르니노 베르무데스가 바로잡아주었다. 그는 자기가 무슨 말을 하는지 어느정도 알고 있었다.

"피디아스지!" 베가야나 후작이 탄성을 질렀다. 그는 여행 중 그림과 관련해 '수르바란' '무리요' 등에 대해 말하는 것을 들은 기억이 있었다.

그러자 베르무데스가 감히 또 바로잡아주려고 했다.

"제 의견으로는 프락시텔레스[7]가 더 비슷합니다."

후작이 어깨를 으쓱했다.

"그러면 프락시텔레스로 하지 뭐."

훨씬 제대로 된 판단은 부인들이 내릴 수 있었다. 그녀들 중 많은 사람들이 조각을 감상하듯 아나를 보았다. 그녀들은 아나가 피디아스의 작품 같은지, 프락시텔레스의 작품 같은지 잘 알지 못했지만 아나가 진짜 제대로라는 것은 알았다. 8일 동안 빠리 박람회에 머물렀던 몰락한 남작 부인은 아나를 '보석'이라고 불렀다.

---

5 '멜로스의 아프로디테'라고도 하는 고대 그리스 말기의 비너스 상. 현재 프랑스 루브르 박물관 소장.
6 피렌쩨 메디찌 가에 전해온 비너스 상. 피렌쩨의 우삐찌 미술관 소장.
7 프락시텔레스(Praxiteles). 기원전 350년경의 그리스 조각가.

아름다운 미모가 고아를 구해주었다. 그녀는 무난히 상류층에 편입했다. 미모 덕분에 상류층 깊숙이 편입된 것이다. 아무도 이딸리아 출신의 양재사를 기억하지 않았다. 고모들이 함구령을 내렸지만, 아나 역시 굳이 그 사실을 상기시킬 필요는 없었다. 아나는 모든 것을, 아버지의 공화주의까지 완전히 잊었다. 모든 죄를 사면받았다. 아나는 이제 같은 계급이었다. 순수 혈통에 실크같이 부드러운 가죽을 가진 말에게 멋진 마굿간, 군주의 집이 주어지듯 아나는 미모로 사람들의 존중을 받았다.

귀족 집안의 젊은 숙녀들은 가난한 아나를 그렇게 많이 부러워하지는 않았다. 그녀들에게 미모는 부차적인 것이었다. 그녀들은 지참금과 옷에 더 많은 가치를 두었으며, 자기네와 비슷한 수준의 남자들 — 결혼할 만한 신랑감들 — 도 그럴 거라 믿었다. 그녀들은 어떻게 해야 할지 알고 있었다. 모임이나 댄스파티, 야외 나들이 등에서 '조카'에게 숭배자들이 없지는 않을 것이다. 귀족 집안의 청년들은 거의 대부분 내숭이 심한 바람둥이였다. 그들 역시 아나의 미모에 끌리기는 하겠지만, 그녀와 결혼은 하지 않을 것이다. 귀족 집안의 처자들은 자기네 공식 애인 — 미래의 남편 — 이 미래의 아내 앞에서 고아와 '잠자리'를 갖는 일이 없도록 그것만 신경 쓰면 되었다. 상속녀들은 아나가 처신을 잘못하면 큰 낭패를 보게 될 거라고 생각했다. 귀족계급 사이에서는 결혼 가능성이 없었다. 부유한 귀족 자제는 자기네와 동급인 부유한 귀족 처자를 찾았으며, 가난한 귀족 자제는 베뚜스따의 신도시인 인디오 꼴로니아에서 둥지를 찾았다. 귀족들은 중남미에서 온 사람들의 동네를 인디오 꼴로니아라고 불렀다. 평민 출신의 인디아노, 즉 베스뿌치 — 그런 별명을 붙이기도 했다 — 는 작위를 가진 집안이나 최소한 명문가의 자제를 사위로 보는 영광을 누리려면 비싼 댓가를 치러야 했다.

아나의 결혼에 대한 고모들의 계산은 조카의 대단한 미모에도 불구하고 바뀌지 않았다. 예쁘다고 해서 귀족과 결혼하지는 못할 것이다. 그렇게 포기하고, 돈 많은 평민과 결혼시킬 생각이었다. 그리고 그때까지는 철저히 감시하며 아이에게 주의를 줘야 할 필요가 있었다.

"베뚜스따라는 큰 세상에서는 밀고 당기기를 잘해야 한다. 그리고 그걸 배우는 건 상당히 어렵단다." 도냐 아눈시아가 말했다.

이러한 균형 내지 밀고 당기기에 대한 설명이 약간 곤혹스럽고, 그리고 공식적으로는 그 모든 것을 모른 척해야 하는 아나에게는 더욱 그랬지만, 도냐 아눈시아는 굳이 설명했다. 자매가 아이를 교육시켜야 한다고 합의를 보았던 것이다.

아나는 싫고 좋은 것에 대한 자기 취향을 거의 드러내지 않았다. 고모들의 취향과 편애에 대해서 싫은 건 더더욱 내색하지 않았다. 하지만 어느날 밤 베가야나 후작 저택에서 열린 사적인 모임에서 혼자 돌아왔을 때는 최소한 자기 의견을 표현하지 않을 수 없었다.

"재미있었니?" 다이닝룸의 커다란 벽난로 옆에서 신문 연재소설을 읽고 있던 도냐 아눈시아가 물었다(연재소설에 있어서는 자유주의자였다).

"아니요, 고모님. 재미없었어요. 고모님들이 동행하지 않으면 그곳에 다시 가고 싶지 않아요. 혼자 가면……"

"왜?" 도냐 아눈시아가 소리를 질렀다. 자기가 좋아하는 모임에 어떤 종류의 비난도 용납하지 않겠다는 듯 조카에게 단음절로 까탈스럽게 물었다.

"혼자 가면…… 젊은 신사들 때문에 너무 지루해요."

아나가 하려는 말은 그게 아니었다. 고모는 충분히 알 만했지만 좀더 확실한 얘기를 듣고 싶어했다.

"지루하다! 지루해! 젊은 숙녀가 보기에는 베뚜스따 사교계가 그다지 세련되어 보이지 않나 보지?"

숙녀라는 말과 비꼬는 말투에서 아나는 도냐 아눈시아가 마음이 상했다는 걸 알 수 있었다.

"그게 아니에요, 고모님. 그게 몇몇은…… 상당히 대담해서…… 그들이 무슨 생각을 하는지 모르겠어요. 고모님들은 제가 낯가리거나, 심각하고, 뚱하니 있는 걸 원치 않으시고……"

"당연히 원치 않지."

"그러면 그런 식으로 고개를 들이밀지 말아야 해요. 옵둘리아는 어떤 건 좋다고 허락하는 모양이지만…… 저는 싫어요. 저는 싫어요."

"나도 네가 옵둘리아와 비교하는 거 싫다. 그 여자는…… 별 볼일 없는 여자다. 왜 그 여자를 모임에 받아주는지 모르겠구나. 구색을 갖추기 위해, 후작 부인과 그 딸들과 친하다고 해서 그냥 넘어가는 거다. 너는 기품있는 여자다."

"그게, 제가 못 견뎌하는 것을 옵둘리아만 허용하는 게 아니에요. 남자들이 방자하게 굴어도 엠마와 뻴라르, 롤라도 눈을 감아요……"

"후작의 딸들은 건드리지 말거라!" 고모가 벌떡 일어나서 낡은 양탄자에 『베르터』를 떨어뜨리며 소리 질렀다.

'멍청하긴.' 아나는 생각했다. '입 다물고 가만히 있어야 하는데.' 아나는 고모들의 말을 거역하지 않겠다는 다짐이 어긋날 때마다 실수를 범한 예술가처럼 후회 비슷한 마음이 들었다.

도냐 아게다가 들어왔다. 응접실에서 얘기를 들었던 것이다. 두 자매가 서로 눈길을 주고받았다. 드디어 밀고 당기기에 대해 설명할 기회가 온 것이었다.

"애야, 아나." 최고 요리사가 부드럽게 말했다. "너는 어린아이다. 우리가 세상에 대해 거의 아는 바가 없다지만, 그래도 지켜본 게 있어서 경험이 조금 있지."

"그래. 우리가 다른 사람들을 지켜본 것."

"네가 지금 들어온 세상, 그리고 네가 당연히 속해야 하는 세상…… 거기서는 특별한 밀고 당기기가 필요하단다."

"그래, 밀고 당기기."

"특히 남자를 대할 때는 더욱 필요하단다. 사람들 앞에서는 귀족 자제들이 아주 엄격하고 신중한…… 그러니까 품위를 잃지 않는다는 거 너도 봤을 거다."

"그게 가장 기본이다." 도냐 아눈시아가 큰 소리로 십계명을 읊듯 말했다.

"너는 마놀리또나 삐꼬, 남작 아들, 자작, 그리고 귀족은 아니지만 함께 어울리는 돈 알바로, 하여간 공적인 자리에서는 그들이 도를 넘는 행위를 하는 건 본 적이 없을 게다…… 하지만 친한 사람들끼리 모이면 정말 좋은 집안 사람들도 달라진단다."

"아주 많이 다르지." 도냐 아눈시아는 연장자인 자기가 밀고 당기기에 대해 설명해야 한다고 생각했다.

"우리 모두 가깝든 멀든 서로 친척지간이다 보니, 서로 그렇게 대한단다." 그녀가 계속 말을 이어나갔다. "그들이 아름다운 네 어깨를 보고, 네가 마차에서 내릴 때 만에 하나 있을까 말까 한 미끈한 네 다리를 보고, 재치 가득한 짓궂은 말을 한다고 해서, 또 네게 말을 걸려고 너무 가까이 온다고 해서 놀랄 필요도 없고, 호들갑을 떨어서도 안되고, 기분 나빠해서도 안된다. 너무 심하지만 않다면 약간 도를 넘었다 해도 그래서는 안된다."

"절대로." 도냐 아게다가 거들었다.

"그 반대로 행동하면 네가 까칠한 것도 아닌데, 괜히 그렇다고 오해할 수도 있다. 네 순수함으로 그 모든 것을 참아야 한다."

"뻴라르와 엠마, 롤라는 그렇게 한다."

"하지만……"

"하지만, 애야……"

"하지만, 전혀 생각도 못한 짓을 한다면……"

"절대로……"

"도를 넘는 사람도 있다. 특히 도를 넘는 거. 그것도 정색하고 사랑을 들먹이며 알랑거리면(도냐 아눈시아의 젊은 시절에 유행하던 표현이다) 그때는 경계해야 한다. 그냥 얘기는 해도 만지지는 못하게 해라. 정식으로 사랑고백을 하는 사람에게는 꼬집는 것도 허락해서는 안된다. 악의가 없는 행동이 아니면, 절대 아무것도 허락해서는 안된다. 호들갑을 떠는 것은 꼴불견이다. 그건 뭘 먹을 때 어떤 나이프를 써야 하는지 모르는 것과 같다."

"좋은 집안 사람의 예의가 아니야."

"그리고 지나치게 참는다면, 너무 참으면 그것도 위험해. 그러면 그 사람들 중 누구하고도 결혼할 기회가 사라지는 거지."

"그럴 마음도 없어요, 고모님." 아나가 참지 못하고 말했다. 하지만 곧 그 말을 후회했다.

도냐 아게다가 미소를 머금었다.

"속마음은 너를 위해 잘 간직해두어라." 도냐 아눈시아가 다시 벌떡 일어나 소리 질렀다. 『베르터』가 바닥에 또 떨어졌다.

"아주 건방지구나." 그녀가 덧붙였다.

"내버려둬요. 자신을 자제하지 못하는 남자는……"

"네 말이 맞다. 그들이 좀 밝히는 편이다. 하지만 중요한 것은 내 말을 잊어서는 안된다는 거다. 너는 후작 부인의 집에 들어가기 전에는 그 쌀쌀맞은 분위기와 뚱한 표정을 버려야 할 필요가 있다. 그건 주제 넘는 짓이기 때문이지. 좋은 거는, 아주 좋은 거는 네 얼굴과 몸매를 칭찬하는 것 못지않게, 사람들 앞에서도 네가 엄격하게 자제하는 모습을 보여야 하는 것이다. 네가 좋다고 칭찬하는 거 봤잖니."

"그래, 얘야." 도냐 아게다가 끼어들었다. "하느님이 너에게 자비로이 내려주신 선물을 제대로 활용해야지."

아나는 창피해서 죽을 지경이었다. 그런 칭찬이 가장 큰 고문이었다. 경매에 나온 물건 같았다. 도냐 아게다와 도냐 아눈시아는 자기네 작품이라 여기는 그 미모가 얼마나 나갈지를 놓고 한참 얘기했다. 도냐 아게다에게 아나의 미모는 최고의 수제 소시지와 같았다. 그녀는 소시지에 만족하듯이, 아나의 얼굴에 자부심을 느꼈다. 도냐 아눈시아는 호리호리한 몸매는 혈통이 만들어준 것이라고 했다. 자기가 날씬하기 때문에 호리호리한 몸매를 자랑스러워했다.

그러한 거래를 공포한 후 노처녀들은 늙은 마녀의 조짐이 보이는 마담뚜의 모습이었다. 조용히 한다는 점에서만 다른 마담뚜들과 달랐을 뿐이다. 벽난로가 노처녀들의 일그러진 그림자를 벽에 비쳤고, 불꽃과 그녀들의 흔들리는 움직임이 어둠속에서 야간 마녀집회의 전조처럼 보였다.

남자들, 특히 인디아노들이란 어떤 사람인지, 그들이 싫어하는 것, 남자들을 현기증 나게 하는 법, 먼저 허락해야 할 것, 나중에라도 참아서는 안되는 것…… 노처녀들은 그 모든 것을 자세히 설명했다. 그 모든 해박함은 다른 사람들을 보고 관찰한 결과라는 변명으로 늘 결론을 지었다.

"그건 그렇다 치더라도, 아게다 고모나 나는 결혼하고 싶은 마음은 전혀 없었다."

고아에게 해준 밀고 당기기에 대한 설명은 대충 이렇게 이뤄졌다.

그날밤 아나는 까밀라 부인과 지낼 때처럼 침대에서 울었다. 하지만 저녁은 푸짐하게 잘 먹었다. 아침에 일어나는 순간 달콤하고도 나른한 기분이 들었으며, 그게 그 삶에서 거의 유일한 즐거움이었다. 그때는 아침에 일찍 일어나지 못할 이유가 없는데다가, 그 집에서는 새벽 일찍부터 일을 시작하기 때문에, 아나는 달콤한 이불 온기 속에서 아침의 나른한 꿈을 즐기기 위해 필요 이상으로 일찍 일어나려고 노력했다.

아나는 베뚜스따의 귀족 자제들과 변호사들, 그녀를 보는 모든 남자들이 그녀의 미모에 바치는 모든 칭찬들을 하나하나 무시했다. 하지만 아침에 깨어나면, 그토록 수많은 입들이 한결같은 소리를 내는 달콤한 칭찬들의 냄새가 향기로운 구름처럼 새벽녘 그녀의 관능적인 영혼을 감싸주었고, 아나는 그 향기를 기분 좋게 음미했다. 타키투스[8]가 명한 대로 역사는 과감하게 모든 것을 애

---

8 타키투스(Cornelio Tacitus). 로마 제정시대의 역사가. 호민관·재무관·법무관을 거쳐 영사를 지냈고 아시아의 총독을 맡았다. 『역사』『게르마니아』 등 제정을 비판한 사서(史書)를 저술했다.

기해야 하기 때문에, 성격상 순수한 아나가 그 칭찬들이 공정하다는 것을 확인하며 더할 나위 없는 즐거움을 느꼈다는 사실은 여러분도 알아야 한다. 아나는 참으로 아름다웠다. 어떤 남자들은 시선으로, 또 어떤 남자들은 애매모호한 말로, 베뚜스따의 모든 청년들이 전하고 싶어하는 뜨거운 열기를 그녀는 이해했다. 그녀를 둘러싼 우둔함과 유치함, 그리고 숨 막히게 하는 이 비참한 삶이 이토록 가까이 있는 걸 보면 사랑이란 것은 매우 위대하고 아름다운 것임에 틀림없었다. 어쩌면 사랑은 오지 않을 수도 있었다. 하지만 사랑을 모독하느니, 차라리 없이 가는 게 나았다. 겉으로는 달관한 듯한 모습이었지만 안으로는 무적의 비관론자였다. 그녀는 자기가 바보들과 함께 살아야 할 운명이라고 확신했으며, 총체적인 우둔함이 갖는 강력한 힘을 믿었다. 그들 앞에서 그녀가 옳았지만, 그녀는 그들 아래였고 패배자였다. 게다가 가난과 오갈 데 없는 처지 때문에 무엇보다 심란했다. 그녀는 고모들을 그 짐에서 벗어나게 해주는 것, 늙은 고모들이 날이 갈수록 더욱 위풍당당하게 떠들고 다니는 그 자선행위에서 벗어나게 하는 게 최우선이었다.

아나는 독립하고 싶었다. 하지만 어떻게? 일을 해서 생계를 유지할 수는 없었다. 그전에 고모들에게 죽임을 당할 것이다. 결혼이나 수녀원이 아니면 그 집에서 점잖게 나갈 방법은 없었다.

하지만 아나의 신앙은 강력한 권위에 의해 이미 심판과 저주를 받았다. 아나의 일시적인 신비주의 경향을 탐탁지 않게 보았던 고모들이 그녀의 신비주의를 잔인하게 비웃었던 것이다. 게다가 어린아이의 거짓 믿음은 베뚜스따에서 숙녀가 가질 수 있는 가장 크고 우스꽝스러운 결점 때문에 더욱 복잡해졌다. 바로 문학이었다.

고모들이 아나에게서 찾아낸 유일하게 큰 결점은 바로 문학이었으며, 그 결점은 아예 송두리째 뿌리 뽑혔다.

도냐 아눈시아는 아나의 탁자에서 시를 긁적인 공책과 잉크병, 펜을 우연히 보고는, 권총이나 카드, 술병을 발견하기라도 한 듯 깜짝 놀랐다. 그건 남자들, 그것도 평민 남자들의 나쁜 버릇이었다. 차라리 담배를 피웠더라면 고모들의 놀라움이 덜했을 것이다. 오소레스 가문 여자가 글쟁이라니!

까밀라 부인이 그 유명한 편지에서 암시하려고 했던 것처럼, 진짜 댄서였을지도 모를 이딸리아 양재사의 싹이 거기서 보였던 것이다.

시 공책은 귀족사회와 성직자회의의 근엄한 사람들 앞에 보여졌다.

잦은 여행으로 학식이 높다는 명성을 지닌 베가야나 후작이 그 시는 자유시라고 선언했다.

도냐 아눈시아는 화가 나서 미칠 것만 같았다.

"뭔 소리야? 자유라고요? 누가 그런 말을 해! 댄서……"

"아니야, 언니, 흥분하지 말아요. 자유시는 비어 있다는 의미야. 각운이 없다는 뜻이지. 언니는 이해하지 못하는 얘기들이야. 게다가 시는 나쁜 게 아니야. 하지만 쓰지 않는 게 낫지. 나는 글쟁이치고 행실 좋은 여자를 보지 못했어."

몰락한 남작도 같은 의견이었다. 그는 연재소설을 번역하는 여류시인에 얹혀 마드리드에서 산 적이 있었다.

참사회원인 리빠밀란 신부는 그 시가 괜찮은 편이며, 심지어 훌륭한 것일 수도 있다고 평했다. 하지만 자기가 진저리를 치는 종교 낭만주의 계열에 속한다고 했다.

"사이비 고전주의 문체로 라마르띤[9]을 모방한 것입니다. 나는 그 시들을 좋아하지 않습니다. 물론 아나에게서 상당한 재주가 있어 보이기는 하지만요. 게다가 여자들은 더 달콤한 일들에 매진해야 합니다. 뮤즈는 글을 쓰지 않습니다. 영감을 불어넣지요."

낯 뜨거운 책들을 특별히 즐겨 읽는 베가야나 후작 부인은 그 시가 위선적이라며 비난했다. "그 아이에게 인간적인 것과 신적인 것을 뒤섞지 말라고 하세요. 성당에서는 성당에서답게, 문학에서는 까스띠야[10]를 어떻게 얘기하든 좋아요." 게다가 후작 부인은 시를 좋아하지 않았다. 모든 것을 생생하게 있는 그대로 묘사하는 소설을 좋아했다. "세상살이가 어떤지 그 아이가 알겠어? 조카딸 문제라면 위선적이고 소설 같은 싹은 아예 잘라버리는 게 낫겠지요. 게다가 여자가 글쟁이가 되려면 엄청난 재능이 있어야 해. 그녀가 다른 환경에서 산다면 그럴 수도 있겠지! 그 두 눈으로 이때까지 뭘 봤다고!" 그러고서 후작 부인은 자기가 한참 젊었을 때 풍부한 경험을 살려 쓰려고 마음먹었던 『어느 고급 창녀의 모험』을 떠올렸다.

아나의 문학적인 시도에 대해 베뚜스따라는 커다란 세계가 던진 항의가 너무 거세고 폭넓어 아나조차도 그게 바보 같은 짓이며 허영심에 끌린 것이라고 믿기에 이르렀다.

슬픔이 괴롭히는 밤이면 아나는 침실에서 다시 혼자 시를 썼다. 하지만 얼른 시들을 찢어서 고모들이 범죄의 증거를 발견하지 못

---

9 알퐁스 드 라마르띤(Alphonse de Lamartine, 1790~1869). 19세기 프랑스의 낭만주의 시인이자 정치가. 『명상시집』으로 잊혔던 서정시를 부활시켰다. 국민의회 의원, 임시정부의 외무장관을 지냈으며, 작품으로는 『그라지엘라』 『왕정복고사』 등이 있다. 스페인에서는 1850년 전에는 거의 알려지지 않았다.

10 까스띠야(Castilla). 스페인 중부의 역사적인 지역으로, 중세에는 까스띠야 왕국이 있었던 곳.

하도록 발코니 너머로 종이를 던져버렸다. 문학에 대한 박해가 극에 달할 정도이고, 자신의 생각과 슬픔을 글로 표현하고자 하는 마음이 그런 고뇌를 불러일으키자 아나는 완전히 펜을 꺾어야 했다. 그녀는 베뚜스따에서 흉측하고 끔직한 괴물로 취급받는 혐오스럽고도 잡종과 다름없는 '글쟁이'가 되지 않겠다고 다짐했다.

아나에게서 뭔가 냄새는 나지만 트집 잡을 만한 것을 찾지 못했던 여자 친구들은 남자들 앞에서 아나를 비웃기 위해 이 약점을 한껏 이용했고 가끔은 성공을 거두기도 했다. 아나에게 누가 그런 별명을 붙여줬는지는 모르겠지만— 옵둘리아라고 믿고 있다 — 아나의 여자 친구들과 김빠진 청년들은 아나를 '조르주 쌍드'[11]라고 불렀다.

아나가 여류 시인이 되겠다는 모든 시도를 포기하고 난 후에도 사람들은 한참 동안 악의 가득한 쾌감을 느끼며, 아나 앞에서 여류 문인들에 대해 얘기했다. 아나는 자기 죄를 들키기라도 한 듯 당혹스러웠다.

"아름다운 여자에게는 글 쓰는 나쁜 버릇이 용납이 안되죠." 남작 아들이 아나를 응시하면서 말했다. 아나도 동의할 거라 믿는 듯했다.

"그리고 누가 글쟁이하고 결혼하겠어?" 베가야나 후작이 악의 없이 말했다. "나는 아내가 나보다 재능이 많은 건 싫어."

후작 부인은 어깨를 으쓱했다. 그녀는 남편이 바보라고 굳게 믿

---

11 조르주 쌍드(George Sand, 1804~76). 19세기 프랑스의 소설가. 남장을 했으며, 시인 뮈세, 음악가 쇼팽과의 모성적 연애로 유명하다. 저서로는 『앵디아나』 『꽁쉬엘로』 『마의 늪』 『사랑의 요정』 등이 있다. 선각적 여성해방운동 투사로 재평가되기도 한다.

고 있었다. 도대체 남편들은 뭘 보고 재능이라는 건지! 그녀는 과거 일에 기쁨을 느끼며 생각했다.

"나는 아내가 바지 입는 것을 원하지 않습니다." 여성스러운 남작 아들이 덧붙였다. 그래서 후작 부인은 그에게 남편 일을 화풀이하며 말했다.

"아휴, 당신들은 바지 입은 공화당 부부가 되겠네요."

후작 부인의 온건한 변론 이외에는 여자 글쟁이는 살아 있는 부조리라는 게 한결같은 의견이었다.

그 바보들이 이 점에 있어서는 일리가 있었다. 아나는 그렇게 생각하게 되었다. 그녀는 더이상 글을 쓰지 않을 생각이었다. 하지만 그녀는 그런 야유들을 비웃었다. 그녀의 자존심은 멍청한 귀족 남자들에게서 받은 환대를 경멸하고, 그들의 조소를 무시하는 걸로 복수했다. 아나는 자신의 아름다움에 바치는 숭배는 받아들였다. 하지만 자신의 뇌리에서 잊힌 유명인사들을 대하듯, 우상 앞에 무릎을 꿇은 신도들을 한명씩 무시했다. 전에는 용기있게 굴었지만, 지금은 그녀의 확실한 무시 앞에서 겁쟁이가 되어버린 귀족들의 사랑타령은 용납되지 않았다. 아나는 자기가 살고 있는 세상의 헛되고 혐오스러운 것들을 지나치게 쉽게 믿는 경향이 있었다. 그런 면에서는 그녀의 판단력보다는 도냐 아눈시아의 충고가 나았다. 처음에는 약간의 기교를 발휘하면 모든 여자들과 즐기다가도 최고의 지참금을 가진 여자와 결혼하려는 부유한 귀족 중 아무나 정복할 수 있을 거라고 생각했다. 하지만 그런 생각이 구역질나는 모욕처럼 여겨졌다. 그녀는 단 한번도 자신의 능력을 활용하려고 하지 않았다. 고모를 믿는 게 나았다. 그렇게 관심을 보이는 귀족들은 남편감이 될 수 없었다. 그녀는 이런 생각에 익숙해져 주변의 남자들과 친척들을 양복점에 놓인 패션잡지처럼 보았다. 사실 그들의 정신 상태가 너무 나약해서 종이인형처럼 보이기도 했다.

결국 귀족 '샌님'들은 아나가 예외라고 인정하기에 이르렀다. 고모들보다 훨씬 계산적이든가 아니면 매우 정숙하다.

"무슨 소리! 예외는 있을 수 있어!"

늘 귀족계급에 '머리를 들이밀고' 싶어 안달이 난 중간계급의 유혹자들도 똑같은 결론을 내렸다. "아나는 완전히 난공불락이야."

"그녀는 무슨 러시아 왕자를 기다리고 있나보지." 평민과 귀족 사이에서 살고 있던 돈 알바로 메시아가 말했다. 알바로는 "당신은 눈이 아름답습니다"라는 말조차도 한 적이 없었다. 두 사람 모두 자존심이 강했다.

돈 알바로는 촌놈 분위기를 털어내기 위해 마드리드로 떠났다. 그때 베뚜스따에는 그의 멋진 외모와 연애기술로 이미 많은 희생자들이 생겼다. 하지만 더 치명적인 약탈은 돌아와서 할 생각이었다.

알바로가 마차에 오르던 날 오후 아나는 고모들과 함께 마드리드 국도 쪽으로 산책 나와 있었다. 그들은 마차를 기다리고 있었다. 알바로가 그들을 보고 2인승 마차에서 인사를 건넸다. 아나와 그의 눈이 마주쳤다. 그들은 그때까지 한번도 본 적이 없는 사람들처럼 서로 바라보았다.

'눈이 예쁘군.' 돈 후안이 생각했다. '지금까지는 잘 몰랐는데.'

그리고는 계속 생각했다.

'내가 돌아와서 가장 먼저 정복할 여자 중 하나가 되겠는걸.'

돈 알바로는 찬란히 빛나는 먼지 구름 속에 '조카'의 눈이 비치는 걸 한시간 이상 바라보았다.

'조카' 또한 돈 알바로의 모습을 마음속 깊이 간직한 채 돌아왔다. 그러고는 생각에 잠겼다.

'그 사람은 그나마 덜 나빠 보여. 기품있어 보이고, 불쾌하지 않아. 뭔가 품위가 있어…… 절도있으면서도 우아하고 차가워…… 확실히 가장 덜 멍청해 보여.'

그후 며칠 동안 아나는 비관하였다. '베뚜스따에서 가장 덜 멍청한 사람이 떠났어.'

하지만 한달 후에는 더이상 돈 알바로를 떠올리지 않았다. 그리고 돈 알바로 역시 마드리드에 도착한 즉시 아나를 잊었다.

'오! 수녀원. 수녀원. 그게 가장 자연스럽고 품위있는 방법이야. 수녀원에 들어가든지, 아니면 중남미 사람하고 결혼하든지.'

아나의 고해신부 리빠밀란은 빗소리를 듣듯 아나의 마음을 들었다.

"자, 자, 자, 자!" 그는 성당이라는 사실도 잊고 큰 소리로 말했다. "자매님, 자매님은 예수님의 신부가 될 사람이 아닙니다. 자매님은 기독교인을 행복하게 해드리십시오. 그게 자매님이 잘할 수 있는 일입니다. 즉흥적인 소명감은 버리세요. 깃털장식을 꽂은 음유시인이나 천하의 불한당인 선장의 품에 안겨 도망치는 젊은 수녀들이 등장하는 요란한 낭만주의 소설이 잘못된 겁니다. 아나 자매님을 위한 신랑감이 있습니다. 나와 동향 사람이지요. 자매님은 집으로 돌아가 계세요. 내가 곧 따라가 그 일을 말씀드리리다. 여기서는 불경스러우니까요."

리빠밀란 신부가 말한 후보자는 사라고사 출신의 법관이었다. 법관치고는 젊지만, 그래도 신랑감으로 그렇게 많은 건 아니더라도 나이가 조금 든 편이었다. 당시 아나 오소레스는 열아홉살이었고,

돈 빅또르 낀따나르는 마흔을 넘긴 나이였다. 하지만 자기 관리를
제대로 못한 사람은 아니었다. 아나는 낀따나르를 얼마 동안 만나
볼 때까지는 고모들에게는 아무 말도 말아달라며 리빠밀란 신부에
게 간절히 당부했다. 만일 도냐 아눈시아가 뭔가 눈치라도 챘다면
더이상 알아볼 것도 없이 바로 그를 신랑으로 삼을 수도 있었다.

"그게 가장 공정해요. 이런 일은 마음이 움직여야 한다고 봐요.
모라띤, 내가 좋아하는 모라띤이 만든 불멸의 희곡『강요된 대답』[12]
에서 우리에게 당당하게 가르쳐줬거든요."

그러고는 그렇게 하기로 했다.

도냐 아눈시아가 그토록 학수고대하던 신랑감이 겨울 산책로인
에스뽈론이나 드높은 포플러들이 길 양쪽으로 쭉 늘어서 길 끝에
서 하나로 만나는 마드리드 국도변의 자기 집 근처에 있었다는 사
실을 알았다면!

아나는 집안과 가까운 돈 또마스 끄레스뽀와 자기를 두 눈으로
집어삼킬듯 바라보는 남자가 매일 오후 만난다는 사실을 알고 있
었다. 돈 끄레스뽀는 아나가 진심으로 존경하는 몇 안되는 사람 중
한명이었다. 그에게는 베뚜스따에서 거의 볼 수 없는 도덕적인 미
덕이 있었다. 관용과 솔직한 즐거움을 드러내고, 미신은 편견없이
대했다.

끄레스뽀가 발길을 멈추고 그녀들에게 인사를 건네는 동안, 남
자는 멀찍이 떨어져 그녀들을 바라보았다. 그 남자가 낀따나르 법
관이었다. 사실 자기 관리를 잘해 나쁘지는 않았다. 복장이 매우 단

---

12 레안드로 페르난데스 데 모라띤의 희곡 *El sí de la niñas*(1805)으로, 남편감을 고
를 때 부모의 권위가 지나치게 개입하는 것을 비난하며, 신부가 남편감을 사랑
으로 선택할 권리가 있음을 주장했다.

정했고, 친절한 인상이었다.

그는 '외지인'이었고, 오소레스 가문의 자매들에게 그 말은 특별한 의미가 있었다. 즉, 그녀들의 집안 어디와도 상관이 없다는 말이었다.

"그는 법관입니다." 하루는 끄레스뽀가 그녀들에게 말했다. "매우 확실한 아라곤 사람이지요. 용감하고 훌륭한 사냥꾼에다가 매우 자존심도 강하고, 연극을 아주 좋아하지요. 까를로스 라또레[13]처럼 연기합니다. 특히 고전 연극에서는 기가 막힌 배우지요."

뒤에서 몰래 준비되고 있던 신랑감에 대해 고모들이 알고 있는 것은 그게 전부였다.

끄레스뽀는 아나가 이미 어느정도 알고 있다는 것을 알고는 기운을 얻었다. 어느날 오후 신이나 악마의 가호도 빌지 않은 채 까스띠야 국도에서 오소레스 자매들을 멈춰 세운 후 돈 빅또르 낀따나르 법관을 소개했다. 그들은 산책 내내 그녀들과 함께 한 후 어두침침한 오소레스 대저택의 현관 앞까지 바래다주었다. 도냐 아눈시아가 낀따나르를 집으로 초대했다. 낀따나르는 고모들이 자신의 조심스러운 청혼을 알고 있다고 생각하며 다음날 검은색 외투와 바지를 차려입고 귀부인들을 방문했다. 아나가 매우 친절하게 그를 맞이했다. 아나가 보기에 그는 매우 상냥했다.

아나가 용기를 내서 조금이나마 자기 속마음을 털어놓을 수 있는 사람은 돈 또마스 끄레스뽀가 유일한 사람이었다. 그는 자기가 모든 걱정거리에서 자유롭고 심지어 걱정거리가 없어서 자유롭다면서 걱정을 가장 어리석은 거라 생각하는 사람이었다.

----

13 까를로스 라또레(Carlos Latorre, 1799~1851). 이딸리아의 대표적인 낭만주의 연극배우.

아나는 관찰을 많이 하는 편이었다. 주변 사람들보다 자기가 훨씬 월등하다고 믿었으며, 어디엔가 자기 마음대로 살 수 있고, 자기와 같은 생각을 하는 사회가 있을 거라고 생각했다. 하지만 그때까지는 베뚜스따가 그녀의 감옥이고, 어리석은 일상이고, 그녀를 꼼짝 못하게 옭아놓은 얼음바다였다. 고모들과 귀족 처자들, 여신도들, 그 모두가 그녀보다 훨씬 막강했다. 그녀는 싸울 수가 없었다. 그래서 신중하게 단념하고는, 꿈속에서 살았고, 폭군을 무시하는 권리를 홀로 간직했다.

하지만 끄레스뽀는 예외였다. 고모들이나 남작, 그리고 다른 사람들에게는 아무리 말을 해도 알아듣지 못하는 것을 그는 단 몇 마디만으로도 이해하는 진정한 친구였다.

사람들은 끄레스뽀를 '프리힐리스'라고 불렀다. 사람들이 도덕을 들먹이며 호들갑과 위선을 떨면서 벌을 주자고 말하면 그는 어깨를 으쓱한 후 철학적인 미소를 띠며 말을 했다. 이는 무관심과는 다른 것이었다.

"뭘 기대하시는데요? 누군가 말했듯이 '우리 인간은 프리힐리스'[14]입니다."

'프리힐리스'는 '나약함'을 의미했다. '인간의 나약함'이 끄레스뽀를 특징짓는 말이었다.

끄레스뽀 자신도 나약했다. 그는 환경에 적응하는 법칙을 지나치게 맹신했다. 하지만 그것에 대해서는 나중에 따로 얘기하겠다. 8년

---

14 Somos frígilis. 1860년대에 유행하던 농담조의 문장. 원래 프리힐리스(frígilis)는 박테로이드 프라길리스(Bacteroide frágilis)라는 박테리아균의 'frágilis'와 나약하다는 뜻의 'frágiles'(형용사 복수형)를 합성한 언어의 유희로 '인간의 나약함'을 의미한다. 여기서는 끄레스뽀가 이 단어를 자주 인용해서 그의 별명으로 쓰인다.

후에는 모든 것을 용서한 그의 숭고한 성벽이 커다란 빛을 발했다.

프리힐리스는 영혼의 저변에서 좋은 점을 찾는 데 혜안을 지녔으며, 아나에게서 정신적인 보석을 감지했다.

"이보게, 낀따나르." 그가 친구에게 말했다. "아나는 왕이 어울리는 아이일세. 아니면 적어도 곧 법원장이 될 법관에나 어울리는 아이일세. 예를 들자면 자네처럼 말일세. 아무도 금맥을 다룰 줄 모르는 나라에 금맥이 있다고 상상해보게. 내가 사랑하는 베뚜스따에서는 아나가 그런 아이일세. 베뚜스따에서 최고는 나무가 무성한 숲이지."

"프리힐리스, 식물군 얘기는 집어치우게."

"자네 말이 옳아. 내가 좀 장황했지…… 아나가 최상급 여자라는 말을 하고 있었네. 자네를 버터처럼 만들어놓은 그 아이의 육체가 얼마나 아름다운지는 자네도 봤지? 자네가 그 아이의 영혼을 본다면 자네는 햇볕에 내놓은 버터처럼 바로 녹아버릴 걸세. 나로서는 착한 영혼이 바로 다름 아닌 건강한 영혼이라고 자네에게 강조하고 싶네. 착한 마음씨는 건강에서 비롯되지."

"자네는 약간 유물론자이지. 하지만 기분이 나쁘지는 않네. 그 아이가……"

"나는 아무 짝에도 쓸모없는 사람일세! 자네가 이해하게. 나한테는 별명을 붙여줄 필요가 없네. 나는 체제를 혐오하네. 나는 자연이 내려준 착한 마음씨만 믿는다고 말하고 싶네. 나무의 건강은 뿌리부터 시작되네…… 그러니까 영혼은……"

그러고서 프리힐리스는 아나가 베뚜스따에서 최고의 신부감이라는 결론에 이르기 위해 계속 철학을 펼쳤다.

프리힐리스는 하루 날을 잡아 낀따나르에게 아나를 소개했다.

그가 아나에게 어울리는 유일한 신랑감이었다. 마흔이 조금 넘은 나이는 수백년을 산 나무의 나이와도 같았다. 청춘이라 할 수 있었다. 그것도 초년의 청춘. 열살 먹은 개가 백살 먹은 까마귀보다 더 늙은 법이다. 까마귀가 몇백년을 사는 게 맞는다면.

아나는 프리힐리스의 충고를 매우 높이 샀다. 그녀는 낀따나르와의 만남을 받아들였다. 하지만 고모들 모르게 만나야 한다며 리빠밀란 신부에게도 달았던 조건을 붙였다. 고모들은 아무것도 몰라야 했다. 낀따나르는 그 조건과 함께 청혼자가 되었다.

"이보게. 이번 일에서는 작은 비밀이 양념과 같을 걸세. 아나가 곧 보챌 테니…… 두고 보게. 어떻게 보채게 될지……"

아나는 낀따나르의 곁에서 편안한 시간을 보냈다.

그는 생각이 순수하고 고상하며 숭고하고, 심지어 시적이기까지 했다.

낀따나르는 새치를 염색하지 않았다. 소박한 사람이었다. 약간 미사여구를 사용하고 목소리가 높긴 했다. 그 단점은 그가 달달 외우고 있는 로뻬와 깔데론의 수많은 시들 때문이었다. 오히려 그는 산초 오르띠스[15]나 돈 구띠에레 알폰소[16]처럼 말하지 않는 게 더 힘들었다.

그러나 아나는 혼자 있을 때면 자신에게 말했다.

사랑 없는 결혼은 무모한 것이 아닐까? 사람들은 그녀가 주님을 충분히 사랑하지 않아 주님의 아내가 될 수 없다면서 그녀의 종교

---

15 스페인 황금세기의 극작가 로뻬 데 베가 까르삐오(Lope de Vega Carpio, 1562~1635)의 「세비야의 별」(La Estrella de Sevilla)에 등장하는 남자 주인공.

16 스페인 황금세기 국민연극의 창시자인 뻬드로 깔데론 데 라 바르까의 「자기 명예의 의사」(El médico de su honra)의 남자 주인공.

적 소명감이 거짓이라고 하지 않았던가. 그렇다면 그녀가 낀따나르를 사랑하지 않는다면 그와도 결혼하면 안되는 거였다.

리빠밀란 신부에게 상의하자 그가 대답했다.

"지방법원의 법원장도 되지 않은 법관과 세상의 구세주와는 많은 차이가 있습니다. 낀따나르가 마음에 든다고 하지 않았나요? 그랬지요. 매일매일 그에게서 더 좋은 점을 발견할 겁니다. 반면에 수녀원에서 사랑 없이 시작한 사람은 결국 희망이 없게 되지요."

필요하면 진지해질 줄 아는 리빠밀란은 그럴 때가 되자 아나를 진지하게 설득했다. 그녀의 믿음은 세상의 정숙한 여자에게는 충분할지 모르지만, 수녀원의 희생을 위해서는 충분하지 않다고 설득했다.

"성 아구스티누스와 싼후안 데 라 끄루스를 읽으면서 사랑으로 울었던 그 모든 것은 아무 가치가 없습니다. 그때는 사춘기라 그랬던 겁니다. 샤또브리앙은 말할 것도 없습니다. 소명감 없이 수녀가 되는 것은 연극에서는 괜찮습니다. 하지만 하느님 덕분이지만, 속세에서는 수녀원 담벼락을 넘을 만리께[17]도 돈 후안 떼노리오[18]도 없습니다. 진정한 믿음은 제 친구이자 동향 사람인 낀따나르처럼 예의 바르고 사랑에 빠진 남자를 행복하게 해주는 데 있습니다."

아나는 수녀가 되겠다는 생각을 조금씩 포기했다. 자기가 할 수 있는 희생은 아니라는 생각이 들었다. 갇혀 지내는 생활은 베뚜스따의 생활과 마찬가지일 수도 있었다. 함께 살아야 할 사람이 예수

---

17 안또니오 가르시아 구띠에레스(Antonio García Gutiérrez)의 『음유시인』(*Trovador*, 1836)의 주인공으로 도냐 레오노르를 데리고 도망친다.

18 돈 후안 떼노리오(Don Juan Tenorio)는 띠르소 데 몰리나(Tirso de Molina)의 희곡 『세비야의 난봉꾼 또는 석상의 초대』(*El Burlador de Sevilla y convidado de Piedra*, 1630)에 등장한 이후 바람둥이를 상징하는 인물이 되었다.

나 성 아구스티누스, 성녀 떼레사보다는 고모들을 더 많이 닮은 수녀들일 수도 있었다. 귀족 모임에서는 아나의 '신비주의적 불안'을 어느정도 눈치챘으며, 아나를 조르주 쌍드라고 부르는 여자들은 입을 다물지 않고 그녀의 새로운 마음을 더욱 잔인하게 비난했다.

아나는 전혀 찔리는 게 없었기 때문에 자신이 정숙하다고 고해성사했다. 하지만 그것을 성녀의 자질이라고 하기에는 역부족이었다.

혹 다른 여자들도 그런 것일까?

"예쁘기는 한데 건방져." 남작 부인이 말했다. 그녀의 남편과 아들은 헛물켜며 아나를 좋아했다.

프리힐리스의 예상과 다르게 결정을 서두른 사람은 아나가 아니었다. 조카에게 신랑감이 있다는 사실을 알게 된 고모들이었다. 새롭게 등장한 청혼자는 그토록 바라면서도 두려워했던 중남미 사람이었다. 돈을 잔뜩 짊어지고 마딴사스[19]에서 온 돈 프루또스 레돈도였다. 그는 베뚜스따에서 최고로 좋은 별장을 짓고, 베뚜스따에서 최고로 좋은 마차를 타고, 베뚜스따의 상원의원이 되어, 베뚜스따에서 가장 아름다운 여자와 결혼하겠다고 잔뜩 벼르다가 아나를 보았다. 사람들 얘기로는 아나가 베뚜스따의 아름다움이었다. 그는 사랑의 화살을 맞았다. 이 난공불락의 요새를 차지하기에는 그의 돈이 부족하다는 주의도 받았다. 그러자 그는 더욱 사랑에 빠졌다. 그는 오소레스 저택을 찾아와 도냐 아눈시아에게 조카를 달라고 청했다.

도냐 아눈시아와 도냐 아게다는 다이닝룸의 문을 닫았다. 그리고 그 회의가 끝나자 아나가 불려왔다. 도냐 아눈시아는 봉건적인

---

[19] 당시 스페인의 식민지였던 쿠바의 북쪽 도시.

분위기를 풍기는 벽난로 옆에 서 있었고, 양탄자 위에는 『에뗄비나』[20]가 떨어져 있었다. 그녀의 청춘을 매료시킨 소설이었다. 도냐 아눈시아가 탄성을 지르며 말했다.

"얘야…… 네 삶에 결정적인 순간이 왔다.(『에뗄비나』의 문체였다) 네 고모와 나는 너를 위해 온갖 희생을 감수했다. 우리는 가난 때문에 눈 가리고 아웅 하듯 간신히 체면 유지만 하고 살았지만, 그 가난이 네게 안락한 편의를 베풀고자 하는 우리를 막지는 못했다. 자비심은 넘쳐났지만 우리 처지가 따라가질 못한 거지. 네가 우리에게 얼마나 많은 빚을 졌는지, 한번도 네게 상기시킨 적은 없었다. (사실은 매일 점심과 저녁식사 자리에서 끊임없이 상기시켰다.) 우리는 너의 출신을 용서했다. 즉, 불쌍한 네 어머니를 용서한 거지. 여기서는 몽땅 잊어버렸다. 그러니 지금 하려는 제안에 네가 부정적으로 답한다면…… 말도 안되는 말로 답한다면…… 그건 이 세상에서 가장 참혹한 배은망덕, 가장 지독한 배은망덕이 되겠지."

"말도 안되는 거지." 도냐 아게다가 다시 반복해서 말했다. "하지만 아나도 무슨 얘기인지 알면 좋아할 테니, 이런 설교는 다 무의미하다고 봐요."

"저도 알고 싶어요. 제가 빚만 잔뜩 진 고모님들에게 어떻게 해야 할지 알고 싶어요."

"네 전부가 우리 덕이다."

"네, 전부요, 고모님."

"네가 옛날에 수녀가 되겠다던 그 미친 짓은 이제 다 잊어버렸을 거라 믿는다." 도냐 아눈시아가 말문을 열었다.

---

20 『에뗄비나 또는 아끄레성의 남작 부인의 이야기』(*Ethelvina o Historia de la baronesa de Castle Acre*, 1843). 전 2권으로 출판된 작가 미상의 소설.

"네, 그럼요……"

"그럴 경우, 우리가 이 세상에서 없어졌을 때 너만 세상에 혼자 남는 것은 원치 않을 테니까……" 도냐 아게다가 끼어들었다.

"숨겨둔 사랑도 없을 테고, 그건 불미스러운 일이니……"

"우리가 더는 어찌할 수가 없고……"

"네 의무는 우리가 제시하는 행복을 받아들이는 것이고……"

"에스뽈론의 최고 부자인 돈 프루또스 레돈도가 오늘 너에게 청혼했다는 걸 알면 너도 좋아 죽을 거다."

아나는 고모들의 확실한 예언에도 불구하고 좋아 죽지 않았다. 그녀는 아무 말도 하지 않았다. 감히 싫다고 거절할 엄두도 나지 않았다.

그러자 도냐 아눈시아는 자기 마음속에 숨겨두었던 표독하고 못된 악마를 바로 밖으로 내보였다. 이제 벽에 비친 그녀의 그림자는 거대한 마녀의 모습이었다. 때때로 불길이 일렁거리고, 노파가 몸을 일으키거나 비틀 때는 고삐 풀린 지옥 전체의 모습이 그려지기도 했다. 벽에 노파의 머리가 세개로 비치기도 하고, 천장에 서너개로 비치는 순간도 있었다. 도냐 아눈시아 혼자 고래고래 내지르는 소리는 그림자마다 모두 고함과 호통을 치는 것으로 들릴 정도였다.

도냐 아게다는 잔뜩 겁에 질렸다.

그 장면이 연출된 후 조카는 8일 동안 방에 갇혀 있었다. 감금과 비슷하게 갇혀 지낸 지 9일 만에 도냐 아눈시아가 차분하고 위엄있는 진지한 모습으로 나타나 선고문을 낭송했다. "댄서의 딸에게는 — 양재사가 댄서였다는 사실을 이제 누가 의심하겠는가? — 우리 조상들이 머물던 저택에서 잠자리가 모자라지 않았다. 하지만 식탁에 올릴 게 아무것도 없다. 아이가 모두 먹어치웠으니."

아나는 프리힐리스에게 편지를 썼다.

그리고 다음날 돈 빅또르 낀따나르가 첫날처럼 차려입고 오소레스 가문의 응접실로 들어왔다. 아나를 '모른 척할 수 없어' 그녀에게 청혼하러 온 것이었다.

"승진 덕분에 생각보다 일찍 결심하게 되었습니다. 지방법원의 법원장 자격으로 그라나다에 가게 되었습니다. 그리고 저의 간절한 소망대로 아내도 함께 데려가고 싶습니다. 알루미나 데 돈 고디노에 포도밭과 적지 않은 가축이 있습니다. 그리고 월급도 있고요. 해드릴 게 아무것도 없다면 그토록 고명하고, 뛰어나고, 아름다운 여인에게 감히 청혼할 엄두도 내지 못했을 것입니다. 풍족하지는 못하지만 로마인이 말했듯이 Aurea mediocritas[21]는 될 것입니다."

도냐 아눈시아는 현혹되었다······ 돈 고디노가!······ mediocritas ······ 가톨릭 여왕 이사벨의 십자가······! 크나큰 유혹이었다.

프리힐리스가 낀따나르의 가슴에 십자가 문양을 걸어주며 도냐 아눈시아는 이해하지 못하는 말과 훈장들을 좋아한다고 귀띔했다.

낀따나르는 그렇게 말하는 동안 자기 자신은 우스꽝스러웠지만 노파는 완전히 매료시켰다.

도냐 아눈시아는 생각했다 '돈 프루또스는 12년 전에 베뚜스따 외곽의 흙이나 밟고 다녔어. 그때 겉옷도 걸치지 않았던 게 기억나는군.'

오소레스 가문의 큰딸이 대답했다.

---

21 로마 시인 호라티우스의 말로, 극단을 피한 행복한 중용을 의미한다.

"조카가 받아들인다고 하더라도, 귀족들의 자문과 재가를 얻지 않고서는 함부로 조카 손을 넘길 수가 없습니다."

베뚜스따에서는 법복을 입은 신사, 즉 왕립 지방법원의 법률가는 옛날처럼 무 자르듯 구분하지 않고 두번째 귀족계층으로 받아들여졌다. 법은 수세기를 내려오면서 미신적인 공포처럼 존중되었다. 무정부주의를 들먹이고 모두 태워버리자고 날뛰는 베뚜스따에서 가장 열렬한 자유주의자들도 다리를 꼬았다며 증인에게 호통을 치는 법정 판사 앞에서는 벌벌 떨었다. '질서!' 한마디면 되었다.

가장 높은 귀족들은 아나가 미친 결혼을 하는 것이라는 의견이었다.

그리고 그 미친 결혼은 이뤄졌다.

돈 프루또스는 돌아와 복수하겠다고 다짐하며, 즉 훨씬 더 많은 돈을 벌어서 돌아오겠다며 마딴사스로 떠났다. 그리고 그 약속을 지켰다.

한달 후 아나 오소레스 데 낀따나르는 고결한 남편과 함께 까스띠야 국도를 따라 길을 떠났다. 돈 알바로 메시아가 그 길을 떠날 때 탔던 것과 같은 마차의 앞자리였다.

귀족과 중간계급, 베뚜스따 전체가 그들을 배웅하러 나왔다. 프리힐리스는 두 눈에 눈물을 글썽였다.

"돌아올 수 있으면…… 바로 돌아와야 하네." 그가 한쪽 발을 디딤판 위에 올려놓은 채 머리를 마차 안으로 들이밀고 말했다. "아나, 그때는 베뚜스따에서 제일가는 숙녀, 판사 부인이 되어 있을 거요."

"고모들 때문에라도 법이 허락하지 않을 걸세." 낀따나르가 대답했다.

"허, 허! 그건 차차 정리될 걸세…… 아나는 판사 부인이 될 거야."

리빠밀란도 디딤판 위로 올라서려 했지만 끝내 올라가지 못했다.

도냐 아눈시아와 도냐 아게다가 막무가내로 디딤판을 장악하고 있었던 것이다. 그녀들은 한숨을 쉬며 많은 친구들에게 둘러싸여 있었다. 까를로스의 죽음 때 조의를 표한 친구들일 수도 있었다.

"아나가 좋아라 하며 떠나는군요." 남작이 말했다.

"네! 그러네요."

"원래 청춘은 배은망덕하지요……"

"여러분, 이제 떠납니다. 옆으로 비키십시오." 마부를 도와 마차에 짐을 싣던 어린 소년이 소리 질렀다.

그렇게 마차는 떠났다. 낀따나르는 도시 전체가 부러워하는 아내의 손을 양손으로 꼭 잡고 있었다.

안녕!이라는 말이 누에바 광장을 가득 메웠다. 진심으로 서글퍼하는 안녕이었으며, 베뚜스따의 명물과 헤어지는 작별인사였다. 베뚜스따 시민들은 또다른 명물인 대성당 종탑이 떠나는 것을 지켜보듯이 신임 지방법원장 부인이 떠나는 모습을 지켜보았다.

한편 아나는 자신의 아름다움을 감탄하는 저 많은 사람들 중에서 어쩌면 자기를 가질 만한 사람으로는 마흔이 조금 넘기는 했지만 그래도 낀따나르만한 사람이 없을 거라고 생각했다. 마흔 조금 넘겼다는 게 약간 미심쩍기는 하지만.

어느덧 밤이 가까워졌다. 마차가 가축이 지나다니는 언덕길로 올라가는 동안 신임 지방법원장은 혹 자기가 첫사랑인지 물었고, 아나는 고개를 숙이며 우수에 차 대답했다. 남편에게는 그 대답이

자포자기인 듯 관능적으로 들렸다.

"네, 네, 첫사랑이자 유일한 사랑이에요."

그녀는 그를 사랑하지는 않았다. 전혀. 하지만 사랑하려고 노력할 생각이었다.

밤이 깊었다. 아나는 기름기가 번들거리는 낡은 마차의 쿠션들에 머리를 기대고 두 눈을 감고 자는 척하며, 유리창이 덜커덩거리는 혼란스러운 소리와 쇠와 나무가 삐거덕거리는 마차 소리를 들었다. 그리고 그 시끄러운 소리들 가운데로 마지막 작별인사가 들리는 것 같았다.

저 아래 있던 남자들 중에는 사랑을 고백한 사람도 없었고 사랑을 불러일으킨 사람도 없었다. 그녀는 헛되이 보낸 청춘의 매일매일을 떠올려보았다. 참새와 방울새들이 앉아 있는 나무들이 양쪽으로 길게 뻗은 국도를 따라 산책하던 중 마주쳤던 낯선 남자의 눈길 정도가 어쩌면 사랑의 장에 실릴 수 있는 가장 큰 기쁨이었다.

베뚜스따 사회의 청년들과 그녀 사이에 드리워진 얼음장처럼 두터운 벽이 자존심 강한 아나와 어리석은 남자들 사이를 가로막았다.

"그 남자들은 아나와 결혼하지 않을 거야." 도냐 아눈시아가 말했다. "가난하기 때문이지. 하지만 고삐는 그녀가 쥐고서 그들이 멍청하고 허접하다며 무시하고 있지."

만일 누군가 그녀를 옵둘리아처럼 대했다면, 그는 곧 거만한 무시와 산들바람도 얼어붙을 잔인한 아이러니와 부딪혔을 것이었다.

확실하지는 않지만, 어쩌면 전혀 아닐 수도 있지만, 멀리서 두 눈으로 집어삼킬 듯 그녀를 바라보던 남자들 중 좋아할 만한 남자가 있을 수도 있었다. 하지만 고모들이 알아서 거리를 만들어주었다. 그리고 가난한 변호사들이나 이론적으로만 민주주의자인 남자들은 고모들의 걱정을 존중하며 그 고통을 함께했다. 그들은 다가오지 못했다. 눈으로 말하는 가운데 아나에게서 크지는 않지만 얼마간의 효과를 본 남자들은 모두 돈이 없었다. 베뚜스따에서 가난한 청춘은 생계를 유지할 수 없었고, 가난만 유지할 뿐이었다. 청춘 남녀는 눈으로 서로를 음미하고 사랑하며 사랑의 말까지는 나누지만…… 그 이상은 갈 수 없었다. 한끗이 부족했다. 그렇게 여자들은 아름다움을 잃었고, 결국에는 교회만 들락거리는 여자로 끝이 났다. 남자들은 멋진 실크해트를 벗고 망토로 몸을 가린 채 노름꾼이 되었다.

성공을 원하는 자들은 모두 베뚜스따를 떠났다. 그곳에는 부를 상속받은 자들과 잠에 취해 비몽사몽인 베뚜스따에서 멀리 떨어진 곳에서 돈을 벌어온 자들만이 부자였다.

돌아온 중남미 사람들, 부유한 상인, 멍청하고 우둔하고 괴팍한 장자長子들 가운데서 고를 수도 있었다. 아나는 계속 생각했다. 돈 프루또스 레돈도가 말했던 것처럼…… 하지만 뭐하려고 자신을 속인단 말인가? 꿈속에서 그리던 실체는 베뚜스따에 없었다. 그 비참한 구석에 있을 수가 없었다. 그녀가 시에서 그린 영웅은 처음에는 헤르만이었고, 그다음에는 히포의 주교인 성 아구스티누스, 그리고 그다음에는 샤또브리앙, 그리고 그다음에는 수백가지 이름들이었다. 모두 위대함이고, 화려함이고, 섬세하고 묘하고 선별된 달콤함이었다.

그리고 그녀는 이제 결혼했다. 그것은 범죄와 다름없었다. 다른 남자를 생각한다는 것은 뜨레볼 강의 배에서 지은 죄와 같은 게 아니라 진짜 범죄였다. 낀따나르는 그녀가 꿈에서 그리던 중국의 만리장성이었다. 그녀 옆에 있는 5피트가 조금 넘는 이 남자를 넘어서는 모든 환상은 범죄였다. 모두 끝났다.…… 시작도 못해보고.

아나는 눈을 뜨고 낀따나르를 바라보았다. 그는 실크 보닛을 귀까지 내려쓰고, 여행용 램프 불빛 아래서 미간을 약간 찡그린 채 불멸의 문호 깔데론 데 라 바르까의 『최고의 괴물의 질투, 또는 예루살렘의 영주』를 읽고 있었다.

6장

대성당에서 멀지 않은 곳에 있는 아주 오래된 싼뻬드로 성당 근방의 지저분하고 황량한 작은 광장에 베뚜스따 카지노가 자리 잡고 있었다. 습기 때문에 시커메진 석조건물이었다. 젊은 회원들은 이전을 원했지만 주소가 바뀐다는 것은 곧 사교계의 죽음이 될 수도 있었다. 그 위치가 카지노의 오랜 역사를 보여주는 핵심요소이기 때문이었다. 카지노는 그 자리에서 옮기지 않고 계속 누수를 막고 낡은 데를 고치면서 유지되어갔다. 비좁고 어두침침한 홀들에서 3세대에 걸쳐 하품을 해오며 유산으로 물려받은 그 엄숙한 지루함은 신시가지인 꼴로니아에서 새롭게 출발하자는 위험한 모험과 맞교환할 바가 아니었다. 게다가 나이가 지긋한 사람들은 카지노가 엔시마다 지역을 떠나게 되면 카지노일 수 없다며 고집을 피웠다. 카지노가 곧 귀족계급이었다.

대체적으로 무도회장은 자긍심을 갖고 외지인들에게 보여졌지만, 다른 데는 솔직히 그럴 만한 가치가 없었다.

　카지노 직원들은 시 경찰과 비슷한 유니폼을 입었다. 외지인들은 웨이터를 불러놓고는 자기네를 체포하러 온 걸로 착각할 정도였다. 웨이터들에게 유니폼을 입힌 것은 그들이 하인이라는 사실을 주지시키기 위한 거였는데, 웨이터들은 상당히 예의가 없었다. 그것도 물려받은 거였다.

　현관 입구의 소나무 탁자에는 수위가 두명 있었다. 수위들이 들어오고 나가는 회원들에게 인사하지 않는 것은 오래된 습관이었다. 하지만 단기 여행을 몇번 다니면서 다른 관행을 보고 온 론살이 위원회에 들어온 이후 수위들은 별 볼일 없는 회원들이 지나가도 몸을 숙여 인사했고, 심지어 작게나마 무슨 소리라도 중얼거렸다. 잘 들어보면 인사로 해석할 수 있는 소리였다. 만일 그 사람이 위원회 임원이면 수위들은 의자에서 반뼘 정도 몸을 일으켰고, 론살인 경우에는 한뼘 정도, 카지노 회장인 돈 알바로 메시아가 지나갈 경우에는 벌떡 일어나 바로 신병처럼 차렷자세를 취했다.

　현관에 들어서면 대기실, 휴게실, 대화실, 도미노 게임룸으로 용도 변경된 서너개의 복도들이 다닥다닥 붙어서 이어져 있었다. 조금 더 지나가면 큼지막한 벽난로들이 있는 조금 더 화려한 홀이 나왔다. 벽난로에서 많은 장작을 땠지만, 일꾼들 주장처럼 그렇게 많이 때는 것은 아니었다. 그 때문에 연말 총회 때 심각한 설전이 벌어지기도 했다. 그 홀에서는 요란스러운 도미노 게임을 금했다. 베뚜스따에서 가장 진지하고 중요한 인물들이 모이는 곳이었다. 동쪽 끝에 근엄해 보이는 진홍색 비로드 커튼 뒤로 '붉은 응접실'이라는 3인용 카드놀이인 뜨레시요를 하는 방이 있었기 때문에 그곳에서는 소란을 피워서는 안되었다. 이 홀에서는 침묵이 절대적이었고, 가능하면 옆의 홀에서도 조용히 해야 했다. 전에는 뜨레시요 룸이 당구실 근처에 있었지만, 시끄러운 당구공과 큐 소리가 뜨레시요 게임을 하는 사람들에게 방해가 되어 독서실로 쓰던 '붉은 응접실'로 옮기게 되었다. 그리고 독서실은 당구실 근처로 옮겨갔다. 뜨레시요 룸에는 절대 햇볕이 들어오지 않았다. 늘 칙칙한 어둠에 잠겨 있었고, 음울한 촛불이 땅속 깊이 있는 광산 갱도를 밝히는 등처럼 더욱 또렷하게 빛났다.

뜨레시요 카드놀이를 증오하는 철학자 돈 뽐뻬요 기마란은 '붉은 응접실'에 들락거리는 사람들을 '가짜 동전 주조자'라고 불렀다. 묘한 침묵이 배어 있고, 모든 즐거움과 정신적인 흥분 상태가 억눌려 있는 그 동굴에서는 그 어떤 것도 합법적이 될 수 없다고 생각한 것이다. 왁자지껄하게 떠들던 젊은이들도 뜨레시요 룸으로 들어서는 순간 지나치게 진지해지며 겉늙은이처럼 굴어 사이비 종교를 숭배하는 젊은 사제들처럼 보였다. 베뚜스따 사람들에게는 '붉은 응접실'에 들어오는 것이 자줏빛 술이 달린 아동용 가운을 벗고 예복으로 갈아입는 것과 같았다. 생각에 잠긴 듯 창백한 한 젊은이는 늘 게임을 하거나, 아니면 게임을 지켜보았다. 마치 사는 게 지겨워, 헛된 쾌락은 무시하고 정신집중을 요하는 도박을 선호하는 듯 보였다. 격식을 갖춰 용의주도하게 카드를 숭배하는 이 상습적인 사제들을 유심히 관찰하다보면 베뚜스따 지식인들의 특성을 알게 되었다.

산업진흥부[1]의 수장은 베뚜스따 사람들을 보고 모두 '초짜 노름꾼'이라고 했지만, 사실 이것은 좀더 굵직하고 빠른 이익을 얻을

---

1 농업과 산업, 상업, 공공산업 등에서 발전을 꾀하는 전담 부서. 1900년까지는 공공교육도 담당했다.

수 있는 '범죄의 방'이라 불리는 게임룸 계단에 오르기 위한 구실에 불과했다. 사실, 베뚜스따 카지노에서는 게임만큼은 정말 제대로 할 수 있다고 정평이 나 있었다. 경험이 없는 사람들도 없지 않았으나, 이런 사람들도 필요했다. 그렇지 않다면 누가 누구의 돈을 따겠는가? 하지만 산업진흥부 수장의 단언과 달리 현실은 정반대였다. 베뚜스따에서, 그것도 베뚜스따에서만 유명한 뜨레시요 도박꾼들이 배출되었다. 일단 그들은 가장 높은 곳까지 비상하여 정부의 행정 요직을 차지했다. 이 모든 건 카드놀이라는 과학 덕분이었다.

홀 모퉁이마다 테이블이 한개씩 모두 네개가 있고, 가운데로 네개의 테이블이 더 있었다. 전체 여덟개 테이블 중 절반은 늘 차 있었다. 그리고 테이블을 둘러싸고 구경꾼들이 앉거나 선 채 구경했으며, 대부분 나쁜 습관의 노예였다. 그들은 거의 말을 하지 않았다. 권련을 청할 때만 입을 열었다. 훈수도 거의 두지 않았다. 훈수는 필요없거나, 아니면 아예 소용이 없었다. 시청 직원인 바실리오 멘데스가 그곳 사람들 중에서는 최고의 꾼이었다. 그는 얼굴이 창백하고 마른 편이었다. 베뚜스따에서 흔히 말하듯, 그가 노동자처럼 옷을 입는지, 있는 사람처럼 제대로 옷을 갖춰 입는지는 잘 모르겠다. 아내와 자식이 다섯이나 되어 월급만으로는 생활비도 빠듯했다. 다만 그는 뜨레시요 카드놀이의 덕을 보았고, 그걸로 인정받았다. 그는 마지못해 일하듯 게임에 임했다. 인상을 잔뜩 찌푸린 채 과묵했으며, 사람들이 말을 걸어도 대답도 하지 않았다. 그는 사업차 게임을 했다. 뜨레시요로 돈을 벌어, 에스뽈론 옆에다가 3층짜리 집을 짓고 있었다. 그리고 그의 옆에는 사법서사 돈 마띠아스가 있었다. 그는 운에 좌우되는 게임인 '몬떼'를 하지 않으려고 뜨레시요를 했다. 그는 돈을 잃으면 게임을 그만두었기 때문에, 그날

202

의 운에 따라 최대한 열심히 뜨레시요 게임에 임해 돈은 최소한 적게 잃었다. 네명이 게임하면서 조금 전에 패를 돌렸기 때문에, 지금 이 순간 사법서사와 돈 바실리오에게 황금알을 낳아주는 암탉은 쉬고 있었다. 먹이가 된 그를 두 사람은 서서히 죽여갔다. 시골 마을의 상속인인데, 이름은 빈꿀레떼였다. 전에는 장이 서면 뜨레시요를 하기 위해 마을에 왔었다. 그러다가 그후에는 뜨레시요를 하기 위해 지방의원을 했고, 마침내는 그가 그토록 경탄해 마지않는 카드와 절대 헤어지지 않기 위해 베뚜스따의 주민이 되었다. 그리고 그러는 동안 그는 의심의 여지없이 그들을 부자로 만들어주었다. 시골 마을에서 하는 뜨레시요는 재미가 없었다. 빈꿀레떼는 대충 저녁 끼니를 때우는 잠깐의 휴식을 빼고 오후 3시부터 새벽 2시까지 계속 게임을 했다. 돈 바실리오와 사법서사는 번갈아가며 그를 벗겨먹었다. 둘은 계주하듯 서로 번갈아가며 먹었지만, 가끔은 동시에 그를 홀라당 벗겨먹을 때도 있었다. 네번째 노름꾼은 되는 대로 아무나 앉혔다. 다른 테이블들의 게임은 좀더 공평했다. 대부분 외지인들이 카드를 쳤으며, 거의 대부분은 직장인이었다.

카드 칠 때 성격이 드러난다는 말이 있다. 그곳에는 최대의 신뢰가 지배적이다 보니, 제대로 교육받은 사람들이 많았지만 가끔은 이런 얘기도 들려왔다.

"당신에게 하는 말인데, 그건 당신이 나한테 준 거요."

"내가 당신에게 하는 말인데, 아니오."

"내가 당신에게 하는 말인데, 줬소."

"당신이 거짓말하는 거요."

"가정교육이 엉망이군."

"당신이 받은 가정교육보다는 낫소……"

5뻬세따짜리 가짜 동전 하나 가지고 그러는 거였다.

자연의 섭리로 성격들이 균형을 맞춰가며 조화를 이루듯 뜨레시요 하는 사람들 또한 악마 같은 성질로 우쭐대기 좋아하는 사람들도 있었고 양처럼 순하고 비둘기처럼 겁 많은 빈꿀레뻬와 같은 사람들도 있었다.

돈 바실리오는 상속자가 카드를 깨끗하게 치지 않는다고 확신했다.

빈꿀레뻬는 자주 자기 신분에 걸맞은 특권을 주장하려고 했고, 그러면 시청 직원이 소리 질렀다.

"나한테는 아무도 허튼 짓 못해!"

그러고는 주먹으로 테이블을 내리쳤다.

그러면 빈꿀레뻬는 아무 말도 하지 못하고 조용히 구박을 받았다.

이런 싸움은 결코 흔하지 않았으며, 아주 잠시 잠깐만 침묵을 깰 뿐이었다. 곧 정적이 돌아왔고, 그곳은 다시 피의 강물에서 절대 오염되지 않는 성전이 되었다.

도서관으로도 사용되는 독서실은 좁은데다 그리 길지도 않았다. 가운데에 초록색 양모천을 덮은 직사각형 테이블이 있었고, 그 주변에 위트레흐트 비로드 의자들이 놓여 있었다. 도서관은 벽 안으로 들어간 그렇게 크지 않은 호두나무 책장 하나로 이뤄져 있었다. 학술원에서 출간한 『사전』과 『문법』이 그곳 카지노 회원들의 학식을 상징하고 있었다. 이 책들은 몇몇 단어의 의미와 철자법에 동의하지 않는 회원들이 계속해서 싸우는 바람에 구매한 것들이었다. 그밖에 『르뷔 데 되 몽드』[2] 잡지의 불완전한 컬렉션과 다른 계몽주

---

2 1829년부터 1944년까지 간행된 보수 성향의 프랑스 잡지.

의 서적들도 있었다.『프랑스 계몽주의』[3] 잡지는 애국주의에 시동을 걸었다. 투우들을 죽이는 정체불명의 스페인 왕들이 나온 판화 때문이었다. 이러한 급진적이고 애국적인 이유로, 총회에서는 사군또[4] 영웅들이나 꼬바동가 전투[5]의 영웅들, 그리고 마지막 8년 전쟁[6]의 영웅들을 적절하게 인용하는 꽤 좋은 연설들을 많이 언급했다. 책장 아래 서랍들에는 좀더 좋은 책들이 들어 있었지만, 그곳 열쇠는 분실되었다.

한번은 한 회원이 그 책들 중의 한권을 빌리려고 하자, 담당자가 못마땅한 기색을 드러내며 책을 빌리려는 회원에게 다가와 책의 제목을 다시 물었다.

"네, 베뚜스따의 연대기요……"

"하지만 그 책이 여기에 있는 게 확실합니까?"

"네, 저기……"

"그렇다면……" 담당자가 한쪽 귀를 긁으며 말했다. "그런 관습이 없으니……"

"무슨 관습이오?"

"알았소, 열쇠를 찾아보겠소."

담당자가 몸을 돌려 거북이걸음으로 나갔다.

그런 요청을 한 것을 보면, 신입회원인 게 분명했다. 담당자가 열쇠를 찾으러 간 사이, 그는 도서관의 벽을 장식하고 있는 러시아

---

3 1843년부터 1944년까지 간행된 프랑스 계몽주의 잡지.

4 스페인 발렌시아 주에 위치한 도시로 기원전 219년 카르타고의 한니발이 이곳을 공격하여 제2차 포에니전쟁의 도화선이 된 곳이다.

5 꼬바동가 전투는 뻴라요 왕이 이슬람의 침략에 맞서 싸운 전투로, 711년에서 1492년까지 이어진 스페인 국토회복전쟁의 시발점이 되었다.

6 나뽈레옹이 이끄는 프랑스군의 침략에 맞선 스페인 독립전쟁(1808~12).

지도와 터키 지도, 주기도문 판화를 바라보며 시간을 보냈다. 담당자가 양손을 호주머니에 꽂고, 입술에는 사악한 미소를 머금은 채 돌아왔다.

"내 그럴 줄 알았소…… 열쇠가 없어졌소."

기존 회원들은 서가를 벽에 그려진 벽화처럼 바라만 보았던 것이다.

신문과 잡지는 사람들이 더 많이 찾는 편이었다. 신문은 보는 사람이 너무 많아 거의 매일 밤마다 없어졌으며, 값어치가 나가는 판화들 또한 용의주도하게 떼어갔다. 신문 절도 사건은 카지노 운영위원회가 해결해야 할 난제였다. 어떻게 해야 하나? 신문에 사슬을 채워놔야 하나? 회원들은 신문을 낱장으로 뜯어가거나, 아예 신문을 묶어놓은 쇠사슬까지 통째로 가져가기도 했다. 결국 신문은 그냥 두고, 경비를 삼엄하게 하기로 했다. 소용없는 짓이었다. 가장 돈이 많은 중남미 사람인 돈 프루또스 레돈도는 카지노의 『임빠르시알』[7] 신문을 침대에서 읽지 않으면 잠을 잘 수가 없었다. 그렇다고 그의 침대를 독서실로 옮길 수도 없는 일이었다. 그래서 그는 신문을 집어갔다. 그런 식으로 절약한 5센트는 영광의 맛이 났다. 또 아주 값나가는 편지지도 없어졌는데, 이 문제에 대해서는 간절하게 청하는 회원에게 편지지 한장을 주는 걸로 해결했다. 이런 상황에서 담당자는 권위있는 시장 같은 포스를 풍겼다. 그는 신문을 읽고 있는 회원들을 의심의 눈초리로 바라보며 무례하게 대했다. 불러도 달려가지 않았고, 펜촉이 녹슬어도 바꿔주지 않았다.

---

[7] 1918년부터 간행된 뿌에르또 리꼬의 신문.

테이블 주변에는 열두명 정도 앉을 수 있었다. 우편물이 도착하는 시간이 아니면 그 자리가 모두 차는 일은 거의 없었다. 지식을 사랑하는 회원 대부분은 신문밖에는 읽지 않았다.

독서실의 정기회원들 중에서 가장 비중이 큰 회원은 뇌졸중에 걸린 남자였는데, 그는 영국에 가본 적이 있어 자기가 외국 신문을 읽는 게 의무라고 생각했다. 그는 어김없이 밤 9시에 와서 테이블 위에 놓여 있는 『더 타임스』와 『르 피가로』를 집어든 후 금테안경을 쓰고는 가스 등불에서 나는 희미한 휘파람 소리를 들으며 세상 최고의 신문에 엎드려 달콤하게 잠들었다. 그것은 아무에게도 뺏길 수 없는 권리였다. 그 남자가 『더 타임스』 위에서 뇌졸중으로 죽은 지 얼마 후 그가 영어를 몰랐다는 사실이 밝혀졌다. 열심히 출근하는 또다른 회원은 일간지 『라 가세따』에서 경매 물건을 하나도 빠트리지 않고 탐독하는 젊은이로, 검찰청과 등기소에 들어가기 위해 공부하였다. 그는 걸어다니는 『스페인어 행정법 사전』이며, 스페인 행정부가 인가했다가 취소하고, 개정했다가 다시 없던 걸로 한 것까지 모두 달달 외웠다.

그 청년 옆으로는 마드리드의 신문사들에 서로 상반되는 뉴스거리들을 편지로 써서 보내는 비밀스러운 나쁜 습관을 가진 남자가 주로 앉았다. 그는 '특파원'이라고 서명했으며, 마드리드의 신문들에서 '베뚜스따의 최근 사건'이라는 문구가 나오면 거의 그가 한 일이었다. 다음날 그는 다른 신문에 글을 보내 자기 기사를 번복했으며, 결과적으로 '베뚜스따의 최근 사건'은 아무것도 아닌 게 되었다. 그렇게 그는 언론과 관련해서는 영악한 회의주의자가 되었다. 신문들이 어떻게 만들어지는지 그가 안다면! 프랑스인과 독일인들이 전투를 벌였을 때 '특파원'은 전쟁에 대해 잘 몰랐다. 그건 주식투자자들 간의 싸움이라고 생각했지, 메츠 항복[8]과 같은 뭔가가 있었을 거라고는 확신하지 못했다.

시인 뜨리폰 까르메네스 또한 우편물이 도착하는 시간에는 어김없이 출석했다. 그는 두 눈에 불을 켜고 여러 신문들을 뒤적이고는 크나큰 마음의 상처를 입고 금세 자취를 감췄다. 자기 글이 실리지 않아서였다. 그는 시나 단편소설들을 아무 신문사에나 보냈는데, 그게 실리지 않았던 것이다. 베뚜스따의 시 경연대회에서는 장미꽃들을 거의 모두 휩쓸다시피 하는 까르메네스가 마드리드 신문에는 단 한편도 싣지 못했다. 그는 세상에서 가장 고상한 시라며 자기 시를 추천해서 보냈던 것이다. 형식은 대체적으로 이랬다. "존경해 마지않는 귀하께. 과분한 명예를 받을 만한 작품이라고 평가하신다면 평판이 좋은 귀 신문에 실을 수 있도록 시를 동봉합니다. 큰 포부 없는 작품들이며……" 등등. 하지만 그의 글은 절대 실리지 않았다. 그는 1년이 지난 후 작품을 돌려달라고 요구했지만 '원고는 돌려주지 않았다'. 그러면 그는 초고를 살려 베뚜스따의 보수 신문인『엘 라바로』에 실었다.

또 열심히 출석하는 회원 한명이 있는데 카지노에 오는 신문들의 사설을 모두 읽지 않고서는 절대 잠자리에 들지 않는 약간 우둔하고 익살스러운 노인이었다. 그는 영리하고 신중하다는 평판이 있는 한 신문의 무거운 글을 특히 좋아했다. 완곡어법, 생략, 장광설로 포장된 개념들을 정리하다보면 골치가 지끈거렸기 때문에 노

---

8 1870년 7월 프랑스의 선전포고로 시작되었으나 독일군의 효과적인 공세로 4주 만에 프랑스군은 메츠 요새에 포위되어 10월에 항복하였고, 나뽈레옹 3세가 이끌던 프랑스군 주력부대도 쓰당에서 포위된 후 항복했다. 프랑스 국민방위군 정부의 저항은 계속되었지만 1871년 1월 빠리 역시 독일군에 항복했다.

인은 항상 밤늦게까지 남아 있었다.

"정말 기민해!" 그는 이해하지도 못한 채 말했다.

그는 그런 식으로 기민함을 믿었다. 그가 눈치챌 정도로 영민하다면 그건 이미 기민한 게 아니었다.

어느날 밤 노인이 아내를 깨우며 말했다.

"여보 빠까, 잠이 오지 않네…… 내가 오늘 신문에서 읽은 걸 당신은 알아들을 수 있는지 물어봅시다. '비난받아 마땅하다는 결론을 피하는 걸 피할 수 없다고 할 것이다……' 여보, 이해하겠어? 그들이 비난받는 것 같아, 아닌 것 같아? 그것을 해결할 때까지는 잠을 잘 수가 없어……"

이런저런 열렬 독자들은 여덟개 내지 열개 신문에 반복하여 실린 기사들을 탐독하며 조용히 신문들을 돌려보았다. 그렇게 그들은 영혼을 살찌우며 흡족한 마음으로 밤 11시가 다 되어 집으로 돌아갔다. 그들은 어딘가의 기관의 출납담당자가 공금을 들고 도망쳤다고 확신하며 잠자리에 들었다. 그 내용은 각기 다른 여덟개 내지 열개의 버전으로 읽은 기사였다. 존경받고 평판 높은 이 신사들은 마드리드의 수다쟁이를 추종하는 노예가 되어갔다. 그들이 쌓은 허망한 지식의 대부분은 『라 꼬레스뽄덴시아』 신문의 기사에 실렸던 것인데, 가난한 신문사들이 가위질하듯 오려서 공처럼 주거니 받거니 하였다.

박학한 독자들의 뇌가 돌아가는 소리가 들릴 정도로 도서관이 정숙할 때면 느닷없이 지진이 일어나 바닥과 창문이 뒤흔들릴 정도로 굉음이 울렸는데 그런 일은 자주 있는 편이었다. 오래된 회원들은 신경을 쓰지 않았으며, 고개도 들지 않았다. 신입회원들만이 깜짝 놀라 건물이 무너지는 게 아닌가 하고 천장과 벽을 바라보았다…… 그건 아니었다. 당구 치는 회원들이 당구 큐의 두꺼운 쪽으로 바닥을 내리쳐서 그런 거였다. 회원들의 느긋한 마음은 과히 경이로울 정도였다.

밤 11시에는 독서실에 아무도 남지 않았다. 졸음이 가득한 담당자가 신문들을 접고, 가스 손잡이를 돌려 잠그면 그 방은 칠흑 같은 어둠에 잠겼다. 그러고 나면 담당자는 다시 수위실로 돌아가 잠을 청했다.

그러면 그때가 포병대 대위인 돈 아마데오 베도야가 넓은 망토가 달린 외투에 얼굴을 파묻고 민간인 복장으로 들어오는 시간이었다. 그는 주변을 두리번거리며 살폈다…… 아무도 없었다…… 어둠이 그를 도와주었다. 그는 아주 조심스럽게 책장으로 다가갔다. 열쇠를 꺼내 아래 서랍을 열어 책 한권을 집어들고 망토 아래로 숨겨온 책은 내려놓았다. 그러고는 꺼낸 책을 옷 주름 사이로 얼른 숨기고 서랍을 닫았다. 그는 심호흡을 한 후에 테이블로 다가가 휘파람으로 국가를 불며 신문들을 훑어보는 척했다. 신문이라니! 그는 뭐라도 하는 시늉을 하며, 그곳에서 5분 정도 있다가 기세등등하게 나왔다. 그는 도둑이 아니라 장서가였다. 베도야가 가지고 있는 열쇠는 담당자가 잃어버린 바로 그 열쇠였다. 돈 아마데오는 돈 사뚜르니노 베르무데스가 군대에 복무할 적 이름이었다. 옛날에 그는 용맹한 군인이었다. 하지만 그는 군 학술원 원장으로 추대되기라도 한 듯, 발표를 준비하고 연설하는 임무에 자부심을 느꼈다. 스스로 놀랄 정도로 뛰어난 연설자임을 알게 되었다. 이는 본인이나 상관도 인정하는 바였다. 그렇게 그는 점차 문인으로 활동하게 되었고, 끝까지 조국을 지키기 위해 학자가 되겠다고 스스로 엄숙하게 선언하게 되었다. 일반인보다 훨씬 글솜씨가 좋은 군인이 베뚜스따 사람들의 관심을 불러일으키기 시작했다. 그리고 베도야 자신도 포병대와 문학의 대조처럼 보이는 게 재미있었다. 시간이 지나면서 과학, 예술, 문학 단체의 통신회원 또는 정회원이 되었다. 그는 고고학과 식물학, 특히 원예와 관련된 식물학 분야에서 자질을 보였다. 감자의 질병에 관한 전문가였으며 이를 주제로 논문도 썼지만 결국 정부의 상을 받지는 못했다. 또한 그는 군인들의 자서전에서도 운이 좋았다. 그는 파르네시오나 스삐놀라⁹에 버금가는, 의심할 바 없는 진짜 중장 여러명을 알고 있었다. 전장에서 지휘권을 행사하지는 않았지만 만약 그랬더라면 무능한 장군으로 찍혀 사령관 지위를 잃는 대신 틀림없이 나뽈레옹의 영광을 무너뜨렸을 어느 여단장의 생애를 조명하기도 했다.

주요 인물이 됐을 법한 사람들의 전기와 같은 그런 자료들은 카지노 책장의 아래쪽 서랍의 책 속에 들어 있었다. 이 세상에 더 많은 책들이 있을 테지만 그런 자료에 대해서는 알려진 바가 없었고, 베도야는 아무도 읽지 않는 것을 베끼는 데 재주가 탁월한 지식인이었다. 그는 자기 수중에 있는 책에서 글을 읽고, 하느님이 내려주신 날렵하고 깨끗한 글씨체로 그 글을 베끼다보면 그 모든 게 어느새 자기 작품이라는 생각이 들었다. 하지만 그의 최대 강점은 골동품에 있었다. 자기 것이 아니라면, 그 예술품이 아무리 노아의 방주 시대의 것이라 해도 아무 소용이 없었다. 베르무데스는 골동품을 그 자체로 먼지 하나까지 사랑한 반면, 베도야는 좀더 주관적이었다. 그가 평소 말하듯이 사랑하는 물건은 소유해야 했다. 그가 말을 꺼낼 수만 있다면! 베르무데스나 총대리신부, 모든 사람들은 아주

9 알레한드로 파르네시오(Alejandro Farnesio, 1545~92), 암브로시오 스삐놀라 (Ambrosio Spínola, 1569~1630)는 네덜란드 브레다를 점령했던 스페인 장군.

작은 존재가 되고 말았을 것이다. 하지만 그는 말할 수 없었다. 말하면 감옥에 갈 수도 있었다. 그래서 은밀하게 소유했다…… 이 말을 하면서 그는 사방을 둘러보았다. '우리끼리 이야기인데, 펠리뻬 2세의 귀중한 필사본이 있는데. 굉장히 중요한 정치 문서야.' 그것은 그가 시망까스 국립문서고에서 훔친 것이었다. 어떻게? 이것이 그의 자부심이다. 그렇게 베도야는 우월감 속에서 다른 골동품상들을 어깨 아래로 내려다보며 입을 다물었다. 감옥에 갈 수도 있다는 두려움 때문에 입을 다물었다.

'범죄의 방'은 2층에 있었다. 도박을 하는 방인데, 좀더 상세히 말하자면 룰렛과 몬떼를 즐기는 방이었다. 어둡고 좁은 복도들을 따라 한참을 가야 그곳에 다다를 수 있었다. 당국은 요행을 노리는 그 예술의 은밀한 은신처의 고요함을 방해한 적이 없었다. 공중도덕이 가장 강화되었던 시절에도 단 한번도 없었다. 지방언론 기자들, 특히 『엘 라바로』 주필의 간곡한 호소로 매춘업은 심한 박해를 받았지만, 도박은 그러지 않았다. 매일 지방신문에 그렇게 자극적인 언어로 선동하는데 까르메네스가 익명으로 쓴 『엘 라바로』의 사설에 나오는 '몸을 파는 추악한 여자들'이 어떻게 박해를 피할 수 있겠는가?

거의 매일 아침 '그 비둘기들!' 또는 '그녀들에게 불을 질러라!'와 같은 제목의 글이 등장하였으며, 돈 사뚜르니노 베르무데스는 한번 '창녀들'이라는 단도직입적 제목의 글에서 '부끄러운 줄을 모르는 창녀'라는 글로 끝을 맺기도 했다.

다시 도박으로 돌아가, 혈기 넘치는 주지사 몇 사람이 클럽 회원들이 놀랄 정도로 위협을 가한 적은 있었지만 영향력 있는 노름꾼들은 오히려 그의 해임을 점쳤다. 그러다가 보통은 도박에 대해 눈을 감아주었으며, 가끔은 계약 당사자들의 표현을 빌리자면, 정부 보조금이 꽤 그럴듯하게 지원되었다. 베뚜스따 도박꾼들에게는 덕목이 하나 있었다. 밤을 새지 않는다는 거였다. 아침 일찍 일어나야 하는 바쁜 사람들이었다. 그날 번 것을 모두 털리고 밤 10시면 물러나는 의사도 있었다. 아침 6시면 일어나 물웅덩이와 진흙투성이인 동네 구석구석 돌아다니며 눈과 우박, 추위, 바람을 견뎌야 했다. 그러고는 고된 노동이 끝난 후 그날 번 돈을 제단에 바치는 제물처럼 초록색 테이블 보 위에 올리려 다시 돌아왔다. 변호사, 소송 대리인, 서기, 상인, 제조업자, 직원, 지주들 모두 똑같았다. 뜨레시요 룸, 독서실, 당구장, 대화를 나누며 장기나 도미노 게임을 하는 방에는 늘 같은 사람들이 있었다. 각기 자기가 좋아하는 곳에 있었다. 하지만 '범죄의 방'은 모든 직업과 연령, 사상, 취향, 성격들이 모이는 곳이었다.

순수한 애국심과 신앙, 금지된 도박에 대한 열정으로 베뚜스따가 유명한 데는 이유가 없지 않았다. 신앙과 애국심은 역사가 설명해주었다. 그리고 도박에 대한 열정은 베뚜스따에서 줄기차게 내리는 비가 설명해주었다. 산책도 못하는데, 회원들이 뭘 한단 말인가? 그래서 철학자 돈 뽐뻬요 기마란은 대성당을 지붕이 있는 산책 장소로 만들어야 한다고 제안하기도 했다. 그에 대해 까르메네스는 『엘 라바로』의 사설에서 "Risum teneatis!"[10]라고 대답했다.

신앙은 미신이라는 유감스러운 형태로 도박판에 등장한다. 카지노에서는 유명한 도박꾼들의 믿기 어려운 기적들이 전해 내려온다. 신을 전혀 경외하지 않는 한 자유당 지지자 상인은 도박장의

---

10 호라티우스의 『시학』에 등장하는 문장으로 "친구여, 그대들은 이것을 보면서 웃음을 참을 수 있겠는가?"라는 뜻의 일부이다.

문 앞에 낡은 신발 한켤레를 놔두었다. 그는 카지노에 도착하면 바닥이 너덜너덜한 신발로 갈아 신고 올라가 운을 시험했다. 자기가 새 신발을 신으면 절대 운이 따르지 않는다고 확신했던 것이다. 그는 맨발수도회의 도박꾼이 되었다. 그렇게 그는 경험으로 얻은 믿음과 손재주를 결합하여 확실하게 돈을 땄다. 그는 1년에 한번 싼프란시스꼬에게 9일기도를 성대하게 올렸고, 베르무데스의 표현을 빌면 '교화된 베뚜스따' 행사에는 다 참석하였다.

베도야가 곤히 잠든 수위들에게 들키지 않고 몰래 카지노를 빠져나가면 그곳에는 밤을 새우는 회원 여덟명에서 열명 이외에는 아무도 없었다. 몇명 되지 않는데다, 늘 똑같은 사람들이었다. 몇몇은 마드리드에서 밤을 새우는 버릇이 생긴 헛바람이 든 사람들이고, 몇몇은 그들을 따라 하는 우아한 방탕자들이었다. 하지만 마지막 시간대에 이뤄지는 이 모임에 대해서는 좀더 나중에 얘기하겠다. 이 이야기에서 큰 비중을 차지하는 인물들이 이 모임의 일원이기 때문이다.

오후 3시 반이고, 비가 내리고 있었다. '붉은 응접실'의 옆 홀에는 평소와 다름없이 전혀 도박을 하지 않는 회원들과 체스 게임을 두는 여섯명이 있었다. 그들은 빛을 잘 받기 위해 발코니 옆으로 체스 판을 옮겨놓았다. 홀 안쪽에서는 해가 저물어가는 것 같았다. 대리석 테이블 위의 짙은 담배 연기 사이로 담뱃불을 붙이는 데 사용하는 촛대의 불빛이 안개 속의 별처럼 빛났다. 그 테이블 주변에는 어두침침한 구석에 숨어 있듯이 몇 사람이 푹 파묻혀 있었다. 어떤 사람들은 소파에 푹 파묻혀 편하게 있었고, 어떤 사람들은 밀짚 흔들의자에 앉아 있었다. 반타 정도 되는 창립회원은 먼 옛날부터 3시 정각에 그곳에 와서 커피 한잔과 꼬냑 한잔씩을 했다. 그들은 거의 아무 대화도 나누지 않았다. 만장일치로 인정받지 못할 얘기는 아무도 감히 꺼내지 않았던 것이다. 그곳에서 그날 있었던 사건과 사람들에 대한 평가가 이뤄졌다. 물론 열심히 하는 편은 아니었다. 모든 새로운 것, 일상에서 벗어나 뭔가를 새로 시도한 사람은 조용히 비난받았다. 모욕은 없었다. 그리고 신중하고 예의 바르고 과장할 줄 모르는 사람들은 조용히 칭찬받았다. 과장보다는 거짓말이 차라리 나았다. 이 존경받는 신사들의 모임에서 돈 사뚜르니노 베르무데스도 한번 이상 신중한 감탄을 샀다. 그러나 그들은 대체적으로 동물들에 대한 얘기를 좋아했다. 개나 코끼리와 같은 동물들의 본능이 그 예였다. 당연히 동물들에게 지능이 있다는 사실은 부인했다. "비버는 아담 때와 똑같이 지금도 통나무집을 짓고 있어. 지능은 없어. 본능이지." 또한 그들은 모든 것을 활용할 수 있는 돼지와 암소, 고양이와 같은 다른 말 못하는 동물들의 유용성에 대해서도 말했다. 그리고 무생물에 대한 얘기는 더욱 흥미로워했다. 혈연이나 상속 관련 민법에서도 큰 흥미를 느꼈다. 누군가 지나가는데, 창립 회원 중에서 그를 아는 사람이 아무도 없으면 나오는 질문이었다.

"저 사람이 누구지?"

"저 사람은 누구의 아들로 누구의 손자인데 누구랑 자매뻘인 누구와 결혼했지요."

그러면 거의 모든 베뚜스따 거주자들의 혈연관계가 고구마줄기처럼 뽑혀 나왔다. 이 대화는 늘 같은 문장으로 끝을 맺었다.

"잘 보면, 이곳에서는 우리 모두 얼마간 친척뻘이지."

그런 대화에서는 날씨 얘기도 절대 빠지지 않았다. 훌륭한 회원들에게는 밖에서 부는 바람도 늘 걱정거리였다. 요즘의 겨울은 그들의 기억 속에 있는 겨울보다 늘 추웠다. 딱 한번만 제외하고는.

때로는 사소한 뒷이야기도 나누었지만 그건 아주 절제된 방식이었다. 특히 성직자나 귀부인, 당국에 대해 말할 때는.

그런 대화가 기분전환도 되고 재미도 있다지만, 모두 반백의 턱수염을 가진 존경받는 노인들 모임은 재미있는 객소리보다는 침묵을 선호했다. 깬 채 보내는 이런 씨에스타는 침묵의 제단에 봉헌되었다. 그들은 거의 항상 침묵을 지켰다. 이들 가운데도 젊은 사람이 하나 있었는데 대머리였다.

가끔은 적지 않은 불편을 끼치며 시끄럽게 떠드는 그룹 두어개가 멀지 않은 곳에 있었다. 도미노 게임을 하면서 거슬릴 정도로 시끄럽게 떠드는 소리가 멀리서도 들렸다. 노인들이 그들을 홀에서 쫓아낸 적도 있었다. 도미노 게임을 하는 사람들은 늘 같은 멤버였다. 대학교수 한명과 토목기사 둘, 법관 한명이었다. 그들은 웃으며 소리를 많이 질렀다. 서로 욕을 주고받았지만 늘 농담으로 하는 거였다. 더블식스[11]로 묶인 그 네명의 친구들은 서로를 돕는 거라면 학문이나 정의, 토목공사까지도 팔아치울 위인들이었다. 도박과 커피 음용이 허용되지 않는 댄스홀에는 재판소의 법관들과 다른 인물들, 예를 들어 비가 많이 내려 산책을 나갈 수 없는 날에는 베가야나 후작과 같은 사람들이 있었다.

활기는 앞에서 언급한 시끄럽게 떠드는 그룹들에게 해당되는 얘기였다.

"저 사람들은 아무도, 아무것도 존중하지 않아." 구석에 앉은 노인들이 말했다. 그 모임은 두발짝 떨어져 있었지만, 대화를 섞는 일

---

11 도미노 게임의 규칙에서 각 조각의 값이 6점으로 합계가 12점이 되는 것.

은 거의 없었다. 노인들은 입을 다물고 판단했다.

"경망스럽기는!" 한 존경받는 노인이 나지막하게 말했다.

"잘 보면, 그들은 우리 주의 실질적인 이익에 대해서는 거의 얘기하지 않는다는 걸 알 수 있을 거요." 다른 노인들이 그에게 대답했다.

"돈 알바로가 올 때만 겨우 얘기하지, 원……"

"오, 돈 알바로는…… 얘기가 다르지."

"그래. 그 사람은 정말 인물이지. 재정도 잘 알고 사람들이 '정치경제학'이라 말하는 것도 다 안다니까."

"나도 그 '정치경제학'을 믿소."

"나는 안 믿어. 하지만 플로레스 에스뜨라다[12]의 보고서는 존중하지. 그 사람은 내가 개인적으로 좀 알거든."

언쟁 빼고는 모두 있었다. 언쟁의 기운이 조금이라도 감지되면, 얼른 덮어버리고 모두 입을 다물었다.

앞 테이블에서는 자유당 소속의 시장이었던 신사가 소리 지르고 있었다. 어떤 정치체제에서도 고리대금업을 계속해온 교활한 사람으로 신부들의 적이었다. 이런 방식이 많은 노력을 지불하지 않고도 자유주의를 입증할 수 있다고 믿었다.

"하지만, 자 봅시다. 페르민 신부가 판사 부인의 고해성사를 거절했다고 누가 확신합니까?" 그가 말했다.

"아나 부인이 페르민 신부의 고해실로 들어갔는데도, 페르민 신부가 판사 부인에게 인사도 하지 않고 나가는 걸 두 눈으로 직접본 사람이 해준 얘기입니다."

---

12 플로레스 에스뜨라다(Álvaro Flórez Estrada, 1769~1853). 오비에도 출신의 공법학자이자 경제학자. 널리 읽힌 『정치경제서』(*Tratado de economía política*)의 저자.

"나는 그들이 에스뿔론에서 인사를 나누고 얘기하는 걸 봤소."

"사실입니다. 나도 그들을 봤습니다." 또다른 사람이 소리 질렀다. "페르민 신부는 수석사제와 같이 있었고, 판사 부인은 비시따와 같이 있었습니다. 게다가 페르민 신부가 얼굴까지 시뻘겋게 붉혔는걸요."

"맙소사! 맙소사!" 전직 시장이 호들갑을 떨며 탄성을 질렀다.

"나는 당신들 누구보다 더 많이 알고 있습니다." 싸마꼬이스와 루한, 조카 로메아 등 마드리드의 희극배우들을 모두 흉내 내며 뺀질거리는 남자가 소리 질렀다. 마드리드에서 의학 석사를 마친 사람이었다.

그가 목소리를 낮추며 비밀스러운 표정을 짓자, 시끄럽게 떠들던 사람들이 모두 그에게 다가갔다. 그는 의자를 거꾸로 해서 앉아 있다가 의자 등받이가 테이블에 닿을 때까지 밀며 앞으로 다가왔다. 그러고는 가리개처럼 한 손을 입으로 가져가며 말했다.

"빠꼬 베가야나가 해준 말인데, 그 저명한 리빠밀란 수석사제가 아나에게 고해신부를 바꾸라고 간청했다더군요. 왜냐면……"

"맙소사! 맙소사! 당신이 그 이유를 안단 말이오?" 신부들의 적인 남자가 끼어들었다. "고해의 비밀을!"

"자! 자! 내가 확실하게 알고 있다니까요. 빠꼬가 말해줬다니까요. 돈 알바로가 말이오." 그가 목소리를 훨씬 많이 낮췄다. "돈 알바로가 판사 부인한테 찝쩍댄다니까요."

모두 난리가 났다. 어두침침한 구석에서는 수군거리는 소리가 요란했다.

그건 좀 과한 얘기였다.

수군거릴 수도 있었다. 근거 없는 얘기도 할 수 있었다. 하지만 그렇게까지는 아니었다. 페르민 신부와 고해의 봉인은 뜯을 수 있었다. 하지만 판사 부인을 건드리는 건! 분명히 저 칠삭둥이가 경솔했다.

"자, 신사 여러분, 판사 부인이 거기에 맞장구쳤다고는 하지 않았습니다. 다만 돈 알바로가 찝쩍대려고 한다고 했지요. 그건 완전히 다른 얘기입니다."

모두 그 말의 가능성을 부인했다.

"맙소사…… 판사 부인이…… 어떤 사람인데!"

샌님이 양어깨를 으쓱했다.

"확실한 겁니다. 돈 알바로와 친한 후작 자제가 얘기해준 건데."

"자, 봅시다." 전직 시장 포하가 물었다. "돈 알바로가 판사 부인에게 찝쩍대는 거와 페르민 신부에게 고해하는 거랑 무슨 관계가 있다는 거요?"

포하는 먹잇감을 쉽게 놔주려고 하지 않았다. 카지노에서 늘 신부들을 안 좋게 얘기할 수 있는 것은 아니었다.

"상관이야 많지요. 수석사제가 페르민 신부에게 도움을 청했다니까요. 아나의 양심의 짐을 그에게 맡기려는 거지요."

"애야, 애야. 그건 네가 헛다리를 짚은 거다." 헛소리하는 청년의 아버지가 주의를 주었다. 아버지는 큰돈을 들였지만 아들이 마드리드에서 제대로 배워온 그 뻔뻔스러움에 감탄하며 앉아 있었다.

"우리 모두가 알고 있듯이, 아나가 상당히 까다롭다는 말을 하고 싶었던 겁니다." 청년이 계속 목소리를 낮췄다. 그러자 다른 사람들이 옹기종기 모여들어 둥글게 에워싸며 우에스까 종[13] 모양이 만

---

13 전설에 따르면 아라곤 왕국의 라미로 2세가 자신의 적인 귀족들의 목을 자른 다음 머리들을 모아 종을 만들었다고 한다. 안또니오 까노바스 델 까스띠요

들어졌다. "그녀는 생각이 많습니다. 눈길에서 뭔가를 느꼈을 겁니다…… 게다가 응? 다른 남자의…… 그래서 정신의 건강을 치유하고 싶었을 겁니다…… 그런데 수석사제는 그런 복잡한 마음을 알지 못하고, 그런 건 페르민 신부가 잘 알지요."

둥그렇게 몰려든 얼굴들은 동의의 표시로 최소한 미소를 머금지 않을 수 없었다.

함부로 말하는 청년의 아버지는 흡족해하며, 한 친구에게 윙크했다. 마드리드에 가면 아이들이 저절로 영악해진다는 데 의심의 여지가 없었다. 돈이 많이 들기는 했지만 결국 성과는 있었다.

샌님의 거침없는 말은 자주 항의를 불러일으켰지만, 악의가 잔뜩 담긴 경구와, 악센트를 동원해 손동작까지 써가며 여운을 남기는 그의 언변은 곧 항의를 잠재웠다.

그 당시 마드리드의 일부 예술구역과 단체에서는 플라멩꼬가 고상한 장르로 인식되기 시작했다. 새끼 의사는 꽉 끼는 바지에 투우사 이마 위로 흘러내린 앞머리와 앞 가르마를 탄 모습을 잘 조화시켰는데, 요란한 가발을 뒤집어쓴 것 같은 헤어스타일이었다.

이름이 호아낀 오르가스인, 그는 그 지역의 결혼적령기 여자들만 보면 모두 눈빛으로 말을 전했다. 즉, 여자들을 집요하게 쳐다보고, 그 여자들에게서 눈길을 받는 것을 좋아한다는 의미였다. 그해 대학을 마쳤으며, 한시 바삐 부유한 집안의 처자와 결혼하는 게 그의 목표였다. 아내는 지참금을 가져올 테고, 그는 자신의 인물과 의

(Antonio Cánovas del Castillo)가 1854년에 출간한 『우에스까 종, 12세기 연대기』 (*La campana de Huesca, crónica del siglo XII*)라는 역사소설에 소재로 사용되었다. 19세기 화가 호세 까사도 델 알리살(José Casado del Alisal)도 이것을 소재로 한 그림을 남겼다.

사 직함, 플라멩꼬 솜씨를 보여줄 생각이었다. 바보는 아니지만 유행의 노예가 되다 보니, 원래보다 훨씬 별 볼일 없는 사람처럼 보였다. 그는 마드리드에서는 수많은 사람들 중의 하나였지만, 베뚜스따에서는 그런 경쟁력을 가진 대여섯명 이외에는 아무도 두려워할 이유가 없었다. 방학 몇달 동안 그는 베뚜스따의 부유한 집안들과 귀족 집안들과 교류하고자 노력하며 시간을 보냈다. 빠꼬 베가야나와 막역한 사이가 되었고, 좀 거리가 있기는 했지만 베뚜스따에서 우아한 신사의 대명사인 그 유명한 메시아의 광채가 그에게도 어느정도 비쳤다. 빠꼬와 메시아가 매우 막역한 사이였고, 자기가 빠꼬를 친근하게 빠끼또라고 부르는 사이였기 때문에, 메시아도 그냥 이름으로 알바로라고 불렀다.

호아낀은 자신의 헛소리가 상당한 성공을 거두자 신이 나서, 판사 부인에게 향하는 존경과 감탄이 우스꽝스러운 것이라고 주장했다.

"아름다운, 매우 아름다운 여자입니다. 여러분이 원하신다면, 더 높이 날 수 있는…… 재주도 있습니다. 연기가 매우 뛰어나지요…… 여러분이 저에게 강요하신다면 판사 부인은 우수한 여자입니다. ─ 그런 여자들이 있다면 말입니다. ─ 하지만 결국에는 여자지요. et nihil humani[14]……"

그는 이 라틴어가 무슨 의미인지, 자기가 무슨 얘기를 하는지, 누구를 인용하는 건지도 알지 못했다. 하지만 인간의 약점을 얘기할 때면 늘 그 말을 사용했다.

회원들이 박장대소했다.

─────────────
14 라틴어로 '인간이 아니다'라는 뜻.

저 엉큼한 놈이 라틴어로도 악담할 줄 아네! 아버지는 아들에게 들인 희생이 더욱 뿌듯했다.

호아낀은 신이 난데다가 조금 전 마신 아니스 술로 약간 취기가 돌자, 뭔가 새로운 것을 얘기해 자신의 영예를 확고하게 구축해야 겠다고 생각했다. 그는 일어나 다리 한쪽을 쫙 펴고, 구두 뒤축을 짚고 빙그르 한바퀴 돌면서 노래를 불렀다. 그의 말대로 하자면 노래였다.

나에게 문을 열어주시오.
뒷문을……

"베뚜스따의 근심거리는 근절시켜야 합니다. 판사 부인! 그녀는 뼈와 살을 가진 인간이기를 포기할 것인가? 그런데 알바로는 뿌리칠 수 없을 정도로 늘 매력적이고……" 호아낀은 주변을 관찰하면서 시작한 춤을 멈췄다. 옆방에서 바닥이 울릴 정도로 발소리가 요란하게 들렸던 것이다.

"영국인이 저기 오는군." 호아낀이 혼잣말로 중얼거렸다. 그러고는 약간 창백해졌다.

실제로 론살이었다.

뻬뻬 론살은 — 이유는 모르지만 '나팔총'이라는 별명을 가졌다 — 그 주의 작은 마을인 뻬르누에세스 출신이었다. 부유한 목장주의 아들로 공부를 마칠 수 있었는데, 수도에서 어떻게 공부를 했는지는 차차 알게 될 것이다. 빈꿀레뻬가 뜨레시요에 빠졌듯이, 그는 어릴 때부터 몬떼에 빠져 한푼이라도 더 딸 욕심으로 방학 중에도 뻬르누에세스에 돌아가지 않았다. 결국 그는 학업을 마치지 못했다. 나팔총이 교회법과 민법에서 석사를 마칠 수 있도록 교수들이 아무리 좋게 봐주려 했어도 어쩔 수 없었다.

한번은 시험에서 이런 질문이 나왔다.

"여보게, 유언장이 뭔가?"

"유언장…… 말 그대로 죽은 사람들이 하는 거지요."

사람들은 그에게 나팔총 이외에도 '학생'이라는 별명을 붙였다. 아이러니를 가득 담아 부르는 거였지만 그 자신은 알지 못했다.

세월이 흘러 목장주가 세상을 하직하자 뻬뻬 론살은 '학생'을 그만두었다. 그는 땅을 팔아 수도로 이사하여 정치가가 되었다. 왜, 어쩌다가 그렇게 되었는지는 정확하게 알려지지 않았다.

그는 선거위원회에서 시작해 시청 일을 하다가 곧 시의원이 되었고, 그러다가 뻬르누에세스를 대표하는 주의원이 되었다. 그의 걸음걸이와 옷차림새, 심지어 인사하는 모습에서도 원래의 무식함을 완전히 떨쳐내지 못했다. 조금씩 나아지기는 했지만 베뚜스따에서 조금이라도 오래 산 사람은 그가 옛날에 얼마나 촌스러웠는지 기억했다. 왕정복고가 된 1875년 이후 론살은 이미 진취적인 기상을 가진 사람으로 통했고, 특정 장르의 사랑과 병역 관련 사업에서 운이 좋았다. 그는 전적으로 현직 실세들의 편이었다. 그는 우표와 동전에 등장하는 모델의 헤어스타일을 하고 다녔으며, 방탄을 두른 듯 아주 튼튼한 부츠를 신고 다녔다. 그렇게 하고 다니면 영국 귀족 분위기가 난다고 생각했던 것이다.

"나는 모든 면에서 영국식입니다, 특히 부츠에서는 말이죠." 그가 강조하며 말했다.

론살은 권력을 잡고 있는 사람들 중에서 가장 보수적인 정당에서 '활동했다'.

"나에게 쌕슨계 지역을 주시오. 그러면 나는 자유주의자가 될 겁니다." 그가 말했다.

나중에 그는 쌕슨계 지역이 아니라 이 이야기와 전혀 상관없는 다른 것을 받고 자유주의자가 되었다.

론살은 키가 크고 통통했으며 체격도 나쁘지 않았다. 머리가 작고 동그스름한 편으로 이마가 좁았다. 무표정한 눈은 거칠면서도 겁에 질린 것 같았으며, 원할 때가 아니라 움직일 수 있을 때 움직였다. 론살과 얘기하다 보면, 그리고 그가 엄청난 에너지와 열정을 발산하며 신이 나 헛소리하는 것을 보면, 그리고 그의 눈이 움직이지도 않고 무표정하게 산짐승처럼 두려움과 불신으로 가득 차 뚫어져라 바라볼 때면 소름이 돋았다.

피부는 까무잡잡했으며, 다리는 제법 쫙 뻗었다. 그가 시대를 앞선 게 있다면 바지를 매우 짧게 입고 다닌다는 거였다. 그는 날씨가 춥든 덥든, 자리가 적절하든 적절하지 않든 늘 장갑을 끼고 다녔다. 평소 그의 말에 의하면, 그에게 장갑은 지체 높은 세련된 도련님의 증표였다. 게다가 그는 손에 땀이 많았다.

그는 서민 냄새가 나는 것은 끔찍하게 혐오했다. 그에게 '공화주의자들'은 가공할 만한 적이었다. 한번은 프란시스꼬 성자의 날에 수위가 카지노의 발코니에 휘장을 걸지 않은 적이 있었다. 이미 위원회 멤버이었던 론살은 그 불쌍한 수위를 발코니로 내던지려고 했다.

"어르신!" 수위가 소리 질렀다. "오늘은 싼프란시스꼬 데 빠울라 날[15]입니다."

---

15 싼프란시스꼬 데 빠울라(San Francisco de Paula). 4월 2일에 치르는 종교 축제.

"그게 무슨 상관인데?" 나팔총이 격노해서 소리 질렀다. "빠울라는 무슨 빠울라! 싼프란시스꼬면 기념일을 축하해 휘장을 걸어야지."

그는 이런 게 제도를 섬기는 방식이라고 이해했다.

이런 공적과 함께 그는 조금씩 조금씩 사람들의 존중을 받았다.

사람들은 이제 그의 면전에서는 대놓고 비웃지 않았다. 그는 세상이란 겉모습을 중요시하고, 카지노에서는 목소리 크고 고집스럽고, 신문을 많이 읽는 사람이 학식이 높은 사람으로 통한다는 것을 이해할 정도로 영리했다. 그는 혼자 중얼거렸다.

이 학식이라는 것은 필요한 액세서리야. 나는 학식이 높은 사람이 될 거야. 다행히 나에게는 힘이 있어. 주먹이 아주 세거든. 그리고 고집으로는 아무도 나를 못 이기지. 게다가 나는 둥기둥처럼(당연히 돌기둥이다) 폐가 튼튼하고. 별다른 거 없이 『꼬레스뽄덴시아』 신문만 열심히 읽으면 나는 우리 주의 히포크라테스가 될 수 있을 거야.

히포크라테스란 플라톤의 스승을 말하는 거였다. 나팔총은 그 스승을 절대 소크라테스라고 부르지 않았고, 그럴 필요도 없었다.

그때부터 그는 신문, 그리고 바로 잠들지 않고 읽을 수 있는 유일한 책인 삐고르브룅[16]과 뽈 드 꼬끄[17]의 소설들을 읽었다. 그는 유식하게 들리는 대화를 경청했고, 특히 목소리를 높여 늘 우위를 차지하며 영향력을 행사하려고 노력했다.

---

16 삐고르브룅(Pigault-Lebrun, 1753~1835). 발자끄에게 영향을 줬으며, 중산층의 삶을 많이 그린 프랑스 소설가이자 극작가.

17 뽈 드 꼬끄(Paul de Kock, 1793~1871). 중산층과 보헤미안적 삶을 그린 프랑스 소설가이자 극작가.

상대방의 논리에 애를 먹으면 론살은 하느님의 것이라 말할 수 없는 공포, 즉 지팡이로 상대방 가슴을 휘둘러 문제를 해결하였다.

"나는 어떤 곳에서라도 이렇게 주장할 거요! 당신이 택한 어느 곳에서라도!"

그러면서 선택이란 표현을 대여섯번 반복하였고, 상대방은 비유와 지팡이에 신경을 쓸 수밖에 없고 결국 항복하였다.

그곳에서는 아주 중요하면서도 멀리 있는 주제를 놓고 토론을 벌여야 덜 위험하다는 것을 깨달았는데, 그래서 그가 택하는 게 외교정책이었다. 멀리 있는 나라일수록 더 열심히 토론했고, 그게 더 그의 입맛에 맞았다. 그럴 경우 위험은 지형적인 '오류'에 있었다. 그는 침략군을 지휘하는 장군들과 나라들을 자주 혼동했다. 한 불행했던 논쟁에서는 쎄바스또뽈[18] 장군의 존재를 부정하는 베도야 대위와 싸움판을 벌이기도 했다.

그는 또한 재주가 많다는 자신의 명성이 체스판에서 실력을 발휘하면 더욱 확고해질 거라고 믿었고, 그렇게 그는 이 게임에 더욱 많은 에너지를 쏟아부었다. 여러 회원들 앞에서 게임하다가 계속 지기만 하던 어느날 오후 그는 보병 자리를 여왕 자리로 바꾸면 살 수 있는 희망을 보았다.

"이건 여왕 자리로 갈 수 있어!" 그가 상대방의 눈을 노려보며 소리 질렀다.

"말도 안되지."

"뭐가 말도 안된다는 건가?"

그러자 상대방은 여왕 자리로 가야 하는 보병의 이동을 방해하

---

18 흑해에 면한 우끄라이나의 도시를 사람 이름으로 혼동한 론살의 무지를 비꼬고 있다.

는 패를 본능적으로 치웠다.

"여왕 자리로. 이건 개인적으로 처리하지." 나팔총은 주먹으로 가슴을 두드렸다.

그러자 상대방은 그가 무슨 짓을 할지 알 수 없어 다른 칸도 비워주었다.

이런 식으로 그는 매번 목숨을 걸고 보병을 여왕으로 바꿨고, 에너지 넘치는 뻬르누에세스 출신 의원은 게임을 이겼다.

7장

뻬뻬 론살은 이런 성격이 두드러졌고, 그래서 호아낀 오르가스는 꽤 무서워했다. 뻬르누에세스 주의원은 호아낀이 자신의 몰상식한 행동과 말투를 완벽하게 따라 하는 것을 알았다. 게다가 론살은 돈 알바로 메시아와 그를 칭찬하며 친하게 지내는 사람들을 싫어했다. 호아낀은 베가야나 후작 자제와 딱 붙어다니는 사이였고, 후작 자제는 돈 알바로와 절친한 사이였다.

"여러분, 안녕하십니까?" 론살이 모두들 둥그렇게 둘러앉아 있는 데로 와서 앉으며 말했다.

론살은 테이블에 장갑을 내려놓고 커피를 주문한 후 호아낀을 뚫어져라 쳐다보았다. 호아낀은 투명인간이 되었으면 하는 간절한 마음이었다.

"샌님, 누구 얘기를 하는 건가?" 주의원이 그다지 멋지지 않은 칠삭둥이의 허벅지를 손바닥으로 내리치며 물었다.

론살은 다리라면 자신있었다. 그는 사람들이 비교할 수 있도록 청년의 다리 옆으로 자기 다리를 쭉 폈다.

호아낀이 대답했다.

"아무도 아닙니다."

그러고는 그는 양어깨를 으쓱했다.

"아닌 것 같은데. 마드리드 물을 먹은 도련님들은 불쌍한 시골 사람들에 대해 늘 뭔가 할 말이 있거든."

"맞아, 사실 그렇습니다." 전직 시장이 말했다. "당신의 친구인 총대리신부가 오늘의 희생양이오."

론살의 표정이 심각해졌다.

"어이!" 그가 말했다. "에스뻬포르(나팔총의 프랑스어로는 '강한 정신'을 말하는 것이었다)도?"

"오늘까지 매우 존경받던 한 귀부인이 유혹을 내칠 것인가 받아들일 것인가를 놓고 얘기하고 있었습니다." 포하가 덧붙였다. "그리고 슬픔에 젖은 그녀의 마음이 페르민 신부의 도덕적 가르침으로 정신적인 위안을 얻을 수 있을지 없을지를 놓고 얘기하고 있었습니다…… 헤헤헤……"

론살은 알아듣지 못했다.

"뭐야, 쉽게 이야기해보라고."

호아낀이 도움을 청하며 자기 아버지를 바라보았다.

오르가스 씨가 용기를 내서 중얼거렸다.

"그러니까, 그렇게 요구한다는 것은……"

"네, 요구합니다. 개인적인 질문을 하는 겁니다!"

"하지만 당신이 요구하는 게 뭡니까?" 상대방이 강하게 나오자 호아낀이 용기를 쥐어짜며 물었다.

"내게 요구할 권리가 있는 것을 요구하는 바입니다. 그렇습니다. 내가 개인적인 질문을 하는 거라고 다시 말씀드립니다."

"하지만 무슨 질문 말입니까?"

"그것!"

호아낀이 사색이 되어 다시 양어깨를 으쓱했다. 그는 그곳에서는 전혀 이성적으로 얘기할 수 없음을 알았다. 론살의 거친 두 눈에서는 이미 불꽃이 튀고 있었다. 일이 복잡하게 꼬였으며, 자칫 논쟁에서 밀려날까봐 짜증이 났다.

"그렇소. 그 문제. 그리고 알아먹을 수 있도록 말하기 바라는 바이오!"

론살 역시 자기가 뭘 요구하는지 알지 못했다.

포하가 나서서 상황을 정리하려고 했다.

"론살 씨는 그 귀부인을 고민하도록 유혹한 사람이 자기인지 아닌지 설명해달라고 하는 겁니다."

"바로 그거요!" 론살이 대답했다. 사실 그는 그런 생각이 전혀 없었지만 그렇게 상상하는 게 은근히 기분 좋았다. 그러고는 덧붙였다. "그토록 존경받는 부인의 드높은 덕에 내가 흠집 낼 수 있다고 생각하는 분이 있는지 알고 싶은 거요……"

"하지만 누구 말입니까?"

"그분이오, 호아낀, 내가 말하는 그분. 아무도 나를 놀리면 안돼."

논쟁은 다시 뜨거워졌다. 어두운 구석에 앉아 있던 점잖은 노인들이 개입해야 할 정도였다. 상황이 심각해졌던 것이다. 모두 론살이 지나치게 화를 낸다고 생각했지만 그래도 만장일치로 그의 역성을 들어주었다. 론살이 아직 정확하게 상황을 파악하지 못했기 때문에 그들이 상황을 설명했다. 론살에 대한 얘기가 아니었다. 사람들은 총대리신부가 앞으로 도냐 아나 데 오소레스 데 낀따나르의 고해신부가 될 것인가를 최대한 신중하게 얘기하고 있었다. 정절이 드높은 그 유명한 부인이 한 남자의 함정으로부터 도망치고 있었던 것이다. 그리고 그 남자는 론살이 아니라……

"돈 알바로 메시아입니다." 호아낀이 끼어들었다.

"누구 말이라 해도 그건 거짓이오." 나팔총이 그 얘기를 듣고 매우 기분 나빠하며 말했다. "그 돈 후안 떼노리오에게 다른 문을 두드리라고 하시오. 판사 부인은 절대 난공불락의 요새니까. 그리고 그런 이야기를 공공장소에서 하는 사람은……"

"카지노는 공공장소가 아닙니다." 포하가 끼어들었다.

"친구끼리 믿고 하는 얘기입니다." 아버지 오르가스가 덧붙였다.

"그리고 돈 후안 떼노리오에 대한 말은 당신이 돈 알바로에게 직접 한번 해보시지요." 아들 오르가스는 기분을 거스르는 말이 뻬르누에세스 야만인의 이성을 잃게 할 경우 미리 도망칠 준비를 하며 문가에서 소리 질렀다.

그런 일은 벌어지지 않았다. 나팔총이 토마토처럼 얼굴을 붉히기는 했지만, 움직이지 않고 말했다.

"나는 메시아도, 구세주 메시아도 무섭지 않아! 그리고 내 입에서 나오는 말은 세상의 누구 면전에도 대놓고 할 수 있어. 'surbicesorbi'(론살식 라틴어로 '도시와 전세계를 향해'¹). 내가 보기에는 돈 알바로가 아침식사로 어린아이를 산 채로 잡아먹고, 여자들은 모두……" 그는 어두운 구석에 있던 사람들까지 깜짝 놀라게 할 끔찍한 말을 내뱉었다.

---

1 라틴어 'Urbi et Orbi'를 멋대로 쓰는 것을 비꼰 말. 'Urbi et Orbi'는 로마 안팎의 신도, 즉 전세계 신도를 의미한다. 교황의 교서 첫대목으로 자주 쓰이는 말이다.

"조용히 하십시오!" 호아낀이 문을 나가지 않은 채 목소리를 낮추며 감히 말했다.

"조용히 하기는! 누구도 그런 말 못해…… 자네!"

열정적인 론살의 피를 얼어붙게 할 정도로 쩌렁쩌렁한 웃음소리가 들려왔다. 의심의 여지 없이 돈 알바로의 웃음소리였다. 그는 옆방에서 도미노 게임을 하던 사람들과 얘기를 나누고 있었다. 빠꼬 베가야나와 돈 푸르또스 레돈도가 그와 함께 있었다. 그들이 론살이 있는 곳으로 다가왔다. 론살은 다시 의자에 앉아 커피를 홀쩍거리면서 커피가 식었다며 투덜거렸다. 그가 둥글게 모여 있던 사람들에게 눈짓을 보냈다. 자기가 너무 신중해 입을 다문다는 의미였다.

돈 알바로 메시아는 론살보다 훨씬 키가 크고 체격이 좋았다. 그는 빠리 스타일로 옷을 입었으며, 치수를 재러 직접 빠리까지 가곤 했다. 론살은 마드리드에 옷을 주문했으며, 한벌 당 세벌 가격을 지불하는데도 제대로 어울린 적이 한번도 없었다. 론살은 최신 유행에서 늘 한발 뒤처졌다. 돈 알바로는 마드리드와 외국을 많이 다녔다. 그는 베뚜스따 출신이지만 그곳 억양을 지니지 않았다. 론살은 완벽한 스페인어를 발음하려고 할 때마다 갈리시아 사람처럼 들렸다. 돈 알바로는 프랑스어와 이딸리아어, 그리고 약간의 영어를 구사했다. 뻬르누에세스 의원은 카지노 회장을 몹시 질투했다.

베뚜스따 사람으로 용기나 우아함, 여자 운, 정치적 평판에서 돈 알바로를 능가할 사람은 아무도 없었다. 나팔총은 자신의 완벽한 이상형인 돈 알바로보다 자기가 못하다는 사실을 인정해야 했다. 그의 환상 속에서는 카지노 회장이 완벽한 소설 주인공이고, 심지어 시의 주인공이기도 했다. 돈 알바로가 엘시드[2]보다 훨씬 용감하고, 수아보[3]보다 훨씬 무예에 출중했다. 론살이 보기에는 돈 알바로가 완벽한 인물이고, 그가 입는 옷이 옷의 영원한 모델과도 같았다. 뿌리칠 수 없는 매력을 발산하는 과감한 정복자라는 돈 알바로의 명성은 사실처럼 보였으며, 이 망나니 같은 세상에서 놀기 좋아하는 사람에게는 그것이 가장 부러운 재산이었다. 론살은 카지노 회장의 얼마 안되는 재산과 관련된 나쁜 소문들을 퍼트리는 데 전력을 기울이기는 했지만, 돈 알바로가 단돈 1센트라도 나쁘게 벌어들였을 거라고는 믿지 않았다.

론살은 왕당파 내에서 보수파이고, 알바로는 왕당파를 신봉하지만 정부체제를 존중하는 자유당의 베뚜스따 수장이었다. 돈 알바로는 모든 면에서 반대파였지만 늘 승자였다. 론살의 당이 주의 실권을 잡고 있고 그가 상임위원회 의원이었지만, 돈 알바로가 지방의회에 걸어들어오는 순간 론살은 그늘에 가렸다. 돈 알바로는 토박이도 아니고 아주 소수파였지만, 수위부터 시작해 의장까지 모두가 모자까지 벗어 인사를 건넸고, 여기저기서 그를 우대했다. 돈 알바로가 지지하는 시장치고 예산이 통과되지 않은 적이 없었고, 돈 알바로의 부하치고 죽을 정도로 아픈 사람도 없었고, 그가 손을 써서 헛되이 날아간 문서도 없었다.

---

2 중세 스페인의 명장으로 본명은 로드리고 디아스 데 비바르(Rodrigo Díaz de Vivar)이다. 시드(sid)는 아랍어로 군주라는 의미이다. 중세 기사(騎士) 이야기에서는 '승리자'(Campeador)라고도 불린다. 스페인의 국민영웅으로 그를 테마로 한 문학작품이 많다.

3 1859년 공연된 사르수엘라 「수아보」(El zuavo)의 남자주인공. 사르수엘라는 17세기에 귀족들의 여흥을 위해 시작된 악극으로 19세기 중엽에 더욱 발전하였다. 위트가 넘치고 풍자적인 민속음악과 춤, 즉흥연주들이 포함되며 주로 등장인물의 일상생활을 다뤘다.

그리고 그중 더 특별한 게 하나 있으니, 그건 메시아와 여자들 관계였다.

극장에서 모든 관객들이 무대에 집중하고 있을 때 한 관객, 즉 론살은 무대 옆 좌석에서부터 기품이 넘치는 돈 알바로만을 뚫어져라 바라보았다. 하얀 피부에 금발인 늠름한 모습을 수없이 바라보았다. 게다가 그의 회갈색 눈은 거의 항상 차가웠지만 여자에게 마법을 걸 정도로 이글거렸다. 반짝이는 와이셔츠 앞 장식, 또는 절대 모방할 수 없는 앞판(론살의 표현에 의하면)은 베뚜스따에서는 절대 나올 수 없었으며, 마드리드에서 맞춘 와이셔츠에서도 본 적이 없었다. 와이셔츠 앞 장식은 불빛이 나방을 잡아끌듯이 의원의 시선을 잡아끌었다. 론살은 자신의 적이 사랑에서 거두는 승리의 대부분이 그 앞판 때문이라고 굳게 믿었다.

론살의 와이셔츠 역시 앞판에서도 빛이 났지만, 센스 없이 단추를 여민 조끼와 판지 같은 넥타이 때문에 무용지물이었다. 론살은 다시 돈 알바로의 앞 장식을 보고 조끼를 풀었다. 론살은 돈 알바로를 주시했다. 그가 혐오하는 모델이 박수를 치면 그도 따라서 박수를 쳤다. 돈 알바로처럼 천천히 소리 내지 않고 쳤다. 돈 알바로는 특별석의 난간에 팔꿈치를 기대고 손깍지를 끼고 있었다. 그러고는 나팔총이 절대 따라 할 수 없는 특이한 동작으로 몸을 돌려 친구들과 얘기를 나누었다. 돈 알바로가 특별석과 일반석 위로 망원경을 돌리면, 론살도 치명적인 포탄이 장착된 대포의 움직임을 따라갔다. 심장 파괴자가 겨누는 여자는 정말이지 불쌍했다! 유부녀든 처녀든 돈 알바로가 겨눈 여자는 언젠가 사랑 때문에 죽거나 최소한 치욕 때문에라도 죽을 운명이었다.

론살은 베뚜스따의 돈 후안에게 희생된 여자들을 그 누구보다 잘 알았다. 그는 돈 알바로의 시선뿐만 아니라 발자국까지 감시했고, 그의 미소를 해석했다. 그리고 알바로가 여자에게 질릴 때까지 기다렸다가 거칠고 조잡한 론살식의 그물을 펼쳐 여자를 낚아챈 적이 한번 이상은 되었다.(론살은 그 사실을 고백하느니 차라리 죽음을 택할 것이다.)

돈 후안이 먹다가 남길 경우 대부분 후작 자제인 빠꼬 베가야나의 차지였다.

나팔총은 그걸 알면서도 아무에게도 얘기하지 않았다.

론살은 돈 알바로의 정복을 인정하지 않았다.

"이제 그는 늙었어." 론살이 자주 말했다. "그가 한참 젊었을 때인 1868년의 그 영광스러운 혁명으로 세상이 요지경이 됐을 때 …… 그때에 돈 알바로가 정사를 벌인 건 부정하지 않겠어 …… 하지만 오늘날 역사적인 순간에는 ― 뻬르누에세스 주의원은 이 말을 하면서 거들먹거렸다 ― 가문의 도덕성이 최고의 방패지."

이런 대화는 매일 반복되었다. 험담의 대상은 조금씩 바뀌었지만, 하는 말은 거의 바뀌지 않았고 결론도 전혀 바뀌지 않았다. 누가 언제, 무슨 말을 했는지도 알 정도였다.

돈 알바로는 자신의 등장으로 대화가 중단되었음을 눈치챘다. 그는 그런 일에 익숙했다. 뻬르누에세스 주의원이 자기를 얼마나 증오하는지, 그리고 그 증오와 함께 자기를 얼마나 찬양하는지도 알고 있었다. 돈 알바로는 론살의 증오가 재미있었으며, 필요하기도 했다. 자기가 영웅이라는 전설을 가장 열심히 선전하고 다니는 사람이 론살이었다. 그리고 그 전설은 많은 경우 상당히 유용했다. 돈 알바로는 또한 '학생'이 ― 돈 알바로는 론살을 여전히 그렇게 불렀다 ― 우스꽝스럽게도 자기를 따라 한다는 것도 알고 있었으며, 오목거울로 자기를 들여다보는 것 같아 론살을 관찰하는 게 재미있었다. 돈 알바로는 론살이 싫지 않았다. 어렵지 않은 일이라면 청탁도 들어줄 수 있었다. 돈 알바로는 론살 모르게 몇번 그에게 은혜를 베푼 적도 있었다.

사람들은 이제 판사 부인을 빗대지는 않았지만 다시 유부녀 얘기로 돌아갔다.

론살은 여느 날과 마찬가지로 왕정복고 덕분에 현재의 도덕성이 회복되었다는 일반적인 논리를 펼쳤다.

"자, 론살 씨, 도덕성이 강한 이러한 시기에는……" 시장이 평소처럼 약삭빠르게 말했다.

나팔총은 잠시 미소를 띠었지만 냉정을 되찾으며 얘기했다.

"저도 그렇지 않고, 누구도 그렇지 않습니다. 제 말 믿어주십시오, 여러분. 베뚜스따는 절대 나쁜 습관을 부추기지 않습니다. 모든 게 미덕이라는 말은 아닙니다. 하지만 가끔 미덕이 부족할 때가 있지요. 그리고 성직자들, 특히 대성당 성직자들의 건전한 영향력은 아주 중요합니다. 우리에게는 성자와 다름없는 주교님이 계시고, 총대리신부……"

"여보세요, 총대리신부라니요…… 그런 얘기 마십시오. 내가 입을 열면…… 여러분도 잘 알다시피……"

포하가 끼어들며 말했다.

"총대리신부는 우리가 말하는 것처럼 신비주의자가 아닙니다. 하지만 그렇다고 사랑을 좇으며 구걸하는 사람도 아니라고 봅니다." 돈 알바로가 모여 있던 사람들에게 처음으로 입을 열었다.

"그건 무슨 뜻입니까?" 호아낀 오르가스가 물었다.

포하가 그에게 설명했다.

총대리신부가 그런 사람인지 아닌지 설전이 벌어졌다. 론살과 아버지 오르가스, 후작 자제, 돈 알바로와 다른 네명은 아니라고 했고, 포하와 호아낀, 그리고 다른 두 사람은 그렇다는 의견이었다.

카지노 회장은 투표에서 이기자 진 사람들을 만족시켜주기 위해 '총대리신부의 진짜 죄는 성직매매'라고 공정하게 발표했다.

민법과 교회법 석사인 후작 자제는 이 어려운 단어의 뜻을 설명했다.

돈 알바로에 의하면 야망과 탐욕, 특히 탐욕이 총대리신부의 가장 큰 죄였다. 그것만 제외하면 학식이 높은 사람이었다. 어쩌면 베뚜스따에서 학식이 높은 유일한 사람일 수도 있었다. 비교할 수도 없이 주교보다 훨씬 나은 설교자였다.

"성자는 아닙니다." 돈 알바로가 덧붙였다. "하지만 도냐 옵둘리아나 비시따에 대한 거나 그런 문제는 전혀 믿을 게 없고 빠예스 가문과의 관계에 대해서도 중상모략이라 단언합니다. 저는 돈 마누엘과 진정으로 막역한 사이이고 그분의 따님 올비디또가 이만큼(반 야드) 컸을 때부터 잘 아는지라 자신있게 말할 수 있습니다."

(론살은 '문제'라는 단어를 메모했다. '질문'이라고 말하는 줄 알았던 것이다.)

"무슨 문제요?" 후작 자제가 물었다. 그는 그 때문에 그곳에 와 있었다.

"모르고 계셨습니까? 올비디또는 페르민 신부가 시키는 대로 한다는 말이 있습니다. 페르민 신부가 그녀를 수녀로 만들려고 하기 때문에, 그리고 돈 마누엘이 그것을 허락했기 때문에, 그녀가 결혼하지 않았고, 또 앞으로도 하지 않을 거라는 겁니다……"

"돈 알바로, 그것이 사실이라고 맹세합니다." 포하가 소리를 질렀다.

"그러면 총대리신부가 그 아이와 잔다는 얘기도 믿습니까?"

"그건 저도 모르는 일입니다."

"뭐 다른 건 아는 게 있소?" 론살이 말했다.

돈 알바로는 론살에 동의한다는 뜻으로 고개를 끄덕이며 미소를 보냈다.

"신사 여러분." 나팔총이 으쓱해져 덧붙였다. "이건 발칙한 얘기입니다. 여기서는 모든 것이 정치로 변질됩니다. 총대리신부는 모든 면에서 상당히 존경받을 만한 분입니다."

"괜한 참견 말고 가만히 계십시오."

"나도 입이 있습니다!"

"개가 짖는 줄 알았네."

잠시 정적이 흘렀다. 전직 시장은 호아낀 오르가스 같은 겁쟁이가 아니었다.

그런 비유는 피를 부르는 말이었다. 론살은 확신했다. 하지만 자유파 나부랭이에게 뭐라고 대답해야 할지 몰랐다.

마침내 론살이 입을 열었다.

"당신은 매우 무례하군요."

포하는 모욕할 줄도 알았지만 욕을 들었을 때 용서할 줄도 알았다. 그래서 그다지 기분 나빠하지 않았다.

"내 말은 증명할 수 있습니다." 포하가 대답했다. "총대리신부는 우리 주의 재앙입니다. 그는 주교를 바보 멍청이로 만들어놓고, 성직자들을 손아귀에 쥐고 흔듭니다. 그는 총대리신부직을 수행한 지난 5, 6년 동안 백만장자가 되었습니다. 교구법원은 교회의 재판소가 아니라 '똘레도 산적들의 출장소'[4]입니다. 그리고 고해실에 대해서는 아무 말도 하고 싶지 않습니다. 빠울리나회에 대해서도 마찬가지입니다. 그리고 '교리문답' 단체의 여자아이들은…… 쉬! 차라리 아무 말도 하지 않는 게 낫습니다. 그리고 성모회 같은 여자들 단체에 대해서는…… 다른 얘기로 넘어갑시다. 결국 그는 미꾸라지 같은 인간입니다. 이게 사실입니다. 완벽한 사실이지요. 스페인에서 반쪽짜리 자유정부라도 들어서는 날이면, 그 인간은 양다리 사이로 신부복을 감추고 여기를 빠져나갈 것입니다. 내 장담하지요."

전직 시장은 성직자를 박해할 것이냐 아니냐라는 식으로 자유를 이해했다. 성직자 추방, 시장의 자유가 핵심이었다. 시장의 자유는 이자율의 자유를 의미했다. 포하는 교권 반대자라기보다 고리대금업자에 가까웠다.

포하는 좋게 말하지는 않았지만, 그렇다 해서 드러내놓고 신부들을 모욕한 적은 없었다. 그래서 그 말이 놀라움을 자아냈다.

교활하고, 감언이설 잘하고, 늘 경계를 늦추지 않는 사람이 어떻게 그렇게 흥분할 수 있을까? 그런 적이 없었다. 그는 매우 침착했다. 그는 자기 역할이 무엇인지 잘 알고 있었다. 그의 목적은 돈 알바로를 기분 좋게 하는 거였고, 그 이유는 그가 잘 알았다. 카지노 회장 돈 알바로가 페르민 신부를 두둔하는 것 같아도 실제로는 눈곱만큼도 내켜하지 않는다는 것을 포하는 잘 알고 있었다.

"포하 씨." 돈 알바로는 모든 사람들이 자기 말을 기다리고 있다고 확신하며 대답했다. "당신의 말씀에는 예상 외로 약간의 과장이 들어 있군요."

---

4 똘레도의 산은 험준하고 가팔라 예전부터 산적이나 게릴라들의 은신처이자 자금 공급처로 유명했다.

"대중의 목소리……"

"대중은 어리석습니다." 론살이 소리 질렀다. "대중이 우리 예수 그리스도를 십자가에 매달았습니다. 그리고 대중이 히포크라테스 에게 독이 든 당근을 주었습니다."

"소크라테스였겠지요." 돈 알바로가 앞에 있어 든든해진 호아낀 이 론살의 말을 정정하며 복수했다.

"대중이 루이 16세를 죽였습니다." 론살은 아랑곳하지 않고 계속했다.

"안녕히 계십시오! 드디어 싸움이 시작되었군요." 포하가 끼어들었다.

그러고는 모자를 집어들며 덧붙였다.

"여러분, 안녕히 계십시오! 똑똑하신 분들이 말씀하시는 곳에서 우리같이 무식한 사람들은 필요가 없지요."

그는 문 쪽으로 다가갔다.

"참, 똑똑하신 분들 얘기가 나왔으니 하는 말인데." 그때까지 아무 말도 하지 않고 있던 중남미 사람인 돈 프루또스 레돈도가 말했다. "론살 씨, 나 당신하고 내기한 게 있는데…… 당신도 기억할 겁니다…… 그 단어 말입니다."

"뭐요?"

"귀리요. 당신은 귀리를 뜻하는 Avena가 'h'로 시작한다고 했지요……"[5]

"나는 내가 한 말을 계속 지지합니다. 그리고 그건 개인적인 문제이고."

---

[5] 스페인어에서 'h'는 묵음으로 발음하지 않는다. 철자를 잘 모르면서 우기는 론살을 풍자하기 위한 에피소드.

"아니오, 아니. 괜히 얼버무리지 마십시오. 당신이 까요스⁶를 내기에 걸었잖소……"

"내기를 걸었소."

"좋소. 자! 저기 도서관에 있는 사전을 가져오라고 하십시오."

"사전 가지고 오시오!"

한 직원이 사전을 가져왔다. 이렇게 사전을 찾는 일은 자주 있었다.

"당신이 먼저 'h'를 찾아보시오." 론살이 천둥과 같은 목소리로 호아낀에게 말했다. 호아낀은 주의원의 코를 납작하게 해주는 일이라 흔쾌히 나섰다.

돈 프루또스는 장밋빛 미래를 보았다. 워낙 돈이 많아 이기기만 한다면 백만 뻬소라도 내놓을 수 있었다. 이제 누가 더 멍청한지 판가름 날 판이었다. 그는 만족스럽게 웃으며 모든 사람들에게 윙크하며 양손을 문질렀다.

"자, 까요스를 먹어볼까! 까요스를 먹어보자고!"

호아낀이 심각하게 'h'로 귀리를 찾았다. 나타나지 않았다.

"귀리(avena)의 'v'를 'b'로 찾은 거 아니오? 'v'로 찾아보시오."

"론살 씨, 아무 데도 나오지 않는데요."

"그러면 'h' 없이 찾아보시지요." 돈 프루또스가 탄성을 질렀다. 그는 승리의 순간에 근엄한 표정을 짓고자 벌써 꽤 진지해져 있었다.

론살이 토마토처럼 얼굴을 붉혔다. 그는 한눈파는 척하고 있는 돈 알바로를 바라보았다.

마침내 나팔총이 모든 걸 걸고 일어나, 호아낀의 손에서 사전을 거칠게 빼앗아들었다. 호아낀은 나팔총이 사전으로 자기 머리를

---

6 callos. 스페인의 대표적인 서민 음식으로 콩과 돼지비계, 소시지의 일종인 초리소와 각종 야채를 넣어 끓인 스튜.

내리치려는 줄 알았다. 아니었다. 그는 사전을 소파 위로 내동댕이 치며 소리 질렀다.

"여러분, 이 책에 뭐라고 쓰여 있든지 상관없습니다. 나는 명예 를 걸고 확신합니다. 우리 집 사전에는 'h'로 시작합니다."

돈 프루또스가 항의하려고 했지만 론살이 시간을 주지 않고 덧 붙였다.

"그 말을 믿지 않는 사람은 나에게 거짓말하지 말라고 꾸짖으십 시오. 내 명예를 의심하고, 내 얼굴에 장갑을 내던지십시오. 그러 면…… 나는 언제든지 준비되어 있습니다. 여러분도 이럴 경우 어 떻게 해결할지 잘 아시겠지요."

돈 프루또스가 입을 열었다.

포하가 문에서부터 감히 말을 했다.

"론살 씨, 레돈도 씨나 그 누구도 당신의 말을 감히 의심하지 못 할 거라고 봅니다. 당신에게 귀리가 'h'로 시작하는 사전이 있다면 그렇겠지요. 그 사전이 어떤 것인지 궁금합니다만…… 모범 사전 일 것 같군요……"

"네, 정부가 편찬한 사전이지요."

"그렇다면 그게 맞겠군요. 당신의 말이 옳아요. 돈 프루또스가 아베나(avena)와 자신의 재산을 이룬 아바나(Habana)를 혼동하셨 나 봅니다."

돈 프루또스는 수긍하는 척했다. 그는 공고라와 귀리에 얽힌 재 미있는 일화[7]를 떠올리며 자기가 진 척했다.

"여러분, 이제 이 문제는 더 얘기하지 맙시다. 내가 까요스 요리

---

7 17세기 대표 시인 공고라(Luis de Góngora y Argote)가 은그릇에 맛없는 귀리를 담아 보낸 귀족을 비웃기 위해 귀리는 먹지 않고 은그릇만 받아 챙겼다는 일화.

를 내겠습니다."

돈 프루또스는 그곳에서 거의 항상 자기가 제일 무식한 사람으로 통했는데, 론살이 농담의 표적이 된 게 매우 만족스러웠다.

그날밤 그곳에 있던 사람들 모두 돈 프루또스가 내는 저녁을 먹기로 했다. 절약을 사랑하는 사람의 이상한 돈 씀씀이였다! 론살은 자기가 또 다시 기싸움에서 이겼다고 믿었다. 그것도 돈 알바로가 보는 앞에서! 론살은 저녁식사 초대와 승자의 역할을 받아들였다. 물론 그의 집에 사전은 없었다. 하지만 포하가 그렇게 말하니……

비가 멈췄다. 저녁에 다시 만나기로 하고, 모임은 일단 해산되었다. 오르가스 부친을 제외하면 다들 밤샘꾼들이었다.

저녁은 늦은 시간에 먹기로 했다. 돈 알바로가 몹시 바쁜데도 불구하고 참석하기로 했다.

론살은 그 말이 얼마나 부러웠던가! 다른 사람들 역시 '바쁜데도 불구하고'라는 말을 자기와 똑같이 해석한다고 믿었다. 그것은 '사랑하는 사람과의 데이트'였다. '어쩌면 판사 부인과!' 뻬르누에세스 의원은 그렇게 생각했다. 그러고는 그들을 감시하겠노라고 다짐했다.

돈 알바로 메시아, 빠꼬 베가야나, 호아낀 오르가스가 함께 밖으로 나갔다. 후작 자제는 돈 알바로가 호아낀을 거북해하는 것을 눈치챘다.

"이봐요, 호아낀, 지금 생각났는데, 당신은 그 일 모르시오?"

"무슨 일이오?"

"당신에게 무시무시한 라이벌이 있다는 거요."

"어떤…… 일에서요?"

"당신 말이 맞아요. 당신이 많은 일을 벌이고 있다는 거 깜빡했군요…… 옵둘리아 얘기인데."

"여보게, 여보게." 돈 알바로가 완전히 안타까운 표정으로 미소를 지으며 말했다. "그러니까 자네가 그 미망인에게 포위망을 좁혀 가고 있는 건가?"

"그렇습니다." 빠꼬가 말했다. "그게…… 「위대한 비엔나의 포위」[8]지요."

원체 뻔뻔한 호아낀도 약간 민망해했다. 의기양양하면서도 당혹스러운 표정이었다. 그는 옵둘리아의 얘기를 듣고 돈 알바로가 그녀의 애인이었다는 사실을 확실히 알고 있었다. 그 여자의 말에 의하면 '유일한 남자였다!' 하지만 호아낀은 빠꼬가 그 사랑을 물려받았을지도 모른다고 의심했다. 물론 옵둘리아는 절대 아니라고 맹세했다.

"그렇다면 당신의 라이벌은 백명이나 되는 왕들의 후손인 돈 사뚜르니노 베르무데스입니다. 당신도 알다시피 내 사촌이지요. 그에 따르면…… 어제 대성당에서 스캔들이 있었습니다. 팔로모가 빗자루로 거의 그들을 쫓아낼 뻔했다더군요. 당신은 옵둘리아가 탄광에서만 데이트를 즐기는 줄 아십니까? 궁전이랑 성당에서도……"

Pauperum tabernas, regumque turres[9]

호아낀이 불쾌한 기색을 감추며 물었다.

---

8 레안드로 페르난데스 데 모라띤(Leandro Fernández de Moratín)의 『새로운 희극』 (*La comedia nueva*, 1792)의 등장인물인 엘레우떼리오 끄리스삔 데 안도라가 집 필해 무대에 올린 연극의 제목.

9 "창백한 죽음의 발길은 가난한 사람들의 움막집이나 왕자들의 탑에도 똑같이 이른다." 호라티우스 『송가들』(*Odas*) I, 4, 13~14행의 일부.

"하지만 어떻게 이 모든 사실을 알고 계십니까?"

"아주 간단하지. 시골 귀족의 부인이…… 당신도 그 사람이 누군 지 알지요?"

"그럼." 돈 알바로가 말했다. "빨로마레스에서 온 부인……"

"그분이 옵둘리아와 함께 대성당에 갔는데, 고고학자가 동행했 다더군요. 그리고 그들이 제의방이랑 성물보관소, 지하경당 사방 에서 서로 껴안고…… 난리도 아니었답니다…… 그 부인이 제 어 머니에게 그 얘기를 전했고, 우리 어머니는 너무 웃느라 돌아가실 뻔했습니다. 그 시골 부인은 노발대발이었지요…… 오늘 어머니는 그냥 재미로(우리 불쌍한 어머니가 이런 일들을 얼마나 좋아하시 는지 당신도 잘 알지요) 우리 집에서 옵둘리아와 베르무데스를 함 께 만나려고 했습니다. 어머니는 어제 일을 언급하며, 그들이 어떤 표정을 지을지 보고 싶으셨던 거지요. 어머니가 옵둘리아를 불렀 지만, 그녀는 오후에 비시따의 집에서 간식으로 먹을 엠빠나다를 만들기로 해서 못 온다고 하더군요…… 당신도 잘 알잖아요. 비시 따의 집에서 모임이 있다는 거……"

"나도 알아요."

"그러니까 그곳에 그녀들이 있다는 거네요…… 두 팔을 활짝 벌 리고…… 그리고 당신도 잘 알잖습니까…… 그러니까, 다 된 밥이 지요."

"나도 인정합니다. 그런 상황에서는 미망인이 좀 섹시하지요. 이 사람 집에서 그녀를 본 적이 있었소. 커다란 흰색 앞치마를 두르고, 몸에 딱 달라붙는 치마를 입고 있었지요. 종아리는 약간 드러났고, 양팔은 모두 훤하게 보였어요…… 발그스름한 게 자극적이었지 요……" 돈 알바로가 말했다.

샌님이 침을 삼켰다.

"야한 여자입니다." 그가 참지 못하고 말했다. "그런데 그 사람은요?" 덧붙였다.

"누구?"

"그 잘난 척하는 남자……"

"아! 베르무데스? 그 역시 집에 오지 않았어요. 늘 그러듯 그는 향수를 뿌린 편지에 매우 깍듯하게 답장을 보내왔지요. 제의방의 꼬꼬떼[10]처럼요……"

"뭐라고 답장했습니까?"

"아파 누워 있는데, 어머니가 잘 알고 있는 변비에 효과있는 요리의 레시피를 보내달라는 내용이었지요. 소화기관에 그런 불상사만 없다면 당신에게서 그녀를 뺏을 수 있을 텐데 말입니다. 그러면 불쌍한 베르무데스가 무지 행복해할 텐데."

호아낀은 몇분 더 농담한 후 작별인사를 고했다.

"불쌍한 악마 같으니!" 돈 알바로가 말했다.

"얼마나 골치 아프고 끈질긴 작자인데요."

그들은 아무 말도 하지 않았다. 빠꼬는 가끔 돈 알바로를 곁눈질로 훔쳐보았다. 친구가 생각에 잠겨 있었다. 절친한 친구 사이에 믿고 털어놓을 수 있는 흥미로운 이야기가 곧 뒤따를 거라는 전조를 알리는 침묵이었다.

그들의 우정은 아버지를 존경하고 믿고 따르며 동무처럼 생각하는 아들과 젊은 아버지의 관계 같았다. 하지만 그외에도 빠꼬는 돈 알바로를 영웅처럼 생각했다. 빠꼬에게는 베뚜스따에서 가장

---

10 cocotte. 프랑스어로 '행실이 나쁜 여자'나 '정부' '창녀'를 뜻한다.

부러워하는 작위의 후계자인 것도, 멋진 외모도, 여자들이 많은 것도 소용없었다. 돈 알바로와 속을 터놓을 정도로 친한 사이라는 게 가장 자랑스러웠다. 카지노 회장은 마흔살이 약간 넘었고, 미래의 후작은 스물다섯에서 스물여섯 정도였다. 빠꼬가 생각과 취향에서 자신의 우상을 따라 하려고 했기 때문에, 그들은 나이 차이가 많이 나는데도 서로 잘 통했으며 취향과 생각도 비슷했다. 돈 알바로가 그러한 빠꼬의 노력을 보고는 그렇게 따라 하는 게 오히려 우스꽝스럽고 유치할 수 있다고 조심스럽게 충고한 후 빠꼬는 옷 입는 것이나 매너는 돈 알바로를 따라 하지 않았다. 돈 알바로는 나팔총을 비웃으며 빠꼬를 단념시켰다. 빠꼬는 그런 목적에 적합하게 본능적으로 우아한 제대로 된 취향을 지녔다. 후작 자제는 원래 옷을 잘 입었다. 그는 마드리드의 재단사가 어떻게 유행을 이해하느냐에 따라 옷을 입었다. 재단사는 후작 자제를 제대로 모셨으며, 똑똑하고 재능이 많은 사람답게 그를 돌봤다. 재단사는 빠꼬가 옷을 지나치게 꽉 끼지도 너무 헐렁하지도 않게, 그리고 깃 끝을 과하게 세우거나 모자챙을 지나치게 꺾지 않도록 신경 썼다.

빠꼬는 평범하게 보이지 않도록 자기만의 의상 스타일을 가지려고 노력했다. 그는 베뚜스따의 재단사들을 믿지 않았으며, 바지 끈 한개도 자기 고장에서는 구매하지 않았다. 거기서는 재단사라 할 만한 이가 없었다. 그는 여름에는 흰색 모자에 밝은색 조끼와 넥타이를 선호했다. 옷을 잘 입는다는 것의 본질은 정결함과 단정함에 있는데, 자칫하면 지나치게 평범해 보일 위험이 따르기도 했다. 그는 피부가 깨끗하고 혈통이 좋은데다가 건강이 확실히 좋아하얀 피부가 불그스름하기는 했지만 결코 여성스럽지는 않았다. 여자들은 치아를 포함한 그의 입과 손, 발을 특히 칭찬했다. 남자들이 매력을 잃기 쉬운 부분에서도 순전히 도덕적 의무감에서 그렇게 했고, 꽤 성과를 거두었고, 그런 사실에 작지 않은 자부심을 느꼈다. 그는 정정당당하게 얻은 여자들은 차갑게 대하는 반면, 돈 드는 여자들에게는 계속 눈길을 주고 정까지 줬다. 그가 좋아하는 문학은 뒤푸르[11]의 『매춘의 역사』와 『춘희』,[12] 그리고 타락한 여자를 찬양하는 요소가 다분한 아류작뿐이었다. 그는 베르무데스가 창녀라고 부르는 여자들의 착한 마음과 상류층의 절대적인 타락을 확실하게 믿었다. 야만인들이 다시 들고 일어나지 않으면 조만간 세상이 썩어 문드러질 거라고 확신했다. 그는 그러한 상황을 안타까워하면서도 매우 재미있어했다.

게다가 빠꼬는 제대로 된 유부남은 젊어서 모험을 많이 즐겨야 한다는 주의였다. 그는 정숙한 만큼 삐쩍 마른 상속녀와 짝이 맺어질 운명이었다. 그래서 그는 훌륭한 남편이 될 준비를 위해 몇년 동안 자유를 달라는 조건을 청혼 전에 붙였다.

그가 고민하며 돈 알바로에게 의논하려고 한 것이 바로 이런 내용이었다.

"다 늙은 아내를 품에 안지 않으려면 빨리 결혼해야 하는 겁니까? 아니면 늙은 아내를 맞이하고, 좀더 많은 시간을 자유롭게 보내며 다른 젊은 여인들을 즐기는 게 낫습니까?"

물론 그는 결혼한다고 해서 불륜을 멀리할 생각은 아니었다. 하지만 편리함은? 범죄자처럼 숨어서 도망다니는 것은?

----

11 뒤푸르(Pierre Dufour)는 프랑스 작가인 뽈 라크루아(Paul Lacroix, 1806~84)의 예명.

12 알렉상드르 뒤마(Alexandre Dumas, 1824~95)의 소설. 작가는 『삼총사』『몬떼끄리스또 백작』으로 유명한 대(大)뒤마 알렉상드르 뒤마의 아들. 뒤마 피스(fils)라고도 한다.

훌륭한 남편이 되기 위해 계속 준비만 하는 게 훨씬 나았다.

돈 알바로를 제외하면 후작 자제만큼 운좋은 바람둥이는 많지 않았다. 오만함이 정복 활동에 큰 도움이 되었다. 미래의 베가야나 후작이라는 타이틀에 적잖은 여자들이 무릎을 꿇었던 것이다. 하지만 가끔은 부드럽고 사랑을 가득 담은 푸른 눈으로 여자들을 정복하기도 했고, 그는 이 방법을 선호했다.

"제대로 즐기려면 3,40대 여자가 좋아. 그 나이 때가 경험도 많고 제대로 알지. 그리고 남자를 그 자체로 좋아하고." 빠꼬가 말했다.

부유하고 우아한 귀부인이 거의 새 것과 다름없는 옷들을 하녀에게 물려주듯이, 돈 알바로가 개시도 하지 않은 여자들을 빠꼬의 품에 안겨준 게 한번 이상은 되었다. 그리고 빠꼬는 상대가 돈 알바로인 만큼 흔쾌히 여자들을 받아들였다. 그 정도로 빠꼬는 돈 알바로를 존경했다.

빠꼬는 키가 중간 정도인데도, 돈 알바로의 팔을 잡으면 작아 보였다. 돈 알바로가 뻬르누에세스 의원보다 훨씬 키가 컸다.

"우리 어디로 가는 겁니까?" 빠꼬가 은근히 기대하고 있는 비밀을 털어놓기를 재촉하며 물었다.

돈 알바로가 어깨를 으쓱했다.

"그녀가 우리 집에 와 있을 수도 있어요."

"누구 말인가?"

"아나."

돈 알바로가 아버지처럼 다정하게 빠꼬를 바라보며 미소지었다.

그가 빠꼬의 어깨를 잡아 자기 쪽으로 잡아끌며 말했다.

"빠꼬, 자네는 정말이지 앙팡 떼리블일세! 솔직하기는! 하지만 누가 자네에게 그런 얘기를 했나?"

"이것들이오."

빠꼬가 손가락 두개를 자신의 양 눈 위로 얹었다.

"자네가 뭘 봤는데? 그럴 리가 없네. 나는 경솔하게 굴지 않았다고 확신하네."

"그럼 그녀는요?"

"그녀는…… 내가 좋아한다는 걸 그녀도 알고 있는지는 확실하지 않네."

"나는 확실한데…… 확신 이상이에요. 나는 그녀도 당신을 좋아한다고 확신해요."

돈 알바로의 한쪽 손이 빠꼬의 어깨 위에서 가볍게 떨렸다.

후작 자제는 그 손길을 느끼며 친구의 얼굴에서 기쁨을 숨기기 위해 안간힘을 쓰는 노력을 보았다. 멋쟁이의 차가운 눈에서 빛이 났던 것이다. 돈 알바로는 들뜬 감정을 숨기기 위해 담배를 빨다가 얼른 연기를 내뱉었다.

그들은 침묵을 지키며 몇발짝을 걸었다.

"자네는…… 그녀에게서 뭘 보았나?"

"저런, 저런…… 관심을 보이는 것 같던데요?"

"그랬단 말이지! 그래서 자네가 보기에는 어떤 점에서 관심을 보이는 것 같던가?"

빠꼬가 몸을 돌려 돈 알바로를 바라보았다.

돈 알바로는 장난기 가득하면서도 진지한 표정으로 심장을 가리켰다.

"치!" 빠꼬가 입술을 삐죽이며 말했다.

"안 믿는 건가?"

"아니라고 봅니다."

"어리석게 굴지 말게. 자네는 사랑에 빠질 가능성을 믿지 않나?"

"내가 워낙 쉽게 사랑에 빠져서요……"

"그런 거 말고."

"그럼 얼굴을 붉히세요?"

"응. 창피하군. 뭘 원하는 건가? 늙어서 그런가 보네."

"말해봐요! 자, 어떤 느낌인데요?"

돈 알바로는 자신의 느낌을 빠꼬에게 설명했다. 그는 후작 자제와 비슷하게 교육 받고 비슷한 정서를 가진 여자들을 속이듯 빠꼬를 속였다. 빠꼬의 환상과 습관, 약간 변태스러운 도덕성이 그의 영혼을 여성스럽게 만들었다. 모자라는 것 없이 여유있고 풍요롭게 자라 성격 좋고 치아가 고른 수많은 유부녀와 처녀 들이 빠꼬와 비슷했다.

빠꼬는 여자들처럼 애매한 감상주의에 빠지는 위인이었다. 예민한 감성을 마치 덕목처럼 받아들였다. 하지만 귀족부인들 사이에서는 이러한 덕목은 특권적 도덕률에 따라 적용되었기 때문에 마음에 안 드는 엄한 평민들의 도덕관보다 훨씬 덜 엄격했다. 그런 것을 많이 생각해보지 않았고, 더 확실히 말하면 전혀 생각해본 적이 없는 빠꼬는 여전히 순수하고 위대한 사랑을 기다렸다. 소설과 연극에 등장하는 사랑 말이다. 그런 사랑을 찾는다는 게 우스운 일이고 그런 주제가 회의적이란 걸 알고 있었지만 그도 모르는 마음속 깊은 곳에서는 평소 여자를 밝히는 것보다 나은 것, 육체적 만족이나 허영을 넘어서 좀더 진지한 뭔가를 찾고 있었다. 이 모든 게 표면에 드러나려면, 그리고 빠꼬가 그것을 깨달으려면, 자신의 환상보다 훨씬 더 강력한 환상이 그의 뇌를 자극해야 했다. 돈 알바로의 유창한 언변, 즉 넌지시 암시하는 듯하면서도 콕 찌르는 말이 가장 적당한 자극제였다. 거리와 광장들을 돌아다 닌 15분 동안, 돈 알바로는 정량[13] 사랑이라는 표현하기 힘든 뭔가 를 빠꼬에게 경험시켰다. 후작 자제에게는 그런 사랑이 가장 이상 적인 사랑이었다.

"그래. 완전히 순수해. 그녀가 유부녀인 것은 사실이지. 하지만 이상적인 사랑, 품위있고 선택된 영혼들의 사랑은 그 어떤 것에도 얽매이지 않네. 빠리에서도, 마드리드에서도 거리낌없이 유부녀들 을 사랑하잖아. 이 점에 있어서는 순수한 사랑과 보통 사랑이 별반 차이가 없지."

베뚜스따의 왕당파 자유당 지도자로서는 자기가 섬세하면서도 복잡하게 사랑한다고 빠꼬에게 믿음을 주는 게 매우 중요했다. 그 가 지닌 열정이 순수하고 강렬하다는 것을 빠꼬가 믿게 된다면 적 지 않은 도움이 될 게 분명했다. 베가야나 집안과 판사 부인의 우 정은 매우 돈독했다. 빠꼬는 친하게 지내는 아나에게 사랑에 대해 서는 단 한마디도 하지 않았고, 판사 부인은 그를 매우 존중했다. 아나는 빠꼬에게 속마음을 거의 털어놓지 않았지만, 그나마 다른 사람들보다는 많이 이야기하는 편이었다. 게다가 후작의 저택에서 는 아나를 자주 만날 수 있었다. 다른 집에서는 거의 불가능한 일 이었다. 돈 알바로가 뭔가를 얻고자 한다면 빠꼬 없이는 불가능했 다. 아나가 돈 알바로와 단둘이 얘기하는 걸 허락한다고 가정할 경 우 어디서 그럴 수 있겠는가? 판사 부인의 집? 그건 불가능하다고 돈 후안은 생각했다. 이미 확실한 배신이며 여자들은 그것을 더욱 두려워했다. 판사 부인은 그런 복잡한 일은 절대 허락하지 않을 것

---

13 당시 약학 분야에서 적용한 정량(定量) 사용법을 차용하여 풍자한 말이다.

이다. 최소한 처음에는 그럴 것이다. 빠꼬의 집은 중립지역이었다. 제대로 포위망을 치고 진행상황을 지켜보는 데 가장 적합한 장소였다. 돈 알바로는 오랜 경험을 통해 잘 알고 있었다. 그는 베가야나의 저택에서 가장 영웅적인 사랑의 승리들을 거둬들였다. 베뚜스따 전체가 예외라고 생각하는 아나 오소레스였지만, 그의 자존심은 그녀에게만 예외를 둘 수 없다고 권고했다.

베가야나의 저택에서 승리를 거두고 싶은 이유가 바로 여기에 있었다. 모든 사람이 볼 수 있도록.

'노란 살롱'에서 성사되어야 했다. 그 유명한 '노란 살롱'에서 말이다. 베뚜스따가 이런 일을 어떻게 알겠는가? 판사 부인도 다른 여자들과 똑같은 여자이다. 그런데 왜 사람들은 그녀가 난공불락이라고 확언하는 걸까? 그녀라고 심장에 무슨 철판을 두른 것인가? 그 여자라고 무슨 특이하고 기적적인 약을 발라서 나약한 육신을 무적으로 만든 건가? 돈 알바로는 여자의 완벽한 순결을 믿지 않았다. 그는 모두가 인정하는 자신의 우월함이 이런 믿음에 기초한다고 생각했다. 그런 멋진 남자는 뿌리치려야 뿌리칠 수 없었다. 그리고 자신은 의심의 여지없이 멋있다.

나는 내 자신을 믿어, 여자는 믿지 않아. 그의 좌우명이었다.

베뚜스따 사람들에게 판사 부인의 정조는 미신과도 같은 존경대상이었다. 돈 알바로도 그 사실을 잘 알고 있었다. 그래서 그의 욕망은 더욱 자극받고, 더욱 집요해졌다. 그가 빠꼬에게 말하는 사랑까지는 아니더라도 어느정도는 진심이라 할 수 있었다.

무엇보다 그는 정치적인 사람이었다. 개인의 이익을 위해 사랑과 다른 감정들을 이용할 줄 아는 정치적인 남자였다. 이것이 6년 훨씬 전부터 그가 지켜온 철칙이었다. 전에는 정복을 위해 정복했다. 그런데 지금은 계산과 명분을 갖고 정복했다. 뭔가를 위해, 그리고 뭔가를 얻기 위해. 그리고 바로 그 순간 돈 알바로는 빨로마레스 온천에서 만난 한 정치인의 아내가 꽤 큰 비중을 차지하고 있는 엄청난 일을 계획하고 있었다. 그것은 또다른 요새였다. 폭탄이 터져도 끄떡없는 요새였다. 위대한 세계의 요새였다. 이제 그 요새에 지하갱도를 파기 시작했다. 엄청난 계획이었다! 그는 좋은 성과를 기대하고 있었지만 절대 서두르지 않았다. 어려운 일일수록 절대 서두르지 않는 법이다. 알렉산더 대왕 못지않은 훌륭한 정복자, 씩씩한 시골 처녀의 정조를 두시간 구애한 끝에 무너뜨린 사람, 어느날 밤 즉석에서 돈 후안이 되어 신부의 방을 차지하는 바람에 결혼식을 무산시킨 사람, 그런 그도 진지한 경우에는 플라토닉하게 사랑하는 수줍음 많은 남학생의 인내심을 갖고 처신하기도 했다. 그리고 이런 방법으로만 정복할 수 있는 여자들도 있었다. 비밀을 확실하게 보장하면서 급습을 노릴 수 있는 기회가 많지 않은 경우인데도 항복까지 걸리는 시간이 상당히 단축된 경우도 있었다. 마드리드의 귀부인은 몇년 동안 정성을 들여야 하는 여자였다. 하지만 이 경우 승리를 거두게 되면 그의 이력에는 분명히 큰 도움이 되고, 정치적인 남자인 돈 알바로에게는 매우 중요한 일이었다. 이제 베뚜스따에서는 그가 판사 부인을 주시하느냐, 하지 않느냐를 놓고 말이 나오기 시작했다. 그 자신에게 그 사실을 솔직히 털어놓기도 부끄러웠다! 그녀를 사랑한다고 티 낸 게 벌써 2년이나 되었는데! 그랬다. 그는 2년 동안 신중하고도 은밀하게 자기가 그녀를 얼마나 사랑하는지 보여주었다. 때로는 그냥 오가기만 하고, 때로는 슬픈 모습을, 때로는 조급한 모습을, 때로는 절망적인 모습을 보이며, 두 눈 이외에는 별다른 말 없이 거의 항상 꿀 먹은 벙어리처럼 굴었다. 그런데 더 창피한 일이 있었다! 시인 뜨리폰 까르메네스도 2년 동안 판사 부인을 서정적으로 사랑했다는 것이다! 돈 알바로는 그를 잘 알았다. 경쟁자가 그다지 위협적으로 보이지는 않았지만, 자신의 활동 기간과 공격 시스템에서 그런 하찮은 인간과 겹친다는 게 매우 우스워 보였다. 하지만 처음에는 다른 방법이 없어 그렇게 할 수밖에 없었다. 물론 시인이 훨씬 뒤처진 것은 분명했다. 까르메네스는 달갑지 않은 그 상황에서 별 진전이 없었다. 판사 부인은 그 시인이 자기를 사랑하는지조차 알지 못했다. 그녀는 가끔 자기를 뚫어져라 쳐다보는 시인의 시선을 느끼며 이렇게 생각했다.

『엘 라바로』에 글을 싣는 저 시인은 왜 저리 멍하니 정신을 팔고 있지! 각운이 꽤 안 풀리나보군. 아나는 까르메네스가 이 세상에 있다는 사실조차 바로 잊어버렸다. 그래서 그 시인의 슬픔을 증언해줄 이는 돈 알바로밖에 없었다. 돈 알바로가 까르메네스의 에로틱한 시들에 깊이 숨어 있는 의미를 이해하는 이 세상의 유일한 사람이었다. 슬픈 시들이 말장난처럼 보였지만, 열쇠를 가진 돈 알바로는 그 암호를 풀 수 있었다. 세련된 돈 알바로의 눈으로 볼 때 시인이 집착하는 이 우스꽝스러운 부분이 어떤 때는 화나게 하지만 때로는 아주 기분 좋게 하기도 했다. 촌스러운 사람인데! 뜨리폰의 라이벌이라니! 급습을 감행해야 했다. 이제 판사 부인의 심장도 제법 준비가 되었을 것이다.

카지노 회장은 이런 일이 진행되는 느리거나 빠른 반응으로 문화의 발전을 가늠했다. 베뚜스따는 미개한 도시였다. 아나 오소레스의 반응 속도를 보면 알 수 있었다. 2년 동안 돈 알바로가 다른 요새들을 함락시켜온 것도 사실이다. 하지만 그 어떤 모험도 요란하지는 않았다. 판사 부인은 메시아의 사랑놀음에 대한 일은 전혀 알지 못했고, 신중한 숭배자의 사랑과 지조에 대해서는 어느정도 확신할 수 있었다. 그런 일에서는 신중함과 은밀함이 돈 알바로의 긍정적인 자산이었다. 그의 현재 모험담에 대해 아는 사람은 거의 없었다. 사람들의 입에 오르내리거나 자기가 떠벌리는 모험담은 항상 옛날에 다 끝난 일이었다. 이런 점과 자기가 진정으로 사랑받고 있다고 느끼고 싶어하는 여자의 타고난 허영심으로 판사 부인은, 그게 중요하다면, 베뚜스따의 돈 후안이 그녀의 아름다움에 반해 부드럽고 지조있는, 플라토닉한 연인이 되었다고 믿어도 되었다. 이것이 그가 정확하게 알고 싶어하는 점이었다. 그녀가 그를 믿을까? 그녀가 명예로운 가정의 편안함과 양심의 평온함을 희생할 수 있을까?

돈 알바로는 판사 부인에게 여러차례 좋아한다는 암시를 주었는데, 어쩌면 그것이 그녀를 두렵게 해서 그가 불리한 위치에 놓이게 되었고, 그 때문에 판사 부인의 고해신부가 교체되었을 수도 있다고 생각했다.

지금 모든 것을 잃어버릴 수도 있어. 돈 알바로는 생각했다. 까르메네스보다도 신앙이 훨씬 두려운 라이벌이 될 수도 있어. 총대리신부가 나의 좋은 친구인 돈 빅또르 낀따나르보다 훨씬 훌륭한 문지기가 될 수도 있어.

돈 알바로는 한꺼번에 모두 올인하는 방법밖에는 다른 방법이 없었다. 수확의 계절이 다가왔다. 내게 퇴짜를 놓을까? 그러지 않으리라 기대했다. 조짐은 나쁘지 않았다. 하지만 겉으로 드러내지는 않지만 완전한 확신은 없었다. 돈 알바로는 판사 부인의 정조를 맹신하는 베뚜스따의 믿음이 짜증스러웠다. 그 역시 자신도 모르게 그런 어리석은 믿음에 일조하고 있었기 때문이다.

어찌 됐든 내 손에는 그렇지 않다는 자료들이 있어. 그는 생각했다. 몇가지 조짐들이지. 게다가 나는 훌륭한 여자를 믿지 않아. 맙소사, 성서에도 쓰여 있지 않은가! 훌륭한 아내를 누가 얻으리오?[14]

자기 사랑이 거짓임을 보여주는 친구의 이런 생각을 빠꼬 베야나가 알았다면 판사 부인의 정복을 확실하게 도와주겠다고 발벗고 나서지 않았을 것이다. 강한 사랑만이, 난공불락의 사랑만이 용서되었다. 적어도 빠꼬의 도덕관은 그랬다. 돈 알바로가 말하는 것처럼 그렇게 절실하게 사랑한다면, 판사 부인도 그를 받아들이지 않고는 버틸 수 없을 것이다. 게다가 유부녀는…… 위험을 무릅쓰고 일을 벌이지 않기 때문에 실수를 범하더라도 유부녀가 처녀보다 죄를 덜 지었다.

"이것은 실증주의 도덕관입니다!"[15] 누군가 반대 의견을 얘기하면 후작 자제는 매우 진지해지며 말했다. "그렇습니다. 이것이 근대적인, 과학적인 도덕관입니다. 실증주의라 불리는 그것은 다른 얘기를 하지 않습니다. 누군가에게 실증적 해를 입히는 것을 부도덕이라 합니다. 아무것도 모르는 남편에게 무슨 해가 된단 말입니까?"

빠꼬는 최신 철학이 그렇게 말하고 있다고 믿었다. 그는 그런 용도에는 실증주의 철학이 훌륭하다고 평가했다. 물론 훌륭한 보수파로서 그러한 철학을 대학에서 공부하는 것은 원치 않았다.

왜? 그런 걸 안다는 게 아이들을 위한 건 아니기 때문이었다.

---

14 구약 성경 「잠언」 31장 10절.
15 실증주의의 도덕관은 원칙적으로 인류와 타인을 사랑하는 애타주의로, 빠꼬가 개념을 착각한 것이다.

그들이 베가야나 저택의 현관에 이르렀을 때, 미래 주인의 두 눈에는 눈물이 글썽거렸다. 돈 알바로의 유창한 언변이 그의 영혼을 그토록 말랑말랑하게 만들어놓은 것이었다! 빠꼬는 이제 돈 알바로를 엄청난 사람으로 생각했다! 이때까지보다 훨씬 더 엄청난 사람으로. 그러니까 철두철미한 회의주의자이자 얼음처럼 차가운 남자, 미몽에서 깨어난 멋쟁이, 저 사람 안에 다른 사람이라도 들어가 있는 걸까? 저 두 사람의 색깔(빠꼬의 표현을 빌면 섬세한 배색)이 얼마나 잘 조화를 이루는가? 겉에 드러난 무심하고 우아한 비관주의가 숨겨진 에로틱한 열기와 얼마나 큰 대조를 이루는가! 그거야말로 진정 로맨틱한 게 아닌가! 빠꼬가 『창녀의 역사』 대신 그 당시 유행하던 소설들을 읽었더라면, 돈 알바로가 그 우아한 책들의 남자주인공을 따라 하는 것밖에 — 그는 그 무엇보다 정치적인 사람이기 때문에 그것도 조잡하게 — 아니란 것을 알았을 것이다. 하지만 빠꼬도 자기가 읽은 내용 중에서 돈 알바로와 비슷한 뭔가를 발견했다. 남자 마르가리따 고띠에[16]였다. 돈 알바로는 사랑을 위해 자신을 희생할 수 있는 남자였다. 무슨 일이 있어도 그를 도와 그를 구해줘야 했다.

　　겉으로는 회의적이고 차가우며 무뚝뚝하고, 안으로는 로맨틱하고 달콤한 사람이 될 수 없는 돈 빅또르 낀따나르가 용서해주기를.

　　돈 알바로와 함께 계단을 올라가면서, 거리의 여인들에게 가장 인기가 좋은 빠꼬 베가야나는 마음을 굳혔다.

　　1. 판사 부인과 돈 알바로의 사랑을 가능한 한 돕는다. 이는 논쟁의 대상이 아니다.

---

16 『춘희』의 여자 주인공으로, 알바로 메시아가 센티멘털한 몸 파는 남자가 될 수 있음을 암시한다.

2. 자기 몫으로는 돌출쌍곡선이 뚜렷하면서 넉넉한 몸집을 좋아하는 내 취향(물론 스스로 그렇게 말하지는 않지만)과도 맞고 진정한 열정의 대상이 될 수 있는 신낭만주의적인 상대를 찾는다.

"위에 누가 계시느냐?" 빠꼬는 '심장이 그렇게 말하고 있었기 때문에' 판사 부인이 있을 거라 확신하며 하인에게 물었다.

"부인 두분이 계십니다."

"누구?"

하인이 곰곰이 생각했다.

"한분은 도냐 비시따입니다. 그분들을 직접 뵙지는 못했지만 멀리서 들리는 바로는…… 다른 분은…… 잘 모르겠습니다."

"그래, 그래." 빠꼬가 돈 알바로를 돌아보며 말했다. "그분들입니다. 요즘 비시따는 아나와 꼭 붙어 다닙니다."

돈 알바로는 자신의 뜻과는 달리 어쩐지 다리가 조금 떨렸다.

"여보게." 돈 알바로가 말했다. "먼저 자네 방으로 가세. 임종 고해성사를 하는 사람처럼 내게 진실을 말해주었으면 하네. 자네가 그녀에게서 느낀 진실을 말일세. 내게는 아주 큰 도움이 될 수 있어."

"네, 올라가시지요."

빠꼬는 당혹스러웠다. 자기가 느낀 진실…… 뭐 대단하지는 않았다. 하지만 아이고! 약간의 상상력을 가미한다면…… 그리고 바로 그 순간 그는 매우 흥분했다……

후작 자제는 2층 방들을 사용했다. 1층의 현관 입구에 이르자 커다란 웃음소리가 들려왔다…… 부엌이었다. 비시따의 그치지 않는 웃음소리였다.

"그들이 부엌에 있네!" 돈 알바로가 옛 시절이 떠올라 놀라서 말했다.

"저기." 빠꼬가 말했다. "파이랑 뭐 그런 거 만들기 위해 비시따가 자기 집에서 욥둘리아를 기다리고 있다고 하지 않았습니까?"

"그래, 비시따가 그렇게 말했지."

"그런데…… 비시따가 여기 어떻게 와 있는 거지요?"

"그리고 부엌에서 뭘 하고 있는 거지?"

하얀 보닛을 쓴 미모의 여자 머리가 저택 중앙에 위치한 중정 건너편 창문에서 모습을 드러냈다. 하얀 보닛 아래로 까만 곱슬머리가 풍성하면서도 귀엽게 나풀거렸고, 생기 넘치는 즐거운 입은 미소를 머금고 있었다. 그리고 매우 커다란 눈은 풍부한 표정을 짓고 있었다. 그녀가 매끄러우면서도 강하고 하얀데다가 탄력이 있는 팔로 털을 벗긴 생닭을 모자 위로 들어올렸다. 닭은 죽음의 고통으로 떨며, 부리에서 피를 뚝뚝 떨어뜨렸다.

욥둘리아가 멍하니 바라보고 있던 남자들을 돌아보고 닭 목을 비트는 동작을 취하며 의기양양하게 소리 질렀다.

"내가 직접 했어요! 혼자 했다고요! 모든 남자들을 이렇게 ……!"

욥둘리아였다! 욥둘리아! 그리고 다른 여자는 없었다.

8장

베가야나 후작은 베뚜스따의 왕당파 중에서 가장 보수적인 당의 지도자였다. 하지만 큰 뜻은 없고 정치를 그냥 장식품 정도로 여겼다. 그에게는 늘 총애하는 사람이 있었고, 그자가 진정한 지도자였다. 그리고 현재 후작이 총애하는 사람은 바로 다름 아닌 왕당파 자유당의 지도자 돈 알바로 메시아였다!(오! 평화적인 정권교체가 자연스럽게 이뤄지는 난장판이여!¹) 보수당인 후작은 자기가 직접 일을 해결한다고 믿었지만, 사실은 돈 알바로의 충고를 고분고분히 따른 결과였다. 그러나 돈 알바로는 자신의 비밀스러운 권력을 남용하지 않았다. 돈 알바로는 혼자 게임하는 체스꾼답게 백이나 흑 모두 똑같이 관심을 갖고, 자유당과 보수당의 사업을 똑같이 돌봤다. 후작의 정당이 권력에 있을 때도 돈 알바로는 자기 정

---

1 왕정복고시대에는 보수당(까노바스)과 자유당(세가스따) 두 정당이 번갈아가며 정권을 장악했다.

262

당이 권력을 잡은 듯, 꽤 짭짤한 수익을 챙길 수 있는 담배 판매 허가증, 사냥 허가증, 심지어 음료수 가판대 등을 분배했다. 그런데 자유주의자들이 힘을 얻어도 베가야나 후작은 돈 알바로 덕분에 여전히 선거에서 중재자 역할을 했으며, 가판점과 일자리, 심지어 교회수익금까지도 관여했다. 베뚜스따가 겉으로는 불화가 심한 듯 보이기도 했지만, 사실 이런 식으로 정권교체는 평화롭게 이뤄졌다. 흔히 얘기하듯, 군대의 군인들은 머나먼 마을에서는 서로 치고받지만 대장들은 서로 이해하며 상부상조하는 사이였다. 똑똑한 사람들은 뭔가 눈치채고 의심하기는 했지만 드러내놓고 항의하지는 않았다. 오히려 그 비밀을 이용해 두배로 재미를 챙기려고 했다.

베가야나 후작에게는 대단한 취미가 있었는데, 몇킬로미터고 걸어서 산책하는 것이었다. 후작은 지방 정치판의 음모에 싫증이 났다.

그는 꼭두각시 왕이었고, 실질적인 두목은 그의 오른팔 돈 알바로였다. 알바로는 연애에서는 빠꼬의 조언자이자 에게리아 님프였고, 정치에서는 후작의 조언자였다. 그들 부자는 신녀神女의 도움 없이는 각자 그 분야들에서 엄두조차 낼 수 없다고 생각했다. 여기에 베가야나의 정치 비밀이 있었고, 그것을 아는 사람은 극소수에 불과했다.

회의를 마치고 '골동품실'을 나서는 대부분의 사람들은 탄성을 질렀다.

"후작의 머리가 정말 비상하단 말이야! 그는 선거대책을 위해, 국민들을 다스리기 위해 태어났어!"

"아니야. 나이가 들어도 전혀 굴하지 않아. 늘 똑같아."

그렇게 사람들이 칭찬하는 모든 것은 다른 사람, 즉 돈 알바로의 작품이었다.

돈 알바로는 자기네 편의 누군가를 벌주고 싶은 경우에는 승리를 양보해줘야 하는 보수정당의 후보와 맞서게 했다. 그러면 후작은 그의 희생을 고마워하며 이런 식으로 답례했다.

"여보게 내 동지 중에 누가 나서고 싶어 하는데 나는 그가 마음에 안 들어. 자유당 후보가 이길 수 있도록 해보게." 그러면 돈 알바로는 자기 추종자에게 그 혜택을 베풀었다.

론살이 상임위원회의 자리를 차지한 게 이런 대단한 운전술 덕분이라는 걸 귀띔이라도 해줬더라면!

후작은 태생과 계급에 대한 의무도 영향을 주었겠지만 운명이 자기를 보수당 당원으로 이끌었다면서, 그래도 성격은 자유주의 성향이 강하다고 자주 말했다. 그에게는 마을마다 막강한 '개인적인 친분'들이 있었고, 선거구별로 그 일대의 넓은 지역을 골고루 돌보았다. 후작이 선거철이면 복잡한 조직력을 가동해 영향력을 행사한다고 믿었지만, 사실 그가 긍정적이고 직접적으로 기여하는 유일한 일은 선거구 중개였다. 후작은 돈 알바로에게서 후보자 몇 명을 받아 '방황하는 유대인'[2]처럼 돌아다니며 선거구를 나눠주었다.

후작은 잘 모르는 곳으로 길을 떠날 때면, 공식적인 측정 방법이 있는데도 정부의 킬로미터 측정 방법을 믿지 못하여 발걸음을 셌다. 몇 걸음을 갔는지 셌으며, 천 단위는 외투 주머니에 넣고 다니는

---

2 유럽의 전설에서 이야기되는 영원히 저주받은 방랑자. 중세 말기에 퍼진 전설에 따르면 십자가를 지고 형장을 향하는 그리스도가 아하수에로(Ahasuerus)라는 구두장이의 가게 앞에서 휴식을 구했을 때, 그가 거절했다고 한다. 그때 그리스도는 "너는 내가 올 것을 기다려라"라고 얘기하고 사라졌고, 그후 아하수에로는 고향과 안식을 잃고 '최후의 심판'의 날까지 지상을 방황하는 운명을 지니게 되었다고 한다.

작은 돌멩이로 표시했다. 집에 도착해서는 테이블 위로 자루들을 내려놓고 매우 만족스러워하며, 수천개의 돌멩이를 셌다. 그런 날 밤의 모임에서는 베가야나의 산책이 가장 큰 이야깃거리였다.

"후작님, 어디 좋은 데 가십니까?" 시골에서 만난 사람이 후작에게 물었다.

"까르바예다 쪽으로 해서 까르도나를 가네…… 1101…… 1102…… 1103…… 1104……" 후작은 시골사람들의 지팡이처럼 생긴 마디마다 시커먼 지팡이를 짚고 발걸음을 세며 계속해서 길을 갔다.

그 지팡이와 소박한 외투, 위로 높이 솟은 챙 넓은 모자가 시골 마을에서 그의 인기를 보증해주었다. 후작은 동료인 베뚜스따 귀족들과 마찬가지로 자긍심도 강하고 걱정도 많았지만 단순한 영혼이라는 소박한 매력을 지녔다.

후작에게는 또다른 집착이 있었는데, 발걸음을 세는 집착에서 파생된 것으로 저울과 자에 대한 집착이었다. 그는 모든 극장과 의회, 성당, 증권사, 써커스 등 유명한 유럽 건물들의 면적을 소수점까지 알고 있었다. "코번트 가든[3]은 가로 몇 미터, 세로 몇 미터, 높이 몇 미터야." 그러고는 순식간에 세제곱을 찾아냈다. "왕립극장[4]은 그랑 오페라[5]보다 부피가 얼마만큼 작아." 후작은 청중을 현혹시키고 싶을 때면 거짓말로 둘러대는 경우도 자주 있었지만 제대로 마음만 먹으면 정말 놀라울 정도로 정확해질 수도 있었다. "나에게는 팩트와 자료, 숫자가 가장 중요해. 그외는…… 독일 철학이야."

---

3 1858년에 지어진 영국 런던의 오페라극장.
4 1850년 11월 19일에 개관한 스페인 마드리드의 왕립극장.
5 1862~72년에 지어진 빠리의 오페라 극장.

건축에서는 균형을 가장 많이 신경 썼다. 대성당과 광장이 서로 균형을 이루기 위해서는 대성당이 3~4미터 정도 뒤로 물러나야 한다는 주의였다. 그리고 후작은 기꺼이 그런 제안을 할 수도 있었다. 그는 역사적인 건물과 도시조경에 관련해서는 돈 사뚜르니노 베르무데스의 천적이었다. 후작은 모두 일직선으로 정렬하는 것을 좋아했다. 그는— 한번도 본 적이 없는— 뉴욕의 거리들을 꿈꿨고, 그런 얘기가 나오면 "하지만 귀족은 본질적으로 그런 평등에 대해서는 반대합니다"라는 반박에 부딪히면 이렇게 대답했다.

"distingue tempora……[6] (그걸 얘기하려던 게 아니었다.) 괜히 얼버무리지 맙시다. 괜히 복잡하게 하지 말자고요. post hoc ergo propter hoc.[7] (그것 역시 말하려던 게 아니었다.) 진정한 불평등은 혈통에 있습니다. 하지만 모든 지붕은 한치의 오차도 없이 다 똑같은 높이여야 합니다. 우리보다 훨씬 앞선 아메리카에서는 그렇게 하지요."

베뚜스따의 신시가지인 꼴로니아 지역은 후작의 강력한 영향력 덕분에 집집마다 지붕의 높이가 같았다.

어느 집이 다른 집보다 높은 집은 단 한 곳도 없었다.

자기네 집 다락방에서 베뚜스따의 종루를 보기 위해 8층짜리 저택을 짓고 싶어하는 몇몇 중남미 사람들은 불만이 많았다. 하지만 후작의 압력을 받은 베뚜스따시는 건물 높이를 일괄적으로 동일하

---

6 *distingue tempora et concordabais iura.* 같은 사건에 대한 다양한 의견을 조율하기 위해서는 시대에 따라 변화된 관습과 사상을 반영해야 한다는 뜻이다.

7 '이것 이후에, 그러므로 이것 때문에'라는 뜻으로 과거의 일에 지나치게 특별한 의미를 두고 잘못 해석해 '선행하는 것이 곧 원인이라는 논리, 즉 어떤 일이 과거에 일어난 다른 일보다 시간적으로 나중에 발생했다면 그 원인은 과거에 일어난 일 때문'이라고 생각하는 오류를 말한다.

게 했다. 후작은『엘 라바로』에 익명으로 "우리가 살고 있는 사회가 안고 있는 자연적 불평등을 생활의 다른 면에서 찾으라"고 기고하였다.

후작 부인은 남편을 바보 멍청이로 여겼으며, 세상 모든 남편들이 다 그렇다고 믿었다. 그녀야말로 자유주의자였다. 믿음은 매우 깊었지만 상당히 자유분방한 편이었다. 믿음이 깊다고 해서 자유분방하지 못할 것도 없었다. 그녀의 신심은 많은 신심단체를 이끌고 성당 문 앞에서 5두로짜리 동전으로 쟁반을 두드리며 뻔뻔하게 헌금을 모금하고, 성직자들에게 디저트를 선물하고 식사에 초대하고, 추기경에게 닭을 보내고, 수녀들에게 잼을 만들라고 과일을 보내는 데 있었다. 후작 부인에 따르면, 자유는 무엇보다도 간통하지 말라는 제6계명에 적용되는 원칙이었다. 그녀는 나쁘지도 착하지도 않았다. 완전하게 나쁘지 않은 이 세상 모든 여자들이랑 비슷할 따름이었다. 그래도 그녀는 넓은 관용의 미를 갖추고 있었다. 지금 귀족계급이 누릴 수 있는 유일한 특권은 즐기는 것뿐이라고 생각했다. 옛날 귀족의 미덕을 모방할 수 없단 말인가? 그럼 그들의 악덕을 모방해야지. 후작 부인에게 있어 좋은 때는 딱 두번, 루이 15세와 섭정시대[8]밖에는 없었다. 그녀의 '노란 살롱'의 가구들과 응접실의 벽난로는 베르사이유 궁전의 홀 한곳을 그대로 복제했다고 인테리어업자와 건축가들은 확신했다. 하지만 푹신한 것과 작은 방석에 대한 후작 부인의 사랑으로 섭정시대의 홀에는 커다란 변화가 있었다.

---

8 루이 15세(재위 1715~74)는 루이 14세의 증손으로 5세에 즉위했으나 오를레앙 공 필립 2세가 섭정했고(1715~23), 뒤부아가 실권을 장악했다(1717~23). 1724년 친정체제가 시작되었으나 정치적으로 불안정했다.

위대한 고고학자인 베도야 대위가 '노란 살롱'에 대해 수군거렸다.

"후작 부인은 저것을 섭정시대의 양식[9]이라고 고집해서 부릅니다. 어디가 그렇습니까? 에스빠르떼로 섭정시대[10]가 아닌 한……"

가구들은 화려하지만 보관 상태가 좋지 않았다. 그리고 더 고약한 점은 고고학적인 관점에서 볼 때 가구들의 시대가 맞지 않다는 것이었다.

후작 부인은 여러번 가구들에 변화를 주었다. 물론 늘 노란색에 기초한 변화였다. 처음에는 다마스크 실크 천으로 씌웠다가, 나중에는 금실과 은실이 불룩 튀어나온 실크로 덮어씌웠고, 가장 마지막에는 엠보싱이 들어간 소재로 바꿨다. 솜을 잔뜩 넣어 아주 작고 푹신하게 누빈 방식을 그녀는 갈리시아 말로 까뻬또네라고 불렀지만, 베르무데스가 보기에는 지저분하기만 했다. 적당한 때 인테리어업자가 불만을 토해냈다. 그의 이론에 따르면, 살롱에는 까뻬또네가 어울리지 않았다. 하지만 후작 부인은 이러한 공식적인 의견을 비웃었다. 살롱의 나머지 가구들에서 거울과 콘솔, 커튼 등은 후작 부인의 변덕과 편의에 따라 가구 제작자가 생각하는 섭정시대의 가구에서 난잡한 스타일로 넘어갔다. 취향이 고약하다고 하면, 그녀는 편안함과 자유가 현대 유행이라고 대답했다. 분명히 센세뇨 파의 그림들이지만 결국 가문의 유품처럼 대접받는 옛날 그림들은 2층으로 올려보냈다. 그리고 그 자리에는 경쾌한 수채화들을 걸어놓았다. 많은 투우사와 아가씨들, 망나니 수사가 그려진 수

---

9 바로끄 양식(루이스 14세)과 로꼬꼬 양식(루이스 15세)의 과도기를 언급한다.

10 스페인 이사벨 2세의 통치기간 중 마지막 섭정기에 해당하는 1841년에서 1843년.

채화들이었다. 베르무데스의 혹평이 있었음에도 벽에는 전혀 예술적이지 않은 약간 야한 착색 석판화들이 걸렸다. 후작 부인이 낮 시간을 보내는 바로 옆의 응접실 가구들은 완전히 무정부 상태였지만 모두 편안한 가구들이었다. 거의 모든 가구들이 눕기에 좋았다. 긴의자와 흔들의자, 나지막한 작은 의자, 침대의자, 회전의자들이 대부분이었다. 모두가 게으름 피우기에 딱 좋은 것들이었다. 그곳에 들어서는 순간, 길게 드러눕고 싶은 유혹에 빠져들었다. 노란 장미의 암술처럼 천 사이로 단추들이 깊숙이 박히고, 배가 불룩하게 튀어나온 소파는 후작 부인이 사방으로 뿌려대는 수백가지 향수들의 흥분된 냄새들과 뒤섞여 묘한 분위기를 연출했다.

베가야나 후작 부인인 루뻬나 데 로블레도는 12시에 일어나 아침식사를 하고, 점심식사 때까지는 응접실 의자에 앉거나 드러누워 소설을 읽거나 뜨개질을 했다. 멋진 벽난로에는 10월부터 그 이듬해 5월까지 불이 지펴져 있었다. 루뻬나 후작 부인은 공연이 있을 때면 비가 내리든, 천둥이 치든 개의치 않고 밤마다 극장으로 향했다. 그 때문에 마차가 있었다. 베뚜스따에서는 공연이 없을 때가 더 많았는데, 그럴 때는 응접실에서 친한 남녀 지인들을 맞이했다. 후작 부인이 캐리커처가 그려진 풍자 신문과 잡지, 소설 들을 읽는 동안 그들은 자기네 일을 얘기했다. 후작 부인은 절친한 수석사제의 경구시와 같은 장르의 조언들을 얘기할 때만 그들의 대화에 끼어들었다. 이렇게 잠깐 개입할 때, 도냐 루뻬나는 세상에 대한 해박한 지식과 순결과 관련된 훌륭한 어조의 비관주의를 보였다. 그녀에게는 위선이 가장 큰 죄였다. 그리고 관능적인 성향이 없을 수 있는데도, 그녀는 그러한 성향을 보이지 않는 사람들은 모두 위선자라고 불렀다. 관능적인 성향이 없다는 것을 용납할 수 없었다.

누군가 미덕에 흠집 내지 않고 나가면, 후작 부인은 보고 있던 캐리커처에서 눈을 떼지 않은 채 고개를 좌우로 움직이고, 의치들을 들썩이며 으르렁거리듯 중얼거렸다. 가끔은 확실하게 발음할 때도 있었다.

"저런 여자 같으니…… 내가 '동네 나팔'인데."

후작 부인은 '동네 나팔'은 아니었지만, 섭정시대의 가구들보다 섭정시대의 관습에 좀더 충실하다는 인상을 심어주고 싶어했다. 그녀가 하는 역사 인용들은 주로 엔리께 8세의 애인들과 루이 14세의 애인들과 관련이 있었다.

한편, 모임에 참석하는 인원이 적을 때면 '노란 살롱'은 적당히 어두웠다. 대여섯명 정도 모이면 살롱 한가운데의 크리스털 등이 켜졌다. 꽤 높이 걸려 있어, 제일 훤칠한 돈 알바로만이 가스등 열쇠에 손이 닿았다. 다른 사람들은 불평을 늘어놓았다. 그것은 불공평한 처사였다.

"등을 왜 그렇게 높이 달아가지고?" 약간 기분이 상한 몇몇 남자들이 말했다.

후작 부인은 양어깨를 으쓱했다.

"저이 짓이죠." 그녀가 남편을 가리키며 대답했다.

개인 윤리에 관해 후작은 그렇게 고지식한 편은 아니었다. 그러나 어느날 밤인가 그가 살롱을 가로질러 응접실에 가려고 벽을 더듬거리며 그곳에 들어간 적이 있었다. 응접실 문이 살짝 열려 있었다. 어둠속에서 후작의 손이 누군가의 코와 부딪혔고, 여자의 비명 소리가 들려왔다. ─그는 여자라고 확신했다.─후작은 의자 소리와 양탄자 위를 지나가는 조용한 발소리를 느꼈다. 그는 신중을 기하기 위해 입은 다물었지만, 하인들에게 등을 더 높이 달라고 명했다. 그렇게 해서 아무도 등을 치우거나 끄지 못했다. 하지만 돈 알바로는 발꿈치만 들어도 가스등 손잡이에 닿았기 때문에 불공평한 처사였다.

후작 부부의 세 딸 중 뻴라르와 롤라는 결혼해서 마드리드에서 살고 있고, 둘째 엠마는 폐병에 걸려 저세상 사람이 되었다. 딸들과 함께 살 때 후작 부인이 의무라고 생각했던 얼마간의 감시도 이제 완전히 사라졌다. 그것이 그 거대한 고독에서 유일한 위로가 되었다. 박람회가 열리면 루뻬나 후작 부인은 시골에 사는 여자 조카들 중 몇몇을 초대했다. 시골 명문가 처녀들은 베뚜스따에 갈 차례가 되면 박람회가 열리는 시기를 간절하게 기다렸다. 어릴 때부터 그들은 숙모와 지내는 그 기간을 베뚜스따에서 '최고로 좋은 곳'에서 예외적으로 즐겁게 보낼 수 있는 기간이라고 생각했다. 몇몇 소심한 부모들은 후작이 신경도 쓰지 않는 개인 윤리관 때문에 망설였지만, 결국에는 허영심이 승리를 거뒀고, 그렇게 베가야나 후작 부인은 박람회 때면 조카딸들을 항상 곁에 두었다. 조카딸들은 마드리드로 간 딸들의 방에서 묵었다. ─ 엠마의 죽음 이후 둘째 딸의 방에서는 아무도 자지 않았지만 필요할 때면 그곳에 들어가기는 했다. ─ 여자아이들은 생애 최고의 기간에 걸맞게 몇주 동안 살롱과 복도, 침실, 방들을 신나서 돌아다녔다. 지나치게 넓은 곳이지만, 텅 비어 있을 때면 지나치게 서글픈 곳이기도 했다. 그렇지만 조카딸들이 있든 없든 밤이 되면 1층은 늘 시끌벅적했다. 2층에는 밤낮으로 크고 작은 사건들이 벌어졌지만 늘 침묵의 사건들이었다. 그리고 그 중심에는 항상 빠꼬가 있었다. 빠꼬는 정신이 제대로 박혀 있을 때는 자기 집에서 하녀들 뒤꽁무니나 쫓아다니는 것만큼 추잡한 짓은 없다고 맹세했지만 끝내 자신을 억제하지 못했다.

베르무데스는 빠꼬가 이해하지 못하는 'Video meliora'[11]라는 말을 자주 사용했다. 후작 부인의 모임에는 조카딸들이 있든 없든 젊은 사람들이 많았다. 세 딸이 가고 홀로 남은 불쌍한 부인을 동무해 주기 위해 명문가의 딸들이 상당히 자주 드나들었다. 그들은 미리 애인과 약속을 잡아두고 왔으며, 애인이 없는 경우에는 애인이 생기기를 기다렸다. 그곳에서는 남녀 커플의 만남이 종종 이뤄졌고, '노란 살롱'에서 'in extremis'[12]로 결혼까지 간 커플도 많이 나왔다. 빠꼬는 'in extremis'가 아주 재미있는 의미를 내포하고 있다고 믿으며 자주 그 말을 사용했다. 스캔들 잡지에 실릴 만한 일들은 더 자주 일어났다. 후작의 집이라 말조심을 하기는 했지만, 그 모임에 참석하는 사람들은 욕을 많이 들었다. 무슨 얘기가 나오기만 하면 꼭 말이 덧붙었다.

"더 망측한 것은…… 그…… 여자들이 그렇게 고매하고 그렇게 지체 높은 집을 자기네…… 그걸 하는 데 이용했다는 거야." 거칠 것 없이 떠들고 다니는 진보 자유주의자들은 그 집이 더 문제라고 주장했다.

그렇지만 험담을 늘어놓는 사람들도 그런 일들이 빈번하게 일어나는 그 저택에 초대받고 싶어 안달했다.

도냐 아눈시아와 도냐 아게다가 출입하던 시절만큼 상류층만 폐쇄적으로 모이는 것도 아니고 관습도 어느정도 느슨해졌지만 베가야나 후작의 집에서 열리는 모임에 누구나 들어올 수 있는 것은 아니었다. 멤버들도 모임의 성격을 유지하고 싶기도 하고, 하지만 증

---

11 라틴어로 '나는 선을 알고 좋아하지만 악을 행한다'라는 문장의 시작. 오비디우스의 『변신이야기』 7장 20~21행에 나온다.
12 라틴어로 '최후의 순간에' '죽음에 임하여'라는 뜻.

인들이 너무 많아지는 게 싫어 문을 닫으려고 했다. 쁘띠 꼬미떼[13]일 때가 좋았다. 후작 부인의 관용 정신은 친구들에게도 전염되었다. 엿보는 사람은 아무도 없고 각자 자기네 일에만 신경 썼다. 그 집의 안주인이 모임의 품격을 보장하는 존재 그 이상이었기 때문에 속세의 허영 이외에 기대하는 바가 없는 어머니들은 딸을 혼자 보냈다. 게다가 풋풋했던 젊은 시절의 명예를 아직도 간직하고 싶어하거나, 자기 선에서 즐기고 싶어하는 유부녀들도 없지 않았다. 이 여자들이 존경받지 못할 처신을 할 거리고 누가 의심하겠는가? 한 예로 비시따를 들 수 있다. 그곳을 허락하지 않는 어머니들도 있었다. 하지만 그런 비슷한 행동을 일삼는 남편들과 마찬가지로, 그녀들 역시 웃음거리가 되었다. 성직자가 참석해 도덕적으로 안심되기는 했지만 자주 참석하지 않았고, 참석해도 오래 머물지 않았다. 대성당의 성직자들은 오히려 낮시간에 후작 부인을 방문했다. 고지식한 사람들은 위선자라는 얘기를 들으며 비웃음거리가 되었다.

후작 부인은 자기 집에서 젊은 사람들이 낯 뜨겁게 사랑한다는 사실을 알고 있었다. 그리고 가끔 책을 읽는 동안에도, 그녀를 방해하지 않으려고 누군가 조용히 슬그머니 문을 여닫는 것을 알고 있었다. 고개를 들면, 남자 아무개는 사라지고 없다. 그렇다 치자. 그런데 다시 그런 낌새가 느껴져 고개를 들면 여자 아무개도 사라지고 그 자리에 없다. 좋아. 그래서? 그녀는 계속 책을 읽었다. 그러고는 생각했다. 모두 점잖은 사람들이야. 모두 우리 집에서 어떻게 처신해야 할지 알고 있어. 그리고 peccata minuta[14]는…… 관심 있는 사람들이 알아서 하라지. 그러고는 양어깨를 으쓱했다. 이러

13 petit comité, 프랑스어로 '소위원회'라는 뜻.
14 라틴어로 '작은 실수' '가벼운 죄'라는 뜻.

한 기준은 딸들이 있을 때부터 이미 적용했다. 그때는 이렇게 생각했다. 우리 딸들은 착해. 남자가 좀 지나치다 싶으면, 내가 딸들을 아는데, 그 아이들이 요란하게 뺨을 갈기고 나서 나에게 알릴 거야…… 나머지는 다 철없는 짓이야. 나에게 알리지 않는 것은 다 철없는 짓이야. 실제로 그녀의 딸들은 결혼했고, 중요한 게 빠졌다고 소박맞고 돌아온 딸은 아무도 없었다. 뭔가 빠진 게 있다 한들 다 부질없는 짓이었다. 그리고 딸 하나는 하느님의 뜻에 따라 세상을 하직했다. 그 시절 유행하던 폐결핵으로 죽었다. 딸들에게서 뭔가 위험한 조짐이 보이면 후작 부인은 곧바로 적절한 조치를 취했다. 대담하고 전문가적인 방식을 동원했기 때문에 스캔들은 없었다.

하지만 요즘 밤에 말벗이 되어주는 젊은 여자들에게는 그런 주의도 주지 않았다.

"자기들 어머니도 있으니." 아니면 "자기 운명은 자기가 알아서 하는 거야."

그러고는 늘 이런 말을 덧붙였다.

"이 집에 먹칠만 하지 않으면……"

후작 부인과 친구들의 이런 생각에서 가장 큰 수확을 올린 사람들 중의 하나가 돈 알바로였다.

그런데 그 남자는 뭘 하든 용서할 수밖에 없었다. 작전이 뛰어나거든! 신중한 거는 어떻고! 판단력이 뛰어나다니까!

그 남자는 수녀들과 살아도 스캔들이 없을걸!

그런데 빠꼬는, 그녀가 사랑하는 빠꼬는…… 후작 부인은 눈에 넣어도 아프지 않을 아들이 침모, 세탁부, 식당 하녀의 품에 안겨 있는 것을 볼 때마다 그의 사부 돈 알바로의 기술과 조심성을 본받으라고 귀가 따갑게 얘기했다.

그녀의 빠꼬는 서투르고 잘 몰랐다.

"얘야, 헛짓하다가 이렇게 나한테 들키는 것은 품위없는 짓이다……! 밥상도 제대로 차려지기 전에 먹기부터 하려 하니…… 먼저 조심하는 법부터 배워라. 그러고 나서…… 수확을 올리든지."

그러고서 후작 부인은 자기가 지나치게 너그러웠다고 생각했는지 이렇게 덧붙였다.

"게다가, 그런 일은…… 집 안에서는 안된다…… 돈 알바로에게 물어보거라." 후작 자제에게 베뚜스따의 돈 후안을 숭배하라고 부추긴 사람이 바로 그의 어머니였다.

후작 부인은 아들이 구제불능처럼 보일 때마다 끓는 속을 삭이려고 2층으로 올라갔다. 그때마다 기침하며 고래고래 소리를 질렀다.

조카딸들이 올 때면 모임 이외에도 콘서트, 식사, 시골 소풍 등 전성기 때 못지않은 많은 행사들이 있었다. 그러면 집안 전체에 다시 활기가 가득 찼다. 가깝게 지내는 남자들의 돌발 행동에는 후미진 구석이라도 안심할 수 없었다. 방들과 심지어 후작 딸들이 시집가기 전에 사용하던 침대가 아직 있는 침실들에서까지 가끔 요란한 웃음소리와 억눌린 비명소리, 무릉도원 같은 집안의 삶을 폭로하는 소리가 들려왔다.

돈 알바로는 애무하는 듯한 눈길로 그곳 무릉도원을 바라보았다. 그 저택은 그가 가장 큰 승리들을 거둔 무대였다. 가구 하나하나가 은밀한 비밀 이야기를 전해주었다. 배불뚝이 의자들과, 동양풍의 팔걸이에 위엄 가득한 소파들의 진지함에는 그가 그 의자들에게 당부한 영원한 침묵의 보증서가 담겨 있었다. 흰색 고급 유약을 바른 목제 가구가 그에게 말을 거는 것 같았다. "걱정 마세요. 한

마디도 하지 않을 거예요." 돈 알바로에게 '노란 살롱'은 달콤하고도 즐거운 기억들이 담긴 자서전이었다. 그리고 그 자서전은 과거를 기록한 것이 아니라 현재와 미래의 자서전이었다. 과묵한 벽걸이들과 시침질이 잘되어 있는 화려하고 부드럽고 폭신한 실크 의자들이 그의 행복을 목격한 장본인이었다. 사랑의 비밀을 배반할 수 있는 모든 소리들을 잠재워준다는 점에서 올이 촘촘한 양탄자는 돈 알바로를 꼭 닮았다.

후작은 모두 관용하였다. 그것은 아내가 알아서 할 일이었다.

아내의 도덕성도 제대로 교육시키지 못했는데, 모임 참석자들의 도덕성까지 어떻게 하겠는가. 그는 2층에서 지냈다.

후작은 '노란 살롱'이 점차 거실의 근엄한 분위기를 잃어가고 있다는 것을 알았다. 그래서 레헨시아홀 바로 위에 있는 2층의 홀을 '접견실'로 바꾸기로 했다.

후작 부인은 새 거실에는 한번도 올라오지 않았다. 누가 됐든 손님은 모두 아래층에서 맞이했다. 공식방문한 후작의 손님들은 골동품실에서 추위에 떨었다. 골동품실과 후작의 서재는 '그가 말하듯 그 저택의 진지한 부분이었다.' 그의 연구에 따르면 서재는 모두 무광택 떡갈나무 자재로 되어 있었다. 그 어느 것도, 절대 그 어느 것도 금박은 없었다. 모두 목재로만 되어 있었다. 베가야나 후작은 자기 서재의 간소함을 매우 높이 쳤다. 그리고 그런 용도를 위해서는 떡갈나무만큼 진지한 것도 없었다. '가구의 소박함'이 궁색해 보일 정도였다.

"나의 수도원!" 후작이 애착을 갖고 말했다.

그곳에는 들어서는 순간 추위가 느껴졌다. 후작은 들어간 적이 거의 없다. 골동품실의 벽에는 대개 진품이지만 상당히 낡은 융단

들이 걸려 있었다.

베도야 대위에 따르면, 그 거짓 박물관에서 유일하게 존중할 만한 곳이었다. 후작은 돈으로 골동품 수집가가 되겠다는 허영심을 가지고 있었다. 하지만 나중에 가짜로 판명 날 만한 것에 많은 돈을 쏟아부었다. 베도야 대위는 가짜를 프랑스어로 'truqueurs'라고 불렀다. 후작 부인의 모임에 열심히 참석하는 냉정한 베도야는 후작을 동정했으며, 심지어 무시하기까지 했다. 하지만 후작의 심기를 어지럽히지 않기 위해, 그 슬픈 진실에 대한 확실한 증거들은 알려주지 않았다. 골동품실에 있는 엔리께 2세 시대의 가구들은 심지어 후작보다 나이를 덜 먹었다. 후작은 그 가구들을 엔리께 2세 시대의 진품으로 알고 있었다. 그가 직접 빠리에서 구매한 것이었다!…… 베가야나 후작의 집에서 베도야는 이런 얘기를 몰래 나눌 사람을 따로 불러 아무도 모르게 그와 함께 2층으로 올라갔다. 베도야는 골동품실로 들어가, 카지노의 책들을 훔치던 때처럼 은밀하게 엔리께 2세의 의자가 있는 곳으로 다가가 의자를 뒤집어 의자 다리의 숨겨진 부분을 찾아냈다. 그가 그곳에 연필 깎는 칼로 구멍을 여러개 내고, 의자 색깔과 같은 밀납으로 미리 덮어두었었다. 그는 연필 깎는 칼로 밀납을 벗긴 후 나무를 긁었다…… 그러자 오, 빙고! 나무가 가루처럼 부스러지지 않았다. 미세한 조각들이 나기는 했지만 가루는 되지 않았다.

"보입니까?"베도야가 말했다.

"뭐가요?"

"나무가 새 것입니다. 후작이 생각하는 그 시대의 것이라면 가루처럼 바스라집니다. 낡은 나무는 항상 쥐들이 갉아서 먼지가 나거든요. 그건 돈과 믿음만 가진 아마추어들은 알 수 없고, 우리 같은

사람들만이 알고 있습니다. 이건 truquage[15]입니다. 완전히 truquage
라고요!"

베도야는 구멍들을 다시 밀납으로 덮고, 의자를 원위치로 돌려
놓았다. 그리고는 계단을 내려가며 의기양양하게 말했다.

"잘 보셨지요! 불쌍한 후작에게는 한마디도 하시면 안됩니다!"

빠꼬 베가야나는 그날 오후 자기 집에서 옵둘리아를 보고는 처
음에는 매우 실망이 컸다. 그는 농담할 기분이 아니었다. 돈 알바로
가 자기를 믿고 털어놓은 이야기 때문에 마음이 심란해 영 싱숭생
숭했던 것이다. 로맨틱한 분위기가 그의 마음을 달콤하게 간지럽
혔지만 익숙하지 않아 따갑게만 느껴졌다. 그런 마음이 든 적은 거
의 없었다.

옵둘리아와 비시따가 중정 쪽 부엌 창가에서 미친 여자들처럼
웃으며 그들을 큰 소리로 불렀다.

"여기요! 여기! 모두 손 좀 빌려주세요!" 비시따가 시럽이 잔뜩
묻은 손가락을 빨며 소리쳤다.

"그런데 숙녀들께서 무슨 일입니까? 간식은 비시따의 집에서 준
비하지 않습니까?"

비시따가 살짝 얼굴을 붉혔다.

그녀는 옵둘리아를 '사냥'하려다 실패한 불쌍한 호아낀 오르가
스를 골탕 먹였다고 박장대소하며 좋아했다……

옵둘리아가 자세하게 설명했다. 비시따의 집에는 죽은 도냐 아
게다 오소레스가 처음 발명한 푸딩의 틀이 없었다. 게다가 부엌 오
븐도 후작네 오븐보다 많이 들어가지 않고, 다른 자잘한 것도 부족

---

15 프랑스어로 '속임수'라는 뜻.

했다. 그런 말은 남자들은 알아들을 수 없었다. 간단히 말하면 비시따의 부엌에서는 샌드위치도 푸딩도 시럽도 만들 수 없어서 곧바로 작전본부를 베가야나 후작의 저택으로 옮긴 거였다.

옵둘리아와 비시따는 그 생각을 매우 재미있어 했다. 그녀들은 방에서 낮잠을 자고 있던 후작 부인을 급습했다. 후작 부인은 자기의 낮잠을 깨운 것 말고는 모두 개의치 않았다. 그녀가 그 자리에서 바로 명령을 내렸다.

"뻬드로(주방장), 꼴라스(주방 보조) 그리고 하녀들에게 이 숙녀들을 도와주도록 하게. 필요한 것은 모두 준비해주도록."

후작 부인이 그녀들을 돌아보며 웃으면서 말했다.

"자, 정신 나간 분들은 그만 나가보시지요. 당신들은 부엌으로 가고, 나에게는 평화를 주시고."

그러고서 후작 부인은 뒤마의 『빠리의 모히칸』을 읽으며 독서 삼매경에 빠져들었다.

비시따는 아무 친구의 집이나 그렇게 불쑥 찾아가는 일이 잦았다. 그녀는 그게 우정이라고 생각했다. 게다가 그녀의 부엌은 지옥과 다름없었다! 굴뚝에서 연기가 다시 들어와 숨이 막혀서 부엌이나 부엌과 가까이 있는 다이닝룸 안으로 들어갈 수 없었다. 베뚜스따 사람치고 비시따의 부엌과 다이닝룸을 봤다고 자랑하는 사람은 거의 없었다. 모임이 있을 때면 그녀는 변장놀이를 준비하고는 복도를 뛰어다녔다. 하지만 연기가 새나가지 않도록 문은 꼭 닫아두었다. 그러고는 비좁고 어두운 복도 쪽을 가리키며 말했다.

"여기로는 멋대로 뛰어다녀도 돼요. 하지만 그 문은 절대 열면 안돼요."

허물없는 비시따가 인심이 후하기는 했지만, 샌님들이 여자나 터키 사람으로 변장할 수 있도록 술 달린 손수건과 의상들을 건네주는 것 말고는 하는 게 별로 없었다. 그것도 모두 낡은 것뿐이었다. 그 의상들은 매트리스나 시트도 없이 보조침대 한개만 덩그렇게 놓여 있는 방 한곳의 빨랫줄에 널려 있었다. 그곳은 변장 놀이에 임하는 남녀 배우들의 의상실이었다. 입고 있던 옷 위에 걸쳐 입었기 때문에 모두 함께 갈아입었다. 게다가 비시따는 방에 불을 켜지 않았다. 뭐하려고? 방의 호박색 커튼 뒤에서는 이런 소리가 들려왔다.

"뻬뻬, 관두지 않으면 주먹이 날아가요."

"자, 자, 이건 프로그램에 없는데……"

"자, 소년 소녀 여러분, 예의를 갖추세요."

"비시따, 왜 불을 켜지 않는 거예요?"

"여러분, 저 미친 것들이 집을 태울까봐."

"비시따의 말이 옳아. 맞는 말이야." 호아낀 오르가스나 뺨을 맞은 뻬뻬가 안에서 대답했다.

비시따가 친한 남자들에게 은밀하게 대하며 솔직하고도 담백한 모습을 보여주는 것은 다른 사람들의 집에서였다. 그곳에서는 정신 나간 짓도 서슴지 않았다.

그녀는 말 한마디 할 때마다 열번은 요란하게 웃고 고래고래 소리치며 수다스러웠다. 열다섯살 때는 그녀의 귀여운 경박함이 칭찬받았다. 하지만 시인 까르메네스가 회보에 실은 말에 의하면, 그녀는 서른다섯 나이에도 여전히 회오리바람이자 기쁨의 폭포수였다. 총대리신부의 어머니인 도냐 빠울라에 따르면, 비시따는 가정교육도 제대로 받지 못한 거대한 폭포였다. 도냐 빠울라는 비시따의 방문을 전혀 달가워하지 않았다. 하지만 물줄기, 폭포, 회오리바

람 그 무엇이든, 그녀의 행동은 모두 치밀한 계산하에 이성적으로
한 행동이었다. 비시따의 정신없는 행동은 깊이있고 세밀하게 연
구한 결과였다. 그녀는 매의 눈으로 먹잇감을 찾으며 상대방의 정
신을 쏙 빼놓았다. 자질구레한 액세서리나 군것질거리 등, 돈만 빼
고는 모두 그녀의 먹잇감이 되었다. 물건은 아무 가치가 없고, 돈만
이 부를 의미한다고 믿었다. 아니 믿는 척했다.

"부인, 지난번에 부인이 저 대신 내주신 헌금을 갚아드려야 하는
데요."

"놔둬요, 비시따, 얼마 되지도 않는데…… 괜히 쑥스럽게 하지
마요."

"아니에요. 그건 아니지요! 받으세요! 어머, 바늘통이 너무 예쁘
네요!"

"별로 값어치가 나가는 것도 아닌걸요."

"정말 예쁜데요!"

"마음에 들면 가져요."

"그런 말씀 마세요……"

"가져요…… 액세서리인데요, 뭐!"

"그래요? 그렇다면 가질게요…… 뻔뻔하다고 생각하실까
봐……"

비시따는 정말이지 뻔뻔했고, 도냐 빠울라는 그녀를 '도둑까치'
라고 불렀다.

비시따가 가장 큰 민폐를 끼치는 것은 식료품이었다.

그녀가 큰 소리로 웃으며 한 옆집 여자의 집에 도착했다.

"나한테 무슨 일이 있었는지 알아요? 정말 믿기지 않아요. 창고
열쇠를 잃어버렸지 뭐예요…… 지금 배고파 죽겠는데. 뭐 좀 먹을

거 없어요? 지금 뭐라도 먹지 않으면 배고파 쓰러질 거 같아요."

비시따는 일주일에 두번 자기 집에서 복권 놀이나 주사위 놀이를 주관했다. 그녀는 교외로 나가 맛있는 것을 먹자며 돈을 모았다. 그러고는 준비위원회를 결성했다. 비시따와 그녀의 사촌이 늘 준비위원이었다. 비시따는 돈도 아낄 겸, 또 빵가게 주인이나 과자가게 주인이 지저분하다며 자기가 직접 간식거리를 만들었다. 그러고는 그녀의 지휘하에 페이스트리와 설탕에 절인 과일 등 자기네 부엌에서 할 수 있는 것은 모두 준비했다. 그런데 나중에 보면 그녀의 부엌에서 할 수 있는 것은 아무것도 없었다. 연기가 문제였다! 집주인이 오븐을 고쳐주지 않았단다. 뿔 달린 악마가 따로 없었다! 주여 용서하시길.

그렇게 해서 그녀는 다급해지면 베가야나 후작 부인의 부엌이나 다른 집의 부엌을 찾아갔다. 거의 대부분은 후작 부인 집이었다. 그러고는 그곳에서 모두 해결했다. 비시따는 후작의 하인들을 마음대로 부렸다. 부엌에 관련된 것은 미리 주방장의 허락을 받아 창고에서 식료품을 꺼내고, 설탕과 건포도, 후추, 소금을 사러 가게로 하인들을 보냈다. 하여간 뿔 달린 악마가 따로 없었다! 뻬드로가 식량창고의 서랍을 열지 않으면, 필요한 건 모두 가게에서 가져오게 했다. 돈이오? 걱정 마세요. 거기 내 장부가 있으니까. 나중에는 그 모든 것이 후작의 장부에 기입되었다. 단지 착오였다. 후작의 하인들이 사러 갔으니…… 그런 식으로 간식이 준비되었다. 모임 첫날밤에 이런 얘기가 오갔다.

"비시따, 어떻게 된 거지? 우리가 외상이 있나?"

"별거 아니에요…… 조금이에요……"

"그럼 갚아야지."

"계산은 계산이죠."

"각자 조금씩."

"여러분은 놔둬요. 제발 가만히 계세요. 그 문제는 이제 끝! 그럴 시간 없어요."

비시따는 그런 식으로 몇주일간의 메인 요리와 몇달분의 디저트를 해결할 수 있었다. 그녀의 남편은 별 볼일 없는 은행원이었다. 아주 좋은 집안 출신으로 작위를 가진 귀족과 친척뻘이었다. 비시따가 그렇게라도 머리를 쓰지 않았다면, 귀족의 친척으로서 어떻게 체면을 지키며 점잖은 행색이라도 할 수 있었겠는가?

비시따가 아직 처녀였을 때 발코니에서 뛰어내린 적이 있네 없네 하는 얘기가 있었다. 불이 나서가 아니라 애인 때문이었는데, 사람들의 생각에는 그 애인이 돈 알바로였다. 모두 추측이었다. 정확한 것은 아무것도 없었다. 비시따가 좀 가볍다보니…… 체면을 차리지 않다보니……

이제는 아무도 그 사건은 기억하지 못했다. 비시따는 여전히 산만했으며, 먹을 것을 밝히는 '진드기'로 — 여느 곳에서와 마찬가지로 베뚜스따에서도 사용되는 표현에 따르면 — 유명했다. 하지만 그 이상은 아니었다. 그녀의 시도 때도 없는 쾌활함은 참을 수 없을 정도였다. 사소한 농담도 허용되지 않는 장례식에서조차 그랬다. 하지만 누구도 이를 거론하지 않았다. 적어도 공개적으로는. 물론 이런저런 사소한 실수는 세지도 않았다.

비시따는 키 크고 날씬하며, 금발에 매력적인 편이었다. 하지만 본인의 생각만큼 매력적이지는 않았다. 그녀는 보이지 않을 정도로 눈을 지그시 감는 버릇이 있는데, 그 가늘게 뜬 눈에는 약간의 범의犯意는 보여도 본인이 상상한 만큼의 자극적이고 관능적인 매력은 없었다. 장갑을 끼지 않았을 때 그녀의 손을 건드리면 막 집어먹은 과자의 기름기가 느껴졌다.

돈 알바로는 믿을 만한 지인들끼리 있을 때면 비시따를 무시하는 투로 말하며, 그녀가 싫은 표정을 애써 감추지 않았다. 그는 비시따의 발이 예쁘고 종아리가 기대보다 괜찮기는 하지만, 신을 제대로 갖춰 신지 않는다고 했다. 속치마와 스타킹은 아쉬운 점이 많다고 했다. 이제 그의 말뜻을 이해하겠지만, 그는 이런 말을 한 후에는 손수건으로 입술을 자주 닦아냈다.

빠꼬 베가야나는 비시따가 가는 가터벨트를 사용하는데, 가느다란 삼끈이라고 자신있게 말했다. 물론 이런 말은 남자들끼리 있을 때만 했으며, 남자들은 신중하게 처신했다.

반면에 옵둘리아의 속옷은 흠잡을 데 없었지만 그녀의 행동은 그렇지 못했다. 이는 이미 공공연한 사실이라 굳이 이야기하는 사람도 없었다. 그러나 옵둘리아는 자기 애인들에게 돈 알바로와의 관계를 제외하고는 이전 애인과의 관계는 모두 부인했다. 돈 알바로는 그녀의 자존심이고 기쁨이었다. 그 남자가 너무나도 멋있어서 굳이 부인하고 싶지 않았다. 하지만 돈 알바로 딱 한 사람뿐이었다. 미망인이지만 죽은 남편 생각은 전혀 하지 않았다. 알바로의 미망인 같았다. 그 남자만이 옵둘리아의 유일한 과거였다!

그날 오후 두 여자 모두 아름다워 보였다는 것은 누구나 인정할 바였다. 적어도 솔직한 빠꼬 베가야나는 인정했다. 빠꼬는 친구의 얘기로 되살아난 이상주의에 그날의 남은 시간을 허비하지 않고, 부엌으로 들어가 숙녀들이 요리하는 음식 냄새를 맡았다.

베가야나 저택의 부엌에는 그 집안의 실증주의적인 화려함이 반영되어 있었다. 그들은 파산한 귀족이 아니었다. 요리의 풍요, 청결, 여유, 정성, 세련, 이 모든 것과 더 많은 것이 부엌에 들어서는 순간 느껴졌다.

주방장 뻬드로와 주방 보조 꼴라스가 평소 때의 점심식사를 준비하고 있었는데, 무슨 연회를 준비하는 것 같았다. 후작은 지방 곳곳에 소작 형태로 토지들을 소유하고 있었고, 그곳에서는 그러한 소작 형태를 산간 농장이라 불렀다. 소작인들은 낮은 소작료를 내는 대신 자기네 농장과 강에서 나오는 최고의 자연산 과일과 생선, 산에서 사냥한 것들을 후작에게 바쳤고, 이것은 소작료를 절대 올리지 않겠다는 서로의 합의하에 이뤄졌다. 산토끼, 집토끼, 메추리, 멧도요, 연어, 송어, 양고기, 암탉 등이 두번째 대홍수라는 위기를 맞이해 새로운 노아의 방주에 초대라도 받은 듯 후작의 부엌으로 향했다. 그 지방 어딘가에서는 베가야나 집에서 먹을 먹거리를 밤낮으로 하루 종일 준비하고 있을 것이다. 그건 분명히 그랬다.

오븐들이 모두 꺼지고, 뻬드로도 잠들고 주인도 잠들어 아무도 식사할 생각도 하지 못하는 깊은 밤, 베뚜스따에서 2레구아[16] 떨어진 쎌로니오 강에서는 가난한 시골사람이 다 썩어 물이 새는 보잘것없는 배의 노를 젓고 있다. 기울어진 벼랑이 곧 강물 위로 떨어질 듯 보이고, 잔잔한 강물의 어둠을 더욱 어둡게 하는 시커멓고 커다란 바위 아래에서 그는 불붙인 짚더미를 꼭 쥐고서 연어의 움직임을 노려보고 있다. 짚더미의 불꽃이 불화살처럼 물 위를 비추고 있다. 하얗고 깨끗한 소나무 테이블 위에서 그릴에 구워질 순간을 기다리며 스테이크용으로 잘라져 피를 흘리고 있는 저 연어가 후작의 소작인이 횃불 아래서 낚시한 바로 그 연어이다.

---

16 1레구아는 약 5킬로미터.

또한 최상품의 멧도요, 최고의 메추리를 주인에게 선물하겠다며 의기충천해진 소작인은 날 새기 얼마 전 한밤중에 산으로 올라갔다. 그리고 이곳 소나무 테이블 위에서 누런 깃털의 메추리는 토막 난 연어의 빨간색과 대조를 이루고 있다. 그곳 근처 창고에는 암탉과 새끼비둘기, 괴물처럼 커다란 장어, 큼지막한 햄 덩어리, 까무잡잡하면서도 하얀 모르시야, 자줏빛 초리소 등이 겉으로 보기에는 종류별로 무질서하게 쌓여 있거나, 아니면 휘어진 갈고리에 걸려 있었다. 그 창고에는 그 지방 최상품의 고기와 야채들이 보관되어 있었다. 잘 익고 큼지막한 과일들의 생생한 빛깔이 그림을 더욱 살아 있게 했다. 훈제든 염장이든 죽은 자연의 침침한 색조만 있었다면 약간 우울해 보일 수도 있었다. 노란 배와 붉은 빛을 띤 구워 먹는 배, 금빛 암홍색 사과, 수북이 쌓인 호두와 아몬드, 밤은 생생함과 다양함으로 빛과 음영의 조화를 이뤘다. 오렌지와 레몬, 사과 등 과일들이 폭신하게 누워 있는 건초의 부드러우면서도 은은한 냄새가 조리 중의 자극적인 냄새와 뒤섞여 후각을 자극하면서도 시각적으로도 푸짐한 느낌을 주었다.

그리고 그 모든 것은 움직임이고, 빛이고, 살아 있는 생명이고, 소리였다. 숲에서 노래 부르고, 푸른 하늘 위를 날아다니고, 맑고 시원한 물 위를 떠다니며, 햇볕 아래서 무지갯빛으로 빛이 났다. 나뭇가지에서 평원, 초원, 강, 산에서 살아 있는 생명체였다…… 확실히 베가냐 후작은 대단한 권문세가야! 비시따가 한숨을 쉬며 생각했다. 그녀는 베뚜스따 지방의 가장 훌륭한 식재료들만 모두 모아놓은 상설 전시장이 부러워 죽을 지경이었다.

후작은 사람들이 표를 늘리는 얘기를 할 때면 미소를 머금었다. 그래서? 거의 모두 내 소작인들 아닌가? 그들이 자기네 최고의 수확을 나에게 갖다 바치지 않나? 나에게 가장 좋은 먹거리를 갖다 주는 사람들이 허망한 공기처럼 아무 짝에도 쓸모없는 투표권을 나에게 행사하지 않겠다고 거부할까?

풍족하고 과시적이며 다양한 부엌 살림이 사방 벽에서부터 식탁과 큰 궤짝들 위로 빛을 뿜어냈다. 식료품 창고 못지않은 모습이었다. 그리고 거만하고 성질 고약한 뻬드로가 위엄 가득한 목소리로 그 모든 것을 지휘했다. 그곳에서는 폭군처럼 지배했다. 뻬드로는 최상의 음식을 맛보고, 요리 전통을 유지하고, 멀리 떨어져서도 다이닝룸 서빙을 감시했다. 그는 평범한 요리사나 대중 음식의 수호자가 아니었다. 그는 불 속에 뛰어들고 주의깊게 식탁 주변을 살피는 주방의 사령관이었다. 나이는 그리 많지 않았다. 마흔 정도로 상당히 잘 가꾼 편이었다. 그는 사랑을 많이 했으며, 자기가 앞치마를 벗고 멋지게 차려입고 모임에 들어서면 멋쟁이로 보일 거라 믿었다.

꼴라스는 확고한 사명감을 가진 조수였다. 눈이 약삭빠르게 보이고 손도 빨라 아주 민첩했다.

비시따가 데리고 온 산골 출신의 건장한 여자 이외에 이 두 사람이 귀부인들의 일을 도왔다. 뻬드로는 주인들의 식사를 준비해야 하는 자신의 본분을 잊지 않은 채 현명하게 도왔다. 우선 그녀들이 느닷없이 나타나 간식거리를 준비하는 것부터 허용했다. 부엌에는 모두를 위한 공간이 충분했다. 하지만 그걸로는 충분하지 않았고, 주방장은 못마땅한 기색을 애써 감추며 마지못해 허락했다. 그러면서 관용의 단계에서 보호의 단계로 조금씩 넘어갔다. 맨 먼저 그는 격을 낮춰 산골 여자에게 몇가지 충고를 했으며, 나중에는 꼬집기까지 했다. 더 활기찼다.

"꼴라스, 이 부인들을 돌봐드려라." 뻬드로가 엄숙한 목소리로
말했다.

후작 부인의 명령만으로는 충분하지 않았다. 보조는 뻬드로에
게 복종했고, 뻬드로는 자신의 의무에 복종했다. 후작 부인이 뻬드
로에게 예술가의 신념에 반하는 뭔가를 요구했다면, 그의 사퇴 이
외에는 아무것도 얻어내지 못했을 것이다. 그게 그의 언어였다. 뻬
드로는 많은 신문을 읽었고, 다 읽고 나서는 그것으로 과자를 담을
콘을 만들었다.

건방진 주방장의 냉랭함에 살짝 약이 오른 옵둘리아는 잠시 그
를 지그시 바라보며 유혹하기 시작했고, 뜻하지 않게 몇번 부딪히
며 반시간쯤 지나자 뻬드로는 항복하였다. 그러고는 장인의 손길
로 비시따의 간식을 자주 손봐주었다.

그러고는 한술 더 떴다. 뻬드로는 자신의 재주를 보여주며 옵둘
리아를 사랑에 빠뜨리려고 했다. 그래서 그는 이론적인 문제나 실
질적인 어려움이 나타날 때마다 늘 달려왔다.

"지금 뭘 넣지?"

"뭐부터 굽지?"

"이 계란은 몇번을 뒤집어야 하지?"

"이 파스타는 어떻게 볶지?"

"이건 후추를 쳐야 하나? 말아야 하나?"

"여기에 계피를 넣으면 안되겠지?"

"시럽은 다 됐을까?"

"계란 흰자로는 어떻게 거품을 내지?"

뻬드로의 지성과 기술이 그 모든 것에 완벽한 해답을 주었다. 설
명으로 충분하지 않을 때는 스스로 직접 손을 걷어붙이고 나서서

해결했다.

마드리드에서 사촌인 따르실라에게서 유명한 지식인들과 예술과 학문 쪽의 저명인사들에게 호의를 베풀어 다독이는 법을 배운 옵둘리아는 이제 베가야나의 주방장에게 우발적이면서도 은밀한 호의를 베풀었다. 그리고 그 호의는 전날 오후에 고고학 지식을 보여준 것에 대한 답례로 베르무데스를 쾌락과 관능의 늪에 빠뜨려 미치게 했던 것과 같은 호의였다. 옵둘리아는 돼지 지방에 대한 멋진 이론을 들은 후 관심 없는 척하다가도 뜨거운 눈길을 보냈으며, 함께 반죽을 치대면서 같은 그릇이나 냄비에 손가락을 집어넣어 우연히 손을 스치기도 했다. 복숭아 잼의 농도가 제대로 되었는지 보기 위해, 옵둘리아가 뻬드로에게 다가와 미소를 머금으며 그녀의 루비(주방장의 말이었다)의 입술에 닿았던 숟가락과 같은 숟가락으로 뻬드로의 입에 넣어주자 주방장은 너무 좋아서 하마터면 뒤로 넘어갈 뻔했다.

앞치마를 두른 주방장은 그 부인의 정복을 먼 훗날의 밑그림으로 그려보았다. 그토록 많은 신사숙녀의 음식들을 소금과 후추로 양념하며 한평생 보낸 것에 대한 마지막 보상이었다. 뻬드로 덕분에 많은 신사숙녀들은 좀더 쉽고 도발적으로 달콤하고 실속있는 사랑의 길을 찾았지 않은가?

뻬드로는 다른 때 같으면 거의 용납하지 않을 일까지 허락했다. 까만 쇠전골냄비로 요리를 할 때 집안 하녀들이 참견해도 가만히 있었던 것이다. 뻬드로는 '그 여자분'을 사랑했다. 사실 모든 여자를 사랑했다. 하지만 여자들의 요리실력은 믿지 않았다. 여자들의 용도는 다른 데 있었다. 요리와 여자는 상반되는 개념이었다. 그 말은 신문으로 만든 종이 콘에서 배웠다. 그는 좌파신문에서 자유와 정부는 반대말이라는 글을 읽은 후, 그 문장을 요리와 여자에 적용했다. 베뚜스따 전체가 글쓰는 여자를 안 좋게 생각하듯, 뻬드로는 여자 요리사를 그렇게 생각했다. 그는 여자 요리사를 남장 여자라고 불렀다.

남자 요리사들이 훨씬 비싸고, 재료들도 많이 쓴다고 하면 뻬드로는 이렇게 대답했다.

"여보시오, 돈이 없으면 먹지도 마시오."

그것만 빼면 그는 사회주의자였다.

신사들이 부엌으로 들어오자 뻬드로는 평소의 모습으로 돌아갔다. 멀리 떨어진 시골에서 가끔 식료품을 가져오는 소작인이나 하녀들에게 짓는 무뚝뚝한 표정으로 돌아간 것이다. 부뚜막이 신에게 바치는 제단이고 그는 수석사제였다. 그외 다른 사람들은 불의 제단에 바쳐지는 제물이고, 뻬드로는 신비스러운 침묵 속에서 행사를 주관했다. 그는 다시 무뚝뚝한 표정으로 돌아갔다. 그가 주인들에게 존경을 표현하는 방식이었다. 주인들이 말을 걸어도 그는 거의 대답도 하지 않았다. 그가 자주 노래하는 「여자의 마음」이 곧 그의 눈에 어른거렸다. 다른 사람들이 들어오자 옵둘리아가 그를 완전히 잊어버렸던 것이다. 그리고 그전에 그녀는 베르무데스를 잊어버렸다! 그날 베르무데스는 고고학 지식을 늘어놓았던 오후의 달콤한 추억을 곱씹으며 즐거움에 빠져 이마에 가느다란 띠를 두르고는 '고통의 침상'에 누워 있었다.

돈 알바로와 빠꼬는 방금까지 나눴던 에로틱한 형이상학적 대화 때문에 숙녀들이 열중하고 있는 요리에 바로 동참하기 힘들었다. 사실 점심식사 시간이 다가오고 있었으며, 그 냄새가 식욕을 자극했다. 하지만 숭고한 이상은 밥을 먹지 않는 법이다. 돈 알바로는 최상의 기술을 발휘해 숯검정과 기름기, 밀가루는 하나도 건드리지 않고, 숯 저장고와 부엌, 심지어 방앗간까지 돌아다녔다. 그는 사방을 돌아다니며 아무것과도 부딪히지 않고 '노란 살롱'에 있는 것처럼 후작의 부엌에 있었다. 예전에 키스를 남발했던 바로 그곳이다. 돈 알바로에게는 그 집에서 그런 추억과 관련되지 않은 곳은 한군데도 없을 것이다. 빠꼬는 말할 것도 없었다. 빠꼬의 첫사랑은 현재 창고로 사용하는 방을 침실로 사용하던 하녀였다. 후작 자제는 어둠속을 기어서 부엌을 돌아다닐 줄 알았고, 움츠린 몸으로 부뚜막 근처에 있는 임시 숯 저장고의 크기를 이미 확인한 바 있었다.

신사들은 자기네들의 이상에도 불구하고, 여성예술가들의 즐겁고 느긋한 열정에 곧 동참했다. 그들 역시 화가였다.[17] 주방 보조의 거의 불경스러운 농담과 뻬드로의 모욕적인 미소에도 불구하고, 두 신사는 반죽과 설탕 절임, 뻬드로가 준비하는 모든 것에 손을 집어넣으며 자기네들의 재주를 입증하고 싶어했다. 빠꼬는 밀가루로 범벅이 되어갔지만 돈 알바로는 열심히 주방 보조를 했음에도 깨끗했다.

옵둘리아는 후작 자제와 수십번은 부딪혔다. 팔과 무릎, 특히 손이 몇분 동안 스쳤는데도 그들은 모르는 척했다. 옵둘리아가 무릎까지 오는 짧은 치마에 하얀 앞치마 끈으로 몸을 꽉 묶고 있어서 조금만 움직여도, 빠꼬는 새로운 취향의 스코틀랜드 스타킹을 꽤 많은 부분 볼 수 있었다. 젊은 귀족은 완전히 벗은 것보다는 얇은 옷이라도 살짝 걸친 인간의 몸을 더 좋아하는 게 사랑의 이율배반이라는 생각을 늘 했다. 왜 맨살보다 얇은 속옷에 더 흥분되는 걸

---

17 이딸리아의 계관화가 꼬레지오(Correggio, 1489~1534)가 라파엘로의 「싼따세실리아」를 처음 보고 한 말로 잘 알려져 있다.

까? 설명이 되지 않았다. 맨발로 다니는 시골 처녀의 통통한 종아리를 볼 때는 아무렇지 않았다…… 그런데 복사뼈에서 손가락 여덟 마디 정도 위에 있는 스타킹을 보면 이상주의는 멀어져갔다! 그리고 이번에도 그랬다. 아니 더했다. 옵둘리아의 스타킹이 스코틀랜드제가 아니었다면, 젊은 청년은 이상주의자다운 평정을 잃지 않았을 수도 있었다. 하지만 다른 색 리본들이 달린 빨간색과 검정색, 초록색 체크무늬가 그를 투박하고 조잡한 현실로 되돌려놓았다. 그리고 옵둘리아는 자신의 승리를 금세 눈치챘다.

미망인에게 가장 고상한 즐거움 중의 하나는 옛 애인들과 즐거운 '시간'을 보내는 것이었다. 서론부터 시작하지 않아서 좋았다. 추억은 마법을 불러일으킨다. 추억을 오늘의 일처럼 음미한다면 더 큰 즐거움이 어디 있겠는가? 빠꼬도 그녀의 애인이었다. 그런데 그녀는 돈 알바로와 지냈던 시간이 더 좋았다. 다 같은 애인이지만 돈 알바로가 훨씬 오래전에 사귄 애인이었다. 그런데 알바로는 잔인했다! 알바로는 좀더 적극적으로 나오지 않고 베르무데스를 대하듯 하였다. 이 세상 그 누구보다 예의바랐으며, 주교가 바라보듯 차가우면서도 깍듯한 무관심으로 그녀를 바라보았다. 그녀는 자신의 외모로는 주교나 돈 알바로에게 절대 육체적인 욕망을 불러일으키지 못할 거라고 확신했다. 돈 알바로는 어떻게 할 수 없었다. 그리고 주교도 마찬가지였다. 그녀는 그에게 충실했다. 당연히 돈 알바로에게. 하늘에 계신 하느님은 잘 아실 것이다. 아직도 그를 사랑하거나 그 비슷한 심정이었다. 어떤 남자보다 늘 그를 더 원했다. 하지만 돈 알바로는 이제 그녀를 좋아하지 않았다. 그 사랑은 이미 끝났다.

그들은 요리사 놀이에 싫증이 났다. 비시따는 아직도 냄비들을 뒤지고, 선반과 찬장, 장들을 뒤지고 다니는 데 신을 냈다. 입을 열 때마다 입에 과자를 물고 있었다. 뻬드로는 그녀가 도둑까치마저 부러워할 정도로 설탕 덩어리와 심지어 순도 100% 사프란 봉지를 슬쩍하는 것을 눈치챘다. 또한 그녀는 치마 사이로 최고급 티 박스를 챙겨넣기도 했다.

비시따는 이렇게 훔칠 때마다 큰 웃음과 아무도 웃지 않는 썰렁한 변명으로 얼버무렸다. 이제 사람들은 그것이 도냐 비시따의 나쁜 버릇이라는 것을 알고 있었다.

여자들은 하인들에게 간식을 맡긴 후 손을 씻고 옷매무새를 고치고 머리를 손보러 갔다. 그럴 때 사용할 수 있는 화장대가 어디 있는지 알고 있었다. 후작 부부의 죽은 둘째딸이 사용하던 방이었다. 그 일은 이제 아무도 떠올리지 않았다. 침대는 여전히 그대로 있었지만, 불쌍한 딸의 옷이나 추억은 하나도 남아 있지 않았다.

돈 알바로와 빠꼬는 숙녀들과 함께 방 안으로 들어갔다. 못할 것도 없지 않은가? 점잖은 척하기에는 서로가 너무나도 잘 아는 사이였다. 게다가 옵둘리아의 말처럼 '아무것도 보여줄 게 없었다.' 빠꼬와 미망인은 한 세면대에서 함께 손을 씻었다. 물속에서 손가락끼리 서로 뒤엉켰다. 옵둘리아에게는 매우 짜릿한 즐거움이었다. 즐거웠던 시절이 떠올랐다. 석양 무렵의 햇살이 침대 발치까지 들어와 두 개구쟁이를 환하게 감싸주었다. 부뚜막의 열기와 농담, 힘들었던 노동이 옵둘리아의 뺨에 불꽃을 밝혀주었다. 한쪽 귀에서는 불이 뿜어져나왔다. 그녀는 흥분해 뭔가를 원했지만, 그게 뭔지는 알지 못했다. 분명 먹을 것은 아니었다. 과자는 백한가지를 맛보았고, 재미삼아 후작의 저녁 음식까지 맛보았기 때문이다.

비시따와 돈 알바로는 발코니에서 좀더 차분하게 대화를 나눴다. 그들은 발코니 난간의 차가운 쇠장식에 기대어 있었다. 자기네는 절대 돌아보지 않을 거라는 걸 비시따는 확신했다. 동무들 사이에서 이런 암묵적 계약이 깨진 적은 없었다.

후작 자제가 너털웃음을 지었다.

"왜 웃는 거예요?" 옵둘리아가 물었다.

"호아낀 오르가스. 그가 사방으로 당신을 찾아다닐 테니 말이오. 그가 장난기가 좀 있죠. 안 그래요?"

옵둘리아는 잠시 생각에 잠겼다가, 마침내 깔깔거리며 웃었다. "좀 그러네요." 그녀는 후작의 죽은 딸의 침대 위에 앉아 있었다. 미망인의 발이 시계추처럼 흔들렸다. 스코틀랜드 스타킹이 다시 드러났다. 지금은 스타킹 두짝이 다 보였다. 옵둘리아가 한숨을 내쉬었다. 그녀는 마음속으로 옛날 일을 떠올렸다. 사실 그들은 늘 사랑했었다. 그들이 원하든 원치 않든, 그래도 그들을 이어주는 뭔가가 있었다. 관계는 깨졌다. 절대 불변이란 불가능한 일이고, 결국에는 싫증내고 말기 때문이다. 지속적인 사랑이란 웃기는 얘기다. 이건 두 사람이 마드리드에서 배운 사실이다. 부부도 기껏해야 2, 3년이면 서로 싫증낸다. 불륜은 조금 더 지속되지만 그것도 오래가지 못한다.

"하지만 어쩌다 한번씩 만나면 매일 비만 내리고 구름만 잔뜩 끼는 이 빌어먹을 곳에서 한겨울에 화창하게 해가 뜨는 날씨 같지 않나요?" 옵둘리아가 최대한 예쁘게 보이며 말했다.

"멋진 생각!" 빠꼬가 탄성을 내뱉었다. "맞아요. 내 자신도 설명할 수 없는 뭔가가 있었는데…… 바로 그거였어요."

그리고 이제는 이러한 감정이 멋지고 시적으로까지 보였기 때문에, 그날 오후 빠꼬는 진심으로 온몸을 바쳐 미망인을 사랑하기로 했다.

옵둘리아가 추억을 음미한다고 하는 것이 바로 그런 거였다.

비시따 역시 양 볼이 발갛게 달아올랐으며, 부엌의 열기와 농담의 활력이 그녀의 눈에서 거짓된 사랑의 모습을 끌어내 작은 눈을 아름답게 보이게 했다. 진한 금발이 곱슬곱슬하고, 앞머리가 뒤엉켜 이마를 덮었다. 비시따와 돈 알바로는 다정한 오누이처럼 얘기를 나눴다. 그가 그녀의 진짜 첫사랑이었다. 다시 말하면 한밤중에 발코니를 뛰어내리는 것과 같은 경솔한 짓을 처음으로 저지르게 했던 사람이었다. 하지만 그 모든 것은 이미 오래전 일이었다! 살다보니 초라한 걱정거리에 치여 무미건조해졌다.

그녀는 매번 발걸음을 내디딜 때마다 임시방편으로 대출의 상처를 지혈하고 파산을 막아야 하는 절박함을 느꼈다. 그로 인해 미친 여자와도 같았던 성격도 저속한 실증주의로 바뀌었고, 지나칠 정도로 에로틱했던 젊은 시절의 환상도 많이 무뎌졌다.

사람들 말로는 그녀는 매우 훌륭한 가정주부였다. 즉 그녀는 정성껏 부지런히 재산과 집안일을 돌보았다.

사랑의 겨울을 지나온 돈 알바로와 비시따에게는 옵둘리아가 말하는 화창한 날은 없었다. 하지만 단둘이 만날 때나, 둘 중의 한 사람에게 신경 써야 할 일이 생기거나 걱정거리가 있을 때면, 그러니까 터놓고 얘기할 사람이나 충고를 구해야 할 때면 그들은 거의 모든 일을 얘기했다. 그들은 서로 가까이 앉아 나지막하게 얘기를 나눴으며, 옛날처럼 말을 놓았다. 이제는 세월이 흘러 사랑은 없어도 여전히 사이좋은 부부처럼 보였다.

"치! 내가 당신을 아는데, 이번에는 당신이 제대로 빠졌어. 하지만 한마디만 할게. 무지하게 많이 힘들 거야······" 비시따가 진심으로 슬픈 표정을 지으며 말했다. 그 표정이 저물어가는 그녀의 미모를 살짝 돋보이게 했다.

판사 부인에 대해 이야기할 때 돈 알바로는 빠꼬보다 비시따와 좀더 솔직하게 얘기했다. 다른 정책이 필요했기 때문이다. 후작 자제에게는 앞에서 설명한 이유들 때문에 순수한 사랑을 말해야 했다. 반면 비시따에게는 또다른 정복을 말해야 했다. 비시따가 자기나 다른 수많은 여자들이 추락했던 캄캄한 함정 속으로 판사 부인도 밀어넣고 싶어한다는 것을 돈 알바로는 알고 있었다. 비시따는 아나가 도냐 아눈시아와 오늘날 수석사제인 돈 리빠밀린과 함께 처음 베뚜스따에 왔을 때부터 친구 사이였다. 비시따는 아나를 찬미하고, 아나의 아름다움과 미덕을 칭찬했다. 하지만 비시따 역시 모든 여자들과 마찬가지로 아나의 미모가 마음에 걸렸고, 그 정조가 그녀를 미치게 했다. 비시따는 그 하얀 담비가 진흙탕에 빠진 것을 보고 싶어했다. 아나에게 쏟아지는 수많은 찬사가 지겨웠다. 베뚜스따가 죄다 "판사 부인! 판사 부인은 절대 난공불락이야!"라고 말했다. 그리고 결국 끝나지 않을 것 같은 그 노래가 지겹기 시작했다. 그리고 아나를 부르는 호칭도 황당했다. 판사 부인이라니! 왜? 다른 판사 부인은 없나? 아나가 베뚜스따에서 판사 부인이었던 시간은 얼마 되지도 않았다. 아나의 남편이 일찌감치 관직을 떠났는데, 왜 여기저기서 아직까지 판사 부인이라는 거야! 은행원의 아내는 아나를 악의 구렁텅이로 밀어넣는 데 많은 시간을 할애할 수는 없었다. 충분히 힘들고 초라한 자신의 삶을 신경 써야 했다. 하지만 스트레스를 풀 데는 있어야 했다. 바로 그거였다. 결국 아나도 다른 여자들과 똑같아져야 했다. 비시따는 될 수 있는 한 아나에게서 떨어지지 않았다. 성당, 산책길, 극장에서 거의 항상 붙어

다녔다. 사실 아나가 밖에 나가는 일이 별로 없긴 했지만. 돈 알바로가 자기 친구인 아나에게 관심이 있고 그녀의 정조에 흠집을 내고 싶어한다는 것을 안 이후, 비시따는 자기 생각에 꼭 필요한 일을 서두를 생각밖에 하지 않았다. 옛날 애인의 유혹에 넘어가지 않을 여자는 아무도 없다고 굳게 믿었다.

그들은 단둘이 얘기를 나눌 때면 그 일을 얘기했다.

알바로는 자기 감정이 사랑은 아니라고 극구 부인했다. 만만치 않아서 생긴 집착일 뿐이라고 했다.

비시따는 돈 알바로의 감정이 진심이길 바라는 것처럼 굴었다. 그녀는 알바로의 말에서 은밀한 쾌락을 느꼈지만 겉으로 내색은 하지 않았다.

"비시따, 잘 알잖아. 사랑이 어떤 나이든 해당되는 건 아니라는 걸."

"그건 얘기하지 말아."

"일단 좋아하면, 나중에는…… 되는 대로 서로 알아서 하는 거지."

그 말을 하며 돈 알바로는 우스꽝스럽게 절망하는 표정을 지으며 양어깨를 으쓱했다. 아주 흥미롭게도 그와 그를 추종하는 여자들에게는 바이런[18]처럼 보이는 표정이었다(그를 추종하는 여자들이 바이런을 안다면 말이다).

"알바로, 그녀는 아름다워. 아름답지. 아름답고말고. 그건 보증

---

18 조지 고든 바이런(George Gordon Byron, 1788~1824). 제6대 바이런 남작으로 영국의 낭만파 시인이다. 미남인 젊은 독신귀족으로 그의 옷차림과 걸음걸이가 곧바로 사교계에서 유행이 될 정도였다. 스페인 돈 후안에 모티프를 둔 풍자희극시 「돈 주앙」의 작가이기도 하다.

해."

"그래. 그건 한눈에 봐도 알 수 있지."

"아니. 당신이 아는 것처럼 모두 한눈에 보이는 건 아니야. 그리고 아나는 쟤가 하는 짓은 하지 않다보니." 그러면서 비시따가 엄지를 들어 빠꼬와 옵둘리아가 속삭이고 있는 뒤쪽을 가리켰다. "아나는 리본과 벨트로 몸을 꽉 조이지도 않고, 속치마에 치마를 막 껴입지도 않으니까…… 당신이 봤어야 해!"

"알 수 있을 것 같아."

"그게 같지는 않아."

침묵이 흘렀다. 그러고는 비시따가 계속 말을 이었다.

"그 달콤하고 평온한 얼굴에서 두 눈에만 약간 열정이 담긴 거 봤어? 그리고 그 얼굴이 속눈썹 아래의 그림자처럼 보이는 거?……"

"정말 프리힐리스의 말이 옳은 것 같군."

"그 몽유병 환자가 뭐라고 했는데?"

"판사 부인이 「의자에 앉은 성모마리아」[19]를 많이 닮았다고 했거든."

"그러네. 얼굴이 닮았어……"

"그리고 표정도. 다른 생각을 하고 있을 때 고개가 살짝 기울어진 모습도. 완벽하게 동그란 턱으로 아이를 쓰다듬는 것 같아……"

"이런! 이런! 예술가네!"

나이 든 여인의 두 눈에서 마치 부채질한 화로의 불꽃처럼 섬광이 보였다.

---

19 Madonna della Seggiola(1514). 라파엘로 싼찌오(Raffaelo Sanzio, 1483~1520)의 작품.

"사랑하지 않는다면서 그녀를 성모마리아와 비교하다니!···"

"불쌍한 여자가 아이를 갖지 못해 많이 상심하는 것 같아."

비시따가 어깨를 으쓱했다. 그녀는 목구멍에 걸린 쓰디쓴 뭔가를 집어삼킨 후 그렁그렁한 목소리로 빠르게 말했다.

"가지면 되지, 뭐."

돈 알바로는 그 말에 혐오감이 들었지만 겉으로 내색하지는 않았다.

"오, 알바로! 아나를 방에서 봐야 하는데. 특히 경련을 일으키며 온몸을 비틀 때 말야······ 침대 위에서 얼마나 몸부림치는데! 다른 사람 같다니까······ 그나저나 이유는 모르겠지만, 영국계 미국인이 선물했다는 호랑이 가죽이 이해할 수 있으려나. 작년에 온 부포스 극단[20]이 춤추던 환상적인 춤 기억나?"

"그래, 그런데?"

"주신제酒神祭 춤 기억나? 그거하고 거의 비슷해. 아나가 바커스 같다니까. 거기서 말하는 그런 나라에서 주정뱅이 여자가 실제 있다면 그런 모습일 거야. 아나가 경련을 일으킬 때가 딱 그런 모습이거든. 아나는 경련을 일으킬 때 얼마나 웃어대는지! 두 눈에는 눈물이 글썽글썽하고, 입에는 유혹적인 주름들이 자글자글하고, 너무나도 사랑스러운 목구멍 안에서는 땅속이 토해내는 깊은 신음소리 같은 곡소리가 나와. 늘 감옥에 갇혀 침묵하고 있던 사랑이 저 안에서부터 한탄하며 나오는 것 같아. 아이, 모르겠어! 이상하게 한숨을 쉬고, 베개를 꼭 끌어안아! 그러고는 게으름을 피우듯

---

20 부포스(Los Bufos). 프란시스꼬 아르데리우스(Francisco Arderíus)가 1866년 마드리드에서 창단한 극단으로, 뮤지컬과 풍자극이 혼합된 대중연극 장르를 무대에 올렸다.

천천히 몸을 웅크려! 누가 보면 아나가 경련을 일으키면서 질투로 분노하거나 사랑 때문에 죽는 악몽을 꾸고 있다고 말할 거야……그 멍청한 낀따나르는 남자가 아니야. 새와 연극, 수탉들을 교배시키는 프리힐리스만 죽어라 좋아하니 말이야. 이 모든 건 불공평해. 세상은 그래서는 안돼. 사실 그렇지도 않고. 이 모든 사기극을 만들어낸 사람들은 바로 당신들 남자들이야."

비시따가 말의 흐름을 잃고 잠시 가만히 있다가 덧붙였다.

"나는 이해해."

그녀가 잠시 진정했다가 본론으로 돌아갔다.

"당신이 아나를 봤더라면! 꿈속에서 그리는 그런 여자가 아니야. 그게…… 양팔이……"

비시따는 옛 애인이자 친구인 남자에게만 설명할 수 있는 세부 사항까지 언급하며, 아나의 풍만한 몸매와 육체적인 완벽함, 숨겨진 매력을 세밀하게 묘사했다. 까르메네스가 『엘 라바로』에 기고한 글과 비슷한 내용이었다. 하지만 비시따는 때로는 정확하게 명칭까지 언급했으며, 정확한 이름이 없거나 모를 경우에는 아주 다정하고 은밀한 사이였을 때 알바로가 흥분해서 사용했던 변덕스러운 축소형을 사용했다. 남성형이라도 여성화된 명칭들이 비시따의 기억에 불로 지진 듯 깊이 각인되어 있었다. 돈 알바로와 얘기할 때만, 그것도 아주 가끔씩만 그녀의 입에 오르는 말이었다. 비시따에게는 영광스러운 맛이 느껴졌다. 하지만 그러고 나면 쓰디쓴 체념만이 남았다…… 남편, 자식들, 광장, 하인들, 농장주……그 모든 것이 이제는 아무것도 아니었다. 뿔 달린 악마들이었다!

비시따는 자기도 모르게, 자기가 열심히 묘사하고 있는 판사 부인의 해당 신체 부위들을 자기 몸으로 가리켰다. 그렇다고 요염을 부리는 것은 아니었다. 그러고는 모든 묘사가 끝나자 뒤를 가리키며 말했다.

"'다른 여자'는 몸매가 좋다고 우쭐대지…… 비교도 안돼!"

인용은 바르고 적절했다. 비시따는 돈 알바로가 다른 여자가 누군지, 비교도 되지 않는다는 말이 무슨 말인지 알고 있다고 생각했다.

이제 군침을 삼키고 있는 사람은 양귀비처럼 얼굴이 빨개진 카지노 회장이었다. 거의 항상 생기가 없던 두 눈에는 이제 비시따의 눈에서 뿜어져나오던 불꽃이 이글거렸다.

"하지만 당신이 많이 힘들 텐데……"

"그렇게 힘들지 않을 수도 있어." 돈 알바로가 자제하지 못하고 말했다.

"그녀가…… 그녀가 이미 미끼를 물었어."

"그렇게 생각해?"

"그래, 확실해. 하지만 너무 믿지는 마. 물고기는 그냥 물에 놔두고, 당신은 헛물만 켜다 갈 수도 있어."

"잡아당겨야 할 순간만 오면……"

"오랫동안 생각 많이 했나보네."

"누가 그런 얘기를 해?"

"이거."

비시따가 손가락으로 자기의 두 눈을 가리켰다.

"그녀가 무슨 생각을 하는지는 당신이 어떻게 아는데?"

"하여간 알고 싶은 것도 많네. 사랑하지 않는다면서……!"

"사랑? 그런 건 생각도 하지 않아…… 하지만 그녀가 어떤지 알고 싶은 건 당연하잖아…… 제대로 계산하려면 말이야."

"그녀는 쉽지 않을 거야. 하지만 속으로는 다 생각하고 있을 거야. 신경발작을 자주 일으키거든. 당신도 잘 알잖아. 결혼하면서는 발작이 멈췄지만 다시 시작되었어. 하지만 지금처럼 그렇게 자주 일어나지는 않았어. 기분이 들쑥날쑥이야. 다른 여자들을 판단하는 기준이 과장될 정도로 엄격해. 그녀는 매사를 지루해해. 맨날 틀어박혀 지내니!"

"자! 자! 그건 별 의미도 없어."

"많은 의미를 갖지."

"나한테는 전혀 도움이 되지 않아."

"당신이 뭘 안다고? 잘 들어봐. 사람들이 당신 말을 하면, 얼굴이 하얘지거나 토마토처럼 시뻘게지고 꿀 먹은 벙어리가 돼. 그러고는 간신히 말할 수 있게 되면 얼른 대화를 바꾸지. 극장에서, 당신이 고개를 다른 쪽으로 돌리면 그녀는 당신에게 시선을 고정시켜. 그리고는 관객들이 무대에 빠져서 아무도 자기를 관찰하지 않는다고 생각하면 또 당신만 뚫어져라 바라보지. 하지만 내가 놓치지 않았지. 물론, 호기심으로. 왜냐고? 신중하게 이익도 챙겨야지."

"당신과는 막역한 친구잖아?"

"친구 맞지. 그런데 막역하다고? 아나는 자기 머릿속에 들어온 것 하고만 가까워. 그런 단점이 있지. 생각이 너무 많고, 모두 속으로 꽁꽁 싸매지. 그녀 입을 통해서는 무슨 생각하는지 아무것도 알아낼 수 없을 거야."

순간 침묵이 흘렀다.

"총대리신부에게 가서 털어놓지 않는 한 …… 당신도 알잖아. 이제 그를 고해신부로 받아들여야 한다는 거."

"그래. 그렇더군. 내 생각에 고해실에 싫증난 수석사제의 작품 같아."

"아니야. 그녀의 작품이야. 그녀는 또다시 신비주의를 계획하고 있어."

비시따는 자신의 믿음과 다른 믿음은 모두 신비주의라고 불렀다. 그리고 그녀의 믿음은 독실함과는 거리가 멀었다.

"내가 알아보니까, 아나가 어렸을 때 저기 로레또에서 이미 그런 발작이 있었대…… 미친 사람처럼…… 헛것도 보고 말이야…… 온갖 난리를 부렸다지. 그런데 지금 또 그러는 거지. 하지만 이번에는 다른 이유 때문이야." 그러고는 심장을 가리켰다. "알바로, 그녀는 사랑에 빠졌어. 틀림없어."

돈 알바로는 진심으로 한없이 고마웠다. 그 말이 자신에 대한 믿음을 돌려주었다!

그는 더는 알고 싶지 않았다. 다르게 말하면, 비시따가 더이상 긍정적인 말을 더 하지는 않을 거라는 걸 알았다.

돈 알바로는 비시따의 얼굴 근육에서 고통을 보았다. 비록 다른 근육들이 그 표정을 지우려고 노력하기는 했지만 목소리가 살짝 떨리는 걸 감추지 못했다. 측은하다는 생각이 들었다. 적어도 돈 알바로는 측은한 마음이 들었다.

"그만해." 돈 알바로가 비시따에게 다가서며 말했다. "다른 사람들 얘기는 그만하지. 우리 얘기나 하자고. 당신 오늘 아주 예쁜데……"

"지금…… 이런 몰골이?" 그녀가 철판처럼 딱딱한 혀로 말하는 것 같았다.

"바보…… 당신이 그렇게 의심이 많지만 않았다면……"

"이건 또 무슨 새로운 얘기야?" 그녀가 철판이 된 혀와 입술로 물었다.

"새롭다…… 그걸 새롭다라는 거야? 배은망덕하네."

돈 알바로의 얼굴이 비시따의 얼굴 가까이 다가갔다. 거리에는 아무도 지나다니지 않았다. 인적이 매우 드물었고, 돌들 사이로 풀이 무성했다. 이를 두고 베르무데스는 숭고하고 귀족적인 침묵이라 말했다.

돈 알바로는 뒤에 있는 옵둘리아와 빠꼬가 볼 수 없을 거라 확신했다. 그가 비시따에게 더욱 가까이 다가갔다.

그 순간 뺨 때리는 소리와 함께, 요란하게 웃는 은행원 아내의 웃음소리가 들렸다. 그녀가 돈 알바로에게서 도망치며 한발짝 뒤로 물러났다.

"미쳤어! 바보!" 돈 알바로가 축축하고 끈끈하게 느껴지는 뺨을 닦으며 신음을 토해냈다.

"다른 여자한테나 가보시지! 후작 부인이 말하는 것처럼 내가 '동네 나팔'이잖아."

비시따는 완벽하게 침착해져 미소를 띠며, 조각 설탕 한개를 입 안에 집어넣었다.

그것이 그녀의 방식이었다. 그녀는 불신으로 인해, 사랑의 속임수가 주는 달콤함을 자기 자신에게 금지시켰다. 그러고는 그것을 '신장에 안 좋은' 군것질거리로 보상했다.

돈 알바로는 회한이 밀려드는 가운데, 비시따가 믿음과 사랑으로 충만하여 발코니 아래로 뛰어내리던 밤을 서글프게 떠올렸다.

대성당 옆 거리의 골목으로 한 부인이 모습을 드러냈고, 발코니에 있던 사람들은 그녀를 바로 알아보았다. 판사 부인이었다. 검은 옷을 입고 망토를 두르고 있었다. 하녀인 뻬뜨라가 함께 있었다. 곧 그들 아래를 지나갔다. 아나는 정신이 다른 데 팔려 고개를 들지 않았다.

"아나, 아나." 비시따가 소리 질렀다.

그때 돈 알바로는 미소를 띠며 인사를 건네는 판사 부인의 얼굴을 볼 수 있었다. 그렇게 아름다운 모습은 한번도 본 적이 없었다. 양 볼은 발그스레했지만 안색은 창백했다. 비시따와 옵둘리아처럼 부뚜막 옆에 있었던 것 같았다. 아나의 두 눈에는 건조한 광채가 담겨 있었다. 얼굴 전체로 환하게 퍼지는 밝은 광채였다. 그녀는 생각에 잠겨 미소 가득한 얼굴로 오고 있었다.

게다가 돈 알바로는 판사 부인이 비시따를 쳐다보듯이 당황하거나 어색해하지도 않고 아무렇지도 않게 자기를 봤다고 생각했다. 다른 때보다 훨씬 솔직하게 반기는 인사에서 약간 무시하는 듯한 표정이 엿보였다. 무심한 표정이 그를 짜증나게 했다. 그것은 그녀가 그에게 이렇게 말하는 것과 같았다. 똥강아지, 너는 물지도 못해. 나는 네가 하나도 안 무서워. 두고 보라지. 상냥함이 바로 무심함으로 바뀌었다. 대성당에서 무슨 일이 있었던 걸까? 단 한번의 만남으로 저 여자를 저렇게 바꾼 페르민 신부란 사람은 대체 어떤 사람일까?

돈 알바로는 잠시 이런 생각에 잠겼다. 화가 났으며, 의심과 망설임에서 빠져나오고 싶은 마음이 간절했다. 하지만 얼굴에는 그런 표정이 전혀 드러나지 않았다. 그는 근엄한 분위기를 풍기며 인사를 건넸다. 그의 흠모자이자 영원한 숙적인 돈 론살이 그토록 부러워하는 신사다운 분위기를 풍기며 인사했다.

"고해를 하셨습니까?"

"네, 바로 조금 전에요."

"물론, 총대리신부님이시겠지요?"

"네, 그분에게 했습니다."

"어떻습니까? 훌륭하지요? 그렇죠? 내가 뭐라고 했습니까? 올라오시지요?"

"아니오. 지금은 안돼요."

옵둘리아가 아나의 목소리를 듣고는 흐트러진 옷매무시와 머리는 신경도 쓰지 않은 채 발코니로 달려왔다.

"아나! 올라와요! 얼른!" 옵둘리아는 판사 부인을 머리끝부터 발끝까지 두 눈으로 집어삼킬 듯 바라보며 소리쳤다.

옵둘리아는 자기를 제외한 다른 여자들의 가치를 모두 옷을 걸친 마네킹처럼 평가했다. 여자들을 허접하게 보았으며, 그나마 남자들은 잘 봐주었다.

아나는 다시 한번 사과했다. 해야 할 일이 있었다. 그녀는 귀엽게 웃으며 인사를 건넨 후 계속 가던 길을 갔다. 한순간 그녀의 눈이 돈 알바로의 눈과 마주쳤다. 하지만 다른 때처럼 당혹스러워하거나 피하지 않았다. 아무렇지도 않게 그를 쳐다보았다. 그녀는 욕망과 뒤섞여 분노하는 자기애와 음탕함이 가득한 눈동자와의 '접촉'을 피하지 않았다.

판사 부인이 멀어지며 황량한 거리 쪽으로 사라져가는 동안, 발코니에서는 모두 아무 말도 하지 않았다. 아나가 골목을 돌아갈 때까지 모두 눈으로 그녀를 쫓아갔다. 옵둘리아가 약간 무시하는 듯 말했다.

"단출하게도 입었네."

그러고는 방으로 돌아갔다.

"해치워버려!⋯⋯" 비시따가 약간 놀리는 듯한 말투로 돈 알바로의 귀에 대고 소리 질렀다. 그러고는 상당히 진지한 말투로 덧붙였다.

"총대리신부를 조심해! 어정쩡한 신학을 많이도 안다니까. 게다가 신학뿐만이 아니야!"

9장

　이미 그림자가 드리워진 누에바 광장의 한쪽 모퉁이에 오소레스 가문의 저택이 있었다. 외관의 문양이 지나칠 정도로 화려해서 우아하지는 않았다. 카지노의 사각석처럼 벽을 타고 지붕까지 올라간 습기 때문에 사각석이 시커멨다.

　아나는 대문 앞에 이르는 순간 발걸음을 멈췄다. 한기를 느낀 듯 온몸이 떨렸다. 그녀는 옆 거리의 입구 쪽을 바라보았다. 그곳에 광채로 가득한 지평선이 활짝 열려 있었다. 아길라 거리는 찬란한 초록빛으로 물든 산허리의 초원과 산이 저 멀리 보이는 가파른 언덕길이었다. 시끄럽게 재잘거리는 제비들이 광장을 지나 지붕들 위를 날아다녔다. 제비들은 곧 다가올 겨울여행을 위해 작별인사를 하며 가만히 있지 못하고 분주했다.

　"뻬뜨라, 문을 두드리지 마라. 좀더 걷자……"

　"우리 둘이서만요?"

"응. 둘이…… 초원으로…… 들판을 가로질러서."

"하지만 마님, 초원이 상당히 젖어 있을 텐데요."

"사람들이 없는…… 샛길로…… 가자. 네가 그 고장 출신이니 잘 알 것 아니니? 어디로 가야 아무도 만나지 않을까?"

"하지만 전부 젖어 있을 텐데요."

"이제는 괜찮을 거다. 햇볕에 땅이 다 말랐을 거야, 내 신발도 괜찮아. 자, 얼른 가자! 뻬뜨라!"

아나는 변덕스러운 계집아이의 목소리와 하늘의 자비를 구하는 독실한 신자의 표정으로 간청했다.

뻬뜨라는 놀라서 안주인을 바라보았다. 단 한번도 그런 모습을 본 적이 없었다. 평소의 차가움, 불신하고 의심하는 듯한 얼굴에서 보이는 침착함은 어디로 갔단 말인가?

하녀는 스물다섯을 조금 넘었다. 거의 백색에 가까운 사프란 빛 금발에 이목구비가 반듯했다. 욕망은 일으켜도 사랑까지는 불러오지 못할 미모였다. 그녀는 투박한 시골 억양을 감추려고 안간힘을 썼는데, 그게 오히려 촌티가 났다. 그녀는 여러 명문대가에서 일했다. 못하는 게 없지만, 자기 연애는 물론 남의 연애사조차 없는 낀따나르의 집은 재미가 없었다. 주인과 하인들 모두 허여멀건한 맹탕이었다. 낀따나르는 늙었다. 어쩌면 가벼운 사랑 정도는 모르겠다. 끈끈하고 집요한 눈길이나 망신당하지 않을 정도의 간접적인 추파 수준을 절대 넘지는 않았다. 안주인은 매우 조용하고 늘 생각에 잠겨 있었다. 감출 게 전혀 없거나, 매우 잘 감추는 것 같았다. 그렇지만 뻬뜨라는 안주인이 매우 지겨워하고 있다고 확신했다. 하녀는 판사 부인의 신임을 얻으려고 기회가 될 때마다 요령껏 처신했다. 뻬뜨라는 부지런하고 신중하고 겸손한 척했다. 그녀의 관점에서는 겸손이 가장 힘든 미덕이었다.

고해성사를 마친 후 둘이서 습기 높은 오후에 들판을 가로지르는 산책은 뻬뜨라에게 많은 것을 생각하게 했다. 달리 하고 싶은 것도 없었지만, 그녀는 안주인의 변덕이 어디까지인지 보려고 계속 반대 의사를 던졌다. 다른 안주인들과도 다 그렇게 시작했었다.

그녀들은 아길라 거리 쪽으로 내려갔다. 거리 끝으로는 마드리드로 이어지는 도로가 수직으로 뻗어 있었다.

"저기는 아니다." 아나가 말했다. "여기로 가자. 마리뻬빠 샘 쪽으로 가자."

"이 시간에는 이쪽에 아무도 없습니다. 그리고 바닥도 이미 말랐을 거구요. 아직 햇볕이 드니까요. 보세요, 저기 샘이 있어요."

뻬뜨라가 안주인에게 저 아래쪽을 가리켰다. 비스듬하게 기우는 황혼의 각도에 따라, 그 순간 길게 늘어선 포플러들이 금은보화처럼 반짝였다. 길은 좁았지만 고르고 평평했다. 긴 풀이 무성한 초원과 지평선이 보이는 들판이 양옆으로 펼쳐져 있었다. 도시에서 물을 끌어오는 과수원과 초원은 들판 전체보다 훨씬 비옥했다. 진초록빛 초원은 거의 검정색 같은 푸른 해바라기와 함께 올이 촘촘한 비로드 같았다. 황혼을 비추는 햇빛이 눈부셨다. 그때 그곳은 그렇게 빛이 났다. 아나는 바닥에서 올라오는 시원한 공기에 정화된 빛에 목욕하듯 두 눈을 지그시 감았다.

인동덩굴 생울타리가 길을 아름답게 장식했으며, 튼튼하고 울창한 느릅나무가 타로카드의 지팡이처럼 커다란 대머리에 싹을 틔운 모습으로 이따금 한그루씩 버티고 서 있었다. 연약한 가지들이 그 끝에 외롭게 매달린 나뭇잎을 산들바람과 함께 캐스터네츠처럼 요란하게 흔들었다.

"보세요, 마님. 정말 희한하네요! 이 가지들에는 맨 꼭대기, 저 끝에 잎사귀 하나만 달려 있어요!……"

이런저런 관찰을 한 후 뻬뜨라는 이따금 멈춰 서서 생울타리에서 꽃을 따기도 하고, 손가락을 찔리기도 하고, 옷이 덩굴에 걸리기도 하고, 소리를 지르기도 하고, 웃기도 했다. 그녀는 안주인과 초원 한복판 인적이 드문 길에서 단둘이 있게 되자 어느정도 자신감을 얻었다. 그 길은 입을 열어서는 안될 그녀의 행실에 대해 많은 것을 알고 있었다.

뻬뜨라는 갑자기 돈독해진 판사 부인의 심신을 믿지 않았다.

고해성사를 한시간 넘게 하다니! 죄 사함을 받고 일어서는 순간, 얼굴이 계시 받은 사람 같았어…… 그리고 지금은 들판을 거닐며 웃고 자유를 느끼고…… 미심쩍어. 두고 봐야지.

아나의 하녀는 상상력을 끝까지 펼치며 계산서를 뽑아보는 걸 좋아했다. 저 멀리 금화가 짤랑대는 팁이 보였다. 하지만 일이 진행되면서 종교적으로 전개되어가는 게 ─ 물론 뭔가 있기는 했다 ─ 자기와 하느님, 그리고 인적이 드문 길들만이 알고 있는 아나의 새로운 발길이 뻬뜨라에겐 생소하고 골치 아팠다.

그들은 마리뻬빠 샘에 도착했다. 샘은 튼튼한 밤나무 그늘 아래 있었으며, 밤나무 껍질에는 온통 이름의 첫 글자나 성과 이름들이 흉터처럼 새겨져 있었다. 멀리 보이는 포플러들이 그곳을 더욱 은밀한 장소로 만들었으며, 해 지는 시간에는 그늘을 드리우는 성곽처럼 보였다. 샘 주변으로는 자연적으로 이뤄진 쾌적한 은둔처를 더욱 은밀하게 해주는 언덕이 동쪽에 있었다. 움푹 들어간 곳이긴 했지만 샘에서 바라보는 경치는 멋있었다. 서쪽으로는 식물들이 물결치듯 드넓게 펼쳐진 모습이 저 멀리까지 뻗어 있었고, 구름 사이로 정상을 숨긴 꼬르핀 산이 구름과 함께 희미하게 보였다. 꼬르 핀 산은 품 안의 구릉과 산들 뒤로 숨은 계곡들 위로 가파른 절벽 을 이뤘다. 반짝이는 먼지가 둥둥 떠다니는 듯한 그 위로 해가 기 울고 있었다. 그리고 꼬르핀 산은 그 먼지들 뒤로 보랏빛 물감으로 물들고 있었다.

아나는 샘에 그늘을 드리우는 밤나무 아래 드러난 뿌리들 위에 앉았다. 그녀는 무대 불꽃처럼 환하게 빛나는 산등성이를 바라보 았다. 옆에서는 조용히 소곤대는 샘물 소리와 초원을 시원하게 식 히며 졸졸 흘러가는 물소리가 꿈결처럼 들려왔다. 밤나무 가지 위 에서는 참새와 방울새들이 주둥이를 다물지 않고 재잘대며 뛰어 다녔다. 새들은 사방에 한눈을 팔며 가만히 있지를 못하고, 장난치 며 재잘거리느라 한번도 노래를 제대로 끝내지 못했다. 나뭇가지 의 마른 잎사귀들이 샘물 위로 가끔씩 떨어졌다. 천천히 원을 그리 며 물 위를 떠돌다가 물이 빠져나가는 비좁은 하상河床 쪽으로 다가 가면서 순식간에 개천 쪽으로 사라졌다. 개천에서는 매끄러운 표 면이 곱슬거리는 은빛으로 바뀌었다. 자고새 한마리가 땅바닥을 부리로 쪼며 자기 날개의 날렵함을 믿고서 겁도 없이 아나의 발 아 래를 폴싹거리며 뛰어다녔다. 자고새는 꼬리로 먼지를 쓸어내리며 뱅글뱅글 맴돌다가 물 쪽으로 다가가 물 한모금 마시고는 한번 폴 짝 뛰어서 울타리 쪽으로 다가갔다. 그러고는 가시나무 가지 아래 로 잠깐 숨었다가 호기심을 드러내며 다시 모습을 드러냈다. 늘 그 렇듯 즐겁게 까부는 모습이었다. 자고새는 무슨 생각에 잠긴 듯 잠 시 꼼짝 않고 가만히 있다가, 아무 이유도 없는데 갑자기 놀란 듯 곧장 하늘 위로 날아올랐다. 처음에는 재빠르게 날아올랐다가, 나 중에는 원을 그리며 천천히 날아가 기울어가는 황혼이 자줏빛으로 물들어가는 하늘로 사라졌다. 아나는 자고새가 사라질 때까지 계속 눈으로 좇았다. 이런 미물들도 느끼고 원하고, 심지어 생각까지 하는데…… 아나는 생각에 잠겼다. 저 자그마한 새는 갑자기 무슨 생각이 들었을까. 이 그늘이 싫증나서 빛과 열기, 공간을 찾아 떠난 거야. 얼마나 행복할까! 지겨워한다는 게 그토록 자연스러운 일인 걸! 판사 부인인 그녀 자신도 늘 지내온 그 그늘이 너무나도 지겨웠다. 총대리신부가 그녀에게 약속한 대로 사랑받을 가치가 있다는 게 좀 새로운 것이 될까? 어린 시절 그녀는 신비주의를 느꼈는데, 나중에 고모들과 베뚜스따의 친구들 모두가 그런 종교적 허영심은 무시하라고 했다고 총대리신부에게 얘기했을 때 그가 뭐라고 대답했던가? 아나는 확실하게 기억했다. 고해성사실의 네모난 창살 사이로 키에 걸러진 듯 파편처럼 들리던 부드러운 목소리가 아직도 그녀의 귓가에서 윙윙거렸다. 총대리신부는 매우 유창한 언변으로, 감히 그녀가 한 글자도 빠짐없이 옮길 수는 없지만, 이런 비슷한 말을 했다. "자매님, 하느님을 알기 전 하느님을 찾던 당신의 갈망도 티없이 순수한 믿음이 아니며, 나중에 당신의 갈망을 짓밟은 그 멸시 역시 일말의 신중함도 없는 것입니다." 아나는 총대리신부가 일말이라는 말을 했다고 확신했다. 고해실에서의 총대리신부의 언변은 강론대에서의 유창한 언변과 달랐다. 그녀는 이제 그 차이가 느껴졌다. 고해실에서는 수사학이 가득한 책들에서는 한번도 본 적이 없는 다정한 말들을 사용했다. 그리고 총대리신부가 그녀에게 비유 하나를 들었다. "자매님, 자매님이 강에서 헤엄칠 때, 헤엄치면서 우리가 흔히 그러듯 장난삼아 물을 뒤적이다가 모래 사이에서 사금 한조각을 발견했다고 생각해보십시오. 1뻬세따 가치도 나가지 않을 정도로 아주 작은 조각입니다. 그럴 때 자매님은 백만장자가 되었다고 믿을까요? 그걸로 부자가 되었다고 생각할까요? 강 전체가 왕의 얼굴이 박힌 5두로짜리 동전을 휩쓸어가지고 온다고, 그리고 그것이 모두 자매님을 위한 것이라고 생각할까요? 그건 말도 안됩니다. 하지만 그렇다고 해서 자매님은 그 사금조각을 무시하고, 더는 모래 사이에서 발견한 사금조각을 생각하지 않고 계속 팔을 움직이며 발로 물장구를 치면서 물장난을 할까요?"비유가 매우 적절했다. 아나는 팔이 훤히 드러나는 수영복을 입은 자신의 모습을 보았다. 개암나무와 호두나무 그늘 아래 강에서 열심히 팔을 젓고 있고, 새하얀 수단을 입은 총대리신부가 강가에 무릎을 꿇고 앉아 양손을 모은 채 그녀에게 사금을 버리지 말라고 간청하였다. 유창한 언변이란 그런 거였다. 말하는 내용이 눈에 그려졌다. 아나는 달콤하고 새로우면서도 천상의 즐거움이 가득한 그 말들이 부드럽게 흘러나오는 게 정말 좋았다. 그 말이 쇠창살 앞에서 그녀의 마음을 활짝 열어주었다. 그녀 또한 살면서 다른 사람들하고는 한번도 하지 않은 얘기를 많이 했다. 그러자 총대리신부는 창살 뒤편에 앉아 침묵을 지켰다. 그녀의 말이 끝나자 고해신부의 목소리가 떨리며 이렇게 말했다. "자매님, 자매님의 슬픔과 자매님의 꿈, 자매님의 걱정이 담긴 그 이야기는 내가 충분히 생각해봐야 할 것 같습니다. 자매님의 영혼은 고귀합니다. 이곳에서는 참회자를 칭찬할 수 없기 때문에, 어디에 금이 있고 어디에 진흙탕이 있는지 직접 가리켜드리기가 그렇군요. 눈에 보이는 것보다 금이 많다고 말씀드리기도 조심스럽군요. 그렇지만 자매님은 아픕니다. 이곳에 오는 모든 영혼은 아픕니다. 어떻게 고해성사를 좋지 않게 말들을 하는지 모르겠습니다. 거룩한 제도라는 성격은 말할 것도 없고, 인간적 유용성이라는 관점에서 봐도 이해할 수 있을 것입니다. 마음이 아픈 환자들에게 필요한 영혼의 병원인 셈이지요." 총대리신부는 개신교 신문이 양심의 문제를 밝힌다면서 게재한 상담 칼럼에 대해 이야기했다. "영적인 아버지가 없는 개신교 여신도들이 언론으로 달려간 것입니다. 어처구니없는 일 아닙니까?" 목소리에 웃음을 띠었다.

그러고는 본질적으로 이런 내용을 얘기하며 계속 말을 이어갔다. "자매님은 자신이 지은 죄를 용서받기 위해서만 이곳에 오시면 안됩니다. 육신처럼 영혼도 고유한 치료법과 위생법이 있습니다. 고해신부는 예방 차원의 위생을 담당하는 의사입니다. 그런데 약을 먹지 않는 환자, 자기 병을 감추는 환자, 그리고 지금 건강하더라도 의사가 지시한 식이요법을 따르지 않는 사람은 자기 자신을 해치고 스스로를 속이는 겁니다. 마찬가지로, 죄를 숨기거나, 있는 그대로 고백하지 않거나, 제대로 살펴보지 않고 서둘러 대충 고해성사를 하거나, 꼭 지켜야 할 영적 처방을 무시한 죄인 역시 자신을 속이고 자신에게 해를 입히는 겁니다. 영혼을 치료하려면 고해성사 한번으로 충분하지 않으며, 방치해뒀던 묵은 병들을 가지고 오는 것은 진정으로 치료하려는 게 아닙니다. 신앙적 가르침은 차치하더라도 정기적인 고해성사가 아주 중요하다는 것을 여기에서 합리적으로 추론할 수 있습니다. 이는 형식의 문제가 아닙니다. 고해성사는 그런 것과 전혀 관계없습니다. 치료해야 하는 상황이 되면 신중하게 고해신부를 택하는 게 중요합니다. 일단 선택한 이후에는 고해신부를 영적 아버지로서 대해야 합니다. 실제로도 그렇고요. 또한 잠시 신앙적 측면을 떠난다면, 영적 형제처럼 대해야 합니다. 그래야 자신의 슬픔을 내려놓을 수 있고, 자신의 갈망을 이야기할 수 있고, 자신의 희망을 확신할 수 있고, 의심을 털어낼 수 있는 겁니다. 이 모든 건 교회가 직접 제시한 것은 아니지만 상식이라 할 수 있겠지요. 신앙은 가장 높은 수준의 교리에서부터 의식의 자잘한 부분에 이르기까지 그 자체가 이성입니다."

판사 부인은 신앙과 이성의 일치라는 말이 정말로 좋았다. 스물일곱살이나 되었는데도, 어떻게 그런 소리를 한번도 들어본 적이 없었을까? 총대리신부에게 감히 물어보지는 못했지만 나중에 물어볼 시간이 있을 것이다.

참새 한마리가 부리에 밀알 한개를 문 채 겁없이 아나 앞에 앉아 쳐다보았다. 귀부인은 새 흉내를 잘 내는 수석사제가 생각났다.

리빠밀란 신부는 좋은 분이었다. 하지만 고해성사를 주는 방법하고는! 항상 하는 거지만 그녀에게 아무것도 가르쳐준 게 없었다, 결혼 빼고는. 그 고해성사에서는 아무것도 얻은 게 없었다. 그 가엾은 신부는 판사 부인의 죄목들을 모두 외울 정도로 알고 있다며 말을 끊으며 "예, 예, 계속. 다른 건 없고? 계속해요." 그리고 "주기도문 세번, 성모송 한번, 자선헌금"이라고 반복했다. 정말 이상한 분이야! 리빠밀란이 그녀에게 이런저런 기질이 있다고 말해준 적이 있던가. 총대리신부는 바로 말해줬다. 그것이 특별한 성향이며, 이 모든 것과 그보다 더한 것을 고려해야 한다고 말해줬다. 완전히 새로운 성향이었다.

게다가 그녀는 페르민 신부가 자기를 교양있는 사람, 학식있는 사람처럼 대하는 게 상당히 기분 좋았다. 총대리신부는 그녀가 당연히 알 거라고 생각하는 듯 많은 작가들을 인용했다. 주저없이 전문용어들을 사용하면서도 굳이 애써 설명하려고 하지 않았다.

얼마나 높이 평가한 것인가! 미덕이란 무엇인가? 신성이란 무엇인가? 그 부분이 최고였다. 미덕은 영혼의 아름다움이며 정결함이

316

다. 숭고하고 깨끗한 영혼들에게는 가장 쉬운 길이다. 깨끗한 옷과 물을 싫어하는 게으른 사람에게는 청결이란 실현 불가능한 고문이었다. 하지만 존경할 만한 사람에게는(그렇다, 그분의 말이다) 삶에서 아주 절실하게 필요한 부분이다. 교회는 죄에 빠진 사람들에게 미덕의 길을 험한 오솔길처럼 제시했다. '새 사람'은 항상 우리 안에 준비되어 있다. 해야 할 일은 딱 한가지, 그 말을 하는 것이다. 그러면 그분이 오신다. 미덕은 평소의 습관에는 어긋나더라도 작은 노력으로 시작할 수 있다. 다음날이면 그 노력이 덜 힘들어지면서 가속도가 붙어 효과가 더욱 커진다. '선의 관성' 때문이다. 이는 자동적이다. (그렇다. 페르민 신부의 말이다.) 미덕은 영혼이 안정된 균형을 이룬 거라고 정의내릴 수 있었다. 게다가, 그것은 즐거움이었다. 해가 화창하게 좋은 날이고, 시원하고 향기로운 바람과도 같았다. 덕이 높은 영혼은 사는 동안 슬픈 순간 성령께서 행복한 노래를 불러주어 심장에 활력을 주는 새장과 같았다. 아나가 힘들어하는 우울함은 미덕에 대한 그리움이었으며, 그 미덕은 그녀가 아주 분명히 성취할 바고 그녀의 정신이 고향을 그리며 지었던 한숨이었다. 미덕은 기술의 문제이며 능력의 문제였다. 그것은 단식이나 금욕을 통해서만 얻는 게 아니었다. 이것도 아주 성스러운 방법이기는 하지만 다른 방법도 있었다. 우리 도시의 시끌벅적한 삶에서도 완벽을 추구할 수 있었다. (판사 부인은 너무나도 작고, 단조로운, 음울하다 싶기만 하던 베뚜스따가 그 순간 바빌로니아처럼 그려졌다.) 성 아구스티누스를 읽은 그녀가 성 아구스티누스가 감각의 즐거움 때문이 아니라 영혼을 숭고하게 하기 때문에 종교

---

1 로마서, 코린토서, 에페소서 등 성경 여러곳에 나오는 말로 '구원을 얻은 자'를 뜻한다.

음악을 좋아했다는 걸 기억하지 못하겠는가? 그렇게 모든 예술이, 그렇게 자연의 감상이, 순수한 역사책과 철학책 들의 독서가 영혼을 숭고하게 하고, 신성의 음역에서 덕과 영혼을 일치시켜주었다. 왜 아니겠는가. 아! 그러고 나면, 더 높은 경지에 이르게 되면, 스스로 자신감을 갖게 되면, 그리고 신중한 두려움만 가지고 유혹을 대하면, 전에는 죄악으로 가득한 것으로 여겨졌던 즐거움들이 교훈적이 될 것이다. 그렇다. 예를 들면, 금서를 읽으면 약한 자들에게는 독이 되지만 강한 자에게는 정화제가 되었다. 어느정도 강한 단계에 이른 사람에게는 악의 존재가 대조적으로 반면교사로 작용하였다. 총대리신부는 자신이 그 모든 것처럼 강하다고 말하지 않았지만, 그녀는 그럴 거라고 생각했다. 어찌 됐든, 미덕과 독실함은 학교에서 교과과정처럼 배운 세속적인 믿음과 (아나는 속으로는 그렇게 불렀다) 고모들이 가르쳐준 믿음과는 많이 달랐다. 그랬다. 진실한 믿음이란 유일하게 진지하고 진실한 경건함이라며 배워왔던 지루하고 멍청한 규율보다 어린 시절 로레또의 언덕에서 한낮에 꾸었던 꿈에 더 가까웠다. 그리고 총대리신부가 다음에 또 얼마나 많이 가르쳐주겠다고 약속했던가! 얼마나 더 새로운 것들을 알고 느낄 수 있단 말인가! 쌍둥이 영혼, 영적 형제가 있다는 게 얼마나 큰 행복인가? 의심의 그늘 없이 아주 재미있고 수준 높은 주제를 이야기할 사람이 있다는 게 얼마나 큰 기쁨인가?

'개인적인 문제', 즉 아나의 죄에 대해서는 거의 얘기를 나누지 않았다. 총대리신부는 얼른 일반화하였다. 자료가 없는데다가, 우선 여자를 제대로 아는 게 필요했던 것이다.

판사 부인은 이것을 떠올린 순간 불안해졌다. 총대리신부가 죄를 사해주기는 했지만 돈 알바로에게 끌리는 마음에 대해서는 전혀 언급하지 않았다! 그랬다. 끌렸다. 그 죄스러운 충동을 이겼다고 생각한 지금 그를 정면에서 보고 싶었다. 끌리기는 했다. 잘못을 감추는 건 절대 아니다. 나쁜 생각에 대해서는 이야기했지만, 아무것도 구체적으로 언급하지는 않았고, 그 유혹을 의인화한다는 게, 그런 성격을 가진 남자 한명만을 얘기한다는 게, 그리고 그 안에 도사리고 있는 위험을 가리킨다는 게 스스로 점잖치 못하고, 불공평하고, 심지어 저속해 보였다. 하지만 얘기했어야 했나? 어쩌면. 그렇지만 아무 이유도 목적도 없이 낀따나르를 웃음거리로 만드는 건 아닐까? 사실 그녀는 몸과 마음으로 남편에게 충실했고 앞으로도 영원히 그럴 텐데 말이다. 그래도 어찌 됐든, 고해성사를 할 때 그 부분에서는 좀더 구체적으로 했어야 했다. 제대로 보속을 받은 것일까? 다음날 안심하고 성체를 받을 수 있을까? 그건 절대 아니었다. 성체를 받지 않을 생각이었다. 편두통이 있다고 꾀병을 부리며 침대를 지킬 생각이었다. 오후에 보속을 받고, 그다음날 성체를 받을 생각이었다. 그게 최상의 계획이었다. 다음날 아침에 성체를 받지 않겠다고 결심하니 어린애처럼 즐거웠다. 휴가를 받은 기분이었다. 새로운 시스템으로 믿음에 대해, 전반적으로 미덕에 대해 생각하느라 밤을 새우며, 하느님을 제대로 받아들일 수 있을지 고민하지 않아도 되었다. 그건 뒤로 미뤄두었다. 한숨부터 돌렸다. 순수한 도덕적 즐거움을 마음놓고 즐기는 게 이제는 부적절해 보이지 않았으며, 어쩌면 앞으로 미덕이 찬란하게 빛나게 될 날의 시작일 수도 있었다.

　미덕이 드높은 즐거움의 빛 안에서 인내하는 총대리신부는 얼마나 행복할까! 천사들의 합창처럼 노래를 불러주는 새들이 그의 영혼을 채우니 총대리신부는 얼마나 행복할까! 그래서 그는 그렇게 영원한 미소를 띠며, 베뚜스따 사람들 속에서, 게으른 영혼들과 속 좁은 영혼들이 가득한 에스쁠론 한가운데를 그렇게 멋지게 거닐 수 있는 것이다. 얼굴빛은 또 얼마나 건강한가!

베뚜스따, 베뚜스따가 그런 보물을 품고 있다니! 총대리신부는 왜 주교가 되지 못했지? 누가 알겠는가! 그녀는 다른 세상에서는 가치가 있는데, 왜 베뚜스따의 전직 판사의 아내밖에는 되지 않은 걸까? 무대가 중요한 것은 아니었다. 다양함과 아름다움이 영혼 속에 있었다. 저 작은 새는 영혼은 없지만, 깃털 같은 날개를 펄럭이며 훨훨 날았다. 그녀에게는 영혼이 있으니, 보이지 않는 마음의 날개로 날아갈 것이다. 덕으로 빛이 나는 순수한 하늘을 가로질러서.

아나는 냉기로 온몸이 떨렸다. 지상으로 돌아왔다. 모든 것이 어둠에 잠겨 있었다. 해는 포플러 커튼 뒤로 모습을 감추고 있었다. 뒤처져 있던 마지막 빛이 짙은 회색 구름 사이로 자줏빛 천처럼 붉게 물들었다. 갑자기 어둠과 추위가 밀려왔다. 근처 초원의 물웅덩이에서는 요란한 개구리 울음소리가 해에게 작별을 고하고 있었다. 동쪽에서부터 밀려오는 어둠에게 개구리들이 바치는 이교도의 거친 찬양가와도 같았다. 판사 부인은 부활절 때 신비스러운 불빛이 꺼지면서 아이들처럼 엄청난 굉음을 내며 울려대는 딸랑이 소리가 떠올랐다.

"삐뜨라! 삐뜨라!" 아나가 소리쳤다.

혼자였다. 하녀는 어디로 간 걸까?

땅속에서 갈고리처럼 튀어나온 두툼한 뿌리 위에 두꺼비 한마리가 쭈그리고 앉아서 판사 부인을 쳐다보았다. 그녀의 옷에서 얼마 떨어져 있지 않았다. 아나는 무서워 비명을 질렀다. 두꺼비가 그녀의 생각을 듣고 있다가 비웃는 것 같았다.

"뻬뜨라! 뻬뜨라!"

하녀는 대답이 없었다. 혐오감과 어리석은 두려움이 느껴질 정도로 두꺼비가 뻔뻔하게 그녀를 바라보았다.

뻬뜨라가 도착했다. 땀에 젖어 매우 발갛게 상기되어 숨을 헉헉거리며 뛰어왔다. 금빛 곱슬머리가 눈 아래까지 헝클어져 내려왔다. 뻬뜨라는 안주인이 깊은 생각에 빠져 있는 것을 보고는 그곳에서 엎어지면 코 닿을 곳에 있는 사촌 안또니오의 방앗간에 다녀온 것이다.

아나는 뻬뜨라의 눈을 뚫어져라 바라보았지만, 뻬뜨라는 종교재판관의 시선과 같은 그 눈길을 맞받아쳤다. 사촌인 방앗간 주인 안또니오가 뻬뜨라를 사랑하고, 아나는 그 사실을 알고 있었다. 뻬뜨라는 그와 결혼할 생각이지만 훨씬 나중에, 그에게 돈이 좀더 쌓이고, 그녀가 더 나이 들면 할 생각이었다. 뻬뜨라는 나이가 들어 자기를 따뜻하게 감싸줄 그 불씨가 꺼지지 않도록 이따금 만나러 갔다. 뻬뜨라는 방앗간을 자기 사랑의 저금을 넣어두는 은행 정도로 여겼다. 아나는 왠지 모르게 약간 화가 났다. 뻬뜨라와 방앗간 주인의 사랑은 어떤 것일까? 자기와 무슨 상관이란 말인가? 하지만 약간 헝클어진 옷매무새와 감출 수 없는 피곤함, 땀, 양 뺨의 홍조를 응시하는 모습에서 판사 부인이 애써 감추고 싶어하는 호기심이 드러났다. 저 아이가 방앗간에서 무슨 짓을 한 것일까? 아나는 원치 않았지만, 이러한 하찮은 생각과 거의 고통에 가까운 어리석은 집착이 온통 관심을 불러일으켰다.

"자, 가자. 늦었다."

"네, 마님. 늦었어요. 가로등이 켜진 다음에야 집에 들어가겠는 걸요."

"아니다, 그렇게 늦지는 않을 게다."

"두고 보세요."

"네가 사촌의 대장간에서 머뭇거리지만 않았어도……"

"무슨 대장간이오? 마님, 방앗간이에요."

뻬뜨라는 아나의 말실수에서 적의를 느꼈다.

베뚜스따의 집들이 하나둘 보이기 시작하는 곳에 이르렀을 때는 이미 날이 저물었다. 불레바르를 장식하는 메마른 아카시아나무들의 먼지가 뽀얗게 내려앉은 가지들 옆으로, 노란 가스등 불빛이 띄엄띄엄 반짝였다. 불레바르는 도시가 시작하는 거리를 가리키는 서민적인 이름이었다.

"왜 여기로 온 거니?"

"어때서요?"

뻬뜨라가 양어깨를 으쓱했다. 그들은 아길라 거리로 올라가지 않고, 한바퀴를 빙 돌아 가까운 곳에 위치한 베뚜스따 신시가지로 접어들었다. 눈에 거슬리는 요란한 색상의 유리 발코니를 갖춘 똑같이 생긴 삼층집들이 나란히 있었다. 베뚜스따 사정으로는 과잉 포장된 폭 3미터짜리 도로 한쪽으로 초록 페인트칠을 한 쇠기둥 가로등들이 일렬종대로 늘어섰고, 건너편에는 나무들이 일렬종대를 이뤘다. 나무들 역시 초록색이지만 비좁은 나무 상자 안에 갇힌 죄수처럼 보였다. 그래서 이 '1836년 승리의 거리'[2]가 '불레바르'로 불렸다. 노동자들의 퇴근시간인 해질녘이면, 그 거리는 서로 부딪히지 않고는 세발짝도 가기 힘들 정도로 붐비는 산책로가 되었다. 바느질하는 여자, 조끼 만드는 여자, 다림질하는 여자, 옷 솔기

---

2 1836년 오비에도 지방 정부군이 돈 까를로가의 왕위계승을 요구하는 왕당파에게 승리를 거두었다.

를 꿰매는 여자, 담배 만드는 여자, 성냥 제조공 등 수많은 여성 노동자들이 '승리의 거리' 아카시아나무 아래서 무기제조공, 신발공, 재단사, 목수, 미장이와 석공들까지 만나 요란하게 울리는 포석 위를 돌아다니며 한시간 정도 산책했다.

　이런 저녁 산책은 모방의 일종으로 몇년 전부터 시작되었다. 시골에서 올라온 여자들은 상류층 아가씨들의 옷 입는 법과 목소리, 대화를 따라 했으며, 젊은 노동자들은 신사처럼 굴었다. 그들은 팔짱을 끼고 우쭐거리며 거닐었다. 그러한 장난기는 조금씩 관습처럼 굳어졌고, 덕분에 낮에는 서글프고 외로운 도시가 밤이 되면 활기를 띠었다. 베가야나 후작 집에서 모임을 갖는 사람들은 가난한 사람들이 강렬한 흥분에 감염되어가는 것 같다고 말했다. 작업장에 갇혀 있던 근육들이 트인 공간으로 밀려나왔던 것이다. 근육은 단조로운 반복작업에서 벗어나 움직이고 싶은 대로 움직였다. 더구나 자기들은 의식하지 못했지만, 뭔가 유용한 일을 했고, 노동했다는 데 모두 만족감을 느꼈다. 젊은 여자들은 별 이유도 없이 까르르 웃고 꼬집고 서로 부딪히고 엎치락뒤치락했다. 그러다가 젊은 남자 노동자 한 무리가 지나가면 환호성을 질렀다. 등을 때리고, 악의 가득한 웃음소리와 거짓으로 분노하는 비명소리가 들려왔다. 그리고 위선이 아니라, 코미디의 한 장면처럼 거짓으로 순진한 척하는 모습도 보였다. 내숭은 거짓된 것이지만, 도가 지나치게 내숭떤 사람은 양 볼을 시뻘겋게 붉혔다. 그곳에서 존재하는 미덕들은 단호하게 지킬 줄 알았다. 대개 대중들은 일정한 질서 속에서 움직였다. 그들은 왕복 행렬을 이루며 산책했다. 몇몇 상류층 남자들이 노동자 무리와 뒤섞이기도 했다. 여자들은 학생이나 점원이 거는 말장난이 싫지 않았다. 하지만 프록코트를 빼입은 남자가 선을 넘으면 여자들은 약간 화난 척했고, 부끄러워서 하는 항의에도 늘 새침거리는 투가 들어 있었다. 집에 돌아가도 늘 저녁 먹는 게 확실치 않은 젊은 여자들은 자기들에게 예쁘다고 말을 거는 남자들에게 욕을 퍼부었다. 그들 또한 한심한 배고픈 족속으로, 기껏해야 새모이나 주워먹을 정도라고 여겼던 것이다. 경험이 많은 남자들은 늘 듣는 욕지거리에 당황하지 않았다. 그곳에서는 그게 좋은 징조였다. 그래도 계속 끈질기게 달라붙어 재수가 좋으면 결국에는 재미를 보았다. 미덕과 악덕은 걱정없이 서로 어깨를 나란히 했으며, 별달리 신경 쓰지 않고 옷을 입어 매한가지였다. 몇몇 깨끗한 여자들도 있었지만, 땀 흘리며 일하는 많은 여자들에게서는 고약한 냄새가 났다. 평소 행인들은 거의 눈치채지 못하는 고약하면서도 슬픈 냄새였다. 게으름과 가난의 냄새였다. 자포자기의 냄새였다. 그 싸구려 향내가 많은 아름다운 여자들에게서 났다. 튼튼하고 늠름한 여자들도 있고, 연약하고 달콤한 여자들도 있지만, 모두 허름한 차림에, 대부분은 제대로 씻지 못하고 머리도 제대로 빗지 못했다. 시끄럽게 떠드는 소리는 지옥을 방불케 했다. 모두 고래고래 소리지르며 얘기하고 웃어댔다. 몇몇 사람은 휘파람을 불고, 몇몇 사람은 노래를 불렀다. 천사의 얼굴을 한 열네살짜리 소녀들은 당혹해하는 기색 없이 욕설과 음탕한 소리를 들었으며, 가끔은 미친 여자들처럼 깔깔거리며 좋아라 웃기도 했다. 모두 젊었다. 나이 든 노동자에게는 이러한 즐거움이 없었다. 남자들 중에는 삼십대가 거의 없었다. 노동자는 일찌감치 말이 없어지고, 별다른 이유 없이 활달함을 잃어버렸다. 빈민층에서 나이를 먹고도 밝히는 남자는 거의 없었다.

아나는 자기도 모르는 사이에 사람들에게 둘러싸여 있었다. 거리에서 빠져나갈 수가 없었다. 사방이 진흙탕인데다 마차와 자동차가 끊임없이 지나다녔다. 우편물이 배달될 시간이었고, 그곳이 기차역으로 가는 길목이었다.

사람들은 판사 부인이 지나갈 수 있도록 길을 터주었다. 겁없는 십대 남자아이들이 얼굴을 들이밀며 무례하게 굴었지만, 성모마리아와 같은 자비가 넘치는 아름다움이 감탄과 존경을 불러일으켰다.

아나가 지나가자 조끼 만드는 여자들은 수군거리지도 웃지도 않았다.

"판사 부인이야!"

"정말 예쁘다!"

여자들과 남자들은 이렇게 수군거렸다. 즉석에서 우러나온 사심 없는 칭찬이었다.

"어이, 예쁜 아가씨! 대단한 그대 어머님이여!" 갈리시아 억양을 띤 안달루시아 남자가 과감히 소리 질렀다.

그는 흥분한 덕분에 좀더 정중한 친구에게 꿀밤 한대를 얻어먹었다.

"무식한 놈. 판사 부인이잖아!"

그녀의 아름다움은 소문이 자자했다.

뻬뜨라도 잘 차려입은 남자들이 대천사 같다며 말을 걸어 기분이 좋아졌다. 아나는 미소 지으며 발걸음을 재촉했다.

"대체 우리가 어디까지 온 거지?"

"뭐 어때요? 잡아먹히지 않을 테니 걱정 마세요. 많은 아가씨들이 이런 천한 자들에게서 예법을 배운답니다."

판사 부인은 그 시간대에 그곳을 지나간 적이 몇번 있었다. 하지만 이번에야 지저분한 차림이 우글거리는 그곳에서, 무리들의 고약한 냄새가 진동하는 그곳에서, 그 무리들의 시끌벅적한 소음 한가운데서 사랑의 즐거움을 보고 느낄 수 있었다. 보편적 욕구로서의 사랑이었다. 그 요란한 소리 속에는 귓가에 대고 얘기하는 은밀한 속삭임이 들어 있었다. 피곤에 전 얼굴들, 질투에 사로잡힌 사랑하는 연인들의 찡그린 얼굴들, 열정이 뿜어져나오는 번개와 같은 시선들이 들어 있었다. 겉으로 보기에는 시니컬한 대화들과 거친 스침, 무례한 부딪힘, 조소 어린 난폭함이었지만 그 안에는 섬세한 꽃, 진정한 수줍음, 소박한 바람, 사랑스러운 꿈들이 담겨 있었다. 가난에서 뿜어져나오는 독기는 안중에 없는 아름다운 감정들이 서려 있었다.

아나는 누더기를 걸친 그 관능에 잠시 젖어들었다. 그러고는 자기 자신을, 희생을 강요당한 자신의 삶을, 기쁨이 절대 금지된 자신의 삶을 생각했다. 자신의 불행에 이기심이 달아올라 깊은 슬픔마저 느껴졌다. 나는 여기 이 여자들보다 훨씬 가난해. 내 하녀도 낯부끄러운 말을 귓전에 속삭여주는 방앗간주인이 있는데. 나는 여기서 나로서는 전혀 경험해보지 못한 감정을 불러일으키는 즐거운 웃음소리만 듣고 있구나.

순간 아나와 뻬뜨라는 대중들 틈에서 발걸음을 멈춰야 했다. 거리에서 한편의 드라마가 펼쳐지고 있었던 것이다. 검은 곱슬머리에 키가 크고 매우 까무잡잡한 파란 작업복의 청년이 소리 지르고 있었다.

"내가 저년을 죽일 거야! 저년을 죽인다고! 놔줘. 내가 저년을 죽일 거라고."

그의 동료들이 그를 붙잡아 끌고 가려고 했다. 그 청년의 눈에서는 불이 뿜어져나왔다.

"무슨 일이에요?" 뻬뜨라가 물었다.

"아무 일도 아니오." 한 남자가 말했다. "그냥 질투 때문이오."

"그래." 젊은 여자가 소리 질렀다. "하지만 저년이 한눈팔면 바로 목 졸라 죽여."

"그럴 만해. 그래도 싼 여자지."

파란 작업복을 입은 청년은 친구들에게 거의 끌려가다시피 강제로 산책로에서 물러났다. 그는 판사 부인 옆을 지나치는 순간 복수에 먼 눈으로 그녀의 얼굴을 정면으로 바라보았다. 아나는 자기 눈을 응시하는 그의 눈에서 살기를 느꼈다. 질투 때문이었다! 질투를 느끼면 그런 눈이 되는 거였다! 분명히, 그 눈은 지옥처럼 끔찍하게 아름다웠다! 하지만 얼마나 강렬하고, 얼마나 인간적인 아름다움인가!

안주인과 하녀는 드디어 불레바르를 벗어나 꼬메르시오 거리로 들어섰다. 가게들에서는 빛이 쏟아져나왔으며, 그 빛이 진흙으로 뒤덮인 축축한 포석들 위를 비추며 개천에 이르렀다. 베뚜스따에서 가장 화려한 새로 생긴 디저트 가게의 진열대 앞에서 여덟살에서 열두살짜리 조무래기 한 무리가 자기네로서는 입에도 댈 수 없는 그 과자들의 맛과 이름에 대해 열심히 얘기하고 있었다. 그 과자의 훌륭한 맛을 상상했다.

제일 어린 꼬마가 두 눈을 감은 채 달콤한 황홀경을 느끼며 유리를 핥았다.

"저게 '삐띠³'라는 거야." 한 아이가 고압적으로 말했다.

---

3 크림을 넣어 가로로 잘라 먹는 동그란 모양의 카스텔라.

"무슨 말이야! 저건 '삐오노노'⁴야. 내가 알아."

그 장면 또한 판사 부인을 슬프게 했다. 그녀는 진열대의 과자나 장난감을 부러워하는 가난한 아이들을 볼 때마다 목이 콱 막히고 두 눈에 눈물이 어렸다. 그 과자는 그 아이들을 위한 게 아니었다. 이것이야말로 가장 끔찍하고 잔인한 불평등처럼 여겨졌다. 하지만 한술 더 떠서 지금 그 어린아이들은 자기네는 먹을 수도 없는 과자 이름을 놓고 싸우고 있었다. 아나는 왠지 모르게 그 불쌍한 아이들의 형제들이 떠올랐다. 집에 빨리 가고 싶었다. 아나는 매사에 슬퍼하는 자신을 보고 깜짝 놀랐다. 발작이 걱정되었다. 너무 예민해졌던 것이다.

"얼른 가자, 뻬뜨라. 얼른." 아나가 매우 힘없이 말했다.

"잠시만요, 마님.…… 저기…… 사람들이 우리를 보고 손짓을 하는 것 같은데요…… 맞아요. 우리한테 하는 거네요. 아, 그분들이네요. 맞아요."

"누군데?"

"빠꼬 어르신과 돈 알바로 어르신이오."

뻬뜨라는 안주인이 살짝 떨며 안색이 창백해지는 걸 눈치챘다.

"어디 계신데? 그전에 우리가 먼저 갈 수……"

너무 늦었다. 돈 알바로와 빠꼬가 이미 그녀들 앞에 와 있었다. 후작 자제가 과장스러울 정도로 예의를 갖추며 그녀들을 멈춰 세웠다. 론살이 말했듯이, 그가 위트있게 보이게 하는 방법 중 하나였다. 돈 알바로는 매우 정중하게 인사를 건넸다.

새롭게 문을 연 디저트 가게에서 뿌연 가스 연기가 쏟아져나왔

---

4 카스텔라를 크림과 달걀로 덮은 롤케익.

다. 그렇게 무지막지하게 쏘아대는 가스 연기에 익숙하지 않은 베뚜스따 사람들은 두 눈이 휘둥그레졌다. 돈 알바로는 연극무대의 조명장치처럼 환한 빛에 둘러싸인 판사 부인을 보면서 그날 오후 다른 데 정신이 팔려 있던 그 여자가 아니라는 것을 한눈에 알아보았다. 그는 조금 전 온화하고 솔직하고 편안한 그녀의 눈빛을 보고 아무 이유도 없이 풀이 죽어 의기소침해 있었다. 그런데 수줍어하며, 겁에 질린 듯 흘낏 쳐다보는 지금의 눈길은 왠지 모르게 희망으로 다가왔다. 아냐가 항복하고 자기가 승리를 거둔 것 같았다. 그럴 이유는 없지만 기분이 고조된 게 좋았다. 그는 자기 자신에 대한 믿음이 없이는 한발짝도 나갈 수 없었다. 이제는 많은 발걸음을 내딛어야 하고, 그것도 서둘러야 했다.

베뚜스따에서는 거의 일년 내내 비가 내렸다. 그래서 며칠 되지 않는 화창한 날에는 바깥 공기를 쐬어줘야 했다. 그러나 산책로에는 휴일보다 사람들이 그렇게 많지 않았다. 가난한 아가씨들은, 대부분이 그렇지만, 매일 똑같은 옷을 입은 모습을 보여주고 싶어하지 않았다. 하지만 밤에는 얘기가 달랐다. 밤에는 그냥 평상복 차림으로 나와, 상당히 비좁기는 하지만 기둥들이 세워진 빤 광장과 새롭게 조성된 꼬메르시오 거리를 돌아다녔다. 그리고 불레바르는 훨씬 늦게 모든 사람들이 잠들었을 시각에 돌아다녔다. 그녀들은 뭔가를 산다는 핑계를 대고 거리로 나왔다. 없는 게 뭐 그리도 많은지! 가게에는 들어가지만 사는 것은 거의 없었다. 꼬메르시오 거리는 약간 은밀한 야간 산책로의 중심지였다. 신사들은 넓은 인도로 오가면서 계산대 옆에 앉아 있는 귀부인들을 대놓고 쳐다보았다. 여자들은 한쪽 눈으로는 계절 신상품들을 보며 가격을 흥정하고 다른 눈으로는 거리를 보면서 자신을 향해 날아드는 칭찬과 눈

짓을 순식간에 포착했다. 점원들은 거의 까딸루냐 사람들이지만 꽤 정확하게 표준 스페인어를 발음했다. 그들은 친절하고 모두들 잘생긴 편으로 대부분 예수처럼 턱수염을 길렀다. 새까만 눈들이 생글거리고, 뺨에는 장미가 피어오른 것 같았다. 그들은 로맨틱하면서도 느긋한 나른함으로 고개를 숙였다. 그것은 이런 뜻일 수도 있었다. 아가씨, 전 은밀한 열정을 품고 있답니다. 아가씨, 욥은 인내심이 부족했지요…… 하지만 저는 인내할게요.

"오! 내가 당신을 아주 힘들게 하고 있었네!" 비시따가 세일러복 칼라 복장의 금발 남자에게 말했다. 그녀는 이미 천을 쉰가지나 가져오게 한 상태였다.

"전혀 아닙니다! 제 할 일인데요. 게다가 저는 정말 기분 좋게 모시고 있습니다." 점원은 지칠 수 없었다. 그게 그의 직업이었다.

비시따는 항상 하녀가 입을 가슴받이 앞치마를 만들어야 했지만 절대 결정하지 못했다. 어떤 날 밤에는 자기가 걸칠 게 없을 때도 있었다.

"몸에 실오라기 하나 걸치지 못한 채 겨울을 맞게 생겼어."

점원은 눈보라가 휘몰아치는 추운 날씨에 속옷 바람으로 떨고 있을 부인을 상상하며 친절하게 미소를 머금었다. 부인이 마르기는 했지만 몸매는 좋은 편이었다.

"엉큼한 생각 하지 말아요! 그렇게 신체검사하면 안되지!" 비시따는 자기가 경솔했다며 후회하는 어린 소녀처럼 당혹스러워하며 대답했다. 그러고는 주름이 자글거리는 눈으로 눈웃음을 치며 점원을 바라보았다. 비시따는 자기 눈에서 불꽃이 튄다고 믿었다. 그러면 까딸루냐 청년은 그녀의 눈에 유혹당한 척하며 한자당 눈곱만큼씩 깎아주었다.

비시따가 늘 이겼다. 하지만 똑같은 천을 옵둘리아가 훨씬 싸게 샀다는 것은 알지 못했다. 그리고 예수처럼 턱수염을 기르고 미소를 머금은 청년이 생각보다 훨씬 큰 이익을 챙긴다는 것도 알지 못했다.

『엘 라바로』의 편집자가 말한 것처럼, 베뚜스따의 미녀들은 옷가게에서 나갈 줄을 몰랐다. 옷가게 전체를 둘러보며, 싹 뒤집어놓고, 그러고도 점원들의 혼을 쏙 빼놓고 골목길을 즐길 시간은 남아 있었다.(오르가스의 표현이다.) 여자들은 자기네 존재를 알리기 위해 큰 목소리로 얘기하며, 거리를 거니는 남자들에게 은밀히 촉각을 곤두세웠다. 그곳에는 요란한 즐거움이, 아무 이유도 없는 즐거움이 지배적이었다. 가장 널리 퍼지는 만족스러운 즐거움이었다. 누가 그런 말을 하지 않겠는가? 젊은 남녀들만이(『엘 라바로』의 문장) 아니라, 제대로 된 직업을 가진 사람들도 그랬다. 판사, 학자, 공무원, 변호사, 심지어 성직자들까지 자기도 모르는 사이에 매일 가게의 영업시간을 확인하고, 날씨가 좋아서 귀부인들이 '점잖게' 망토를 걸치고 거리로 나올 수 있는 날들을 기다렸다. 그들은 주로 그 시간대에 약속을 잡았다. 베뚜스따 사람들은 자기네도 모르게 서로 만나 어깨를 나란히 견주며 사람 소리를 듣기 위해 그 시간에 약속을 잡았다. 베뚜스따 사람들이 서로 사랑하고 서로 혐오한다는 사실은 주목할 만하다. 베뚜스따의 한 사람 한 사람은 자기네 동향인을 욕하지만, 집단적으로는 자기 도시의 성격을 변호한다. 그리고 그곳을 떠나면 다시 그곳으로 돌아오기를 갈망한다. 암암리에 몰려드는 야간 산책에는—베르무데스는 적어도 그렇게 불렀다—환상적이라 할 수 있는 매력이 있었다. 시청의 빛이 산더미라 가스를 흥청망청 쓸 수 없는데다 쉰 걸음마다 한개씩 있는 이곳의 가로등은 (달이 뜨지 않는 낭만적인 밤에는 가스가 없다) 밝지 않아 밤의 신비감을 줄이지 않았다. 그곳에는 없는 것투성이었다. 각자 자신의 상상력에 따라 자기가 원하는 모습을 지나가는 사람들에게 투사했다.

"여자들이 다른 사람처럼 보여." 젊은이들이 말했다.

베뚜스따 사람들은 도시를 떠나지 않고도, 다른 곳에 와 있는 기분을 느낄 수 있었다. 모두 새로운 얼굴처럼 보였다. 하지만 나중에 보면 새로운 얼굴이 아니었다.

"저 여자들이 누구지?" 나중에 보면 밍게스 집안의 딸들이었다. 즉, 영원한 밍게스 집안. 어제도, 그제도, 언제나 똑같은 밍게스 집안의 딸들이었다. 하지만 환상이 지속되는 동안은……! 공짜 볼거리가 많지 않은 곳에서는 서로 쳐다보는 것이 가장 흥미로운 볼거리였다. 뜻밖의 수확을 올린 산책은 기분 좋으면서도 강렬한 즐거움이었다. 스페인의 성실한 중간계층인 프롤레타리아 대중은 말로 표현할 수 없는 환희를 느끼며 즐거워했다.

학생들은 에스뽈론이나 꼬메르시오 거리를 오가며 여기저기서 수확한 대여섯개의 장면에 만족해하며 잠자리에 들었다. 8일 후에 결혼할 여자는 빗줄기가 지치지 않고 내리치는 창문 뒤에서 7일 동안 힘들게 실내화에 수를 놓으며, 사랑의 꽃이 가벼울 것 같아 애써 무시하면서도 홀로 음미했다. 가게들을 들락거리는 현상과 무엇에나 까르르 웃는 현상, 점원이 한마디 할 때마다 열려 있는 진열대 안으로 고개를 불쑥 들이미는 학생의 장난을 재미있어하는 현상은 그렇게 설명될 수 있었다. 모든 것이 움직임이고, 웃음이고 환호성이었다. 그런데 이 도시사람들은 진지하고 꼿꼿한 자세로 조용히 엄숙한 행렬에 참석하는 사람들이었다. 그리고 슬퍼하며 고개를 떨어뜨리고, 기름을 잔뜩 바르고(『엘 라바로』의 표현) 설교와 9일기도, 부활절 행사, 심지어 사순절 축제에 참석하는 사람들이었다.

아나는 한 사람 한 사람의 얼굴에서 시의 불꽃을 보았다고 믿었다. 베뚜스따 여자들이 다른 때보다 훨씬 아름답고 우아하고 매력적으로 다가왔다. 그리고 남자들에게서는 고상한 분위기와 단호한 행동, 낭만적인 날렵함을 보았다. 그녀는 상상으로 지나가는 남녀들의 짝을 지어주었다. 그러자 방앗간 일꾼, 노동자, 학생, 군인들과 서로 사랑을 주고받는 하녀, 바느질하는 여자, 아가씨들이 있는 도시에 자기도 살고 있다는 생각이 갑자기 들었다.

그런데 자기에게만 사랑이 없었다. 자기와 디저트 가게의 유리 진열대를 혀로 핥는 불쌍한 아이들만이 무산자였다. 반항심이 물결치듯 너풀거리며, 뇌로 향하는 혈관 안에서 요동쳤다. 그녀는 또다시 발작이 두려웠다.

주님, 이게 뭡니까? 이게 뭐냐고요? 왜 하필 자기의 영혼이 새로운 삶을 시작하자마자 이런 일이 생긴단 말입니까? 증인도 없는 자기희생을 넘어서도록 영적 형제의 목소리가 격려한 회생자의 새 삶이 시작되는 날, 정말 부적절한 순간에, 신경을 끊어놓듯, 머릿속에 전쟁의 아비규환을 울리듯, 모든 것을 뒤죽박죽 만들듯, 고문하는 경련을 주신단 말입니까? 마리뻬빠 샘 가에 앉아 미래의 미덕을 향해 헌신하겠다고 다짐하지 않았던가요? 자신의 영혼에 새로운 지평선을 열지 않았던가요? 앞으로는 무엇인가를 위해 살려고 하지 않았던가요? 오! 총대리신부가 여기 있다면 좋을 텐데! 그녀의 손이 남자의 손에 부딪혔다. 달콤한 열기와 끈끈한 접촉이 느껴졌다. 총대리신부는 아니었다. 뭔가 말을 건네려고 그녀 옆에 다가온 돈 알바로였다. 그의 말조차 들리지 않았으며, 기분이 바뀐 게 그 때문이라고 말하고 싶지도 않았다. 그녀는 혼자 속으로 안타까웠다. 너무나도 안타까워 거리와 가스등이 환한 가게 안에서 애교를 떠는 젊은 여자들과 통통한 베뚜스따 여인들만 바라보고 있었다.

돈 알바로는 정반대 생각이었다. 진도를 앞당기는 데는 자신의 존재와 손길만으로도 충분하다고 생각했다. 돈 알바로가 자기 '몸'의 우월성에 대해 어떤 생각을 하고 있는지 알려면, 불꽃을 일으키는 전기 기계를 연상하면 충분하다. 돈 알바로는 자기가 사랑을 불러일으키는 전기 기계라고 믿었다. 문제는 기계가 준비되어 있어야 했다. 그는 이렇게 극단적으로 자만했지만 다른 사람들은 그 사실을 몰랐다. 그리고 그가 그렇게 엄청나게 자만할 수 있는 이유를 뒷받침할 만한 일들이 수없이 많았다고 확실하게 얘기할 수는 있었다. 돈 알바로는 자신을 재능이 많은 남자라고 생각했다. 기본적으로 정치가였다. 세상이치를 터득한 사람으로서의 경험과 돈 후안의 기술을 믿었다. 하지만 자신의 육체적인 아름다움과 비교하면 이 모든 것은 아무것도 아니라고 자기 자신에게 겸손하게 말했다. 어리광이 심하고, 취향이 끔찍하고, 사랑에 싫증난 닳고 닳은 여자들을 유혹하려면 어쩌면 외모만으로 충분거나 중요하지도 않았다. 하지만 정숙한 처녀들과(그는 다른 부류들도 알고 있었다) 정숙한 유부녀들은 잘생긴 청년에게 무릎을 꿇었다.

"나는 꼽추나 난쟁이 바람둥이는 보지 못했어." 몇번 되지는 않았지만 친한 친구들과 이런 얘기를 나눌 때면 돈 알바로가 어깨를 으쓱하며 말했다. 주로 저녁을 푸짐하게 먹고 난 후에는 그런 얘기를 나눴다. "변태를 얘기하는 건가? 그런 건 예외적인 걸세. 그러나 고약한 고무냄새와 같은 사랑을 원하는 사람은 아무도 없을 거야.

그렇지만 쇠퇴기 로마 시대의 귀부인들은……"

그럴 때면 빠꼬 베가야나가 테크닉을 배울 수 있는 야한 책들에서 본 내용을 예로 들었다. 그는 고대와 중세, 현대 여성 음란물들의 모든 일탈을 묘사했다. 새로운 것은 전혀 없었다. 제일 많이 타락한 빠리 여자들이 하는 것과 똑같았다. 그건 바빌로니아와 쎄르바따나의 여자들도 다 알고 하는 거였다.

빠꼬는 고대 역사로 거슬러올라가면 자꾸 착각했다. '에끄바따나'를 '쎄르바따나'라고 했다. 하지만 착각하기는 했지만 확실하게 알고 하는 얘기였다. 자기가 어느 도시를 얘기하는지는 잘 알고 있었다. 다양한 색상의 수많은 성벽들이 있는 도시였다.『창녀의 역사』에서 읽은 적이 있었는데, 듀포의 책은 아니었다. 다른 책이었다. 그는 학식이 높은 사람이었다.

"나는 원숭이에게 빠져서 원숭이와 자는 공주와 왕비들이 있다는 얘기를 읽은 적이 있지요." 그럴 때면 돈 알바로가 거들었다.

"그렇다니까요." 빠꼬가 거들며 얘기했다. "프랑스어로는『웃는 남자』이고 스페인어로는『왕의 명령에 대하여』라는 제목의 소설에서 빅또르 위고가 확실히 그렇게 얘기했다니까요."

"하지만 예외적인 그런 것 말고, 정신 차려야 합니다. 여자들이 찾는 것은 훌륭한 '몸'이지요." 돈 알바로가 계속 얘기했다.

"나도 그렇게 생각합니다." 론살이 단언했다. "여자는 urbicesorbi 지요(나팔총의 라틴어로는 '모든 곳'이라는 뜻이다)."

게다가 돈 알바로는 확실한 유물론자였으나 이 사실은 아무에게도 솔직하게 털어놓지 않았다. 그에게는 정치가 가장 중요했다. 그래서 빠꼬의 조상들의 신앙을 용인하고 교회와 국가의 분리를 비웃었다. 그로서는 신실한 믿음을 지닌 가톨릭 신자들과 반목해서 좋을 게 없었다. 이미 1867년 빠리 만국박람회를 보러 가 그곳에서 숯장수처럼 믿는 게 유행이라는 걸 알았다. 스포츠와 가톨릭이 유행이었고, 아직도 계속되고 있었다. 물론 신앙을 가지고 있는 것이나 신앙을 가지고 있다고 말하는 것이나 매한가지였다. 죽음에 대한 두려움이 닥치지 않는 한, 그에게는 눈곱만큼의 믿음도 없었고 더군다나 믿음의 축복도 필요 없었다. 그는 몸이 아파서 숙소에 혼자 내버려져 있어도 진정으로 사랑해주는 사람이 없을 때면, 삶에 대해 그렇게도 풍성한 경험을 가지고 있었음에도 불구하고 신실한 기독교인이 아님을 후회하지 않을 수 없었다. 하지만 건강이 회복되면 이렇게 말했다. 치! 다 몸이 약해서 그런 거야. 하지만 '깨우친다는 것'은 좋은 거였다. 세상과 그리고 그 세상을 발전시키는 방법과 관련된 그의 생각과 너무나도 잘 어울리는 유물론이 뭔가에 근거한다는 것은 좋은 거였다. 돈 알바로는 몇 마디로 간단하게 유물론을 증명할 수 있는 책을 빌려달라고 친구에게 부탁했다. 이제는 그런 형이상학이 없다는 것을 배우는 것부터 시작했다. 많은 골칫거리들을 없애주기 때문에 그가 보기에는 훌륭한 생각이었다. 그는 뷔히너의 『힘과 물질』[5]과 플라마리옹의 저서 몇권을 읽었지만, 플라마리옹[6]의 저서들은 별로 마음에 들지 않았다. 교회에 대해서는 나쁘게 얘기하고, 하늘과 하느님, 영혼에 대해서는 좋게 얘기했던 것이다. 그런데 그가 원하는 것은 그것과 정확하게 정반대였다. 플라마리옹은 '시크'

---

5 루트비히 뷔히너(Ludwig Büchner, 1824~99). 독일의 의사이자 생리학자로 19세기 기계론적 속류유물론의 대표자.

6 까미유 플라마리옹(Camille Flammarion, 1842~1925). 프랑스 천문학자이자 소설가로 천문학을 대중화했다.

하지 않았다. 그는 또한 노란 종이로 겉표지를 싼 몰레스호트,[7] 피르호,[8] 포크트[9]의 번역본을 읽었다. 제대로 이해하지는 못했지만 요지는 파악했다. 모든 것은 회색 물질이다. 근사하다! 바로 그가 듣고 싶었던 것이었다. 그가 제일 바랐던 것은 지옥은 존재하지 않는다는 사실이었다. 그는 또한 루크레티우스[10]의 『자연에 대한 시』를 프랑스어로 읽었다. 절반밖에 못 읽었다. 시인의 얘기가 훌륭하기는 했지만 너무 길었다. 돈 알바로는 곧 어디에서나 원자를 관찰하게 되었고, 그의 훌륭한 체격은 자기 앞에 나타난 모든 아름다운 여자들을 매료시키기 위한 갈고리 형태 분자들의 행복한 결합체가 되었다. 돈 알바로는 속으로는 그렇게 생각하고 믿었지만, 빠꼬도 그의 깊은 속까지는 들여다 보지 못했다. 돈 알바로에 의하면 빠꼬는 훌륭한 가톨릭 신자였기 때문에 그럴 수 없었다. 베뚜스따에 있는 동안에는 돈 알바로 혼자만의 일이었다. 빠리로 여행 갈 때면 궤짝 안에 꼭꼭 감춰두었던 유물론을 꺼냈다. 지나치게 믿음이 강하지 않은 애인들과 사랑에 빠질 때면 원자와 힘에 대한 그의 생각을 그녀들에게 세뇌시키고자 했다. 돈 알바로의 유물론은 이해하기 쉬웠다. 두번의 강연회에서 그는 유물론을 설명했다. 여자가 형이상학은 없다고 믿기 시작하면 돈 알바로에게는 일이 훨씬 수월해졌다.

---

7 야코프 몰레스호트(Jacob Moleschott, 1822~93). 네덜란드의 생리학자. 생명을 기계·화학적으로 설명하였으며, 특히 사상을 뇌 안의 인소(燐素) 때문이라고 주장했다.

8 루돌프 피르호(Rudolf Virchow, 1821~1902). 독일의 병리학자이자 세포병리학의 창시자.

9 칼 포크트(Karl Vogt, 1817~95). 독일의 동물학자이자 자연과학적 유물론자.

10 루크레티우스(T. Lucretius Carus). 고대 로마의 에피쿠로스 학파의 시인으로 원자론을 최초로 제기했고, 모든 것은 물질이고 정신은 원소이고 신은 없다고 주장했다.

돈 알바로는 쾌락주의자로 변한 여자를 떠올릴 때면 두 눈이 큼지막해져 불꽃을 튀기며 말했다.

"정말 대단한 여자였지!" 그러고는 한숨을 내쉬었다. 베뚜스따에는 그런 창조물이 없었다. 베뚜스따 여자들 또한 형이상학을 믿지 않았고, 들어본 적도 없었지만, 몇가지 명분 때문에 선을 넘지는 못했다.

돈 알바로는 자기가 굳게 믿고 있는 것처럼 자신이 그곳에 있는 것만으로도 아나의 정조에 유해한 효과를 미칠 거라고 생각하며 그녀 곁으로 다가갔다. 그런 초기 단계에서는 말이 필요 없었다. 그는 영혼에 와닿을 정도로 유창하게 말할 수 있었지만 그건 다른 상황에서, 훨씬 나중에 할 일이었다.

빠꼬는 뒤에서 따라오면서 낯가리지 않고 뻬뜨라와 이야기를 나눴다. 뻬뜨라는 후작 자제분을 응대하면서 점잔을 뺐다. 하녀는 사랑의 문제에 있어서는 계급 구분을 믿지 않았고, 귀족이 자기를 만나면 얼이 빠져 결혼할 거라는 상상을 하기도 했다. 이번 빠꼬의 경우에는 그렇지 않았다. 절대 아니었다. 하지만 그는 뻬뜨라의 금발과 하얀 뺨을 칭찬하고 있었고, 뭔가가 시작되고 있었다.

"아나 부인, 베뚜스따에서 상당히 지루하실 겁니다." 돈 알바로가 말했다.

돈 알바로는 적절한 기회가 생기는 대로 자기가 의도하는 방향으로 길게 이야기할 수 있게 자연스럽게 대화를 유도하였지만 헛수고였다.

"네, 가끔 지겨워요. 비가 너무 많이 내려요!"

"비가 내리지 않아도. 당신은 아무 데도 가지 않잖아요."

"저를 제대로 안 보셔서 그렇지요. 외출을 자주 하는 편입니다."

돈 알바로가 보기에 그 말이 채 입 밖으로 나오지 않았는데도 그녀가 경솔해 보였다. 아나가 그런 말을 하다니? 옵둘리아는 남자들과 그런 식으로 얘기했다. 하지만 아나는!

돈 알바로는 난감한 기분이었다. 저 여인이 왜 저러는 거지? 사실은 얘깃거리도 되지 않는 자기네들 사이의 일을 언급하려고 저렇게 세게 나오는 걸까? 아나의 경솔함을 이상하게 여겨야 하는 건가? 그녀를 제대로 보지 않은 건가! 그녀가 저속한 추파를 던지는 건가? 아니면 자기가 설명하지 못하는 뭔가 다른 의미가 있는 건가? 약속하지 않았는데도 성당이나 극장, 산책길에서 약속한 것처럼 만나는 두 사람만이 알고 있던 그 모든 것을 아무것도 아닌 것으로 돌리려는 것인가? 남발해서는 안되는 천상의 은혜처럼 어쩌다 한번씩 자기에게 주었던 그 오랜 강렬한 시선의 가치를 부정하려는 것일까?

사실 아나가 처음 내뱉은 말은 무의식적인 거였다.

아무 의미 없이 관용구를 얘기하는 사람처럼 말하였던 것이다. 하지만 나중에 생각해보면, 그 대답이 돈 알바로를 실망시켰을 수도 있다. 듣지도 말하지도 못하는 사람처럼 맺은 협상에 대해 자기는 아는 바가 없다는 의미처럼 들렸을 수도 있다. 하지만 그 말 자체가 시기적절하지는 못했다. 지나친 부정이었다. 명백한 것을 부정하는 것이었다.

돈 알바로는 그날밤 괜한 모험을 하는 게 두려웠다. 베뚜스따 사람들의 스타일을 따라, '흥미로운 사람이 되는 것'이 가장 망신을 덜 당하는 것이라고 생각했다. 그래서 그는 예의상 입에 발린 세속적인 얘기를 건넸다.

"부인, 부인은 어디에 계시든 관심을 불러일으키십니다. 아주 무심한 사람의 관심까지도요."

돈 알바로는 그 말이 유치하고 약간 애매모호하게 들렸기 때문에, 그에 못지않은 저속하고 차가운 몇 마디를 덧붙였다.

돈 알바로는 '흥미로운 사람이 되는 것'이 다른 여자들에게는 우스웠을 수도 있지만 판사 부인에게는 가장 좋은 무기라는 것을 아직 알지 못했다. 아나는 그 말을 들으면서 고통을 느끼며 갑자기 모든 것을 잊었다. 내가 환영을 본 것일까? 이 남자는 한번도 나를 사랑의 눈길로 보지 않았던 거야? 사방에서 그가 보였던 것은 우연이었을까? 나를 본 순간 그의 눈은 다른 곳을 보고 있었던 걸까? 내가 곁눈질로 훔쳐보았던 — 아아! 그래! 이게 맞아! 곁눈질로 본 거야! — 그 슬픔과 제대로 감추지 못했던 초조함과 원망은 단지 나의 착각이란 말인가? 바로 다름 아닌 착각? 하지만 그럴 리가 없어! 아나는 그 생각을 하는 순간 땀을 흘리며 전율을 느꼈다. 그녀는 무언의 유창함으로 자기에게 열망을 폭로하는 그 눈길을 절대, 절대로 만족시켜주지 않을 작정이었다. 그녀는 늘 정조를 지키고 희생할 것이며, 그녀의 낀따나르 이외에는 아무도 없을 것이다. 아무도! 하지만 그 아무나가 사랑을 위한 그녀의 지참금이었다. 유혹 자체를 포기한다는 것은! 그건 너무했다. 유혹은 그녀의 몫이었다. 그녀의 유일한 즐거움이었다. 넘어가지 않는 것만으로 충분했다. 하지만 유혹은 느끼고 싶었다!

돈 알바로가 아무것도 바라지 않고 아무것도 원하는 것이 없다는 생각은 아나의 마음속에 빈 구멍이 생긴 듯한, 그리고 공허감으로 채워지는 듯한 느낌을 주었다. 아니! 아니었다! 유혹은 그녀의 몫이었다. 유일한 즐거움이었다! 그가 그녀를 쟁취하려는 게 아니면 어쩌지? 게다가, 게다가 아직은 어쩔 수 없었다. 그녀는 사랑하면 안되었다. 사랑할 수가 없었다. 하지만 사랑을 받을 수는 있었다. 못할 것도 없지 않은가? 오! 행복하다고 생각한 그날이 어쩌다가 그렇게 끔찍하게 끝날 수 있단 말인가? 미덕이 그토록 쉬운 거라고 말해준 총대리신부, 영혼의 동반자가 나타난 날에! 그래, 쉽다. 그녀는 잘 알고 있었다. 하지만 그녀에게서 유혹마저 사라진다면 미덕이란 게 무슨 의미를 갖겠는가? 그녀가 그토록 싫어하는 베뚜스따다운 것이 되고, 무미건조한 산문과 같아지는 것이었다.

돈 알바로는 생각보다 그렇게 훌륭한 정치가는 아니었지만, 구애의 외교에 대해서는 약간 이해하고 있었다. 그는 자기도 모르게 자기 생각이 옳다는 것을 금세 깨달았다.

돈 알바로는 판사 부인의 목소리에서, 그녀의 말에 담긴 당혹스러움에서, 유치하고 건조하게 아부한 게 효과가 있음을 눈치챘다. 벌써 고백이라도 기다리고 있었던 거야? 하지만 내일 성체를 받는다면서! 도대체 이 여자는 어떤 여자야? 정말 아름다운 여자야! 유물론자는 자기 옆에서 두 눈에 불꽃을 피우고 양 볼을 붉게 붉힌 그녀를 바라보며 혼자 속으로 덧붙였다.

그들은 오소레스 저택 대문 앞에 도착해 멈춰 섰다. 지붕에 매달린 금빛 가로등이 넓은 현관 앞만 간신히 밝혀주었다. 거의 어둠에 잠겨 있었다. 그들이 아무 말도 하지 않은 채 몇분이 흘러갔다.

"뻬뜨라는요? 빠꼬는요?" 판사 부인이 깜짝 놀라서 물었다.

"저기 오고 있습니다. 이제 골목을 돌고 있네요."

아나는 입이 바짝 말랐다. 말을 하려면 혀로 입술을 적셔야 했다. 돈 알바로는 자기가 좋아하는 판사 부인의 그 표정을 보고는 자신을 주체하지 못하고 '자연스럽게'라는 평소 원칙을 어기며 탄성을 내뱉었다.

"정말 귀여운걸! 정말 예뻐!"

하지만 돈 알바로는 대담성과는 전혀 관계없이 자기도 모르는 새 쉰 소리로 나지막이 내뱉은 말이었다. 열정이 새어나온 말이었다. 그러니 의미없는 칭찬이라기보다는 결과에 가까웠고, 뻔뻔한 것과는 거리가 멀었다. 그 말은 사랑의 고백, 몸속의 피가 한바탕 휘저어진 사람의 바보 같은 실수로 해석될 수도 있었다. 창피를 모르는 철면피가 아니고서야 저토록 예의 바른 신사가 할 말이 아니었다.

아나는 못 들은 척했지만 눈은 사실을 감추지 못했다. 그녀의 두 눈이 한발짝 뒤로 물러난 돈 알바로를 찾으며 어둠속에서 반짝였다. 판사 부인의 영혼에 내린 단비와 같은 그 말들이 그에게 몇배로 증가된 달콤함을 안겨주었다.

나한테 넘어왔어. 돈 알바로는 승리의 날에 기대한 기쁨보다 훨씬 큰 기쁨을 느끼며 생각했다.

"올라오셔서 쉬었다가 가실래요?" 빠꼬가 도착하는 것을 보고는 아나가 신사들에게 물었다.

"고맙습니다만 아닙니다. 잠시 후 어머니와 함께 부인을 모시러 오겠습니다."

"저를 데리러 오신다고요?"

"네. 돈 알바로가 말씀드리지 않았습니까? 부인은 오늘 저희와 함께 극장에 초대를 받았습니다. 오늘 초연이 있습니다. 그러니까, 바깥분의 우상인 뻬드로 깔데론 데 라 바르까의 초연이지요. 모르셨습니까? 저와 절친한 뻬랄레스라는 배우가 마드리드에서 왔습니다. 그가 깔보[11]를 매우 그럴듯하게 흉내 내지요. 오늘 「인생은

---

11 라파엘 깔보(Rafael Calvo, 1842~88). 스페인 바로끄 연극배우. 17세기 로뻬 데 베가와 깔데론 데 라 바르까 작품을 주로 연기하였다.

꿈」이 올라갑니다. 바로 그 연극이오! 꼭 오셔야 합니다. 성스러운 의식이지요! 어머니가 꼭 참석하라고 하십니다. 이미 옷을 갈아입고 기다리고 계십니다."

"하지만 저는 내일 성체를 모셔야 하는데요⋯⋯"

"그게 무슨 상관입니까?"

"상관있지요!"

"다음날 받으세요. 하여튼 그것은 나중에 어머니께 말씀드리세요. 어머니가 직접 부인을 모시러 오실 테니까요."

그러고서 후작 자제는 당황해하며, 더이상 얘기도 듣지 않고 곧바로 대문 밖으로 나갔다.

뻬뜨라는 못 들은 척하며 이미 집 안 중정에 와 있었다. 그녀는 이제야 뭘 해야 할지 알 것 같았다. 저 남자였다. 적어도 저 남자가 한명의 후보자였다. 후작 자제는 두 사람을 단둘이 있게 하기 위해 그녀를 붙잡고 있었던 거였다. 그 남자가 너무 냉랭하게 굴어 알 수 있었다. 그는 어둠속에서 그녀를 엉큼하게 껴안지도 않았다. 뻬뜨라는 귀를 기울였다. 돈 알바로가 떨리는 목소리로 매우 겸손하게 작별인사 하는 소리가 들려왔다.

"부인은 연극을 보러 가실 겁니까?"

"아니오. 안 갑니다." 판사 부인이 대답을 남기고 문을 닫고 중정으로 들어갔다.

10장

8시 정각에 후작 부인의 2인승 사륜마차가 포석이 울퉁불퉁하게 깔린 엔시마다 지역으로 불꽃을 튀며 들어섰다. 마차는 누에바 광장을 지나 골목에 위치한 저택 앞에 멈춰섰다.

후작 부인이 금빛이 감도는 파란 드레스를 입고, 과거 한때의 매력을 발산하며 요란하게 문을 열면서 판사 부인의 다이닝룸으로 들어섰다. 지금은 새치는 까맣게 염색하고 하얀 가루를 뿌린 모습이 서글퍼 보였다. 아들이 뒤따랐다.

"뭐야? 이게 뭐야? 아직도 안 차려입었어요?"

"고집은!" 어머니를 동행한 빠꼬가 외쳤다.

낀따나르가 고개를 숙인 채 양어깨를 으쓱했다. 자기로서는 아내의 고집을 어떻게 꺾을 방법이 없다는 표정이었다.

그는 준비가 끝나 있었다. 낀따나르는 이미 기계로 짠 꼭 끼는 트리코 프록코트를 입고 장갑의 단추를 채우고 있었다.

아나가 후작 부인에게 미소를 지었다.

"하지만 부인, 괜한 헛걸음을 하셨어요. 왜 굳이 번거롭게 오신 거예요?"

"헛걸음이라니? 지금 당장 옷을 차려입어요. 당신 말대로, 내가 굳이 번거롭게 여기까지 온 이상 헛걸음은 하지 않을 거예요. 자! 올라가요! 아니면 바로 이곳에서, 이 신사양반들이 보는 앞에서 내가 당신의 머리를 빗기고 신발을 신기고 옷을 입힐 테니."

"그래요." 빠꼬가 말했다. "우리가 부인의 옷을 입히고 머리를 빗기고……"

낀따나르도 거들었다.

"여보, 「인생은 꿈」은 연극이 낳은 기적 중의 기적이야…… 상징적이고 철학적인 드라마야."

"네, 저도 알아요, 낀따나르."

"게다가 뻬랄레스는 연기를 그렇게 잘할 수가 없지. 내 친구 뻬랄레스."

"그리고 사람들도 매우 많을 거예요." 후작 부인이 덧붙였다.

"맙소사, 부인. 제발 부탁이에요…… 제가 다른 때는 갔잖아요. 하지만 내일은 성체를 받아 모셔야 해요!"

"자, 자! 그게 무슨 상관이에요? 누가 아니요? 지금 죄를 지으러 연극을 보러 가는 건가요?"

"예술은 신앙이오!

잔인한 히포그리프[1]여,

그대는 바람과 나란히 달렸도다."

---

1 Hippogriff. 말의 몸통에 독수리 머리와 날개를 가진 괴물.

낀따나르는 이 장면을 놓칠까봐 걱정스러운 얼굴로 시계를 들여다보며 말했다.

그는 나중에 그 부분이 삭제되었다는 것을 알고는 세상에 맙소사!를 연발했다.

"하지만 여보, 후작 부인께서 우리를 이렇게 극진하게 대접해주시는데." 그가 계속 말했다.

"대접은 무슨 대접?…… 하지만 당신은 꼭 와야 해요."

"아니에요, 부인. 고집하셔도 소용없어요."

그들은 한참 실랑이를 벌였다. 결국에는 첫 시작 부분을 보고 싶어 하는 후작 부인이 항복하고, 낀따나르도 함께 가자고 했다. 그러자 낀따나르가 점잖을 뺐다.

"아내가 저렇게 요지부동이니, 저도 그냥 있겠습니다."

"말도 안돼요!" 판사 부인이 놀라서 외쳤다. "다른 때는 잘 가셨잖아요?"

낀따나르는 그냥 집에 머물겠다고, 연극 중의 연극을 보지 않겠다며 조금 더 고집을 피웠다.

하지만 결국에는 아나 혼자만 다이닝룸 벽난로 옆에 남았다. 석고 부조들이 화려하게 장식되어 도마뱀 색깔이 칠해진 추리게레스꼬 양식의 종 모양으로 생긴 벽난로였다. 옛날 그 벽난로 옆에서, 그 불꽃의 사랑을 받으며, 지금은 고인이 된 도냐 아눈시아가 엄청나게 많은 연애소설들을 읽었다. 지금 그곳에는 불기가 없었고, 훤히 드러난 아궁이는 슬픔을 빨아들이는 구멍과도 같았다.

뻬뜨라가 커피잔을 치웠다. 그녀는 굼뜬 동작으로 수없이 들락거렸다. 안주인은 그런 뻬뜨라에게 눈길조차 주지 않았다. 아나는 눈동자의 움직임도 없이 시커멓고 차가운 아궁이만을 뚫어져라 바라보고 있었다. 하녀가 아나를 집어삼킬 듯이 바라보았다. 연극 보러 안 가네! 무슨 일이 생긴 거야. 알아볼까? 내가 필요하려나?

"마님, 뭐 필요하세요?" 뻬뜨라가 물었다.

판사 부인이 깜짝 놀라 대답했다.

"나?…… 뭐?…… 아니다. 들어가봐라."

어찌 됐든, 다음날 성체 받지 않기로 결심했으면서도 후작 부인에게 그런 무례를 범한 것은 어리석은 짓이었다. 하지만 왜 성체를 받으면 안되는 거지? 그녀가 어리석은 근심거리만 잔뜩 짊어진 신자라서? 무슨 비난받을 짓을 했다고? 뭐가 부족하다고? 그 순간 베뚜스따 전체는 시끄러운 소리와 빛, 음악, 즐거움 속에서 즐기고 있었다. 그런데 그녀는 홀로, 혼자 그곳에서, 끔찍하거나 하찮은 추억들로 가득한 그 어둡고 슬프고 추운 다이닝룸에서 가장 허영심이 강한 여자도 흐뭇하게 만족시켜줄 열정에서 도망치고 있었다. 그런 게 죄를 짓는 것인가? 그녀는 돈 알바로와는 전혀 상관없었다. 그는 자기가 원하는 대로 사랑에 흠뻑 빠질 수 있었다. 하지만 그녀는 아주 무의미한 은혜조차 그에게 전혀 베풀 생각이 없었다. 이제부터는 그를 쳐다보지도 않을 생각이었다. 확실하게 결심했다. 뭘 고해해야 한단 말이야? 아무것도 없었다. 뭐 때문에 고해를 해야 하는데? 아무 이유도 없었다. 두려움 없이 성체를 받을 수 있었다. 그랬다. 새벽에 일찍 일어나 성체를 받을 생각이었다. 하지만 그만, 제발 그만! 그런 생각은 그만해도 충분했다! 미쳐버릴 것만 같았다. 순진하게 계속 생각만 하고, 자신을 추궁하고, 나쁜 생각을 했다고 비난하는 건 고통 그 자체였다. 그녀의 삶이 그녀에게 안긴 고통과, 찾지 않았는데도 찾아온 고통이 더해졌다. 하지만 자기 같은 여자가 곰곰이 생각하는 것 말고, 달리 뭘 할 수 있겠는가?

뭘 즐겨야 한단 말인가? 남편처럼 끈끈이나 미끼로 새를 잡는 것? 프리힐리스처럼 자라지도 않을 곳에 유칼립투스를 심는 것?

그 순간 아나는 각자 나름대로 자기방식으로 살아가며 행복해하는 베뚜스따 사람들을 보았다. 어떤 사람들은 나쁜 습관에 빠져 있기도 하고, 어떤 사람들은 무슨 집착에 빠져 있었지만 모두 만족해했다. 그녀만이 유배지에 와 있는 듯 혼자 그곳에 있었다. 하지만 아아! 돌아갈 고향도 없고, 그리워할 고향도 없는 유배자와 같았다. 그녀는 그라나다, 사라고사, 다시 그라나다, 바야돌리드에서 살았었다. 낀따나르가 늘 함께했다. 그녀는 음유시인의 강인 에브로 강에도, 헤닐 강과 다로 강²에도 아무것도 남기지 못했다. 아무것도. 기껏해야 수포로 돌아간 우스운 사건만이 있었다. 알함브라 궁전 옆, 정원이 달린 별장에 살던 영국인이 떠올랐다. 그 영국인이 그녀에게 반해 하인들이 인도에서 사냥해온 호랑이 가죽을 선물한 적이 있었다. 그 남자가 편지에 — 그녀가 찢어버린 편지에 — 헤네랄리뻬 정원³의 '영원한 시와 관능적인 시원함이 쏟아져나오는 분수 옆의' 그 역사적인 나무에 목을 매달겠다고 맹세했다는 것을 훨씬 나중에야 알았다. 불쌍한 미스터 브루끄는 알바이신⁴ 출신 집시 여자와 결혼했다. 좋은 교훈은 얻었지만 어쨌든 미욱한 사건이었다. 호랑이 가죽은 영국인 때문이 아니라, 호랑이 때문에 계속 가지고 있었다. 이 이야기는 옵둘리아는 잘 알지 못했다. 그녀는 미국인이 선물한 걸로 알고 있었다. 비시따가 그렇게 말해줬던 것이다.

---

2 스페인 남부 그라나다의 강들.

3 한 무어 시인이 "에메랄드 속의 진주"라고 묘사한 바 있는 스페인 그라나다에 위치한 알함브라 궁전과 이어진 여름별장이자 정원으로 14세기 초에 조성되었다. 헤네랄리뻬는 '낙원의 정원' '과수원' '향연의 정원'으로 번역될 수 있다.

4 알함브라 궁전과 마주보는 언덕에 위치한 집시 거주지역.

왜 극장에 가지 않았을까? 어쩌면 그곳에서는 바늘꽂이에 바늘을 꽂듯 뇌를 쑤시는 슬프고 절망적인 생각들을 떨쳐낼 수도 있었다. 그녀는 정말 바보다. 왜 다른 여자들처럼 하지 못하는 걸까? 그 순간 아나는 도시 전체를 통틀어 자기 이외에는 정숙한 여자가 없다는 생각이 들었다. 그녀가 일어섰다. 초조했으며 거의 분노가 치밀어올랐다. 식탁 위에 걸린 램프의 불꽃을 바라보았다…… 그 불빛이 그녀를 비웃었다. 그녀는 다이닝룸을 나와 자기 방으로 갔다. 발코니를 열고 쇠장식 받침대에 팔꿈치를 대고 머리를 양손으로 받쳤다. 초승달이 바로 앞, '공원'의 늠름한 유칼립투스 나무들 뒤에서 반짝였다. 프리힐리스가 심은 나무들이었다. 부드럽고 온화한 나른한 남풍이 불어왔다. 낙엽이 지면서 쇳소리가 나는 나뭇잎들을 강한 돌풍이 가끔 탬버린처럼 흔들어댔다. 자연이 겨울잠을 자기 직전에 전율하며 흐느끼는 것 같았다.

아나는 도시에서 나오는 혼란스러운 소음을 들었다. 시끄럽게 떠드는 소리, 희미한 노랫소리, 개 짖는 소리가 뒤섞인 음울하고 여운이 긴 반향이었다. 베뚜스따를 덮고 있는 옅은 안개 틈에서 반짝이던 하얀 빛처럼 모두 공기 중으로 사라졌다. 부드럽고 후끈한 바람의 몸통과도 같았다. 아나는 뭘 보는지도 모르는 채 하늘을 바라보았다. 자기 앞의 커다란 빛을 바라보았다. 천상에서 내려온 은가루와 은실이 마치 거미줄을 치는 듯 보였다. 눈물에 달빛을 굴절되었다.

왜 울고 있는 것일까? 왜 그럴까? 정말 어리석기 그지 없었다. 아무 짝에도 쓸모없는 이 나약함이 두려웠다.

달이 한쪽 눈으로 아나를 응시하였다. 다른 쪽 눈은 천상의 심연 속에 잠겼다. 프리힐리스의 유칼립투스 나무들이 가볍고 근엄하게 나무 꼭대기를 숙이며, 자기네들끼리 다가와 수군거렸다. 달빛에 미친 여자에 대해, 엄마도 자식도 사랑도 없는 여자에 대해, 부부간의 애정보다 살찐 자고새 수컷을 더 좋아하는 남자에게 영원한 순결을 맹세한 그 여자에 대해 심각한 얘기를 나누고 있는 것 같았다.

유칼립투스를 심은 프리힐리스가 잘못이었다. 그가 남편을 나쁜 길로 인도했다. 8년이 지났는데도, 프리힐리스가 저지른 그 고약한 짓이 바로 어제의 일처럼 아직도 생생하게 느껴졌다. 돈 프루또스 레돈도와 결혼했다면 어떻게 되었을까? 어쩌면 그를 배신했을 수도 있다. 하지만 낀따나르는 그렇게도 착하고 신사적일 수 없었다! 그는 아버지 같았다. 정절을 맹세한 것과는 별개로 그를 속인다는 것은 치사하고 배은망덕한 짓이었다. 돈 프루또스와는 얘기가 달랐다. 다른 방법이 없었을 것 같았다. 돈 프루또스는 너무 거칠고, 너무나도 무례한 사람이었다! 그때 만약 돈 알바로가 그녀를 끌고 갔다면 지금쯤 둘 다 세상 끝에 가 있을 것이다. 그렇다! 그리고 돈 프루또스는 분노하며 돈 알바로와 결투했을 것이다. 아나는 모래 위에 피바다를 이루며 누워 있을 불쌍한 돈 프루또스를 상상했다. 투우장에서 본 것 같은 시커멓고 걸쭉한 피에서 거품이 부글거렸다.

어휴 끔찍해! 아나는 그 장면과 그 장면을 떠오르게 한 생각들이 역겨웠다.

이렇게 울적한 시간에 참 한심하군! 내가 별 해괴망측한 생각을 다 하고 있네!…… 발코니에 선 그녀는 숨이 막힐 듯 답답했다. 과수원으로, '공원'으로 내려가고 싶었다. 아나는 등불을 청하지도 않고, 불을 켜지도 않은 채 달빛에만 의지해 정원 화단의 계단을 찾아 방 몇군데를 지나쳐갔다. 하지만 낀따나르의 서재 근처를 지나가는 순간 생각이 바뀌어 혼잣말을 했다. 여기 들어가볼까? 책상 위에 성냥이 있을 거야. 총대리신부에게 편지를 써야겠어. 내일 오후에 만나자고 해야겠어. 고해를 해야겠어. 그냥 이렇게 성체를 받을 수는 없어. 총대리신부에게 모두 털어놓을 거야. 안에 있는 말 모두, 저 안 깊숙이 있는 것까지.

서재는 어둠에 잠겨 있었다. 그곳에는 달빛이 들어오지 않았다. 아나는 벽을 더듬거리며 안으로 들어갔다. 한걸음 내딛을 때마다 가구와 부딪혔다. 발에 뭔가가 부딪혀 거치적거리지 않고서는 한 발짝도 내딛을 수 없는 그 방에 불도 없이 들어온 게 후회되었다. 하지만 이제는 돌아갈 수도 없었다. 그녀는 벽을 잡지 않고 한발씩 내딛으며, 계속 앞으로 나갔다. 부딪히지 않기 위해 양팔을 앞으로 내밀고 걸어갔다.

"오 맙소사! 누구지? 누구야? 누가 잡는 거야?" 그녀가 공포에 질려 소리 질렀다.

그녀의 손이 차가운 금속성 물체에 닿는 순간, 딱 다물어지면서 곧 찰칵하는 소리가 들려왔다. 그러고는 그와 동시에 누군가 팔을 두번 연속 때리는 느낌이었다. 그녀는 살을 세게 압박하는, 휘어지지 않는 집게에 붙잡혔다. 그녀는 너무나도 무서워, 비명을 지르며 그 집게에서 벗어나려고 팔을 흔들었다.

"뻬뜨라! 불! 거기 누구 없느냐?"

집게는 먹잇감을 놓지 않고 계속 압박해왔으며, 아나는 묵직한 느낌이 들었다. 그러고는 다른 물건들이 떨어지면서 바닥에 부딪히는 요란한 소리가 들려왔고, 그와 함께 유리병이 깨지는 소리도 크게 들려왔다. 아나는 자기를 짓누르는 집게를 다른 손으로 떼어낼 생각도 하지 못했다. 계속해서 팔만 흔들 뿐 집게에서 벗어나지 못했다. 아나는 문을 찾다가 수천번도 넘게 부딪혔다. 이제는 닥치는 대로 아무 거나 바닥으로 내던졌다. 계속해서 뭔가가 깨지거나, 바닥으로 요란한 소리를 내며 구르는 소리가 들려왔다. 뻬뜨라가 불을 가지고 도착했다.

"마님! 마님! 이게 뭡니까? 도둑이야!"

"아니다, 조용히 해라! 이리 오너라. 집게처럼 나를 짓누르는 이걸 좀 치워라."

아나는 수치심과 분노로 얼굴이 시뻘게졌다. 아나는 펠레우스의 아들인 아킬레우스의 분노 못지않게 화가 났다.

뻬뜨라는 주인마님이 낚인 함정에서 팔을 빼내려고 안간힘을 썼다.

그 장치의 발명가인 프리힐리스와 낀따나르는 어느정도 기계적인 결함을 개선한 후 그 장치를 바로 닭장에서 여우들을 잡기 위해 사용할 생각이었다.

여우의 주둥이가 정확한 지점에 닿아야 했다. 그곳에 닿으면 여우의 머리 위로 쇠막대기가 바로 내려오고, 다른 똑같은 막대기가 아래턱 뼈를 꽉 쥐게 되어 있었다. 용수철의 힘이 닭 도둑을 죽일 정도는 아니지만 피를 보지 않으려고 미리 알아서 준비해둔 갈고리로 잡을 정도는 되었다. 프리힐리스도 낀따나르도 피는 원치 않았다. 범인을 현행범으로 확실하게 체포하는 것 이상은 원치 않았다. 이 발명가들이 동물보호단체의 행동수칙과 산업의 이해관계를 적절하게 조화시키지 못했더라면 그날밤 판사 부인은 큰일을 치렀을 수도 있었다. 다행히 낀따나르는 징계주의자였다. 죄인의 교화는 바라지만 파멸까지는 원치 않았다. 그가 잡은 여우들은 살아남을 수 있었다. 장치가 완벽할 필요는 없었다. 그것보다는 아나가 걸린 것처럼 닭 도둑들이 무시무시한 용수철 단추에 걸리면 그걸로 충분했다.

뻬뜨라도 안주인도 사용할 줄 몰라서 피멍이 든 팔을 빼내기 위해서는 결국 그 장치를 망가뜨릴 수밖에 없었다. 그들의 땀이 얼마나 많이 들어갔는데.

뻬뜨라는 간신히 웃음을 참으며 이렇게 말하는 걸로 만족했다.

"난장판이 따로 없네!" 그녀가 바닥에 떨어져 있는 도자기 조각과 유리파편, 알 수도 없는 것들을 가리키며 말했다. "제가 그랬다면 주인님이 당장 저를 해고하실 거예요…… 아이, 마님! 마님이 새 화분을 세개나 깨뜨렸어요…… 그리고 나비 그림은 산산조각 났네요! 식물표본들을 수집해놓은 선반도 망가뜨리셨고요. 그리고……"

"그만해라! 불은 거기 놔두고 나가거라." 판사 부인이 말을 가로막았다.

뻬뜨라는 안주인이 제대로 감추지 못하는 분노를 즐기며 계속했다.

"마님, 연고를 가져올까요? 보세요, 팔에 멍이 들었어요. 멍든것 같네요…… 그 빌어먹을 집게가 제대로 물지도 못할 텐데…… 하지만 이게 뭐지요? 아세요?"

"나는…… 아니다…… 괜찮다. 나를 내버려둬. 물 좀 가져다주고."

"네, 그러죠. 마님이 송장처럼 새하얗게 질리셨으니 띨라 차가 좋겠어요. 그런데 왜 이렇게 어두운 데를 돌아다니신 거예요? 깜짝 놀랐네! 정말 얼마나 놀랐는지!…… 이건 대체 뭐래요? 참새를 잡으려는 건 아닌 것 같고…… 우리가 망가뜨렸어요. 보세요…… 하지만 어쩔 수 없네요."

뻬뜨라가 나갔다가 연고를 가지고 돌아왔지만 판사 부인은 연고를 바르려 하지 않았다. 잠시 후 하녀가 띨라 차를 가지고 와서 깨진 잡동사니들을 주워모은 후, 성스러운 유물이라도 되는 듯 책상과 찬장 위에 고이 올려놓았다. 뻬뜨라는 자기가 잘 모르는 고대문명의 성배 같은 그 물건들이 망가진 것을 보며 묘한 쾌감을 느꼈다.

"내가 그랬으면!" 뻬뜨라는 쭈그리고 앉아 마지막 조각들을 주워모으며 계속 중얼거렸다.

그녀는 자기가 책임질 필요가 없기 때문에 그 엄청난 재앙을 즐기고 있었다.

아나는 쓰려던 편지는 이미 잊어버리고 '공원'으로 내려갔다. 한쪽 팔이 쑤시고 아팠다. 뺨을 맞고 망신을 당한 듯 마음이 쓰라렸다. 그 모든 게 망신스럽고 주책없어 보였다. 그녀는 격렬하게 화가 났다. 낀따나르! 바보 멍청이! 정말, 멍청이야. 이미 돌이킬 수도 없어. 뻬뜨라가 속으로 뭐라고 할 거야! 덫으로 자기 마누라를 사냥하는 남편이 어디 있겠어? 아나는 달을 바라보았고, 달이 그녀의 일을 비웃으며 얼굴을 찡그리는 것 같았다. 나무들은 잎사귀들마다 귓속말로 속삭이고 있었다. 뻬뜨라의 말처럼 그 기요틴 사건을 놓고 짓궂게 웃으며 얘기하고 있었다.

오, 정말 아름다운 밤이었다! 하지만 이런 고요한 밤을 제대로 즐길 수나 있단 말인가? 하늘과 땅의 그 모든 울적한 시와 그녀에게 일어난 일이 무슨 관계란 말인가?

낀따나르는 여자가 강철로 만들어진 줄 아는가? 그래서 여자가 유혹에 빠지지 않고 마누라의 팔을 짓이겨놓는 엉터리 기계나 발명하는 남편의 광증을 견뎌낸다고 생각하는가? 남편은 식물학자이자 조류학자, 화초 재배자, 나무 재배자, 사냥꾼, 연극 평론가, 연극배우, 판사이며 남편 일만 빼고는 뭐든지 잘했다. 그는 아내보다 프리힐리스를 더 좋아했다. 대체 프리힐리스가 누구란 말인가? 미친 작자. 몇년 전만 해도 괜찮은 사람이었지만 지금은 완전히 맛이 갔다. 환경 적응에 미친 작자다. 그는 모든 것을 화합시키고, 뒤섞고, 혼합하는 걸 좋아했다. 그래서 사과나무에 배나무를 접붙이고는 모두가 하나이며 동일한 것이라고 그러고는 중요한 것은 '스스로 환경에 적응하는 것'이라고 주장하였다. 그러다가 그 엉터리 망발은 스페인 수평아리와 영국 수평아리를 교배시키기까지 했다. 아나가 직접 봤다! 벼슬이 너덜너덜해진 불쌍한 짐승들, 누더기처럼 찢기고 생살이 찢겨나간 자리에 피가 철철 흘렀다. 얼마나 역겨웠던지! 그 헤롯왕이 남편의 필라데스였다. 그리고 그녀는 3년 전부터 그 몽유병환자 커플과 함께 지내고 있었다. 더이상 참을 수 없었다. 이제는 더는 못 참아. 넘치는 잔에 물 한방울이 떨어진 것 같았다…… 서재가 무슨 산속이라고 남편이 놓은 덫에 걸리다니! 이런 어처구니없는 일이 어디 있어!

이런 비이성적이고 유치한 분노의 폭발이 곧 스스로 잘못을 일깨웠다. 어처구니없는 사람은 바로 자신이었다! 의미없는 평범한 사고 때문에 그렇게 화를 내다니! 아나는 그 모든 멸시를 자기 자신에게 퍼부었다. 자기가 엉뚱한 때 서재에 등불도 없이 불쑥 들어간 것이지, 그에게 무슨 잘못이 있단 말인가? 불평할 만한 이유가 있는가? 전혀 없었다. 오! 변명의 여지가 없었다. 배은망덕에는 변명이 없었다……

하지만 상관없었다. 그녀는 지겨워 죽을 지경이었다. 스물일곱살이고 청춘은 도망치고 있었다. 여자가 스물일곱이면 이미 노년의 문턱으로 들어섰다는 의미였다. 그런데 모든 사람들이 말하는,

연극과 소설, 심지어 역사에서도 말하는 사랑의 달콤함은 단 한번도 느껴보지 못했다. 사랑이 살 만한 가치가 있는 유일한 이유라는 얘기를 수없이 듣고 읽었다. 하지만 무슨 사랑? 그 사랑이 대체 어디에 있단 말인가? 그녀는 그 사랑을 알지 못했다. 그리고 수치심 반, 분노 반으로 기억해냈다. 신혼여행은 쓸데없는 자극이자 감각에 대한 허위경고이고, 잔인한 빈정거림 자체였다. 그래, 정말 그랬다. 추억이 그렇게 큰 소리로 떠드는데, 왜 자기 자신에게 숨긴단 말인가? 첫날밤 부부 침대에서 잠에서 깨어났을 때 바로 옆에서 판사의 숨소리가 느껴졌다. 하지만 낀따나르가 트리코 프록코트와 검정색 비버 바지를 입고 있지 않다는 게 비현실적이고 뻔뻔하게 느껴졌다. 피할 수 없는 육체적 쾌락이 부끄러웠고 그녀를 당혹스럽게 하는 동시에 비웃는 것 같았던 기억이 났다. 그 남자 옆에서 사랑하지도 않는데 즐거워한다는 게, 'quia pluvis es!'[5] '너는 흙이니 흙으로 돌아가리라'라는 재의 수요일의 문장처럼 들렸다…… 하지만 그와 동시에 신화에서 읽었던 모든 내용의 의미가, 하인들과 목동들이 음란하게 수군거리던 것들의 의미가 명확해졌다. 그것이 무엇인지, 그리고 무엇일 수 있는지!…… 그리고 그 정절의 감옥에서는 순교자나 영웅으로 숭배받는 것은 위로조차 없었다…… 그리고 신혼 초 아게다 고모의 호기심 어린 시선과 부러움에 가득한 말도 기억났다. 고모들에게 절대 불손한 말은 하지 않던 그녀가 자기를 그렇게 쳐다보는 고모들을 보면서 '바보!'라고 소리 지르지 않으려고 얼마나 안간힘을 썼던가. 그리고 그런 일은 계

---

5 memento homo, quia pluvis es et in pulverem reverteris(기억하라 인간이여, 너는 흙이니 흙으로 돌아가리라). 사순절을 시작하는 재의 수요일 미사 때 종려나무 가지를 태운 재를 이마에 바르며 말하는 문장.

속되었다. 그 일은 그라나다, 사라고사, 다시 그라나다, 그리고 나중에 바야돌리드에서도 계속되었다. 그런데 사람들은 그녀를 동정조차 하지 않았다. 자식도 없었다. 낀따나르는 치근대지 않았다. 그건 사실이었다. 그는 곧 애인의 역할에 싫증을 내고, 조금씩 자기에게 더 잘 어울리는 아버지의 역할로 전환했다. 오! 그는 아버지처럼 사랑했다! 정말 그랬다! 그녀는 남편이 이마에 입을 맞춰주지 않으면 잠자리에 들지 않았다. 하지만 봄이 되었고, 그녀는 입에 직접 하는 진한 키스를 원했다. 그를 남편으로 좋아하지 않았던 게, 그의 애무를 원하지 않았던 게 후회되었다. 게다가 괜히 흥분되는 감정도 두려웠다. 그 모든 게 너무나도 부당하게 느껴지고, 누구를 원망해야 할지도 모르겠고, 시적인 고통의 매력조차 없는 어찌할 수 없는 고통이 느껴졌다. 마드리드에서 초록색 등과 선홍색 등으로 광고판에 써 있던 질병과 같은 부끄러운 고통이었다. 특히 그런 것을 어떻게 생각하고 있다고 고해할 수 있겠는가? 그렇다고 고해를 안할 수도 없었다.

그리고 달 앞에서 빠른 날갯짓을 하며 물결치듯 지나가는 작은 은빛 구름처럼 청춘이 도망치고 있었다…… 지금은 은빛으로 빛나지만, 달리고 날아서, 빛의 다발에서 벗어나 어둠의 심연, 늙음으로 추락할 것이다. 사랑에 대한 희망이 없는 슬픈 노년으로. 은빛 양모 뒤로 하늘을 지나가는 새들처럼 커다란 먹구름이 수평선까지 내려와 밀려오고 있었다. 그 순간 모습들이 바뀌었다. 그 어둠의 심연으로 뛰어들며 칠흑의 바다에 한줄기 빛을 비춰주는 게 바로 달이었다.

그녀도 마찬가지였다. 달처럼 홀로 뛰며 늙음 깊숙이 삶을 내던지고 있었다. 영혼의 어둠속으로, 사랑도 없고, 사랑의 희망도 없는 곳으로. 오 아니, 그건 아니야.

아나는 저 안에서부터 거칠게 저항하는 외침이 들리는 것 같았다. 그것은 최고의 설득력으로 그녀에게 호소하는 외침이었고, 정의감, 육체의 권리, 그녀의 아름다움이 추구하는 공정성이 촉발한 외침이었다. 그리고 달은 검은 구름의 심연으로 달리고 달려 떨어져갔다. 마치 '역청의 바다'처럼 곧 달을 삼켜버릴 듯했다. 아나는 거의 넋이 빠진 채 하늘 위로 펼쳐진 밤의 모습에서 자신의 운명을 보았다. 달이 자기였다. 그리고 구름은 노년, 사랑받을 희망이 전혀 없는 끔찍한 노년이었다. 아나는 하늘을 향해 양팔을 높이 뻗고는 '공원'의 오솔길로 달려갔다. 훨훨 날아올라 로맨틱한 천체의 흐름을 영원히 바꿔놓고 싶어하는 것 같았다. 하지만 달은 공기 중의 짙은 습기 사이로 침몰했고, 베뚜스따는 어둠에 잠겼다. 대성당 종탑은 환한 달빛을 받아 정신적인 위엄을 더욱 드러내며 그림 속의 성모마리아처럼 별들에 에워싸였다. 하지만 이제는 어둠속에서 돌로 깎은 레이스를 통해 하늘이 훤히 들여다보이면서 끝이 뾰족한 혼령에 불과했다. 그림자 속의 그림자에 불과했다.

기운이 빠져 지친 아나는 뜨라스라세르까 거리로 이어지는 '공원' 입구의 커다란 창살문의 차가운 쇠창살에 머리를 기댔다. 아나는 고통에 빠져 밖의 어둠을 바라보며 그렇게 한참 동안 있었다. 의식조차 없는 충동심 때문에 어디로 가야 할지 방향조차 잃은 고삐 풀린 생각처럼 그녀의 의지 또한 고삐가 풀렸다.

쇠창살 사이에 끼어 있다시피 한 아나의 이마를 뭔가 스치듯 지나갔다. 인적 없는 거리를 따라 '공원'의 벽 가까이로 획 하고 지나간 것이었다.

그 사람이야! 잠시 스치고 지나갔을 뿐이지만 판사 부인은 돈 알바로를 알아보았다. 그녀는 흠칫 놀라 뒤로 물러났다. 그가 실제로 그 거리를 지나갔는지, 아니면 자기 머릿속을 스치고 지나갔는지 혼란스러웠다.

그런데 정말 돈 알바로였다. 그는 극장에 있었지만, 휴식 시간에 든 강렬한 호기심에 밖으로 나온 것이다. 우연히 그녀가 발코니에 나와 있다면…… 그녀는 그곳에 없을 거야. 거의 확실해. 하지만 만에 하나 있다면? 그의 삶은 이런 행복한 우연들로 가득하지 않았던가? 그가 거둔 대부분의 승리가 그런 행운, 우연 덕분이 아니었던가? 나, 그리고 기회! 그것이 그의 트레이드마크 중 하나였다. 오! 그녀를 볼 수만 있다면! 그녀에게 말을 걸 수만 있다면! 이제 그녀 없이는 살 수 없다고, 플라토닉하고 로맨틱한 사랑을 하는 스무살짜리처럼 그녀의 집 주변을 서성거리러 왔다고, 밖에서 그 낙원을 보는 게 행복하다고 말할 거야!…… 그래! 이제 적절한 순간 터져 나올 유창한 언변으로 별의별 말이라도 쏟아내야지. 문제는 우연이라도 그녀가 발코니에 있어야 하는데. 그는 극장을 나와 로마 거리로 올라온 후 빤 광장을 지나 아길라 거리로 들어섰다. 누에바 광장에 도착해서는 발걸음을 멈추고 멀리서 골목을 바라보았다…… 발코니에는 아무도 없었다…… 이미 그럴 거라고 생각했었다. 심장의 떨림이 늘 맞는 것은 아니었다. 상관없었다…… 그는 광장 쪽으로 몇걸음 떼었다. 그 시간에는 휑했다…… 아무도 없었다. 고양이 한마리도 지나다니지 않았다. 일단 이곳에 왔으니 로맨틱한 포위를 계속 못할 것도 없지 않은가? 그는 자기 자신을 비웃었다. 그의 사랑의 역사에서 그런 종류의 산책을 찾자면 도대체 몇년을 거슬러올라가야 할지! 웃음이 나오기는 했지만 포석이 깔려 있지 않은 뜨라스라세르까 거리의 진흙탕 길에 대한 두려움 없이 누에바 광장의 아치 쪽으로 가서 골목길로 접어들었다. 그러고는 다른 골목길로 들어가 '공원' 문이 있는 거리 쪽에 이르렀다. 그곳에는 집도 없고, 인도도 없고, 가로등도 없었다. 사람들이 거리라고 불러서 거리일 뿐이었다. 하지만 감옥의 벽과 오소레스 저택의 과수원 벽 사이로 바닥이 울퉁불퉁하고 질척거리는 좁은 길이 나 있었다. 돈 알바로는 진흙을 밟지 않기 위해 벽에 달라붙은 채 문에 이른 순간 심장이 떨렸다. 그가 진정 심장의 떨림이라고 부르는 그런 떨림이었다. 즉각적인 예시처럼, 초능력처럼 느껴졌다. 모든 종류를 망라하는 그가 거둔 대부분의 승리는 심장의 진정한 떨림과 함께 그렇게 찾아왔다. 승리를 거두기 조금 전의 이상한 느낌이 갑자기 절대적인 자신감과 함께 그렇게 찾아왔다. 양 이마가 욱신거리고, 양 뺨에 피가 돌고, 목구멍이 따끔거리면서…… 그는 발걸음을 멈췄다. 판사 부인이 저기 있어. 저기 '공원'에. 그런 느낌이 들었다고 아까부터 얘기하지 않았던가…… 심장이 속인 게 아니라면 어떻게 해야 할까? 그럴 때면 늘 했던 대로 모든 것을 걸어야 해! 진흙탕 위에 무릎을 꿇고 문을 열어달라고 애원해야 해. 그녀가 거절한다면, 말도 안되지만 울타리를 뛰어넘을 생각이었다. 정말로 뛰어넘을 생각이었다. 달이 다시 나온다면! 아니야, 나오지 않을 거야! 구름이 크고 짙었다. 밝아지려면 반시간은 걸릴 것이다.

돈 알바로가 쇠창살에 이르렀다. 판사 부인보다 그가 먼저 보았다. 그는 누군가를 본 순간 그녀라고 직감했다.

'이제 그녀는 네 거야!' 유혹의 악마가 그에게 소리 질렀다. '그녀가 너를 사랑하고, 너를 기다리고 있어.'

하지만 돈 알바로는 말을 할 수 없었다. 멈춰 설 수 없었다. 그는 자신의 희생양이 두려웠다. 아나의 정절에 대한 베뚜스따의 맹목적인 미신이 버겁게 느껴졌다. 영웅 엘시드처럼 그 정절은 죽은 다

음에도 적을 물리칠 것 같았다. 그는 도망쳤다. 결코 한번도 그래본 적이 없었는데! 두려웠다!…… 처음으로!

그는 계속 걸었다. 유혹의 악마가 막무가내로 그의 양팔을 붙잡아 문쪽으로 잡아당겼지만 무작정 세걸음, 네걸음을 뗐다. 발걸음을 어디로 돌려야 할지 결정을 못했다. 유혹의 악마가 그의 귀에 대고 불길처럼 뜨거운 말들을 속삭였다. 비겁한 놈! 창녀들이나 유혹하는 놈!…… 덤벼봐! 진짜배기 정절에 덤벼보란 말이야! 지금 아니면 다시는 기회가 없어!……

'지금이야, 지금!' 돈 알바로는 간신히 큰 용기를 내서 자기 자신에게 소리 질렀다. 그러고는 이미 쇠창살에서 열발짝 떨어진 다음에야 욱한 마음에 소리 지르며 돌아갔다.

"아나! 아나!"

침묵만이 돌아왔다. '공원'의 어둠속에서는 유칼립투스나무, 아카시아나무, 인도밤나무의 그림자들밖에는 보이지 않았다. 그리고 저 멀리, 프리힐리스의 유일한 사랑인 워싱턴종려나무의 옆모습이 시커먼 피라미드처럼 보였다. 프리힐리스가 그 나무를 직접 심고, 잎사귀와 몸통, 나뭇가지들이 자라는 모습을 지켜보았다.

돈 알바로는 헛되이 기다렸다.

"아나, 아나." 그는 조용히, 아주 조용히 다시 불러보았다. 하지만 길가의 모래 위로 떨어진 부드러운 마른 잎사귀들만이 온화한 바람에 떠밀려 그에게 대답했다.

아나는 도망쳤다. 그녀는 그토록 원하던 유혹이 가까이 다가오자 공포를 느꼈다. 정절에 대한 공포를 느끼고는 얼른 달려가 자기 방으로 숨어 방문을 닫았다. 그 무모한 바람둥이가 '공원'의 담벼락을 뛰어넘어 쫓아올 것만 같았다. 아나는 정말로 돈 알바로가 밀고 들어오는 게, 자신의 영혼 속으로 밀고 들어오는 게, 돌들 사이로 스며들어오는 게 느껴졌다. 그 집에서는 모든 게 그로 채워져가고 있었다. 아나는 '공원'의 쇠창살 앞에서 그랬던 것처럼 그가 불쑥 나타날까봐 두려웠다.

악마가 이런 우연을 조장한 것일까? 미신을 믿지 않는 아나가 심각하게 생각했다.

그녀는 두려웠다. 자신의 정절이나 가정이 사방에서 포위된 느낌이 들었다. 갈라진 틈새로 적이 고개를 들이밀며 막 모습을 드러냈다. 곧 끔찍한 일이 일어날 것 같은 예감이 그녀의 오래된 정조관의 본능을 깨웠다면, 곧 사랑이 찾아올 거라는 느낌이 이제 막 감염되기 시작한 판사 부인의 영혼에 짙은 향을 남겼다.

죄를 짓기가 너무나도 쉬웠다! 그 문…… 밤…… 어둠…… 모두가 공범이었다. 하지만 모두 물리칠 생각이었다. 오! 그랬다! 낯선 매력과 즐거움을 약속하는 그 강렬한 유혹이야말로 그녀가 뿌리칠 수 있는 적이었다. 그렇게 싸우고 싶었다. 평범한 삶을 살며, 천박한 싸움, 지겨움, 웃음거리, 무미건조함과 매일 싸워야 하면서 지쳤다. 진흙탕 속의 지하세계에서 싸우는 것 같았다. 하지만 그녀를 쫓아다니는 멋진 남자와 싸우는 것은, 그녀의 생각에 주문을 건 듯 나타난 멋진 남자와 싸우는 것은, 어둠에서부터 그녀를 부르는 멋진 남자와 싸우는 것은, 멋진 후광이 비치는 사랑의 향을 가진 멋진 남자와 싸우는 것은…… 그것은 뭔가 가치가 있었다. 싸워볼 생각이었다.

낀따나르는 공연장에서 돌아와 아내의 방으로 향했다. 아나는 그의 품에 안겨 양팔로 그의 머리를 감싸안은 채 트리코 프록코트의 깃에 대고 엉엉 울었다.

전날 밤처럼 신경발작은 눈물 속에서 가라앉았다. 언제나처럼 남편에게 충실하겠다는 충동적이고 경건한 다짐으로 끝났다. 끔찍한 기계들에도 불구하고 낀따나르는 그녀의 의무였다. 그리고 총대리신부는 그녀의 방패가 되어 감당하기 어려운 모든 유혹에서 지켜줄 것이다. 하지만 낀따나르는 아무것도 알지 못했다. 극장을 떠날 때는 졸려 죽을 지경이었고 서정극의 감동에 흥분돼 있기도 했다. 전날 밤 한숨도 못 잤으니. 솔직히 말해서 그에게는 주기적으로 반복되는 그녀의 우울증이 도가 지나치게 느껴졌고 지겹기도 했다. 도대체 아내에게 무슨 빌어먹을 일이 생긴 거야?

"하지만, 여보, 무슨 일이야? 어디 안 좋아?"

"아니에요, 괜찮아요. 그냥 내버려두세요. 그러면 괜찮아져요. 내가 예민하다는 거 모르세요? 저한테는 이게 필요해요. 당신을 많이 사랑하고, 당신을 안고 싶어요…… 당신도 그렇게 해주고."

"오, 내 영혼! 내 사랑!…… 하지만…… 이것은 자연스럽지가 않아…… 내 말은…… 순리를 따르는 게. 하지만 지금 이 시간에는…… 그러니까…… 지금 이 시점에서…… 자…… 그게…… 우리가 싸우기라도 했다면…… 설명이 더 수월할 거야…… 하지만 이렇게 뜬금없이…… 나야 당신을 한없이 사랑하지. 그건 당신도 잘 알잖아. 하지만 당신은 몸이 안 좋고, 그래서 이러는 거야. 자, 여보, 이렇게 지나치면……"

"낀따나르, 지나친 게 아니에요." 아나가 흐느끼며 말했다. 그녀는 한쪽 귀 밑으로 타이 매듭이 틀어져 있는 낀따나르를 좋게 보려고 애쓰며 말했다.

"자, 여보, 그렇지 않아. 하지만 당신은 몸이 안 좋아. 어제 발작이 일어나 극도로 예민해졌어…… 오늘은 당신이 어떤지 봐……

당신 어딘가 안 좋아."

아나가 고개를 가로저으며 부인했다.

"안 좋다니까, 여보. 내가 후작 부인과 소모사 의사와 극장 관람석에서 얘기를 나눴는데. 의사는 당신의 요즘 생활이 건강하지 않다고 해. 뇌 활동에 변화를 주고 운동을 해야 한대. 그러니까 취미생활도 하고, 산책도 나가고 말이야. 후작 부인은 당신이 지나치게 형식적이고, 지나치게 착하다고 했어. 당신에게 약간의 자유로운 공기가 필요하다고. 왔다 갔다 하면서 말이야…… 그리고 마지막으로 나도 같은 생각이야. 그래서 나는 결심했어.—이 부분을 매우 힘줘서 말했다—고립된 삶을 끝내기로 말이야. 내가 보기에는 이 모든 게 당신을 지겹게 하는 것 같아. 당신은 저기 당신의 꿈속에서 살고 있고…… 여보, 이제 그만해. 꿈은 그만 꿔. 그라나다에서 당신에게 무슨 일이 있었는지 기억나? 그때 당신은 몇달이고 공연장에도 가지 않고, 방문도 하지 않고, 손님도 만나지 않았어. 오로지 알함브라 궁전과 헤네랄리삐 정원에만 잠깐 다녀오는 게 전부였지. 그리고 그곳에서 책을 읽거나, 멍하니 시간만 보내면서 말이야. 결과는 당신이 병들었지. 내가 바야돌리드로 가지 않았더라면 당신은 죽었을 거야. 그리고 바야돌리드에선? 좋은 음식 덕분에 건강은 되찾았지. 하지만 우울증은 계속되었고, 예민한 것도 마찬가지였어…… 우리는 사실상 법을 어겨가며 베뚜스따로 돌아왔지. 그런데 우리를 맞은 건 불쌍한 아게다 고모님 초상이었어. 다른 고모님을 만나러 가신 거지. 그리고 당신은 그 핑계로 이 저택에만 틀어박혀 지냈어. 일년 동안 당신을 햇볕 아래로 끌어낸 사람은 아무도 없었어. 당신은 쉬지 않고 열심히 책만 읽고 일만 했어…… 내 말 끊지 마. 당신도 잘 알다시피 나는 거의 야단치지 않잖아. 하지만 이제 기회가 왔으니, 전부 말해야겠어. 그래, 전부. 프리힐리스는 나에게 끊임없이 반복해서 말해. '아나가 행복하지 않은 것 같아'라고 말이야."

"그가 뭘 안다고 그래요?"

"그가 당신을 좋아한다는 건, 그가 우리와 가장 친한 친구라는 거 당신도 잘 알잖아."

"하지만 내가 왜 행복하지 않다는 거예요? 무슨 근거로 안다는 거예요?……"

"나도 모르지. 솔직히 말하면, 나는 눈치도 채지 못했어. 하지만 이제는 나도 그와 비슷하게 생각해. 밤에 일어나는 이런 장면들은……"

"낀따나르, 예민해서 그러는 거예요."

"그럼 신경과민을 물리치자고! 제기랄."

"네……"

"더이상 그만! 이 법정에 제기된 혐의에 대해 당신은 유죄야. 지금은 선고를 하는 게 내 의무지. 내일부터 생활방식을 바꾸도록 할 것. 어디든 갈 것. 필요하다면, 빠꼬든 돈 후안 같은 돈 알바로든 보내겠어. 매력적인 돈 후안을 당신한테 보내겠단 말이야."

"세상에 맙소사!"

"프로그램대로!" 낀따나르가 소리 질렀다. "적어도 일주일에 두 번은 연극 보러 가고, 후작 부인의 모임에는 닷새나 엿새에 한번씩 가고, 날씨가 좋으면 에스뽈론에는 매일 오후에 나가고, 올해 카지노가 개장하면 친한 사람들이 모일 때마다 참석하고, 후작 부인의 간식 파티에도 가고, 베뚜스따 상류사회의 소풍에도 참석하고, 페르민 신부가 강론하고 시끄러운 종소리가 울릴 때면 대성당에도 가는 거야. 아! 그리고 여름에는 빨로마레스로 해수욕하러 가는 거야. 몸속으로 바닷바람이 들어올 수 있도록 넓은 가운을 입고서 말이야…… 이제 당신의 삶이 어떨지 알겠지. 그리고 이건 정부 프로그램이 아니야. 부문별로 전부 시행할 거야. 후작 부인과 소모사 의사, 빠꼬가 나를 도와주기로 약속했어. 그리고 무대 정면에 있는 빠예스의 관람석에 있던 비시따도 책임지고 당신을 집에서 끌어내기로 했어…… 그래, 우리는 우리 집에서 나갈 거야. 나는 더이상 신경발작을 원하지 않아. 그리고 프리힐리스가 당신이 행복하지 않다고 말하는 것도 원치 않고."

"그가 뭘 안다고 그래요?"

"나 역시 잠을 쫓아내는 울음소리를 원치 않아. 당신이 아무 이유도 없이 울 때면, 여보, 섬뜩한 기분이 들 만큼 불편해…… 불행을 예고하는 것 같아."

아나가 소름이 돋기라도 한 듯 몸을 떨었다.

"봤어? 당신 떨잖아. 침대로 가, 침대로. 우리 천사, 이제 주무세요. 나도 졸려 죽을 것 같아."

낀따나르는 하품을 하고는 아내의 이마에 정숙하게 입을 맞추고 방을 나섰다.

그는 자기 서재로 들어갔다. 기분이 언짢았다. 아나의 저 의문스러운 병이 —그것은 병이었다. 확실했다.— 걱정되고 신경 쓰였다. 화를 가라앉히기 어려웠다. 아나의 신경발작이 영 못마땅했다. 이유도 없이 슬프다는 게 동정보다는 짜증을 돋구었다. 환자의 어리광처럼 보일 뿐이었다. 그는 아내를 많이 사랑했다. 하지만 신경발작은 지긋지긋했다…… 게다가 극장에서 열띤 토론도 있었다. 마드리드에서 공부했다는 멍청한 칠삭둥이놈이 로뻬와 깔데론의 연극은 오늘날 우리 시대에서 모방해서는 안된다는 것이다. 무대에서는 시가 덜 자연스럽다며, 우리 시대의 연극에는 산문이 훨씬 어울린다는 것이다. 바보 같은 놈! 시가 덜 자연스럽다니! 모욕당하는 순간에는 계급의 구별 없이 우리 모두가 웅장한 오행시로 퍼부어대는 게 자연스러운데! 저명한 호베야노스⁶가 말했듯이, 시는 늘 감동의 언어였다. 만약 내가 베나비데스이고 까르바할⁷이 내 명예를 빼앗으려고 한다고 상상해보라.

> 어둠속에서 도둑처럼
> 비열하게 공을 가로챈

내가 띠르소 데 몰리나와 (무대에서 공연하며) 함께 화를 내고 소리 지르는 것보다 더 자연스러운 게 어디 있겠는가?

> 그대가 내게서 훔친 명성을
> 되찾고자 왔도다.
> 나의 굴욕감은 포효하는 사자이다.
> 베나비데스라 불리는
> 사자 한마리가 내 무기요.

---

6 호베야노스(Gaspar Melchor de Jovellanos, 1744~1811). 스페인의 정치가이자 작가로 왕실재판소 소장과 법무장관을 지냈다. 부르주아 지주의 자유를 추구하고 농업개혁을 꾀하다가 투옥되었으며 반(反)나뽈레옹 국민운동의 중심적 지도자로 활동하였다.

7 베나비데스(Benavides)와 까르바할(Carvajal)은 띠르소 데 몰리나(Tirso de Molina)의 역사극 『여자의 신중함』(*La Prudencia en la mujer*, 1622)에 등장하는 인물. 14세기 까스띠야의 왕 페르난도 4세의 총애를 받던 베나비데스가 라이벌 가문인 까르바할의 형제에게 살해당했다는 오해에서 비롯된 정치적 혼란을 극화한 작품이다.

그대의 난잡한 사랑에 대해
내 분노를 복수해줄 것인가?
나의 후손들에게
붉은 사자의 고귀함을 보여주며.
두 배신자의 피로……

낀따나르는 망보는 사람을 주시해서 바라보았다. 까르바할의 역이었다. 낀따나르는 사과의 말을 듣기 위해 그에게 말할 기회를 주고자 했다.

그대가 나와 인척이 된 이후로
나는 말로도 부끄러운 짓은 하지 않았다.

낀따나르는 표본도감과 화분, 나비 수집해놓은 것, 새장과 벌레통을 만드는 데 필요한 복잡한 기구 조각들 열댓개가 가구 위에 올려져 있는 것을 보고 깜짝 놀랐다. 그는 기구들을 잘 만드는 예술가에다가 곤충수집가, 식물학자요 다른 것들도 잘하는 사람이었다.
"하느님 아버지! 이게 어찌 된 것인가!" 그가 품위있는 산문체로 말했다. "누가 이런 난장판을 벌여놓았단 말인가?…… 뻬뜨라! 안셀모!" 그러고는 종이 달린 줄을 잡아당겼다.
뻬뜨라가 생글거리며 들어왔다.
"이게 모두 어떻게 된 거야?"
"어르신, 저는 아니에요…… 고양이들이 들어왔어요."
"고양이는 무슨 고양이! 대체 나를 뭐로 아는 거냐!"
낀따나르는 좀체로 화를 내지 않았다. 하지만 자식처럼 생각하는 자기 취미생활의 전시품, 즉 박물관의 물건을 건드리는 날에는 세히스문도[8]로 돌변했다. 사실 자기도 모르는 사이에 뻬랄레스를 흉내 내고 있었다. 방금 무대 위에서 악마에 홀린 듯 발길질을 해대고 소리 지르던 그를 보고 오는 길이었다.

"자, 안셀모! 얼른 안셀모를 불러! 이걸 제대로 설명하지 않으면 발코니로 집어던질 테니."

안셀모가 모습을 드러냈다. 그도 아니었다.

낀따나르가 불같이 화를 내며, 한쪽 구석에서 망가져 무용지물이 된 여우 덫을 보았다.

"이건 또 뭐야! 하느님 맙소사! 프리힐리스에게 자랑하려던 참이었는데…… 하지만 여기 누군가 들어왔어!"

아나의 방까지 그 소리가 들렸기 때문에 그녀가 쫓아왔다.

그녀가 모두 설명했다.

"그런데 뻬뜨라!" 그녀가 덧붙였다. "왜 어르신께 사실대로 말씀드리지 않았니?"

"마님, 저는…… 그래도 되는지 몰랐어요……"

"무슨 말이야?" 낀따나르가 이해할 수 없다는 표정으로 되물었다.

"제가……"

"주인어른께는 아무것도 숨겨서는 안되지." 판사 부인이 위엄 가득한 눈으로 하녀를 노려보며 말했다.

뻬뜨라가 겸연쩍게 웃으며 고개를 숙였다.

---

8 깔데론 데 라 바르까의 대표작인 「인생은 꿈이다」의 남자 주인공. 인간 운명에 대항한 인간 의지의 힘과 인간 존재의 가치, 그리고 감각세계에 대한 회의 등을 다룬 작품에서 포악한 짐승처럼 살아가야 하는 운명을 자신의 의지로 바꾸는 역할이다.

끼따나르는 미간을 찡그리며 잠시 멍한 표정으로 모든 사람들을 바라보았다.

그는 서재에 혼자 남아 망가진 발명품과 장치들, 수집품들을 보며 깊은 생각에 잠겼다.

'하느님 맙소사! 불쌍한 아나가 미친 건가!' 끼따나르는 양손으로 머리를 쥐어잡고 연거푸 한숨을 내쉬며 말했다. 그는 아내의 일을 심각하게 의논해봐야겠다고 결심하고는 잠자리에 들었다.

뻬뜨라만 제외하고는 집안사람들 모두 곧 깊은 잠에 빠져들었다. 그녀는 복도 한가운데서 촛대를 든 채 질문이 가득한 눈으로 명예로운 집안의 침묵을 살폈다.

그녀는 하녀로 살면서 많은 것들을 봐왔다…… 이 집에서는 곧 무슨 일이 벌어질 것 같았다. 마님이 과수원에서 무슨 짓을 한 것일까? 그곳에서, '공원' 문쪽에서 무슨 소리가 들린 것 같았는데?…… 두려워서 그런 것일 수도 있다. 하지만…… 뭔가가, 그곳에 뭔가가 있었다. 자기에게는 어떤 역할이 주어질까? 자기에게 믿고 맡길까? 아! 그렇지 않으면!

관능적인 금발 하녀는 음흉한 즐거움으로 그 집의 불명예를 냄새 맡았다. 그녀는 멀리서 안셀모가 코고는 소리를 들었다. 은밀한 밤에 절대 찾아오지 않는 또다른 멍청이였다.

11장

총대리신부는 이른 시간에 일어나는 편이었다. 그의 생활은 전혀 다른 여러 일로 분주했으며, 새벽과 저녁 아주 늦은 시간에만 공부할 시간이 있었다. 잠은 거의 자지 않았다. 교구의 행정가와 대성당의 자문신학자라는 두가지 임무 때문에 과중한 업무에 시달렸다. 게다가 그는 세상 속에서 사는 신부였다. 그 말은 많은 사람들이 찾아오고 자기 역시 여러 사람을 방문해야 한다는 뜻이었다. 그가 가장 싫어하는 일이지만 가장 중요한 일이기 때문에 그 일에 많은 시간을 빼앗겼다. 그는 아침시간에 철학과 신학을 공부하고, 예수회의 학술잡지들을 읽었으며, 설교문과 다른 문학작품을 집필했다. 스페인 교회사의 모호한 부분에 많은 빛을 밝혀줄 진지하고도 독창적인 책 『베뚜스따 교구의 역사』를 준비 중이었다. 돈 사뚜르니노 베르무데스는 점심식사 후 약간 마음이 편할 때면 이 책을 읽어보지도 않은 채 혹평했다. 속삭이듯 은밀하게 말했다. "자문신학자가 학자로는 괜찮아. 하지만 정확히 말해 고고학자는 아니지. 모두 잘하는 사람은 아무도 없지."

페르민 신부는 첫 새벽의 희미한 흰 빛을 받으며 글을 쓰고 있었다. 쌀쌀한 아침이었다. 그는 손가락을 호호 불며 가끔씩 쉬며 깊은 생각에 잠겼다. 어머니가 쓰던 낡은 숄로 발을 덮고, 머리에는 검은색 낡은 비로드 모자에, 천을 덧대 기운 수단은 오래 입어 누랬다. 수단 아래에 입은 웃옷 소매는 닳고 닳아 칙칙하게 반질거렸다. 총대리신부가 사람들 앞에 나설 때 우아하고 부티 나는 깨끗한 모습과 극명하게 대조되는 그 추레한 옷은 방문 나갈 시간이 다가와 작업을 끝내면 자취를 감췄다. 그때는 편하고 멋지면서도 최신 유행하는 사제복을 입었다. 천 실내화와 기름때가 반들거리는 모자는 방 한쪽 구석에 숨겨두었다. 그 대신 기마병 비스마르크가 부러워하던 신발과 검은 해처럼 빛나는 둥근 사제 모자가 중요 인물의 머리와 발 양끝을 장식했다. 자신의 학자적 면모를 강하게 보여주고 싶은 사람이 찾아올 때만 서재를 사용했다. 그런데 베뚜스따와 그 주 전체에서는 학식으로 현혹시킬 수 있는 사람이 거의 없기 때문에 대부분의 접견은 주로 바로 옆에 있는 응접실에서 이뤄졌다.

총대리신부의 집을 속속들이 잘 알고 있다고 자랑할 만한 사람은 몇 안되었다. 현관, 계단, 복도, 대기실, 초록 커튼이 쳐진 응접실, 회색 천 커버가 씌워진 의자들 이상을 본 사람은 거의 없었다. 그리고 가운데 응접실은 거의 어둠에 잠겨 있었기 때문에 제대로 보이지도 않았다. 총대리신부의 청렴을 변호하는 사람들이 주로 사용하는 논리들 중의 하나는 소박한 가구와 살림에 근거했다.

전날 오후 에스뽈론에서 성직자와 일반인들이 모여 수군거리는 가운데 바로 그런 얘기가 오갔다.

"총대리신부와 어머니, 그 두 사람은 일년에 1만 2000레알도 쓰지 못할 겁니다." 존경받는 리빠밀란 수석사제가 매우 진지하게 말했다. "그가 옷은 잘 입는 편입니다. 그건 그래요. 우아하고 화려하기까지 합니다. 하지만 옷을 오래 입는 편입니다. 잘 보관하고, 솔질을 잘해서 말입니다. 그래서 얼마를 쓰느냐 하는 단위는 의미가 없습니다. 여러분, 정부가 우리에게 돈을 지원하지 않던 흉흉한 시절[1]에 천 모자를 얼마나 오랫동안 썼는지 기억해보십시오. 그외에는 쓸 데가 어디 있겠습니까? 도냐 빠울라는 온통 시커먼 나사 천으로 만든 싼따리따 수녀복을 입고 다닙니다. 망토는 어깨에 걸치고, 실크 스카프는 머리에, 이마에 바짝 붙여 매고 말입니다. 그렇게 일년 내내 입고 다닙니다. 그렇다면 식사는? 나는 그들이 식사하는 것을 본 적이 없습니다. 모든 것을 알 수 있는 길이 하나 있지요. 빌어먹을 스코틀랜드 학파이기는 하지만, 여러분도 알다시피 나랑 매우 친하게 지내는 심리학과 논리학, 윤리학 교수 있잖습니까. 그는 지붕 있는 시장을 스토아나 아카데미처럼 생각하는지, 거기서 살고 있지 않습니까? 그런데 그 철학자가 말하길, 총대리신부 집의 하녀가 연어를 사가는 건 단 한번도 본 적이 없다고 하더군요. 그리고 도미도 쌀 때만, 아주 많이 쌀 때만 사간다더군요. 그렇다면 집은? 여러분 모두 잘 아시잖습니까? 깨끗한 오두막집이지요. 예수님을 모시는 진정한 사제의 집이지요. 최고는 우리 모두가 잘 아는 응접실입니다. 응접실에 하느님의 은총이 내리길! 대노한 왕의 모습이지요. 위엄있고 깨끗하지요. 그렇지요. 하지만 그곳의

1 1845년 스페인 헌법은 국가가 교회 재정을 책임졌지만, 1851년 교황청과 종교협약을 체결하고 1856년부터 교회 재정 예산이 상당 부분 삭감되었고 1872년 루이스 소리야 정부가 집권하면서는 교회의 재정 상태가 더욱 악화되었다.

어둠이 어떤 함정을 덮고 있을까요! 초록색 다마스꼬 의자들이 속이 다 터져나왔다고 누가 우리에게 말해줬습니까? 커버가 씌워지지 않은 걸 본 적이 있습니까? 그리고 옛날에는 금빛이었을, 아주 낡은 배불뚝이 콘솔에는 음악이 흘러나오는 시계가 있습니다. 그런데 음악도 나오지 않고, 시계 밥도 줄 수가 없지요. 여러분, 더는 말씀하지 마세요. 총대리신부는 가난합니다. 매수니 성직매매니 수군거리는 것은 모두 치졸한 중상모략입니다."

"모두 사실입니다." 전직 시장인 고리대금업자 포하가 대답했다. 그는 이런 종류의 대화에는 늘 끼었다. 입방아를 찧기 위해 태어난 사람 같았다. "그 모자가 가난하게 산다는 것은 부정할 수 없습니다. 하지만 까라스삐께 씨도 그렇게 삽니다. 그분은 백만장자입니다. 늘 보면 돈 욕심이 많은 사람이 제일 부자지요. 돈을 얻기 위해서는 수단과 방법을 가리지 않습니다. 도냐 빠울라는 고양이를 숨기고 있습니다. 엄청나게 커다란 고양이를요! 그럼 총대리신부가 시골에 사놓는 집들은요? 도냐 빠울라가 마따렐레호와 또라세스, 까녜도, 쏘미에다에다 사놓은 농장들은요? 그리고 은행의 주식들은요?"

"중상모략이오! 완전 중상모략이야! 당신은 문서들을 보지 못했소. 증권들을 보지 못했잖소. 당신은 아무것도 보지 못했소……"

"하지만 그것을 본 사람을 알고 있습니다."

"누군데?"

"세상 사람 누구나요!" 돈 산또스 바리나가가 소리 질렀다. 그는 자신의 가장 큰 원수인 총대리신부를 험담하기 위해서라면 언제든지 달려왔다. "세상 사람 모두!…… 내가…… 내가…… 만일 내가 입을 연다면!…… 하지만 이제 곧 입을 열 것입니다!"

"하하하, 돈 산또스. 당신은 이런 소송에서는 판사도 증인도 될 수 없습니다."

"왜요?"

"당신은 총대리신부를 혐오하니까요."

"물론 그렇지요……" 그가 주먹을 불끈 쥐었다. "그 작자한테 갚아줄 날이 곧 올 겁니다."

"하지만 당신은 '같은 업종에 종사하는 사람은 적이다'라는 것 때문에 그를 혐오하는 겁니다. 당신은 성배와 성반聖盤, 성수병, 램프, 성합聖盒, 제의, 양초, 심지어 성체와 같은 성당 물품들을 판매하지요."

"네, 그렇습니다. 큰 자부심을 가지고요. 수석사제님."

"이봐요, 그거야 나도 잘 알지요. 하지만 당신은 그걸 팔아……"

"자! 자!" 포하가 끼어들었다. "아름다운 고백입니다! 좋은 말씀이고요! 리빠밀란 수석사제님은 산또스와 페르민 신부가 같은 업종이라 적대시한다고 말씀하십니다. 존경하올 리빠밀란 신부님께서도 세상 전체가 하는 말이 옳다는 걸 곧 인정하실 겁니다. 총대리신부는 신과 인간의 법을 어겨가며 장사하는 장사치입니다. 그가 교회 물품 직매장인 '적십자'의 주인, 실제 주인이지요. 하여튼 교구 내의 신부나 성당은 죄다 필요한 것이든 필요하지 않은 것이든 사려고 velis nolis² 이곳을 찾아옵니다."

"여보세요, 포하 씨, 제가 잠깐……"

"그리고 사람들은 최악을 상상하는 법이지요. 우연인지는 모르겠지만 '적십자'가 총대리신부 바로 옆집의 지하에 들어와 있기 때문에 뭔가 냄새가 납니다. 게다가 모두 알다시피 두 집이 지하로

---

2 라틴어로 '좋든 싫든'이라는 뜻.

연결되어 있다는 것도 우연일까요?"

"여보시오, 괜한 소동을 일으키지 마시오. 거짓말 말란 말이오."

"신부님, 진정하십시오. 저는 괜한 소동을 일으키는 사람도, 거짓말하는 사람도, 반계몽주의자도 아닙니다. 그리고 그 누구의, 신부님의 농담도 받아들이지 않습니다."

"반계몽주의자는 아니겠지요. 하지만 당신의 머리는 못된 쪽으로만 돌아가는 것 같군요. 여기 계신 산또스, 사람 좋은 바리나가에게 그의 철기세공품과 초 사업이 총대리와의 경쟁 때문에 잘 안된다고 괜히 주입시킬 게 뭐 있습니까? 괜히 남 말하기 좋아하는 당신이 말하는 대로, '적십자'의 직판장에 지하실이 있는 것과 총대리가 장사하는 거랑 무슨 상관이란 말이오? 물론 교회법과 상법에서는 그것을 금하기는 하지만요. 원한다면 자유주의자가 되세요. 그게 하느님을 모욕하는 건 아닙니다. 하지만 함부로 입을 놀리지는 마세요. 좀더 생각하고 말씀하세요."

"들어보십시오, 리빠밀란 신부님. 나이가 많다고, 신부님이 아라곤 사람이라고, 그렇게 심하게 말씀하실 권리는 없습니다……"

"그렇게 호통치지 마세요, 피에라브라스³ 선생!" 신부가 망토를 어깨 위로 비스듬히 걸치며 대답했다.

이런 강한 말을 할 때 서로 농담조로 주고받으면, 진지함과 모욕감이 싹 사라진다는 건 주목할 만한 일이다. 베뚜스따에서 좋은 유머란 계속되는 카니발처럼 일년 내내 비꼬고 빈정대는 말투가 특징이다. 그래서 화를 내는 사람이 오히려 몰상식한 사람 취급을 받으며 콧대가 꺾이게 된다.

---

3 '허세 부리는 사람' '나쁜 사람'이라는 의미, 프랑스 서사시에 등장하는 사라센 거인으로 로마에서 그리스도의 유물을 훔친 인물이다.

"그러니까 나는 모기 잡듯 성직자를 잡습니다." 전직 시장이 소리쳤다.

"그러실 겁니다. 중상모략으로 말이지요. 살모사 같은 자유사상가이자, 노동자 모자를 쓴 볼떼르이자, 방울 달린 루터인 당신, 여기를 보세요. 귀하의 그 말도 안되는 논리에 따르면, 총대리가 20퍼센트 이자를 받고 돈을 빌려준다는 대중의 말도 믿으시겠습니다."

"Non capisco."[4] 오페라에서 사용하는 이딸리아어를 좀 아는 전직 시장이 대답했다.

"당신은 분명히 내 말을 이해합니다. 하지만 내가 좀더 확실하게 말씀드리지요. 당신 역시 총대리신부의 명예를 깎아내리는 많은 사람들처럼, 혀와 발(그것들이 잘려나가는 걸 내 눈으로 볼 수만 있다면)을 놀리며 중상모략하는 거 아닙니까? 총대리신부가 세공품가게의 교구 고객을 빼가기 때문에 돈 산또스가 나쁘게 말하는 거라면, 당신은 그 사소한 고리대금업 문제 때문에 싫어하는 게 틀림없소. '한 업종의 두 사람'처럼 말이오."

"신부님, 살살 합시다. 이제 슬슬 열이 오르기 시작하네요."

"열이 내려가는 게 아니고? 당신은 뇌가 코에[5] 있는데."

"지금 나를 고리대금업자라고 한 겁니까?"

"그렇소. 분명히."

"나는 내 돈을 명예롭게 사용하는 겁니다. 기업가와 노동자들을 돕는 거지요. 나는 산업전사 중 한명으로 자연히 그 이익을 챙기는 거구요…… 신부님 얼굴의 코처럼 똑똑히 보입니다. 세상 풍조를 따라가는 신부님들, 요즘 그게 유행이 되었지요. 그 신부들도 아실

---

4 라틴어로 '이해가 안된다'라는 뜻.
5 유대인이 코가 크며 고리대금업자가 많다는 편견을 담은 표현.

지 모르겠지만, 정치경제학도 선지급금에 대해 위험비용을 떼도록 허용하고 있지요. 필요하다면 보험까지 계산에 넣지요.”

“불량스러운 경제학자님, 보험은 좀 너무하지요……”

“나는 부의 순환에 기여하고 있습니다.”

“스펀지가 물을 빨아들이듯.”

“그리고 신부는 벌집 사회 안의 놈팽이 수펄이지요.”

“이보시오, 놈팽이라는 말은……”

“신부들은 우둔하지요……”

“우둔하다는 것까지 들먹인다면, 내가 명예혁명[6] 당시 한 시장을 알고 있는데……”

“왜 명예혁명까지 들고 나오는 겁니까? 제가 각하라는 칭호로 불러드린 것을 기억하실 겁니다…”

“눈이 부시지요! 그 칭호는 나 자신의 덕망, 업적으로 얻은 거요. 아시오, 숙맥 선생?”

“모욕은 그만두시고, 내가 왜 총대리의 개인적인 적이라는 건지 말씀해보십시오. 내가 30퍼센트의 이자라도 받고 시골사람들에게 빌려준답니까? 내가 수탁한 기부금을 빌려주기라도 했답니까? 허가도 없이 기부금을 빌려주고 이익이라도 챙겼답니까? 교구청과 관계있는 가련하고 멍청한 교인들을 쥐어짜서 수입이라도 올렸답니까? 사람들이 주교의 궁전이라 부르는 똘레도 산에서 산적질이라도 했답니까? ”

“당신이 계속해서 말도 안되는 소리로 물고 늘어지며 진짜로 일을 키우려고 한다면, 혼자서 떠들라고 떠나겠소……”

---

6 1868년 이사벨 2세를 쫓아내고 급진주의자들이 정권을 잡았다. 피 흘리지 않고 정권이 교체되었기 때문에 명예혁명이라 한다.

"성질 급하신 까예따노 신부님께는 아무 유감도 없습니다. 당신이야 약간 늙은 한량일 수는 있겠지만, 자문신학자 겸 총대리도 아니고 교회의 깐델라스[7]도 아니니까요."

돈 산또스를 제외하면 그곳에 있던 모든 사람들이 그 말은 너무 지나치다고 생각했다.

"맙소사! 깐델라스라니!…"

돈 산또스 바리나가가 소리 질렀다.

"아닙니다. 그 작자는 깐델라스도 되지 못합니다. 의적의 거울인 깐델라스는 매우 너그러운데다가 목숨을 걸고 도둑질을 하니까요. 게다가 그는 부자들에게 훔쳐서 가난한 사람들에게 베풉니다."

"네, 성자의 옷을 벗겨서 다른 사람에게 입히는 사람이지요!"

"총대리신부는 자기가 옷을 입기 위해 모든 성자들의 옷을 벗기지요. 바리나가의 믿음에 따르면 그는 악당입니다. 어떤 죽음을 맞이할지 훤히 보이는 악당이지요."

바리나가에게서 술 냄새가 풍겼다. 그의 분노의 냄새였다.

리빠밀란은 양어깨를 으쓱하고는 돌아섰다. 그가 멀어지면서 이렇게 얘기했다.

"이 작자들은 우리를 행복하게 해주고 싶어하는 자유주의자들이야. 그런데 지금은 신문에서 그런 고약한 말을 못하게 하니까 괜히 성질내는 거야."

이런 종류의 대화는 베뚜스따에서 일상적인 것이었다. 산책로, 거리, 카지노, 심지어 대성당의 제의방에서도 이뤄졌다.

페르민 신부는 사람들이 수군거리는 것에 대해 잘 알고 있었다.

---

7 19세기 스페인의 유명한 산적.

그에게는 스파이가 여럿 있었다. 사제복을 입은 진정한 경찰관들이었다. 대성당 오르간 세컨드 연주자가 가장 활동적이고 민첩하며, 시치미를 잘 떼는 스파이였다. 그는 신학교를 다닐 때부터 이미 밀고자였다. 그때는 탈리아[8]나 여배우를 좋아하는 신학생들을 잡기 위해 천당과 다름없는 극장에 드나들었다. 코가 납작한 젊은 사제였다. 총대리신부의 어머니인 도냐 빠울라가 가장 아끼는 사람으로 성이 깜뻬요였다.

페르민 신부는 사람들이 하는 말은 그다지 신경 쓰지 않았다. 하지만 뭐라고 수군거리는지 자세한 내용과 그 모욕적인 말이 어디까지 가는지는 알고 싶어했다.

제법 쌀쌀한 10월 그날 아침 자문신학자는 깊은 생각에 잠겨 손가락을 불고 있었지만 그 일을 생각하고 있었던 것은 아니었다.

생각해야 하는 것과 어쩔 수 없이 생각하는 것은 달랐다. 페르민은 믿음의 힘으로 영감을 받아 웅장하고 단호하며 유창한 문장을 쓰기 위해 자기 안에서 종교적인 열정과 정화된 믿음을 찾고 싶었다. 하지만 의지가 따라주지 않으면서 생각이 그를 몰아세워 추억에 잠겨들었다. 고우면서도 귀족적인 자태가 흐르는 손이 원고지 가장자리와 평행선을 그었다. 그 위로 첫번째 줄을 가로질러 또다른 선을 그려넣더니 쇠창살과 비슷한 모양이 이뤄졌다. 쇠창살 뒤로 검정 망토가 보였고, 망토 뒤로 두개의 불꽃이, 어둠에서 반짝이는 두 눈이 보였다. 두 눈 이외에는 아무것도 없는 듯이!

하지만 그 목소리! 고해실 앞에서 부끄러움도 거리낌도 없이 정절을 드러내고 종교적 감동과 여자들 특유의 수줍음으로 바뀌던

---

8 그리스 신화에 나오는 예술의 여신 뮤즈 중 한명. 희극, 목가 등을 관장한다.

목소리!

대체 그 여자가 누구란 말인가? 이런 영적 은총의 보물, 교회를 위해 예약된 상이 여기 베뚜스따에 있다는 게 가능한 이야기인가? 베뚜스따 전체의 영적 스승인 그가 그걸 모를 수가 있는가?

불쌍한 리빠밀란 신부야 몇가지 일이나 단순한 문제, 피상적인 세상 일에서는 재주가 조금 있긴 해도 이런 영혼을 지도하는 데 있어 뭘 알겠는가?

페르민 신부는 리빠밀란 신부가 자기로서는 진가를 알아보지 못하는 진귀한 그 보석을 진작 자기에게 넘겨주지 않은 것 때문에라도 그를 용서할 수가 없었다. 그러면서도 게으름 때문에 자기에게 그 보석을 넘기기로 한 것에 감사했다.

리빠밀란은 판사 부인에 대해 그에게 매우 진지하게 얘기했다.

"페르민," 리빠밀란이 그에게 말했다. "자네는 내가 아끼는 이 자매님을 이해할 수 있는 유일한 사람일세. 그녀가 윤리적인 두려움을 계속해서 얘기하는데, 나는 아주 미쳐버릴 것만 같네. 이제 나는 그런 일을 하기에는 늙었네. 사실 이해조차 못하겠네. 내가 그녀에게 뭐 잘못한 거라도 있냐고 물어보면 그건 아니라고 그러더군. 그렇다면? 그런데도 계속 징징거려. 결국 이런 데는 아무 짝에도 쓸모없는 사람이 되었구면. 내가 자네에게 그녀를 넘겨주겠네. 자네한테 고해하면 좋을 거라고 하자, 그녀는 내가 더이상 자기에게 줄 게 없다는 걸로 이해하고 받아들였네. 나는 줄 수가 없네. 줄 수가 없어. 나는 종교와 도덕을 내 식으로 이해하지. 매우 단순한…… 아주 단순한 방법으로 말일세…… 내 생각에 믿음은 퍼즐 조각이 아닐세…… 종합하자면, 아나는—자네도 이미 알다시피 그녀가 시를 썼었네—약간 낭만적이네. 그렇다고 해서 성녀 기질이 없는 것도 아닐세. 하지만 그녀는 신앙에 낭만주의를 결부시키고 싶어하지. 그런데 내게는 아나를 그 위험에서 구해줄 힘이 없네. 자네한테는 쉬운 일일 걸세."

수석사제가 총대리신부에게 좀더 다가와 고개를 쭉 내밀며, 귓속말을 하려는 듯 발꿈치를 들었지만 소용없었다. 그가 이렇게 말했다.

"그녀는 가짜 신비주의…… 환영을…… 저기 로레또에서…… 생리를 시작할…… 나이에 이르러…… 여자가 되어서도 열병을 앓아서, 고모인 도냐 아눈시아와 내가 그녀를 데리러 갔을 때였지. 그러고 나서…… 그 일은 넘어갔고, 글쟁이가 되었지…… 결국에는 자네가 알아봐야겠지. 이곳에서 흔히 볼 수 있는 그런 여자는 아닐세. 고집이 상당히 세. 부드럽고 상냥해 보이지만 꼭 그렇지만도 않네. 그러니까 내 말은 모두 고분고분하지만, 속으로는 늘 반항하고 있다는 거지. 그녀가 직접 말하기를, 그게 자존심 때문이라고 그러더군. 두려움이지, 자존심은 아닐세. 하지만 이런 일들에 대한 결과로 그녀는 불행하네. 아무도 눈치는 채지 못하지만 말일세. 나중에 자네가 보게 될 걸세. 낀따나르는 더없이 좋은 사람일세. 그는 이런 복잡한 문제는 이해하지 못하네. 그도 나랑 똑같아. 그리고 우리가 그녀에게 스트레스를 풀 수 있는 애인을 찾아다줄 수는 없으니 ― 여기서 리빠밀란이 다시 웃었다 ― 둘이 서로 알아서 이해하는 게 좋은 길일 걸세."

총대리신부는 수석사제의 말 중에서 이 대목을 떠올리며, 자기가 양귀비처럼 시뻘게졌던 게 기억났다.

"둘이 서로 알아서 이해하는 게 좋은 길일 걸세!" 리빠밀란이 악의없이 한 이 말에서 페르민 신부는 몇시간이고 심사숙고하며 이유를 찾고 있었다.

그는 밤새도록 그 말을 생각했다. 언젠가 서로 이해할 날이 올까? 아나 부인이 자기에게 마음을 활짝 열어줄까?

총대리신부는 지하세계와 같은 베뚜스따의 일부를 알고 있었다. 마음속 깊이 꼭꼭 감춰둔 도시였다. 그는 자기에게 유용한 주요 명문가와 영혼들의 내면을 속속들이 알고 있었다. 성직자와 일반인을 통틀어 그 어떤 베뚜스따 사람보다 영리한 그는 경건한 도시의 주요 신자들을 자기 고해실로 조금씩 끌어모을 줄 알았다. 잘난 척하고 싶어하는 귀부인들은 총대리신부가 유일하게 쓸 만한 고해신부라고 생각했다. 하지만 그는 직접 고해 신자들을 선별했다. 부적합한 사람들에게는 기분 나쁘지 않게 거절하는 특별한 재주를 발휘했다. 그는 자기가 원하는 사람에게, 원하는 시간대에 고해성사를 주었다. 그리고 타인의 죄를 기억하는 그의 기억력은 경이로울 정도였다.

페르민 신부는 속죄하러 오는 데 6개월이나 1년이 걸리는 게으른 사람들까지도 그들의 삶과 약점을 기억했다. 페르민 신부는 그 사람의 고해와 다른 사람의 고해를 연결해 베뚜스따와 베뚜스따 귀족사회의 정신지도를 조금씩 완성해갔다. 그는 돈이 많거나 권력이 있거나, 즉 그들 식의 귀족이 아니면 일반인들은 업신여겼다. 엔시마다 지역 전체가 그의 수중에 있었다. 그리고 꼴로니아 지역은 조금씩 정복해가고 있었다. 기상관측소에서 태풍을 예고하듯, 페르민은 베뚜스따에서 수많은 폭풍우들을, 그러니까 가족드라마와 스캔들, 갖가지 재미난 일들을 예고할 수 있었다. 믿음이 돈독한 여자가 그다지 신중하지 못할 경우 고해 중에 지인들의 약점까지 모두 폭로한다는 것을 잘 알고 있었다.

그렇게 총대리신부는 자기에게 고해하지 않거나, 아무에게도 고해하지 않는 수많은 베뚜스따 귀족들의 실수와 집착, 단점, 가끔은 범죄 사실까지 알고 있었다.

총대리신부는 고해를 거부하는 자유주의자 한명 이상에 대해, 다른 더 은밀한 비밀은 물론 그가 몇번 술에 취했는지, 노름에서 잃은 돈이 얼마인지, 아내에게 손버릇이 고약한지, 아니면 학대하는지를 얘기할 수 있었다. 총대리신부는 친한 친구처럼 맞아주는 집에서 두 눈은 신중하게 땅바닥만을 응시한 채 가족들의 입씨름을 조용히 듣고 있을 때가 많았다. 표정으로 보면 그가 전혀 그 일에 관심도 없고, 이해하지도 못하는 것 같았지만 어쩌면 그가 유일하게 그 비밀을 알고 있는 사람일 수도 있었다. 그가 실타래처럼 엉킨 그 불화의 실마리를 쥐고 있는 유일한 사람일 수도 있었다. 그는 마음속으로는 베뚜스따 사람들을 무시했다. 쓰레기더미 같은 인간들. 하지만 그런 이유로 꽤 좋은 거름이 되었다. 총대리신부는 그 거름을 자기 밭에 사용했다. 그가 뒤적이는 모든 진흙탕이 그에게 아름답고 풍성한 열매를 맺게 해주었다.

그런데 그때 판사 부인이 그의 밭에서 찾아낸 보물처럼 나타났던 것이다. 그녀는 그의 것이었다. 누가 뭐래도 그의 것이었다. 그것을 가지고 누가 왈가왈부한단 말인가?

그는 판사 부인이 고해하던 그 시간을 일분 일초까지 모두 기억했다.

기나긴 한시간을! 그날 아침 성직자들은 미사가 끝난 후 모였다 하면 온통 그 이야기뿐이었다.

돈 꾸스또디오 보좌신부는 전날 오후 내내 안절부절이었다. 처음에는 판사 부인이 오는 걸 지켜보느라 그랬고, 나중에는 '스캔들이 될 정도로' 오래 걸린 고해를 감시하느라 그랬다. 그는 성당 오른쪽 홀을 지나 볼일 보는 척하면서 수시로 지나다녔다. 멀리 떨어져서도 총대리신부의 경당 주변을 감시했다. 처음에는 쇠창살 옆에 다른 여자들이 있었고, 아나 부인은 제단 옆에서 기도하고 있었다. 다시 지나갔을 때는 이미 판사 부인이 고해실에서 미사포를 쓰고 가만히 머리를 기대고 있었다…… 그리고 또 지나갔을 때는…… 그녀가 계속 그곳에서 똑같은 자세로 있었다.

"돈 꾸스또디오." 그의 발걸음을 감지한 유명한 모우렐로 주임신부가 그에게 말했다. "어떻게 됐나? 그 부인이 왔는가?"

"한시간이오! 장장 한시간!"

"총고해성사잖아. 알다시피……"

그러고는 좀더 지나서,

"어떻게 됐나?"

"한시간 반입니다!"

"아담 때부터의 조상들의 죄를 얘기하나보군."

주임신부는 '그 스캔들의 결말'을 제의방에서 기다렸다.

주임신부와 보좌신부는 대성당에서 나가는 판사 부인을 보고는 그 어마어마한 소식을 도시 전체에 퍼트리기 위해 그 일을 수군거리며 함께 밖으로 나갔다.

그들은 뭐라고 말을 덧붙일 생각은 아니었다. 사실만을, 순전히 사실만을 전하고자 할 뿐이었다. 두시간이라니!

정말이지 긴 시간이었다. 총대리신부는 시간이 흐르는 걸 느끼지 못했고, 그건 아나 부인도 마찬가지였을 것이다. 그녀의 이야기는 오랜 시간이 걸렸다. 게다가 그들은 너무나도 많은 것에 대해 이야기를 나눴다! 페르민 신부는 자신의 유창한 언변이 만족스러웠다. 효과가 있었다고 자신했다. 아나 부인은 그런 말은 한번도 들어본 적이 없었을 것이다.

그 부인과 은밀한 대화를 나누기 전에 그가 느꼈던 갈망은 다가올 현실에 대한 예고였다. 그랬다. 그것은 뭔가 새로운 것이었다. 자신의 야망을 달성하고 다른 이, 즉 어머니의 탐욕을 충족시키기 위해 살다 지친 자신의 영혼을 위한 뭔가 새로운 존재였다. 그의 영혼은 지금까지의 황량함을 보상해줄 부드럽고 따뜻한 마음이 필요했다. 삶이라는 게 온통 가면, 증오, 지배, 정복, 사기로만 채워져야 하는가?

페르민 신부는 레온 지방의 싼마르꼬스에서 신학생으로 보낸 지난 세월을 떠올렸다. 그때 그는 순수한 믿음으로 충만하여 예수회에 들어갈 준비를 하고 있었다. 그곳에서는 한동안 마음속에서 달콤한 두근거림을 느꼈었다. 열심히 기도하고, 사랑의 감동을 느끼며, 사색에도 잠기고, 예수를 위해 자기 몸을 희생할 준비도 되어 있었다!…… 그 모든 게 아득히 먼 이야기이다! 그런데 지금의 그는 그때의 그가 아니었다. 전날 오후부터 느끼는 감정이 그 비슷한 게 아닐까? 그때 베르네스가 강변에서 느꼈던 가느다란 떨림이 지금 영혼을 위한 평온한 음악처럼 느껴지는 이 떨림과 같은 게 아닐까? 총대리신부의 입술에 쓸쓸한 미소가 어렸다. 그 모든 게 환영이고 꿈일지라도, 꿈을 못 꿀 이유는 없지 않은가? 그리고 나를 집어삼킨 이 야심이 좀더 숭고한 열정의 또다른 형태일지 누가 알겠는가? 이 불길은 그 영혼에 좀더 걸맞은 숭고한 감정을 위해 불태울 수는 없는 것인가? 나는 이 야심의 불길보다 약간은 더 순수한 불꽃을 위해 내 자신을 불태울 수 없는 것인가? 그리고 무슨 야심이란 말인가! 오히려 비굴하고, 더 비참한데. 주교의 머리장식과 붉은 추기경 모자, 교황의 관을 탐내는 것보다 이 부인의 마음을 정복하는 게 훨씬 가치 있는 일이 아닐까?……

총대리신부는 종이 가장자리에 교황의 삼중관을 그리다가 깜짝 놀랐다.

그는 한숨을 내쉬고는 그런 생각에 대한 책임이라도 있는 듯 펜을 내던졌다. 이제는 그런 생각들이 공허해 보였다. 총대리신부는 고개를 흔들고는 글을 쓰기 시작했다.

마지막 문단은 이렇게 적혀 있었다.

"영원히 기억되어야 할 영광스러운 날 1870년 7월 18일 가톨릭 세계가 그토록 기다리던 교황 무류성[9] 교리에 대한 정의가 드디어 이뤄졌다. haec dies quam fecit Dominus[10]……"

총대리신부가 계속 이어나갔다.

"Prima salus est rectae fidei regulam custodire[11]라고 선언한 4차 콘스탄티노플 공의회의 교리가 드디어 엄숙하게 확인되었다. 그리스도인들이 고백한 교황수위권 교리가 제2차 리옹 공의회의 승인을 받아 공포되었다. 로마 교황은 구세주께서 당신의 교회에 부여한 무류성의 완전한 담지자가 되었다."

페르민 신부는 펜을 놓고 양손으로 머리를 감쌌다.

뭐가 문제인지 모르겠지만 글을 쓸 수가 없었다. 그 일 때문일

---

9 로마 가톨릭교회의 신학에서 교황이 전세계 교회의 우두머리로서 신앙이나 도덕에 관하여 교황좌에서 결정을 내릴 경우, 성령의 특별한 은총을 받은 것이기 때문에 올바르며 결코 오류가 있을 수 없다고 하는 교리이다. 1870년 제1차 바티칸 공의회에서 정식으로 교리로 채택되었다.

10 라틴어로 '이 날은 주님께서 마련하신 날'이라는 뜻. 그레고리 성가의 가사 내용.

11 라틴어로 '엄격한 신앙의 신조를 지키는 것이 구원의 첫번째 수단'이라는 뜻.

까? 혹 그날 아침, 그토록 숭고한 주제를 다룰 마음의 준비가 되어 있지 않아서일까? 무류성! 끔찍하지만 매우 용감한 교리였다. 세기 내내 조롱과 불신이 판치는 세상에서 위협받는 신앙을 지키기 위한 강력한 행동이었다. 야수들이 우글거리는 로마의 서커스장에서 야수들을 앞으로 부르고, 위로 올라가게 하고, 뒹굴게 하는 것과 같았다. 그게 나았다! 그렇게 되어야 했다. 그는 전쟁 초반부터 선언의 열성적 지지자였다. 이는 용기, 적극적 권력의지, 권위의 확인, 신학적 모험을 대표하였고, 전장에 나간 알렉산더 대왕, 바다로 나간 콜럼버스의 모험과 같은 것이었다.

그는 로마의 연단에서 이 영웅적 교리를 옹호하였다. 그때는 자기 스스로 오류가 없는 존재라도 된 듯 자연스럽고 유창하게 연설했다. 그는 뒤빵루[12]를 비겁하다고 비난했다. 그가 베뚜스따 주교와 함께 로마에서 돌아오는 길에 깔라뜨라바스에서 연설한 게 마드리드에서 많은 관심을 받게 되었다. 그때의 주제 역시 무류성이었다. 신문에서는 성직자인 모네시요와 만떼롤라, 일반인인 노세달, 비나데르, 에스뜨라다[13]와 같은 최고의 가톨릭 연설가들과 그를 비교

----

12 펠릭스 뒤빵루(Félix Dupanloup, 1802~78). 프랑스의 가톨릭 성직자이자 설교가, 교육학자. 오를레앙의 주교로 임명된 후 자유주의 가톨릭시즘을 지지하여 교황의 무류성을 교의로 선언하는 것은 시기상조라고 주장하였다.

13 안똘린 모네시요(Antolín Monescillo, 1811~97)는 종교 화합을 주장한 스페인 연설가로 1884년부터 추기경이었다. 빈센떼 데 만떼롤라(Vincente de Manterola, 1833~91)는 성직자이자 정치가, 작가로 활동했으며 열렬한 보수파 연설가였다. 깐디도 노세달(Cándido Nocedal, 1821~85)은 신가톨릭주의를 지휘하는 온건 정치가였지만 훗날 보수파로 전향했다. 라몬 비나데르(Ramón Vinader, 1833~95)는 보수당 성향의 변호사이자 정치가, 연설가. 기예르모 에스뜨라다 이 비야베르데(Guillermo Estrada y Villaverde, 1834~95)는 오비에도 대학 교수로 법학자이자 문인, 연설가.

했다.

그런데 아무것도 없었어. 8온스 이상은 주지 않았어. 교회가 그렇지. 페르민 신부는 양손으로 머리를 감싼 채 팔꿈치를 책상에 괴고 생각에 잠겼다. 교황 무류성은 이미 잊었다. 교회는 겸손을 표방해. 저 아래에서 기다리는 조급한 욕심을 누르려면 추상성에서, 집단 전체로서, 교회 체계로서는 가난해야 마땅하지. 나는 로마에서 화려하게 성공을 거뒀어. 마드리드에서는 존경하는 신자들로 꽉 채웠고, 베뚜스따 사람들을 눈부시게 했어. 60세가 되면 주교가 되어 있을 거야. 그때가 되면 나는 겸허한 척 연극하며 자선금을 돌려주겠지. 모략가들은 번성하지. 족벌, 아첨꾼, 식객들은 설교가 없어도 잘 자라거든. 하지만 우리처럼 발전의 기회를 사도적 미덕에만 의존해야 하는 성직자들은 조급해서는 안되고 복종과 존경에 어울리는 태도를 유지하며 기다려야 해. 이건 소극笑劇이야! 완전히 소극! 오! 지금 내가 돈을 뿌릴 수 있다면……! 하지만 내 돈은 어머니가 가지고 있어. 게다가 엉덩이가 아니라 머리를 써서 받는 것, 그러니까 당연히 내 것인 것은 돈 주고 사고 싶지가 않아. 내가 뛰어난 리더감이라고 합의되지 않았나? 내가 우리 교회의 굳건한 기둥이라고 하지 않았나? 내가 기둥이라면 내 몫의 무게를 왜 나에게 얹어주지 않는 거야? 나는 기둥인가 아니면 이쑤시개인가? 추기경님, 우리 어떻게 합의하기로 했습니까?

총대리신부는 혼자 있었고, 혼자 있다고 확신했다. 그가 주먹으로 책상을 내리쳤다.

"갑니다, 도련님." 바로 옆방에서 달콤하고 상큼한 목소리가 들려왔다.

총대리신부는 그 소리도 제대로 듣지 못했다. 스무살가량의 젊은 처녀가 곧 서재로 들어왔다. 키 크고, 날씬하고, 핼쑥했지만, 여성미에 필요한 부분은 충분히 살이 오른 몸집이었다. 부드럽고 잔잔하게 창백한 얼굴이, 꿈을 꾸는 듯한 새까만 자두 같은 큼지막한 눈과 잘 대비되었다. 운동이라도 하는 듯 연신 두리번거리는 눈이었다. 절반은 가짜로 위조된 기계적인 신앙심을 동원해, 밤낮으로 신비롭게 보이려고 얼굴을 찡그리느라 힘든 눈이었다. 얼굴의 이목구비가 그리스 표준에 가까워 달콤하면서도 진지한 외모와 매우 잘 어울렸다. 길쭉하지만 귀여운 맛이 없지 않았고, 정신적이고, 비쩍 마르지 않고, 엄숙하고, 거만해 보이는 이 외모에서는 몸 전체로 강하게 퍼지는 달달한 향과 두 눈을 제외하면 전혀 표정이 없었다.

도냐 빠울라의 하녀인 떼레시나였다. 그녀는 '도련님'의 서재와 침실 근처에서 기거했다. 도냐 빠울라는 늘 이런 접근성을 요구했다. 도냐 빠울라는 2층을 자기 마음대로 사용했다. 그녀는 신부와 수사들이 들락거리는 부산한 소리를 좋아하지 않았다. 하지만 그녀의 아들, 그녀의 불쌍한 페르민 신부가 제대로 보살핌을 받지 못하고 자는 것 또한 원치 않았다. 그녀에게 페르민 신부는 늘 끊임없이 돌봐줘야 하는 어린아이였다. 하녀는 '도련님' 근처에 침대를 놔둬야 했다. 그러다가 어머니를 불러달라고 하면 도냐 빠울라가 얼른 내려왔다.

집에서는 총대리신부는 '도련님'이었다. 안주인도 하인들 앞에서 그렇게 불렀고, 하인들도 그를 그렇게 대접하고, 대접해야만 했다.

늘 '사모님'이 아니었던 도냐 빠울라에게는 '신부님'보다도 '도련님'이 더 그럴듯하게 들렸다. 도냐 빠울라는 늘 자신의 고향 마을에서 하녀들을 데려왔다. 여름에 시골에 가서 직접 골라와 상당히 오랜 기간 데리고 있었다. 호출에 대비해 도련님 근처에서 자

야 한다는 조건을 아주 자연스럽게 달았다. 여자아이들도, 총대리
신부도 아무런 토를 달지 않았다. 도냐 빠울라의 푸르고 맑은 눈
이, 무표정하면서도 상당히 크게 뜨는 눈이 의심의 가능성을 일절
불식시켰다. 아들 습관의 순수함이나 아들 꿈의 결백에 대한 의심
은 절대 용납하지 않겠다는 결의를 그녀의 눈에서 읽을 수 있었다.
도냐 빠울라는 총대리신부가 사람들이 뭐라고 하겠냐며 항의로
몇 마디 하거나 반대해도 결코 용납하지 않을 생각이었다. 사람들
이 뭐라고 하겠는가? 그곳에서는 미망인인 그녀의 순결과 사제인
아들의 순결은 이야기 대상이 아니었다. 그것은 절대적으로 확실
한 거였고, 말할 필요도 없는 일이었다. '페르민 신부는 계속 어린
애로 남아 있어 절대 못된 짓을 저지르지 않을 것이다'가 사제관의
원칙이었다. 도냐 빠울라는 자기가 아들의 완벽한 순결을 믿고 있
으며, 남들에게도 그렇게 믿을 것을 강요했다. 하지만 말로 드러내
지는 않았다.

떼레시나가 검은 제복(돌로레스 수녀회의)을 목 끝까지 잠그며
들어왔다. 그러고는 가슴을 가로지르는 까만 실크 스카프를 바로
허리 가까이 등 쪽에 묶었다.

"도련님, 뭘 원하세요? 어디 불편하세요? 커피 갖다드릴까요?"

"내가?…… 얘야, 아니다…… 나는 부르지 않았는데……"

떼레시나가 미소를 머금었다. 그녀가 부드럽고 가녀린 손을 눈
쪽으로 가져가며 하품을 절반쯤 가렸다. 그러고는 덧붙였다.

"분명히…… 들었는데……"

"아니, 부르지 않았는데. 몇시지?"

떼레시나가 총대리신부의 머리 위에 있는 시계를 보았다. 신부
에게 시간을 말해주고 커피를 원하는지 다시 한번 더 물었다. 그

집에서는 제복처럼 된 순명의 표현으로 애교 가득한 미소를 잔뜩 머금은 채 물었다.

"어머니는?"

"주무세요. 아주 늦게 잠자리에 드셨어요. 분기 계산을 하시느라……"

"알았다. 커피를 가져오너라."

떼레시나는 나가기 전에 가구들을 정리했다. 가구들은 아무런 반란의 징후 없이 전날 그녀가 놔뒀던 그대로 있었다. 그녀는 또한 테이블 위에 있던 책들도 정리했지만 의자들과 바닥에 있는 책들은 감히 건드리지 않았다. 그 책들은 건드려서는 안되었다. 떼레시나가 서재에 있는 동안, 자문신학자의 초조한 시선이 그녀를 쫓아다녔다. 계속 작업하거나 사색을 위해 그녀가 얼른 나갔으면 하는 듯한 표정으로 미간을 약간 찡그렸다.

페르민 신부는 커피를 앞에 두기 전까지, 자기가 미사를 본다는 사실을 기억하지 못했다. 자기가 신부라는 사실조차 기억하지 못했다. 미사가 있나? 미사를 드린다고 약속했던가? 그는 스스로 의심을 확인할 수가 없었다. 하지만 떼레시나의 확신에 찬 표정이 그를 안심시켰다.

도냐 빠울라나, 떼레시나가 그런 세부사항을 잊은 적은 한번도 없었다. 성무일도 종소리를 듣는 거나, 집전해야 할 미사, 전례에 필요한 제구祭具도 모두 그들이 알아서 챙겼다. 페르민 신부는 이러한 일상적인 의무로 꽉 차 있어 누군가 이를 상기시켜줘야 했다. 그의 머릿속에는 너무나도 많은 것들이 들어 있었다! 그의 건망증은 집 안에서만 그랬다. 밖에서는 교구회의에서 결정된 바를 뭐든지 착실하게 지킨다고 자부했으며, 의식을 주관하는 주례신부에게도 자주 충고를 했다.

그는 커피를 마시고 일어나, 서재 안을 몇발짝 걸었다. 기분전환을 하고 싶었으며, 작업 진도를 방해하는 부적절한 생각들을 쫓아내고 싶었다.

떼레시나는 허락도 구하지 않고 서재를 들락거렸지만, 아무 소리도 내지 않고 다녔다. 커피 잔을 가져온 후 물 항아리와 세면용 물통을 가지러 다시 나가서는 깨끗한 타월을 함께 가지고 들어왔다. 그녀는 유리문을 열어두고는 침실로 들어가 침대를 정리하기 시작했다. 베개와 매트리스의 먼지를 털어내고, 침대시트를 정리하고, 침대 위로 담요 한장을 깔고 먼지를 털어낸 커버 없는 베개들 위로 베개 하나를 올려놓았다. 어떨 때는 총대리신부가 낮잠을 자기도 해서 도냐 빠울라는 항상 이런 식으로 준비해놓도록 했다. 그렇지 않으면 침대 정리후 산더미 같은 빨래와 다림질이 나올 수도 있었다.

페르민 신부는 다시 의자에 가서 앉았다. 그는 의자에 앉아, 떼레시나의 검은 치마가 팔락거리는 재빠른 움직임을 멍하니 바라보았다. 그녀는 무거운 매트리스를 움직일 때 힘을 주기 위해 양다리를 침대에 바짝 붙였다. 모 이불을 힘차게 때렸으며, 세게 때릴 때마다 수놓은 깨끗한 속치마 아랫단과 종아리 일부가 드러나며 치마가 위아래로 팔락거렸다. 총대리신부는 눈으로 떼레시나의 집안일의 움직임을 따라갔지만 그의 생각은 아주 먼 곳에 가 있었다. 떼레시나가 열심히 움직이다가 한번은 침대 위로 거의 엎어지다시피 했다. 떼레시나는 종아리를 반이나, 그리고 하얀 속치마를 상당히 드러내 보였다. 페르민 신부는 번개라도 본 듯 망막이 온통 새하얘진 기분이었다. 그는 조심히 일어나 다시 걷기 시작했다. 하녀는 접은 매트리스에 한쪽 팔을 넣은 채 헐떡거리며 뒤로 돌았다.

침대 위로 거의 등을 대고 드러눕다시피 했다. 미소를 머금은 채, 양 뺨이 분홍빛으로 살짝 물들었다.

"시끄러운가요? 도련님?"

그 순간 총대리신부는 일말의 위선도 담지 않은 아름다운 여신도를 바라보았다. 그는 침실 문틀에 한 손을 기댄 채 하녀처럼 미소를 띠며 말했다.

"사실, 떼레시나…… 오늘 아주 중요한 일이 있단다. 괜찮다면 내가 없을 때 와서 마저 하거라."

"네, 알겠어요, 도련님. 알겠습니다." 하녀가 코먹은 듯한 볼멘소리로 대답했다.

그러고는 천장에 닿을 정도로 시트를 높이 털며 서둘러 침대 정리를 마치고는 도련님의 방에서 나갔다.

페르민 신부는 바닥에 쌓여 있는 책들 사이, 신학과 교회법의 꽃밭 옆을 삼사분 정도 돌아다녔다. 담배 세개비를 피운 후 다시 앉았다. 그러고는 쉬지 않고 10시까지 집필에 몰두했다. 햇볕이 펜 끝으로 스며들어왔을 때, 그는 자기 일에 만족해하며 고개를 들었다.

하늘을 바라보았다. 구름 한점 없이 화창했다. 베뚜스따에서는 좋은 날씨가 워낙 드물다보니 상당히 귀한 날씨였다. 총대리신부는 양손을 부드럽게 문질렀다. 그는 만족스러웠다. 그가 거의 기계적으로, 붓 가는 대로 무류성을 변호하는 글을 쓰는 동안 그의 머릿속에서는 공격 계획이 무르익어갔다. 믿음이 강한 신자들이 읽는 가톨릭 잡지사에 보낼 글이었다.

그도 판사 부인과 같은 생각이었다. 커다란 발견, 영적 누이를 찾았다고 생각하였다.

마음에 드는 작가들뿐만이 아니라, 적대적인 작가들의 글까지 읽어온 페르민 신부는 믿음이 없는 르낭[14]의 시 작품을 떠올렸다. 그의 기억력이 제대로라면, 그 작품에서는 스웨덴인지 노르웨이 출신의 한 사제와 매우 신앙심이 돈독한 젊은 독일 여자가 그려졌다. 어찌 됐든 그들은 엄청난 거리를 사이에 두고, 예수 안에서 서로 사랑하는 두 영혼이었다. 그 관계에서는 위선적 신앙이나 날조된 감상주의가 전혀 들어 있지 않았다. 그것은 루터의 사랑이나 아벨라르도[15]의 사랑과도 전혀 다른 순수한 감정이었다. 신비주의적인 사랑의 진지하고 숭고하며 깨끗한 진실이고, 꿈에서도 육체의 진흙탕으로 더럽혀질 수 없는 금욕적인 사랑이었다. 지금 왜 소설같이 경건한 이 전설이 생각나는 걸까? 중세시대의 로맨틱하고 광신적인 신비주의적이고 열정적인…… 그리고 스웨덴 출신의 그 수사와 그가 무슨 상관이란 말인가? 그는 베뚜스따 교구의 총대리신부이고, 19세기의 신부이고, 고리대금업자 포하가 말하듯 퇴물이고, 반계몽주의자인, 벌집 사회에서 놀고먹는 백수였다.

페르민 신부는 세수한 후 빗질하며 거울을 보면서 이런 생각이 드는 순간 조금 전의 낙관주의 덕분에 그나마 덜 씁쓸한 미소를 머금었다.

그는 웃통을 벗은 상태였다. 하얀 대리석 세숫대야 위로 몸을 숙이며 자세를 취하느라 생긴 긴장감으로 건장한 목이 더욱 강해 보

---

14 에르네스뜨 르낭(Ernest Renan, 1823~92). 프랑스의 사상가이자 철학자, 문헌학자, 종교사학자. 19세기 후반의 실증주의의 지도자. 그리스도를 한 인간으로 보고 그 사상을 역사적 환경 속에서 조명한 『예수전』(1863) 『그리스도교 기원사』(1863~83)를 썼고, 진보의 신념을 노래한 『과학의 미래』(1890) 등에서 실증적 방법과 과학주의의 날카로운 표현을 시도했다.

15 뻬드로 아벨라르도(Pedro Abelardo, 1079~1142). 프랑스 스콜라 철학자로, 연인이었던 엘로이사(Heloísa)와 함께 수도원에 들어갔다.

였다. 튼튼한 가슴과 마찬가지로 털이 돌돌 말려 까맣게 뒤덮인 팔이 운동선수의 팔 같았다. 총대리신부는 힘이 있어도 아무 쓸모없는, 강철과 같은 자신의 근육을 서글프게 바라보았다. 얼굴이 상당히 하얗고 고와서 조금만 흥분하면 분홍빛으로 물들었다. 소모사 의사의 충고에 따라 무게가 많이 나가는 아령으로 운동했더니, 헤라클레스처럼 되었다. 혁명이 있던 어느날 늦은 밤에 시 외곽에서 한 애국자가 그와 맞선 적이 있었다. 그때 페르민 신부는 전쟁 경험이 많은 보초의 등에 있던 머스캣총을 박살내버렸다. 페르민 신부가 투항하지 않자, 보초가 총검으로 그를 찌르려고 했던 것이다. 그 무훈담은 아무도 모르며 '적십자'에 대한 소문과 진실을 찾기 위해 쫓아다니는 돈 산또스 바리나가조차도 알지 못했다. 돈 산또스는 총대리신부와 그의 어머니를 '적십자'라고 불렀다. 군인은 영원한 증오를 맹세하며 성직자와 점화식 머스캣에 대해 입을 다물었다. 그러고서 그는 총대리신부에게 뒤에서 욕하는 사람들 중의 한명이 되었다.

'내가 입을 열기만 하면!'

페르민 신부는 웃통을 벗은 채 세수하다가, 옛날 시골마을에서 기가 막히게 명중률이 높았던 공놀이를 떠올렸다. 그때는 신학교가 방학만 했다 하면, 거친 땅과 좁고 험한 길을 야생마처럼 뛰어다녔다. 거울 속 자기 앞에 있는 강인하고 털이 수북한 청년이 그가 오래전 산골에 남겨두고 떠나온 또다른 나처럼 여겨졌다. 그때는 바빌로니아의 왕[16]처럼 털이 수북하고 헐벗었지만 자유롭고 행

---

16 우쭐하다가 하느님의 벌을 받아 쫓겨났다는 바빌로니아의 왕 네부카드네자르를 가리킨다. "그는 사람들에게서 쫓겨나 소처럼 풀을 먹고, 몸은 하늘에서 내리는 이슬에 젖었으며, 머리카락은 독수리처럼, 손발톱은 새처럼 자라기까지 하였다."(「다니엘서」 4장 30절)

복했다…… 그는 그 모습에 깜짝 놀랐다. 그러고는 그 순간의 생각에서 멀어지려고 노력했다. 그래서 서둘러 옷을 입었다. 목 단추를 채우는 순간 총대리신부는 종교적이고 온순한 모습으로 돌아왔다. 강하지만 영적이고 겸손한 모습이었다. 호리호리하지만 우락부락하지는 않았다. 그가 좋아하는 대성당의 종탑과 약간 닮았다. 튼튼하고 균형 잡힌, 호리호리하고 관대하며, 신비스럽지만 돌로 되어 있는 대성당의 종탑과 닮은 모습이었다.

페르민 신부는 펄럭거리는 균형 잡힌 사제복과 남녀가 모두 입을 수 있는 망토 아래로 숨겨진 자신의 건장한 몸을 의식하며 만족스러워했다.

외출하려던 참이었다.

떼레시나가 심각한 얼굴로 바닥을 내려다보며, 카드에 그려진 성자들과 같은 표정을 지으며 문지방에 모습을 드러냈다.

"무슨 일이냐?"

"어떤 젊은 여자가 도련님을 뵐 수 있을지 묻는데요."

"나를?……" 페르민 신부가 양어깨를 으쓱했다. "누군데?"

"뻬뜨라라고, 판사 부인의 하녀예요."

그 말을 하면서 떼레시나의 눈은 주인의 눈을 겁없이 똑바로 쳐다보았다.

"무슨 일인지 말하지 않고?"

"그 말밖에는 안하던데요."

"들어오라고 해."

뻬뜨라가 혼자서 서재로 들어왔다. 검은 옷 차림에 이마 위로 노란 머리카락이 살짝 내려왔지만 고불거리지도 않고 물결치지도 않았다. 두 눈은 매우 공손하고, 입술에는 달콤하고 천진한 미소가 담겨 있었다.

총대리신부는 그녀를 알아보았다. 자기에게 고해하겠다고 고집을 피우더니, 끝내는 집요함과 인내의 힘으로 성공한 여자였다. 하지만 나중에는 귀찮게 굴지 못하도록 몇번 묵살하지 않으면 안되었다. 그녀는 성직자들의 명예를 실추시키려는 폭로나 말도 되지 않는 중상모략을 믿는 가엾은 여자들 중 한명이었다. 그녀는 자신의 침실 얘기를 고백했으며, 괜히 후회하는 척 눈물을 보이며 쇠창살 앞에서 속살을 드러내기도 했다. 아름답고 매력적인 여자였다. 하지만 총대리신부는 사교적인 매너가 필요 없을 때 옵둘리아를 대하듯 뻬뜨라도 멀리했다.

뻬뜨라는 처음 보는 사람처럼 굴었다. 그토록 고귀한 분의 기억에는 자기처럼 별 볼일 없는 사람은 벌써 지워졌을 거라고 생각하는 것 같았다. 어쩌면 다른 상황이었다면 좋은 대접을 못 받았을 수도 있었다. 하지만 아나 부인이 보내서 왔다는 것을 아는 순간 신부는 달콤한 자비를 느끼며 그 타락한 하녀가 예전에 저질렀던 음탕하고도 헛된 시도를 단번에 용서했다. 그 또한 그녀를 못 알아보는 척했다.

떼레시나가 바로 옆 복도의 어둠속에서 그들을 감시했다. 총대리신부가 그것을 감지하고는 증인들이 앞에 있기라도 한 듯 말했다.

"낀따나르 씨 부인의 하녀인가?"

"네, 신부님, 그분의 하녀입니다."

"그분이 보내서 온 건가?"

"네, 어르신. 각하께 드리는 편지를 가지고 왔습니다."

'각하'라는 말에 총대리신부가 미소를 머금었다. 그 호칭이 매우 적절하게 느껴졌던 것이다.

"그것 말고는 더 없는가?"

"네, 어르신."

"그렇다면……"

"마님께서 이 편지를 직접 각하께 전하라고 하셨습니다. 급한 건데, 하인들이 잃어버리거나…… 아니면 한참 있다가 각하께 전할지도 모른다고."

떼레시나가 복도에서 움직였다. 신부는 그녀의 소리를 듣고 말했다.

"우리집에서는 편지를 잃어버리지 않네. 나중에라도 서신으로 전할 내용이 있으면 저기 밖에 맡겨도 되네…… 절대 안심하고."

삐뜨라는 스스로 한껏 조신한 미소를 띠며 앞치마 끝자락을 비틀었다.

"용서하십시오. 각하……" 그녀가 얼굴을 붉히며 떨리는 목소리로 말했다.

"괜찮아. 신중함이 고마울 따름이지."

페르민 신부는 그 여자가 자기에게 쓸모있을지 생각하고 있었다. 언제 어떻게 무슨 용도로 쓰일지는 그 역시 알지 못했다. 왜 유용한지 알 수 없으나 어쩐지 그냥 삐뜨라를 자기편으로 만들고 싶었다. 또한 판사 부인에게 하녀의 행동이 좀 건전하지 못하다고 얘기해야겠다는 생각도 들었다. 하지만 모두 시기상조였다. 지금으로서는 위엄있고 깍듯하지만 차갑게 작별인사 하는 걸로 만족했다. 삐뜨라가 문지방을 넘어서려는 순간, 신부와 거의 비슷한 키의 한 여자가 문 앞을 완전히 가로막고 서 있었다. 어깨는 그녀가 훨씬 넓은 것 같았다. 도끼로 다듬은 얼굴이었으며, 옷걸이처럼 옷을 입고 있었다. 총대리신부의 어머니인 도냐 빠울라였다. 예순살이지만 보기에는 쉰이 조금 넘은 것 같았다. 턱에서부터 머리 전체를 감싼 검은 실크 스카프 아래로 단단하게 땋아내린 빛나는 회색 머리가 보였다. 이마는 물론 얼굴 전체가 마르고 창백했다. 매우 맑고 푸른 눈은 차가운 느낌 이외에는 무표정이었다. 말이 없는 눈이었다. 그 눈을 통해서는 그 여자에 대해 아무것도 알아낼 수 없을 것 같았다. 코와 입, 턱은 아들과 많이 닮았다. 각진 등에 꼭 들러붙은 것 같은 메리노 울의 검은 망토가 제복 위를 볼품없이 덮고 있었다. 그 옷 또한 검정색으로 흰색 가장자리를 두른 나사 옷이었다. 옷과 얼굴만 보면 수의를 입은 시신 같았다.

뻬뜨라가 약간 당황해하며 인사했다. 도냐 빠울라가 드러내놓고 그녀를 위아래로 훑어보았다.

"무슨 일이지?" 그녀가 벽이 말하듯 물었다.

뻬뜨라가 마음을 가라앉히고는 약간 건방지게 대답했다.

"총대리신부님께 드릴 전갈을 가지고 왔습니다."

그러고는 서재를 나갔다.

계단 문에서 떼레시나가 다정한 미소로 뻬뜨라를 맞이했다. 그들은 베뚜스따의 양갓집 규수들처럼 서로 양쪽 볼에 입을 맞추며 작별인사를 나눴다. 그들은 친한 사이였으며, 둘 다 지체 높은 분들을 모시고 있었다. 서로 부러워하며 선입견 없이 존중하는 사이였다. 뻬뜨라는 큰 키와 눈, 총대리신부의 집 때문에 떼레시나를 부러워했다. 떼레시나는 명랑함과 상냥함, 세련된 매너와 도시의 삶에 대한 지식 때문에 뻬뜨라를 부러워했다.

"그 부인이 신부님에게 뭘 원하는 거요?" 도냐 빠울라가 아들과 단둘이 남게 되자 질문했다.

"모르겠습니다. 편지는 아직 열어보지 않았습니다."

"편지?"

"네, 이겁니다."

페르민 신부는 어머니가 멀리 떨어져 있었으면 하고 바랐다. 그는 자기 장점 중의 하나인 자제력에도 불구하고 초조함을 감추지 못했다. 빨리 편지를 읽고 싶었으며, 어머니 앞에서 얼굴을 붉힐까봐 두려웠다. 얼굴을 붉힌다고? 그랬다. 아무 이유도 없이, 왜 그런지도 모른 채. 하지만 도냐 빠울라 앞에서 편지봉투를 열어본다면 자두처럼 얼굴이 붉어질 게 분명했다. 긴장해서 그런 거였다. 그의 어머니는 그렇게 사람을 긴장하게 만들었다.

도냐 빠울라가 의자 끝에 걸터앉아 사제 테이블 위에 양팔꿈치를 기대고는, 손가락 굵기로 담배를 종이로 마는 어려운 작업을 시작했다. 도냐 빠울라는 담배를 피웠다. 하지만 '그들이 대성당 사람이 된 이후에는' 식구들과 친한 지인 몇명 앞에서만 몰래 피웠다.

총대리신부는 서재를 두바퀴 돌다가 판사 부인의 편지를 슬쩍 집어들어 사제복 아래 안쪽 주머니에 집어넣었다.

"다녀오겠습니다, 어머니. 까라스삐께 씨에게 안부 전하러 갑니다."

"이렇게 일찍?"

"네, 나중에는 방문객들이 많아지는데, 제가 단둘이 얘기할 게 있어서요."

"안 읽어볼 거요?"

"무엇을요?"

"그 편지."

"나중에, 가다가 읽지요. 급하지 않아요."

"혹 누가 알아? 여기서 읽어요. 바로 답장해야 하거나, 아니면 무슨 전갈이라도 남겨야 할지도 모르는데."

페르민 신부는 관심 없는 척하며 편지를 읽었다.

그는 큰 목소리로 읽었다. 안 그랬다가는 괜한 의심만 불러일으킬 수도 있었다. 어머니는 아들이 자기에게 비밀이 있는 것에 익숙하지 않았다. 게다가 판사 부인이 무슨 얘기를 할 수 있겠는가? 특별한 건 없을 것 같았다.

친애하는 신부님께. 저는 오늘 성체를 모실 수 없습니다. 그전에 신부님을 뵙고 싶습니다. 다시 고해를 해야만 하거든요. 신부님께서 저에게 주의를 주신 것 때문에 괜히 걱정돼서 그런다고 생각하지는 말아주세요. 제 생각에는 심각한 문제입니다. 신부님께서 친절을 베푸셔서 오늘 오후 잠시 제 얘기를 들어주신다면, 순명하는 딸이자 다정한 친구로서 크게 감사드리겠습니다.

아나 데 오소레스 데 낀따나르

"맙소사! 무슨 편지가 그래?" 도냐 빠울라가 아들을 똑바로 노려보며 소리쳤다.

"뭐가 이상한데요?" 총대리신부가 돌아보며 물었다.

"고해신부에게 이런 식으로 편지를 보내는 게 신부가 보기에는 괜찮아요? 도냐 옵둘리아가 쓴 것 같아. 판사 부인은 매우 신중하다고 하지 않았나? 그 편지는 바보 아니면 미친 여자가 쓴 것 같군요"

"어머니, 그녀는 미친 여자도 바보도 아닙니다. 아직 이런 일들에 대해 잘 몰라서 그런 겁니다…… 그냥 친한 친구에게 편지 쓰듯이 쓴 겁니다."

"그래, 개종을 원하는 이교도 같군요."

총대리신부는 입을 다물었다. 그는 어머니와 싸우지 않았다.

"어제 오후 신부는 론살을 만나러 가지 않았지요."

"약속시간이 지나서……"

"나도 알아요. 고해실에서 2시간 반이나 있었고, 론살은 기다리다가 지쳐서, 파블로 씨에게 대답을 주지 못했어요. 파블로는 신부와 론살, 나, 우리 모두가 말 없는 주책바가지라고 믿으며 시골로 돌아갔어요. 우리가 필요할 때만 자기를 이용하고, 정작 그가 우리를 필요로 할 때면 그냥 내팽개쳐둔다고 생각하면서 말이오."

"하지만 어머니, 시간이 있습니다. 아이는 군대에 있고, 아직 끌려가지 않았습니다. 토요일까지는 바야돌리드로 떠나지 않을 겁니다…… 시간이 있습니다……"

"그래요, 감방에서 썩어문드러질 시간은 있지요. 론살이 뭐라고 하겠어요? 가장 관심을 보이던 신부가 그 일을 잊어버렸는데, 그가 어떻게 하겠어요?"

"하지만 어머니, 의무가 먼저입니다."

"의무, 의무…… 페르민, 이건 사람들을 상대하는 거요. 그런데 왜 하필 허수아비 같은 리빠밀란이 느닷없이 이제 와서 신부님에게 그런 유산을 남겨주겠다는 거요?"

"무슨 유산이오?"

페르민 신부가 챙 넓은 천 모자를 한 손에 들고 돌렸다. 그러고는 곧 나갈 태세임을 알리며 문틀에 기대고 서 있었다.

"무슨 유산이오?" 그가 다시 물었다.

"그 여자 말이오. 편지 쓴 여자. 보아하니 내 아들이 자기를 만나는 것 말고는 할 일이 없다고 믿는 것 같은데."

"어머니, 그건 부당합니다."

"페르모, 나는 신부가 하는 말을 잘 알고 있어요. 신부는…… 지나치게 선량해요. 신부는 신처럼 높이 있어서 보지도 못하고 듣지도 못해요."

도냐 빠울라는 '신처럼 높다'는 말을 누군가의 생각을 천계天界까지 들어올리는 것으로 생각했다.

"주임신부와 돈 꾸스또디오 덕분에." 그녀가 계속 말을 이었다. "어젯밤 그 식충이 비시따의 모임에서 그 여자에 대해 이러쿵저러쿵 말이 많았어요. 그래, 그 여자가 신부에게 고해한 것에 대해서 수군거렸어요. 2시간 걸렸느니, 걸리지 않았느니 하면서 말예요……"

총대리신부가 성호를 그으며 말했다.

"벌써 수군거려요? 치사한 작자들!"

"그래, 벌써! 벌써! 그래서 하는 말예요. 왜냐면 이런 일들은 다 때가 있거든. 여단장 부인 생각 안 나요? 치사한 중상모략 때문에 내가 얼마나 힘들었는데, 다 우리 신부가 고상한 척하면서 사람을 너무 믿었기 때문에 생긴 일이에요. 페르모, 천번도 넘게 말했지만, 순결만으로는 충분하지 않고, 순결한 것처럼 보일 줄도 알아야 해요."

"어머니, 저는 중상모략은 무시합니다."

"나는 아니에요, 아들."

"아무리 말이 많아도, 제가 그 작자들을 모두 밟아뭉갠 거 보시지 않았습니까?"

"그래, 지금까지는요. 하지만 누가 신경이나 쓰나요? 말이 많다보면 진짜처럼 되는 법이고…… 돈 포르뚜나또는 선량하고 평범한 사람이에요. 그는 주교가 아니에요. 멍청한 사람일 뿐. 하지만……"

"그는 제 손아귀에 있습니다!"

"나도 알아요. 나도 손아귀에 쥐고 있어요. 하지만 그가 고집을
피우면 막무가내라는 거, 신부님도 잘 알잖아요. 신부님을 험담하
는 작자들이 진실을 말한다며 그 허수아비 각하의 눈이 멀기라도
하게 되는 날이면 우리는 끝이에요."

"돈 포르뚜나또는 내 지시 없이는 움직이지 않습니다."

"과신하지 마세요. 그건 신부님이 절대 실수를 안한다고 믿기 때
문이고. 하지만 사람들이 그에게 신부의 스캔들을 보여주는 날에
는……"

"어머니, 어떻게 볼 수 있겠습니까?"

"좋아. 아들도 내 말 뜻을 잘 알겠지요? 그것들을 보기라도 한 듯
믿는다는 거 말입니다. 그런 날이 온다면 우리는 끝장입니다. 온순
하고 멍청한 허수아비가 호랑이가 될 것이고, 신부는 바로 교구장
총대리신부 자리에서 쫓겨나 감방으로 보내질 거예요."

"어머니…… 어머니가 흥분하셨습니다…… 쓸데없는 생각입니
다."

"좋아, 좋아요. 알겠어요."

도냐 빠울라가 일어나, 다 피워 지저분해진 담배꽁초를 던졌다.
그러고는 계속 말을 이었다.

"나는 편지를 더는 보고 싶지 않아요. 대성당에서 만나는 것도
바라지 않아요. 판사 부인이 좋은 충고를 얻고 싶다면, 신부 설교를
들으라고 하세요. 신부는 그곳에서 모든 기독교인들을 위해 말하
면 됩니다. 그녀는 신부의 설교를 가서 듣기만 하면 되고, 내 신경
은 건드리지 않아도 되고."

"그러니까 주임신부?"

"그래요. 그리고 꾸스또디오 신부."

"그러면 어머니께는 누가 그 얘기를 전한 건데요?"

"납작이."

"깜삐요?"

"바로 그애."

"하지만 그들이 뭘 봤다는 겁니까? 그 치사한 작자들이 뭘 얘기할 수 있는데요? 어떻게 부인들의 모임에서 그런 일을 얘기할 수 있는 겁니까? 이 사람들은 신성한 것에 대한 존중을 어떻게 이해하고 있는 겁니까?"

"자, 자! 질투. 순전히 질투. 존중? 개나 물어가라고 하세요. 주임신부가 판사 부인의 고해신부를 하고 싶어했어요. 그건 당연하죠. 그는 우쭐대며 사람들의 입에 오르내리는 걸 즐기니까…… 하느님의 용서를! 하지만 내가 보기에 주임신부는 사람들이 자기에 대해 수군거리며, 여신도들이 자기에게 빠졌느니, 빠지지 않았느니 하며 사람들이 떠들어대길 바라는 거요…… 낯가죽이 워낙 두꺼워서!…… 그리고 못되기는 또 얼마나 못됐고!"

"어머니, 어머니가 과장하시는 겁니다. 어떻게 사제가?……"

"페르민, 그건 어리숙한 생각이에요. 세상은 요지경. 그래서 모두 나쁘게 생각하는 거고, 그래서 눈을 100개쯤 달고 다녀야 하는 거고…… 우리 신부가 천사라 할지라도 실제의 덕보다 어떻게 보여줄 것인지가 더 중요해요. 사람들이 우리에 대해 별의별 얘기를 다 하는 거 몰라요? 주임신부, 돈 꾸스또디오, 포하, 돈 산또스, 그리고 돈 알바로 메시아까지 온갖 재주를 총동원하여 신부 명예를 깎아내리려 안달이에요. 우리가 대저택을 지어 소유하고 있다느니, ─ 도냐 빠울라가 손가락을 접기 시작했다 ─ 우리가 교구를 집어삼켰다느니, 우리가 벌거벗은 채 총대리직에 앉았다가 지금은 은행의 제1주주라느니, 여기저기서 돈을 받는다느니, 우리의 측근들이 우리집의 저수지에다가 쏟아붓기 위해 금과 모로코인들을 스펀지처럼 끌어모으며 다닌다느니, 주교가 우리 손에서 놀아나는 마네킹 같다느니, 우리가 초를 판다느니, 우리가 석대를 판다느니, 주교 관할의 모든 성당에 물품을 교체하라고 지시했다느니, 돈 산또스가 술 때문이 아니라 우리 때문에 파산했다느니, 특전을 원하는 사람들에게 돈을 갈취했다느니, 사제직을 통째로 집어삼켰다느니, 교구 전체에서 십일조와 햇곡식을 거둬들인다느니……"

"그만하세요! 어머니! 제발 그만하세요!"

"그런데 그것도 모자라, 연애사까지 들먹이고 있어요. 정신적인 조언자 자리를 신부가 남용한다면서. 신부가(그녀가 다시 손가락을 접기 시작했다. 그러면서 박자를 맞추듯 발로 바닥까지 두드렸다) 도시 절반을 광신적으로 만들었어요. 까라뻬께스 집안의 딸들이 신부 잘못으로 절반이 수녀가 되었고, 그중 한명 역시 신부 잘못으로 폐결핵에 걸려 죽어가고 있다고 말입니다. 마치 신부가 그 돼지우리 같은 수녀원의 습기이자 불결함이라도 되는 듯 말예요. 베뚜스따에서 가장 돈 많은 빠예스 집안의 딸이 결혼하지 않는 것도 신부 잘못이고, 그녀가 마음에 드는 애인을 찾지 못하는 것도 신부 잘못이다고……"

"어머니……"

"더 듣고 싶어요? 심지어 그들은 신부가 '교리문답'에서 여자아이들에게 교리를 가르치는 것도 안 좋게 봐요."

"치사한 놈들!"

"그래, 치사한 놈들이지. 하지만 치사한 놈들이 점점 많아지고 있고, 나중에는 미처 생각도 못하다가 뒤통수를 맞을걸요."

"그런 일은 없습니다, 어머니." 총대리신부가 침착함을 잃고 소리 질렀다. 양 볼이 시뻘겋게 달아올랐으며, 쇠처럼 단단한 눈길이 방어태세로 날카롭게 곤두섰다. "그런 일은 없습니다, 어머니! 제가 그들을 모두 제 발밑에 두고, 제가 원하는 날 밟아 뭉개버릴 것입니다. 제가 제일 강합니다. 그들은 하나같이 죄다 멍청합니다. 악의조차 품지 못할 자들입니다."

도냐 빠울라는 아들이 눈치채지 못하게 미소를 머금었다. '내 아들이라면 그래야지'라고 생각했다. 그러고는 계속 말했다.

"하지만 우리가 그들에게 보여줄 수 있는 유일한 약점이 바로 그것, 페르모도 잘 알잖아요. 그때를 다시 명심하세요."

"그 여자는…… 길을 잃은 여자였습니다."

"하지만 그 여자는 신부를 속였어요. 그렇죠?"

"아니에요, 어머니. 저를 속인 게 아니에요. 어머니가 뭘 아신다고 그러세요?"

도냐 빠울라의 눈은 취조관의 눈이었다. 여단장 부인의 일은 절대 명확하게 밝히지 못했다. 때맞춰 간신히 불을 끈 스캔들이었다는 정도만 알고 있었다. 페르민 신부는 그런 기억들이 끔찍하게 싫었다. 젊었을 때의 일이었다. 서른다섯살인 지금에 와서 그가 또 방심할 거라고 걱정한다는 게 얼마나 어리석은가! 그 시절에는 경험이 없었다. 허영심이 그를 들뜨게 했고, 아부의 진한 향이 그를 유혹하고 어지럽혔다.

어머니가 내 속을 들여다볼 수만 있다면, 지금 나를 못살게 굴며 그런 걱정은 안해도 될 텐데.

도냐 빠울라는 그에게 중상모략의 위험을 계속 열거했다. 그녀는 아들이 많이 속상해한다는 것을 알고 있었지만, 그녀의 판단에 의하면 필요한 고통이었다. 아들이 솔로몬 왕처럼 추락할까봐 두려웠던 것이다.

페르민 신부의 어머니는 여자의 전지전능함을 믿었다. 그 자신이 좋은 예였다. 사제회의의 모함이 페르민 신부의 명예를 크게 위협할 거라고는 걱정하지 않았다. 페르민 신부에게는 도냐 빠울라가 주교를 쥐어짜기 위한 도구였다. 페르민 신부는 야심이고, 지배가 필요했다. 도냐 빠울라는 탐욕이고, 소유가 필요했다. 도냐 빠울라는 교구를 고향 마을에 있는 착즙기 정도로 여겼고, 아들은 그 동력이었다. 과일을 누르고 짜낼 수 있도록 해주는 조임나무이자 압력판이었다. 그리고 자신은 그 도구를 조이는 나사였다. 쇠로 만든 자신의 볼트는 밀납 같은 아들의 의지를 관통했다. 볼트가 너트 안으로 파고드는 것은 자연스러울 뿐이다. 페르민 신부가 종교를 설명하면서 말하는 것처럼, '그것은 기계적인 것이었다' '여자를 잡는 것은 여자다'라고 생각하였다. 그녀의 아들은 아직 젊고, 예전에 여자들이 그렇게 해서 목적을 이뤘던 것처럼 아들을 유혹할 수도 있었다. 도냐 빠울라는 여자의 영향력은 믿지만, 여자의 순결함은 믿지 않았다. 판사 부인! 판사 부인! 사람들은 그녀가 죄를 지을 위인이 아니라고 하지만 누가 알겠는가? 그녀는 사람들이 수군대는 소리를 들은 적이 있었다. 그녀는 한쪽 발은 교회에 걸치고, 다른 쪽 발은 세상에 걸친 몇몇 여신도들과 친했다. 가끔은 아무것도 없다고 해도, 이 여자들은 모든 것을 알고 있었다. 그 여자들이 이틀 전 카지노에서 오르가스가 말한 내용을 토씨 하나 빠트리지 않고 도냐 빠울라에게 전해주었다. 돈 알바로가 판사 부인을 사랑한다느니, 아니면 적어도 그녀를 유혹하려 한다느니, 뭐 그런 내용이었다. 그 돈 알바로는 아들의 적이었다. 그건 그녀도 알고 있었다. 페르민 신부는 베뚜스따를 지배하는 문제에 있어서 돈 알바로에게서 라이벌의 모습을 몇번이나 봤으면서도 그를 적으로는 생각하지 않았다. 하지만 도냐 빠울라의 본능이 좀더 우월했다. 그녀는 아들의 권력과 관련된 것에서는 그 누구보다 더 많은 것을 보았다. 돈 알바로라는 사람은 훌륭한 청년이었다. 똑똑하기도 하고 건방지고 세상의 이치에도 밝았다. 그에게는 사랑의 특권이 있고, 많은 베뚜스따 인물들의 아내들에게서 지지를 받고 있었다. 그리고 가끔은 여자들 덕분에 그런 인물들의 지지도 받았다. 돈 알바로는 한 정당의 당수이고, 베가야나 집안의 오른팔이고, 어쩌면 두뇌일 수도 있었다…… 그가 페르민과 저 베뚜스따의 지배를 놓고 싸울 수도 있었다. 힘은 엇비슷한데 주인은 한명만 필요한 베뚜스따에서 말이다. 주인이 없을 때면 늘 중요인물들의 카리스마가 부족하다며 불평들을 했다. 그런데 돈 알바로는 왜 그 지배를 논하지 않는 걸까? 혹시 그 성녀라는 판사 부인과 돈 알바로가 서로 통하는 사이라 함정을 파놓고 불쌍한 페르민에게 덫을 놓을 가능성은 없는 걸까? 그런 나쁜 계략들은 아무리 복잡하고 교묘하더라도, 도냐 빠울라는 늘 쉽게 간파해냈다. 그녀의 삶 자체가 그런 비슷한 음모였기 때문이다. 그녀는 이런 의심에 대해서는 아들에게 아무 얘기도 하지 않았다. 단순히 판사 부인을 조심하라는 말과 고해가 두시간이나 걸렸다는 말만 했을 뿐이다. 그녀는 돈 알바로의 이름은 언급하지 않았다. 그녀의 입술에서는 이 질문이 맴돌았다.

대체 두시간 동안이나 무슨 얘기를 했을까?

하지만 그렇게까지 대놓고 말하지는 못했다. 결국 아들은 신부이고, 그녀는 신자였다.

그런 질문은 불경스러워 보였고, 신성모독과도 같았다. 페르민의 이성을 잃게 해 오히려 일을 그르칠 수도 있었다.

"다녀오겠습니다, 어머니." 도냐 빠울라가 불경스러운 질문을 감히 내뱉지 못하고 입을 다물자 페르민 신부가 말했다.

총대리신부가 다음 얘기를 하는 어머니의 소리를 들었을 때는 이미 사제관 계단에 나와 있었다.

"그러면 오늘도 성무일도에는 안 가는 건가요?"

"벌써 끝났을 텐데요."

"잘했어요, 잘했어! 우리가 벌금 내려고 돈을 버는 건 아니오." 그녀가 계속 투덜댔다.

총대리신부는 마침내 집에서 벗어났다. 무시무시한 라틴어 선생의 나무주걱으로부터 도망쳐나온 학생처럼 편했다.

태양이 정점을 향해 치달으며 반짝였다. 베뚜스따 하늘 위로는 구름 한점 없었다. 안달루시아의 하늘처럼 맑았다.

그랬다. 하지만 총대리신부의 좋은 기분은 흐려졌다. 어머니가 그를 예민하고 화나게 만들었으며, 그는 누구한테 화가 났는지 알 수 없었다.

어머니는 그의 폭군이었다. 그가 사랑하고, 그것도 아주 많이 사랑하고 동의하지만 가끔은 경이로운 폭군이었다. 그 사슬을 어떻게 끊을 수 있을까? 모든 게 그분의 덕분이었다. 그 여인의 완고함이 없었다면, 모든 것을 박살내며 끝까지 직진하는 강철 같은 그분의 의지가 없었다면, 그는 어떻게 되었을까? 산속의 목동이나 광산의 광부나 되었을 것이다. 그는 그 누구보다 가치가 높은 사람이지만, 어머니는 그보다 훨씬 가치가 높았다. 어머니의 본능은 그 어느 추리력보다 훨씬 우월했다. 어머니가 없었다면 그는 삶이라는 전쟁터에서 몇번이나 소용돌이에 휘말렸을 것이다. 특히, 적이 쳐놓은 촘촘한 그물에 발이 걸렸을 때 누가 그물에서 구해주었던가? 어머니였다. 어머니가 방패였다. 그 누구보다 어머니가 먼저 달려왔었다. 어머니의 독재가 구원이었다. 그 구속은 몸에 이로운 거였다. 게다가 깊은 곳에서 들려오는 목소리는 그것은 어머니의 애정이고, 아들에 대한 존경이라고, 어머니의 영혼에서 가장 좋은 거라고 말했다. 그 자신에 대한 경멸감이 들고, 그 혐오감이 절망까지이르지 않도록 그 속에서 뭔가 순수한 것을 발견하고자 할 때면, 그것을 기억해야 했다. 자신은 착하고 겸손한 고분고분한 아들임을…… 절대 남자가 되지 않을 어린아이임을 기억해야 했다. 다른 사람들에게는 사자로 돌변하는 남자인 그가!

하지만 지금 그의 영혼에서는 반항이 생겼다. 어머니의 그런 의심은 부당했다. 판사 부인의 순결은 베뚜스따 전체가 믿었다. 그녀는 정말이지 천사였다. 그야말로 그는 그 부인이 밟고 지나간 땅에 입 맞출 자격도 없었다. 누가 누구를 두려워한단 말인가?

그 순간 그는 자기가 왜 갑자기 기분이 나빠졌는지 이유를 알았다. 어머니에게서 그를 망치려 하는 이들의 중상모략을 들었던 것이다…… 그에게 야심과 자존심, 맹목적인 탐욕이 지나치게 많으며 여러 집안의 생활이 힘들었던 게 그의 탓이라는…… 하지만 그게 모두 중상모략일까? 오, 그가 어떤 사람인지 판사 부인이 알게 된다면, 마음속의 비밀을 그에게 털어놓지 못할 것이다. 그 부인은 믿음을 보여주기 위해, 그의 적들이 만들어낸 모함을 모두 무시했다. 그녀는 그 말은 전혀 믿지 않았으며, 자기 마음속에 있는 어둠에 빛을 내려달라고, 삶에서 한걸음씩 내딛을 때마다 자기 앞으로 열리는 심연의 나락에서 자기를 끌어올려줄 줄을 내려달라며 그의 고해실을 찾아왔다. 그가 정직한 사람이라면 바로 이렇게 얘기했을 것이다. '그만하십시오, 부인! 나는 당신의 존엄한 비밀을 누추한 집에 들여놓을 정도로 그렇게 대단한 사람이 아닙니다. 나는 나약한 죄인들에게 해줄 위로의 말 몇 마디와 광신적인 가엾은 사람들에게 해줄 무시무시한 말 몇 마디만 배운 사람입니다. 나는 미끼를 덥석 물 사람들을 위해 꿀을 바르고, 나를 물러 오는 사람들을 위해 쓸개즙을 바르는 사람입니다. 미끼는 설탕이고, 내 포로들에게 주는 식량은 쓴 맛입니다…… 나는 야망이 큰 사람입니다. 그리고 더 나쁜 것은, 수천배 더 나쁜 것은, 수없이 더 나쁜 것은, 내가 탐욕스럽다는 것입니다. 나는 나쁜 수단을 동원해 재산을 모았습니다. 그렇습니다. 나쁜 수단을 동원했지요. 나는 목동이라기보다는 폭군입니다. 나는 은총을 팝니다. 나는 유대인처럼 종교를 거래합니다. 신전에서 장사치들에게 집어던지면서 말입니다…… 나는 치사한 놈입니다, 부인. 나는 당신의 고해신부도 아니고 영적 지도자가 될 자격이 없습니다. 어제의 유창한 언변은 가짜였습니다. 나의 영혼에서 나온 게 아니었습니다. 나는 vir bonus[17]가 아닙니다. 나는 세상이 말하는 그렇고 그런 사람입니다. 나를 음해하는 사람들이 말하는 그런 사람입니다.'

생각이 너무 멀리까지 가자, 총대리신부는 의식 속에서 자기 명성을 지키려는 반응을 느꼈다.

우리 좀더 공정하자. 그는 자기도 모르게 생각했다. 자기애가 보

---

17 라틴어로 '좋은 사람'이라는 뜻.

호본능을 작동한 것이다.

그러자 그는 지금 자기 얼굴을 붉히게 하는, 그 모든 탐욕스러운 행동을 강요한 장본인이 바로 어머니라는 사실을 떠올렸다.

재물을 비축하는 사람은 어머니였다. 어머니에게 모든 걸 빚졌다고 할 수 있다. 그런 어머니를 위해 부도덕하고 추잡한 암거래 시장의 쓰레기를 만지고 씹기까지 했다. 그의 열정, 스스로 자신을 엉망으로 만들어낸 그 열정은 바로 지배욕이었다. 하지만 그것은 근본적으로는 숭고하지 않은가? 그리고 결국 따지고 보면 공정하지 않은가? 그가 교구에서 일인자인 게 당연하지 않은가? 주교가 이러한 그의 도덕적 우월성을 기꺼이 인정하지 않았나? 지금까지는 베뚜스따에서만 영향력을 행사하는 걸로 만족했다. 오! 그건 확실했다. 언젠가 그 역시 그녀 앞에 솔직하게 털어놓으며 그의 야심이 어떤 것인지 말할 수 있을 정도로 아나 오소레스와의 우정이 돈독해지는 날이 온다면 커다란 영혼을 가진 그녀가 그의 죄들을 분명히 사해줄 거라 믿었다. 어머니의 죄는, 어머니의 탐욕이 그를 끌어들인 그 죄는 용서할 수 없을 정도로 흉측하고 부끄러워서 털어놓을 수 없는 것들이었다.

그런 생각들에 괴롭다가 이어서 스스로 위로하는 동안, 총대리 신부는 엔시마다 지역에서 사람들의 왕래가 거의 없는 울퉁불퉁한 거리의 좁고 오래된 인도를 따라 걷고 있었다. 뺨은 붉고, 두 눈은 아래를 향하고, 머리는 습관처럼 약간 옆으로 기울인 채 늠름한 몸을 똑바로 펴고 걸었다. 발걸음은 엄숙하면서도 리듬감이 있었고, 얼룩 한점 없는 넓은 망토가 펄럭였다.

왕에게 인사하듯 허리를 굽히고 모자를 벗으며 지나가는 사람들에게 깍듯하게 답례했다. 가끔은 인사하는 사람을 보지도 않고 인사하기도 했다.

그에게 이런 거짓 꾸밈은 제2의 천성이었다. 그는 다른 생각을 하면서도 상대방과 열심히 대화하는 재주가 있었다.

도냐 빠울라는 아들의 서재로 다시 들어가 방을 검사했다. 침대는 깨끗하게 정리되어 먼지 하나 없이 깔끔했다. 주름 하나 없이 말끔했다. 그녀는 방을 나와 서재로 들어가, 밝은 파란색 소파, 안락의자, 사방에 널린 의자, 테이블들 위로 똑바로 줄 맞춰져 잔뜩 쌓여 있는 책들을 눈여겨보았다. 테이블과 소파, 의자들의 정돈 상태도 주의깊게 살펴보았다. 눈으로 냄새를 맡는 것 같았다. 그녀가 떼레시나를 불렀다. 날카로운 눈길로 하녀의 얼굴을 조사하며 아무 질문이나 닥치는 대로 했다. 마치 지뢰를 찾아다니는 사람 같았다. 그녀는 의자와 책이랑 모든 것이 정돈되어 있듯이, 옷의 주름도 제대로 되어 있는지 살폈다. 동전 떨어지는 소리도 알아채는 그녀가 목소리 톤을 살피기 위해 떼레시나에게 말을 걸었다. 그러고는 그녀에게 나가보라고 했다.

"애야……" 도냐 빠울라가 다시 말했다. "아무것도 아니다. 가보거라."

떼레시나가 양어깨를 으쓱했다.

'불가능해.' 그녀가 혼잣말을 했다. '아무것도 알아낼 수가 없어.'

서재를 나가면서도 여전히 중얼거렸다.

'남자들의 변덕이란 게!'

그러고는 2층 계단을 올라가며 덧붙였다.

'녀석도 다른 남자들이랑 똑같아. 다 똑같아. 하루 종일 집 밖에 있어!'

12장

돈 프란시스꼬 데 아시스 까라스삐께는 베뚜스따의 '까를로스 연합'에서 가장 중요한 인물들 중의 한명이며, 적기에 가장 많은 액수의 '금전적인 희생'을 한 사람이기도 했다. 그는 훌륭한 기독교인들이 정치에 나서지 않으면, 종교적 대의가 고사당할 거라고 설득당해 정치가가 되었다. 그는 자유주의자를 혐오하는 열렬한 광신자인 아내에게 완벽하게 지배당했다. 옛날 다른 전쟁 때 까를로스당의 반대파들이 그녀의 아버지에게 고해할 시간도 주지 않고 나무에 목매달았던 것이다. 거의 예순이 된 까라스삐께는 자신의 가치나 정치 능력보다는 돈으로 유명한 인물이었다. 그 지방에서는 그가 까를로스 7세[1]의 은밀한 권력을 가장 많이 후원하는 사람이었다. 그의 진실되고 심오한 맹목적인 신앙심은 그에게는 미덕

---

1 까를로스 마리아 데 로스 돌로레스(Don Carlos María de los Dolores, 1848~1909). 왕좌에 오르기 위해 까를로스 전쟁(1873~74)을 후원했던 인물.

그 자체였다. 하지만 그의 나약한 성격과 명석하지 못한 두뇌, 그의 주변을 둘러싼 사람들의 악행 때문에 까라스뻬께 자신과 주변사람들, 많은 외지인들에게 그의 믿음은 논쟁의 원천이 되었다.

그의 아내 도냐 루시아는 총대리신부에게 고해성사했다. 그 명예로운 가정에서 총대리신부는 절대 오류를 범하지 않는 권위자였다. 까라스뻬께 부부에게는 딸이 넷 있었는데, 모두 총대리신부에게 첫 고해를 보았다. 딸들은 페르민 신부가 골라준 수녀원에서 교육받았는데, 위의 두 딸은 서원을 하고 한명은 쌀레시오 수녀원에, 또 한명은 끌라리스 수녀원에 있었다.

파산해 화병으로 죽은 자유파 귀족에게 헐값으로 사들인 까라스뻬께의 대저택은 오소레스 저택 바로 앞 너무 오래되어 누추해진 누에바 광장에 위치했다.

총대리신부는 육십줄에 들어선 하녀를 따라 응접실로 들어갔다. 늙은 하녀는 가난한 사람들에게는 성질 고약한 개처럼 짖어댔지만, 신부들에게는 발뒤꿈치라도 핥을 정도였다.

"신부님, 잠시만 기다려주세요. 앉으세요. 어르신이 저기 안에 계신데, 곧 나오실 거예요……" 그녀가 의아하면서도 떨떠름한 목소리로 말했다. "저기 의사가 있어요…… 마님의 오만방자한 사촌이오."

"아, 네. 소모사 선생. 무슨 일이죠, 폴헨시아?"

"떼레사 수녀님이 더 나빠지셨나봐요…… 하지만 불쌍한 주인 어르신들이 그렇게 심려할 정도는 아니고요. 그렇겠지요, 신부님? 불쌍한 아가씨가 신경 쓸 정도는 아니겠지요?"

"아닐 겁니다, 폴헨시아. 하지만 의사는 뭐라고 하던가요? 그곳에서 오는 길인가요?"

"네, 그곳에서 오는 길입니다. 그런데 저기 안에서 소리 지르고 있어요…… 성을 버럭 내면서 왔어요…… 미쳤어요. 왜 그 양반을 부르는지 모르겠어요. 친척이라 부르는 건지. 친척뻘이라."

응접실은 꽤 널찍한 직사각형 모양으로, 화려하지 않은 근엄한 취향으로 장식되었다. 유서깊은 골동품과 더할 나위 없는 청결함, 소박함, 그리고 근엄함 그 자체에서 흘러나오는 은은한 우아함이 배어 있었다. 에라르[2]의 그랜드 피아노가 유일한 새 가구였다.

돈 로부스띠아노 소모사가 응접실로 들어왔고, 폴헨시아가 혼자 중얼거리며 나갔다.

키가 훤칠하고 건장한 의사는 하얀 턱수염을 길게 길렀다. 옷으로 자신의 사회적 지위를 드러내고 싶어하는 그 지방의 몇몇 인물처럼 화려하고 멋지게 차려입었다. 그는 세월의 횡포에 아직은 성공적으로 맞서 인물이 꽤 훤한 편이었다. 소모사는 아주 오래전부터 귀족들의 주치의였다. 하지만 정치에서 보수주의를 내세워 진보주의자들을 비웃었다면, 종교에서는 볼떼르파임을 자부했다. 그러니까 다른 베뚜스따 사람들이 볼떼르파를 이해하는 내용의 볼떼르였다. 그는 볼떼르는 한번도 읽어본 적이 없었지만, 역시 한번도 읽어본 적이 없는 모우렐로 주임신부가 혐오하는 것만큼이나 볼떼르를 존경했다. 그의 의학을 포함해 학식을 놓고 본다면, 소모사는 베뚜스따에서 거의 굶어 죽을 지경의 현대 의사 그 누구에게도 잘난 척할 수가 없었다. 그는 공부는 거의 하지 않았지만 돈은 많이 벌었다. 세상의 이치에 밝은 의사로 사교 능력이 뛰어난 박사였다. 몇년 전까지 그에게는 모든 병이 우울증이었다면, 지금은 모든 병

---

2 쎄바스띠앵 에라르(Sébastien Erard, 1752~1831). 프랑스 피아노·하프 제조가.

이 신경계 관련 질환이었다. 그는 좋은 말로 치료했다. 그를 통해서 자기가 곧 죽을 거라는 걸 아는 환자는 아무도 없었다. 그는 친구들은 댓가 없이 고쳐주었다. 하지만 병세가 악화되면 손을 떼고 다른 의사를 부르게 했으며, 기분 나빠하지 않았다. 그는 사랑하는 사람이 죽어가는 모습을 지켜볼 수가 없었던 것이다.

소모사는 환자들 옆에서는 늘 농담을 건넸다.

"아무개 씨, 그러니까 우리를 놔두고 돌아가시겠다는 겁니까? 하느님 맙소사, 우리가 그것을 지켜봐야 하다니……"

그의 상투적인 말이었다. 다른 상투적인 말들도 많았다. 그렇게 그는 부자가 되었다. 그는 의학용어는 많이 쓰지 않았다. 그에 따르면 그리스어와 라틴어로 일반인들을 겁줘서는 안되었다. 그는 현학적이지 않았지만, 사람들의 반박에 약간 궁지에 몰린다 싶으면 경찰관을 부르듯 과학이라는 매우 신성한 이름에 호소했다.

'과학이 이걸 명합니다. 과학이 다른 걸 명합니다.'

그러면 그에게 대답할 수가 없었다.

과학은 그의 고유 영역이 아니었다. 하지만 이를 제하고는 소모사는 솔직하고 명랑하고 친절하며 심지어 훌륭한 감각과 명민함으로 견줄 사람이 별로 없었다. 그러나 말이 많은 게 흠이었다.

소모사는 총대리신부가 영 마음에 들지 않았지만 귀족 집안에 대한 그의 영향력이 두려워 관대하면서도 친절한 척하며 그를 대했다.

페르민 신부는 소모사를 형편없고 쓸모없는 인간이라고 생각했지만, 무능한 인간과 유능한 인간을 구별하지 않는 늘 한결같은 태도로 예의 바르게 대했다.

"오! 나의 페르민 신부님! 정말 잘 오셨습니다. 때마침 잘 오셨습니다. 사촌을 위로할 방법이 없습니다. 오늘이 그의 본명 축일[3]인데 말이지요! 나는 그에게 사실대로 말했습니다. 전부 사실대로 분명하게요. 이제는 어떻게 할 방도가 없어요. 절망적이에요. 그러니까 방도가…… 내 생각에는 있는데…… 하지만 이런 과장된 생각이…… 그러니까 신부님에겐 솔직하게 터놓을 수 있지요. 신부님은 깬 분이니까요."

"무슨 일이지요? 소모사 선생님? 쌀레시오 수녀원에서 오시는 길입니까?"

"네, 신부님. 그 돼지우리에서 오는 길입니다."

"로시따는 어떻습니까?"

"어떤 로시따요? 이제 로시따는 없지요! 로시따는 이제 없습니다. 지금은 떼레사 수녀지요. 이제는 그녀의 이름에도 뺨에도 장미가 없습니다."

소모사가 총대리신부에게 다가왔다. 그는 모든 구석과 문들을 살펴본 후 한 손으로 입을 가리고 말했다.

"끝났어요!"

총대리신부는 소름이 돋았다.

"그렇게 생각하십니까?"

"네, 곧 엄청난 재앙이 온다고 봅니다. 그러니까, 과학의 이름으로 진단하면 그렇지요. 나, 소모사는 좋은 것은 전혀 기대하지 않습니다. 나는 과학하는 사람으로서 확실히 밝혀야만 합니다. 먼저 그 아이가 그런 환경에서 계속 호흡한다면…… 구제할 방법이 없습니다. 하지만 그 아이를 그곳에서 데려나온다면…… 어쩌면 희망이

---

3 세례명의 성인을 기리는 축일.

있을 수도 있습니다. 둘째, 과학의 조언을 따르지 않는 것은 어리석은 인류가 저지르는 범죄입니다. 범죄지요…… 신부님, 계명된 분인 신부님은 하수구 옆에서 죽게 내버려두는 게 종교라고 생각하십니까? 그곳은 변소나 다름없어요. 그렇습니다, 하수도지요.”

“선생님도 잘 아시다시피, 그곳은 임시거처입니다. 선생님도 아시다시피 쌀레시오 수녀원은 화약공장 옆에 새로 수녀원을 짓고 있습니다.”

“네, 이미 알고 있습니다. 하지만 수녀원이 지어져 수녀들이 그곳으로 옮길 때면 우리의 로시따는 이미 죽었을지도 모릅니다.”

“소모사 선생님, 선생님이 로시따를 워낙 아끼다 보니, 실제 위험보다 훨씬 위험하게 보실 수도 있습니다.”

“훨씬 위험하다고요? 신부님은 과학보다 더 많은 걸 알고 싶으신 겁니까? 나는 신부님께 과학의 입장을 말씀드렸습니다. 둘째, 어리석은 인류가 저지른 범죄…… 오! 내가 이 모든 것에 잘못이 있는 그 신부놈을 잡을 수만 있다면! 총대리신부님, 여기에 신부가 개입되어 있습니다. 확실합니다…… 신부님이 양해해주십시오…… 하지만 이미 신부님도 알고 계시듯이, 나는 신부도 신부 나름이라고 구분합니다. 모든 신부들이 총대리신부님만 같다면…… 페르민 신부는 빠뉘르주의 새끼양[4]처럼 네개의 태양과 같은 딸 넷을 둔 부모에게 넷 모두 수녀로 만들라고 충고하시지는 않으셨겠지요?”

총대리신부는 빠뉘르주의 새끼양이 수녀나 수사가 아니었음을 기억하며, 미소를 머금지 않을 수 없었다. 하지만 소모사는 다른 많

<hr>

4 프랑수아 라블레의 『가르강뛰아와 빵따그뤼엘 이야기』(1534), 제4서, 6장~8장에 나오는 에피소드로 사기꾼의 선동을 맹목적으로 따르는 대중을 그린다.

은 것들을 모르는 것과 마찬가지로 그 가축들이 뭔지도 모른 채 빠뉘르주의 새끼양 얘기를 자주 반복했다. 그가 시간이 없어 책을 읽지 않는다는 것은 이미 앞에서 언급했다.

페르민 신부는 생각했다. 이 바보 멍청이의 어리석은 말들이 뭘 암시하는 걸까?

"나의 불쌍한 까라스삐께가 어떤 광신자의 의지에 종속되어 있다는 의심이 듭니다. 예를 들면, 신학교의 학장과 같은 사람 말이지요." 박사가 계속 말을 이었다. "이 집에 그토록 엄청난 비극을 가져온 사람이 농담이지만 또르께마다[5]라고 불리는 에스꼬수라 씨일 수도 있지 않습니까?"

"아닙니다. 나는 그가 그런 사람이라고 생각지도 않고, 선생 말씀처럼 이 집에 엄청난 비극을 불러온 것도 아니라고 봅니다."

"이미 두 아이가 무덤으로 들어갔습니다!"

"무덤이라니요?"

"아니면 수녀원이라고 하지요. 그게 그 말이지요."

"하지만 수녀원은 죽음과 동의어가 아닙니다. 선생님이 이해하시듯, 나는 이 점에 있어서는 그렇게 생각할 수 없습니다……"

"네, 네. 이해합니다. 신부님이 이해하세요. 하지만 수녀원들이 꼭 있어야 한다면, 이왕이면 위생적으로 지으라고 하십시오. 내가 정부라면 과학적 검사를 통과하지 못하는 곳은 모두 폐쇄하겠습니다. 공중위생이 규정하는……"

소모사는 공기정화와 난방, 대기요법과 관련된 여러 대증요법들

---

5 또마스 데 또르께마다(Tomás de Torquemada, 1420~98). 도미니끄회 수도사이자 스페인의 초대 종교재판소장으로 광신적인 법 집행으로 유명하다. 유대인을 박해하고 1만 220명을 화형했다.

과 그외 약간 과학적인 책자에 나올 법한 얘기들을 폭넓게 나열했다. 그러고 나서는 그 집의 비극으로 다시 돌아왔다.

"딸이 넷인데, 그중 벌써 둘이 수녀라니! 이건 어처구니없는 일입니다."

"아닙니다. 어처구니없는 일은 아니지요. 그녀들이 자유롭게 선택한 거니까요⋯⋯"

"자유롭게! 자유롭게! 신부님, 웃으십시오, 웃으세요. 이렇게 깬 양반이 그걸 보고 자유라니. 선택이 없는 곳에 자유가 있을 수 있나요? 아는 게 딱 하나밖에 없는데, 선택이 있을 수 있을까요?

소모사는 흥분하면 거의 철학자처럼 말했다.

"나를 속일 수는 없습니다." 그가 계속 말을 이었다. "이 연극을 잘 알고 있습니다. 그 아이들이 태어날 때부터 내가 모두 봐왔다는 거 모르십니까? 내가 그 아이들이 태어날 때부터 지금까지 단계 단계의 삶을 모두 봐왔습니다. 시스템이 어떻게 작동하는지 말씀드리겠습니다."

소모사가 앉아서 계속 말을 이었다.

"내 사촌 조카딸들은 열대여섯살까지는 세상을 보지 못합니다. 그런데 열 내지 열한살에 수녀원에 들어갑니다. 그곳에서 그 아이들에게 무슨 일이 있었는지는 하느님만이 아실 겁니다. 그애들 편지는 수녀가 불러주는 대로 쓴 것이라 아이들에게 무슨 일이 있는지 알 수 없습니다. 같은 형틀에 부어서 주조하기 때문에 똑같습니다. '여기 학교는 천국이에요.' 열다섯살에 아이들은 집으로 돌아가는데, 그때쯤이면 그 아이들에게는 자신만의 의지가 없습니다. 이런 영혼의 능력으로는 쓸모없는 폐물처럼 수녀원 안에 남게 됩니다. 여론에 던져주는 선물처럼 세상을 만족시키려면 열다섯살에서 열여덟아홉살 사이에 열쇳구멍으로 바라본 세상을 희극처럼 연기해야 합니다. 이런 식으로 세상을 바라보는 게 참 재미있습니다, 페르민 신부님. 이솝의 여우와 황새 이야기 아시죠? 바로 그겁니다. 아이들은 유리병 안에 있는 세상을 보지만 그것을 맛보지는 못합니다. 춤을 춰요? 하느님 우리를 구원하소서. 극장은? 증오합니다. 9일기도에! 설교에! 가끔 에스뽈론이나 엘 빠세오 데 베라노를 따라 엄마와 함께 나오는 산책이 전부지요. 눈은 땅바닥만 내려다보고, 아무하고도 말하지 않은 채 걷기만 하다가 바로 집으로 돌아가지요. 그러고 나서 엄청난 시험이 찾아옵니다. 바로 마드리드 여행이지요. 그곳에서는 레띠로 공원의 동물과 그림박물관, 해양박물관, 무기박물관을 구경합니다. 베뚜스따에서보다 더 위험할 수 있는 연극 공연이나 무도회는 아예 구경도 못하고요. 거리를 돌아다니며 낯선 사람들만 잔뜩 보고, 발에 물집이 잡혀 집으로 돌아오지요. 아이들은 정말 진지하게 마드리드가 지겨웠다고 말하며 자기네 고향으로 돌아갑니다. 자기네 영혼이 깃든 수녀원에서 수녀님과 동료들과 함께 있는 게 훨씬 즐겁다고 하면서요. 그러고는 베뚜스따로 돌아옵니다. 그러다가 어린 남자가 그 아이들 중 한명을 사랑하게 되지요…… Vade retro!⁶ 그렇지만 짐만 들고 쫓겨나지요. 집에서는 교회법에서 정해진 모든 시간에 기도를 드립니다. 새벽기도, 저녁기도…… 그러고 나서 묵주기도, 하늘에 계신 모든 성인에게 바치는 주기도문, 단식, 밤샘기도를 드리지요. 발코나 모임, 친구도 없이 말입니다. 친구는 위험한 존재이지요…… 아, 그렇지요. 원하면 피아노를 치거나, 조용히 바느질하는 건 가능합니다. 글

---

6 라틴어로 '사탄아 물러가라'라는 뜻.

로스터, 외교적인 모우렐로 주임신부의 농담에 마음껏 웃는 것 정도가 딸들에게 허락된 사치입니다. 삐딱하게 기울어진 그분이 비위를 맞추는 재미있는 이야기를 하면, 딸들은 그 얘기를 재미있어하며 웃고, 아버지는 침을 질질 흘리지요. 불쌍한 까라스삐께! 그러고는 tutti contenti.[7] 주임신부는 여기 특별한 그림자 속에 숨겨 둔 신부가 아닙니다. 아니지요. 그 사람은 반대편, 즉 악마나 세상을 상징합니다. 하지만 당연히 아이들은 모우렐로의 헛소리에서 한정된 세상의 매력이라는 게 별 게 아닌 것처럼 느낍니다. 반면에 수녀원 생활은 순수한 즐거움과 어느정도의 자유도 선사합니다. 그래요, 신부님, 어느정도의 자유도 선사합니다. 내 사촌이지만, 내가 도냐 루시아 수녀원이라 부르는 진짜 수도원 같은 삶과 비교하면 분명 자유지요. 오! 페르민 신부님! 교회의 승리는 누워서 떡먹기입니다! 아이들이 베뚜스따에서는 땅바닥만 내려다보며 성당에서 성당으로 다니고, 마드리드에서는 발이 부르터가며 박물관에서 박물관만 다니니 말입니다. 집은 신비주의가 지배하는 병영입니다. 신부의 농담만이 매력이라 할 수 있는 곳이지요. 골수 자유주의자들이 말하듯 아이들은 자율성을 조금이라도 누리기 위해 '자유롭게' 수녀가 되기로 결심합니다. 그놈의 자유주의자들은 까라스삐께의 딸들이 누리는 자유 비슷한 자유를 우리에게 주려는 자들이지요."

총대리신부는 인내심을 가지고 의사의 연설을 들었다. 그러고는 무슨 말이라도 하려고 입을 열었다.

"이 집에서는 누구나 솔직하고 즐겁게 행동할 수 있다는 걸 박

---

7 라틴어로 '모두 만족하다'라는 뜻.

사님도 부인하지 못할 것입니다. 내숭과는 완전히 거리가 멀지요."

"또다른 연극이지요! 누가 우리 사촌에게 그따위 연극을 가르쳐 줬는지 모르겠습니다. 이 집에 드나드는 사람은 명예롭지만 따분한 이 집이 수도원 생활처럼 엄격하다고 얘기하는 게 중상모략이라고 생각할 겁니다. 보이는 게 전부가 아닙니다. 이유도 모른 채 즐거워하는 것과 신부들의 농담, 신부님이 양해해주십시오, 순전히 겉으로 보이는 형식적인 너그러움은 일반인들의 입을 막기 위한 내숭입니다."

총대리신부는 꽤 궁금하기도 하고 놀랍기도 한 표정으로 의사를 바라보았다. 그러니까 머리가 모자라도 한참 모자라는 저 남자가 그런 식으로 생각한다는 거지? 자기가 바로 다름 아닌 '숨겨둔 신부', 그러니까 이 집의 정신적인 지주라는 걸 소모사가 알고 있는 건가? 그 사실을 안다면 어떻게 저렇게 말할 수 있단 말인가? 바보들에게도 시치미 떼는 기술이 있나?

까라스삐께가 응접실로 들어왔다. 방금 울었는지 눈가가 젖어 있었다. 그는 총대리신부를 껴안으며, 쌀레시오 수녀원에 가서 자기 딸의 상태를 확인해달라고 간절히 청했다. 자기는 직접 갈 용기가 나지 않는다고 했다. 페르민 신부는 그날 당장 가보겠다고 약속했다.

소모사는 수녀원의 '위생 상태'의 열악함을 다시 묘사했다.

"하지만 사촌, 내가 어떡하면 좋겠는가?"

"아무것도 기대하지 않습니다. 아무것도 바라지 않아요. 당신네가 어떤 사람인지 잘 아니까요. 하지만 내가 말하려는 것은 이런 것이지요. 아이가 매우 아프다. 그리고 그건 그 아이의 잘못이 아니다. 아이는 선천적으로 매우 강하다. 아이의 '체질'은 나쁘지 않다.

하지만 아이는 햇빛을 전혀 보지 못하고, 습기가 아이를 집어삼키고 있고, 열기가 필요한데 열기가 없고, 빛이 필요한데 그곳에는 빛이 부족하고, 깨끗한 공기가 필요한데 그곳에는 악취만 진동하고, 운동이 필요한데 그곳에서는 움직일 수 없고, 여가생활이 필요한데 그곳에는 여가생활이 없고, 좋은 음식이 필요한데 그곳에는 제대로 된 음식이 없고, 그것도 조금밖에 먹지 못하고…… 하지만 그건 상관없습니다. 보아하니 하느님께서 만족하시는 게 분명하니까요. 뭐가 완벽합니까? 하수구 양쪽을 오가는 삶입니다. 세상이 썩었다고요? 글쎄요. 그럼 우리 다같이…… 방취 장치 속에 들어가 삽시다!"

이 단어가 자기에게는 세련된 것이었는지는 몰라도 뜻하는 바를 제대로 표현하지 못하고 오히려 정반대였기 때문에 소모사는 덧붙였다.

"방취 장치는… 그것은 변소의 대조법이지요…… 그러니까 여러분, 여러분은 불합리한 것을 변호하고 있고, 나의 인내심은 거기까지 도달하지 못합니다. 요점만 말하면, 과학은 바닷가 시골 공기로 로시따의 건강을 회복할 수 있습니다. 즐거운 생활과 좋은 음식, 고기, 우유, 특히…… 이것들 없이는…… 아무것도 장담할 수 없습니다."

소모사는 모자와 금 손잡이가 달린 지팡이를 들고 고개를 끄덕여 총대리신부에게 인사하고는 중얼거리며 밖으로 나갔다.

"적어도 주상성자 성 시메온[8]은 기둥 위에서 살았습니다. 하지만 그것도 이런 식의 기둥은 아니었습니다…… 그는 말똥 줍는 사

---

8 성 시메온은 기둥 꼭대기에서 30년 동안 수도 생활을 했다고 하여 주상성자(柱上聖者)라 불린다.

람은 아니었지요."

도냐 루시아가 나타나 멀리서 들은 사촌의 말에 언짢은 표정으로 답했다.

"미쳤어요. 그냥 내버려둬요."

"하지만 우리를 많이 좋아하잖아." 까라스삐께가 주의를 주었다.

"하지만 미쳤어요…… 너무 오냐오냐 해줬더니."

총대리신부는 좋은 말로 다시 같은 얘기를 했다. 소모사는 신경 쓰지 말아야 한다는 내용이었다. 그는 이단이다. 물론 쌀레시오 수녀원의 임시수녀원이 좋은 거처는 아닐 수 있다. 그곳은 해가 들지 않는, 어느 곳보다 푹 꺼진 가난한 동네에 위치하고 있다. 엉망인 엔시마다 지역의 하수구들이 대부분 그곳으로 향한다. 그리고 실제 몇몇 수녀 방의 벽에는 습기가 그대로 올라와 균열이 가기도 했다. 그리고 가끔 악취가 참을 수 없을 정도라는 것도 부정할 수 없다. 그러한 독소가 건강에는 좋을 리가 없다. 하지만 그 모든 것은 얼마 가지 않을 것이다. 그리고 의사가 말하는 것처럼 로시따의 상태가 그렇게 나쁜 것은 아니다. 수녀원의 의사가 확인해주었다. 그리고 로시따를 그곳에서 혼자 떼어내 사랑하는 동료들과 그 아이의 일상생활과 분리시킨다면 그 아이를 죽일 수도 있다는 얘기였다.

그러고 나서 페르민 신부는 종교적인 관점에서 그 문제를 고려했다. 육신 말고도 뭔가 더 있다. 소모사나 그와 비슷한 인간들에게 반론할 수 있는, 순전히 인간적이고 세속적인 논리들은 아무것도 아니다. 평판이 위험해질 수도 있는 대책을 서둘러 세웠다가 스캔들이 생길 수도 있다는 점이 중요했다. 그들의 잘못으로, 지나친 애정과 지나친 요구 탓에 가뜩이나 안 좋게 떠들어대는 얘기에 불을 지필 수도 있다. 교회의 적들이 그것 말고 뭘 더 바라겠는가? 쌀레시오 수녀원이 도살장이라고 떠들어댈 것이다. 종교가 건강한 청춘을 그 지저분한 곳으로 데려가 썩어문드러지게 한다고 떠들어댈 것이다…… 수없이 많은 말들을 떠들어댈 것이다! 아니다. 아직은 극단적인 조치를 취할 때가 아니다. 기다려야 한다. 게다가 그가 직접 떼레사 수녀를 보러 갈 것이다……

"그래요! 페르민 신부님! 제발 부탁이에요!" 도냐 루시아가 양손을 모으며 소리 질렀다. "신부님이 그애에게 위로의 말을 전해주신다면 분명히 건강을 되찾을 거예요. 확실해요."

도냐 루시아는 로시따를 감히 내 딸이라고 부르지 못했다. 하느님의 딸이라고 믿었던 것이다. 오로지 하느님의 딸.

그러고 나서 페르민 신부는 다른 것에 대해 말했다. 한번도 직접적으로 그 문제를 언급한 적은 없지만 암묵적으로 아래 두 딸은 신중하고 적절한 반대들을 넘어서는 소명감이 있지 않은 한 절대 수녀를 시키지 말자고 합의했다. 이러한 암묵적인 합의는 양심이 시킨 일이자, 세상 사람들의 이목에 대한 두려움 때문이었다. 두 아이 중 큰아이에게는 청혼자가 있었다. 그런데 총대리신부가 그를 퇴짜 놓았다. 그가 신앙심이 없다는 이유에서였다.

"론살이 신앙심이 없다구요? 신부님의 친군데요!" 까라스삐께가 감히 말했다.

"네, 돈 프란시스꼬. 제 친구입니다. 하지만 더 중요한 게 있습니다. 두분 딸의 행복이 걸린 문제이니만큼 친구를 희생하는 겁니다."

그 집 안주인의 얼굴 위로 얼마 남지도 않은 눈물 한방울이 주르륵 흘렀다. 눈물이 양쪽에서 흘렀더라면 대칭을 이루어 좀더 미적이었을 것이다. 하지만 한쪽으로만 흘러내렸다. 다른 쪽 눈물은 너무 적게 흘러 눈물이 밖으로 나오기도 전에 바짝 마른 눈꺼풀이 안으로 집어삼켰다.

눈물은 고마움의 표현이었다. 총대리신부가 자기네를 위해 친구의 이름과 우정까지도 희생하다니. 친구도 그냥 친구가 아닌 위대한 친구이자 옹호자이고, 지지자이며, 다른 사람도 아닌 주의원 론살인데. 이런 성자에게 마음과 의식의 열쇠를 넘겨준 건 아주 잘한 일이다. 잘 생각한 것이다.

나팔총이라고도 불리는 론살은 어느 딸이든 상관없으니 까라스삐께 집안의 딸과 결혼하려고 했다. 경비 지출은 많아지고, 수입은 줄어들었기 때문이다. 게다가 돈 프란시스꼬 데 아시스는 딸 교육을 아주 제대로 시킨 백만장자였다. 하지만 총대리신부에게는 다른 계획들이 있었다.

"론살이 신앙이 없다니요?" 까라스삐께가 놀라서 물었다.

"네, 신앙심이 부족합니다…… 상대적으로요. 입으로만 종교를 갖는 건 충분하지 않습니다. 교회를 존중하고, 교회를 수호하는 것만으로는 충분하지 않지요. 우리가 살고 있는 서글픈 시대의 정치와 사교계에서는 그것만으로도 만족해야 할 때가 많습니다. 하지만 그건 다른 얘기입니다. 론살은 다른 사람들과 비교하면,…… 예를 들어 돈 알바로와 비교하면 훌륭한 신자입니다. 돈 알바로도 끝내 교회와 결별하지 않았다는 점에서 무신론자인 돈 뽐뻬요 기마란과 비교하면 신자이고 종교인입니다…… 하지만 돈 알바로도 론살도 믿음이 강한 사람은 아닙니다. 더욱이 자비심이 충분하다고는 보지 않습니다…… 따님을 돈 알바로에게 내주시겠습니까?"

"차라리 죽는 게 낫지!"

"론살은 자칭 보수주의자라고 하며 가톨릭 연합을 원하고, 우리 정치의 다른 원칙들도 공유하기는 하지만 훌륭한 그리스도교인은 아닙니다. 까라스삐께 가문의 사윗감으로는 충분하지 않습니다."

가족의 정신적인 이해를 변론하는 페르민 신부의 열망이 집 주인의 영혼까지 와닿았다.

론살은 가망이 없어졌다.

총대리신부는 그외 다른 것들을 얘기했다. 해야 할 돈 얘기가 많았다. 로마를 위한 헌금, 상당한 액수의 헌금이 있었고, 집 한채를 구매하려는 '가난한 이들의 작은 자매회'와 교리문답 모임을 위한 헌금, 예수회 소속의 강연 신부를 멀리서 초청해 경비가 많이 드는 '성모잉태' 9일기도를 위한 헌금이 있었다. 많았다. 그렇다. 하지만 뭐라도 있는 훌륭한 그리스도교인이 희생하지 않는다면 믿음이 어떻게 되겠는가? 다른 사람들도 할 수만 있다면!

도냐 루시아는 그 말을 듣는 순간 한숨을 내쉬었다. 그녀는 이해했다. 총대리신부는 만약 자신이 부자라면 그 돈은 산뻬드로와 자선단체의 돈이라는 말을 하고자 했던 것이다. 그 성자에게 돈이 많다며 음해하는 사람들을 생각만 해도!

페르민 신부는 자신의 통치력이 끝도 없는 그 집을 나오기 전에 쌀레시오 수녀원에 찾아가겠다고 다시 약속했다.

하지만 놀랄 필요도 없고, 인내심을 잃을 필요도 없었다.

"마지막 순간에는 (적절하다고 생각한 순간, 그가 감히 입을 열었다) 하느님이 원하시는 대로 이루어집니다. 믿음을 위한 끔찍한 증거로 고통이 필요하다면 고통을 받게 될 것입니다. 그리스도교인이 된다는 것은 더 많은 것이 필요하기 때문이지요."

페르민 신부는 이 집에서 덕을 쌓는 게 쉽다고 말한 적이 없다.

그것은 거의 불가능에 가까웠다. 구원은 많은 고통의 댓가로 얻어지며, 극소수만이 그 구원을 얻게 된다. 총대리신부가 공포를 설교할 때면 듣기 좋은 이야기를 할 때만큼이나 목소리가 감미로웠다. 구원을 강론할 때는 목신 판의 플룻 소리처럼 들렸다. "주님은 자비로우시지만 정의로우신 분"이라고 말할 때는 혀가 꽃들 사이 산들바람처럼 속삭이는 듯했다.

그는 까라스삐께 부부에게는 연옥의 불길에 대해 절대 얘기하지 않았다. 구원받지 못할 경우 받는 고통은 몹시 힘들겠지만 결국 마음의 고통이었다.

도냐 루시아는 그날 아침 페르민 신부가 약간 성의가 없다고 생각했다. 다른 때처럼 고귀하고 경건하게 말하지 않았다. 믿음으로 충만한 비관주의가 그의 입에서 힘들게 흘러나왔다. 마음씨 좋은 부인은 자신의 정신적인 지도자가 마음이 다른 데 가 있다고 생각했다.

총대리신부가 밖으로 나갔다.

그는 대문 앞에서 혼자 있게 되자 자신을 주체하지 못하고, 화려한 계단 끝에 있는 대리석 손잡이를 주먹으로 내리쳤다.

'어쩔 수가 없어! 어쩔 수가 없어!' 그가 혼잣말을 했다. '새로 살겠다고 지금 다시 시작할 수도 없어. 계속 똑같은 사람으로 갈 수밖에 없어.'

다른 때는 그 집에서 나오면 자존감이 채워지는 강하고 짜릿한 쾌감이 느껴졌다. 그곳에서는 자기가 쥐고 흔드는 영혼들을 지배한다는 기분이 자기애에 달콤한 기쁨을 안겨주었다…… 하지만 지금은 그런 기분이 전혀 들지 않았다. 만족스럽지 못했다. 오로지 말을 아껴 경건한 장광설을 얼른 끝내고 방문 시간을 단축하려고 노력했다.

그 바보 멍청이 소모사가 기분을 상하게 한 것이었다. 그 때문인 것 같았다.

가면을 벗어던지고 고약한 성질의 고삐를 풀어헤쳐 마구 화를 내며 뭔가를 짓밟아 뭉개고 싶은 기분이었다…… 그는 '궁전'으로 향했다.

주교관을 그렇게 불렀다. 그곳은 대성당 옆에서 그늘에 파묻혀 '큰 우리'라고 불리는 습기 차고 비좁은 광장의 한쪽 면 전체를 차지하고 있었다. '궁전'은 종탑과 동시대에 지어졌지만 지난 세기와 현 세기에 수없이 보수된 대성당의 약간 촌스러운 부속물이었다. 석회를 덧바르고 진흙을 묽게 개어 바른 모습이 건축계의 불구자와 같은 모습이었다. 그리고 보수된 건물 정면에는 조잡한 추리게레스꼬 양식의 장식물이 더덕더덕 붙어 있었다. 특히 문 주변과 위의 발코니가 더 심해 음탕한 노인의 그로테스크한 모습이 연상되었다.

총대리신부는 춥고 휑하고, 그다지 깨끗하지 않은 커다란 현관을 뒤로 하고, 병약한 아카시아 나무 몇그루와 시든 꽃들이 심어진 정원인 네모난 중정을 지나 계단을 올라갔다. 계단의 첫 구간은 돌로 되어 있고 나머지 구간은 거의 썩은 밤나무로 되어 있었다. 그는 석조 공예품들과 좁은 창문들이 있는 실내 복도를 지나 주교의 식솔들이 카드놀이를 하고 있는 접견실로 들어섰다. 총대리신부가 들어가자 카드놀이가 중단되었다. 식솔들이 벌떡 일어났고, 그중 금발에 향수를 뿌리고 호사스러운 긴 옷을 입고 파도치듯 부드럽게 몸을 놀리는 잘생긴 청년이 금실과 은실로 수놓은 살구색 천으로 감싼 손잡이를 열어주었다. 그 방 또한 전체가 똑같은 천으로 벽이 발라져 있었는데, 페르민 신부는 멈추지 않고 곧장 그곳으로 들어갔다.

"돈 아나끌레또, 어디 계시지?"

"손님들이 계시는 걸로 아는데요." 시종이 대답했다. "부인 몇 분이……"

"웬 부인들?"

돈 아나끌레또가 꽤 우아하게 어깨를 으쓱하며 미소를 머금었다.

페르민 신부는 잠시 망설이다가 뒤로 한발 물러났다. 하지만 곧 다시 앞으로 걸어나가 비상구 문을 열고 사라졌다.

페르민 신부는 방과 복도들을 지나 '밝은 홀'에 이르렀다. '궁전'에서 주교가 개인적인 방문을 받는 곳을 가리켜 그렇게 불렀다. 길이 30자, 넓이 20자에 천장이 매우 높은 직사각형 방으로 은세공 건축양식의 짙은 색 호두나무 격자천장들로 장식되어 있었다. 벽은 광채가 나는 흰색으로 칠해져, 가장자리가 가느다란 금빛 몰딩으로 둘러져 있었고, 모든 즐거움에게 활짝 열려 있는 발코니를 통해 환한 빛줄기가 쏟아져 들어왔다. 또한 흰색 유약 덕분에, 금실과 은실로 수놓은 노란 커버가 씌워진 가구들이 고색창연하고 편하며 쾌적한 사치품으로 시원한 너털웃음을 웃고 있는 것 같았다. 가구들이 때로는 배불뚝이처럼 곡선을 그리기도 하고, 때로는 기둥이 꼬여 뒤틀린 나무처럼 얼굴을 찡그리는 것 같기도 했다. 안락의자 팔걸이는 두 손으로 허리를 떡하니 받치고 있는 것 같았고, 콘솔 다리는 발끝을 모아 회전하는 것 같았다. 소파에게 경의를 표하는 카펫을 제외하고는 러그도 양탄자도 없었다. 붉은색과 초록색, 파란색 장미들이 담긴 바구니가 그려진 카펫만이 깔려 있었다. 그것이 각하의 취향이었다. 북쪽과 남쪽의 벽에는 센세뇨의 거대한 그림들이 걸려 있지만 영광스러운 느낌을 주는 요란한 색상들로 덧칠되어 있었다. 다른 벽들에는 흑단 액자에 담긴 큼지막한 영국 판화들이 걸려

있었다. 그곳에는 유딧,[9] 에스테르,[10] 들릴라,[11] 레베카[12]가 각기 자기
네 역사의 가장 결정적인 순간에 담겨 있었다. 거울이 걸린 콘솔
위에는 상아 십자가에 못 박힌 예수상이 앞의 콘솔 위에 걸린 두
배쯤 큰 상아 성모마리아에게서 눈길을 떼지 못하고 바라보고 있
었다. 거울에는 예수의 뒷모습이 비쳐졌다. 그 방에는 그밖의 성
자들이 없었고, 주교의 거처임을 알리는 다른 물건들도 없었다.

베뚜스따의 주교인 돈 포르뚜나또 까모이란 각하는 교구 일은
총대리신부에게 일임했지만 자기 응접실은 건드리지 못하게 했다.
그래서 까모이란 주교에게 발코니를 새장으로 꾸미지 못하도록 페
르민 신부가 일장 연설을 늘어놓았는데도 아무 소용이 없었다. 볼
품없지만 즐거운 새장들에서는 검은 방울새와 카나리아들이 세상
을 놀라게 하며 시끄럽게 뛰어다니며 떠들어댔다. 솔직히 말하면,
새들이 미친 것 같았다.

"내가 주교 미사를 주관할 때, 영광을 노래하도록 대성당으로 나
의 새들을 데려가지 않는 걸 고마워하시오. 내가 베게이나스 교구
의 신부였을 때, 검은 방울새와 종달새, 심지어 홍작새까지 합창대
에서 노래하고 휘파람을 불었소. 새들의 노랫소리를 듣는 건 정말

---

9 구약 성경 역사서 중 「유딧기」에 등장하는 여성. 베툴리아 마을의 과부로, 아시
리아군의 공격 때 적진에 뛰어들어 적장 홀로페르네스를 유인해 그 목을 베어서
돌아왔다. 서양 중세 때 유딧은 '겸양'과 '자제', 홀로페르네스는 '오만'과 '음란'
의 미덕과 악덕을 나타냈다.

10 구약 성경 「에스테르기」의 여주인공. 유대인의 딸로 페르시아 왕 크세르크세스
1세의 비(妃)가 되어 하만(Haman)의 유대인 살해 계획을 실패로 돌아가게 함으
로써 이스라엘 민족의 영웅이 되었다.

11 구약 성경 「판관기」에 나오는 인물. 삼손을 유혹한 뒤 머리를 깎아 허약하게 만
들어 팜므 파탈의 원형으로 여겨진다.

12 구약 성경 「창세기」에 등장하는 이사악의 아내.

436

큰 즐거움이오.”

까모이란 주교는 하느님의 작품을 감탄하고 사랑할 수 있는 곳에서는 불경함을 보지 못하는 기쁨 가득한 성자였다.

권모술수에 능한 모우렐로 주임신부는 '주교가 자기 직책에 걸맞지 않다'는 의견이었다.(이는 그의 작은 비밀이었다.)

“교구를 다스리기 위해서는 사람 좋은 것만으로는 충분하지 않습니다.” 주임신부가 말했다. “시인은 장관이 될 수 없고, 신비주의자는 좋은 주교가 될 수 없습니다.”

이 의견이 까모이란 주교 밑에 있는 성직자들 사이에 퍼져 있는 공통된 의견이었다. 까를로스당의 당원들 또한 같은 생각이었다. 그 어떤 것도 주교를 믿고 상의할 수가 없었다!

그 지나친 자비심으로 어떤 결과가 빚어졌을까? 주교가 교구의 업무 전반을 총대리신부에게 위임하는 결과가 빚어졌다. 어떤 사람들에게는 이것이 성직자와 믿음의 타락이고, 어떤 사람들에게는 크나큰 행운이었다. 하지만 사람 좋은 까모이란 주교에게 의지가 없다는 데는 모두 의견이 일치했다.

교구 행정에 관한 업무 전반을 믿고 맡길 수 있는 사람 한명을 돈 포르뚜나또가 선택한다는 조건으로 주교직을 수락한 것은 사실이었다. 추천은 아무 소용이 없었다. 총대리신부는 주교가 아는 사람들 중에서 분명히 가장 능력있는 사람이었다. 게다가 도냐 빠울라는 그의 아들이 보잘것없는 신학생이고 까모이란이 아스또르가 교구의 신부로 있을 때 그의 집에서 시중을 들었다. 그 때부터 철의 여인은 가엾은 밀납 성자를 좌지우지했다. 그 아들은 어머니의 도움을 받아 독재를 유지했으며, 그들이 말하는 것처럼 '주교를 손아귀에 쥐고 흔들었다.' 그리고 주교는 거기에 매우 만족했다.

어떻게 그런 인물이 주교가 되었을까? 교구청 내부가 음모와 담합이 판치던 시절 여론의 불만을 잠재울 수 있을 만한 성자를 찾았고, 참사회원 까모이란이 물망에 올랐다.

그는 축복을 내리고 주민들의 축복을 받으며 베뚜스따에 입성했다. 소박하고 겸손한 그의 심장이 들으면 깜짝 놀랄 만한 그의 미덕에 대한 신기한 이야기들이 돌았고, 그가 기적을 행한다는 얘기도 있었다. 한번은 그가 산골 성당들을 시찰하고 다닐 때 산속 깊은 곳에서 눈이 쌓인 낭떠러지 옆을 나귀를 타고 조심스럽게 지나가는데, 절망에 빠진 어머니가 아들을 품에 안고 그의 앞으로 나타난 적이 있었다. 아이가 독사에게 물린 것이었다.

"아이를 구해주세요! 제발 구해주세요!" 어머니가 나귀 앞을 가로막으며 무릎 꿇고 소리 질렀다.

"나는 모르는데! 나는 잘 모르는데!" 주교는 어린아이의 생명을 두려워하며 절망에 빠져 소리 질렀다.

"하실 수 있어요! 하실 수 있어요! 주교님은 성자잖아요!" 어머니가 비명을 지르며 대답했다.

"뜸을 놔야 해요! 뜸을! 하지만 나는 뜸을 뜰 줄 모르는데……"

"기적! 기적을 행해주세요!……" 어머니가 반복해서 말했다.

까모이란 주교는 성모마리아 공경과 가난한 사람들, 설교, 고해, 이 네가지를 가장 신경 쓰며 살았다.

쉰살인 그의 머리 위에 새하얀 눈이 가득 내렸지만, 가슴에는 아직도 성모마리아에 대한 사랑의 불길이 활활 타올랐다. 신학교 시절과 그후 매우 오랜 시간 동안 그의 삶은 하느님의 어머니를 칭송하는 데 바치는 찬가였다. 그는 많은 신학을 알고 있었지만 그가 좋아하는 학문은 sine labe concepta[13]한 여인과 관련된 신비스러운 교리였다. 그는 성모마리아에게 바치는 얘기와 관련된 성자들과 신비주의자들의 말을 거의 줄줄 외울 정도였으며, 사막과 바다, 꽃 핀 계곡, 삼나무 산에서 가져온 은유로 채색한 동양적인 문체로 성모마리아를 찬양했다. 그리고 낭만적인 문체와 ── 수석사제를 짜증나게 했다 ── 아버지와 자식, 형제간의 사랑이 담긴 문장들을 이용해 친근한 문체로 찬양했다.

주교는 책 다섯권을 집필했는데, 첫번째 책은 돈을 받고 팔았지만 나머지는 그냥 나눠주었다. 제목은 『마리아의 장미 나무』(시), 『마리아의 꽃들』『성처녀의 신심』『우리 성모마리아의 역사시』『성모마리아와 교리』였다.

그에게 하늘의 여왕이 모습을 드러낸 적은 없었지만, 늘 두 손 가득히 위안을 안겨주었다. 그의 마음은 어두워질 수도 없고, 세상의 모든 불행이, 적어도 그가 겪은 불행이 어지럽힐 수 없는 빛과 즐거움으로 넘쳐흘렀다.

정부가 그에게 건네준 대부분의 돈과 그가 유산으로 받은 재산 중 많은 부분은 헌금으로 나갔다. 하지만 아아, 재단사들은! 재단사가 그의 바지 수선을 비싸게 받으려고 그를 속이고자 했던 것이다! 주교는 수선이 뭔지를 모르는 건가? 주교는 옷을 덧대고 단추를 꿰맨 적이 많지 않나? 가장 가난하다고 할 수 있는 신발공은 주교의 신발을 덧대는 부품과 구두 바닥이 제법 그럴싸하게 보일 수 있도록 가장 많이 머리를 쥐어짰다.

"하지만 주교님." 도냐 빠울라의 일을 물려받은 도냐 우르술라

---

13 라틴어로 '원죄 없이 잉태한'이라는 뜻.

가 소리 질렀다. "주교님은 기적을 원하시잖아요. 어떻게 바늘땀을 모르실 수 있어요? 제발 하느님이 시키시는 대로 새 구두를 사세요. 그게 훨씬 낫겠어요."

"다른 사람은 신발도 없이 맨발로 다니는데, 하느님이 새 신발을 사라고 했습니까? 그 구두 수선공이 자기 일을 제대로 한다면 그 신발은 영광스러워 보일 겁니다."

주교가 신발 수선을 몰래 하는 데는 다 그 나름의 이유가 있었다. 총대리신부는 주교가 한눈파는 틈을 타서 그를 관찰하며 매일 신병을 검열하듯 눈여겨보았다. 주교에게 걸맞지 않게 궁색한 티가 나면 매섭게 주교를 나무랐다.

"이건 말도 안됩니다." 페르민 신부가 말했다. "각하께서는 금서에 등장하는 '가난한 자들의 주교'가 되고 싶으신 겁니까? 점잖은 사람답게, 교회의 예법이 요구하는 대로 입고 다니는 사람들에게 대놓고 뭐라고 하시는 겁니까? 우리 모두가 칼갈이나 굴뚝청소부처럼 덧댄 바지를 입고 다니면, 권력이 지배하는 곳에서 교회의 권위가 설 거라고 믿으십니까?"

"그건 아닐세, 그건 아니야." 주교가 땅 밑으로 기어들어가고 싶은 심정으로 어쩔 줄 몰라하며 대답했다. "여러분이 제대로 옷 입은 걸 보는 게 얼마나 영광인데. 그렇게 해야지. 그건 나도 이미 알고 있네. 훌륭한 청년들인데다가 눈부시고, 맵시 좋은 자네와 돈 꾸스또디오, 장관 사촌을 보면서 내가 흐뭇해하지 않는다고 생각하나? 앞이 열린 짤막한 비로드천 모자를 쓴 모습들이 얼마나 근사한데…… 내가 보기에는…… 그건 하느님의 축복일세. 그래야지…… 하지만 자네는 로센도가 누구인지 아는가? 그는 신발 바닥 한짝에 3뻬세따를 요구하는 망나니지. 가죽이 드는 구멍은 제대로 덮지 않고 말이야…… 이건 새 걸세. 맹세하건대 이건 새 거야. 사람들이 웃겠지…… 하지만 그들이 즐거워서 웃는 걸 어쩌겠는가?"

몇년 동안은 까모이란 주교가 베뚜스따에서 인기 좋은 설교자였다. 그의 선임자는 거의 설교대에 올라가지 않았으며, 성스러운 연단에서 거의 매일 그를 본다는 게 맨 먼저 신자들의 호기심을 깨웠고, 나중에는 관심, 그리고 열광까지 불러일으켰다. 그의 유창함은 즉흥적이고 격렬했다. 그는 그 자리에서 즉흥적으로 연설하는 진정한 연설가였다. 그는 서류보다는 설교대에서 더욱 가치를 발휘했다. 그는 갑자기 입을 열었으며, 그러면 신비로운 사랑의 불꽃이 심장에서 머리로 올라갔다. 그리고 설교대는 종교시의 향로가 되었다. 그 향은 성당 안을 가득 메우며 영혼 속으로 스며들어갔다. 그것 이외에도 주교에게는 전율을 느끼게 하는 최고의 기술이 있었다. 그랬다. 유창하고 성스러운 경건함이라는 말을 듣는 순간 청중들은 전율을 느꼈다. 그의 입술에서 자비는 최상의 필요함이고, 최고의 아름다움이고, 가장 큰 쾌락이었다. 까모이란 주교가 모두에게 영원한 영광을 기원하며 연단에서 내려오면, 주교의 경건함이 자석과 같은 영향력으로 성당 안에 감돌았다. 몸들이 부딪히면 자비라는 전기가 불꽃을 튀길 것만 같았다. 사람들의 시선과 미소에서 감격과 회심을 읽을 수 있었다. 그 순간 베뚜스따 사람들은 우리 모두가 한 형제라는 사실을 진지하게 받아들였다.

하지만 이런 일은 초창기에만 있었다. 그후에는…… 대중들이 지치기 시작했다. 사람들은 주교가 지나치게 장황하다고 했다. 총대리신부는 장황하지 않은데 말이다.

"총대리신부가 설교를 더 많이 연구해." 몇명이 말했다.

"덜 격렬해도 훨씬 심오해."

"말하는 게 훨씬 우아해."

"설교대에 서면 훨씬 멋있어."

"총대리신부는 예술가고, 주교는 사도야."

주교가 설교자로서 왜 좋은지, 모우렐로 주임신부가 설명하지 않은지도 꽤 오래 되었다. 주임신부는 솔직히 주교의 말을 이해하지 못했다. 주교가 지나치게 유창했던 것이다. 주임신부에게는 타인을 위한 사랑으로 몸을 불사르는 것은 '순전히 수사학적'인 것에 지나지 않았다. 공허하게 들렸다.

그렇다면 교리는? 그리고 논쟁은? 주교는 그 누구에 대해서도 절대 나쁘게 말하는 법이 없었다. 그에게는 추잡한 물질주의도, 혁명적인 히드라 독뱀도, 악마와 같은 non sirviam[14] 자유사상가도 없었다.

주임신부의 생각에 까모이란 주교는 지방법원의 설교에서 신뢰를 잃기 시작했다. 사순절 금요일마다 지방법원이 후원해 종교적인 관심이나 신비주의적인 엄숙함 속에서 설교가 진행되었다. 아주 오래된 싼따마리아 성당에서 베뚜스따 설교단의 유명인사가 설교했다.

"좋아." 주임신부가 말했다. "그곳에서는 말하기 위해 말하지도 않고, 입에서 나오는 대로 말하지도 않아. 그곳에서는 성스러운 불길에 휩싸이는 걸로는 충분하지 않아. 그분들의 학식을 모욕하지 않으려면 뭔가 더 필요해. 법률가들과 학자들을 대상으로 하는 거라 성스러운 강단에 오르기 전에 옷매무새도 잘 매만져야 하지."

그런데 주교는 특별한 지방법원 사람들에게도 일반 신자들과 다를 바 없이 똑같이 설교했다.

---

14 라틴어로 '아무도 섬기지 않다'라는 뜻.

법원장이 — 낀따나르는 아니었다 — 지인들끼리 있는 자리에서 설교가 들을 게 없다고 누군가에게 말했다. 그리고 그 사람이 그 얘기를 입에서 입으로 전했고, 검사는 주교의 이야기에 핵심이 없다고 감히 얘기했다.

핵심을 이야기하기 위해서는 주임신부가 있었다. 까모이란 주교가 법관들의 관점에서 완전히 빗겨나갔던 바로 그해 말을 잘 돌려서 하는 주임신부가 금요일의 설교에서 빛을 발했다. 그는 이미 며칠 전부터 승리를 예언하고 있었다.

"신사 여러분, 속임수는 아닙니다. 내 얘기는 행간을 읽어야 합니다. 나는 하녀와 군인들을 위해 얘기하는 게 아닙니다. 나는 행간을 읽을 줄 아는…… 청중을 위해 얘기하는 겁니다."

주임신부의 뮤즈는 아이러니였다. 기억에 길이 남을 그 금요일에, 주임신부는 웃으며 설교대에 올라섰다.(8일 전 까모이란 주교는 평판을 잃었다.) 그는 평소 하던 대로 제단에 인사하고, 법원 청중에게 인사하고, 그러고 나서 가톨릭 신자들에게 공손하게 인사했다. 사람들이 귀띔해준 대로, 그는 마드리드에서 공부하고 생각이 썩어서 돌아온 베뚜스따의 자유사상가들이 듣고 있는지 보기 위해 눈으로 성당을 구석구석 훑어보았다. 그는 자기가 알고 있는 두세명을 보고는 생각했다. 잘됐어. 이제 두고 보라지.

미간을 잔뜩 찡그린 채 빳빳한 법복을 입은 법원장이 대성당 홀 한가운데의 금빛 비로드 의자에 앉아 설교자를 바라보았다. 법원장은 기회가 되는 대로 지푸라기에서 낟알을 골라낼 준비가 되어 있었다. 덜 비판적인 다른 법관들은 연단의 경험을 살려 살짝 졸 준비를 하고 있었다.

주임신부는 바로 핵심으로 들어갔다. 그는 자기 생각에 날렵하

고 솜씨가 있다고 생각하는 반어법, 완곡법, 암시, 빗대기, 수사학
의 예들을 전부 불경한 아루에에게 쏟아부었다. 그는 볼떼르를 늘
그렇게 불렀다. 현대의 불경한 사람들을 잘 몰랐기 때문에, 불쌍한
볼떼르만 줄기차게 물고 늘어졌다. 르낭과 스페인 사도 몇명만 알
고 있을 뿐, 더는 아는 사람이 없었다. 이름을 알고 있는 사람은 거
의 없었다. 추잡한 물질주의, 역겨운 감각주의, 에피쿠로스 마구간
의 돼지들과 같이 뭉뚱그려 말했다. 그러나 슈트라우스[15]나 튀빙겐
학파[16]와 괴팅겐학파[17]의 성서 해석에 대한 싸움에 대해서는 전혀
아는 바가 없었다. 그것은 절친한 총대리신부를 위해 남겨두었다.
물론 주임신부의 적지 않은 질투도 함께 남겨두었다.

볼떼르와 가끔 길을 잃은 제네바 철학자[18]가 그 허물을 뒤집어썼
다. 하지만 주임신부에게는 또다른 전투마가 있었다. 오랜 우상 숭
배인 다신교였다. 그날 금요일에 그는 이집트인들을 비웃으며 꽤
선전했다. 법원장은 주임신부가 끌어내려고 한 웃음을 참기가 힘
들었다.

성스러운 설교자에게는 고양이와 돼지, 양파를 숭배하는 그 엄청

---

15 슈트라우스(David Friedrich Strauss, 1808~74). 독일의 성서학자·신학자. 저서
『예수의 생애』 2권(1835~36)에서 성서의 비판적 연구를 시도하고, 복음서에 기
록되어 있는 예수 그리스도의 사적(史跡)은 역사적 사실이 아니며, 원시 그리스도
교단이 '무의식적'으로 낳은 '신화'라는 취지를 지적하고, 헤겔의 종교철학을 계
승하는 방향에서 독특한 그리스도교론을 전개했다.
16 바우어(F.C. Baur)가 창시한 독일의 신학 학파로 헤겔의 변증법을 기독교 발전
과정에 적용했다.
17 후설을 중심으로 독자적 현상학을 형성한 학파. 객관적인 사태 그 자체를 중시
하고, 존재론도 포함하는 '본질의 현상학'을 전개했으며, 윤리적 가치와 미학의
문제에 특히 관심을 보인다.
18 프랑스의 계몽사상가 장자끄 루쏘(Jean-Jacques Rousseau, 1712~78)를 가리킨다.

난 멍청이들이 매우 흥미로웠다. 호아낀 오르가스의 표현에 따르면 '정말이지 이집트인들을 제대로 멋지게 골탕먹였다!' 다분히 종교적인 오르가스는 우상숭배가 미친 짓이라고 진심으로 생각했다.

"네, 존경하는 법원장님, 그리고 신자 여러분, 나일 강가에 사는 그 사람들, 불경스러운 작가들은 그 지혜를 존중하라고 말하지만, 그 눈먼 장님들은 돼지와 마늘, 양파를 숭배합니다." 그는 앞 제단에서 입을 벌리고 있는 싼로께[19]의 개와 얼굴을 마주본 채 'Risum teneatis! Risum teneatis!'[20]라고 계속 얘기했다. 그런데 개는 웃지 않았다.

주임신부는 거의 30분 동안 농담으로 파라오와 파라오 부하들을 진절머리나게 했다. 그런 불경한 것들을 숭배하는 사람들은 대체 머리를 어디에 두고 있는 건가!

그 설교를 듣고 감탄한 나팔총 론살은 두달 후 카지노의 논쟁에서 주임신부의 말을 인용해 말했다.

"여러분, 제가 이곳에서, 그리고 모든 영역에서 주장하고자 하는 바는 우리가 종교와 결혼의 자유를 주장한다면 우리는 곧 우상숭배로 돌아갈 거라는 겁니다. 그리고 우리는 고양이와 개인 이시스와 부시리스[21]를 숭배하던 고대 이집트인들처럼 될 겁니다."

법원장, 그리고 모든 법관들도 주임신부가 주교보다 훨씬 설교

---

19 스페인 안달루시아 지역의 도시로, 그림이나 조각에서 싼로께를 의인화해 묘사할 때는 주로 한 손에 빵을 든 채 개와 함께 있는 모습을 그린다. 가난한 사람들을 치료하느라 지친 싼 로께에게 개가 매일 아침 빵을 한조각씩 가져다주고 그의 아픈 발을 핥아주었다는 전설이 있다.

20 라틴어로 '여러분, 웃음을 참으시오!'라는 뜻.

21 이시스(Isis)는 고대 이집트의 여신. 부시리스(Busiris)는 그리스 신화에 나오는 이집트 왕.

를 잘한다는 의견이었다. 이 얘기는 모임과 뒷담화하는 곳, 산책로 등으로 퍼져나갔고, 배운 사람답게 행세하고 싶은 사람들은 주교의 설교가 깊이가 없느니, 준비가 덜 됐느니, 얘기가 풍성하지 못하느니 하며 안타까워했다.

주임신부의 허락이 떨어지지 않았는데도, 결국 사람들의 얘기는 이렇게 흘러갔다.

'환상에서 벗어나야 해. 베뚜스따의 진정한 설교자는 자문신학자야.'

그런 의견은 곧 상투적인 표현, 일상적인 말이 되었다. 그리고 그때부터 설교자로서의 주교의 명성은 형편없이 추락했다. 베뚜스따에서는 뭔가 당연한 일이 되면 그것을 거스르는 것은 거의 불가능했다.

그렇게 해서 부활절 설교에서 그리스도의 고난을 표현할 때 까모이란 주교가 탁월해 보일 일은 없게 되었다.

수수하지만 제법 큰 본당인 싼이시드로 성당에서였다. 경내가 거의 어둠에 잠겨 있었다. 제단과 기둥, 벽을 뒤덮은 검은 천 때문에 어둠이 더욱 짙고 깊었다. 성전 안에서 기다랗고 가느다란 초의 불꽃만이 피 흘리는 그리스도의 발을 핥으며 창백하게 빛났다. 그려진 땀이 슬픔을 머금은 빛을 내뿜었다. 주교가 강단의 어둠속에서 멀리서 내리치는 천둥과 같은 목소리로 말하였다. 주교에게서는 이따금 반사되는 자주색 빛과 청중들 위로 뻗은 한쪽 손만이 보였다. 주교는 사형집행인들이 못을 박으려는 발을 나무에 맞추기 위해 순교자의 다리를 내려놓았을 때 주님의 가슴뼈가 삐걱이는 소리를 묘사하였다. 예수는 몸을 웅크렸고, 전신이 매달려 있는 상체 쪽으로 오므리려 했지만 사형집행인이 계속 힘을 주었다. 그들이 이길 수밖에 없었다. 하느님 아버지! 하느님 아버지! 예수는 탈구된 몸이 묵직한 소리를 내며 안에서 꺾이는 동안 소리 질렀다. 사형집행인들은 자기네의 서투름에 화가 났다. 그들은 발에 제대로 못을 박지 못했다…… 헉헉거리고 땀을 흘리며 악담을 퍼부어 댔다. 그들의 입김이 예수의 얼굴을 더럽혔다…… 그런데 그가 신이었습니다! 유일한 신이고, 신들의 신, 우리의 신, 모두의 신이었습니다! 하느님이었습니다!…… 까모이란 주교가 끔찍스러운 표정으로 소리를 질렀다. 그는 양손에 경련을 일으키며 기둥의 차가운 돌에 부딪힐 때까지 뒷걸음질을 쳤다. 무시무시한 사형집행인들의 입김이 자기 이마에 와닿기라도 한 듯, 그리고 십자가와 그리스도가 그곳에 와서 성당 한가운데로, 청중들 위로, 어둠속에 걸려 있기라도 한 듯 환영을 보며 부들부들 떨었다. 그 순간 까모이란 주교는 거대한 슬픔과 하느님을 죽인 인간의 배은망덕에 대한 끝없는 공포, 부조리한 악을 느꼈다. 고통 가득한 우주가 그의 가슴을 무겁게 짓누르듯 말로 다 할 수 없는 절망을 느꼈다. 그의 표정과 목소리, 말에서는 말로 형용할 수 없는 슬픔이 제대로 우러나왔다. 주교 자신도 멀리서, 마치 다른 사람을 보듯 관찰하면서, 자기가 탁월하다는 것을 알았다. 하지만 그런 생각은 번개처럼 스쳐지나갔고, 곧 잊혔다. 성당에는 처음으로 예수의 수난 이야기를 들은 상상력이 풍부한 어린 소년을 제외하고는 주교의 유창한 언변을 이해하고 느낀 사람은 아무도 없었다.

주교는 감격에 겨워 흘러나오는 애절한 효과음을 억누르고 잠시 말을 멈췄다. 그 안에는 많은 말이 담겨 있었다. 그동안 아래서는 청중의 대부분인 여신도들과 평민 여자들, 시골 여자들의 가라앉은 한숨 소리가 대답처럼 들려왔다. 부활절 기간에 반드시 동반되는 흐느낌 소리였다. 마을 신부의 설교 앞에서 내뱉은 것과 똑같이, 반은 한숨이고 반은 졸려서 나는 하품 소리였다.

지체 높은 여자들은 한숨을 쉬지 않았다. 그녀들은 펼쳐놓은 교리책을 보았으며, 심지어 책장을 넘기기까지 했다. 지식인들은 주교가 '노망들었다'고, 어쩌면 '정신 나갔다'고 수군거렸다. 지나치게 극단적인 방법이었다. 설교대는 그런 곳이 아니었다. 주임신부는 한쪽 구석에서 혼자 속으로 난리였다. '하지만 완전히 코미디언이야!'라고 생각했다. 그리고 나가면서도 계속 그런 생각을 했다. '하지만 완전히 코미디언이야!'라는 문장을 자기가 만들어냈다고 믿었다.

총대리신부는 희극인도 비극인도 서사시인도 아니었다. 그는 그리스도를 들먹이는 걸 좋아하지 않았다. 그는 설교에서 전반적으로 예수의 서사시를 제외했고, 부활절 주간에는 그것을 설교하는 일이 거의 드물었다. 돈 사뚜르니노 베르무데스에 따르면 '그는 관용어를 피했다.' 사실 페르민 신부의 상상력으로는 창조나 신약 성경의 무대들을 힘차게 그리는 조형적 힘이 부족했다. 구유와 아기 예수 대신 '말씀이 사람이 되었다'라는 말을 반복해야 할 때마다, 그는 제단 한가운데 걸린 나무 액자의 Et Verbum caro factum est[22]라는 요한복음서의 이탤릭체 글자들을 머릿속으로 그려보았다.

젊은 시절에는 이런 일들을 생각하면 강렬한 후회와 함께 의심이 들어 괴로웠다. 그런 모습들이 두려워 예수의 삶을 생각하는 게 두렵고 괴로웠다. 그는 그런 장면들을 애써 피했고, 골치 아픈 것은 원치 않았다. 그는 그것 말고도 생각할 게 많았다. 그는 본질적

---

22 라틴어로 '말씀이 사람이 되었다'라는 뜻.

으로는 우상파괴주의자였다. 그림을 그다지 좋아하지 않았다. 그리고 그런 사실을 입 밖으로 꺼내지 않은 채, 그림은 비록 위대한 화가들의 작품이라 할지라도 교회를 신성모독한다고 생각했다. 페르민 신부는 교리에 대해 추상적 개념인 순수 신학을 좋아했다. 그리고 교리보다는 도덕을 좋아했다. 신학에 대한 소명감과 논쟁에 대한 갈망은 이미 신학교에 있을 때부터 싹텄다. 그곳에서 그의 정신은 진정한 믿음에 대한 열정을 보완하는 학파의 열정에 젖어 있었다. 삶의 경험이 도덕적인 공부에 대한 흥미를 깨워주었다. 그는 라 브뤼에르의 『성격론』[23]을 즐겨 읽었고, 발메스의 책들 중에서는 『판단력』[24]에만 감탄했다. 그리고 — 까라스삐께가 만에 하나 그 사실을 알았더라면! — 동시대 작가들의 금기 소설들을 통해 관습과 성격들을 공부했고, 자신의 경험과 남의 경험을 비교하며 관찰할 만한 점들을 찾아냈다.

총대리신부는 불경한 작가에게서 성직자들의 이상적인 사랑 모험을 읽을 때면 얼마나 안타까워하고 미소를 머금었가! 얼마나 불안해하는지! 얼마나 시치미를 떼는지! 얼마나 망설이다가 결국에는 죄를 범하는지! 그러고는 나중에는 또 얼마나 후회하는지! 이 자유주의자들은 — 혼자 속으로 덧붙였다 — 나쁜 의도조차 가질 줄을 몰라. 연극에서 왕들이 실제 왕을 닮은 것처럼 그 신부들은 내가 아는 신부들을 닮았어.

---

23 *Les caràcteres ou les moeurs de ce siècle*(1688). 당시 대단한 평판을 받은 당세의 풍속서. 장 드 라브뤼에르(Jean de La Bruyère, 1645~96)는 익명으로 펴낸 그 책에서 귀족이나 승려의 생활상에 비판을 가하며 18세기 계몽사상의 선구적 역할을 했다.

24 또마스 데 아끼노의 교리를 연구한 철학자 하이메 발메스(Jaime Balmes, 1810~48)의 저서 『판단력』(*El Criterio*, 1845)은 19세기 스페인 교육에 많은 영향을 끼쳤다.

페르민 신부의 연설은 거의 대부분 현시대의 논쟁인 근대 불신과의 싸움이나 악덕과 미덕, 그리고 그에 따른 결과들과 같은 주제가 주를 이뤘다. 그는 마지막 주제를 선호했다. 가끔은 베뚜스따의 저명인사들 사이에서 학자의 명성을 유지하기 위해 불신자들과 이교도들을 들먹였다. 하지만 이집트인들까지는 거슬러 올라가지 않았고, 볼떼르도 언급하지 않았다. 총대리신부가 박살내는 이교도는 요즘 사람들이었다. 그는 개신교도들을 공격했다. 그들의 논쟁을 우아하게 비웃었고, 그들의 교리와 교회법의 맹점을 기술적으로 찾아냈다. 그는 가끔 베를린 개신교 모임을 언급하며 청중들로 하여금 생각하게 했다. 그런데 그 불쌍한 작자들은 미쳤잖아!

총대리신부는 적들을 끔찍한 죄를 저지른 타락한 범죄자처럼 그리려고 애쓰지 않았다. 그냥 뇌가 딱딱한 사람으로 그렸다. 그러면 설교자의 허영심이 청취자들의 허영심과 연결되어 하나가 되었다. 그렇게 동일한 두개의 허영심이 자석처럼 이끌려 열망이 우러났다.

수백만명의 사람들이 우상숭배와 이단의 어둠속에서 살다니 너무나도 안타까운 일이었다!…… 그들이 설교대 주변, 대성당에 모여 있는 베뚜스따 사람들 같은 천부적 재능을 가지지 못한 게 안타까웠다! 세상의 구원이 현실이 될 텐데!

총대리신부는 설교대에서 교리의 진실을 '수학적'으로 보여주려는 집착을 가지고 있었다. 우리의 이성에만 도움을 얻어, 믿음의 도움은 잠시 벗어던지십시오…… 이성이 증명하는 걸로 충분합니다…… 그는 이성으로 충분하다는 것에 굉장한 관심이 있었다! 이성은 미스터리를 설명하지 못합니다. 그건 사실입니다. 하지만 미스터리가 설명되지 않는다는 것 또한 설명합니다. 이것은 '기계적'

이라는 기꺼이 친근한 문체까지 사용하며 거듭 반복했다. 그럴 때면 그의 유창함은 진지했다. 그는 뭔가 얘기할 게 있을 때, 믿음에 관한 항목을 신학적·이성적으로 a+b로 증명하려고 할 때면 열기를 내뿜으며 열성적으로 말했다. 그때만, 오로지 그때만 살짝 망가졌다. 차분하고 부드러운 학술적인 태도를 모두 버린 채 양다리를 움츠리고, 총을 쏘기 위해 사냥감을 노려보는 사냥꾼처럼 반대 의견을 향해 몸을 낮췄다. 그러고는 설교대에서 대책 없이 손바닥을 급하게 마주치기도 하고, 이마에 주름을 잡기도 하고, 두 눈에 강철 같은 빛을 곤두세우기도 했으며, 목소리는 불쾌하고 시끄럽기까지 한 트럼펫 소리로 변했다…… 하지만 아아! 아무 소용이 없었다. 그의 대중들은 이해하지 못했다…… 그러면 그는 다시 원래의 페르민 신부로 돌아와 몸을 꼿꼿하게 세우고, 강철 같은 빛을 거둬들이고, 압도된 베뚜스따 사람들 위로 다시 인용들을 쏟아부었다. 그러면 그들은 편두통을 느끼며 그곳을 나가면서 이렇게 말했다.

대단한 사람이야! 아는 게 정말 많아! 언제 그런 것들을 다 배웠지? 하루가 48시간은 되어야겠어!

귀부인들은 르낭이 독일인들을 따라 하는 소설을 좋아하고, 삐에뜨로 세키[25]와 그외 괴팅겐과 튀빙겐의 동양학자 오뻬르[26]를 포함한 대여섯명의 예수회 신부들 이외에는 더는 아는 학자들이 없어서 그들이 하는 말을 좋아하기는 해도 총대리신부의 평소 설교를 더 좋아했으며, 그 역시 귀부인들을 즐겁게 해주는 것을 더 좋

---

25 삐에뜨로 세키(Pietro Angelo Secchi, 1818~78). 이딸리아의 천문학자.

26 오뻬르(Jules Oppert, 1825~1905). 19세기 독일 출생의 프랑스인 동양학자. 설형 문자 해독의 기초를 확립하였다. 비(非)셈어와 비셈인의 존재를 발견하여 '수메르'라고 명명하였다.

아했다.

총대리신부가 교리적인 문제에서 '건강한 이성'의 도움을 구했다면, 도덕과 관련된 주제들에서는 늘 유용성으로 결론을 내렸다. 구원은 거래였다. 인생에서 가장 큰 거래였다. 그는 설교대의 바스띠아[27]와도 같았다. 이익과 자비는 하나이고 같은 거였다. 착하다는 것은 그것을 이해하는 것이었다. 총대리신부의 말을 들은 많은 귀향한 중남미 사람들은 그의 그런 구원 공식 앞에서 좋아하며 미소를 머금었다.

누가 그것을 믿었는가? 그들은 아메리카에서 엄청난 부를 이룬후 지금은 그들의 고국에서 집밖에 나가지 않고도 천당을 쉽게 얻을 수 있었다. 그들은 운을 타고났다! 페르민 신부에 따르면, 악인은 이단자와 같은 또다른 바보들이었다. 그리고 그것 또한 기계적이며 a+b를 통해 증명할 수 있었다. 총대리신부는 가끔 몰리에르나 발자끄 버금가는 실력으로 구두쇠와 주정뱅이, 사기꾼, 도박꾼, 거만한 사람, 질투 많은 사람을 묘사했고, 비참한 삶의 우여곡절을 거친 후에는 늘 '가장 최악의 일이 기다리고 있다'는 결말을 내렸다.

총대리신부는 색욕에 빠진 젊은이를 가장 열심히 연구했다. 처음에는 젊은이를 한송이 꽃처럼 신선하고 생기있고 발랄하게 소개했다. 재능도 많고 원대한 꿈을 가진, 자신과 조국의 희망도 많이 꿈꾸는 젊은이로 소개했다…… 그러고는 나중에는 무미건조하고 차갑고 혐오스러운, 과묵하고 쓸모없는 사람으로 그렸다.

총대리신부는 저 세상에서 나쁜 습관에 희생된 사람들을 무엇

---

27 바스띠아(Claude Frédéric Bastiat, 1801~50). 프랑스의 자유무역론자. 그는 인간의 써비스는 생산적인 것이며, 교환되는 써비스의 관계가 가치라고 주장했다.

이 기다리고 있는지 굳이 말하지 않았다. 그런 실용적인 도덕은 귀부인들과 중남미 사람들이 완벽하게 이해했다. 그들은 혼자 속으로 이렇게 요약했다.

바오로를 지켜야 해!

많은 귀부인들은 총대리신부가 불륜에 대해 얘기하는 것을 들을 때면 그의 말이 정말 옳다는 생각을 했다. 그녀들 대부분은 불륜을 저지른 적이 없는, 다른 여자들처럼 괜한 바보짓밖에는 해보지 못한 정숙한 여자들이었다. 가끔 페르민 신부의 열성팬들은 여자들이 고해실에서 얘기한 내용을 그가 설교대에서 경솔하게 얘기한다고 생각하는 경우도 있었다.

고해성사에서도 총대리신부가 주교를 물리쳤다.

까모이란 주교는 베뚜스따에 처음 왔을 때 각 계층의 여자들에게 둘러싸였다. 모든 여자들이 정신적인 아버지로 주교를 원했다. 하지만 주교는 설교대보다 고해실에서 먼저 신용을 잃었다. 그렇게 밋밋할 수가 없었다! 융통성이 없고, 재미도 없었다. 그는 질문도 거의 하지 않았고, 해도 제대로 못했다. 말은 많이 했지만, 모든 여자들에게 거의 같은 말을 했다. 게다가 그는 지나치게 일찍 일어났으며, 예민한 귀부인들을 거의 고려하지 않았다. 날이 밝으면 바로 고해실에 나와 있었다.

귀부인들이 하나둘씩 찾지 않게 되었다. 제단 뒤편의 막달레나 마리아 경당에서 하녀와 가난한 여신도들과 뒤섞이는 게 영 탐탁지 않았던 것이다. 그리고 주교는 그녀들이 주인인지, 하녀인지 고려하지 않고 미장원에서처럼 무조건 순서대로 불렀다. 사도가 해도 너무했다! 그는 내동댕이쳐졌다.

곧 주교에게는 새벽 일찍 일어나는 평민들만 찾아왔다. 석공, 미

장이, 신발장수, 까를로스 무기 제조자, 가난한 여신도, 진짜 신비
주의에 젖어 살짝 맛이 간 하녀, 옷 만드는 여자, 옷 솔기 꿰매는 여
자들이 새벽같이 찾아오는 고해자들이었다. 그 때문에 그는 나쁜
관습과 수많은 사생아들의 탄생을 듣고 매우 슬퍼하며 한탄했다.
차라리 귀부인들을 상대했더라면!

한번은 그가 주지사에게 얘기한 적이 있었다.

"실내화를 신고 산책 나가는 건 주지사께서 금지해야 하는 거
아닙니까?"

주교는 불레바르의 어두운 가로등 아래서 노동자들이 산책하는
걸 두고 하는 말이었다.

그는 베뚜스따에서 계속 증가하고 있는 범죄가 그곳과 극장의
싸구려 춤 때문이라고 믿고 있었다.

옛 주도였던 베뚜스따의 영예로운 교황청 직할 교구의 수장인
사람 좋은 포르뚜나또 까모이란은 이런 사람이었다. 그 겸손한 주
교를 그의 총대리가 응접실에 들어오면서 번쩍이는 눈초리로 질책
하였다.

주교는 1인용 소파에 앉아 있었고, 귀부인 두명이 긴 소파에 앉
아 있었다.

은행원 아내인 비시따와 꼴로니아에서 두번째 부자인 중남미
사람 빠에스의 여식 올비도 빠에스가 와 있었다.

주교는 총대리신부를 본 순간 처음으로 담배를 피우다 사감에
게 들킨 신학생처럼 얼굴을 붉혔다.

무슨 일이지요? 총대리신부가 눈으로 물었다. 그러면서 우아하
게 살짝 몸을 숙여 귀부인들에게 인사를 건넸다. 귀부인들이 주교
랑 있다니! 그런데 남자의 동행도 없이! 이런 일은 없었는데.

비시따의 소행이었다. 자선단체가 주관하는 엄숙한 시상식을 빛내기 위해 주교의 참석을 요청하려는 거였다. 바로 그 단체가 '자유로운 우애회'이고, 명칭이 스페인어답지 않은 묘한 이름으로 전혀 종교적인 냄새가 나지 않았다. 그 단체에는 신사들의 위원회와 '여자보호자들'(그 단체 회장의 문법 실력) 소위원회로 구성된 것이었다.

'자유로운 우애회'는 '모든 종교적 멍에'와는 독립적으로 결성되었다. 그 단체의 초대 회장은 절대 고해하지 않는데도 기적적으로 파문당하지 않은 돈 뽐뻬요 기마란이었다.

그 단체는 '가난한 이들의 작은 자매회' '교리문답' '도미니끄 학교'와는 약간 반대되는 성격을 지녔다. 종교적인 이유로 바로 전쟁이 선포되었고, 몇달 지나지 않아 베뚜스따 시청에서 가난한 사람은 단 한명도 '자유로운 우애회'의 헌금과 상, 교육을 원하지 않게 되었다.

'도미니끄 학교'의 여자아이들과 '교리문답'의 사내아이들은 거리에서 대중가요 대신 이런 노래를 부르고 다녔다.

거룩하신 하느님,
거룩하고 전능하신 하느님,
거룩하시고 영원하신 하느님

그리고 다른 노래.

오너라, 우리 모두 가자
꽃을 들고 마리아에게로

아이들은 그 단체를 공격하는 노래를 부르고 다녔다.

가난한 아이들은 가고 싶어하지 않네.
'자유로운 우애회'로
가난한 아이들은 더 원하네
'진짜 그리스도교인의 박애'를

'그리스도교인의 박애'와 운율의 완벽함은 꾸스또디오 보좌신부의 문체를 연상시켰다. 그는 가난한 여자아이들을 위한 '도미니끄 학교'의 교장이기도 했다. 그가 그 높은 자리에 오른 것이었다.

'자유로운 우애회'는 회장의 진정한 희생이 없었더라면, 일찌감치 고사하고도 남았을 것이다. 돈 뽐뻬요는 자선행위와 초등교육을 교권에서 분리시키기에는 아직 시기상조라는 것을 깨닫고는 '광신의 오명을 벗기 위해서가 아니라 버려진 아이들의 행복을 위해 자신을 희생하며' 사퇴했다. 돈 뽐뻬요의 사퇴와 더불어, '여자보호자들' 모임이 합류해 새로 창설한다는 행복한 생각이 자선활동단체의 이미지를 얻어, 이제는 맹목적인 전쟁을 하지 않았다. 하지만 그 명칭에 담긴 원죄는 아직 깨끗하게 씻기지 않았다. 총대리신부는 그 단체를 무시했다.

비시따가 귀부인으로는 처음 합류했다. 물론 뭐든지 불러주는 데는 다 끼어드는 그녀의 성격 때문이었다. 현재 그녀가 '여자보호자들' 모임의 회계 담당자였다.

지금은 대성당과 친해져서 마지막 남은 이단의 흔적 또는 뭐가 됐든 그런 비슷한 것을 지우려고 노력했다. 그래서 그해 엄숙한 시상식을 주교에게 주재해달라고 부탁하려는 거였다. 하지만 누가 고양이의 목에 방울을 달 것인가? 은행원의 아내인 비시따였다. 그런 대담한 행동에는 누가 제격일까? 구색을 갖추기 위해 다른 '중요한' 귀부인이 그 방문에 동행하는 게 좋겠다는 의견이 나왔다. 아무도 가고 싶어하지 않았다. 귀부인들은 감히 나서지 않았다. 투표가 있었고, 올비도 빠예스가 아버지의 상징성과 교구청에서 평판이 좋은 것 때문에 선출되었다.

"그래." 모임에서 비시따가 말했다. "올비도에게 오라고 해요. 그래야 총대리신부님이 자기한테 화살이 향하는 게 아니라는 걸 믿을 테니까요. 그 양반은 내 꼴은 보려고도 하지 않으니⋯⋯"

그리고 그건 사실이었다. 총대리신부는 은행원의 아내를 싫어했으며 골칫덩어리처럼 여겼다. 그녀는 총대리신부를 음해하며 주임신부를 돕는 몇 안되는 귀부인들 중 한명이었다. 그렇지만 비시따는 페르민 신부가 못마땅해하는데도 불구하고 가끔 그에게 고해를 했다. 그 미꾸라지 같은 여자가 왜 그곳에 있는지 잘 알지. 하지만 실망만 안고 가게 될 거야. 그는 계명에 따라서만 고해하고 그걸로 끝이었다.

그리고요? 말씀해보십시오. 그리고요? 리빠밀란식으로. 주임신부의 대변인이니 골탕 한번 먹어보라지.

까모이란 주교는 '자유로운 우애회'의 그 근엄한 행사에 참석하겠다고 이미 약속한 뒤였다. 이 약속과 그곳에서 그의 가장 충실한 신자인 빠예스 집안의 딸을 본 것이 총대리신부의 기분을 더욱 거슬리게 했다. 페르민 신부는 그녀들을 점잖고 깍듯하게 대접하기 힘들었지만, 자신을 꾹 누르고 시치미를 잘 떼는 능력 덕분에 그나마 가능했다. 비시따는 총대리신부의 분노를 눈치채고는 기분이

좋아 농담으로 그를 더욱 애먹였다. 그것도 모자라 정신없이 굴며 '그의 혼쭐을 쏙 빼놓았다.'

"하지만 여러분, 잠시 예를 갖춰 말씀하시지요." 페르민 신부가 말했다.

"네? 어떻게 이해하신 거예요? 신부님은 주교 각하의 말씀을 거스르시겠다는 거예요?"

"내 생각에는······"

"절대, 절대! 약속은 약속이에요. 우리는 가겠어요. 일어납시다. 나는 아무것도 안 들려요······ 갑시다. 깜박했어요······ 아무것도······ 안 들려요······"

청각적인 기적의 일종인지, 비시따의 말 한마디 한마디가 일곱 배로 크게 들렸다. 마치 그곳에 '여자보호자들' 모임의 귀부인이 전부 들이닥쳐 열변을 토해내는 것 같았다.

비시따가 일어나, 빠예스 집안의 딸을 견인하듯 끌고 문 쪽으로 향했다.

총대리신부가 항의했지만 헛수고였다. "그 단체는 무신론자가 창설한 것입니다. 교회의 적입니다······"

"그렇지 않아요." 비시따가 문에서부터 소리 질렀다. "그랬다면 우리 귀부인들이 합류하지 않았을 겁니다."

"나는 아버지를 설득한 이분이 고집을 부려서 합류한 거예요." 빠예스 가문의 딸이 말했다.

"하지만 '자유로운 우애회'는 이미 처음의 취지를 번복했어요. 우리가 그 단체에 입회한 후에는 자유 그런 거는 끝났고, 그 모든 난리는······"

"부인 말씀이 옳아." 주교가 용기 내서 말했다. 그는 여전히 은행원 아내의 호들갑에 속고 있었다. "그 부인의 말이 옳아요……"

"그렇지 않습니다!" 총대리신부가 최소한의 절제를 잃고 소리 질렀다. "그렇지가 않습니다. 그리고 이건…… 경솔하셨습니다."

비시따가 얼굴을 돌리고는 혀를 내밀었다. 그녀는 주교에게 감히 경솔하다고 얘기할 수 있는 그 남자를 부러워하며 '주교를 저렇게 다룰 수가!'라고 생각했다.

귀부인들이 밖으로 나갔다. 주교는 망신스러웠다. 그는 총대리신부에게 부인들과 동행해 비좁고 뒤엉킨 복도들을 안내하라고 한후, 애써 변명을 하지 않기 위해 기도실로 들어가 안전을 기했다.

총대리신부는 주교를 찾을 생각도 하지 않았다.

빠예스 집안의 딸은 고개를 푹 숙이고 걸어갔다. 그녀도 신부에게 혼날까봐 두려웠다. 비시따가 주교에게 추천해준 가족을 만나 인사를 나누는 동안, 총대리신부는 그때를 틈타 올비도에게 다가가 권위 가득한 아버지 같은 말투로 귓가에 대고 조용히 말했다.

"아주 바람직하지 않은 행동입니다. 그런데 이…… 정신 나간 여자와…… 동행하신 것은 더 안 좋은 행동입니다."

"하지만 투표해서……"

"그 모임에 가지 않았더라면……"

"아버님은 오늘 신부님께서 점심식사 하러 오시기를 기다리세요. 제가 직접 신부님께 서찰을 보내드리려고 했는데, 초대받은 걸로 치세요."

"좋아요, 좋아. 당신은 진실을 듣고 싶어하지 않는군요?"

"제가 드리는 말씀은 아버님께서……"

"나는 오늘 점심식사 하러…… 가지 못합니다. 며칠 전부터 초대받은 선약이 있어서요…… 다른 프란시스꼬가…… 하지만 한시간 안에 들르겠습니다. 서둘러 일을 처리하고 바로 달려가겠습니다……"

그들은 헤어졌다. 귀부인들은 거리로 나갔고, 총대리신부는 복도와 갤러리, 홀들을 뒤로 하고 교구청의 사무실 안으로 들어갔다.

총대리신부는 사무실에 도착해, 그곳에서 자기를 기다리고 있던 사람들에게 인사를 건네는 수고도 건너뛰고 진홍색 비로드천의 팔걸이 의자에 앉았다. 앞에는 빨간끈으로 밀봉된 기밀서류 하나가 있었다. 그는 책상 위로 양팔꿈치를 기댄 채 양손으로 머리를 감싸 쥐었다. 사람들이 자기를 기다리고 있고, 자기에게 무슨 말을 건네려 한다는 것을 알고 있었지만 모르는 체했다. 이것은 그가 자신의 권력의 무게를 느끼게 하기 위해 사용하는 방법 중 하나였다. 그는 그렇게 아랫사람들을 길들였다. 바로 코앞에서도 못 본 척하며 무시했다. 우선 심기가 불편했다. 영 꺼림칙하고 불편했다. 담즙이 입 안까지 올라왔다. 왜? 별다른 이유도 없었다. 특별히 기분 나쁜 일은 없었다. 하지만 아침에 찬란한 햇빛을 보고, 거울 앞에서 즐겁게 씻는 자신을 보면서 행복하다고 느끼며 시작했던 하루를 자질구레한 일들이 망쳐버렸다. 맨 먼저 어머니가 자기를 쫓아다니는 나쁜 얘기들을 상기시켜주며 그를 어린애처럼 취급했다. 그러고 나서 의사의 놀랄 만한 소식과 멍청한 농담들이 있었고, 그러고 나서 그 비시따와 '자유로운 우애회', 자기 말을 듣지 않는 올비도가 있었다…… 그리고 특히 겸허함으로 자기를 짓누르는 빌어먹을 주교가 있었다. 주교는 겸양을 통해 놀란 토끼 모양일지라도 앉아 있는 것만으로도 자신이 살아온 완전한 거룩함, 정신적 위엄을 상기시켰다. 다른 사람은 교화시킬 수 없을지 몰라도 페르민 신부가 이를 어떻게 부인할 수 있겠는가? 주교가 자기는 알지도 못하면서 굿고

있는 그 영원한 평행선이 총대리신부를 화나게 했다. 그리고 지금
은 그 어느 때보다 더욱 화가 났다. 지금 그가 보기에는 총대리신
부의 지적 우월성이 주교의 도덕적 위대함 앞에서는 아무것도 아
닌 것 같았다. 그는 주교의 모든 가치를 이해하는 유일한 사람이었
다. 주교의 덕망과 달변, 성모마리아에 대한 낭만적인 숭배가 지금
그에게는 너무나도 시적이고, 너무나도 고귀하고, 너무나도 정신
적으로 느껴졌다! 그리고 자신의 능력은 너무나도 보잘것없고! 너
무나도 산문적이었다! 그의 강한 지배욕이 근본적으로 우스워 보
였다! 그런 그가 누구를 지배한단 말인가? 풍뎅이나 지배하라지!

　"뭐야?" 페르민 신부가 고개를 들어 자기 앞에 있는 풍뎅이들을
바라보며, 떨떠름한 목소리로 소리 질렀다.

　일반인처럼 보이는 성직자와 성직자처럼 보이는 일반인이 그
의 앞에 서 있었다. 두 사람 모두 제대로 면도도 하지 않았지만, 거
칠고 까만 뾰루지가 얼굴에 잔뜩 난 성직자가 더욱 추레해 보였다.
둘 다 촌스럽게 시골 신부들처럼 옷을 입었다. 신부의 로만칼라는
적포도주와 번질거리는 땀으로 얼룩져 있었다. 다른 이도 성직 칼
라 비슷한 것을 달고 있었는데 목덜미를 꼭 여미고 검정 나비넥타
이를 매고 있었다.

　교구청에서 공증을 맡고 있는 까를로스 뻴라에스였다. 겸직하면
안되는 업무를 두어개 맡고 있는 자인데, 교구 참사회는 물론 총대
리신부에게까지 영향력이 크다고 떠들고 다녔다. 산골인 꼰뜨라까
예스 본당의 가련한 신부가 엄한 처벌을 받지 않도록 중재를 하여
이를 입증하려고 하고 있었다. 질투심 많은 사람들이 제보하였는
데, 총대리신부는 꼰뜨라까예스의 신부가 고해소를 유혹실로 바꿔
놓는 짓을 했다는 것을 알게 되었다. 페르민 신부는 꼰뜨라까예스

의 신부에게 교구재판소의 모든 무게를 얹어 최고로 엄한 벌을 내리고 산골에서 쫓아낼 생각이었다. 하지만 공증인의 간곡한 부탁으로 벌을 내리기 전에 산골 신부와 면담을 허락했다. 그가 진정으로 회개하는 모습이 보이면, 신부의 명예가 훼손되지 않는 선에서 비공개 처벌을 하겠다고 약속했다. 그 신부는 충성스러운 투표자이고 대의에 대한 신뢰할 만한 지지자였다.

"뭔가?" 총대리신부가 공증인에게 기계적으로 미소를 보이며 다시 물었다.

뻴라에스가 옆 사람을 가리켰다. 제법 잘생긴 청년으로 밤색 머리에, 눈썹이 상당히 짙지만 얼굴을 찌푸리고 있었다. 불길이 치솟는 개암나무 빛깔의 눈과 큰 입, 끝이 뾰족한 귀, 매우 건장한 목, 불룩한 목젖을 지니고 있었다. 온몸에 숯검댕을 바른 것 같았다. 그렇지 않다 하더라도 신부의 모습만큼이나 숯장수의 모습이기도 했다. 양 뺨의 검붉은 피부와 그 사이의 검은 뾰루지의 조화가 온몸을 뒤덮은 것과 같은 인상을 주었다. 그는 한번도 총대리신부를 마주본 적이 없었다. 이 우락부락한 거인은 총대리신부가 날릴 번개가 두렵기는 했지만, 최악의 경우 한대 세게 얻어터지기밖에 더하겠냐고 생각했다. 페르민 신부가 보기에는 꼰뜨라까예스 신부가 겁에 질렸다기보다는 당황해하는 것 같았다. 그가 신음하듯 인사를 했지만, 총대리신부는 대꾸조차 하지 않았다.

공증인은 완전히 말랑말랑하게 나왔다. 그는 신부에게 보라는 듯이 자기 집에 와 있는 것처럼 편하게 의자에 기대어 앉았다. 그리고 불손을 범하지 않는 선에서 가능한 한 가장 가족적인 어휘로 말했다. 농담도 섞어가며 말하다가, 피청원자의 죄가 그렇게 심각한 것은 아니며 그 사건을 쉽게 묻을 수 있다고 말할 뻔했다. 그러다가 총대리신부가 미간을 찡그리자, 뻴라에스는 얼른 대화를 바꿔 당황한 척하며 최근의 선거에 대해 말하며 자기가 잘 아는 어느 산골 신부의 무용담까지 언급했다. 그 신부가 민병대원 두명을 잔뜩 겁줬다는 내용이었다. 꼰뜨라까예스의 신부는 곰처럼 씩 웃었다.

총대리신부는 이 야만인이 고해자들에게…… 치근대는 모습을 생각하고 있었다. 잠시 침묵의 순간이 있었다. 아무도 '거래'라는 말은 꺼내지 않았지만, 뻴라에스도 그 '껄끄러운 문제'를 물어야 한다는 것을 알고 있었다.

페르민 신부는 갑자기 기분이 나빴던 것과 그날 자기 뜻대로 풀리지 않았던 일들을 떠올리며 벌떡 일어나 신부와 — 그도 페르민 신부에게 덤빌 기세로 일어났다 — 얼굴을 맞대고 까칠한 목소리로 말했다.

"형제여, 나는 모두 알고 있습니다. 당신의 사건에 대한 처분이 당신에게 유쾌하지 못할 것임을 알려줄 수밖에 없어 유감입니다. 뜨리엔뜨 공의회는 당신이 범한 죄를 이단에 버금가는 것으로 간주합니다. 그레고리오 15세가 1622년 공포한 회칙 「우니베르시 도미니」는 당신과 같은 부류의 사람들을 가증스러운 배신자라고 부른다는 것을 알고 계신지 모르겠군요. 그리고 고해자들에게 ad turpia[28]를 짓도록 요구하는 것에 해당되는 벌은 매우 엄중합니다. 당신을 강등시키는 것 이외에 일반 경찰에게 넘길 것을 명합니다."

신부가 두 눈을 크게 뜨고 놀라서 공증인을 바라보았다. 페르민 신부 등 뒤에 서있던 공증인이 그에게 한쪽 눈을 끔벅했다.

---

28 라틴어로 '육체적인 죄'라는 뜻.

"베네딕뜨 14세도 식스또 5세와 그레고리오 15세가 정한 교사죄에 대한 처벌을 확인하였습니다." 총대리신부가 계속 말을 이었다. "결국 이 사건은 아무리 살펴보아도, 당신은 어쩔 수 없습니다……"

"제 생각에는……"

"당신 생각은 잘못된 것입니다! 내 말을 못 믿겠다면, 여기 서가에 히랄디[29]의 『교회법 편람』이 있으니 꺼내 읽어보시오. 2권 1부에 그 문제에 대해 많은 판례가 나와 있습니다."

뻴라에스는 총대리신부의 스타일에 익숙해 있었다. 총대리신부는 먹잇감에게 마수를 뻗을 때면 그 어느 때보다 현학적이었다.

"총대리신부님." 꼰뜨라까예스의 신부가 감히 입을 열었다. 그 사이 화가 나서 그런지 두려움을 잃은 것 같았다. "신부님의 말씀은 이미 충분히 들었습니다. 저는 신성한 교회법이 아니라 저의 불운에 불만이 있습니다. 어쩌다보니 미끄러져 넘어졌습니다. 그런데 다른 사람들도 많이들 미끄러졌지만 넘어지지는 않았습니다."

총대리신부가 등을 물리기라도 한 듯 갑자기 뒤로 돌아섰다.

"당장 여기서 나가시오! 건방진 사람 같으니! 베뚜스따에는 다시 오지 마시오!" 그가 소리 질렀다.

"하지만 총대리신부님……"

"조용히 하라고 했소! 조용히 하고 따르시오. 아니면 감옥에서 밤을 보낼 테니……"

그러고는 총대리신부가 주먹으로 책상을 꽝하고 내리쳤다.

"무슨 영광을 보자고 여기까지 왔는지!" 그에 못지않게 화가 난

---

29 우발도 히랄디(Ubaldo Giraldi, 1692~1775). 이딸리아 교회법학자.

꼰뜨라까예스의 신부가 풀이 죽은 뻴라에스를 돌아보며 소리 질렀다. 뻴라에스는 성질 고약한 두 사람이 그렇게 부딪힐 거라고는 미처 생각지 못했다.

"진정들 하십시오."

"여기서 당장 나가! 망나니 같으니라고!" 총대리신부가 평소 습관과 달리 망토를 휘날리며 소리 질렀다. "빌어먹을 인간 같으니! 당신은 이제 끝장인 줄 아시오."

"대체 제가 무슨 말을 했다는 겁니까?" 꼰뜨라까예스의 신부가 소리를 질렀다. 그는 교회의 주피터와 같은 도덕적 우월감을 지닌 총대리신부의 태도에 상당히 놀랐다.

페르민 신부는 자신의 권위가 살아나자 분노의 너울을 누그러뜨렸다. 마침내 창백하기는 하지만 이제 많이 가라앉은 목소리로 문을 가리키며 말했다.

"나가시오. 나가요. 당신이 제정신이 아니라 풀어주는 거지만…… 도시에서 두시간도 지체하지 말고 가시오. 이곳에서 있었던 일은 살아 있는 영혼에게 말하지 마시오. 그리고 당신의 저주스러운 죄에 대해서는 당신 대신 뻴라에스와 얘기하겠소. 정리된 내용을 뻴라에스가 당신에게 전할 것이오."

꼰뜨라까예스의 신부가 고개를 숙여 용서를 빌려고 했다.

"얼른 나가시오."

그가 나갔다.

뻴라에스가 새하얗게 질려 부들부들 떨며 간신히 입을 열었다.

"정말 죄송합니다!…… 총대리신부님……"

"자네는 죄송할 거 없네. 날을 잘못 잡은 거지. 내가 예민했네. 그를 겁주고 싶었네. 무섭게 굴어 고개 숙이게 하려는 거지…… 그런

데 내 고약한 성질을 미처 생각하지 못했네. 정말로 흥분해서 나도 모르게 분노에 이끌렸네."

"오! 아닙니다! 그놈이 정말 짐승 같은 놈입니다. 야만인이지요."

"그래, 야만인일세…… 그러니 다른 방법으로 대해야 했어."

"용서가 안되는 것은 그 불쾌감……"

"그만하게, 그만해. 그 망나니는 나중에 얘기하도록 하지. 오늘은 내가 안되겠네…… 오늘은…… 법의 준엄함을 누그러뜨리겠다고 자네에게 약속 못하겠네. 이런 문제에는 명백하게 규정되어 있어서……"

"네, 알고 있습니다. 하지만 한번도 적용한 적이 없기 때문에……"

"증거가 없을 때뿐이지, 그런데 이번 사건은…… 그리고 언젠가는 시작해야 하고. 그건 나중에 얘기하세…… 혼자 있고 싶네……"

뻴라에스가 나가자, 페르민 신부는 혼자 생각에 잠겼다. 자기가 생각해도 부끄러워, 얼굴이 시뻘겋게 달아오르는 걸 느꼈다.

품위가 많이 손상되었어! 그가 생각했다. 그러고는 우리에 갇힌 짐승처럼 사무실 안을 서성거리기 시작했다.

그는 좀더 마음이 가라앉자 벨을 눌렀다. 키 크고, 삭발한 머리에 창백하면서도 슬프고, 어쩌면 결핵에 걸렸을 수도 있는 젊은이가 들어왔다. 그곳에서 비서일을 하고 있는 총대리신부의 사촌이었다.

"뭐 들은 게 있나?"

"목소리요. 그것밖에는."

"꼰뜨라까예스의 신부가 야만인이라……"

"네, 알고 있습니다……"

"다른 용건은?"

"급한 일은 아무것도 없습니다."

"그렇다면 가도 되겠나? 내가 없어도 되면……"

"네. 오늘은 괜찮습니다."

"그렇다면 가야겠다…… 머리가 아프구나. 오늘은 아무것도 못하겠어…… 하지만 어머니한테는 아무 말 말아…… 내가 오늘 이렇게 일찍 사무실을 나선 걸 아시면…… 어디 아픈 줄 아실 거야."

"네, 네. 알겠습니다."

"아! 빠예스 가문의 기도실 허가증. 이미 도착했나?"

"네."

"사용할 수 있나? 지금 내가 가져갈 수 있나?"

"여기 있습니다. 그 파일 안에."

"모두 제대로 된 거지? 빠르베스의 보좌는 미사를 두번 드릴 수 있나?"

"모두 준비해두었습니다."

"여기 돈 사뚜르니노 베르무데스의 명함이 보이는데. 이건 뭐지?"

"맨날 있는 일입니다. 싼그레고리오 미사 비용을 요구하는 따마사의 불쌍한 세군도 신부인데 우리가 신경 쓸 필요는 없습니다. 그 미사는 베르무데스가 부탁해서 드린 겁니다."

"그리고 베르무데스는 지불하지 않았고?"

"그의 습관이지요. 그는 모든 성직자들에게 빚이 있습니다. 그가 지옥의 절반을 구했지요." 삭발한 청년이 웃음을 참기 위해 격렬하게 기침했다. "채권자들의 돈으로 지옥의 절반을 요구한 셈이지요.”

“따마사의 신부는 목청이 높은 사람인데⋯⋯”

“그는 응당 받을 걸 달라는 거구요.”

“난 해줄 게 아무것도 없군. 자네는 내가 그 신사복 입은 주교에게 화를 좀 내주기 바라나?”

“그건 아닙니다. 그가 『엘 라바로』 이름으로 해결해주기를 바라는 겁니다. 『엘 라바로』가 요즘 신부님을 잘 다뤄주고 있지요. 신문 얘기가 나왔으니 말인데요, 어제 마드리드의 『라 까리다드』에 베뚜스따에 대한 기사가 실렸습니다. 제 착각이 아니라면, 거기에 주임신부가 손을 쓴 것 같습니다.”

“무슨 내용인데?”

“쓸데없는 내용입니다. 까를로스파가 몇몇 교구를 장악하고 있는데, 법을 어겨가며 총대리신부가 될 자격이 없는 사람들이 내부에서 특별한 총애를 받아왔다. 하지만 까를로스 7세 때문에 높은 사람들이 모른 척 눈감아준다는 내용입니다.”

“그러니까, 내가 총대리신부가 될 수 없다는 내용인가?”

“그런 이야기지요. 그 기사는 예외적인 경우의 ‘수입이 많은 한직’[30]을 언급하면서 교황의 무슨 특별허가인가를 얘기하고 있으니까요.”

“그래, 알겠네. 바오로 5세의 교서 한개와 그레고리오 15세의 교서 두어개를 말하는 거지. 고약한 놈들! ‘교구 출신’을 들먹이지 않은 게 기적이군. 멍청한 것들! 그놈의 가짜 신자들은 실용정신이 왜 그리도 부족한 건지!⋯⋯ 주임신부가 그 빌어먹을 신문의 특파

30 페르민 신부가 맡은 자문신학자가 여기에 해당된다.

원인 게 분명해. 그렇게 날카롭다가 두루뭉술해지는 게 그의 주특기다. 치! 별 볼일 없는 놈들이 적이랍시고! 적이랍시고! 짐승이지! 짐승밖에는 되지 않아!"

총대리신부는 그 멍청한 분위기에 질식해 죽을 듯 강하게 한숨을 내쉬었다……

그는 대기실과 옆 사무실에서 기다리고 있는 사람들 중에서 성직자나 일반인 아무도 만나지 않고 나가고 싶었다…… 하지만 들이닥치는 것은 어떻게 할 수가 없었다. 까라스삐께가 문으로 코를 내밀었다……

"들어가도 됩니까?"

까라스삐께였다! 어서 들어오십시오라고 할 수밖에 없었다.

그는 교황청의 청원국에 보내야 할 서류 때문에 온 것이다. 그 밖의 교회 일 몇가지 때문에도…… 그는 장부도 들춰보고, 직원들에게 물어봐야 할 일이었다. 총대리신부는 아무 생각 없이 자기 집무실에서 옆 사무실로 나갔다가 소송자들과 청원자들에게 둘러싸였다. 거의 모두 깨끗하게 면도하고, 모두 검은 옷을 입고 있었다. 신부복을 입었거나 프록코트 비슷한 옷을 입었다. 사무실은 그의 집무실의 화려함을 자랑하지 못했으며, 그 발끝에도 미치지 못했다. 넓기만 했지 춥고 지저분했다. 품위없는 가구들과 경비원 특유의 몸 냄새와 제의방 냄새가 뒤섞여 있었다. 직원들은 금욕과 명상으로 창백했지만, 가난하고 지저분하고 병약한 관료주의의 메탄가스가 만들어낸 것에 꼬마 심부름꾼들의 황달이 더해진 창백함이었다.

구석마다 테이블이 한개씩 놓였고, 직원들이 성직자와 일반인들의 민원을 처리하고 있었다. 성직자와 일반인들은 제스처를 써가며 얘기하기도 하고 일어나 서성거리기도 했다. 그러면서도 무시

될지도 모른다는 두려움으로 계속 뭔가를 청했다. 그리고 그 옆에서는 직원들이 좀더 차분하게 담배를 피우거나 글을 쓰며 무뚝뚝한 단음으로 대답했고, 가끔은 아예 대답도 하지 않았다. 여느 사무실과 똑같은 풍경이었다. 무례한 행동은 보이지 않았지만, 무감각하고 차가운 허식이 좀더 많다는 차이만 있었다.

총대리신부가 들어서자 소음이 줄어들었다. 대부분 그를 돌아보았지만 '대장'은 번거로운 건 피하고 싶다는 듯 얼굴 앞으로 한 손을 내밀고는 한 테이블로 향해 교구나 수도원이 소유한 세금이 면제된 토지의 서류를 물었다. 예상했던 대로 공공자산국에서는 아무 설명도 못했다. 면세토지의 서류들은 먼지에 덮여 영면을 취하고 있었다.

까라스삐께가 바닥을 발로 걷어찼다.

"이 자유주의자놈들!" 그가 페르민 신부 옆에서 중얼거렸다. "무슨 왕정복고에 무슨 죽은 아이! 목줄만 다를 뿐 다 똑같은 개새끼들이지……"

"정부가 교회를 조롱하고 있습니다. 그렇습니다. 신부님, 분명합니다. 종교협약치고 의미있는 게 없어요. 약속은 남발해놓고, 아무것도 지키는 게 없죠."

신부 둘이 조심스럽게 총대리신부에게 다가왔다…… 시골에서 온 신부들이었다. 그들도 면세토지 서류에 대해 알고 싶어했다……

"아무것도 없습니다. 아무것도요. 여러분도 이미 들었잖습니까?" 총대리신부는 그곳에 있는 모든 사람들이 더이상 자기를 괴롭히지 않도록 더 큰 소리로 말했다. "정부 부처에서 서류들을 하나씩 처리하겠다고 합니다. 한꺼번에 적용시킬 기준이 없기 때문이지요. 그 말은 절대 해결되지 않을 거라는 의미이기도 합니다……"

페르민 신부는 매일 교회법과 관료의 바퀴에 짓눌린 피곤한 기분이었다. 원래 생각과는 달리 페르민 신부는 매일 그러했듯 복잡한 교회 업무의 깊은 수렁으로 자기도 모르게 빠져들었다. 그 복잡한 일들이란 자신의 이익과 어머니의 이익과도 긴밀하게 연결되어 있었다. 백가지에다 하나를 더한 교회 용어들이 옛날 원시교회 때부터의 영원한 숙제인 돈 문제를 포장하는 데 쓰이고 있는데, 기도와 성직생활의 순수하고 시적인 측면을 표현해주고 있었다. 에스뽈리오스, 바깐떼스, 메디아스 안나따스, 빠뜨로나또, 꽁그루아스, 까뻬야니야스, 에스똘라, 삐에 데 알따르, 리센시아스, 디스뻰사스, 데레초스, 꾸아르따스 빠로끼알레스 외 다른 수십개의 단어들이 오가고 뒤섞이고 반복되고 보완되었다. 근본적으로는 늘 돈 얘기였으며, 총대리신부의 탐욕이, 즉 도냐 빠올라의 탐욕이 그 모든 것을 쥐고 흔들었다. 도냐 빠올라는 한번도 그곳에 발걸음을 내딛은 적이 없었지만, 교구청이라는 단일 시장은 그녀의 정신력에 지배당하는 것 같았다. 그녀는 그곳에서 매일 벌어지는 전투를 지휘하는 눈에 보이지 않는 사령관이었다. 그리고 총대리신부는 그녀의 똑똑한 도구였다.

보통 때처럼 그날 아침에도 총대리신부가 기계처럼 해결해야 하는 애매한 일들이 있었다. 그는 자신의 이익을 기준으로, 놀랄 만한 능력으로, 그리고 가장 정확한 방법으로, 겉으로 보기에는 깔끔하고 깨끗하게 처리했다. 그렇지만 불의와 횡포, 잔인한 일들을 해결할 때는 한번 이상 살짝 주저했다(자기가 어떤 좋지 않은 일에 연루되는지 잘 몰라서 예민해졌다). 하지만 한편으로는 어머니를 떠올리고, 또 한편으로는 자신의 뻔뻔함과 능력, 확고함을 일상적으로 목격하는 증인들을 떠올렸다. 그는 타성과 습관 덕분에 현재의 위치에 와 있었다. 그는 평소와 똑같은 사람이었다. 평소와 다름없이 일을 해결했고, 총대리신부가 미쳤다고 생각하거나, 그가 자기 어머니를 속이기 위해 구실을 만들고 있다고 생각하는 사람은 아무도 없었다. 어머니는 아들에게 만족해도 되었다. 그날 아침 무의미한 편지 한통을 읽고서 당황해하며, 화창한 하늘에서 찬란한 태양을 보고, 아무 이유 없이 좋아하던 그 멍청하고 경박한 몽상가가 아니었다. 아들에게 만족할 수 있었다. 태양! 하늘! 그딴 것이 베뚜스따의 총대리신부에게 무슨 의미가 있단 말인가? 어머니에게 진 성스러운 빚을 갚기 위해, 그리고 탐욕으로 좌절된 야심의 갈증을 채우기 위해, 그는 성직자로서 백만장자가 되지 않았던가?

그래, 그랬다. 그는 그런 사람이었다. 그러니 환상을 가질 필요도 없고, 새롭게 살 방법을 찾을 필요도 없었다! 그는 만족해야 했고, 그리고 만족했다.

"한시간 반이나 사무실에 있었다니!" 그는 교구청을 나오며, 부끄럽기도 하고 만족스럽기도 한 마음으로 말했다. "그곳에서 20분 이상 있지 않았다고 생각했는데!"

페르민 신부는 다시 밖으로 나와 꼬랄라다에 이르자, 힘차게 한숨을 내쉬었다…… 그날 교구청에서 나온 것이 동굴에서 나온 기분이었다. 그곳에서 너무나도 말을 많이 해서 입이 마르고 씁쓸했으며, 입에서 구리 맛이 나는 것 같았다. 가짜 동전의 맛이 느껴졌다. 그는 대성당이 어두운 그림자를 드리운 광장을 서둘러 벗어나…… 넓은 거리 쪽으로 도망쳤다. 그러고는 시끄럽고 오래된 비좁은 거리들과 자갈들 사이에서 자란 풀, 연기에 그을린 저택들, 휘어진 쇠창살들이 있는 장엄하면서도 서글프고 외로운 엔시마다 지역을 지나서, 빤 광장과 꼬메르시오 거리와 불레바르 쪽으로 나와 꼴로니아로 향했다. 넓은 포석들 위로는 불레바르의 나지막한 나무들에서 낙엽들이 떨어졌다. 낙엽들이 총대리신부의 펄럭이는 망토에 휩쓸려 그의 뒤를 따라, 리드미컬하면서도 재잘거리는 큰 파도소리와 함께 돌들 위에서 나뒹굴었다.

그곳에서는 이제 실컷 하늘을 보았다. 모두 푸르렀다. 맞은편에는 하늘처럼 푸르른 꼬르핀 산의 자태가 보였다. 그것은 기쁨이고 생명이었다. 성직록, 교황교서, 초년도 헌금, 유보금! 세상이, 넓고 아름다운 세상이 이 모든 것과 무슨 상관이란 말인가? 저기 거대한 석조 거인, 엄숙하고 웅장하고 조용한 꼬르핀 산은 대리업무가 뭔지 알까? 기도도 대행해주는 게 있다는 걸 알까? 무엇이든 허가를 받는 데 왜 돈이 필요한지 알까?

총대리신부는 불레바르를 따라 여기저기 인사하며 걸었다. 그는 자기가 신앙을 이런 전원시처럼 생각하고 있다는 게 놀라웠다. 정확히 말해 그는 늘 종교적인 아르카디아의 적이었고, 교회의 일시적 빈곤함에 관해서는 산문적인 실리주의를 실천했다. 어디 아픈 건가? 미친 건 아닌가? 시원한 공기가 —정오가 되자 바람이 북서풍으로 바뀌었다—도발적으로 간지러움을 태우며 폐를 가득 채우는 동안 그가 어떻게 손 쓸 방법도 없이, 환상은 관찰이나 명령도 듣지 않은 채 계속 뿌리를 뻗어 교회의 첫 몇세기까지 넘어갔다. 그리고 총대리신부는 팔 아래 바구니를 끼고 불레바르의 집집마다, 그리고 에스뿔론을 돌아다니며 빠예스와 돈 프루또스 레돈도, 꼴로니아의 다른 베스뿌치들이 정원에서 손수 자기네 손으로 따준 맛난 과일들을 거둬들였다. 실제로 반짝이는 잎들 사이에서, 바람과 새들 소리가 가득한 금빛 울타리 뒤로 그 정원들이 보였으며, 페르민 신부는 양쪽으로 늘어선 정원들을 보며 걸었다.

남쪽을 향해 양쪽으로 늘어서 대로를 장식하고 있는 여섯개의 호텔 중 빠예스 호텔이 최고였다. 그 호텔은 베뚜스따 해안을 따라 길게 늘어서 있는 조망대 비슷한 거대한 정육면체 모양이었다. 사람들의 말에 의하면, 그 조망대는 노르만족의 침략을 막아낸 것에 대한 기념비였다.

빠예스는 해적들의 상륙을 전혀 두려워하지 않았다. 그의 궁전에서는 바다가 꽤 멀리 떨어져 있었던 것이다. 하지만 '견고한 우아함'은 대리석을 많이 사용하고 성벽을 매우 촘촘하게 쌓는 데 있다고, 그리고 그의 부정확한 표현에 따르면, 결국에는 '시클롭스적인 작업'[31]에 있다고 믿었다. 건물 정면 맨 위에는 빠예스가 가지지 못한 가문의 문장 대신 까만 벽옥으로 된 커다란 타원형 원이 있었고, 그 가운데에 이 감동적인 전설을 의미하는 1868이라는 숫자가 금도금으로 새겨져 있었다. 거대한 건축물이 세워진 연도 이외에는 아무 의미도 없었다. 성 꼭대기를 장식하는 거대한 난간의 발코니 구석에는 초록색으로 칠한 거대한 쇠 독수리들이 비상을 꿈꾸고 있었다. 빠예스에 의하면, 그 독수리들이 자기 집무실의 양탄자에 수놓인 독수리 두마리와 세트를 이뤘다. 사람 좋은 빠예스가 꼴로니아에서 가장 돈 많은 중남미 사람은 아니었다. 돈 프루또스가 몇백만은 더 가졌지만, '돈 프루또스도, 싼프루또스도, 그 어느 누구도 독수리 같은 위용의 베스뿌치인 그의 길을 방해하지는 못했다.' 그는 평소에도 술 달린 제복을 입은 마부들이 끄는 마차를 타

31 그리스 신화에 나오는 외눈박이 거인 키클롭스를 혼동한 것처럼 보이기 위해 '시클롭스적'이라고 옮겼다. '거대한 작업'을 뜻한다.

고 다니는 유일한 베뚜스따 사람이었다. 물론 그가 본 마드리드의 마부들처럼 깨끗하고, 바르고, 엄격하게 제복을 입히지는 못했다.

빠예스는 미사를 보지 않고 쿠바에서 25년을 살았으며, 중남미에서 가져온 종교서는 에나오 이 무뇨스의 『국민의 복음서』[32]가 전부였다. 빠예스가 민주주의자라서 가져온 게 아니었다. 하느님의 구원을! 짧은 문체가 매우 마음에 들어서 가져온 것이었다. 그는 하느님은 신부들의 발명품이라고 굳게 믿었다. 적어도 쿠바에는 하느님이 없었다. 그는 이러한 생각의 변화 없이, 베뚜스따에서 몇년을 지냈다. 물론 그 생각을 입 밖으로 꺼내지는 않았다. 하지만 그의 딸과 총대리신부는 종교가 사회주의를 막는 제동장치이고 기품을 드러내는 확실한 표식이라며 그를 조금씩 설득했다. 마침내 빠예스는 자기네 조상들의 종교를 가장 열심히 믿는 사람이 되었다. 결국 이렇게 말했다. "의심할 바 없이 대도시는 신앙적이어야 한다." 그러고는 종교인이 되었다. 그는 미사를 위해 요구하는 돈은 모두 주었다. 그리고 터무니없이 교리를 손상시키는 미사가 진행될 경우, 그는 매번 그 돈을 회수하여 그 엉터리 미사를 그의 심기를 건드리지 않는 다른 미사로 바꿔버렸다.

총대리신부가 주입한 신앙관이 화강암같이 단단했던 빠예스의 자유사상을 관통하였는데, 여기에는 두개의 틈새가 있었다. 딸에 대한 사랑과 세련미에 대한 집착이었다.

올비도가 자주 혼내는 말투로 날카롭게 말했다.

"아빠, 그건 유치해요." 그러면 빠예스는 전에 세련되어 보였던

---

32 *El libro del pueblo*, 1868. 스페인 변호사이자 언론인인 마누엘 에나오 이 무뇨스 (Manuel Henao y Muñoz, 1828~91)가 쓴, 근대사회와 가족의 현재와 미래를 제시한 교육서.

것도 싫어졌다.

　총대리신부는 올비도를 완벽하게 장악했고, 올비도는 사랑의 힘과 그녀 나름의 세련된 감각을 통해 아버지를 쥐고 흔들었다.

　올비도는 마르고 창백하며 키가 큰데다가 자존심이 강해 보이는 갈색 눈을 지녔다. 어머니가 없었으나, 거의 우상처럼 떠받들어지며 살았다. 남녀 흑인들과 백인 남자 한명이 시중을 들었는데, 아버지가 가장 충실한 백인 노예였다. 올비도의 삶에서는 아주 조그만 변덕까지도 모두 이뤄졌다. 열여덟살 때 그녀는 자기가 읽은 소설 속의 여주인공들처럼 불행해지고 싶다는 생각을 하게 되었다. 그러고는 매우 낭만적이고 매우 재미있는 고통 하나를 고안해냈다. 바로 자기가 사랑의 미다스 여왕이라고 생각하는 것이었다. 그녀는 누구도 그녀 자신을 사랑하는 게 아니라 그녀의 돈을 사랑할 뿐이라고 믿었다. 그 결과 정말로 엄청난 불행이 초래되었다. 귀족이든 아니든, 그에 버금가는 집안의 근사한 청년들이 그녀에게 감히 청혼했다가 모두 퇴짜 맞았다. 그녀는 '사랑은 복권이 아니다'라는 불변의 공식을 가지고 모든 남자들을 대하겠다고 다짐했다. 그녀는 사랑을 믿지 않았다. 그러다 그녀가 만들어낸 환상이 그녀의 마음을 조금씩 장악해갔고, 결국 올비도는 미다스 여왕의 역할을 진지하게 받아들였다. 그녀는 사랑을 알기도 전에 사랑을 포기하고 영혼을 다 바쳐 사치에 탐닉했다. 그녀는 예술을 위한 예술을 사랑했다. 그녀는 산책과 무도회, 극장에 갈 때 가장 사치스럽게 옷을 입는 여자가 되었다. 올비도에게는 옷이 종교가 되었다. 그녀는 같은 옷을 두번 이상 입지 않았다. 그녀는 뒤늦게 산책길에 도착해 서너바퀴 돌고는 사람들의 질투를 충분히 받았다는 생각이 들면 집으로 돌아왔다. 그럴 때도 자기와 어울리는 남자에게 눈길 한번

주지 않았다. 베뚜스따 사람들은 유행하는 장신구들이 치렁치렁 매달린 마네킹처럼 그녀를 보게 되었고, 그것은 아가씨들만을 즐겁게 해주었다. 그녀들이 큰 비중을 차지했지만 올비도는 그 여자들을 전혀 고려하지 않았다.

올비도가 러시아 왕자님을 기다리고 있다는 말은 유명한 말이 되었다. 뭘 모르는 외지인이 자신의 행운을 시험하려고 나서면, 그가 퇴짜를 맞고 나올 때까지는 아이러니하게도 '러시아 왕자'라고 불렸다.

그후 올비도는 자기 마음속에 잡동사니밖에 없다는 데 지친 나머지 신자가 되겠다는 생각을 하게 되었다. 그녀는 예를 갖춰 총대리신부를 찾아갔다. 총대리신부는 사람들이 찾아오는 걸 좋아했으며, 그들은 그렇게 만나게 되었다. 그들은 서로 통했다. 페르민 신부에게는 비쩍 말라 차갑고 건조한 그 여자아이가 엄청난 돈을 뿌려 영향력을 사들이는 빠예스로 향하는 지름길 이상은 아니었다. 하지만 총대리신부에게 신비주의적 사랑에 빠졌다는(올비도의 표현이다) 현명하지 못한 생각 또한 하게 되었다. 페르민 신부는 알면서도 모른 척하며 한시라도 빨리 아버지의 신임을 얻기 위해 올비도가 새롭게 저지른 멍청한 짓을 이용했다. 그러고는 변덕스러운 중남미 소녀의 상상의 열정이 아무도 위험에 처하게 하지 않는 것을 보고는 그녀를 자기 옆에서 떼어놓지 않았다. 반면 수줍음이 부족하여 무섭게 육탄공격하는 여자들은 바로 떼어놓았다. 페르민 신부에게는 계획이 있었다. 자기가 원하는 남자와 올비도를 결혼시킬 생각이었다. 그는 그 계획을 이룰 수 있을 거라고 믿었다. 하지만 아직은 마땅한 후보가 없었다. 자기를 각별하게 모시는 사람에게 상을 내릴 생각이었다. 하지만 언제 어떤 절박한 필요로 그렇게 될지는 알지 못했다.

그날 아침에도 평소와 다름없이 빠예스는 빠예스 호텔에서 페르민 신부를 성대하게 맞이하였다.

페르민 신부는 양탄자를 밟으면서, 문 못지않게 커다란 거울 속에서, 지나치게 화려하고, 솔직히 말해 미치도록 화려하고 안락하고 경이롭고, 눈이 아찔한 그 호화로움의 풍요와 함께 비치는 자신을 보면서 자신의 영혼과 어울리는 곳에 와 있다고 느꼈다. 그는 자부심을 느끼며 그렇게 생각했다. 자기는 그러려고 태어났지만, 탐욕스러운 어머니와 그런 사치를 누리기에는 부족한 재산, 종교인이라는 신분, 그리고 소박하게, 거의 궁색하게 보여야만 하는 필요가 그를 그런 자연스러운 분위기에서 떼어놓았다…… 바로 이런 분위기인데…… 이런 홀들과 방에 들어가면 총대리신부의 부드러운 매너는 더욱 부드러워졌고, 그는 더욱 우아한 포즈로 더 가뿐히 망토를 젖히고 사제복을 접으며 손과 눈, 목을 움직였다. 위대한 세상의 궁전에 발을 내딛으면서 사제복의 정숙함을 부정하는 신부의 뻔뻔스러움까지는 아니더라도, 약간 세속적인 분위기를 풍겼다…… 페르민 신부는 절대 신부임을 포기하지 않았다. 하지만 그는 단지 움직이고, 미소 짓고 바라보는 것만으로도 성직자임을 포기하지 않으면서 여느 사람들과 똑같이 사교적이 될 수도 있었다. 그는 이러한 재주를 자신의 육체적인 장점과 언변이 뛰어난 남자의 명성, 큰 영향력을 행사하고 재주가 많은 것과 연결시켰다. 베가야나 후작 부인이 말하듯이 그는 '사람들 앞에 내놓을 만한 신부였다.'

빠예스와 그의 딸은 함께 점심식사 하자며 페르민 신부에게 간청했다. 다른 사람은 없이 식구끼리만 할 거라고…… 셋만이 식사

하는 거라며 간청했다.

"셋이서!" 올비도가 한순간 차가운 모습을 거두고 다정하게 말했다.

총대리신부는 문지방에 선 채 하얀 손으로 비로드 커튼을 잡고서 우아하게 몸을 숙여 미소를 머금으며, 작은 머리를 살짝 돌리며 '아닙니다'라는 표정을 지었다. 남녀 모두에게 통용되는 애교 섞인 표정이었다.

"아이, 아빠! 신부님을 붙잡으세요." 올비도가 비음 섞인 음절을 길게 끌며 애원하며 말했다.

"정말 안됩니다."

"고집이 여간하셔야지. 얘야. 할 수 없구나…… 개인기도실 허가증과 돈 안셀모가 하루 두번 미사드릴 수 있도록 허가해주신 데 감사드리고 싶은데, 그럴 기회를 주려고 하시지 않구나."

"하느님께 감사드리면 됩니다."

"네. 제 예쁜 얼굴을 봐서 하느님이 그런 기쁨을 주시나봐요……"

총대리신부가 그들이 붙잡으면 도망칠 준비를 하고 미소를 머금었다.

"하지만, 자, 이유를, 이유를 말씀해주세요." 올비도가 다시 원래의 차가운 모습으로 돌아가며 소리 냈다.

총대리신부가 얼굴을 살짝 붉혔다.

그는 거짓말을 해야 했다.

"사흘 전에 다른 프란시스꼬 댁에 초대받았습니다. 빠질 수가 없습니다. 큰 실례가 되니까요…… 이곳 사람들이 어떤지 잘 아시지 않습니까…… 뭐라고 얘기할지……"

그런 일은 없었다. 아무도 그를 점심식사에 초대하지 않았다. 매일 그러듯이 어머니가 그를 기다리고 있었다.

그렇지만 그는 그 즉흥적이면서도 친절한 초대를 받아들이지 않고 자신의 예감을 따랐다. 다른 때 같았으면 매우 흐뭇해하며 흔쾌히 응했을 것이다. 이날 오전에 마지막으로 방문할 베가야나 후작의 집에서 초대받을 거라는 생각이 왜 들었는지, 그 이유는 정확히 알지 못했다. 왜 그들이 자기를 초대할 거란 말인가? 게다가 그곳은 프랑스식으로 식사했다.[33] 물론 후작 부인이 시간을 자주 바꾸고 자기 마음대로 식사하기는 했지만. 어찌 됐든 빠꼬 베가야나의 본명 축일에 매번 크게 파티를 열어 축하하지도 않았고, 그가 초대받은 것도 아니었다…… 그래도…… 그는 마지막 시간에 그곳을 찾아갈 생각이었다. 왜 후작네 못지않게 성대하게 차리는 빠예스의 식탁이 아니라 후작의 식탁을 더 원하는 걸까? 이런 변덕스러운 질문에 대한 답을 피하고 싶었지만, 미처 거짓말이 준비되기도 전에 양심이 그의 귓전에 대고 폭발음을 터뜨렸다. 그건 판사 부인이 가끔 후작 부부와 점심식사 해서 그런 거야. 후작 부부가 그녀를 식구처럼 대하기 때문에. 특히 이런 날에는 더더욱.

그렇다면 그에게는 뭐가 중요하단 말인가? 가족? 판사 부인? 후작 부부의 식사?

총대리신부는 여신도인 프란시스까와 다른 중요한 프란시스꼬들을 두명 더 방문하고, 약간의 건강한 시장기를 느끼며 까노니고스 거리에 있는 누에바 광장의 회랑으로 들어와 레꼴레또스 거리를 지나 루아 거리에 도착했다. 그러고는 요란한 마부복을 입은 난

---

33 '프랑스식으로 식사한다'는 의미는 스페인 점심식사 시간보다 훨씬 늦게 식사한다는 의미이다.

장이인 베가야나 후작의 문지기에게 떨리는 목소리로 물었다.

"도련님 계신가?"

그 순간 갑자기 큰 소리로 중정의 문이 열리면서, 안에서 큰 웃음소리가 들려왔다. 총대리신부는 소리를 지르는 비시따의 목소리를 알아챘다.

"안돼요! 파란색이 아니에요."

"맞아요. 하얀 줄무늬가 있는 파란 색이에요." 빠꼬가 박수를 치며 대답했다.

"아니지? 아니죠?"

"바보, 바보." 1층 창문에서 좀더 부드러운 목소리가 들려왔다. "그녀 말을 믿지 말아요. 아무것도 보지 못했어요…… 내가 아래 있었는데, 아무것도 보지 못했어요……"

아나 오소레스의 목소리였다.

총대리신부는 귓가가 윙윙거렸다…… 그는 중정으로 들어섰다.

13장

활짝 열려 있는 넓은 발코니를 따라 노란 살롱과 후작 부인의 응접실로 햇볕이 들어왔다. 커튼 장식술과 각주형 샹들리에, 홀 중앙과 콘솔 위로 흩어져 있는 신문과 책장들을 살며시 흔드는 가벼운 바람처럼 햇볕도 초대받아 온 것이다. 햇볕과 시원한 공기가 풍성하게 들어와 즐거운 기운이 흘러넘쳤다. 커다란 웃음소리로 한적한 엔시마다 거리가 왁자했고, 치마와 풀 먹인 속치마, 망토가 바스락거리며 스치고 지나가는 소리, 의자 끄는 소리, 부채질 소리들이 울려퍼졌다. 베뚜스따의 최고들이 홀과 방을 가득 메웠다. 후작 부인은 밝은 푸른색 옷을 입고, 머리를 생화로 장식하고 분가루를 뿌렸는데 왠지 모르게 조화같이 보였다. 그녀는 자기 마음에 쏙 드는 그 모임을 지배했지만 다스리지는 않았다. 그 모임에서 성직자들은 웃고, 우둔한 귀족들은 우쭐거리고, 여자들은 애교를 부리고, 풍성한 여인들은 하얗고 강력한 육체를 뽐내고, 지방의원들은 자기네 지역구를 지키고, 우아한 사람들은 마드리드 멋쟁이들의 세련된 모습을 따라 했다.

기다란 실크 의자 위로 길게 누운 후작 부인은 기분 좋게 거리의 시원한 공기를 들이마시며 길고 널찍한 응접실에 있었다. 사람들은 큰 소리로 논쟁을 벌이고 있었다. 후작 부인 가까이에 주임신부가 의기양양하게 서 있었다. 그는 오른손에 자개 부채를 들고 관능적으로 삐딱한 모습을 뽐내고 있었다. 왼손으로는 우스꽝스럽게 바닥까지 쓸리는 수단 주름을 로마 못처럼 꽉 쥐고 있었는데, 늘 돋보이는 옵둘리아 판디뇨의 살구색 치마 위에서 검은색 천이 빛을 발했다. 옵둘리아는 후작 부인과 주임신부의 발치에 있는 역사적인 걸상(후작의 골동품실에서 슬쩍해 온)에 앉아 있었다. 그녀는 그 의자에 앉아 자신의 고귀한 여자 친구의 무릎 위로 우스꽝스럽게 몸을 숙이고 있었는데 얌전하고 정숙하게 보이지는 않았다. 이 세 사람이 응접실의 발코니에서 한무리를 이루었고, 응접실에는 몇몇은 흩어져 앉고 몇은 선 채로 주임신부의 말을 듣고 있었다. 그외에 신부 셋과, 그 집의 신부인 돈 아니세또, 귀부인 셋, 주지사의 아내, 호아낀 오르가스, 마드리드에서 공부하는 베뚜스따 청년 둘이 더 있었다.

큰 웃음소리와 이 마을에서 저 마을로 세대를 반복해 전해지는 농담들, 일반적으로 사용되는 관용적인 문구들이 뒤섞여 소리 높은 논쟁이 벌어졌다. 여자가 속세나 수녀원에서 똑같이 하느님을 잘 모실 수 있는가, 수녀원에서 갇혀 지내는 것보다 세상에서 현모양처로 살면서 유혹을 뿌리치는 데 더 굳은 순결이 필요한가에 대한 열띤 논쟁이었다.

까르멘 복장을 한 키 크고 통통한 여자(수도사처럼 보이는 귀부인)를 제외한 모든 여자들은 예수의 아내보다 속세의 좋은 아내가 훨씬 훌륭하다고 주장했다.

주지사 부인이 흥분했다. 그녀는 주임신부에게 '친애하는 신부님'이라고 부르며 닫힌 부채를 흔들었다.

주임신부는 수녀원 생활을 편들었지만, 귀부인들의 비위를 맞춰주기 위해 뒤로 물러나 웃으면서 부채질을 하였다.

응접실에서는 지역 정치에 관련된 얘기가 오갔다. 시장과 꼬루헤도 후작의 미망인이 동일한 전매품 매점을 요구하고 있는데 그 자리에 있는 사람들은 모두 정부로서는 큰 골칫거리일 거라고들 하였다. 에스뿔론 매점은 두 사람 모두에게 꽤 중요했다.

경제담당자는 모여 있는 사람들에게 주지사가 알아서 할 일이라고 얘기했다. 주지사는 전보로 정부에 문의를 했고(주지사 부인이 방금 한 말이었다), 정부는 베뚜스따에 많은 투표권을 가진 보수당의 귀부인을 실망시키느냐, 아니면 질서라는 명분을 확고하게 지지하는 시장을 실망시키느냐를 놓고 결정해야 했다.

의견이 분분했다. 그룹 한가운데 있던 베가야나 후작 부인과 리빠밀란은 모든 사람들을 돌아보며 정부가 미망인에게 매점을 줄 거라는 의견이었다. 무엇보다 '레이디 퍼스트'이니까!

나팔총, 주의회 상임위원인 뻬뻬 론살은 경제담당자를 비롯해 거기 모여 있는 대부분의 사람들과 함께 그래도 정부가 시장의 주장을 좀더 받아줄 거라는 논리였다. 말하기 좋아하는 사람들에 의하면, 시장이 전 애인을 위해 매점을 원한다는 거였다.

"여러분도 잘 아시다시피, 그건 스캔들입니다!" 마을마다 사생아들을 잔뜩 낳은 후작이 말했다. "분별이라는 걸 전혀 모르는 남자요."

"나는 그런 건 괘념치 않습니다." 수석사제가 말했다. "그가 성스러운 빚을 갚겠다는 건 잘못된 게 아닙니다. 그런 빚을 졌다는 게 문제지요…… 하지만 맞붙은 게 귀부인이라!……"

노란 살롱과 후작 부인의 응접실에서 이렇게 다양하게 논쟁이 벌어지는 동안, 1층의 내실들, 다이닝룸, 복도, 중정과 연결되는 계단에서는 프란시스꼬 성인의 날을 축하하는 빠꼬 베가야나, 비시따, 후작 부인의 조카인 에델미라(스무살처럼 보이는 열다섯살짜리 소녀), 돈 사뚜르니노 베르무데스, 낀따나르가 왁자지껄하게 떠들며 즐겁게 뛰어다니고 있었다. 판사 부인과 돈 알바로 메시아는 중정으로 이어지는 다이닝룸 창문에서 다른 사람들의 순진무구한 놀이를 지켜보고 있었다.

낀따나르는 트리코 프록코트가 자꾸 다리에 걸려 그 대신 스모킹 재킷[1]을 빌려달라고 청했다. 그에게는 품이 넉넉하고 길이는 짧은, 상당히 얇은 알파카 재질이었다.

총대리신부는 에델미라와 빠꼬가 숨겨놓은 전직 법원장의 담배쌈지를 찾아 구석구석 헤매던 비시따와 낀따나르와 계단에서 마주쳤다. 창백한 얼굴에 다크서클이 짙게 드리워진 돈 사뚜르니노 베르무데스가 양쪽 귀까지 걸리는 환한 미소를 지으며 뒤에서 혼자 오고 있었다. 그 역시 세상에서 가장 불쌍한 방법으로 미친 짓을 하고 있었다. 돈 사뚜르니노가 즐겁게 뛰어다니며 다른 사람들의 떠들썩한 즐거움을 따라 하는 모습을 보고 있으면, 왠지 서글퍼졌다. 하지만 그것이 그의 의무였다. 돈 사뚜르니노는 친척뻘로, 그 집의 내부사정을 잘 아는 사람이었다. 그 집에 남아 식사하는 사람

---

1 집에서 쉴 때 남자들이 입는 상의.

이었으며, 다른 사람들이 하는 것은 그 역시 해야 했다. 뛰어다니고 소동 피우고, 심지어 기회가 되면 귀부인들을 꼬집기까지 해야 했다. 그는 늘 혼자였다. 판사 부인이나 비시따, 에델미라에게 무슨 말이라도 걸려고 하면, 귀부인들은 다른 데 정신이 팔려 자기네도 모르는 사이에 그의 말을 끝까지 듣지 않고 떠나버렸다. 예의가 없어서 그런 게 아니라, 돈 사뚜르니노의 문장이 워낙 복잡한데다 너무 많은 문장부호와 구두점이 이어져 있어 그 말을 전부 들으려면 여간 고역이 아니었다. 돈 사뚜르니노는 총대리신부를 보자 하늘이 열리는 기분이었다. 이제 다시 논리적으로 돌아갈 구실이 생긴 거였다. 돈 사뚜르니노는 '자기에게 어울리는' 세련된 말투로 페르민 신부에게 인사를 건넨 후 기꺼이 노란 살롱까지 그와 동행했다. 빠꼬가 멀리서 대충 서둘러 페르민 신부에게 인사했다. 그 순간 빠꼬는 통통하고 활기차고 혈색 좋은 사촌누이 에델미라와 함께 긴 따나르의 담배쌈지를 과수원에 숨기러 가던 길이었다.

"저 녀석은 일을 벌이기 시작하면 제 정신이 아닙니다." 돈 사뚜르니노가 자기 친척을 대신해 사과하는 동시에 그리고 후작 부부의 친척 자격으로 총대리신부를 맞이하며 말했다.

페르민 신부는 다이닝룸의 창가에서 얘기를 나누고 있는 판사 부인과 돈 알바로를 곁눈질로 흘깃 쳐다보았다. 그는 그들을 못 본 척했다. 그는 양 볼이 약간 벌겋게 달아오른 채 돈 사뚜르니노를 따라 노란 살롱으로 향했다.

진지한 어른들은 기꺼이 존중과 존경을 표하며 페르민 신부를 맞이했다.

"오! 신부님!"

"오! 정말 반갑습니다!"

"여기 베뚜스따의 안또넬리[2]가 오셨군요!"

후작이 그를 꼭 끌어안아, 그 집에서 기거하는 작은 신부의 부러움을 샀다.

리빠밀란은 격렬할 정도로 다정하게 페르민 신부와 악수를 나눴다. 그러고는 둘이 함께 후작 부인의 응접실로 건너갔다.

신부 셋이 일어났고, 수사처럼 보이는 귀부인이 흐뭇하게 웃으며 중얼거렸다.

"아이! 총대리신부님……"

"주님 덕분에 길을 잃은 신부님이 오셨네요……" 후작 부인이 멀리서 한손을 내밀며 몸을 약간 일으키면서 소리 질렀다. 큰 키 덕분에 총대리신부는 옵둘리아의 살구색 멋진 몸 위로 아치 모양을 그리며 멋지게 악수를 나눌 수 있었다. 옵둘리아는 시커멓고 커다란 눈을 그윽하게 뜨고, 수려한 페르민 신부를 집어삼킬 듯 아래서부터 올려다보았다. 주임신부는 부채를 펼친 채 꼼짝도 하지 않고 가만히 있었다. 마치 바람이 없을 때의 풍차 날개 같았다. 주임신부는 순식간에 자기가 내동댕이쳐졌다는 걸 알았다. 주인공에서 단역으로 바뀐 것이다. 실제로 신부들과 귀부인들이 재미있게 듣고 있던 그의 얘기는 아쉬워하는 사람 없이 순식간에 증발했다. 주임신부는 자신이 일식으로 사라진 기분이었다. 해가 바로 숨어버려 한기까지 느껴졌다.

늘 똑같았다. 그 작자를 싫어할 이유는 충분했다. 그렇지만 주임신부는 세상물정에 밝은 신부답게 다시 한번 더 자신의 감정을 누르고 적에게 손을 내밀었다. 오히려 엄청난 기쁨을 의미하는 쉰 소

---

2 자꼬모 안또넬리(Giacomo Antonelli, 1806~76). 교황 삐우스 9세 때 국무장관이자 최대의 협력자.

리를 폭포수처럼 쏟아내며 제스처를 취했다.

"아이고! 잘 왔네! 잘 왔어!" 주임신부는 페르민 신부의 어깨를 손바닥으로 내리치며 말했다.

총대리신부는 자기도 모르게 다이닝룸 창가에 있던 일행을 의식하고 있었기 때문에, 그런 진부하고 일상적인 승리를 조용히 음미할 수가 없었다. 그곳에 있던 모든 사람들에게 겸손하고 신중하게 답례하는 동안에도 그의 마음은 온통 바깥에 가 있었다.

시간이 흘렀는데도, 다이닝룸에 있던 사람들은 들어오지 않았다.

아나는 후작 부인의 집에서 식사하나? 그렇다면 편지에 쓴 대로 그날 오후에는 고해하지 못할 텐데……

그곳에 있던 사람들은 모두 겉으로 보기에는 매우 허심탄회하게 즐거워하는 것처럼 보였지만, 속으로는 애써 분노와 질투를 감추고 있었다. 그 순간 귀부인들과 성직자, 신사들은 두 무리로 나뉘져 있었다. 부러움을 받는 무리와 부러워하는 무리, 식사에 초대받은 극소수 몇명과 초대받지 못한 대다수 사람들로 나뉘져 있었다. 너무나도 많은 것들에 대해 너무나도 많은 얘기를 나누고 있었지만, 그들 모두 걱정하며 신경을 곤두세우고 있는 것은 식사 초대였다. 직접적으로 언급하지는 않았지만 다른 생각은 아예 하지도 못했다. 작별인사가 시작되고, 떠나가는 사람들은 실망과 약간의 수치심을 애써 감췄다. 그들은 자기네가 망신당했다고, 거의 어처구니없는 꼴을 당했다고 생각했다. 젊은 남자는 뚱하게 인사하고는 창피해서 얼른 나갔다. 아무렇지도 않고 무심한 척하는 데는 귀부인들이 제일 서툴렀다. 몇몇 여자들은 얼굴이 시뻘게져서 나갔다. 주임신부도 초대받지 못한 사람들 가운데 한명이었다. 그를 괴롭히는 의문은 이것 하나였다. 그렇다면 그 작자는? 페르민 신부는 초대받았나? 주임신부는 그 사실은 알지 못했다. 그리고 그 사실을 모른 채 떠나고 싶지도 않았다. 시간이 흘렀고, 어느덧 후작 부인의 응접실과 노란 살롱이 조금씩 휑해졌기 때문에 총대리신부 역시 자기도 가야겠다고 생각했다. 그는 후작 부인에게 다가갔지만 작별인사를 제대로 하지 못하고, 그냥 이런저런 얘기를 나누고 있었다. 바로 그때 비시따가 양 눈과 뺨에 불을 내뿜으며 방으로 들어오더니, '그곳에 있던 신사들의 양해를 구하고' 후작 부인과 옵둘리아와 따로 얘기했다. 세 여자는 신사들의 양해를 구한 다음 총대리신부를 에워싸고 비밀회합을 가졌다. 이제는 주임신부와 별 볼일 없는 베뚜스따 샌님 둘만 남았다. 그리고 그 비밀회합에는 웃음소리, 총대리신부의 저항, 그리고 그에 따른 귀엽고 우아한 표정들이 뒤따랐다. 귀부인들이 속삭이는 소리에는 불평에 가까운 간청과 정숙한 표현이기는 하지만 애교도 많이 섞여 있었다. 주임신부는 촌스러운 샌님들의 얘기를 듣고 있는 척했지만, 곁눈질로 그들 일행을 집어삼킬 듯 지켜보고 있었다. 틀림없었다. 그에게 식사하고 가라고 조르는 거였다. 비밀회합은 끝나고, 옵둘리아와 비시따가 후작부부의 신뢰를 자랑하는 듯 시끄럽게 떠들며 달려나갔다. 그러고는 젊은이들도 작별인사를 고했다. 방에는 후작 부인과 총대리신부, 주임신부만 남았다. 잠시 침묵이 흘렀다. 주임신부는 총대리신부의 작별인사를 보기 위해 1분 정도 더 시간을 끌었다. 노란 살롱에서는 후작에게 작별인사 하는 몇몇 사람들의 목소리가 들려왔다…… 이제 저택에는 식사에 초대받은 사람들만 남았다…… 주임신부는 젖 먹던 힘까지 다해 몸을 일으키며 후작 부인에게 손을 내밀고는, 농담 섞인 가벼운 인사를 건네고 억지웃음을 남발하며 밖으로 나갔다. 그는 수치심과 분노로 눈이 먼 채 걸어나갔다. 다른 작자는 초대하고…… 수당 받는 신부는 초대하면서, 더 높은 품계의 자기는 물먹이다니! 그놈의 적은 맨날 승리하는데!…… 하지만 언젠가 모두 한꺼번에 갚을 날이 올 거야!

주임신부는 어깨에 망토를 두르며(날씨가 더웠는데도) 대문 앞에서 생각에 잠겼다. 망할 놈의 후작 부인은…… 마담뚜야…… 쎌레스띠나라고!³…… 그 여자를 망치려는 거야! 아예 대놓고 들이대게 하려는군!…… 그러고서 그는 잔인한 복수를 다짐하며, 자기 생각을 다른 사람에게 그럴 듯하게 전할 방법을 찾으며 거리로 나섰다.

초대받은 사람들로는 낀따나르와 그의 아내, 옵둘리아 판디뇨, 비시따, 도냐 뻬뜨로닐라 리안사레스(수도사처럼 생긴 귀부인), 리빠밀란, 알바로 메시아, 사뚜르니노 베르무데스, 호아낀 오르가스, 그리고 마지막에 합류한 총대리신부와 소모사 의사를 포함한 베뚜스따의 유명인사 몇이 더 있었다. 에델미라는 그 집에서 묵고 있었기 때문에 그 집 식구로 쳤다.

여느 해에는 빠꼬의 본명 축일을 그런 식으로 축하하지 않았다. 그가 집 밖에서 치렀다. 하지만 이번에는 친한 친구들끼리 즉흥적으로 파티를 열어 예외적으로 스페인 식사 시간에 식사하기로 했다. 오후에는 후작네 마차를 타고 비베로 별장으로 장소를 옮길 예정이었다. 비베로에는 큰 숲으로 둘러싸인 저택과 옛날식 가죽공장을 소유하고 있었다. 빠꼬가 며칠 전에 구입한 쎄인트버나드와

---

3 페르난도 데 로하스(Fernando de Rojas, 1470~1541)의 대표작인『라 쎌레스띠나』(*La Celestina*)는 중세 스페인의 도덕상을 적나라하게 보여준 작품이다. 작품에 등장하는 쎌레스띠나는 깔리스또와 멜리베아의 사랑을 비극적 결말로 몰고 간 장본인으로 이 작품의 대성공 이후 스페인에서는 마담뚜의 대명사로 사용되었다.

사냥개들을 보러 가자는 얘기가 나왔다. 그 개들은 빠꼬의 자랑거리였다. 후작 자제는 돈으로 살 수 있는 여자들 다음으로 순한 동물들, 특히 개와 말을 좋아했다.

총대리신부를 초대하자는 생각은 낀따나르와 빠꼬, 비시따의 음모였다. 은행원의 아내가 아이디어를 냈다. 돈 알바로를 골탕 먹이려는 장난이기도 했다. 비시따는 고해신부와 악마, 즉 유혹자가 서로 얼굴을 마주하는 모습이 보고 싶었다. 낀따나르에게는 신부에게 애교를 떠는 옵둘리아와 그 미망인을 사랑하는 불쌍한 베르무데스가 혼자 분을 삭이는 모습이 보고 싶어 페르민 신부를 초대하는 거라고 했다. 낀따나르는 그 생각이 그럴듯해 보였지만 자기는 손을 씻겠다고 했다. 목적이 불손해서였다. 물론 신부도 다른 사람들과 똑같은 남자라는 건 잘 알려진 사실이라고 덧붙이기는 했다.

"또다른 이유에서 페르민 신부가 우리와 함께 식사하는 게 좋습니다." 전직 판사가 덧붙였다. "그래야 아내가 오늘 오후 고해하러 가겠다는 고약한 생각을 버릴 수 있으니까요…… 나는 아내가 새 고해신부를 가까이에서 자주 봤으면 좋겠어요. 그래야 그 역시 다른 사람들과 똑같은 남자라는 걸 알 수 있을 테니 말이지요…… 바로 그겁니다…… 물론 그에 걸맞게 존중해줘야지요… 여러분이 그 사람을 취하게 할 수 있는지 한번 봅시다……"

빠꼬는 자기 계획 때문에 돈 알바로에게 피해가 가는 것은 원치 않았다. 그날의 파티 역시 그 계획의 일부였다. 하지만 비시따가 추측하듯이 돈 알바로라는 세속의 팔에 판사 부인이 넘겨지는 걸 보면서 그 저명한 신부가 애타하는 모습을 보고 싶었다. 총대리신부를 애먹인다고 생각하니 아주 짜릿했다.

비시따는 알바로가 자기에게는 비밀이 없다면서 자기가 알고 있는 것을 모두 빠꼬에게 얘기했다.

"하지만 아나는요? 그녀가 부인에게 무슨 말을 했어요?"

"아나가? 절대 얘기할 사람이 아니지요. 그녀는 선량해요. 하지만 내버려둬요."

"물론 정신적인…… 것에…… 불과하니까요."

"그래요…… 매우 정신적이죠……"

"그렇지 않으면, 우리가…… 돕겠다고 나서지도 않았죠…… 불쌍한 낀따나르 좀 봐요……"

"잘 보고 있지요! 재미있는 구경, 장난이에요. 그냥 장난일 뿐이에요. 하지만 존경하올 총대리신부가 얼마나 열불나할지 보게 될 거예요." 비시따는 자기랑 친한 사람들과는 그런 식으로 말했다.

"옵둘리아가 그를 위로해줄 거예요. 그녀가 포위망을 좁혀가고 있잖아요. 베르무데스나 주교, 내 친구 호아낀보다도 그를 더 좋아하잖아요."

"하지만 그는 그녀를 싫어하는데…… 그녀가 상당히 요란하잖아요…… 그는 그런 여자는 싫어합니다……"

"당신이야말로 그를 싫어하지요……"

"나는 위선자들은 정말 싫어요…… 그리고 당신한테도 총대리신부가 있는 게 더 나아요."

"왜요?"

"옵둘리아가 당신을 내버려둘 테니까요. 그러면 당신은 사촌누이한테 전념할 수 있고…… 오! 그건 정말 당신을 용서할 수 없어요! 나는 순수함을 지켜줄 거예요…… 내가 감시해야지……"

"바보처럼 굴지 마요…… 그녀가 내 집에 묵는 것만으로도, 내가 존중해줘야 할 이유는 충분해요……"

"아, 네! 정말 훌륭하시네요! 존중할 줄 아는 신사양반! 나는 못 믿겠어요……"

에델미라 때문에 대화가 중단되었고, 그래서 더 토를 달지 않고 후작 부인에게 총대리신부를 초대하자고 얘기하기로, 그리고 필요하다면 간절하게 애원해서라도 초대하기로 결정했다.

비시따가 1분 안에 모두 해결했다.

평소와 다름없이, 비시따가 있으면 아무도 대신 나설 필요가 없었다. 그녀는 남의 일에 참견하고, 남의 과자를 열심히 주워먹고, 남의 집에서 식사하는 데 커다란 열정을 쏟으며 살았다. 집에는 초라하고 얌전한 은행원 남편이 있었다. 작은 체구에 늙은 천사와 같은 얼굴로, 회색 콧수염을 만지작거리며 아이들을 돌보면서 집에 있었다. 비시따가 그렇게 요구했다. 그녀가 전부 할 수는 없었다. 누가 집을 꾸려나가는가? 누가 어려운 상황에서 집을 구할 건가? 누가 남편 퇴직금을 위해 뒤에서 모의를 꾸밀 것인가? 누가 어려운 집안 사정을 요리조리 힘들게 이끌어갈 것인가? 집에서는 누가 쥐꼬리만 한 연금을 잘 주무르는가? 비시따였다. 그러니까 그녀가 즐기도록, 나가도록 내버려둬야 했다. 하루 종일 집 안에만 있을 수는 없었다. 게다가 다른 집에서는 비질을 하고 불을 켜기도 전에 그녀는 눈 깜짝할 사이에 집을 깨끗이 치우고, 음식을 장만해 하루 종일 집안일을 빈틈없이 처리하는 여자였다. 전체적으로 조금 지저분하기는 했지만, 그녀는 마음 편하게 나가서 소문을 듣고 수다를 떨었다. 은행원 아내는 각설탕을 슬쩍하고, 청탁을 받으며 온갖 곳을 들르고, 늘 써비스를 제공할 준비가 되어 있었다.

비시따의 새로운 투쟁, 어쩌면 그녀의 인생에서 가장 중요한 투쟁은 그 남자를 눈에 들게 하는 거였다. 그 상대는 아니었다. 비시따는 아나의 눈에 돈 알바로가 들어오게 하고 싶었다. 전날 오후 돈 알바로와 대화를 나눈 이후 그녀는 온통 그 생각뿐이었다. 그녀는 아침에 낀따나르의 집으로 향했다. 낀따나르는 셔츠 위로 수놓은 멜빵을 메고, 자기 서재에 있었다. 멜빵에는 비현실적으로 멋진 뿔이 달린 사슴 사냥의 전과정이 고급 실크의 생생한 색상과 함께 전해지고 있었다. 낀따나르가 목 단추를 채우려던 중이었다. 그는 아랫입술을 깨물고, 초자연적이면서도 신적인 힘에게 도움을 청하기라도 하듯 머리를 위쪽으로 끌어당기고 있었다. 비시따가 그의 서재에 잘못 들어왔다.

"아! 실례했어요!" 그녀가 말했다. "방해가 됐나요?"

"오, 아니에요. 아주 제때 잘 오셨어요. 이 빌어먹을 단추가……"

귀부인이 장갑도 벗지 않은 채 낀따나르의 목에 단추를 채워주는 동안, 낀따나르는 아내의 기분을 풀어주기 위한 자신의 굳은 결심을 얘기하기 시작했다.

"내 프로그램이 이렇습니다."

그가 자세히 설명했다.

비시따는 그의 계획에 전적으로 동의하고는 함께 아나의 방으로 향했다. 그때 아나는 잠시 후 페르민 신부가 어머니 앞에서 읽을 편지를 아무도 몰래 서둘러 봉하고 있었다.

비시따와 낀따나르는 거의 강제로 아나에게 '제대로 격에 맞게' 옷을 입히고는 자기네와 함께 외출하도록 강요했다. 비시따는 '자유로운 우애회' 일을 보러 가기 위해 대성당의 광장에서 헤어졌다. 그들은 베가야나 후작의 집에서 다시 만나기로 했다. 후작 부인은 아침 일찍 낀따나르 부부에게 점심식사 초대 편지와 함께 그날의 일정을 보냈다. 아나는 고해를 보러 가고 싶었기 때문에 남편과 다

뒀다. 총대리신부에게 그렇게 편지에 썼으며, 다시 번복할 수 있는 일도 아니었다. '안돼! 절대 안 통해! 낀따나르는 절대 꺾이지 않을 태세야……'

"당신이 후작의 집에서 점심식사 후 고해성사를 볼 기운이 있으면, 그때 하도록 해. 그리고 곧바로 비베로에 가야 하니까…… 나는 양보 못해!"

그들은 프란시스꼬라는 이름을 가진 남녀 여러명에게 축일을 축하하기 위해 외출했다. 그러고는 1시 15분에 후작의 집에 도착했다.

아나의 시야에 맨 먼저 들어온 사람은 돈 알바로였다.

돈 알바로의 깍듯한 인사에 답하면서 아나는 얼굴을 붉힐까봐, 목소리가 떨릴까봐 두려웠다. 그녀는 흠칫 놀라 남편을 바라보았다. 하지만 낀따나르는 돈 알바로와 상당히 다정하게 악수를 나눴다. 남편은 돈 알바로를 매우 친절하게 대했다. 그들은 서로 잘 아는 사이는 아니었지만, 얘기를 나눌 때마다 더욱 긴밀하게 우정의 싹을 키워갔다. 그 우정이 너무 긴밀해지고 돈독해질까봐 걱정될 정도였다. 낀따나르에게는 돈 알바로가 고집이 세지 않다는 흔치 않은 장점을 지닌 사람이었다. 아라곤 출신의 전직 판사에 따르면 베뚜스따 사람들은 모두 고집이 셌다. 하지만 우아한 신사들의 모델인 돈 알바로는 터무니없는 의견을 고집하지 않았고, 항상 낀따나르의 얘기가 옳다며 결론을 맺었다. 낀따나르는 그 훌륭한 남자 뒤에서 이렇게 말했다. 이 사람이 마드리드로 간다면…… 그 외모와, 그 매너, 그리고 그 사교술로…… 성공을 거둘 거야!…… 정말 멋진 남자야!

아나는 사실 그 둘 사이에는 아무것도 없고, 있을 수도 없고, 있어서도 안된다고 생각했다. 그래서 자기가 지나치게 조심하면 오히려 의심받을 수도 있기 때문에 얼른 자신을 추스르고는 돈 알바로도 다른 사람들처럼 대하기로 마음먹었다.

낀따나르가 헐렁하고 짧고 편한 스모킹 재킷으로 갈아입기 위해 빠꼬와 함께 그의 방으로 간 후 조금 있다가 아나는 자연스럽게 다이닝룸의 창가로 향했다. 그곳에서 그녀는 냉정과 평정심을 유지하기 위해 자기와 그 남자 사이에는 전혀 심각한 일이 없다고 스스로에게 말했다. 자기에게 용기를 줬을 수도 있는 그 눈길은 세상 어떤 남자도 드러내놓고 할 수 있는 그런 약속이 아니라고 상기시켜야 했다. 아나는 소설에서 읽은 내용으로 세상 남자들을 얘기하고 있었다. 그녀는 실제 현실에서는 남자들을 만나보지 못했다.

돈 알바로는 전날 밤 그녀를 봤던 일은 언급하지 않았다. 공원에서 순식간에 스치고 지나쳤던 장면에 대해서도 아무 말 하지 않았다. 하지만 좀더 신뢰를 갖고 말을 걸었다. 그녀에게는 한번도 사용한 적이 없는 친근한 말투였다. 그들은 거의 얘기해본 적도 없었고, 늘 많은 사람들에게 둘러싸여 있었다. 아나는 모든 베뚜스따 사람들을 대했지만, 남자들과는 거의 친하게 지내지 않았다. 빠꼬와 프리힐리스만이 유일하게 친한 남자들이었다. 그녀는 개방적이지 않았다. 그녀의 한결같은 친절은 겉으로 드러내지 않고 속으로 자제하는 친절이었다. 비시따는 아나의 마음에 문이 없다고 확신했다. 있다고 해도 자기로서는 열쇠를 찾지 못했다.

돈 알바로는 자연스러우면서도 간결하게 많은 얘기들을 잘 이끌어나갔다. 그는 현명하고 독창적인 아이디어보다는 친절함으로 판사 부인을 즐겁게 해주려고 노력했다. 그가 호의적이고 진지한 모습을 보이고 싶어하며, 아무 편견 없이 마음이 건강한 남자로 보이고 싶어한다는 게 한눈에도 보였다. 그는 완벽한 치아를 드러내

보이며 자주 허심탄회하게 웃었다. 아나는 돈 알바로가 애매한 상황에 잘 대처한다고 생각했다. 돈 알바로가 말을 안하고 가만히 있을 때면, 아나는 다시 걱정되었다. 돈 알바로가 둘 사이에 감도는 기류와 어젯밤 갑작스럽게 나타났던 일, 거리를 산책했던 일을 다시 떠올리고 있다는 생각이 들었던 것이다. 그는 우연을 가장해 자주 은밀한 만남을 부추겼으며, 그녀 역시 알면서도 비겁하게 모른 척 응해주었다.

긴따나르는 아나보다 약간 키가 큰 편이었지만, 돈 알바로는 그녀에게 얘기하려면 몸을 숙여야 했다. 말을 할 때면 그의 입김이 아나의 귀엽고 작은 머리를 부드럽게 스치고 지나갔다. 감싸주는 그림자나 외투, 지지대와도 같았다. 요새와 같은 그 남자 옆에 있으면 든든했다. 아나가 이마를 살짝 숙인 채 중정의 돌들을 바라보며 얘기를 들으면서 곁눈질로 얼핏 훔쳐본 것은 늠름한 그 남자의 깨끗하고 밝은색 외투뿐이었다. 돈 알바로가 박력있게 몸을 움직이면 공기 중에 향이 남았다. 아나는 처음 그 향을 느꼈을 때는 달콤하다는 생각이 들었지만, 나중에는 두려웠다. 금방 현기증 나게 하는 향이었다. 그녀는 잘 몰랐지만, 고급 담배와는 다른, 남성적인 것만으로 이뤄진 뭔가가 있는, 우아한 독신 남자의 향이었다. 대화를 나누는 동안 돈 알바로는 손을 창틀 위에 얹었다. 아나는 자기도 모르게 길고 가느다란 손가락과 하얀 피부, 푸른 혈관, 볼록하게 잘 다듬어진 손톱에 눈이 갔다. 그리고 보고 있다는 것을 상대방이 눈치채지 못하도록 시선을 좀더 아래로 내리면, 베뚜스따에서 최신 유행하는 구두를 신은 좁고 긴 발 위로 맵시있게 곡선을 그리며 떨어진 바지가 보였다. 그 모든 것이 상큼하고 근사하여 흠집이나 그 비슷한 것을 찾을 수가 없었다.

아나는 뻬드로가 명령을 내리며 분주하게 점심식사를 준비하는 부엌의 소음을 한가롭게 들었다. 그리고 중정의 분수 소리, 계단, 복도, 과수원, 집안 전체를 돌아다니는 남편과 비시따, 에델미라, 빠꼬의 웃음소리와 고함소리도 들었다.

아나는 총대리신부가 들어오는 것은 보지 못했다. 비시따가 창가로 다가와, 그녀에게 귓속말로 알려주었다.

"여기 영적 아버지가 오셨으니, 자기가 원한다면 지금 당장 고해를 볼 수도 있어…… 이제 자기하고 같이 점심식사 하실 거야."

아나는 온몸에 소름이 돋았으며, 돈 알바로에게 눈길도 주지 않고 그에게서 멀어졌다.

"안녕, 안녕." 건강하고 혈색 좋은 에델미라에게 팔을 건네며 들어오던 낀따나르가 말했다. "여보, 그 신사분하고 얘기하고 있었어? 나는 여기 내 파트너랑 있는데. 공평한 복수지."

에델미라만이 재미있다며 좋아라 웃었다. 그녀에게는 새로운 농담이었다. 식사에 초대받은 다른 손님들이 있는 노란 살롱으로 모두 건너갔다. 옵둘리아는 총대리신부와 호아낀 오르가스와 얘기를 나누고, 후작은 오른쪽으로 고개가 기울인 베르무데스와 토론을 벌이고 있었다. 베르무데스는 입이 양쪽 귀에 걸릴 정도로 크게 웃으며, 세상에서 가장 깍듯하고 예의 바르게 후작의 말에 토를 달았다.

"그래, 그러지. 어려울 거 없이 싼뻬드로 성당을 무너뜨리고, 그곳에 시장을 세워……"

"오! 맙소사! 후작님!…… 제가 보기에…… 후작님은…… 자기 생각을…… 지나치게……"

"내 생각은 다른 얘기일세. 채소시장은 야외나 노천에서 계속 열

수 없네."

"하지만 쌘뻬드로 성당은 기념비적이고 영광스러운 유물입니다."

"폐허일세."

"그렇게까지는……"

총대리신부가 옵둘리아를 피해 끼어들었다. 빠꼬와 비시따가 예상한 대로 옵둘리아가 벌써부터 그를 귀찮게 하고 있었다.

판사 부인이 노란 살롱으로 들어서자, 페르민 신부가 느리고 우아하게 하던 말을 멈췄다. 그러고는 예의를 갖추며 몸을 숙여 인사를 건넸다.

아나 뒤로 돈 알바로가 모습을 드러냈다. 왼쪽 뺨이 약간 상기된 채, 금발과 기름 바른 콧수염을 매만졌다. 그는 앞을 보며 걸어왔다. 마치 자기가 생각하는 것은 볼 수 있지만, 자기 앞에 있는 것은 보지 못하는 사람 같았다. 총대리신부가 그에게 손을 내밀자 돈 알바로가 악수에 응하며 말했다.

"총대리신부님, 반갑습니다."

그들은 거의 왕래가 없는 어려운 사이였다. 아나는 함께 있는 그들을 보았다. 둘 다 키가 훤칠했다. 돈 알바로가 약간 더 컸으며, 둘 다 자기 식으로 늠름하고 우아했다. 더 건강하기로는 신부였고, 자태가 더 우아하기로는 돈 알바로였다. 표정과 시선이 더 똑똑해 보이기로는 신부였고, 이목구비가 더 반듯하기로는 우아한 돈 알바로였다.

돈 알바로는 이미 경계태세를 갖추고 총대리신부를 바라보았다. 그가 벌써부터 두려웠다. 총대리신부는 돈 알바로가 판사 부인을 유혹할 만한 적이라고는 의심하지 않았다. 그가 마음에 들지 않았던 이유는 베뚜스따에서 자신의 영향력을 행사하는 데 돈 알바로가 위협적일 수도 있다는 생각에서였다. 그리고 총대리신부는 돈 알바로가 드러내놓고 교회를 험담하는 적은 아니지만, 교회를 존중하지 않는다는 것도 알고 있었다. 총대리신부는 창가에서 다른 사람들에 신경 쓰지 않고 얘기를 나누고 있는 돈 알바로와 아나를 보고는 자꾸 불안한 마음이 들어 그들이 나타날 때까지 인내하며 기다려야 했다.

아나는 달콤하면서도 솔직하게, 우아하면서도 겸손하고 순수하게 총대리신부를 보며 미소를 머금었다. 그녀는 전날 오후 고해성사했던 모든 비밀이 떠오르는 듯 살짝 얼굴을 붉혔다. 아나는 자기네가 얘기하고, 말했던 내용을 모두 떠올렸다. 이 세상 그 누구와도 그런 얘기를 나눈 적이 없었다. 그 남자는 희망과 위안이 되는 말로 그녀의 귀와 영혼에 기쁨을 안겨주었다. 그는 그녀에게 빛과 시, 중요한 삶을 약속했다. 뭔가 좋고 크고, 자기 마음 안에서 영혼의 근본처럼 느끼고 있는 것에 어울리는 삶을 약속했다. 그녀는 책에서 그런 비슷한 것을 읽은 적이 있었다. 하지만 어떤 베뚜스따 사람이 그녀에게 그런 식으로 얘기했던가? 그토록 좋고 아름다운 생각이더라도 글로 읽는 것은, 음절마다 음악인데다 목소리에는 부드러운 열기를 담아 말과 행동마다 꿀이 담겨 있는 살아 있는 사람에게서 실제로 듣는 것과 전혀 다른 얘기였다. 또한 아나는 불과 몇시간 전에 그에게 쓴 편지도 생각났다. 이것 또한 즐겁고, 그녀에게 자극을 주는 또다른 신비로운 연결고리였다. 편지는 순수했다. 그 편지는 세상 사람 모두 읽을 수 있었다. 그렇지만 그것은 남편이 아닌 외간남자에게 보내는 편지였다. 그리고 그 남자가 자기 몸 안에 품고 있다고 생각할 수도 있는 편지였다.

아나는 약간 관능적인 이런 감정이 어떻게 자기와 총대리신부 사이에서 움트기 시작한 우정과 하나가 될 수 있는지 굳이 설명하려고 애쓰지 않았다. 분명한 것은 페르민 신부에게 구원이 있다는 것이다. 페르민 신부는 지겨움 없이 정절을 지키며 살 수 있다는 약속, 고상하고 시적인 일을 하면서 충만한 삶을 살 수 있다는 약속을 하였다. 그런 일은 노력과 희생을 요구하였지만, 바로 그런 이유 때문에 베뚜스따의 지루하고 짐승 같고 참을 수 없는 삶에 위엄과 영광을 더해주기도 했다. 페르민 신부에게 자신을 완전히 맡김으로써 솔직히 범죄나 다름없는 돈 알바로의 유혹에서도 구원받을 수 있다는 확신이 들었기 때문에 이제는 그런 위험에 맞서고 싶은 생각이 들었다. 돈 알바로의 눈과 마주치게 내버려두고 싶었다. 돈 알바로의 눈은 특별한 색깔 없이 투명하고 거의 항상 차갑다가도 횃불처럼 타올랐다. 그런데 그 화염은 그녀가 불평할 수도 없는 과감함을 말해주는 듯했다. 그러다가 아나가 깜짝 놀라 다른 눈을 피해 총대리신부의 눈에서 다시 한번 도움을 찾으려고 하면, 페르민 신부는 하얀 눈꺼풀을 내리깔며 사제적 겸손의 처방전에 어울리게 눈을 무의미하게 깜박거릴 뿐이었다. 그리고 그 눈에는 신중함조차 들어 있지 않았다.

하지만 대화를 나눌 때면 페르민 신부는 여자들을 바라보는 데 전혀 거리낌이 없었다. 그는 판사 부인도 바라보았다. 그의 눈은 한 연설 문장에서 구두점을 찍는 것 이상이 아니었다. 그 눈길에는 감정이 없었다. 지성과 철자법만 있었다. 침묵 속에서 서로 얼굴을 보고 있었지만, 증인들 앞에서는 그가 귀부인들을 바라보지 않는 것과 다름없었다.

식사를 알리는 소리가 들릴 때까지 초대받은 손님들 대부분이 노란 살롱에서 선 채로 기다리며 일상적인 대화를 나누는 동안, 돈 알바로는 아나가 슬그머니 총대리신부에게 다가가 발코니 옆에서 얘기 나누는 모습을 지켜보았다. 아나는 얼굴을 붉히며 희미한 미소를 띠었고, 총대리신부는 잠자코 들었다.

돈 알바로는 비시따가 전날 오후 자기에게 얘기한 내용을 떠올렸다. 총대리신부를 조심해. 아는 게 한두가지가 아니야. 신학만 아는 게 아니야. 누군가 얘기해주지 않아도 알바로는 성직자와 여자들에 대해서는 좋지 않게 생각하고 있었다. 그는 순결을 믿지 않았다. 그의 종교인 유물론에 따라 누구도 자연적 충동에 저항할 수 없다고 믿었다. 따라서 모든 성직자들은 위선자이며, 억눌린 욕망은 때와 장소만 허락되면 분출될 수밖에 없다고 믿었다. 상황에 따라 이상적인 연애소설의 주인공처럼 행동할 줄 아는 돈 알바로는 『엘 라바로』에서 의식의 성전, 체계적인 비관주의자라고 호명되었다. 그는 자기 애인들이 고해하는 신부들을 대체적으로 부러워하면서도 두려워했다. 한 여자에게 큰 영향력을 행사하는 경우, 그는 고해를 못하게 했다. 그는 많은 것을 알고 있었다. 그가 최선을 다해 '암컷'이 제어되지 않는 열정의 순간에 오르게 되면, 그는 여자의 품위를 떨어뜨리면서, 그리고 그와 동시에 자신은 진정으로 뭔가 새로운 것을 즐기기 위해, 자기가 보는 앞에서 영혼을 벌거벗으라고 여자에게 강요했다. 그러면 감정의 일탈이 입으로 옮겨지면서, 비정상적인 애무와 비이성적인 키스들 속에서 부끄러운 고백과 여자의 비밀들이 쏟아져나왔고, 돈 알바로는 그 비밀들을 음미하며 머릿속에 담아두었다. 돈 알바로는 고해를 남용하는 고약한 신부처럼, 많은 남편들과 그의 선임자였던 많은 애인들의 우스꽝스럽고 혐오스러운 약점들을 알았다. 스캔들이 무색한 그 연대기에서 음란한 부분이 매우 큰 비중을 차지하듯, 구애자들의 음탕한 행동이나 변태 행위들이 포함되어 있었다. 때로는 불쌍하기도 하고, 때로는 역겹고 끔찍하기도 한 행동들이었다. 돈 알바로는 그런 학문에 자부심을 느끼며 일반화시키면서 자기는 확실하다고 믿었다. 여자는 신부에게서 은밀한 쾌락과 유혹의 정신적인 쾌감을 찾는 반면, 신부는 단 한명의 예외도 없이 교회가 제공하는 장점들을 남용한다고 확신하며 자신의 확신이 '무한대로 반복되는 행동'으로 뒷받침된다고 믿었다. 하지만 돈 알바로는 사람들 앞에서는 '교회의 성스러운 면은 절대 논하지 않았다……' 그러나 프랑스 영향을 받은 어설픈 유물론자이어서 혼자 있을 때면 교회의 성스러운 면을 부인했다.

그는 새로운 고해 신자에게서 총대리신부가 음란하고 천박한 육욕을 만족시키려 한다고는 생각하지 않았다. 그 역시 아나와 같은 귀부인에게 그런 엄청난 짓은 감히 하지 못했다. '조심스럽게, 조심스럽게' 해야만(그는 거듭 생각했다) 한창 나이인데도 사랑에 빠지지 않고 사랑하는 이도 없는 이 아름다운 여인을 유혹할 수 있을 것 같았다. 그래, 이 신부도 나와 똑같이 그러고 싶어하는 거야. 단지 성직자라는 신분, 고해신부라는 편의에 따른 다른 시스템과 다른 방법으로…… 오! 그것을 막기 위해서는 한시라도 빨리 대처해야겠어. 하지만 지금은 할 수가 없어. 아직 나한테는 그렇게까지 할 권리가 없어. 이런저런 생각들로 돈 알바로는 심기가 불편하고 총대리신부에게도 화가 났다. 베뚜스따에서 총대리신부가 가진 영향력, 특히 여자와 신도들에 대한 영향력은 아주 오래전부터 그의 심기를 불편하게 했다.

"그러면 오늘 오후는 이제 안되겠지요?" 아나가 겸손하고 부드러우면서도 떨리는 목소리로 물었다.

"안됩니다, 부인." 꽃들 사이로 산들바람이 부는 듯한 목소리로 총대리신부가 대답했다. "가장 중요한 것은 남편분의 뜻을 따르는 겁니다. 그리고 가능하다면 그 뜻을 먼저 알아서 응해주는 거구요. 오늘 오후에는 즐거움, 즐거움만 생각하세요. 내일 일찍……"

"하지만 신부님이 번거로우실 것 같아서요…… 평소 그 시간에는 대성당에 안 나가시잖아요."

"괜찮습니다. 내일 가겠습니다. 그게 의무인데요…… 그리고 제 친구인 부인을 모실 수 있어 만족스럽습니다."

들리는 말들 중에서 아나가 이루 다 표현할 수 없을 정도로 달콤하게 느낀 것은 시장통의 친절함 같은 내용이 아니라 신부의 목소리, 그리고 행동과 영혼에까지 스며들 것 같은 정신적 향기였다.

다음날 아침 일찍 페르민 신부가 판사 부인의 고해성사를 위해 고해실에서 기다리기로 했다.

"그리고 그때까지는 심각한 것은 생각하지 마십시오. 남편분이 명하신 대로 즐기고 떠드십시오. 남편분은 충분히 그럴 권리가 있지만, 부인에 대해 아주 정중하게 요청하셨습니다. 부인의 슬픔이…… 그 불안감이……" 총대리신부가 살짝 얼굴을 붉히며 목소리를 약간 떨었다. 전날 오후에 속을 터놓고 솔직하게 나눈 얘기를 가리키는 것이었다. "부인께서 원망하고 불평하시는 그 괴로움은 예민해서서 그런 겁니다. 육체적으로 병든 부분은 사람들이 부인께 충고하고 요구하는 그 새로운 삶으로 치료될 수 있습니다. 그렇습니다, 부인. 안될 이유가 없습니다. 오, 우리가 좀더 서로에 대해 잘 알게 되면, 그리고 세상의 즐거움에 대해 내가 어떻게 생각하고 있는지 부인이 알게 되면, 그 세상의 즐거움이라는 건 확고하고 영양분이 충분한 영혼에게는 그저 싱겁고 하찮은 시간 때우기에 불과할 것입니다. 그런 기분전환은 맛은 쓰지만 효과가 좋은 약처럼 유익할 것입니다……"

아나는 완벽하게 이해했다. 총대리신부의 말은 순결의 즐거움을 누릴 수 있을 때 육체의 즐거움이 재미없고 유치하고 천박한 놀이처럼 여겨질 거라는 것이었다. 육체의 즐거움은 관심을 다른 데로 돌려 마음에 안식을 줄 때만 좋은 거였다. 이해할 수 있을 것 같았다. 어찌 됐든 지금이 그랬다. 춤과 연극, 산책, 베뚜스따의 연회는 거의 재미가 없었다!

낀따나르가 곁에 갔다가, 페르민 신부가 운동이 건강에 좋고 즐겁고 여유롭게 지내는 게 매우 건강한 삶이라고 계속 반복해서 얘기하는 걸 듣고는 총대리신부에게 열심히 박수를 쳤다. 그리고 그날 오후 아나가 고해하지 않을 거라는 걸 알고는 더더욱 만족했다.

"안될 말입니다!" 페르민 신부가 말했다. "오늘 오후에는 시골로…… 비베로로…… 가십시오."

"식사하세요! 식사!" 후작 부인이 노란 살롱 입구에서 외쳤다.

"거룩한 말씀이군!" 후작이 소리쳤다.

각자 식사 소식을 전해준 사람에게 고마움을 표하며 한마디씩 거들었다. 그러고는 모두 만족스럽고 즐거운 표정으로 얘기를 나누며 '격식 없이' 다이닝룸으로 향했다. 후작 부인의 집에서는 격식을 생략해도 무방했다. 베가야나 후작 부부는 지방 귀족 분위기를 물씬 풍기는 예법을 일일이 지키며, 손님들을 대접할 줄 알았다. 하지만 친한 지인끼리 모이는 이런 파티에서는 보통 돈 많은 평민처럼 편하게 대했다. 물론 아무리 즐거워도 베뚜스따의 귀족다운 타고난 면모는 잃지 않았다. 그래서 친하지 않은 사람이나, 명문대가의 친척들은 일부러 제외시켰던 것이다. 평소 후작이 귀족을 칭할 때 매우 겸손하게 말하듯 그는 평민들의 지팡이처럼 놀면서도 신사의 품위를 드러내는 재주를 지녔다.

"잘 아시다시피, 오늘 점심은 편하게 차렸습니다." 그 말은 평소 음식에 대한 자기네 성향을 고집하지 않겠지만 후작과 후작 부인이 초대한 손님들을 왕처럼 대접할 거라는 의미였다. 즉, 식탁을 편하게 차렸다는 것은 음식이 부족하거나 맛이 없다는 의미가 아니었다. 멕시코에서 고위 관료직을 지낸 선대 베가야나에게서 물려받은 은식기 세트와 까다로운 격식, 하인들의 제복 같은 건 없지만 맛있는 와인과 그 집 특식으로 유명한 애피타이저와 사이드메뉴는 빼놓지 않을 거라는 의미였다. 그러니까 그 지방 육해공에서 나는 고기와 채소 중 최상품만을 선별해 대접할 거라는 뜻이었다. 귀족 서열과 재산에서 베가야나 가문을 능가할 귀족은 있지만, 베가야나 후작네 음식과 술 저장창고가 베뚜스따 최고라는 것은 감히 그 누구도 부인하지 못했다.

평소 후작 부인은 꽃다운 20대 처녀들에게 식사 시중을 들게 했다. 새 동전처럼 반짝거리고 예쁘고 싱싱하고 쾌활한 하녀들에게 식사시중을 들게 했던 것이다.

"썩 좋아 보이지는 않지요." 그녀가 말했다. "가난한 자들이나 하는 거지요. 하지만 내 손님들은 모두 그 써비스에 만족하십니다."

"내가 관찰한 바에 의하면." 그녀가 덧붙였다. "대체적으로 여자 분들은 남자 하인들을 좋아하지 않아요. 별로 눈여겨보지 않더라구요. 그런데 남자분들은 예쁜 하녀들을 좋아하지요. 수프만 갖다 줘도요."

빠꼬는 어머니의 새로운 시도를 열렬히 환호했다. 바로 그거야!

여자들로만 이뤄진 식사 시중이 훨씬 즐겁거든. 엑스뽀지시온 거리의 오르차따 음료수 가게와 카페가 연상되네. 후작에게는 그 변화가 무의미했다. 어찌 됐든 그는 집 안에서는 죄를 짓지 않았고, 자기 지역구 안에서는 더더욱 죄를 짓지 않았다.

사각형 다이닝룸에서는 그다지 높지 않은 천장 가까이까지 올라간 큼지막한 네 창문 밖으로 과수원과 중정이 보였다. 후작 부인은 각 창문마다 꽃화분과 분재, 대부분 진품인 일본 도자기들을 진열했으며, 전시된 꽃들의 살아 있는 금속성 색상과 격자천장의 무광택 호두나무의 엄숙한 톤이 대비되었다. 옆으로 밀어서 여는 큼지막한 크리스털 그릇장들과 몰딩도 호두나무색이었다. 다이닝룸에는 빈 공간 없이 사방이 그릇들로 둘러싸여 있고, 한쪽 앞으로 커다란 소파 하나가 놓여 있었다. 벽에도 고약한 취향의 그림들이 걸려 있었다. 그러나 모두 잘 먹자는 것과 관련된 다양한 산업을 얘기하는 그림들이었다. 계절 사냥이 그려져 있는 그림에서는 봉건시대의 베가야나 가문이 연상되었다. 말에 오른 까스띠야 여자와 여자 발치에서 주먹 위로 매를 올려 머리 위로 들어올린 하인, 계란 노른자 색깔을 띠고 구름들 위를 날아가는 백로, 훨씬 뒤로 보이는 숲과 바위성, 저 멀리서 모습이 사라지는 작은 마을의 주인이 그려져 있었다…… 정면의 그림은 푀이에[4]의 소설을 옮긴 것으로, 이 작품 역시 사냥 장면을 그렸지만 백로도, 매도, 성주도 없었다. 숲의 공터와 영국식으로 말을 탄 귀부인, 손이 닿을 정도로 가까운 거리에서 여인의 손을 잡을 수만 있다면 입이라도 맞출 기세인 기사가 있었다…… 다른 그림에는 어지럽게 헝클어진 식탁이

---

4 옥따브 푀이에(Octave Feullet, 1821~90). 프랑스 이상주의 소설가이자 극작가.

있고, 그 너머에는 식사 후에는 봐주기 힘들 듯한 사실주의 정물화가 걸려 있었다. 그리고 마지막으로, 식탁 한가운데 위의 천정 원형 부조에는 돈 하이메 발메스[5]의 초상이 새겨져 있었다. 왜 거기서 내려다보고 있는지는 아무도 몰랐다. 까딸루냐 출신의 철학자가 거기서 뭘 하고 있단 말인가? 후작은 아무에게도 설명하지 않았다. 베르무데스는 황당했고, 론살은 '시대착오'라고 했다. 하지만 이런저런 수군거림에도 불구하고, 여전히 원형부조에는 하이메가 있었고, 베뚜스따의 보수당 대표는 아무 설명도 하지 않았다.

후작 부인이 볼 때는 남편이 저지르고 다니는 일 중에 그나마 그게 가장 골머리를 덜 썩인 거였다.

손님들이 식탁에 가서 앉았다. 집주인들의 양쪽 자리만 정해졌을 뿐, 다른 자리는 정해지지 않았다. 후작 부인의 오른쪽에 리빠밀란 신부가 앉고, 왼쪽에는 총대리신부가 앉았다. 후작의 오른쪽에는 도냐 뻬뜨로닐라 리안사레스가, 왼쪽에는 돈 빅또르 낀따나르가 앉았다. 나머지는 되는 대로, 앉고 싶은 데 가서 앉았다. 빠꼬는 에델미라와 비시따 사이에 앉고, 판사 부인은 리빠밀린과 돈 알바로 사이에 앉았다. 옵둘리아는 총대리신부와 호아낀 오르가스 사이에, 돈 사뚜르니노 베르무데스는 도냐 뻬뜨로닐라와 베가야나 집안의 신부 사이에 앉았다. 낀따나르의 왼쪽에 귀족들의 주치의인 돈 로부스띠아노 소모사가 앉았다. 그는 냅킨을 아주 예쁘게 매듭지어 목에 둘렀다.

사람들이 수프를 먹기 전에 후작은 커다란 접시에 올린 정어리 튀김을 직접 서빙하면서 도냐 뻬뜨로닐라와 싼뻬드로 성당 철거

---

5 12장 주24 참고. 가톨릭 정통 철학자라 할 수 있는 발메스가 왕정복고시대의 지방 보수당 당수에게는 각별한 의미로 다가왔을 수도 있다.

에 대해 얘기를 나누었다. 부인에게는 쌘뻬드로 성당 철거는 부끄러운 짓이었다. 그러는 동안 손님들은 다양하고 맛있고 진귀한 사이드메뉴들을 맛보았다. 그들은 이미 알고 있었다! 그들은 믿고 있었으며, 모두가 아는 습관을 존중해야 했다. 베가야나 후작은 늘 정어리부터 시작했다. 그는 몇십마리를 먹어치우고는, 벌떡 일어나 다이닝룸에서 조용히 모습을 감췄다. 오래된 습관이라 모든 사람들은 후작의 부재를 모른 척했다. 그러고 있으면 그가 다시 나타나 수프를 서빙했다. 집주인이 자기 자리로 돌아올 때는 얼굴은 약간 창백하고 땀을 흘리고 있었다.

"어때요?" 후작 부인이 입술을 움직이기보다는 표정으로 나지막하게 물었다.

그러면 그녀의 남편은 '완벽해!'라는 의미로 고개를 끄떡이며 대답을 대신했다.

그러는 동안 맛난 거북이 수프 요리가 서빙되었다. 후작의 몸속에는 이미 정어리들이 들어 있지 않았다.

천장에 있는 발메스의 미스터리와 같은 또다른 미스터리였다.

후작 부인은 자기만의 특별한 잡탕요리를 만들어 먹었으며, 이제 그것은 아무도 주목하지 않았다. 그녀는 거의 모든 요리에 상추를 곁들여 먹었으며, 모든 음식에 식초를 뿌리거나 겨자를 발랐다. 그녀의 옆에 앉은 사람들은 그녀의 식습관을 알고 세심하게 배려했다. 오랜 경험을 통해 안주인의 식초를 곁들인 양념 배합을 알고 도왔다. 리빠밀란은 친애하는 낀따나르와 열띤 논쟁을 벌이고 있었다. 그러다가 일어나 고개를 용수철처럼 열심히 끄덕이며, 성능이 좋은 기계처럼 민첩하게 후작 부인의 고집스러운 샐러드를 양념했다. 후작 부인은 그가 하는 대로 가만히 내버려두었다. 물론 그의 손에서는 눈길을 떼지 않았지만 체구가 작은 신부의 정확한 눈대중을 믿었다.

"맙소사!" 리빠밀란이 수저 끝으로 식초와 기름을 섞으며, 후작 부인의 접시에 소금을 녹이다가 소리 질렀다. "맙소사! 까라스삐께 씨에게 완벽한 권리가 있는 것 같습니다. 당신이 어떡하다가 그런 파괴적인 생각을 하게 되었는지는 모르겠습니다. 우리가 서로 안 지가 40년이 되었는데도 당신을 제대로 알지 못했습니다."

"제발 제 말씀 좀 들어보세요, 고약한 신부님!" 끄따나르가 소리 질렀다. 그는 기분이 매우 좋았으며, 다시 젊어지는 느낌이 들었다. "내가 무슨 말을 하는지 잘 알고 있습니다. 당신과 같은 팔순 노인네가 도덕적인 교훈을 줄 필요는 없습니다. 하지만 나는 자유주의자라……"

"쓸데없는 소리."

"어제보다 오늘이 더 자유주의자이고, 오늘보다는 내일이 더……"

"브라보! 브라보!" 빠꼬와 에델미라가 소리 질렀다. 그들 역시 젊어진 기분이었고 끄따나르에게 잔을 부딪치자고 했다.

모두 농담이었다. 끄따나르는 어제보다 오늘 더 자유주의자도 아니었고, 리빠밀란에게 당신이라고 부르지도 않았고, 그를 해골 취급하지도 않았다. 하지만 그곳에서는 고급 크리스탈병에서 자태를 발하고 있는 투명한 와인이 모든 사람들에게 그렇게 즐거움을 전해주었다. 선홍색 진홍색 보르도 와인이 때로는 금빛을 띠기도 하고, 때로는 마법의 동굴에서 흘러나오는 듯한 신비로운 무지갯빛을 띠기도 했다. 그 와인에는 중정 창문을 벽포처럼 장식한 초록빛 나뭇잎 사이로 스며든 가장 대담한 햇살이 몸을 담갔다. 어찌 즐겁지 않겠는가? 웃고 떠들지 않을 이유가 있는가? 모두 만족했다. 저기 과수원에서는 물소리, 바람에 흔들리는 나무 소리, 정신없이 재잘거리는 새들의 노랫소리가 들려왔다. 중정 쪽 창문에서는 화초 잎에서 탬버린 소리가 나는 산들바람에 향긋한 향이 실려왔다. 아래쪽 분수들은 떠들썩한 연회를 동반하는 오케스트라였다. 화려한 색상이지만 몸에 꽉 끼는 옷을 입은 삐빠와 로사가 날렵하게 움직이며 생글거렸다. 그녀들은 담비처럼 깨끗했으며, 발랄한 치마를 입고 걸을 때면 움직일 때마다 몸매가 드러났다. 꽃 이름을 가진 로사는 금발이고, 삐빠는 혼혈처럼 밤색 머리였다. 그녀들은 우아하고, 신속하고, 기분 좋게, 그리고 정확하게 식사 시중을 들었다. 남자들에게 진주 같은 하얀 이를 드러내 보이고, 애교 섞인 공손한 태도로 살짝 숙이며 큰 접시들을 서빙했다. 리빠밀란의 말을 빌면, 그런 방식의 서빙은 훌륭한 식사에 금상첨화였다.

식탁에 앉은 사람들은 즐거운 분위기에 편승했다. 웃고 시끄럽게 떠들고 서로 환대하고, 반어법으로 은근히 골탕 먹이며 서로에게 칭찬을 아끼지 않았다. 드러내놓고 비판하면 정반대의 뜻이라는 건 잘 알려진 사실이었다. 오히려 대놓고 칭찬하는 꼴이었다.

다이닝룸의 즐거움이 부엌에도 그대로 메아리처럼 전해졌다. 삐빠와 로사는 접시를 들고 돌아올 때마다 다이닝룸에 남겨두고 온 장면들 때문에 더욱 환하게 웃으며 돌아왔다. 그 순간만큼은 그 집 안을 통틀어 완벽하게 진지한 사람은 딱 한명밖에 없었다. 주방장 삐드로였다. 즐기는 건 나중에 해도 된다. 지금은 책임감이 우선이었다. 그는 전쟁터를 지휘하듯 분주히 돌아다녔다. 삐빠와 로사는 쾌활하고 호들갑스럽기는 하지만 제대로 훈련받은 사람들이었다. 베테랑이었다. 하지만 삐드로는 간간이 다이닝룸 쪽으로 가서 자석 같은 눈길로 이들의 사소한 잘못들을 바로잡아주었다.

뻬드로 다음으로는 판사 부인과 총대리신부가 덜 수선스러웠다. 가끔 서로 바라보며 미소를 머금을 뿐이었다. 페르민 신부는 어쩌다 아나에게 말이라도 건네려면 후작 부인의 뒤로 몸을 빼서 그녀 쪽으로 향해야 했다. 그러면 돈 알바로가 미간을 찡그린 채 그들을 조용히 주시하였다. 그는 옆에 있는 비시따가 자기를 관찰하고 있다는 걸 알지 못했다. 은행원 아내가 지그시 그의 발을 밟으며 방심한 그를 일깨워주었다.

"맵지요? 매워?" 비시따가 말했다.

"뭐가요?" 쉬지 않고 먹고 있던 후작 부인이 물었다. 그녀는 시끌벅적한 가운데 매우 흡족해했다. "뭐가 맵다는 거지요?"

"후추요."

그러면 돈 알바로는 비시따가 주의를 준 것에 고마워하며, 지겨움을 애써 감추며 일반적인 잡탕 대화에 몰두했다. 하지만 속으로는 끔찍할 정도로 지겨워했다.

정말 이상했다! 옷이 닿았고, 가끔은 그가 원하는 판사 부인의 무릎까지도 느껴졌는데 ─ 언제 다른 여자에게서 그런 기분을 느낄 수 있단 말인가? ─ 그런데도 지겨웠다. 그가 쓸모없는 깍두기 같은 기분이었다. 그 식사가 그의 계획에는 전혀 도움이 되지 않을 거라는 확신이 들었다. 그리고 판사 부인이 이런 상황이라면 적어도 지금은 즐거워할 여자가 아니라는 것도 확신했다.

조금 더 진도를 나간다면 너무 경솔한 짓이 될 거야. 내가 점심 식사의 흥분된 분위기를 이용한다면 이 여자의 마음을 오랫동안 잃게 될 거야. 그녀도 흥분한 건 확실해. 그리고 내 무릎과 팔꿈치를 느끼고 있는 것도 확실해. 하지만 아직은 이런 신체접촉을 이용할 때가 아니야…… 이번에는 기회가 아니야…… 저기 비베로에서 두고 봐야겠어. 하지만 여기서는 아니야. 아무것도. 아무리 식욕이 당겨도 아니야. 돈 알바로는 아나에게 더욱 잘해주었지만 그 이상 은 아니었다. 비시따가 그의 생각을 읽고 '이게 뭐야?' 하는 표정으 로 아무도 눈치채지 못할 때 놀란 눈으로 돈 알바로를 바라보았다. 그녀는 아래턱을 길게 빼며 두 눈을 더욱 크게 떴다. 이런 의미를 전하고자 하는 표정이었다.

내가 보기에 당신은 얼간이야. 정말 좋은 뜻으로 내가 당신 옆에 떡하니 갖다바쳤는데도 잔뜩 주눅만 들어서……

돈 알바로는 대답 대신, 비시따 쪽으로 가까이 다가가 발을 밟았 다. 하지만 은행원 아내는 그에게 발길질로 답했다. 그걸로 '동네 나팔'이라는 의미를 전하고자 했던 것이다. 그리고 그녀가 전날 오 후 따끔하게 했던 충고와 같은 메시지를 담았다.

빠꼬는 감히 '새로 온 사촌누이'의 발을 밟지 못했다. 하지만 마 드리드를 휩쓸고 다녔던 세련된 도련님의 농담으로 그녀를 즐겁게 해줬다. 게다가 그 사촌오빠에게서는 좋은 냄새가 났다! 매우 상큼 하면서도 아주 세련되고 우아한 냄새가 났다! 에델미라는 시골마 을에서 후작 자제를 많이 생각했다. 그녀가 아주 어렸을 때, 그가 사춘기 소년이었을 때 그를 두세번 본 적이 있었다. 그런데 지금은 그가 새롭게 보였고, 그녀가 꿈과 상상 속에서 본 것보다 훨씬 멋 있었다. 훨씬 잘생기고, 안색도 더 좋고, 유쾌하고, 살집도 있었다. 그날 오후 후작 자제는 완두콩 색상의 고급 알파카 정장에 같은 색 상의 면 조끼를 입고 여름 샌들을 신고 있었다. 에델미라에게 그 신발은 터키인들이나 신는 것이었지만 우아함의 절정이라는 생각 이 들었다. 사촌오빠의 장신구, 짙은 색상의 셔츠, 넥타이, 고급스럽고 멋져 보이는 반지들, 아가씨 손처럼 고운 손, 그 모든 것이 에델미라의 마음에 들었다. 그녀 또한 청결과 건강함을 매우 좋아했다.

빠꼬는 사촌누이의 치마 쪽으로 조금씩 무릎을 가까이 가져갔다. 드디어 부드럽게 딱딱한 느낌이 전해져서 그만 물러나려고 했지만 사촌누이가 아무렇지도 않게 잠자코 있자 빠꼬는 잊어버리기라도 한 듯 그냥 그곳에 다리를 기댄 채 가만히 있었다. 에델미라의 순수함이 지나치게 호들갑스럽지 않아서 빠꼬는 그냥 내친 김에 그녀의 발도 밟을 수 있을 것 같았다. 그녀가 아프지만 않으면 뭐라 하지 않을 것 같았다. 사촌누이는 생각했다. 게다가 여기서는 이렇게 하나보지? 숙모네 집에서는 별의별 희한한 일들이 많다는 얘기가 전통처럼 내려왔다.

옵둘리아는 가끔 지루한 얼굴로 앞에 앉은 화려한 커플을 바라보았다. 그날 오후의 겨울 해를 떠올렸다. 빠꼬는 이제 그해는 완전히 잊어버렸군! 그는 이제 감각을 즐겁게 하기 위해, 시골에서 올라온 풀냄새와 로즈메리향이 나는 그 풋풋한 미모밖에는 염두에 없었다. 하지만 미망인은 옛날의 헛소리에 슬픈 추억을 바친 다음 은밀하면서도 도발적으로 총대리신부 쪽을 돌아보았다. 자신의 향수, 무대의 커튼을 들어올리듯 깜빡이는 눈, 그밖에 그런 상황 그런 인물에 대해 동원할 수 있는 모든 기법을 동원하여 그의 눈길을 붙잡으려 했다. 페르민 신부는 옵둘리아의 애교를 차갑게 모른 척했다. 그녀가 대놓고 무시하는 호아낀 오르가스에게서 받은 선물 중에서 몇가지를 신부에게 바쳤지만, 페르민 신부는 고맙다는 인사도 하지 않았다.

호아낀은 잔뜩 심통이 나 있었다. 저 여자는…… 하여간…… 저래서 말이야…… 그는 혼자 속으로 말했다. 그녀가 총대리신부에게 꼬리를 치는 건 아니겠지? 다른 손님들은 그 사실을 잘 모르거나 모른 척했다. 그런데 그에게는 중요한 문제이기 때문에 주시해서 관찰했다. 하지만 총대리신부에게 하는 짓을 모른 척하며 집요할 정도로 미망인에게 친절하게 대했다. 대체적으로 옵둘리아와 호아낀은 서로 통하는 사이였다. 맙소사! 숯 저장고에서 만나기로 한 사이인데! 그 자리를 선점했다고 좋아할 수만은 없는 게 사실이야…… 이미 무너졌으니. 최고의 은혜는 아직…… 누리지 못했어. 하지만 미리 당겨서…… 착수금 조로…… 아니면 뭐라 부르던 그런 걸로. 오! 완벽하게 승리를 거두는 날이 오면, 그리고 그럴 거라 믿어. 그때는 그녀가 그렇게 변덕 부리며 무시했던 것을, 기분이 수시로 바뀌었던 것을, 그리고 자기를 찬밥 취급했던 것을 제대로 갚아줄 날이 올 거야.

모든 희망을 빼앗긴 사람, 실의에 빠져 슬픔에 죽을 것 같은 사람은 돈 사뚜르니노 베르무데스였다. 진도가 꽤 많이 나갔다고 — 그의 양심을 댓가로 — 믿게 한 대성당의 그 장면이 있은 후 그는 옵둘리아를 다시 만나지 못했다. 그리고 그날 아침, 며칠 동안 보지 못해서 얼마나 힘들었는지 모른다고 말하려고 그녀에게 가까이 다가가(물론 망상에 사로잡힌 채 그를 침대에 누워 있게 한 변비 얘기는 하지 않고) 준비해온 작은 연설문을 귓가에 대고 — 제의방을 통과한 쾨이에의 문체로 — 속삭이러 갔지만, 옵둘리아는 그에게 등을 돌리고 한번도 아니고 세번, 네번씩이나 이렇게 말했다. 이런 데가 아니라 성당에서만 봐줄 만하다고 분명하게 말했다.

여자들이란! 특히 저 여자는! 어찌하여 여자들을 사랑한단 말인가? 왜 사랑의 이상을 좇는 건가? 아니, 다시 말하면, 왜 뼈와 살을 가진 살아 있는 여자들을 사랑하는 건가? 꿈을 꾸는 게, 계속 꿈을 꾸는 게 훨씬 나았다. 그런 우울한 생각을 하자 베르무데스는 와인이 씁쓸하게 느껴졌다. 그러면서도 건성으로, 하지만 매우 차갑게 도냐 뻬뜨로닐라 리안사레스에게 대답했다. 그녀는 나지막한 목소리로 자신의 우상인 총대리신부를 떠받드느라 여념이 없었다. 베르무데스는 한때 남몰래 사랑한 판사 부인을 이따금 바라보았다. 그리고 사춘기 시절에 짝사랑한 비시따도 가끔 바라보았다. 남 말하기 좋아하는 사람들이 비시따가 발코니를 뛰어내려 애인과 함께 도망쳤다고 말하던 그 시절이었다. 비시따는 그는 거들떠보지도 않았다. 그녀 스스로 매력적이라고 생각하는 눈웃음을 지으며 그를 바라본 적은 한번도 없었다. 무시하는 게 아니었다. 베뚜스따의 부인들에게는 베르무데스가 학자이자 성자이기는 하지만, 남자는 아니었다. 옵둘리아는 그 남자를 발견하기는 했지만 그 사실 자체를 무시했다.

총대리신부와 리빠밀란, 낀따나르, 돈 알바로, 후작, 의사가 일반적인 대화의 무게를 주도해나갔다. 베가야나 후작과 총대리신부는 진지한 주제를 꺼냈지만, 리빠밀란과 낀따나르가 논쟁마다 흥겨운 분위기를 더하면서 결국에는 모두 농담으로 끝나고 말았다. 후작은 정량정시 복용한 물약과 알약 덕분에 기분이 좀 나아지자 자신의 확고한 개혁주의 정신을 밀고 나갔다. 에이! 싼뻬드로 성당을 허물자는 것이었다. 사제들과 얘기할 필요도 없었다! 그가 광신도가 아니란 것과는 상관없이, 그리고 보수당 또는 극우파 정책과도 무관하게, 그밖에 종교와 지역의 이익과 별개로 지붕을 씌운 채소시장이 필요했다. 장소? 한곳밖에 없었다. 왈가왈부할 필요도 없었다. 싼뻬드로 광장이었다. 하지만 어떻게? 어디에? 다 쓰러져가는 성당을 허물어서.

도냐 뻬뜨로닐라는 총대리신부의 권위에 호소하며 항의했다. 총대리신부는 도냐 뻬뜨로닐라 편이었지만, 자신의 의견을 강하게 주장하지는 않았다. 유리구슬 같은 두 눈의 리빠밀란이 소리 질렀다.

"그런 우상파괴주의는 집어치우시오! 채소! 채소라니! 후작 어르신, 종교와 예술, 역사가 당신에게는 쥐꼬리만큼도 중요하지 않다는 겁니까?"

"브라보! 진짜 아라곤 사람이 나타나셨다." 낀따나르가 손에 샴페인 잔을 들고 일어나 소리 질렀다.

"예를 차리지 않으면 토론할 수 없습니다." 후작이 말했다. "낀따나르 씨가 이제 리빠밀란 신부님께 박수를 보내는군요. 조금 전까지만 해도 스스로 자유주의자라더니."

"하지만 그게 무슨 상관입니까?"

"당신은 성당은 허물고 싶지 않은데, 까라스삐께의 딸들은 수녀원에서 데리고 나오고 싶어하지요."

"간단한 환속이지요."

"빅또르, 빅또르, 함부로 말씀하지 마세요." 판사 부인이 살짝 미소를 띠며 끼어들었다.

"농담입니다." 총대리신부가 거들었다.

"농담이라니요?" 의사가 소리 질렀다. "소모사의 이름을 걸고, 낀따나르가 내 사촌인 까라스삐께를 농담 삼아 공격한다면, 내가 칼을 들고 진지하게 덤비겠소. 그러면 나무줄기 같은 것도 창이 되겠지.[6] 여러분, 그 아이는 죽어가고……"

논쟁은 명분 없이, 아니 와인의 술기운이라는 명분으로 끝이 났

---

6 '나무줄기 같은 것도 창이 된다'는 표현은 중세 로망스에서 유래된 것으로, 명예를 지키기 위한 싸움에서 신의 도움이 있을 거라는 뜻이다.

다. 모두 한마디씩 거들었다. 빠꼬도 수녀들을 환속시키고 싶어했다. 호아낀 오르가스는 뻔뻔한 농담을 던지면서 후작 부인과 에델미라를 많이 웃게 만들었다. 비시따는 부채를 펼쳐 이단 같은 생각을 얘기하는 사람들을 때리려고 식탁에서 일어나기까지 했다. 뻬빠와 로사, 그리고 다른 하녀들은 그 무질서에 감히 동참하지 않고 조용히 미소를 지었지만, 식사가 시작될 때보다는 약간 흐트러진 모습이었다. 뻬드로는 이제 고개를 내밀고 문 쪽을 내다보지 않았다. 잔 두개가 깨졌다. 과수원의 새들이 무슨 일인지 구경하기 위해 창틀에 모여앉아 총체적인 아우성에 재잘거리며 높게 지저귀는 소리까지 더해졌다.

"커피는 정자로!" 후작 부인이 명했다.

"좋아요! 좋아!" 낀따나르와 에델미라가 팔짱을 낀 채 환호했다. 그들은 안쪽에서 조율이 안된 피아노로 비시따가 연주하고 있는 스페인 국가(전직 판사가 말했다)의 멜로디에 맞춰 밖으로 나갔다. 그들은 낀따나르의 흰머리에 오렌지 화관을 얹으려는 빠꼬를 따라 과수원으로 향했다. 누이인 엠마의 방 옷장 안에서 찾아낸 화관이었다. 그 방에는 에델미라가 머물기로 했다. 모두 과수원으로 나갔다. 그곳은 오소레스 저택의 공원처럼 넓었으며, 잎이 빽빽하고 키가 큰 나무들로 에워싸인 곳이라 웬만해서는 옆집에서도 그 집 안을 들여다볼 수 없었다. 낀따나르와 빠꼬, 에델미라가 나무들 사이 너머로 난 오솔길을 따라 달려갔다. 돈 알바로는 후작 부인에게 팔을 건네고 걸었으며, 그들 앞에는 아나가 고개를 숙인 채 정원의 회양목 잎사귀를 깨물며 가고 있었다. 그녀는 후작 부인의 대화 때문에 발걸음을 멈췄다. 아나의 두 눈은 빛이 나고, 양 볼은 발갛게 달아올랐다. 총대리신부는 심각한 얘기를 건네는 도냐 뻬뜨로닐라에게 붙잡혀 뒤처졌다. 에스뽈론 근처에 건축 중인 '가난한 자들의 작은 자매회'의 회관을 얘기하고 있었다. 그 집의 부지는 베뚜스따의 모든 가톨릭 신자들의 박수갈채와 감탄 속에서 도냐 뻬뜨로닐라가 기증했다. 그녀는 아바나 옛 경제부처 국장의 미망인으로, 그 지방에서 가장 존경받을 만한 재산을 남편에게서 물려받았다. 그녀의 재산 중 많은 부분은 교회를 위해 쓰였는데, 특히 수녀들에게 지참금을 주거나 수녀원을 세우거나, 까를로스당이 반란을 일으켰을 때 명분을 지키는 데 썼다. 그녀는 자신을 여자 주교 정도로 생각했다. 그래서 나중에 교황이 자신의 행위를 승인할 거라 확신하며 닥치는 대로 아무나 파문하려고까지 하였다. 그녀는 권력자 대 권력자로 주교를 대했고, 리빠밀란은 남자 같은 여자라며 그녀를 못마땅해했다. 그래서 그는 교회를 보호했던 옛 황제를 빗대면서 그녀를 '위대한 꼰스딴띠노'라고 불렀다. 그 훌륭한 부인은 자기가 미망인답게 정조를 잘 지키고 자선사업용 건물들을 세웠다며, 그걸로 자신을 성녀, 사실상 대주교라고 생각했다. 수석사제의 말이 옳았다. 도냐 뻬뜨로닐라는 자기가 가톨릭을 보호한 것만을 생각하고 다른 사람들은 자신의 너그러움과 미망인의 정조를 평생 칭송해야 한다고 생각했다.

그녀는 베뚜스따의 신부들을 통틀어 총대리신부가 가장 훌륭하다고 생각했다. 그녀는 주교보다 총대리신부를 더 높이 평가했다. 그는 모든 점에서 뛰어난 신부이지만 겸손함 때문에 걸맞지 않은 생활을 받아들이고 있는 사람이었다. 수석사제에 따르면 총대리신부가 도냐 뻬뜨로닐라를 여왕이나 대수녀원장쯤 되는 듯 받들었다. 그녀는 그것을 고마워했으며 어디를 가든 그의 가장 열렬한 변호사가 되어 되갚아주었다. 그녀 앞에서는 그에 대해서 절대 수군거릴 수 없었다. 그녀가 용납하지 않았다.

커피를 서빙하기 시작한 정자에 도착하자, 도냐 뻬뜨로닐라는 뚱뚱한 탁발승의 머리 같은 머리를 옆으로 기울였다. 총대리신부 어깨에 기대다시피하며 큰 눈을 뜨고 꿀 같은 목소리로 말했다.

"자! 나의 친구여!…… 청컨대…… 비베로에 같이 가요…… 제발 친절을 베푸세요…… 자비를……"

총대리신부는 그에 못지않게 달달하고 부드럽고 끈끈한 목소리로 기꺼이 그 말을 받았다. 그 말을 한 후에는 상당한 양심의 가책이 느껴졌을 것이었다.

"부인, 가고 싶은 마음은…… 정말 간절하지만…… 할 일이 있습니다…… 7시에 약속이 있어서요…"

"오, 안돼요! 미안하다는 말은 소용없어요…… 제발 나를 도와주세요, 후작 부인. 나를 도와서 이 고약한 분을 설득해주세요."

후작 부인이 거들었지만 아무 소용이 없었다. 페르민 신부는 그날 오후 비베로에 가지 않기로 이미 마음먹었다. 그곳에서는 자기만 빼고 모두 그 집안과 친한 사이라는 것을 알고 있었다. 할 수 없이 마음이 약해져…… 점심초대는 응했지만…… 이제 더는 약해질 수 없었다. 자기가 거기 가서 뭘 한단 말인가? 정신 나간 사람들 모두 비베로에 가기로 했다. 비시따, 옵둘리아, 빠꼬, 돈 알바로는 제멋대로 자유롭게 즐기러 가는 거였다. 유치한 놀이를 한껏 생생하게 따라 하러 가는 거였다. 리빠밀란이 그에게 여러번 얘기를 들려준 적이 있었다. 리빠밀란은 아무 생각 없이 따라갔지만, 원래 그럴 거라는 걸 이미 알고 있었다. 하지만 페르민 신부는 그 장면들을 목격해서는 안되었다. 꼭 난장판이라 할 수는 없지만…… 정중한 신부가 볼 일은 아니었다. 아니다. 쓸데없이 길게 얘기할 필요도 없었다. 그는 속세 신부로 격하되지 않으면서도, 사교적인 신부로서 그 힘든 균형을 잘 맞출 줄 알았다. 그는 자신의 훌륭한 명성을 지킬 줄 알았다. 지나친 신뢰와 과분하게 친근한 접대는 그의 명성에 흠이 될 수도 있었다. 그는 비베로에 가지 않을 생각이었다. 가고 싶은 마음은 굴뚝같았다. 그건 그랬다. 돈 알바로라는 작자가 다시 판사 부인의 치마꼬리에 붙어 떨어지지 않았으니까. 페르민 신부는 그 유명한 베뚜스따의 돈 후안에게 불순한 목적이 있는 게 아닌가 하는 의심이 들기 시작했다.

후작 부인이 늘 그러듯 별다른 악의 없이 아나를 자기 옆으로 불러 얘기했다.

"이리 와봐요. 이리. 이 반듯한 분께서 우리보다는 당신 말을 더 잘 듣는지 어디 한번 봅시다."

"무슨 일이에요?"

"페르민 신부님이 비베로에 가려고 하지 않아요."

평소보다 좀 과하게 마신 와인 때문에 양쪽 볼이 이미 발그레하게 달아오른 페르민 신부는 판사 부인이 자기 얼굴을 마주 보고 진심으로 안타까워하며 얘기하는 모습을 보고는 얼굴이 살구처럼 시뻘게졌다.

"오, 제발이오! 그러지 마세요. 우리를 얼마나 실망시키시는지 보세요. 우리랑 함께 가세요, 신부님……"

누구라도 판사 부인의 표정과 시선에서 실망을 엿볼 수 있었다. 페르민 신부와 돈 알바로는 그녀가 진심으로 낙담하는 표정을 보았다. 아나에게는 후작 부인이 전한 소식이 너무나도 실망스러웠던 것이다.

화상을 입은 듯 화끈거리는 느낌이 돈 알바로의 영혼을 스치고 지나갔다. 그게 뭔지 익히 잘 아는 그는 자기가 느낀 그 감정을 질투라고 명하는 데 망설이지 않았다. 그것을 느끼는 순간 화가 났다. 그가 저 여자에게 생각보다 훨씬 더 진심으로 관심이 많다는 것을 의미했다. 난관이 존재하고, 그 난관이 다름 아닌 신부였다! 잘생긴 신부. 사실대로 얘기해야 했다…… 그리고 그때 우아한 돈 알바로의 활기가 없던 두 눈이 총대리신부의 눈을 응시했으며, 총대리신부는 누군가 자기를 바라보고 있다는 느낌을 받았다. 그는 매우 부드러운 시선 안에 날카로운 날을 바짝 세우며 돈 알바로의 시선에 응했다. 페르민 신부는 말보다도 아나의 표정이 자기에게 일으키는 느낌이 두려웠다. 정말이지 달콤한 고마움이 느껴졌다. 몸속에서 완전히 새로운 열기가 느껴졌다. 이제 몸속에서는 부드럽게 기분 좋은 허영심이 아니라, 어떻게 소리가 나는지도 모르는 심장의 떨림이 느껴졌다. 대체 이건 뭐지? 페르민 신부는 생각했다. 그러고 바로 그때 돈 알바로의 눈길과 마주쳤다. 그리고 그 시선이 부딪히는 순간 도전으로 바뀌었다. 뺨을 후려갈기는 듯한 시선이었다. 그들과 판사 부인 이외에는 아무도 그 시선을 느끼지 못했다. 두 사람은 서로 가까이서 당당하고 멋지게 서 있었다. 돈 알바로의 반듯하고 멋진 꽉 끼는 프록코트가 그의 위엄을 더욱 돋보였다. 햇볕에 반사되어 땅바닥까지 떨어지는 신부의 널찍한 수단 못지않게 점잖고 우아한 라인이 살아 있었다.

　판사 부인에게는 두 사람 모두 멋지고 매력적이었다. 성 미겔과 악마와 약간 비슷했지만 악마는 루즈벨이었다. 악마와 대천사. 두 사람 모두 그녀를 생각했다. 그것은 분명했다. 페르민 신부는 보호자로서, 돈 알바로는 그녀의 명예에 있어서는 적이지만 그녀의 미모를 사랑하는 남자로서 그녀를 생각했다. 그녀에게 어울리는 사람에게, 착한 천사에게 승리를 안겨줄 생각이었다. 그는 키가 약간 덜 크고, 콧수염이 없었다.(그게 늘 좋아보였다) 하지만 당당하고, 사제복을 입어도 그 자체로 멋있었다. 그 생각은 아주 잠시 잠깐뿐 이었지만, 그토록 늠름하고 호방한 사람이 그녀를 지켜준다는 게 좋은 건 사실이었다. 옵둘리아가 말했듯이, 정말 품위가 있었다. 그 녀의 말이 옳았다. 그리고 특히 그 두 남자는 각자 다른 목적으로 승리를 원했다. 그녀의 마음을 얻기를 바랐고 그녀를 그렇게 바라 보고 있다는 데 베뚜스따 삶의 단조로움을 깨는 뭔가가 있었다. 흥 미로운 뭔가가 있었다. 뭔가 드라마틱할 것 같고, 이미 그렇게 되 기 시작했다. 명예, 남편이 늘 중얼거리고 다니는 시 속에서 등장하 는 그 수수께끼는 무사히 잘 있었다. 잘 알고 있듯, 그건 생각할 필 요도 없었다. 하지만 총대리신부처럼 그렇게 현명한 사람이 멋진 남자의 두려운 공격에서 그녀를 보호해주면 좋을 것 같았다. 그 멋 진 남자 역시 개구리 같지는 않았다. 그 역시 재주가 많고 상당히 신중한 사람이었다. 그리고 설상가상으로 그는 그녀에게 진심으 로 관심을 보였다. 그건 분명했다. 그녀는 이미 확신했다. 돈 알바 로는 변덕이나 허영심이 아니라 진정한 사랑 때문에 승리를 쟁취 하고 싶어했다. 분명히 그 남자는 그녀가 독신이길 바랄 것이다. 사 실, 낀따나르는 존경할 만한 걸림돌이었다. 하지만 그녀는 남편을 사랑했다. 그건 분명했다. 부부간의 신뢰가 바탕인 가족애로 남편 을 사랑했다. 그것은 다른 종류의 열정보다 훨씬 가치있는 감정이 었다. 게다가 낀따나르가 없다면 총대리신부가 그녀를 지켜줄 이 유도 없고, 그날 오후 실체를 띠기 시작한 멋진 두 남자들의 싸움 도 없었을 것이다. 그녀는 페르민 신부가 그 자신을 위해서가 아니 라 낀따나르 때문에 자기를 원할 수 없고 원하지도 않았다는 점을

524

잊어서는 안되었다.

아나가 이런저런 비슷한 생각들을 골똘히 하는 동안, 살려달라는 옵둘리아의 요란한 비명소리가 들려왔다. 정자 아래서 한가롭게 커피를 마시던 사람들이 과수원 끝 쪽으로 달려갔다.

"어디에 있어? 어디?" 후작 부인이 놀라서 물었다.

"그네예요! 그네!" 소모사 의사가 말했다.

싼이시도로 축일 때 마드리드 대중들이 타는 배처럼 생긴 나무 그네였다. 물론 이 그네가 훨씬 우아하고 공들여 제작된 것이었다. 풍선기구 아래 바구니처럼 생긴 자리에 돈 사뚜르니노 베르무데스가 쭈그리고 앉아 창백하게 웃고 있었다. 땅에서 1야드 정도 높이에서 꼼짝도 못한 채, 세상에서 가장 우스꽝스러운 표정을 짓고 있었다. 그는 충분히 그 사실을 의식하고 있었고, 아닌 척하려는 노력 때문에 더욱 우스워 보였다. 그는 그 상황이 견딜 만하다는 인상을 주려고 했지만, 전혀 그러지 못했다. 그의 반대쪽 그네는 최근 벽 공사를 하고 남은 비계의 발판 버팀목에 걸려 있었는데 옵둘리아의 요란한 치마와 흥분한 모습이 눈에 띄었다. 그녀가 허공에 매달린 조난자처럼 그네를 꽉 붙잡고 있었다. 정말로 꽤 많이 놀란 모습이었다. 그런데 그렇게 놀란 와중에도 그녀는 교태를 부리며 예쁜 척하고 있었다.

"움직이지 말아요. 움직이지 말아." 낀따나르가 그네 아래서 양손을 휘저으며 소리 질렀다. 적어도 그런 상황에서는 옵둘리아가 감추지 못한 것을 그가 보았을 수도 있었다.

"움직이지 말아요. 움직이지 마. 떨어지면 죽을 수도 있어요." 빠꼬가 걸린 그네줄을 풀 수 있는 뭔가를 찾으며 말했다.

"3미터 반은 되겠어." 후작이 평소 지리학 계산을 하듯이 추락했을 경우의 정확한 높이를 눈대중으로 말했다.

문제는 낀따나르도, 빠꼬도, 오르가스도 각자 방법을 강구해 그 그네 위로 올라가 옵둘리아를 구해낼 재간이 없다는 거였다.

"빠꼬 잘못이에요." 비시따가 옷 위로 양다리 쪽을 밧줄로 묶으며 말했다. "빠꼬가 사뚜르노를 떨어뜨리려고 너무 세게 밀었어요. 그런데 그네가 저 위로 올라갔다가 내려오면서…… 그만 저 버팀목에 걸린 거예요."

옵둘리아는 움직이지는 않았지만 멈추지 않고 소리 질렀다.

"소리 지르지 말아, 제발." 고개를 뒤로 젖혀야 하는 불편한 자세 때문에 더는 옵둘리아를 올려다보지 못하며 후작 부인이 말했다. "곧 내려줄 거야……"

후작이 받침대가 많지 않은 사다리를 놓고 올라가보려고 시도했다. 정원사가 나무 꼭대기의 가지를 치거나 회양목의 술대를 자르는 데 사용하는 사다리였다. 하지만 사다리에서 제일 높은 곳으로 올라갔는데도 후작은 그네에는 닿지 못했다. 그네를 끌어내리기 위해서는 힘이 있어야 했다.

"디에고를 불러…… 바우띠스따도……" 후작 부인이 말했다.

"그래, 그래. 바우띠스따를 불러요!……" 옵둘리아가 마부의 힘을 기억하며 소리 질렀다.

"소용 없어." 후작이 주의를 주었다. "바우띠스따는 힘은 세지만 키가 닿지 않아. 내 키만 한데…… 다른 사다리를 찾는 수밖에 없어……"

"정원에는 사다리가 없는데."

"어딘가에는 있을 거 아니야……"

"맙소사! 맙소사!…… 이제는 멀미가 나네. 무서워서 떨어질 것 같아……"

그때 힘내라며 애원하는 아나의 눈길을 받은 돈 알바로가 결심했다. 큰 키 덕분에 어렵지 않게 그네에 닿을 수 있고, 그렇게 그네를 걸린 데서 끌어내릴 수 있을 거라는 생각이 조금 전에 들기는 했다…… 하지만 옵둘리아가 자기와 무슨 상관이란 말인가? 괜히 스타일만 구기고 프록코트를 더럽힐 수도 있었다. 하지만 아나의 시선이 그를 사다리 위로 뛰어오르게 했다. 다행히 그는 민첩했다. 판사 부인은 우쭐댈 만한 상황에 놓인 그가 에스뽈론을 산책할 때 못지않게 너무나도 용감하고 멋지고 우아해 보였다.

"브라보! 브라보!" 에델미라와 빠꼬가 그네의 받침대들 사이로 돈 알바로의 양팔이 보이자 소리 질렀다.

"끌어당기지 마! 끌어당기지 말라니까!" 다리 아래로 옛 애인의 손길을 느낀 옵둘리아가 소리 질렀다. 비시따가 이미 반말할 정도로 친해진 에델미라를 살짝 꼬집었다. 에델미라는 옵둘리아가 반말하는 것을 눈여겨보고 있었기 때문에, 비시따가 꼬집은 의도를 눈치챘다. 세상에 서로 반말하는 사이라니!

"진정하시오. 아무 일도 없을 겁니다." 돈 알바로가 대답했다. 그는 아나의 전략적인 설득에 넘어간 것을 이미 후회하고 있었다.

돈 알바로는 그네를 제대로 들어올릴 수 있도록 충분한 힘을 주기 위해 양팔로 받치며 한참 준비작업을 했다…… 첫번째 시도는 수포로 돌아갔다. 그때 그는 총대리신부가 어떤 표정을 지을까 하는 생각이 들었다.

"힘내요!" 비시따가 아래서 소리를 질러 체면이 더 구겨졌다.

"당신은 안돼! 당신은 안된다니까!…… 움직이지 마! 더 안 좋아!…… 나 죽어!" 옵둘리아가 소리 질렀다.

다른 사람들은 입을 다물고 있었다.

"가만히 있어!" 돈 알바로가 화를 내며 그렁그렁한 목소리로 나지막하게 말했다. 옵둘리아가 거꾸로 떨어지는 걸 보면 속이 다 시원할 것 같았다.

그러고는 두번째로 시도해보았지만 소용이 없었다.

꼼짝도 하지 않았다. 돈 알바로는 힘들어서라기보다는 창피해 땀이 났다. 자기 같은 남자라면 그 무게쯤은 번쩍 들어올려야 했다.

"그만둬요. 그만두세요. 바우띠스따가 할 수 있으려나……" 후작 부인이 말했다. "어디 쓸 만한 남자가 없나!"

"바우띠스따는 키가 안된다니까." 후작이 다시 말했다. "다른 사다리…… 차고에 가봐…… 그곳에는 있을 거야……"

돈 알바로가 세번째로 시도했다…… 소용없었다. 그는 그 부담에서 벗어날 방법을 찾는 듯 아래를 내려다보았다. 바로 코 아래, 다른 그네에 베르무데스가 꼼짝도 못하고 쭈그리고 앉아 있는 게 보였다. 베르무데스는 그곳에 있는 모든 사람들에게 잊혀진 채 초라하고도 어정쩡한 자세로 앉아 있었다. 돈 알바로는 기분이 슬슬 나빠지고 있었지만 웃지 않을 수가 없었다. 그는 침을 뱉고 싶은 마음으로 베르무데스를 바라보았다. 베르무데스는 쉬지 않고 계속 돈 알바로에게 미소만 띠었다. 돈 알바로가 애써 침착한 표정을 지으며 말했다.

"아이고! 정말 재미있군! 당신이 거기에 있었군요? 내가 헤라클레스 놀이를 하고 있다고 생각하시오? 그래서 거기 납덩이처럼 있는 거예요?"

모두 박장대소했다.

"그래요. 모두들 웃어요." 옵둘리아가 소리 질렀다. "재미있는 구경 났군."

"나는……" 베르무데스가 더듬거렸다. "미안합니다…… 아무도 나한테 얘기를 걸지 않아서…… 방해가 되지 않으려고…… 게다가…… 내가 내려가면…… 부인의 상황이 더 나빠질 거라고…… 생각해서…… 흔들릴 수도 있어서."

"아니 안돼요! 안돼! 당신은 내리지 마요." 미망인이 놀라 소리질렀다.

"뭐가 안된다는 거요?" 돈 알바로가 화를 내며 으르렁거렸다. "내가 당신네 두 사람과 함께 이 빌어먹을 기구를 힘들게 들어올리기를 바라나요?"

"그게…… 방법이 보이지 않아서…… 당신들이 나를 도와주지 않으면…… 이게 너무 높아서……"

"1야드 정도가 모자라는데." 후작이 알려주었다.

빠꼬가 베르무데스의 양팔을 잡아 끔찍한 그네에서 꺼내주었다.

"이제 우리가 당신을 도와드릴게요…… 여기 아래서 밀면서……" 빠꼬가 말했다.

"소용없는 일이오." 총대리신부가 매우 부드러운 목소리로 말했다. "저 나무가 줄의 양쪽 버팀목에 끼었습니다…… 그네 전체를 힘줘서 번쩍 들어올리지 않으면…… 빼낼 수가 없습니다."

"맞아요." 돈 알바로가 위에서 울부짖었다. 그러고는 다시 한번 더 힘을 썼다.

하지만 보기에 베르무데스는 별로 무게가 나가지 않는 것 같았다. 돈 알바로는 그 무거운 기구를 전혀 움직이지 못하였다.

우아한 돈 알바로는 꼭대기에서 창피하다는 생각이 들었다. 그래서 단숨에 훌쩍, 가능한 한 멋지게 착지했다. 양손의 먼지를 털고 이마의 땀을 닦으며 말했다.

"불가능해! 다른 사다리를 찾으라고 해요."

"이제는 찾았을 텐데."

"내가 닿을 수 있으면……"그때 총대리신부가 겸손한 목소리와 표정으로 조심스럽게 말했다.

"그래요." 후작 부인이 말했다. "신부님도 키가 크시지요."

"그래 닿겠네요. 닿겠어요." 빠꼬는 신부의 곡예가 보고 싶어 소리 질렀다.

"그래요, 신부님이라면 닿겠어요." 아버지 베가야나가 결론지었다. "신부님이 힘이 있으니…… 그리고 여기서는 아무도 신부님을 보지 않으니."

문제는 옷자락을 질질 끄는 초라한 꼴을 보이지 않고 사다리 높은 곳까지 올라가는 게 어려웠다.

"수단을 벗게나." 리빠밀란이 말했다.

"괜찮습니다." 페르민 신부는 사람들 앞에서 수단 속을 보인다는 게 끔찍했다.

그러고는 위엄이나 근엄함, 우아함을 조금도 잃지 않은 채 등 뒤로 수단을 펄럭이며 다람쥐처럼 사다리 꼭대기까지 올라갔다.

"됐어." 페르민 신부가 조금 전 돈 알바로가 양팔을 집어넣었던 곳에 자신의 양팔을 집어넣으며 말했다.

사람들에게서 박수소리가 들려왔다. 옵둘리아가 찢어질 듯한 비명소리를 내질렀다.

도냐 뻬뜨로닐라는 넋을 잃은 채 입을 헤벌리고는 나지막하게 탄성을 내뱉었다.

"맙소사! 완전히 상남자네!"

총대리신부는 별다른 힘을 들이지 않고, 양팔로 가볍고도 멋지게 그네를 번쩍 들어올렸다. 걸려 있던 곳에서 그네를 빼내 들어올릴 때와 마찬가지로 내릴 때도 멋지게 내려놓았다. 소모사와 빠꼬, 호아낀 오르가스는 옵둘리아가 그 빌어먹을 그네에서 나올 수 있도록 부축했다. 총대리신부는 큰 갈채를 받았다. 빠꼬는 말없이 감탄하며 바라보았다. 근육질의 힘이 약간 종교적인 두려움을 불러일으켰다. 그는 사랑싸움에 힘을 낭비했다. 살집은 충분히 있었지만 물렁살이었다. 돈 알바로는 무안함을 어렵사리 감췄다. 무지하게 유치하지만 정말 창피하군. 게다가 그는 신부들을 연약한 여자 정도로 생각했었다. 발등까지 덮는 옷과 교회법이 강요하는 온유함 때문에 특히 여자처럼 보였다. 그런데 그런 총대리신부에게서 운동선수의 모습을 보았다. 믿을 수 없는 상황이 닥치면, 한 손으로 자기를 죽이고도 남을 상남자였다. 돈 알바로는 자기가 수없이 했던(특히 마을 선거 때) 얘기가 생각났다. "즐기지도 못하고, 치마의 이점도 살리지 못하는 신부 같은 건 내가 성질이 나면 신부복을 붙잡아 발코니로 내던져버릴 겁니다." 그는 제대로 생각해보지도 않고, 일단 신부들에게 종교적인 존경심을 잃게 되면 가차없이 뺨을 날려도 된다고 늘 생각했다. 신부들은 용기도, 힘도, 혈관에 피도 없는 것 같았다…… 그런데 이제…… 어쩌면 그의 라이벌이 될 수도 있는 신부가 체육관 강사와 같은 분위기로 그에게 건전한 경고를 하는 건지도 몰랐다.

옵둘리아의 고마움은 끝이 없었다. 하지만 총대리신부는 차갑고 무뚝뚝하게 굴어야 할 필요가 있다고 생각했다. 그는 그녀를 위해서 한 게 아니라는 메시지를 확실하게 전달하려고 했다. 그렇지만 미망인은 그에게 목숨을 빚졌다고 계속 우겼다.

"그렇고말고!" 도냐 뻬뜨로닐라가 거들었다. 그녀는 옵둘리아가 총대리신부에게 빚진 목숨을 어떻게 갚고 싶어하는지는 생각도 못한 채 말했다.

아나는 영적 아버지의 힘에 조용히 감탄했다. 그녀는 그 힘에서 강인한 영혼의 육체적 상징만을 봤을 뿐이다. 그것은 자기를 공격해오는 유혹으로부터 확실한, 난공불락의 보호가 가능한, 의심의 여지가 없는 성채였다.

비시따가 그때 그네로 올라갔는데 양쪽 발목을 끈으로 묶었다. 사람들에게 아랫도리를 보이지 않으려는 것이었다.

옵둘리아가 항의했다.

"어떻게 그럴 수가? 뭐가 보였던 거야? 불공평해! 왜 나한테는 아무 얘기도 하지 않았던 거야? 이건 배신이야."

"부인의 말이 맞아요." 낀따나르가 말했다. "법 앞에서 평등해요. 그 끈은 치워요."

에델미라는 묶지 않고 그네에 올라갔다. 준비 조치를 취할 필요가 없는 것이, 아무것도 보이지 않았다.

낀따나르와 리빠밀란도 그네를 탔지만 어지럼증이 났다.

"마차들이 준비됐어요." 후작 부인이 멀리서 소리 질렀다. 그러자 모두 중정 쪽으로 달려갔다.

후작 부인과 도냐 뻬뜨로닐라, 판사 부인, 리빠밀란이 지붕이 없는 4인승 마차에 올라탔다. 매우 훌륭하고 호화로운 마차였지만 이제는 낡아서 바퀴가 매끄럽지 않았다. 검정말의 몸통은 왕이 타도 될 정도였다. 다른 사람들은 낡은 여행용 마차에 되는 대로 끼어 탔다. 튼튼한 마차였지만 말 네 마리가 끌고 외관은 좋지 않았다. 평소 후작이 가끔 투표자들을 데리고 왔다가 데려다주기 위해, 또 가끔은 금지 구역에서 사냥하기 위해 지방을 순찰하러 다닐 때 타는 마차였다. 그 마차에 대해 얼마나 많은 얘기들이 있었던가! 마차의 외관이 마드리드의 중앙우체국에서 기차역까지 우편 써비스를 할 때 아직까지도 사용하는 구식 역마차와 비슷하게 생겼다. 다른 이름으로 '곤돌라'와 '패밀리'라고 부르기도 했다.

총대리신부는 에스뽈론에서 내려주겠다는 확실한 약속을 받고 리빠밀란과 아나 사이에 자리를 잡았다. 그곳에서 누군가를 만나러 가야 했다(그런 일은 없었다. 비베로에 가지 않으려는 핑계였다).

"우리가 신부님을 납치할 거예요." 옵둘리아가 말했다.

"그래요. 그래. 납치해요. 그게 좋겠어요. 신부님을 내려드리지 않을 거예요." 도냐 뻬뜨로닐라가 덧붙였다.

"아닙니다. 이러시면 안됩니다…… 그러면 타지 않겠습니다."

그가 마차에 올랐고, 4인승 포장마차는 엔시마다 지역의 비좁은 거리들의 뾰족한 자갈들 위로 불꽃을 튀며 출발했다. 그 뒤로 곤돌라가 따랐다. 끔찍하고 요란한 방울소리와 채찍 소리, 떨어져나갈 것 같은 유리창 소리, 안에서부터 들려오는 시끄럽게 떠드는 소리와 웃음소리가 이웃사람들의 혼쭐을 빼며 출발했다.

아직도 햇살이 따뜻했으며, 4인승 마차에 탄 귀부인들은 양산으로 다양한 색상의 차양을 그 자리에서 만들어냈다. 덕분에 총대리신부와 리빠밀란도 얼굴을 가릴 수 있었다. 도냐 뻬뜨로닐라의 치마폭에 거의 숨다시피 해서 앞쪽에 탄 리빠밀란은 기분이 좋아 어쩔 줄 몰라했다. '위대한 꼰스딴띠노'와 몸이 닿아서가 아니라, 양산을 쓰고, 여성 향수 냄새를 맡으며, 그리고 부채들의 입김을 느끼며 귀부인들과 함께 가서였다. 귀부인들과 시골에 가다니! 목가적이고 긍정적이었다! 아니면 그것보다 조금 덜했다! 실크 조끼를 입은 필리스와 아마릴리스[7]의 플라토닉한 영원한 사랑이라는 일흔줄로 접어든 시인의 아름다운 이상이 이뤄지고 있었다.

총대리신부는 좀 당혹스러웠다. 한편으로는 아나와 몸을 닿으며 가는 게 우연 같기도 하고 아닌 것 같기도 해서 마음이 무거웠다. 물론 거의 스치지도 않았다. 그녀도 그도 움직이지 않았다. 그는 당혹스러웠지만 그녀는 아니었다. 그녀는 그의 옆에서 만족스러웠다. 아나는 그에게서 잘 제작된 강한 방패와 같은 느낌을 받았다. 그녀가 그를 위해 해를 가려주었고, 그는 돈 알바로에게서 그녀를 구해주었다. 이분이 비베로에 오신다면…… 돈 알바로가 감히 근처에도 오지 못할 텐데…… 그렇지 않으면…… 가시면…… 감히 겁없이 나올 텐데…… 분명해. 거기서는 각자 자기 멋대로 뛰어다닐 테고, 빅또르는 빠꼬와 에델미라와 함께 바보짓과 유치한 짓을 하러 가고도 남을 테고…… 안돼. 내가 두려워하는 것은 그를 알고 싶지 않아서가 아니야. 그러니까 그가 다가오면…… 도망치지는 않을 거야. 이분이 오면 좋을 텐데!……

"페르민 신부님." 에스뿔론에 거의 다 왔을 때 아나가 겸손한 목소리로, 늘 그에게 하듯이 달콤하고 차분한 존경이 섞인 목소리로 말했다. "페르민 신부님. 우리와 함께 가시지 그래요? 1시간 정도만 계시면 될 텐데…… 우리도 금방 돌아올 거예요. 같이 가세요! 같이 가세요!"

페르민 신부는 판사 부인의 말을 듣는 순간 온몸에서 아주 달콤한 간지러움을 느꼈다. 그는 자석에 이끌리듯 자기도 모르게 그녀 쪽으로 몸을 기울였다. 다행히 다른 귀부인들과 리빠밀란은 불쌍

---

[7] 목가시에 자주 등장하는 여자들의 이름.

한 옵둘리아의 껍질을 벗겨놓겠다는 목적으로 즐겁게 대화하는 데 푹 빠져 있었다. 리빠밀란은 그런 얘기가 나오면 자주 그러듯 나우 쁠리아 주교와 마드리드의 여인숙, 고급 창녀인 사촌의 옷차림 등등을 얘기했다. 총대리신부의 결심이 한순간 무너질 뻔했다는 건 부인할 필요가 없었다. 하지만 그는 자신의 의지가 그렇게 약하다는 걸 보여주는 게 자기답지 않다는 생각이 들었다. 게다가 비베로에서 벌어질 일이 두렵기도 했다. 생각없이 경솔하게 행동할 수 없었다. 돈 알바로가 그네에서 패배한 것에 대한 앙갚음으로 뭐가 되든 아무 운동이나 도전한다면 자기는 수단과 망토를 입고서, 그리고 신부라는 직책을 짊어진 채 망신당하기 딱 좋았다. "아니, 가지 않겠습니다." 그는 자신의 생각을 확고하게 말하는 순간 강렬하고, 심오한 쾌감을 느꼈다. 자존심이 뿌듯해지는 기분이었다. 악의가 전혀 없는 만큼, 더할 나위 없이 매력적인 그 입술에서 나오는 유혹을 버텨내기가 얼마나 힘들지 잘 알았다. 그와 같은 이유로 자신의 에너지, 자기 영혼의 용기를 높이 샀다. 틀림없이 그는 속이 시커면 베뚜스따 사람들에 맞서 싸우는 것보다 훨씬 더 가치있는 일을 하기 위해 이 세상에 왔을 것이다.

페르민 신부가 부드러운 눈길로 아나를 바라보았다. 그리고 목소리에 다정한 신뢰를 담아 매우 조용히 말했다. 판사 부인은 전날 오후 다이닝룸의 발코니에서 돈 알바로가 했던 어조와 비슷하다는 느낌을 받았다. 페르민 신부에게서는 들어보지 못한 목소리였다.

"저는 당신들과 가서는 안됩니다."

페르민 신부는 말로 표현할 수 없는 표정으로 미안하다고 전하며, 자기가 신부이다보니…… 그리고 그녀가 그에게 고해를 하기 때문에…… 그리고 빠꼬와 옵둘리아, 비시따가 약간 정신 나간 사람들이고, 베뚜스따의 할 일 없는 사람들이, 사실 그런 사람들이 거의 대부분인데, 가장 순수한 사람에 대해서도 수군거린다는 뜻을 전달했다.

물론 그 표정이 이것을 의미하는 것은 아니더라도 판사 부인은 그 모든 것을 이해했다. 그래서 그녀는 체념하고 총대리신부의 도움 없이 돈 알바로와 맞서기로 마음먹었다.

그들은 더는 아무 말도 하지 않았다. 마차가 멈춰 섰다. 총대리신부가 일어나 귀부인들에게 인사했다. 판사 부인은 어머니를 만났다면 그 어머니에게 수도 없이 지었을 그런 미소를 지었다. 페르민 신부는 그런 미소를 짓지 못했다. 그의 부드러운 눈은 그런 것에는 별 소용이 없었다. 그래서 자기도 모르게 눈에서 불꽃을 튀기며 바라보았다…… 그리고 그것은 아나도 알지 못했다.

그들은 옛날 이름으로 '신부들의 산책로'인 에스뽈론의 입구에 이르렀다. 그곳에서 페르민 신부는 도냐 뻬뜨로닐라의 탄식 속에서 내렸다.

"신부님은 너무 까다로운 분이에요." 후작 부인이 말했다. 그녀는 페르민 신부를 제외한 모든 신부들에게 쓰는 친근한 어조로 말했다.

심지어 후작 부인은 부채를 접어 신부의 손을 때리기까지 했다. 그렇게 그녀는 총대리신부와 베가야나 집안 사이에 감도는 약간 냉랭한 거리를 좁히고자 하는 마음을 드러냈다. 페르민 신부는 그 뜻을 제대로 파악하고 고마움을 전했다. 베가야나 집안과 친해진다는 것은 낀따나르와 그의 아내와도 친해진다는 것을 의미했다. 그들은 극장이나 산책, 모든 곳에서 늘 함께했으며, 판사 부인은 후작의 집에서 상당히 자주 식사했다. 그렇기 때문에 그녀를 만나기 위해서는 대성당보다 그곳이 훨씬 나았다. 이 모든 것은 총대리신부가 비계에서 발을 내려 한발짝 뒤로 물러나 귀부인들에게 작별 인사를 하는 그 짧은 시간에 순식간에 머리를 스친 생각이었다.

"바우띠스따! 출발!" 후작 부인이 소리 질렀다. 그러자 에스뽈론을 산책하던 신부들과 귀부인들, 신사들, 근처의 초원에서 놀고 있던 어린아이들, 야외에서 일하는 수공업자들이 두 눈을 휘둥그레 뜨고 보는 앞에서 4인승 마차가 유유히 출발했다.

총대리신부는 마차가 사라질 때까지 계속 바라보았다. 판사 부인이 조금 전의 달콤하고 순수한 표정으로 멀리서 그에게 미소 지으며 부채를 조용히 흔들어 수줍게 인사했다…… 나중에는 리빠밀란의 각진 옆모습밖에는 아무것도 보이지 않았다…… 그는 모형 풍차의 날개처럼 양손을 흔들었다.

다른 마차가 번개처럼 지나갔다. 페르민 신부는 창문으로 인사를 보내는 장갑 낀 손을 보았다. 영원한 감사를 전하는 옵둘리아의 손이었다. 그녀는 양손으로 인사하지 않았다. 왼손은 호아낀 오르가스가 달콤하면서도 은밀하게 잡고 있었다. 그는 맛이 있으면, 남이 먹다가 남긴 것도 절대 마다하지 않는 위인이었다.

14장

에스쁠론은 나무들이 없는 비좁은 산책로였다. 꽤 높지는 않았지만 잘 보존된 두툼한 성벽이 있어서 베뚜스따에서 가장 추운 바람인 북동풍으로부터 보호를 받았다. 성벽 양끝 쪽으로는 기념비적인 거대하고 시커먼 석조 분수가 모형 건축물을 한껏 뽐내고 있었다. 분수는 Rege Carolo III[1]라고 라틴어로 그 기원이 새겨져 있었으며, 오랜 세월을 두고 석회암 위로 흘러내렸다. 다른 쪽은 기다란 돌벤치들로 산책로를 막아놓았다. 에스쁠론에는 더이상의 장식은 없었다. 오후 내내 그 서글픈 성벽을 데워주는 태양이 아니라면, 그나마 더이상의 매력도 없었다. 그 성벽 덕분에 오랜 옛날부터 베뚜스따 옛 궁정의 주요 장식물과도 같았던 수많은 성직자들이 겨울에는 오후 2시에서 4시나 5시까지, 여름에는 해가 지기 조금 전

---

1 까를로스 3세(1716~88). 1759년부터 1788년까지 스페인을 통치했으며 현왕(賢王)으로 인정받았다.

부터 저녁까지 산책을 나왔다. 그곳은 따뜻할 뿐만 아니라 한적하고, 말 그대로 '아늑한' 장소였다. 하지만 이것은 꼴로니아가 없었을 때의 얘기였다. 지금은 베뚜스따에서 가장 좋은 신흥지역 꼴로니아가 그것을 대신했다. 에스뽈론과 그 인근 지역이 나쁘지는 않았지만, 조금 걷다보면 식민지풍 지역의 소음과 활기, 그리고 건축되고 있는 호텔들의 생동감이 시작되었다. 『엘 라바로』에 의하면 그 지역은 최근 10년이나 12년 동안 마술처럼 순식간에 번창한 곳이었다.

베뚜스따의 성직자들은 교리와 윤리, 규율과 정치 문제에 있어서 강경한 걸로 유명하지만, 도시의 발전은 절대 나쁘게 보지 않았다. 오히려 하루가 다르게 베뚜스따가 변해, 20년 후에는 그곳을 알아볼 사람이 아무도 없을 거라며 좋아했다. 그것은 베르무데스의 『기독교시대의 베뚜스따』의 교구나 대성당의 성직자가 제대로 이해된 문명을 거부하지 않음을 보여주는 것이었다.

이것이 이야기의 끝이 아니다. 전통적으로 에스뽈론이 사제들과 침울한 법관들, 상복 입는 사람들의 전용 산책로였지만, 몇몇 귀부인들이 '신부들의 산책로'가 다른 여느 산책로보다 훨씬 따뜻하다는 것을 알게 되면서 겨울 산책로를 에스뽈론으로 옮겨야 하는지를 놓고 많은 모임과 종교단체에서 얘기하기 시작했다. 누구보다 공중위생가인 돈 로부스띠아노 소모사가 사방에 외치고 다녔다.

"그거야 당연하지요! 내가 100년 전부터 얘기하고 다니는 겁니다. 하지만 여기서는 우려와 광신주의와 싸우지 못합니다. 똑똑한 신부들은 외로움과 은둔을 핑계로 아주 먼 옛날부터 휴식에 가장 적합하고, 가장 따뜻하고, 가장 위생적인 곳을 자기네를 위해 선점했습니다."

결국 몇몇 명문대가의 귀부인들이 감히 전통을 깨기로 했고, 그 이후 10월부터 꽃피는 부활절이 올 때까지 에스쁠론으로 과감하게 산책을 나왔다. 그 귀부인들 다음으로 다른 여자들도 과감하게 시도했다. '샌님들'은 신부들의 산책로가 '빠세오 그란데'보다 훨씬 짧고 좁다는 것을 알았고, 그들의 용도에도 적당하다고 여겼다. 그렇게 모든 사람들이 탐내는 에스쁠론은 1년 안에 부분적으로 세속화되어 '겨울 산책로'로 바뀌었다.

몇몇 성직자들이 반대했다. 대부분 늙고 가난한 신부들이었다. 이들은 항의하다가 결국 도로 쪽으로 흩어지며, 그들의 에스쁠론을 떠나게 되었다.

'세상의 광기가 한적한 휴식처에서 그들을 내몰았다! 속계俗界가 그들 모두를 침범했다!' 그러고서 그들은 까스띠야 국도와 포플러와 떡갈나무들이 끝없이 늘어선 먼지 풀풀 날리는 길들을 따라 걸었다.

하지만 봉급쟁이 신부가 대부분인, 깔끔하고 우아한 옷에 최신 유행의 챙 넓은 모자를 쓴 젊은 층들은 귀부인과 신사 들과 어깨를 나란히 하고 걷는 게 그렇게 불편하지 않거나, 아니면 불편하지 않은 척 행동했다. 어찌 됐든 자기네가 인파와 세상의 혼잡을 좇아간 것은 아니었다. 그들은 계속 자기네 집에서, 자기네 영역을 지키며, 침략자들의 출현을 의식하지 않는 척했다.

베뚜스따의 생활에서, 이러한 새로운 관습은 엄청나게 정성을 들인 많은 성직자들의 복장으로 알 수 있었다. 시골 동료 신부들에게 엄청난 부러움을 받는 금빛 청춘이라 불리는 베뚜스따의 신부들은 날씨만 좋으면 하루도 거르지 않고 가을과 겨울 오후마다 매일 에스쁠론을 찾았다. 시골 신부들은 자기들이 봐도 촌스러운 모습 때문에 눈에 띄었다. 이들은 검은 다이아몬드처럼 광채가 났다. 누가 뭐라고 시비 걸 수 없이 이들은 지나다니는 젊고 우아한 여자들을 지켜보았다. 그리고 그들을 지켜보았던 사람들이라면, 그 표정과 동작, 웃음, 시선, 붉어진 얼굴에서 사랑의 설렘을 느낄 수 있었다. 하지만 그 이상은 아무것도 없었다.

그렇지만 베가야나 후작 부인의 말을 빌리면 너무 소심한 신학교 교장은 길이는 돌 던지면 닿을 거리밖에 안되고 넓이는 5바라에 지나지 않는 그 비좁아터진 곳에서 신부들과 여자들이 한데 섞여 산책하는 것을 그냥 두고 보지 못했다.

"아닙니다, 주교님." 교장이 주교에게 자주 말했다. "성직자가 아름다운 동네 아가씨들의 팔꿈치에 부딪히는 게 순수하고 무해하다는 걸 저는 이해하지 못하겠습니다……" 주교는 아가씨들이 그렇게 부딪힐 리 없다고 믿었다. 불레바르의 오만방자한 여자들이나 옷공장 아가씨라면 모를까……

신학교 교장의 항의는 곧 잊었다.

"누가 그 사람의 말을 신경 쓰겠어?" 은행원 아내 비시따가 말했다. "낯가림이 심한 남자야. 성인이긴 해. 그건 그래. 하지만 거칠지. 어쨌든, 그 남자는 내가 '성심회'의 회계담당인데도 나를 싼또도밍고 수도원의 제의방에서 내쫓은 남자야!"

"그런 남자는 평생 기둥 위에서 살아야 해." 옵둘리아가 단언했다.

"주상성자 성 시메온처럼." 그곳에 있던 나팔총이 거들었다.

대략 꽃피는 부활절부터 추분까지 에스뽈론에는 거의 신부들만 있었다. 하지만 10월이 되면 저 위쪽 '여름 산책로'의 습기와 '나무의 영향'이 두려운 몇몇 귀부인들이 돌아왔다. 베가야나 가문의 마차가 에스뽈론 입구에 총대리신부를 내려줬던 그날 오후 그곳에는 많은 성직자들과 지긋한 나이로 존경받는 적지 않은 평신도들, 극소수의 귀부인들이 있었다. 그렇지만 총대리신부가 베가야나 후작의 마차에서 내렸다는 엄청난 일을 주석과 메모까지 붙여가며 푸짐하게 얘기하기에는 그곳에 있던 여자들만으로도 충분했다. 각기 그 마차를 응시하고 있던 모든 눈들이 마지막으로 판사 부인의 옆에 있던 그를 보았다. 마차가 나타날 때 보았던 많은 사람들은 '로마의 멸망을 논하며……' 말했다. 신부들도 주임신부가 말하는 '뜻밖의' 사건을 수군거렸다. 전직 시장인 포하는 그 유명한 모우렐로 주임신부와 베뚜스따에서 가장 알랑거리기 잘하는 꾸스또디오 보좌신부를 양옆에 두고 산책하고 있었다. 자유주의자인 고리대금업자는 성직자들과 자주 어울리지 않았지만, 그날 오후에는 중요한 여러 사건들 때문에 총대리신부의 적 세명이 뭉치게 되었다.

"뻔뻔하기는!" 포하가 말했다.

"생각이 없는 사람입니다. 외교가 뭔지, 감정을 숨기는 게 뭔지를 모릅니다." 주임신부가 말했다.

"나는 신부님께서 그가 점심식사 하러 남았다고 했을 때 믿을 수가 없었습니다."

"이제 보셨지요?" 주임신부가 의기양양해서 탄성을 내뱉었다.

"그런데 다른 사람들은 어디 가는 겁니까?"

"비베로요. 확실합니다. 당신도 잘 알다시피…… 망아지처럼 뛰어놀고…… 달리려고요."

"그런 사람들이 보수층이라니!"

"아닙니다. 그건 예외지요."

"지붕도 없는 마차를 타고 가는 거 보십시오."

"그것도 그녀 바로 옆에서……"

"그리고 여기에 떡하니 내리고." 보좌신부가 감히 말을 거들었다.

"바로 그겁니다. 맞는 말씀입니다…… 여기에 내리다니……"

"주임신부님, 주임신부님의 동료가 하느님의 손을 놓았다고 말해도 되겠습니까?"

"제가 보기에도 그런 것 같습니다! 그래요! 죄송합니다…… 하지만 주교는…… 어찌 됐든, 당신은 뭘 원하십니까?" 주임신부가 악의적인 표정으로 미소를 머금으며 물었다.

바로 그 순간 한 문장이 떠올랐다. 그 문장을 자신의 청중에게 아주 근엄하게 전하기 위해 발걸음을 멈추고는 한쪽 손을 뻗었다. 두 사람을 갈라놓는 듯했다. 그러고는 몸을 포하 쪽으로 기울이며, 그의 귀에 대고 크게 말했다.

"하느님의 교회에는 별의별 종자가 다 있지요."

그들은 그 농담을 듣고는 총대리신부가 수군거리는 그들 옆을 지나갈 때까지 쉬지 않고 정신없이 웃었다. 두 신부가 매우 깍듯하게 인사를 나누었다. 주임신부는 총대리신부 쪽으로 한발짝 앞으로 나가 그의 어깨를 친근하게 한번 다독였다.

주임신부는 속으로는 질투로 죽을 지경이었지만, 겉으로는 전혀 내색하지 않았다. 정치적이든지 아니든지, 둘 중 하나였다.

총대리신부는 마음속으로 그에게 침을 뱉는 걸로 만족했다.

총대리신부는 혼자 몇바퀴를 돌았다. 자기에게 인사를 건네는 사람들에게 거의 눈길도 주지 않고 평소처럼 상냥하게 이쪽저쪽을 돌아보며 기계적으로 인사했다. 어느덧 서서히 나오기 시작한 배 위로 망토가 비스듬히 걸쳐져 있었다. 그는 양손을 가만히 포갠 채 ─그의 손이 매우 아름답다는 건 이미 잘 알고 있다─ 그곳을 15분 정도 천천히 걸었다(그렇게 있는 게 매우 힘들었다. 기꺼이 후작의 마차를 뒤따라…… 달려가고 싶었다). 그는 모든 사람들의 시선과 겸허하게 싸우고 있었다. 모든 사람들이, 아니면 대부분의 사람들이 자기가 2시간 내지 3시간, 4시간 고해성사를 했다며 수군거리고 있을 거라고 확신했다. 하느님은 몇시간인지 이미 알고 계실 것이다! 저놈의 주임신부와 꾸스또디오가 일찌감치 공들여 열심히 머리를 굴렸을 것이다…… 적들은 이미 이러쿵저러쿵 얘기를 시작했을 것이다! 하지만 그게 무슨 상관이람? 지금 그가 진정으로 속상한 것은 비베로에 못 간 것이었다. 어찌 됐든 비열한 놈들은 수군거릴 것이다! 그리고 그가 중요하게 여기는 점잖은 사람들은 나쁜 얘기는 전혀 믿지 않을 것이다. 리빠밀란이나 다른 신부들과는 달리 그는 베가야나의 농장에 가지 않았으니까.

진정한 친구 몇명, 아니면 적어도 총대리신부의 편이라고 공포한 사람들이 에스뽈론을 거닐고 있었다. 하지만 그들은 그 유명한 총대리신부 곁에 감히 가까이 다가오지 못했다. 그는 거리에 모습을 드러낸 순간부터 틀에 박힌 달콤한 미소를 짓고 있었지만 별로 말하고 싶은 얼굴이 아니었다. 그래서 시력이 약한 사람들이 빛 때문에 눈을 찡그리듯이 페르민 신부는 그렇게 미소를 띠었다. 늘 사람들 앞에 나설 때마다 짓는 그 미소가 그의 얼굴 근육에 빛과 같은 이상한 효과를 드리웠다.

하지만 그를 잘 아는 사람들을 속이지는 못했다. 그의 노력에도 불구하고 매우 많은 사람들이 알았다. 감히 가까이 다가온 첫번째 사람은 그때 막 산책로에 도착한 수도원장이었다. 페르민 신부가 먼저 그에게 인사를 건넸다. 수도원장은 거의 말을 하지 않았으며, 산책할 때는 더더욱 말이 없었다. 그들은 함께 걸었으며, 페르민 신부는 혼자 있는 것처럼 걸을 수 있었다. 그후 장관의 친척뻘인 신부가 도착했을 때는 얘기를 해야 했고, 곧 '프록코트를 입은 주교' (그때 유행하던 표현이다)가 합류하면서는 대화가 활기를 띠었다. 그는 정치와 교회 안의 음모들에 대해, 그리고 총대리신부에게는 쓸데없어 보이는, 즉 사제에게는 적합하지 않은 갖가지 헛소리를 얘기했다. 하지만 그는? 그는 무슨 생각을 하면서 가고 있었던 것인가? 그거야말로 유치하고 황당한, 죄 많은 생각이었다. 그는 고개를 숙인 채 걸었기 때문에 동료들의 망토와 수단, 그리고 자신의 복장은 눈여겨보지 않았다. 그는 땅바닥에 질질 끌리는 옷이 황당하고 남자답지 않으며, 카니발적인 여성성이 있는 복장이라고 생각하였다…… 별의별 미친 생각이었다! 분명한 것은, 다른 때 같았으면 엄숙한 자태를 자랑하는 긴 사제복을 입고 다니는 게, 그 순간에는 그렇게 부끄러울 수가 없다는 것이다. 적어도 다른 튜닉처럼 옆트임이라도 자연스럽게 있다면…… 하지만 그러면 다리와 검정색 바지, 신부복 안에 들어 있는 부끄러운 남자가 보였을 것이다. 정말 끔찍했다!

"신부님은 어떻게 생각하십니까?" 그 순간 '평신도 주교'가 발걸음을 멈추고는 대답을 기대하면서 그의 앞을 가로막으며 물었다.

총대리신부는 그들이 무슨 얘기를 나누고 있었는지 알지 못했다. 사제복의 재단 얘기를 하다가 다른 데 정신을 팔고 있었다.

"사실, 문제는, 문제는…… 생각해봐야겠습니다." 그가 말했다.

"내 말이 바로 그 말입니다!" 평신도 주교가 의기양양해서 소리질렀다. 그러고는 페르민 신부가 계속 걸을 수 있도록 비켜주었다.

"여러분도 보셨지요? 총대리신부님도 나와 같은 생각입니다. 그문제를 검토할 필요가 있다고 하셨습니다. 그게 힘들다고…… 나도 그렇게 생각합니다!"

총대리신부는 한숨을 내쉬었다. 하지만 주임신부가 잘하는 '뜻밖의' 돌발 질문이 나오기 전에 교구청에서 할 일이 있다며, 그 사람들과 헤어졌다.

더이상 함께 있기가 힘들었다. 그날 오후에는 동료들의 존재가 그를 숨 막히게 했다. 질질 끌리는 검은 천이 그를 짓눌러 내렸다. 그곳에 계속 있으면 무슨 헛소리를 할 것 같았다. 그래서 서둘러 떠났다. 멀찍이 마차들이 먼지구름을 일으키며 사라진 비베로로 향하는 길을 마지막으로 바라보았다.

잘하는 짓이다! 총대리신부가 생각에 잠겨 거리를 걸었다. 그는 사물들에, 특히 이름을 붙이기 힘든 사물들을 명명하는 게 싫었다. 자기에게 일어나고 있는 것이 무엇이란 말인가? 이름이 없었다. 사랑은 아니었다. 총대리신부는 특별한 열정을, 사랑이라 부를 수 있는 순수하고 고귀한 감정을 믿지 않았다. 소설가나 시인들이나 하는 짓이었다. 그리고 죄의 위선이 육욕의 천가지 모습을 감추기 위해 성스러운 단어를 빌린 것이었다. 그가 느끼는 감정은 육욕이 아니었다. 양심의 가책은 받지 않았다. 그 감정이 새로운 것이라는 확신은 있었다. 아픈 건가? 예민한 건가? 소모사라면 분명히 아픈 거라고 했을 것이다.

어찌 됐든 그 부인들을 괜히 언짢게 한 것 같았다. 어쩌면 그가 무례를 범했을 수도 있었다. 비베로에서 그를 놓고 뭐라고 수군거릴까?

총대리신부는 엔시마다 지역의 거리 입구 쪽으로 올라가 주지사의 집 앞을 지나갔다. 그 안으로, 정원 한가운데로 우물이 보였다. 그것이 오수 정화조라는 걸 알고 있었다. 리빠밀란이 비베로에 있는 마른 우물에 대해 여러번 얘기했던 게 떠올랐다. 빠꼬 베가야나와 옵둘리아, 비시따, 그외 다른 정신 나간 사람들이 ── 수석 사제가 말했다 ── 양치류와 풀, 나뭇가지들을 뜯어다가 전부 우물에 집어던지며 논다고 했다. 그러고는 나뭇잎이 입구까지 올라오면…… 붕! 그들은 안으로 뛰어들어갔다. 한명씩 순서대로 들어가기도 하고, 두세명이 한꺼번에 들어가기도 했다…… 리빠밀란까지도 모든 위엄을 갖춰 그 구멍 안으로 들어가야 했다. 그리고 당연히 그를 꺼내기 위해서는 밧줄이 필요했다…… 총대리신부에게도 그런 우물이 있었다. 보이지는 않았지만 바로 자기 눈앞에 있었다. 그는 그 우물 안에서 돈 알바로의 모습을 그려보았다. 그가 나뭇가지와 풀 위에서 치명적이면서도 달콤한 아나의 육체를 기다리며 양팔을 벌리고 있었다…… 아나가 그런 비난받을 일을 할까? 우물에 던져지도록 가만히 있을까? 페르민 신부는 마음이 뒤숭숭했다. 자기가 무슨 상관이란 말인가? 그런데도 뒤숭숭했다.

총대리신부는 어디로 향하는지도 모르는 채 무작정 걸었다. 어느덧 자기 집 문 앞에 이르렀다. 그렇지만 바로 뒤돌아섰다. 아무도 자기를 본 사람이 없다는 확신이 들자 교구청 광장으로 이어지는 꼬랄라다 거리 쪽으로 서둘러 내려갔다.

어머니! 그제야 생각이 났다. 오후 내내 어머니는 생각도 하지 않았다.

알리지도 않고 집 밖에서 점심식사를 하다니! 도냐 빠울라는 이렇게 가정교육에 어긋나는 일은 죄질이 나쁘다고 생각했다. 아들은 거의 그런 일이 없었다. 그래서 그녀는 더욱 놀랐다.

어떻게 어머니에게 전갈이라도 할 생각을 하지 못했을까! 하지만…… 누구를 보낸단 말인가? 후작 부인에게 말하는 것도 우스운일이었다! 부인, 오늘 제가 어머니와 함께 식사하지 못한다는 것을 어머니께서 아셔야 하는데요. 그가…… 만족스러워하며 사는……
그 노예 같은 생활이…… 부끄럽지는 않았다…… 그랬다. 그는 만
족했다…… 하지만 세상 사람들한테까지 알리고 싶지는 않았다.
그런데 지금은 왜 집으로 가지 않는 거지? 집 밖에서 충분히 많은
시간을 보냈는데…… 발걸음을 돌려 언짢아 있을 어머니와 맞선
다? 아니었다. 그럴 용기가 나지 않았다. 강렬한 장면을 연출할 자
신이 없었다. 어머니가 자주 그러듯이, 실용적인 설교 속에 은근한
인신공격을 섞는 게 끔찍했다…… 어머니는 그날 아침에 얘기했
던 그 어리석은 짓들을 분명히 또 언급하실 것이다…… 어머니에
게 후작의 집에서 판사 부인과 함께…… 식사했다고 하면…… 엄
청난 광경이 펼쳐질 것이다! 하지만 하느님! 나중에는 어떻게! 못
된 사람들은, 치사한 베뚜스따 사람들은 그 우정을 놓고 수군거릴
것이다! 이틀 안에 모두 이러쿵저러쿵, 어머니의 귀는 중상과 악의
들로 가득 찰 거고, 영혼은 의심과 두려움, 걱정들로 가득 찰 것이
다!…… 그럼 뭐가 있나? 아무것도 없었다. 절대 아무것도 없었다.
판사 부인은 총고해를 했고, 아마도 그 시간에는 그 도시에서 가장
멋진 남자와 함께 마른 잎들을 잔뜩 채워넣은 우물 안에 들어가 있
을 것이다. 그리고 그는 그 모든 것과 무슨 상관이란 말인가? 그가!
교구의 주교 총대리신부가! 오! 집으로 돌아간다면 어머니에게 강
하게 말할 생각이었다. 의심하고, 아닌 척 시치미를 떼고, 눈에 보
이는 것을 지우는 것은 수치스러운 짓이라고 얘기할 생각이었다.
왜? 이 사건에서는 숨길 게 아무것도 없었다. 그는 어린아이가 아
니고, 중상모략은 무시했다.

총대리신부가 교구청으로 들어갔다.

서글프고 병약한 교구청의 지붕들 위로 길게 드리워진 대성당

의 그림자 때문에 건물 전체가 어두침침했다. 석양의 햇볕이 먼 곳까지 자줏빛으로 물들이며, 엔시마다의 많은 집들에 불을 질렀다. 그 불꽃이 유리창에 반사되어 반짝거렸다.

총대리신부는 주교가 목가시牧歌詩를 교정보고 있는 방으로 들어갔다.

까모이란 주교가 고개를 들어 미소를 지었다.

"오, 자넨가?"

페르민 신부가 소파에 가서 앉았다. 그는 약간 현기증이 났다. 머리가 지끈거리고 이마가 뜨거웠으며, 목이 바싹 타고 말랐다. 그 닫혀 있는 좁은 공간에서 숨이 막힐 것만 같았다. 술기운이 올라온 것이었다. 절대 술을 마시지 않는데, 그날 오후 자기도 모르게 얼떨결에 후작 부인이 따라준 까르뚜하 교단에서 빚은 술인지 뭔지를 한잔 다 마셨던 것이다.

까모이란 주교는 교정보던 시를 읽으며 계속 미소를 머금었다. 이제는 총대리신부를 두려워하는 것 같지 않았다. 몇시간 전만 해도 주교는 '자유로운 우애회'의 부인들에게 관용을 베푼 것 때문에 질책을 받을까봐 두려워 단둘이 있기를 꺼려했다. 페르민 신부는 그 변화를 눈치챘다.

"이 지워진 글자들이 뭔지 읽어주겠나?…… 잘 보이지 않아서."

페르민 신부가 가까이 가서 읽었다.

"자네! 냄새가 고약하군!…… 뭘 마셨나?"

페르민 신부가 고개를 들고 놀라서 찡그린 얼굴로 주교를 바라보았다.

"저한테서 고약한 냄새가 난다구요? 무슨?"

"술 냄새가 나는데…… 무슨 냄새인지 나도 모르겠군…… 럼주인지…… 모르겠어."

페르민 신부는 주교의 지적이 부당하고 아무것도 아니라는 듯 양어깨를 으쓱했다. 그러고는 책상에서 물러났다.

"그런데, 자네는 왜 어머님께 연락을 안 드렸나?"

"무슨 연락이오?"

"밖에서 식사한다고……"

"주교님이 어떻게 아십니까?……"

"내 그럴 줄 알았네. 자네 어머니가 보내 떼레시냐가 여기 두번이나 왔었네. 도련님이 어디 계시냐, 여기서 식사하셨냐 하면서 말이지. 아니라고 했지. 내가 직접 나가서 얘기했네. 그러고는 30분 후에 또다시 찾아왔네. 도련님한테 무슨 일이 있느냐, 마님이 걱정하고 계신다, 내가 뭐라도 알고 있을 것 아닌가, 등등 말일세."

총대리신부가 쿵쿵거리며 방 안을 돌아다녔다. 그는 자신의 초조함과 언짢음을 제대로 감추지 못했다. 어쩌면 감추려고 하지 않았는지도 모른다.

"내가 걱정하지 말라고 했네. 자네가 까라스삐께 씨의 집이나, 빠예스 씨의 집에서 식사하고 있을 거라고. 둘 다 축일이니 말일세. 맞지? 안 그런가? 까라스삐께 씨랑 식사했지?"

"아닙니다!"

"빠예스 씨랑?"

"아닙니다! 어머님은…… 어머님은 저를 어린애 취급하세요!"

"가엾은 부인이 자네를 많이 사랑해서 그런 걸세……"

"하지만 해도 너무합니다……"

"그러니까 아직 집에 안 들른 건가?" 주교가 교정지 읽던 것을 멈추며 탄성을 내뱉었다.

총대리신부는 아무 대답도 하지 않았다. 그는 이미 복도로 나와 걸으면서 얘기했다.

"내일 뵙겠습니다." 그러고는 등 뒤로 필요 이상으로 세게 방문을 닫았다.

녀석의 말이 옳아. 유약한 아버지가 응석받이 아들을 대하듯 총대리신부를 대하는 주교가 생각에 잠겼다. 도냐 빠울라는 우리 모두를 인형 다루듯이 한단 말이야.

그러고는 계속해서 교정지를 고쳤다.

페르민 신부는 왔던 길을 되돌아 언덕길로 올라갔다. 하지만 집 근처에 이르자 발걸음을 멈췄다. 어떻게 해야 할지 알 수 없었다. 까르뚜하 교단에서 빚은 술인지 뭔지가 설마 꼬냑이었을까?! 계속 그를 힘들게 했으며, 입에서 나쁜 냄새가 난다는 것도 알고 있었다.

지금 주임신부가 가까이 오면, 아마 내일쯤이면 베뚜스따 전체가 나를 술주정뱅이로 알겠지……

올라가지 않을래. 올라가지 않을 거야. 어머니가 가만히 계시지 않을 텐데! 지금 설교를 듣거나 꾸중을 참거나, 어머니의 의중을 알아내려고 고심할 기분이 아니야…… 떼레시나까지 그러고 다니니! 교구청을 두번씩이나!…… 내가 무슨 길 잃은 어린아이인가!…… 참을 수 없어!……

대성당의 시계가 천천히 울리며 시간을 알렸다. 처음에는 날카롭게 네번 울리고, 나중에는 장엄하고, 웅장하고, 깊은 떨림으로 네번 울렸다.

페르민 신부는 자신의 의지가 그 시계에 달려 있기라도 한 듯 갑자기 결심하고는 언덕 아래로 이어지는 오른쪽 길로 접어들었다. 그곳으로 가면 좀더 빨리 에스뽈론으로 돌아갈 수 있었다.

그는 어머니와 떼레시나, 꼬냐, 주교는 잊었다. 돌아오고 있을 후작의 마차들 말고는 아무 생각도 하지 못했다.

베뚜스따의 총대리신부는 엔시마다 지역의 굽어진 거리들을 뒤로 하고, 비베로 쪽으로 성큼성큼 걸어 에스뽈론에 도착했다. 그곳에는 이미 가로등들이 켜졌고, 지나다니는 사람들은 거의 없었다. 그는 자기가 미친 짓을 하고 있다고 생각하지 않았다. 그렇게 수시로 왔다 갔다 하는 게 교구청의 총대리신부에게 어울리지 않는 행동이라고는 생각하지 않았다. 그건 나중에 생각할 일이었다. 지금은 오로지 이 생각밖에 없었다. 벌써 지나갔을까? 아니, 아직 지나가지 않았을 거야. 그럴 시간이 없었어. 지금, 지금쯤이면 근처에 왔을 시간이야……

이렇게, 이제 슬슬 불기 시작한 산들바람이 이 더위를, 이 당혹감을, 이 갈증을 식혀줄 거야…… 멀리서 들리는 거대한 분수의 물줄기가 멀리서 서글프면서도 단조롭게 소곤거렸다. 침울하고 외로운 산책로는 깊은 침묵에 잠겨 있었다. 페르민 신부는 서쪽 분수의 물 나오는 곳 가까이 이르자, 사자석상이 이로 꽉 물고 있는 쇠파이프에 입술을 갖다대고 요란하고 자극적인 물줄기로 자신의 슬픔을 잠재우고 싶은 유혹에 빠져들었다…… 그러나 차마 행동으로 옮기지는 못하고, 뒤돌아서 고독 속에서 계속 산책했다. 다른 분수에 다다르자 똑같은 슬픔에 똑같은 유혹이 찾아왔다…… 다시 돌아서 뒤로 향했다. 그렇게 30분 정도 거닐었다. 갈증으로 죽을 것만 같았다…… 왜 떠나지 못하는 걸까? 그들이 마차를 타고 지나가는 것을 보지 않고서는 그곳을 떠나고 싶지 않았던 것이다. 아나가 마차를 타고 돌아올 것이다. 그건 당연했다. 그리고 가로등 옆을 지나갈 때, 자기 모습을 들키지 않고, 아니면 적어도 자신의 정체를 숨긴 채 그녀를 지켜볼 수 있을 것이다. 애타게 기다리는 목마름. 베뚜스따 대학의 시계가 세번 울렸다. 45분! 좀 빠른 것 같네…… 아니야…… 베뚜스따 시간의 권위인 대성당의 종이 대학 시계를 확인해주었다. 시간을 세속화하지 못한 '시청의 시계'는 유치하고 날카로운 방울소리로 동료 시계들이 간결하게 전한 시간을 확인해주었다.

하지만 저 아이들이 저기서 뭘 하고 있는 거지? 총대리신부가 자기 자신에게 물었다. 물론 스스로 위안하고자 별 상관 없지라고 덧붙였다.

그는 그때까지 열살에서 열두살 되는 꼬마아이들이 있는지 몰랐다. 돌 벤치 사이사이로 산책로의 끝이자 국도의 시작을 알리는 가로등이 줄지어 있었고, 그중 한 가로등 옆에서 거리의 장난꾸러기들이 놀고 있었다. 장난꾸러기들 중 엄마 역할을 하는 여자아이가 있었다. 완전히 운에 좌우되는 놀이인 '채찍을 휘둘러!' 놀이를 하고 있었다. 엄마는 가로등 아래 쇠기둥 받침대에 앉아 있었다. 채찍 모양으로 생긴 아주 더러운 스카프를 가운데로 굵게 묶었는데, 그곳에서는 그것이 위압적인 힘을 상징하는 채찍이었다. 누더기를 걸친 여자아이가 스카프 끝을 잡고 있고, 다른 아이가 아이들의 합창소리에 따라 손에서 손으로 넘겼다.

"나Na로 시작하는 말!……" 엄마가 말했다.

"나리구도[2]……" 금발의 장난꾸러기가 대답했다. 그 그룹에서 가장 강한 아이였고, 승리한 댓가로 계속 1등 자리에 있었다.

스카프가 다른 아이에게로 넘어갔다.

---

2 Narigudo. 스페인어. '코가 큰' '코주부'라는 뜻.

"나?"

"나리세스."[3]

"다른 걸로. 나?"

"나뽈레옹."

"뭔 헛소리! 나뽈레옹이 뭐야?" 무리의 삼손이 친한 친구에게 다가가 팔꿈치로 코를 찍으며 소리 질렀다.

"나뽈레옹…… 제기랄! 1두로야."

"무슨!"

"때리지 마!"

"가만히 안 둘 거야…… 네가 그렇게 겁쟁이만 아니라면…… 말이 많은 걸로…… 네 주둥이를 퉁퉁 붓게 만든다……"

"그게 아닌데, 뭐 어때?" 여자아이가 화해시키며 말했다. "자, 다른 거. 나? 나?"

"나딸리아……"

"그것도 아니야. 하나도 맞추지 못했어."

"한번 더."

"신호를 줘!" 독재자가 말보다는 침을 뱉으며 말했다.

그러고는 양다리를 벌리고 채찍을 휘두르며 친구들의 뒤를 쫓아 달려갈 기세로 손목에 스카프를 한번 감은 후 덧붙였다.

"이해했으면 신호 보내. 안 그러면 박살낼 테니까!"

그러고는 엄마의 수중에서 채찍을 뺏어오려는 듯 채찍을 향해 당겼다.

"신호…… 신호…… 못 맞출걸?"

---

3 Narices. '코'라는 뜻.

"맞출걸?……"

"당기지 마……"

"되게 맛있는 거야. 되게 맛있어! 되게 맛있다니까!"

"먹는 거야?"

"당연하지…… 얼마나 맛이 있는데……"

"어디 있는데?"

"돈 많은 사람들이 먹어."

"그건 소용없어. 돈 많은 사람들이 먹는 걸 내가 어떻게 알아?"

"너도 한번은 봤을 거야."

"무슨 색깔?"

"노란색, 노란색……"

"나랑하!⁴ 제기랄!" 꼬마아이가 소리를 지르고는, 친구들에게 채찍을 휘두를 준비를 하고 스카프를 잡아당겼다.

"팔 빠지겠다! 못된 놈! 그게 아니야!……"

다른 꼬마아이들은 이미 무사히 피해, 국도 쪽과 에스뽈론을 뛰어다녔다.

"와! 와! 이건 아니야……" 엄마가 소리 질렀다.

"맞아! 내가 너를 박살낼 거야…… 나랑하가 노란색이 아니라고?…… 그리고 맛있는 게 아니라고?"

"하지만 나랑하는 너도 먹잖아."

"그래. 헤로마 아줌마의 가판대에서 훔치면……"

"그게 아니야. 다른 거. 나? 나?"

비쩍 마르고 창백한데다가 거의 벌거벗다시피한 사내아이가 스

----

4 Naranja. '오렌지'라는 뜻.

카프 끝을 잡았다. 아이의 눈에서 빛이 났다…… 그 아이의 목소리
가 떨렸다…… 그러고는 겁에 질려 나랑하를 말한 아이를 쳐다보
며 아주 조용히 말했다.

"나띠야스!⁵"

"채찍을 휘둘러! 쫙쫙쫙!" 엄마가 감격하며 소리 질렀다.

그러자 아이들이 모두 달려서 도망갔다. 이긴 아이는 친구들을
때릴 마음이 그다지 없는 듯 다리를 흐느적거리며 그 뒤를 쫓아갔
다. 그는 이겨서 만족하기는 했지만 복수할 마음은 없었다.

'빨강이'는 뛰고 싶어하지 않았다. 항의만 계속했다.

"제기랄! 나띠야스가 뭐야?" 그가 얼굴 앞으로 한 손을 갖다대
고 소리 질렀다. 그사이 '쥐새끼'가 채찍질하는 흉내를 내며 그를
수줍게 벌췄다.

그러자 '빨강이'가 화를 내며 덧붙였다.

"말해봐! 귀에다가! 안 그러면 내가 너를 병신으로 만들어놓을
테니!"

"귀에다가! 귀에다가!"

'쥐새끼'는 귀에 매달리려는 모든 친구들에 둘러싸였다.

"채찍을 휘둘러!" 엄마가 다시 소리 질렀고, 아이들은 다시 흩어
졌다.

그때 총대리신부가 여자아이에게 다가갔다.

엄마가 놀라 비명을 질렀다. 아이는 평소처럼 아버지가 뺨 때리
고 발로 걷어차기 위해 자기를 잡으러 왔다고 생각했다.

"애야, 여기로 마차 두대가 지나가는 거 봤니?"

---

5 Natillas. '커스터드'라는 뜻.

"어디로요?" 그녀가 일어나며 대답했다.

"저 위쪽으로…… 한대는 말 두필이 끌고, 한대는 방울 달린 말 네필이 끌고…… 조금 전에……"

"아니요, 지나가지 않은 것 같은데…… 신부님, 기다려보세요. 혹시 얘네들이…… 엄마, 귀에! 엄마, 귀에!" 여자아이가 소리 질렀다. 그러자 꼬마아이들 무리가 '쥐새끼' 앞에 있는 가로등으로 몰려왔다. 총대리신부를 보자 '빨강이'를 제외한 모든 아이들이 쓰고 있던 모자를 벗으며 그를 에워싼 후 서로 앞다퉈 손에 입을 맞췄다. 몇명은 먼저 코와 입을 깨끗이 닦았지만 다른 아이들은 아니었다.

"너희들, 저 위로 마차 두대가 지나가는 거 봤니?"

"응."

"아니."

"두번."

"세번."

"저기 아래로."

"거짓말…… 내가 가만히 놔두나 봐라!…… 신부님, 위쪽으로 갔어요."

"대형 사륜 포장마차였어요."

"그냥 마차라니까!"

"달구지 두대야."

"너 박살낼 거야!……"

"너 가만히 안 놔둘 거야!……"

총대리신부는 아무것도 알아내지 못했다. 그냥 마차들이 지나갔다고 생각하기로 했다. 하지만 산책로를 떠나지는 않았다. 그는 계속 거닐었다. 아이들이 입 맞춘 손을 닦으며 거닐었다. 기름기 묻은 게 싫어 분수대들 중의 한곳에서 살짝 손을 씻었다.

꼬마들은 흩어졌다. 페르민 신부는 머리 위를 분주히 날아다니는 박쥐 한마리와 단둘이 남았다. 섬뜩한 박쥐 날개에 거의 닿을 뻔하기도 했다. 박쥐도 귀찮게 굴었다. 박쥐는 날아갔다가 바로 돌아왔으며, 한번 지나갈 때마다 회전 폭이 짧아졌다.

분명히 두마리야. 총대리신부는 생각했다. 머리 위에서 박쥐를 볼 때마다 머리카락 뿌리 쪽이 약간 서늘해지는 기분이었다.

아름다운 저녁이었다. 마지막으로 희미하게 물들었던 석양빛마저 금세 모습을 감춰버렸다. 산 측면이 희미하게 반짝이는 수증기 띠를 가리켰고, 산 위로 마차처럼 생긴 큰곰자리가 반짝였다. 그리고 꼬르핀 산 쪽으로 보이는 황소자리 중의 1등성인 알데바란이 어둠에 잠긴 산 정상을 거의 스치듯, 황량한 사막과 같은 하늘 위에서 외롭게 반짝였다. 산들바람은 잠들었고, 두꺼비의 휘파람소리가 운명적 순명을 노래하는 성가처럼 게으른 슬픔 같은 들판을 가득 메웠다. 도시 위쪽의 소음이 묵직하면서도 간간이 깊은 침묵처럼 들려왔다. 좀더 가까이 있는 꼴로니아에서는 모두가 침묵을 지키고 있었다.

페르민 신부는 고요한 밤을 바라보는 걸 좋아하지 않았다. 신학교에서, 예수회 교단에서, 그리고 성직자의 삶을 시작한 초창기에, 아주 오래전에는 좋아했었다…… 그가 섬세하고, 영혼을 집어삼킬 듯한 슬픔과 근심이 있었을 때는…… 그후에는 삶이 그를 남자로 만들었고, 어머니라는 학교를 계속 다녔다…… 어머니는 들판에서 농사 이외에는 아무것도 모르는 시골 아낙네였다. 책에서 시라고 하는 것들은 그의 마음속에서 오래전에 완전히 죽었다. 그랬다. 아주 오래전에…… 별! 신부가 된 이후로 관심을 갖고 별을 본 적은 거의 없었다!…… 페르민 신부는 멈춰서서 모자를 벗고 이마의 땀을 닦은 후 머리 위에서 하늘의 심연에 잠겨 반짝이는 별들을 가만히 바라보았다. 피타고라스의 말이 옳았다. 별들이 노래를 부르고 있는 것 같았다…… 그 침묵 속에서 머리의 피가 요동치는 소리가 들려왔다…… 그리고 또다른 소리도 들리는 것 같았다…… 아주 멀리서 울리는 종소리와도 같았다…… 그들인가? 마차들이 돌아오고 있는 건가? 4인승 포장마차에는 방울이 없었지만, 곤돌라의 말들에는 달려 있었다…… 아니면 매미나 귀뚜라미인가?…… 개구리?…… 밤의 침묵을 함께하며 들판에서 노래 부르는 것들은 뭐든지 될 수 있었다…… 아니…… 아니다…… 방울소리였으며, 이제 확실했다…… 훨씬 가까이에서 들려왔다. 일정한 리듬으로…… 점점 더 가까이.

"그들이 분명해! 많이 늦었네!" 총대리신부가 도로의 배수구 쪽에 있는 산책로 가로등의 그림자 밑으로 다가서며 큰 소리로 말했다.

그는 비베로 방향으로 고개를 뻗어 모든 소리를 감시하며…… 몇분쯤 기다렸다. 머나먼 어둠속에서 빛 두개가, 그리고 나중에는 네개가…… 보였다. 그들이었다. 마차 두대였다…… 리드미컬한 방울소리가 또렷해지고 있었다. 방울소리가 가끔 소리 높여 부르는 노랫가락과 뒤섞이기도 했다.

'미쳤군! 노래를 부르며 오고 있어!'

이제는 묵직한 소리가 들려왔다. 지하세계의 바퀴소리와 같은…… 지친 말들이 헉헉거리는 숨소리…… 그리고 마침내 리빠밀란의 째지는 목소리…… 이제 큰 마차에 타고 있던 사람들은 조용했다. 4인승 포장마차가 총대리신부 바로 옆을 지나갔으며, 그는 사람들의 눈에 띄지 않기 위해 쇠기둥 쪽에 달라붙었다. 4인승 포장마차가 총총걸음으로 지나갔다. 페르민 신부는 모두 지켜보았다. 리빠밀란의 자리에 돈 빅또르 낀따나르가 앉았고, 판사 부인의 자리에 리빠밀란이 있었다. 그랬다. 그는 그들을 똑바로 보았다. 판사 부인은 지붕이 없는 마차를 타지 않았다! 그녀는 다른 사람들하고 오고 있었다! 그리고 그녀의 남편은 신부와 후작 부인, 도냐 뻬뜨로닐라의 무리로 내보내고! 뒤에 돈 알바로와 그녀가 함께 오고 있었다…… 모두 술에 취했는지 어쨌든 즐거워하며 오고 있었다!

천박하기는! 그는 목구멍에 절망이 박히는 기분으로 생각했다.

그는 자기가 주임신부를 패러디한다는 것도 의식 못한 채 덧붙였다.

'그녀를 아예 그의 품에 안겨주려고 하는군! 후작 부인은 정말 취미 삼아 셀레스띠나 노릇을 하고 있어!'

심지어 노래까지 부르며 오다니!

마차들이 멀어져갔다. 마차들은 환호성 없이 꼴로니아 큰길 쪽으로 올라갔다. 등불들이 흔들렸으며, 보이지 않았다가 다시 보이기도 했다. 점점 더 작게 보였다……

이제는 조용해! 페르민 신부는 생각했다. 그게 더 찜찜해! 더 찜찜하단 말이야!

다시 방울소리가 여름밤에 들리는 매미와 귀뚜라미 소리처럼 멀리서 들려오기 시작했다.

총대리신부는 별들을 잊은 채 에스뽈론을 벗어나 베가야나 후작의 마차들을 따라 꼴로니아 큰길 쪽으로 한참을 걸어올라갔다.

수치심만 아니면 언덕길을 뛰어올라갔을 것이다. 왜? 아무 이유도 없이. 언짢은 기분을 풀기 위해. 근육과 하릴없는 영혼에서 남아도는 힘을 뭔가에 풀기 위해. 그런데 그 영혼은 우글거리는 개미집처럼 어딘지 꺼림칙했다.

빠예스 저택의 정원 바로 옆을 지나갈 때, 불투명한 크리스털 등 안에서 반짝이는 가스불이 먼지가 뒤덮인 길 위에 귀신처럼 그려진 신부의 그림자를 울타리의 철책 사이로 보여주었다.

그는 부끄러웠다. 그 자신이 자기가 저지른 미친 짓의 증인이었다. 그는 발걸음을 멈췄다.

내가 취한 게 분명해. 이건 지나갈 거야. 아! 무슨 이런 일이! 나는 항상 내 자신의 주인이었어. 그런데 지금은 얼간이가…… 따로…… 없어.

그는 판사 부인과의 약속이 생각났다. 막연한 분노에서 벗어나 약간의 위안을 느꼈다. 곧 내일이야…… 8시면 알게 될 거야…… 그래, 알게 될 거야…… 내가 그녀에게 모두 물어볼 거니까. 못할 것도 없지. 내 방식으로…… 나한테는 권리가 있어……

그는 불레바르에 도착했다. 혼자였다. 노동자들의 산책도 이미 끝났다. 꼬메르시오 거리와 빤 광장 쪽으로 올라가 누에바 광장에 이르자 린꼬나다 광장이 보였다. 오소레스 대저택에는 현관 불빛 이외에는 아무 불빛도 보이지 않았다.

집에 내리지 않은 거야? 아직도 함께 있는 거야? 그는 자기가 무슨 짓을 저지르는지 생각도 하지 않은 채 루아 거리까지 계속 걸었다. 정오 나절에 걸었던 길과 같은 길이었다. 지금은 후작의 집 발코니도 열려 있었다. 안에서 흘러나온 빛이, 멀리 희미한 가스등이 비춰주지 못하는 좁은 거리의 어둠을 덜어주었다. 페르민 신부는 고함소리와 큰 웃음소리, 그리고 조율이 안된 거친 피아노 쉿소리를 들었다.

여흥이 계속되고 있군! 그가 입술을 깨물며 혼잣말을 했다. 그런

데 나는 여기서 대체 뭘하고 있는 거지? 이 모든 게 나랑 무슨 상관이람?…… 그녀 역시 여느 여자들이랑 똑같은지는…… 내일 알 수 있어. 내가 미쳤어! 내가 취했나봐!…… 어머니가 나를 본다면! 발코니에서 흘러나오는 불빛이 앞집의 벽 위로 드리워진 커다랗고 네모난 그림자를 가로막았으며, 그 뻔뻔하고 강렬한 빛 위로 마법의 등불이 그림을 그리듯 시커먼 모양들이 스치고 지나갔다. 어떨 때는 여자의 모습이 지나가고, 어떨 때는 커다란 손이 그 뒤로 물뿌리는 호수처럼 생긴 콧수염이 지나가기도 했다. 페르민 신부는 살롱의 발코니 앞에서 이 장면을 보고 있었다. 노란 살롱의 발코니 앞쪽 벽에 비친 그림자들은 훨씬 작지만, 많고 혼란스러웠다. 그리고 현기증 날 정도로 정신없이 움직이며 뒤섞였다.

춤추는 건 아닐 거야. 그가 생각했다. 하지만 이런 생각이 위안은 되지 않았다.

응접실의 발코니 건너편에 있는 발코니 한곳은 닫혀 있었다. 후작 딸이 죽었을 때 자신이 있었던 방의 발코니였다. 총대리신부는 그곳에서의 기억을 떠올렸다. 그는 불쌍한 젊은 여인이 하느님에게 가고 있는 동안, 한 손에 커다란 촛불을 들고 무릎 꿇고 앉아 있었다. 아주 오래전 일이었다. 그 발코니가 갑자기 열렸다. 페르민 신부는 쇠창살을 꽉 움켜잡은 채 거리 쪽으로 뛰어내릴 듯 난간 위로 몸을 숙이는 여자의 모습을 보았다. 여인의 허리를 휘감고 있는 팔이 어렴풋이 보였다. 그녀는 벗어나려고 몸부림을 치고 있었다. 누구지? 전혀 알아볼 수가 없었다. 키가 크고 훌륭한 몸매였다. 옵둘리아일 수도 있고, 판사 부인일 수도 있었다. 아냐, 판사 부인일 리 없어! 말도 안돼. 그럼 저 팔의 주인은 누구지? 왜 발코니로 나오지 않는 거지? 앞의 대문 쪽이 칠흑같이 어두워서 페르민 신부는 자기 모습은 보이지 않는다고 확신했다. 아무도 지나가지 않았다. 하지만 지나갈 수도 있다…… 그러면 후작의 손님들을 감시하고 있는 자기를 보면 어떻게 생각할까?…… 그곳을 떠나야 한다…… 그렇다. 하지만 저 그림자들이 발코니에서 물러나지 않는 한 그도 움직일 수 없었다. 거리 쪽으로 등을 보이고 있는 누군지 모르는 부인이 지금은 보이지 않는 상대방을 향해 고개를 숙이고 조용히 말하였다. 그러고는 가끔 그녀의 어깨를 잡으려는 손을 가벼우면서도 매몰차게 뿌리치며 기계적으로 자신을 보호하고 있었다.

그들은 어두운 데 있어! 그 방에는 불빛이 없어…… 엄청난 스캔들이군! 페르민 신부가 생각했다. 그는 계속 꼼짝도 하지 않았다.

발코니의 여자가 뭔가 얘기하고 있었지만, 너무 조용히 얘기해 목소리를 알아들을 수가 없었다. 무슨 소린지 알아들을 수 없게 소곤거렸다.

당연히 그녀는 아니야. 대문에 서 있던 그가 생각에 잠겼다.

이런 생각을 해봐도 더이상 이성적일 수 없었다. 페르민 신부는 불안해졌다. 발코니의 어두움이 공기가 부족한 듯 그를 질식시켰다. 여자 그림자의 머리가 잠시 사라졌다. 엄숙한 침묵이 감돌았으며, 그 침묵 한가운데서 거의 굉음에 가까운 확실한 소리가 들렸다. 서로 키스하는 소리가 들렸고, 그러고 나서 「세비야의 이발사」 1장의 로시나의 비명소리와 같은 비명소리가 들렸다.

총대리신부는 안도의 한숨을 내쉬었다. 그녀가 아니었다. 옵둘리아였다. 발코니에는 아무도 없었다. 페르민 신부는 대문 쪽에서 나와 벽에 딱 달라붙은 채 성큼성큼 걸어 멀어져갔다. 그녀가 아니었다. 분명히 그녀가 아니었다. 다른 여자였다. 그는 생각에 잠긴 채 걸었다.

15장

1층 난간의 계단 위에서 도냐 빠울라가 한 손에는 촛대를 들고 다른 손에는 앞문 문고리를 잡은 채 꼼짝도 하지 않고 침묵을 지키며 아들이 고개를 숙인 채 천천히 올라오는 모습을 지켜보고 있었다. 챙 넓은 모자에 가려 아들의 얼굴은 보이지 않았다.

누군지 묻지도 않고, 아들일 거라 확신하며 그녀가 직접 문을 열었다. 그를 보고는 한마디도 하지 않았다. 아들은 위로 올라왔고, 어머니는 꼼짝도 하지 않았다. 거기 한가운데서 아들의 진로를 방해하려는 것 같았다. 그녀는 시커멓고 길쭉하고 뼈만 앙상한 귀신처럼 온몸이 굳어 있었다.

페르민 신부가 마지막 층계에 도착했을 때, 도냐 빠울라는 자리를 비켜주고 서재로 들어갔다. 페르민 신부는 어머니가 자기를 보지 않을 때, 그제야 어머니를 보았다.

그는 어머니 이마에 수지獸脂로 만든 고약이 붙여진 것을 보았다.

큼지막해서 눈에 확 띄었다.

전부 알고 계시는군. 총대리신부는 생각했다. 어머니가 아무 말도 하지 않고 수지 고약을 붙이고 있으면, 그것은 더이상 화를 낼 수 없을 정도로 노한 상태임을 의미했다. 페르민 신부는 다이닝룸 옆을 지나치며, 두 사람의 음식이 차려져 있는 식탁을 보았다. 저녁식사 하기에는 이른 시간이었다. 다른 때 같았으면 9시 반까지는 식탁보도 펴지 않았다. 그때 바로 9시를 알렸다.

도냐 빠울라가 서재의 책상 위에 있는 기름 램프를 켰다.

그가 소파에 앉으며, 모자를 한쪽 옆에 놔두고 손수건으로 이마를 닦았다. 그러고는 도냐 빠울라를 바라보았다.

"어머니, 머리 아프세요?"

"아팠어. 떼레시나!"

"네, 마님."

"저녁!"

그러고 그녀는 서재를 나갔다. 총대리신부는 인내하자는 표정을 지으며 그녀 뒤를 따라 나갔다. 아직 저녁시간은 아니었다. 45분 이상이 남았다…… 하지만 저녁을 차리라고 했으니.

도냐 빠울라는 연기 못하는 연극배우처럼 식탁 바로 옆에 비스듬히 앉았다. 페르민 신부의 접시 옆에 이쑤시개통과 소금, 기름, 식초병이 놓여 있었다. 그의 냅킨에는 냅킨 고리가 있었지만 어머니의 냅킨에는 없었다.

떼레시나가 심각한 표정으로 시선을 바닥에 고정한 채 첫번째 음식을 들고 들어왔다. 샐러드였다.

"앉지 않나요?" 어머니가 총대리신부에게 물었다.

"밥맛이 없어요…… 하지만 갈증이 좀 심하네요……"

"어디 아파요?"

"아니오…… 그건 아니에요."

"저녁은 더 있다가 먹을 생각이오?"

"아니오. 안 먹겠어요……"

총대리신부가 도냐 빠울라의 맞은편 자리에 앉았다. 그녀는 아무 말 없이 식사 서빙을 받고 있었다.

페르민 신부는 한쪽 팔꿈치를 식탁에 괴고 손으로 머리를 받친 채 어머니를 바라보았다. 그녀는 건성으로 빠르게 식사했다. 평소보다 훨씬 창백했으며, 맑고 파랗고 차가운 눈에는 생각이 담겨 있었다. 바닥 깊이 가라앉은 생각을 그녀가 바라보는 것 같았다.

떼레시나가 교육을 잘 받은 고양이처럼 조용히 들락거렸다. 그녀가 샐러드를 도련님에게 가져다주었다.

"저녁 안 먹겠다고 했는데."

"놔두거라. 오늘 저녁 안하신단다. 떼레시나는 말을 못 들었어요."

그러고는 그녀가 눈으로 하녀의 역성을 들어주었다.

다시 침묵이 흘렀다.

페르민 신부는 차라리 무슨 말이라도 얼른 들었으면 하는 마음이었다. 고약과 침묵 말고 시원하게 모두 들었으면 했다. 속이 울렁거렸지만 감히 차 한잔도 청하지 못했다. 목이 말라 죽을 지경이었지만 물을 마시는 것도 두려웠다.

도냐 빠울라는 평소보다 떼레시나와 더 많은 얘기를 나눴다. 거의 그런 적이 없었는데, 상당히 친절하게 말을 걸었다.

도냐 빠울라도 일부 잘못이 있는 불행에 대해 떼레시나를 위로하려는 것 같았다. 총대리신부는 적어도 그런 느낌을 받았다.

찬장에 있는 뭔가를 가지러 안주인이 직접 일어났다.

페르민 신부가 물에 타먹기 위해 설탕을 달라고 하자, 어머니가 말했다.

"설탕 그릇은 위층, 내 방에 있어…… 놔둬. 내가 가지러 가겠다."

"하지만 어머니."

"놔둬요."

떼레시나만 페르민 신부와 남았다. 그녀가 꽤 위에서 물을 따르며 조심스럽게 한숨을 내쉬었다.

페르민 신부가 약간 놀라 그녀를 바라보았다. 떼레시나는 매우 아름다웠다. 밀랍으로 빚은 처녀 같았다. 그녀는 눈을 들지 않았다. 어찌 됐든 그에게 쌀쌀맞게 굴었다. 어머니가 그녀를 너무 받아줬다. 하인들에게는 날개를 달아주면 안되었다.

도냐 빠울라가 내려오자 떼레시나는 밖으로 나갔다. 도냐 빠울라가 문 쪽을 바라보며 말했다.

"불쌍한 것이 몸이 온전한지 모르겠네."

"왜요?" 페르민 신부가 막 첫번째 천둥소리를 듣고는 물었다.

잔 안의 설탕을 저으며 페르민 신부의 바로 옆에 서 있던 어머니가 화난 표정으로 그를 위에서부터 내려보았다.

"왜냐고? 저 아이가 오늘 오후 교구청에 두번이나 갔고, 수석사제 집, 까라스삐께 집, 빠예스 집, 납작코 집을 돌고, 또 대성당에 두번, '교리문답'에 두번 갔고, 빠울리나스의 집에도 갔어요. 그리고 또…… 셀 수 없이! 불쌍한 것이 거의 죽을 뻔했지요."

"뭐하려고 간 건데요?" 페르민 신부가 두번째 천둥소리에 답했다.

엄숙한 침묵이 흘렀다. 도냐 빠울라가 다시 의자에 앉으면서, 인내심을 발휘해 아주 차분하게 음절 한 마디 한 마디를 힘줘서 말했다. 성자의 인내심은 가당치도 않은 듯이 말했다.

"신부를 찾으러 갔어요, 페르모. 그 때문에 갔어요."

"잘못하셨네요, 어머니. 집집마다 찾으러 다닐 정도로 제가 어린아이가 아니지요. 까라스삐께가 뭐라고 하겠어요? 또 빠예스는요?…… 창피한 노릇입니다……"

"떼레시나는 잘못 없어요. 시키는 대로 한 거니까. 잘못이 있다면 나를 야단치세요."

"아들은 어머니를 야단치지 않습니다."

"하지만 심란하게 해서 죽이지. 어머니를 위험에 빠트리고, 집과…… 재산, 명예…… 지위…… 전부…… 여자…… 여자 하나 때문에…… 점심은 어디서 먹었어요?"

거짓말해도 소용없었다. 망신만 당할 뿐이었다. 어머니는 분명히 모두 알고 있었다. 납작코가 이미 다 얘기했을 것이다. 납작코는 그가 에스뿔론에서 마차에서 내리는 것을 보았을 것이다.

"베가야나 후작 부부와 함께 식사했습니다. 빠꼬의 축일이었어요. 하도 권해서…… 어쩔 수 없었습니다. 그리고 민망해서…… 전갈을 보내지 않았습니다…… 전갈을 보낼 정도로 그쪽 사람들과 친분이 있는 것도 아니라서……"

"거기서는 누가 식사했는데?"

"50명 정도요. 제가 다 어떻게 알겠어요?"

"그만해요! 페르민! 그만 시치미 떼!" 고약을 붙인 어머니가 그렁그렁한 목소리로 소리 질렀다. 그녀는 일어나 문을 닫더니, 멀찍이 떨어져 서서 계속 얘기했다.

"신부는 그…… 부인을…… 찾아서…… 그곳에 간 거요. 그녀의 옆자리에서…… 식사하고…… 지붕이 없는 마차를 타고 그녀와 산책했고. 베뚜스따 전체가 봤어요 그리고 에스뽈론에서 내렸지. 이제 또다른 여단장 부인이 등장했군…… 스캔들이 필요한 모양이구면. 내가 없어졌으면 싶고.”

“어머니! 어머니!”

“어머니는 그만 부르세요! 하루 종일 어미 생각을 한번이라도 해봤어요? 어미 혼자 밥 먹게 내버려두지 않았나요? 아니, 제대로 말하자면 점심도 못 먹게 했지. 어미가 당연히 걱정할 게 뻔한데도 신부는 아무 상관도 없어요? 그리고 대체 밤 10시까지 뭘 한 겁니까?”

“어머니, 어머니! 제발요! 저는 어린애가 아니에요.”

“아니지. 어린애가 아니에요. 어미가 초조해서 죽든 불안해서 죽든 아무 상관도 없지…… 어미는 개처럼 재산이나 지키는 도구니까. 어미는 신부에게 피를 주고, 신부를 위해 두 눈을 뽑고, 신부를 위해 희생하지요. 하지만 신부는 어린애가 아니지요. 신부는 피를 주고, 두 눈을, 그리고 구원을…… 그 여자 하나 때문에……”

“어머니!”

“나쁜 여자 하나 때문에!”

“어머니!”

“베르무데스의 옷을 잡아당기는 그런 여자들보다 백배, 천배 더 나쁜 여자예요. 왜냐면 그 여자들은 돈을 받고, 자기네를 찾은 사람은 그냥 내버려두거든. 하지만 귀부인들은 남의 인생과 명예를 빨아먹고…… 신부가 20년에 걸쳐 이룬 것을 한달 만에 망가뜨리지…… 페르민! 신부는 배은망덕해!…… 신부는 미쳤어!”

도냐 빠울라가 지쳐 앉으며, 머리에 묶은 스카프로 이마를 질끈 묶었다.

"머리가 터질 것 같아!"

"어머니, 제발! 진정하세요. 나는 그녀를 절대 그렇게 보지 않습니다…… 대체 무슨 일이에요? 무슨 일이냐고요?…… 모두 중상모략이에요…… 정말 빨리도…… 정말 빨리도…… 중상모략이 퍼졌네요! 무슨 여단장 부인이라고, 무슨 귀부인이에요!…… 그런 건 전혀 없는데…… 내가 그렇지 않다고 맹세하면…… 그런 건 절대 없는 겁니다!"

"페르민, 신부에게는 심장이 없어요. 심장이 없어."

"어머니, 어머니는 있지도 않은 걸 보고 계시는 겁니다…… 어머니께 단언합니다……"

"밤 10시까지 뭘 하다 온 거요? 그 어마어마한 여자의 집 주변을 서성거리다가 왔을걸요…… 분명히……"

"하느님 맙소사! 이건 어머니답지 않아요! 어머니는 정숙하고 순수한, 덕망이 높은 여자를 모욕하시는 겁니다. 나는 그녀와 세번밖에 얘기하지 않았습니다…… 그녀는 성녀입니다……"

"그 여자도 다른 여자들이랑 똑같아요."

"뭐가 똑같다는 겁니까?"

"다른 여자들이랑 똑같아."

"어머니! 사람들이 어머니 말씀을 들은다면!"

"하하하! 사람들이 내 말을 들을 것 같으면 난 조용히 입을 다물 거요. 페르민, 말은 적을수록 좋은 거예요. 신부는 기억 못하지만 나는 기억합니다…… 나는 신부를 낳은 어미예요. 알아요? 그리고 내가 신부를 압니다…… 세상도 알고…… 그리고 모든 것을 고려해야 한다는 것도 알고 있어요. 모두…… 하지만 이런 것에 대해서는 신부와 내가 말할 수 없어요…… 우리끼리라도…… 내 말뜻 알지요?…… 하지만…… 나는 꽤 이해가 빨라요. 충분히 입을 다물었고, 충분히 봤고."

"어머니는 아무것도 보지 못하셨어요……"

"신부 말이 옳아요…… 나는 보지 못했어요…… 하지만 이해는 합니다. 그리고 신부도 알잖아요…… 내가 신부한테는 그런…… 하찮은 거에 대해서는…… 절대 얘기하지 않는다는 거…… 하지만 이제 보아하니, 신부는 사람들의 눈에 띄는 걸 즐기는 것 같군…… 신부는 최악의 길을 택했어요……"

"어머니…… 어머니께서 말씀하셨습니다. 어떤 것에 대해서는…… 수치스러워서라도…… 어머니와 제가 얘기하는 게 망칙하고 점잖지 못하다고요……"

"그래요, 페르민. 하지만 신부가 택한 거예요. 오늘 일은 스캔들이에요."

"하지만 맹세코 아무것도 없습니다. 이것은 예전의 다른 모든 중상모략들과는 아무 상관이 없습니다……"

"더 나빠. 훨씬 더 나빠요…… 특히 다른 사람이 알게 될까봐 그게 더 두려워요. 까모이란 주교가 이미 사람들의 입에 오르내리는 그 얘기를 모두 믿을까봐 두려워요."

"벌써 입에 오르내린다고요! 이틀 만에요!"

"그래, 이틀 만에. 반나절하고…… 한시간이지…… 사람들 욕심이 얼마나 큰지 알아요? 때린 데 또 때리는 격…… 이틀 만에라고요? 글쎄, 사람들은 두달 전이든 2년 전이든 자기들 하고 싶은 대로 말할 겁니다. 지금 시작했다고? 글쎄 지금 들킨 거라고 말할 겁니다. 그 사람들은 주교를 잘 알아요. 그들은 그걸로만 신부를 공격할 수 있다는 걸 잘 알고 있어요…… 신부가 성반을 훔쳤다고 주교

에게 얘기한다면…… 주교는 그 말은 믿지 않을 거예요…… 하지
만 그 말은 믿을 것이오. 여단장을 기억해봐요!……"

"무슨 여단장입니까, 어머니!……무슨 여단장이냐고요!…… 그
런 말을 할 필요 없지요. 하지만…… 내가 어머니에게 설명할 수만
있다면……"

"나는 아무것도 알 필요 없어요…… 전부 이해해요…… 전부 알
아요…… 내 방식으로…… 페르민, 지붕 아래에서 벌어지는 사소한
일들은 어미가 하자는 대로 해서 다 잘되지 않았어요? 그렇지? 잘
됐죠?"

"그럼요, 어머니, 그럼요!"

"내가 신부를 가난에서 벗어나게 해줬고? 아니에요?"

"그럼요, 어머니."

"불쌍한 아비는 우리를 굶어 죽게 내버려두지 않았나요? 모두
차압당하고, 모두 잃게 해서 목까지 물이 차오르게 하고는 우리를
버리지 않았냐고요?"

"네, 어머니, 그랬어요…… 저는 영원히……"

"영원히는 집어치워요…… 말은 필요 없습니다. 신부가 계속 나
를 믿기를 바랄 뿐입니다. 나는 신부가 뭘 하는지 잘 압니다. 설교
하고, 훌륭한 말과 훌륭한 외모로 세상을 현혹시키지…… 나는 내
게임을 계속하고. 페르민, 늘 그렇게 해왔잖아요? 왜 나를 거역하
려고 하나요? 왜 내게서 도망치려고 하냐고."

"그런 거 아니에요, 어머니."

"그래요, 페르민. 신부는 어린애가 아니라고 말했어요…… 사실
이에요…… 하지만 신부가 바보라면 그건 최악…… 그래요, 신부
는 모든 학식을 가지고도 바보입니다. 신부는 명예를 위해 등에 비

수를 꽂을 줄 아나요? 글쎄, 비비 꼬인 주임신부를 봐요. 스승으로 모셔야 할 분이에요…… 그 사람은 신부보다 더 많이 아는 무식한 사람이에요."

도냐 빠울라가 고약을 확 뜯어내자, 땋아내린 숱 많은 머리가 어깨와 등 위로 내려왔다. 거의 항상 꺼져 있다시피 한 두 눈에서 불이 뿜어져나왔다. 도끼로 대충 깎아 다듬은 것 같은 모습이 신중한 언변과 경험이 풍부한 투박한 동상과도 같았다.

말과 충고들이 비처럼 쏟아지는 가운데 폭풍우는 가라앉았다. 이제 어머니는 화를 내지 않았다. 열을 토하며 얘기하기는 했지만 분노는 없었다. 도냐 빠울라가 감동시키겠다는 의지도 없이 회상한 추억들이 페르민을 많이 부드럽게 만들었다. 이제 그곳에는 아들과 어머니가 있고, 말이 번개처럼 비수를 꽂을 것 같은 두려움은 없었다.

도냐 빠울라는 부드러운 법이 없었다. 그게 그녀의 장점이었다. 그녀는 애정표현을 우스운 짓이라고 생각했으며, 아들을 자신의 방식대로 멀찍이 두고 많이 좋아했다. 그녀의 애정은 억압하는 애정이었다. 폭군과도 같은 애정이었다. 페르민 신부는 아들이지만 재산이기도 했다. 돈을 찍어내는 공장이었다. 그녀는 아들이 반도 채 모르는 수치와 희생, 밤샘, 땀, 계산, 인내, 계략, 에너지, 더러운 죄 등을 지불하고 아들을 남자로 만들었다. 그래도 그녀는 자기 노력의 결과인 베뚜스따의 총대리신부에게 많은 이자를 요구하지 않았다. 세상은 아들의 것이었다. 아들이 가장 능력있고 언변이 뛰어나며, 영리하고 학식이 풍부하며 아름답기 때문이었다. 하지만 그 아들은 그녀의 것이었다. 그녀는 투자금의 수익금을 챙겨야 했고, 공장이 멈춰서거나 고장이 나면 그에 따른 손해와 보상을 요구할 수도 있었다. 그녀에게는 페르민에게 계속 생산을 강요할 권리가 있었다.

빠울라 라이세스는 고향인 마따렐레호에서 아버지가 일하던 석탄광산 옆에서 오랜 세월을 살았다. 그녀의 아버지는 막노동을 하며, 옥수수와 감자밭을 일구는 불쌍한 노동자였다. 그 시커먼 굴에서 나오는 남자들은 석탄 땀을 흘렸으며, 악마처럼 불경스럽고 암울한 두 눈은 퉁퉁 부어서 나왔다. 그들은 들판에서 땅을 일구고, 풀을 베고, 꽃이 피는 신선한 초원의 풀들을 쌓아두는 농사꾼보다는 그 지저분한 손으로 더 많은 돈을 만졌다. 돈은 땅속에 있었다. 이익을 얻기 위해서는 땅을 깊이 파야 했다. 마따렐레호와 그 일대 모든 계곡에서는 탐욕이 지배했으며, 밤나무와 양치류들이 잔뜩 들어선 높은 산허리를 굽이굽이 지나가는 시커먼 강물의 주변에서 우글거리는 얼굴이 누렇게 뜬 금발아이들은 탐욕의 꿈이 낳은 자식들이었다. 빠울라는 옥수수처럼 머리가 노란 계집아이였다. 두 눈은 거의 하얀색에 가까울 정도로 완전히 맑은 색이었고, 이성을 사용할 나이가 되었을 때부터 그녀의 영혼은 마을사람 전체의 욕심을 모아놓은 정도가 되었다. 광산과 광산 주변의 공장들에서는 흙이 조금이라도 들어 있는 바구니를 머리 위로 들어올릴 수 있는 아이들에게는 늘 일이 있었다. 그렇게 마따렐레호에서 가난한 사람들의 자식들이 버는 푼돈이 어린 가슴에 탐욕의 씨앗을 뿌려놓았다. 그리고 그렇게 배 속 깊이 박힌 돈의 씨앗은 절대 빠지지 않았다. 빠울라는 집에서 매일 가난을 목격했다. 저녁으로 먹을 빵이 없거나, 점심으로 먹을 빵이 없었다. 아버지는 광산에서 번 돈을 술과 노름에 탕진했다.

어린 계집아이는 식구들이 돈이 없어 울며 슬퍼하는 모습을 보면서 돈의 가치를 배워갔다. 말라서 길쭉한 빠울라는 아홉살 나이에 햇볕에 그을린 쭉정이와도 같았다. 그녀는 이제 웃지도 않았다.

여자친구들을 아주 세게 꼬집었으며, 일을 많이 하고 울타리 구멍에 돈을 숨겨두었다. 탐욕이 너무 일찍 그녀를 여자로 만들어 조숙하고 진지했으며 판단력이 냉철하고 확실했다.

그녀는 거의 말이 없었고 주로 관찰하는 편이었다. 자기 집의 가난을 멸시했으며, 날아오르겠다는 생각만을 끊임없이 하며 살았다…… 가난 위로 날아오르겠다는…… 하지만 어떻게? 날개는 금 날개여야 했다. 금은 어디에 있나? 그녀가 광산으로 내려갈 수는 없었다.

그녀의 관찰정신이 저 아래 굴속보다는 성당에서 덜 어둡고 덜 서글픈 광맥을 찾아냈다. 신부는 일하지 않는데도 아버지나 광산의 다른 광부들보다 훨씬 부자였다. 그녀가 남자라면 신부가 될 때까지 멈추지 않을 생각이었다. 하지만 그녀는 리따 아주머니처럼 가정부는 될 수 있었다. 빠울라는 성당을 자주 드나들기 시작했다. 9일기도나 부활절 기도회, 선교, 묵주기도를 빠뜨리지 않았고, 항상 성당에서 맨 마지막에 나왔다. 마따렐레호의 주민들은 오랜 믿음을 석탄 속에 파묻고 무관심했으며, 인근 마을에서는 심지어 이단이라고 부르기까지 했다. 리따 아주머니는 빠울라의 믿음을 아주 빨리 알아보았다. 안똔 라이세스의 딸이 성녀가 될 재목이에요. 주인인 신부에게 말했다. 성당에서 떠나질 않아요. 신부는 어린 빠울라와 얘기한 후, 잘 크면 떼레사 데 헤수스처럼 될 거라고 리따에게 확언했다. 가정부가 아프자 신부는 안똔 라이세스에게 리따 대신 딸이 일할 수 있도록 부탁했다. 리따는 나았지만 빠울라는 사제관을 떠나지 않았다. 흙바구니를 들고 오가는 일은 그렇게 끝이 났다. 그녀는 검정옷을 입고, 하느님의 사랑을 위해 부모를 잊었다. 2년 만에 리따 아주머니는 빠울라에게 주먹을 내보이며 신부 집을 떠났다. 그때 그녀는 궤짝에 20년 동안 모은 돈을 가지고 떠났다. 신부는 늙어서 죽었고, 새로 부임해온 서른살 신부는 빠울라도 사제관의 일부인 것처럼 받아들였다. 그즈음 그녀는 이미 키가 크고 하얗고 신선한 젊은 처녀였다. 살집이 단단하고 피부가 고왔지만 예쁘지는 않았다. 어느날 12시에 달빛을 받으며 그녀가 사제관에서 뛰쳐나왔다. 사제관은 밤나무와 아카시아들로 둘러싸인 언덕 높은 곳에 있었다. 성당에서 100발짝 떨어진 곳이었다. 그녀가 까만 천에 흰 옷을 싸서 양손에 들고 있었다. 그녀 뒤로 그림자 하나가 뛰어나왔다. 수면 모자를 쓰고, 셔츠 바람으로…… 자기를 쫓아온다는 것을 알자, 빠울라가 계곡 쪽으로 이어지는 좁은 뒷골목으로 뛰어내려갔다. 모자를 쓴 사람이 그녀를 붙잡았다. 그녀의 나사 치맛자락을 붙잡아 멈춰세웠다. 그들은 얘기를 나눴다. 그는 양팔을 활짝 벌렸다가 양손을 가슴 위에 얹고, 손가락 두개를 십자 모양으로 하여 입 맞췄고, 그녀는 고개로 아니라고 부정했다. 30분가량 실랑이를 벌인 끝에 두 사람은 다시 사제관으로 돌아갔다. 그가 들어간 후 그녀가 뒤따라 들어갔으며, 짖고 있는 개에게 뭐라 말한 후 안에서 문을 잠갔다.

"치또, 주인님이야!"

빠울라는 그날밤부터 자신의 명예는 털끝 하나 다치지 않고 폭군처럼 신부를 휘둘렀다. 신부는 외로워 약해진 단 한 순간 때문에 비싼 댓가를 치렀다. 그는 욕구도 채우지 못한 채 오랜 세월 노예로 살아야 했다. 그에게는 성자라는 명성이 있었다. 특히 그 지방의 신부들에게 도덕과 순결을 설교하며 몸소 실천하는 젊은 신부였다. 그런데 어느날 밤 그는 저녁식사 하면서 못생긴데다가 말라서 뼈만 앙상한 빠울라를 보며 야만적이고 맹목적인 음탕한 마음

이 들었다. 뼈와 살로 이뤄진 마른 몸매, 볼품없는 엉덩이, 남자 다리처럼 생긴 길고 튼튼한 다리를 보고 흥분되었던 것이다. 갑작스러운 첫번째 사랑고백은 말보다는 표정으로 이루어졌는데, 가정부는 으르렁거리며 답하고는 무슨 말인지 모르는 척했다. 두번째 시도에서는 한순간 육욕으로 미쳐버린 순수한 남자의 기교 없는 거친 공격을 받자 빠울라는 껑충 뛰어내려 그를 발로 걷어차는 걸로 답했다. 그러고는 아무 말도 하지 않고 자기 방으로 가서 나가겠다는 시늉으로 옷보따리를 쌌다. 그 방에는 옷감과 다른 물건들로 가득한 궤짝들이 많이 있었다. 가정부는 층계에서 얘기하며 나갔다.

"신부님! 저 아버지 집으로 자러 가겠어요."

타협하고자 신부는 손이 발이 되게 빌었다. 완벽한 항복이었다. 그후 그들은 평화롭게 지냈지만, 신부는 늘 그녀가 교수대와 칼자루를 쥐고 있다고 생각했다. 그의 명예가 그녀의 손에 달려 있었다. 그는 명예를 잃을 수 있었다. 결국 그 명예는 잃지 않았다. 그런데 어느날 밤 신부가 늦게까지 공부한 후 저녁식사를 하고 있는데 빠울라가 다가와 자신의 고해를 들어달라고 요구했다.

"얘야, 이 시간에?"

"네, 신부님. 지금 마음먹었어요…… 안 그러면 다시는 용기를 낼 수 없을 것 같아요."

그녀는 신부에게 임신했다고 고해했다.

포병을 제대한 프란시스꼬 데 빠스라는 남자가 있었는데, 신부와 친척뻘로 신부의 집에 자주 드나들었다. 그가 빠울라에게 사랑을 고백했고, 그녀는 대답 대신 그의 뺨을 때렸다. ─ 신부는 얼굴이 발개졌다. 그녀가 자기에게 휘둘렀던 발길질이 떠올랐던 것이다. ─ 하지만 고집이 센 제대병은 다시 그녀를 구슬려 정부가 약속한 전매품 상점이 허락되면 바로 결혼하겠다고 약속했다. 그녀는 마음을 가라앉히고 그때부터 그 의심스러운 남자의 말을 들어주었다. 그곳의 관습에 따라 포병대 제대병은 자정 무렵에 빠올라와 얘기하러 찾아왔다. 마따렐레호에는 철책이 없었기 때문에 철책 사이로 만나러 온 게 아니라, 바닥에 두세개의 쇠막대기를 박아 세운 판잣집 형태의 창고 복도에서 만났다. 그녀는 여름에는 그곳에서 잠을 잤다. 프란시스꼬는 어느날 밤 약속을 지키지 않았다. 그가 과감하게 나왔던 것이다. 그는 창고 복도에서 창고 안으로 들어갔다. 빠올라는 지쳐 쓰러질 때까지, — 그리스도 앞에 맹세컨대 — 포병대의 힘에 항복할 때까지 싸우고 또 싸웠다. 그날밤 이후 그녀는 그를 원망했지만, 그와 결혼하고 싶어했다. 신부가 빠올라와 프란시스꼬를 영원히 끊어지지 않을 끈으로 묶어준 지 두달 만에 배신의 결과로 페르민 신부가 태어났다. 이웃사람들은 모두 페르민 신부가 신부의 아들이라고, 신부가 지참금을 두둑하게 챙겨 가정부를 결혼시킨 거라고 수군거렸다. 프란시스꼬 데 빠스는 이해타산이 빠른 사람은 아니었다. 그는 늘 빠올라와 결혼할 마음이었지만, 이웃사람들이 그의 영혼을 의심과 원망으로 채워넣었다. 그는 신부가 자기를 비웃을 수 있다고 생각하면 기분이 나빴다. 하지만 깜깜한 데서 끔찍한 전투를 벌였던 그날밤 그는 신부의 순수함과 빠올라의 순결을 믿게 되었다. 그것은 꾸밀 수가 없는 거였다. 포병대원은 세상의 함정들에 대해 가짜 처녀들에 대해 많이 알고 있었다. 하지만 그는 그날 새벽에 자기가 진정한 명예를 얻었다고 믿으며 자기 집으로 돌아갔다. 그러고는 신부의 가정부와 결혼하겠다는 원래 계획을 다시 밀고 나갔다. 그렇게 그는 연극에 등장하는 남자 주인공처럼 무릎을 꿇고 그녀에게 앞으로 잘하겠다고 맹세했다. "내일 당장 당신 부모님과 신부에게 당신을 달라고 하겠소." "아니오. 지금은 안돼요." 그녀가 답했다. 그리고 그들은 계속 만남을 이어갔다. 빠울라는 그 배신이 결실을 맺었다는 확신이 들었을 때, 아니면 그에 따른 허가를 받아야 할 때가 되었다는 확신이 들었을 때 애인에게 말했다. "내가 지금 주인에게 말할게요. 주인이 당신을 부르면 당신은 결혼하지 않겠다고 하세요. 사람들 말이 당신이 유일한 남자가 아니라고 한다고…… 말하세요." "무슨 말인지 알았어." "지금 나를 의심하는 거예요, 이 짐승." "그래, 안 다니까." "바로 그거예요." "그러고는?" "신부가 얘기하도록 가만히 계세요. 그런데 처음 한 말에 좋다고 바로 대답하지 마세요. 값이 오를 때까지 기다려요…… 두번째도 하지 말아요. 세번째에 비로소 당신이 굴복한 것처럼 구세요……"

그리고 그렇게 되었다. 불쌍한 마따렐레호 신부에게서, 지구에서 가장 순결한 신부에게서, 빠울라는 혼자서 말없이 매긴 나머지 값을 모두 한꺼번에 뽑아냈다. 그러고 나서 그 착한 남자는 확고한 순결에 대해 얼마나 열심히 설교했던가! "한순간의 나약함으로 당신은 타락합니다. 한순간으로 충분합니다! 욕망은, 제대로 채우지도 못한 욕망도 구원받기 힘듭니다. (그러고는 속으로 덧붙였다.) 당신이 쌓아둔 모든 것, 가정의 평화와 평생 안심하고 살 수 있는 마음까지도 힘들어집니다."

빠울라는 상당량의 와인을 사들여 마따렐레호의 술집 주인들에게 도매로 팔았다. 그녀의 총명함과 적극적인 성격 덕분에 사업은 순조롭게 시작됐다. 그녀는 두 사람 몫을 일했다. 아내 말로는 프란시스꼬는 매우 '공상적'이었다. 그는 자신의 모험담, 심지어 연애담까지 얘기하는 걸 좋아했다. 물론 이 얘기는 단골들과 함께 술을 마신 후 소 몇마리의 껍질을 벗긴 다음 몰래 얘기했다. 그는 관대했으며, 술집에서 즉흥적으로 이뤄진 뜨거운 우정 속에서 술집 주인들에게 터무니없이 외상을 주었다. 이것이 끔찍한 말싸움을 일으켰다. 허공으로 의자들이 날아다니고, 소나무 식탁에 칼이 날아가 꽂히고, 포병대원의 은근한 위협과 정감이 넘치는 화해와 아내의 무뚝뚝하고 차갑고 전혀 솔직하지 않은 화해가 잇따랐다. 외상주는 버릇은 낭비벽이 심한 포병대원의 열정이 되었다. 그는 부자처럼 행세하는 걸 좋아했으며, 상당히 으스대며 돈을 무시했다. 자기가 구경한 나라들! 자기가 유혹한 여자들! 저기 아주 멀리서! 자기네 나라의 강 이외 다른 강은 본 적도 없는 친한 술집주인들은 두번째 잔부터 그를 속였다. 그가 실제 있었다고 믿는 자신의 추억과 옛날 꿈들 속에서 길을 잃고 헤매면, 술집주인들이 감탄과 칭찬을 퍼부으며 그의 말을 가로막고는 그의 껍질을 벗겨놓았다. 자기네가 갚아야 할 와인 값보다 훨씬 더 많이 먹였던 것이다…… '그런 건 말할 필요도 없네.' '사내란 믿음직해야 해.' 포병대원은 이런 말을 '예를 들어, 나에게 1두로가 있다고 치세. 그런데 친구가 그 돈이 필요해. 나한테는 1두로가 와인 250킬로그램과 맞먹는데 말이지.' 장사가 처음에는 번창했다고 해도 파산까지는 몇년이 걸리지 않았다. 한 사람이 돈을 갚지 않았고, 그뒤로 다른 사람들이 갚지 않았으며, 결국에는 거의 아무도 그녀에게 돈을 갚지 않았다. 신부 두명을 제압하고, 세상까지 제압할 준비가 되어 있었던 빠울라도 남편은 어떻게 할 수가 없었다. '당신이 원하는 대로 해. 당신 말이 옳아.' 이런 말을 하고는 30분도 안되어 원래로 돌아갔다. 그녀가 화를 내면, 그에게는 인내심이라고 하는 것이 바닥이 났다. 그리고 일단 힘의 영역 안으로 들어오면 포병대원이 늘 이겼다. 빠울라가 떡갈나무처럼 강하기는 했지만 프란시스꼬는 스페인 군대에서 가장 늠름한 군인이었고 곰처럼 단단한 근육질이었다. 그는 산중 깊은 곳에서 태어나 스무살까지는 가축을 돌보며 산골짜기에서 살았다. 가난이 문을 두드려 빠울라가 사업을 접기로 결심하자, 그는 남은 얼마 되지 않는 돈을 목축업에 투자하기로 마음먹었다. 그는 소작 형식으로 소 몇마리를 구해 아내와 아들을 데리고 자기네 고향으로 돌아가 가파르고 험난한 곳에서 목동으로 살았다. 그곳에서 페르민 신부는 유년기와 사춘기를 보냈다. 그의 어머니는 아들 페르민이 신부가 되기를 바랐다. 어머니가 마따렐레호의 신부에게 아들을 보내 라틴어를 배우게 하겠다고 할 때마다 남편이 소리 질렀다. 할아버지와 아버지처럼 목동이 되어야 해. 목축사업은 와인사업보다 좋지 않았다. 프란시스꼬는 갑자기 자기가 늘 훌륭한 사격수였다는 생각을 하게 되었다. 그는 사냥에 전념했으며, 노루와 멧돼지, 심지어 곰까지 쫓아다녔고, 몇번 되지는 않았지만 기회가 될 때마다 겁없이 덤벼들기도 했다. 어느 겨울날 오후 빠울라는 떡갈나무 가지로 대충 들것을 만들어 너덜너덜해진 남편 몸을 어깨에 둘러메고 마을로 들어오는 남자 네명을 보았다. 일주일 전부터 소몰이꾼들이 쫓아다녔던 다친 암곰을 남편이 껴안고 바위 꼭대기에서 떨어진 것이었다. 포병대원은 영광스럽게 죽었지만 그의 미망인은 오래된 빚과 청구서에 깔리게 되었다. 운명이 비웃기라도 하듯 그와 동시에 받을 가능성이 전혀 없는 수많은 차용증서의 주인이 되었다. 그녀는 가지고 있던 것을 모두 압류당한 후 마따렐레호로 돌아왔다. 그녀는 쓸모없는 외상 장부와 신부가 되어야 할 아들을 데리고 돌아왔다. 페르민은 이미 단단한 성채처럼 든든하게 자랐다. 열다섯살인데도 스무살처럼 보였지만 빠울라는 아들을 자기 마음대로 휘둘렀다. 그녀는 남편보다 아들을 훨씬 잘 다뤘다. 빠울라는 죽은 남편에게 지참금을 주었던 그 신부에게 라틴 어를 배우게 했다. 시간을 앞당겨야 했고, 페르민은 그 시간을 앞당겼다. 그는 네 사람 몫의 공부를 했으며, 사제관의 집안일도 도맡아 했다. 게다가 과수원도 돌봤고, 그렇게 그는 먹을 것과 공부거리를 벌었다. 잠은 어머니의 오두막집에 가서 잤다. 빠울라는 광산 입구에 탁자 네개를 갖다놓고 술집을 열었다. 얼마 되지 않은 새로운 사업자금은 여전히 신부가 대주었다. 그는 두려움보다는 자비심에 이끌려 사심없이 굴었다. 그는 이제 빠울라가 뭐라고 말할지 두려워하지도 않았고, 그녀도 한때 자기가 끔찍하고 잔인하고 차갑게 위협하며 휘둘렀던 그 무기의 힘을 믿지 않았다.

술집은 번창했다. 광부들은 광명을 찾아 나오는 길에 그곳을 지나쳤으며, 그곳에 주저앉아 갈증과 배고픔을 달래고, 그리고 거의 모든 사람들을 지배하고 있는 노름에 대한 열정을 불태웠다. 욕설과 돈의 소음이 그대로 전해지는 판자들 너머로 페르민은 열심히 공부하며 기나긴 겨울밤을 보냈다. 노동자들은 빠울라 앞에서는 페르민을 '신부의 아들'이라고 비꼬아 불렀지만 페르민 앞에서는 그렇게 부르지 못했다. 공부를 많이 했다고 해서 팔 근육이 약해지지 않은 것을 많은 사람들에게 증명해 보였던 것이다. 페르민은 무지와 방탕, 폭력의 장면들이 역겨울 정도로 끔찍하게 싫어 진실한 믿음에 더욱 열심히 매달렸으며, 책들을 닥치는 대로 부지런히 읽었다. 그 역시 어머니가 자신을 위해 바라는 미래를 진심으로 갈망했다. 바로 신학교와 수단이었다. 수단은 자유로운 인간을 위한 예복으로, 모든 가난한 사람들이 좀더 나은 삶을 위해 노력하지 않는 한 평생 운명처럼 짊어져야 할 노예생활에서 그를 벗어나게 할 수 있었다. 그의 야망과 깨어나기 시작한 본능들이 훨훨 날아올 수 있도록 해주는 옷이었다. 빠울라는 그 시절 많이 힘들었다. 벌이는 확실했다. 그녀가 거칠고 맹목적이며 전혀 세련되지 못한 광부 무리의 욕망을 이용하여 사람들이 생각할 수 있는 것보다 훨씬 많이 벌었다. 하지만 그녀의 일은 야수 조련사처럼 위험했다. 술집에서는 매일 밤낮으로 싸움이 벌어져 칼들이 번쩍였고, 의자들이 허공에 날아다녔다. 빠울라의 에너지는 그 거친 욕망의 파도를 잠재우는 데 쓰였으며, 뭔가를 부순 사람들에게서 좋은 가격으로 보상받는 데 더 열심히 쓰였다. 그녀는 또한 난장판으로 손해 본 것을 자기식으로 계산했다. 가끔은 페르민이 술집의 비극적인 장면들을 주먹으로 해결해 어머니를 도우려고 했지만, 어머니는 아들을 만류했다.

"너는 공부하러 가거라. 너는 신부가 될 사람이니 피를 봐서는 안된다. 사람들이 이 도둑놈들 사이에서 너를 본다면, 너도 그중 한 명이라고 생각할 거다."

페르민은 복종했다. 존경심과 혐오감으로 그랬다. 요란한 소리가 굉음을 울리며 들려오면 술집에서 무슨 일이 벌어지고 있는지 잊을 수 있을 때까지 양쪽 귀를 틀어막고 그 판자 뒤에서 공부에 열중했다. 고객들 사이의 싸움 말고도 뭔가가 더 있었지만 빠울라는 아들에게는 그 사실을 숨겼다. 그녀는 이제 젊지 않았지만, 몸은 건강했고, 피부는 하얗고 팽팽했으며, 팔은 단단했고, 풍만한 엉덩이는 어둠속에서 사는 그 불쌍한 사람들의 육욕을 자극하기에 충분했다. "'시체'가 정말 끝내줘." 갱으로 들어가면서 그렇게 말했다. 사람들은 그녀의 새하얗고 창백한 얼굴을 보고 '시체'라고 불렀다. 술 취한 사람들은 그녀를 정복하기 쉬울 거라 믿으며 먹잇감

에게 달려들듯이 그녀에게 달려들었다. 하지만 빠울라는 주먹질과 발길질, 몽둥이질로 그들을 맞이했다. 그녀는 굴속 짐승의 머리 위로 컵을 한개 이상 박살냈으며, 컵 값까지 받아낼 강단도 있었다. 그리고 이러한 동물적인 욕망의 공격은 보통 늦은 밤에 있었다. 사랑에 빠진 짐승은 혼자가 될 때까지 기다리며 자기 자리에 앉아 줄곧 기다렸다. 페르민이 공부하고 있거나 잠이 들었을 때였다. 빠울라는 당국에서 문을 닫으라고 강요했기 때문에 거리 쪽 문은 닫았다. 그녀는 취객의 목적을 알고 있으면서도 쫓아내지 않았다. 취객이 그곳에 있는 동안은 계속 주문했기 때문인데, 그게 빠울라에게는 최상의 목표였다. 그러고는 그때부터 싸움이 시작되었다. 그녀는 조용히 자신을 지켰다. 취객이 소리 질러도 페르민은 오지 않았다. 그는 광부들끼리 싸우는 거라고 생각했다. 게다가 사람들은 페르민이 힘이 세기도 하고 아들이기도 해서 두려워했으며, 그래서 그가 눈치채지 못하게 그녀를 이겨보려고 했다. 하지만 절대 이기지 못했다. 기껏해야 한번 슬쩍 안아보거나, 스치듯 키스 한번 하는 게 전부였다. 아무것도 아니었다. 빠울라는 그런 군침은 무시했다. 굴속의 곰들이 그곳에 남긴 오물을 치우는 게 더 역겨웠다.

그 모든 게 아들을 위해서였다. 아들을 공부시킬 돈을 벌기 위해서였다. 그저 그런 본당신부 말고 신학자를 원했다. 그래서 거기에서 매일 술집 문으로 들어오는 진흙더미를 거리 쪽으로 쓸어내고 있었다. 자기는 더럽혀질 수 있지만 아들은 아니었다. 아들은 저 안에서 하느님과 성자들과 함께하고, 지체 높은 사람으로 만들어줄 학문을 책에서 배우며 저 안에 있어야 했다. 그리고 그의 어머니는 저기 바깥에서, 아들의 미래를 위해 한푼 두푼 벌어가며 쓰레기더미 속에서 쓰레기를 상대했다. 또한 아들의 미래는 그녀의 미래이기도 했다. 그녀는 자기도 귀부인이 될 거라고 믿었다. 저기 산속에서 페르민이 읽고 쓰는 것을 배우기 시작했을 때부터 아들에게 배운 것을 가르쳐달라고 했다. 그녀도 글을 읽고 쓰게 되었다. 술집에서, 수많은 욕설들 속에서, 취객과 노름꾼들의 비명 속에서 그녀는 신부에게 부탁해 구한 책들을 열심히 읽었다.

민병대원이 그녀를 찾아왔고, 그녀는 읍에 내려가 폭행이나 도둑질에 대해 진술해야 할 경우도 많았다.

신부와 페르민, 심지어 빠울라의 성실함을 높이 산 민병대원까지도 그 혐오스러운 일을 그만두라고 빠울라에게 수없이 충고했다. 여차하면 살인자로 돌변하는 취객과 노름꾼들 사이에서 사는게 지겹지도 않은가?

아니요, 아니에요. 아니란 말예요! 제발 내버려두란 말예요. 그녀는 아무도 모르게 주머니를 두둑하게 채워갔다…… 그녀의 처지로는 다른 일을 해서는 그곳에서 벌어들이는 수입의 10분의 1도 채 벌어들이지 못했을 것이다. 광부들은 주머니를 가득 채우고 갈증과 배고픔에 허덕이며 어둠속에서 나왔다. 그들은 돈을 잘 냈으며 흥청망청 썼다. 좋은 와인과 맛있고 비싼 음식값으로 싸구려 독을 먹고 마셨다. 빠울라의 술집에서는 모든 게 가짜였다. 그녀는 나쁜 것들 중에서도 최악만 사들였고, 취객들은 자기네가 뭘 먹는지도 모르는 채 그것들을 먹고 마셨고, 노름꾼들은 그것을 쳐다보지도 않고 카드에만 정신을 쏟았다.

주문이 넘쳤으며, 음식마다 남는 게 많았다. 그래서 그녀는 온갖도둑들이 모여 있는 술집에 불을 지르지 않았다.

페르민의 공부와 나이에 필요할 때까지 그 장사를 계속했다. 빠울라는 마따렐레호 신부의 추천으로 고향을 떠나 레온에서 1레구아 정도 떨어진 황무지인 비르헨 델 까미노의 사제관 가정부로 들어갔다. 페르민도 마따렐레호 신부와 비르헨 델 까미노 신부의 힘을 빌려 레온의 쌘마르꼬스 학교에 들어갔다. 몇년 전 베르네스가 강가에 설립된 예수회 학교였다. 페르민은 신부들이 주관하는 모든 시험을 이겨냈다. 곧 크나큰 재능과 총명함, 소명감을 보여주었고, 교장 신부는 그 아이가 예수회 신부를 위해 태어났다고 얘기하기에 이르렀다. 빠울라는 아무 말도 하지 않았지만 적당한 때가 되면, 학교 밖에서 아들의 미래를 확신할 수 있을 때가 되면, 그곳에서 아들을 꺼내오겠다고 결심했다. 그녀는 아들이 예수회 신부가 되는 것은 원치 않았다. 아들이 참사회원이나 주교, 그런 높은 자리에 올라가길 바랐다. 그런데 아들은 동양에서 선교사를 하고 싶어 했다. 부족 선교를 하고 일본의 순교자들의 예를 따르겠다고 했다. 그는 감격에 겨워 반짝이는 눈으로 예수회 소속의 세비야 출신 신부가 야만인의 땅에서 겪은 위험을 얘기하는 신문들을 어머니에게 읽어주었다. 빠울라는 아무 말 없이 빙긋이 웃을 뿐이었다. 이토록 엄청난 희생을 치른 다음에 아들이 순교자가 된다면 정말 끝내주는 일일 것이다! 절대 허락할 수 없었다. 어리석은 짓은 결코 용납할 수 없었다. 십자가의 어리석음[1]도 안되었다. 예수회의 수호자인 길의 성모님 축일에 시당국의 입회하에 헌금함을 개봉하면 큰돈이 전해지지만 신부는 가난했다. 빠울라는 돈이 신부의 손을 거쳐 가는 것을 보기는 했지만, 목마른 사람에게는 짜디짠 바닷물과도 같았다. 성모마리아 동상에 바친 곡식과 돈을 뒤적여봐야 그녀 몫은 없었다. 완벽한 가정부라는 명성이 그 지방 전체 신부 사회에 자자

---

1 신약 성경 「코린트1서」 1장 18~31절에 나오는 구절. 십자가의 길을 가는 것은 세상에서 어리석어 보이나 신앙적으로는 참된 지혜, 하느님의 길이라는 의미.

했다. 비르헨의 본당신부가 잘 먹고 마신 후 식탁에서 그녀의 음식 솜씨와 일처리, 완벽하고 청결함, 믿음과 그밖의 다른 장점들을 다른 신부들 앞에서 칭찬했는데, 이는 경솔한 짓이었다. 빠울라의 명성이 널리 퍼졌고, 한 아스또르가의 신부가 그녀를 비르헨의 신부에게서 빼앗아갔다. 그것은 배신이고, 빠울라는 배은망덕한 사람이 되었다. 그렇지만 그 신부는 성자 같은 사람이었고, 그의 입장에서는 배신이 아니었다. 돈 포르뚜나또 까모이란은 배신 같은 건 못할 사람이었다. 사람들이 그에게 가정부를 추천했고 몇달 후 자기가 가정부의 노예가 되리라고는 의심조차 못한 채 그녀를 받아들였다.

빠울라는 성자와 같은 주인에게 전혀 어울리지 않았다. 그녀는 1년도 지나지 않아 자기가 참사회원 까모이란 신부를 파산에서 여러차례 구해주었다며 자부하였다. 그녀가 없었으면 벌써 집을 날리고도 남았다. 모든 게 자비라는 금고 열쇠로 그를 약탈하는 가난한 사람들과 건달들, 백수들의 것이 되었을 것이다. 빠울라가 그 모든 것을 깔끔하게 정리했다. 까모이란 신부는 그녀에게 고마워했으며, 그녀 몰래 기부를 하기는 했지만 가정부가 모를 만큼 조금씩만 했다. 신부는 답답한 삶의 궁핍에서 자신을 다스릴 수 없는 사람이었으며, 세상의 이해관계를 이해하지 못했다. 그래서 얼마 후 그는 빠울라가 자기의 눈이고, 손이며, 자기의 귀이고, 상식이라는 것을 알게 되었다. 만약 빠울라가 없었다면, 그는 미친 사람이나 가난한 사람으로 오해받아 진작 병원에 실려갔을지도 모를 일이었다.

그 제국에서 빠울라는 옛날보다 훨씬 폭군처럼 굴었다. 그녀는 페르민의 장래를 위해 그 제국을 이용했다. 신부는 그 학생을 자기 자식처럼 돌봐야 한다는 것을 이해하게 되었다. 빠울라가 자기를 위해 인생을 바쳤다면, 그 역시 자신의 관심과 돈, 영향력을 빠울라의 아들에게 바쳐야 했다. 게다가 아이 역시 사랑받을 만했다. 아이는 그렇게 신중하고, 제 어미만큼이나 똑똑하고, 사람을 대할 때는 그렇게 상냥하고 부드러울 수가 없었다. 하지만 그 아이를 싼마르꼬스에서 꺼내와야 했다. 빠울라가 그래야 한다고 단언했고, 아이도 원했으며, 특히 그 아이의 좋지 않은 건강이 그것을 요구했다. 신부는 페르민을 데려와 신학교에 보내 신학공부를 마치게 했다. 페르민은 사제 서품을 받고 비옥한 성당으로 발령받았다. 그는 레온의 싼이시도르 성당을 비롯하여 아스또르가, 비야프랑까 등 이제 경건함으로 유명해진 까모이란 신부의 영향력이 미치는 곳이면 어디든 설교하러 갔다. 베뚜스따의 주교 제안이 왔을 때 까모이란 신부는 망설였다. 더 구체적으로 말하면, 그는 자기를 가만히 내버려달라며 무릎을 꿇고 애원했다. 하지만 빠울라가 그를 떠나겠다며 협박했다. 그건 말도 안돼요! 까모이란 신부는 이제 혼자서는 살 자신이 없었다. 신부님 때문이 아니라 아이를 위해서 그 자리를 받아들이셔야 해요. 어쩌면 그녀의 말이 옳았다. 까모이란 신부는 아이를 위해 수락했으며…… 모두 베뚜스따로 갔다. 하지만 그곳에서 빠울라는 주교를 위한 가정부를 따로 구하고, 자기는 자기 집에서 최고 감독관의 역할을 충실하게 했다. 페르민은 승진을 거듭했다. 그는 충분히 가치가 있었지만 그의 어머니가 훨씬 가치가 있었다. 그녀가 그를 남자로, 즉, 신부로 만든 장본인이었다. 빠울라가 그를 주교의 사랑을 받는 아이로 만들었고, 그가 올라온 곳까지 올라올 수 있도록 밀어주었다. 그녀는 벌 만큼 벌었고, 할 수 있는 만큼 했다…… 그런데 그가 배은망덕하게 굴다니!

그날밤 총대리신부는 그런 결론에 이르렀다. 그는 어머니와 한참 대화를 나눈 후, 그 강한 여인이 자기를 위해 싸우며 치른 희생들에 대해 자기가 알고 있는 모든 것을 기억 속에서 더듬으며 서재에 틀어박혀 있었다. 어머니는 그가 높이 올라갈 수 있도록, 그가 지배할 수 있도록, 부와 명예를 얻을 수 있도록 많은 희생을 치렀다.

'그래, 내가 배은망덕해! 배은망덕해!' 그는 어머니에 대한 사랑으로 불같은 눈물을 쏟아냈다. 그토록 오랜 세월 메말라 있던 샘에서 물기가 느껴지자 깜짝 놀랐다.

어쩌다가 눈물을 보인 걸까? 참 희한한 일이었다! 술기운이 그 눈물의 원인일까? 그날 있었던 일이 원인일까?…… 어쩌면 모든 게 뒤섞였다. 오, 하지만 어머니에 대한 그의 사랑이 부드럽고 위대하고 가치있는 거라 눈물이 흘러나왔는지도 모른다.

페르민은 서재의 발코니를 활짝 열었다. 그새 달이 나와 있었다. 달이 앞집 지붕 위로 굴러가는 것 같았다. 거리는 황량했고, 밤은 시원했다. 공기가 맑았다. 창백한 달빛과 부드러운 바람이 애무와도 같았다. 정말 새로운 느낌이었다! 아니 어쩌면 정말 오래되고, 오래된 느낌인데 까마득하게 잊고 지냈던 건지도 모른다! 오! 달을 쳐다보면서 밤의 침묵을 듣고 있을 때 가슴이 벅찬 느낌은 새로운 건 아니었다. 그건 아니었다. 예수회에 있을 때 그런 아픔이 시작되었다. 하지만 그때 그의 갈망은 막연했지만 지금은 아니다. 지금은 갈망하고 있다…… 지금도 감히 그의 바람을 분명하고 확실하게 바라지는 못했다…… 하지만 그를 슬프게 하고, 파장이 매우 깊으면서도 느슨하게 퍼지며 달콤한 고통을 주는 그 느낌은 이제 신비주의적인 슬픔도 신학에 묶인 철학자의 조바심도 아니었다…… 판사 부인의 미소가 그녀에게 생명을 준 입과 뺨, 눈과 연결되어 그 앞에 나타났다…… 그러고는 그녀가 그에게 미소를 지었던 순간순간이 모두 떠올랐다. 책에서는 그걸 플라토닉한 사랑이라고 했다. 하지만 그는 그런 말을 믿지 않았다. 아니다. 그건 사랑이 아니라고 확신했다. 세상 전체와 모든 사람들과 함께 그의 어머니는 그 순수한 우정을 죄악이라고 부르며 저속하게 생각했다. 뭐가 좋고 뭐가 나쁜지 알 수만 있다면! 어머니는 그를 아주 많이 사랑하고, 그리고 그의 모든 건 어머니 덕분이었다. 그건 잘 알았다. 하지만…… 어머니는 부드럽게 생각할 줄을 모르며, 섬세하고 고상한 감정을 이해하지 못했다…… 어머니를 용서해야 했다. 그랬다. 그렇지만 그는 어머니의 사랑보다 훨씬 부드러운 사랑이 필요했다…… 훨씬 은밀하고, 나이와 교육, 취향이 서로 비슷해서, 쉽게 소통할 수 있는 사랑이…… 그는 사랑하는 어머니와 함께 살고 있지만 가정이, 자신의 가정이 없었다. 그것은 진지한 영혼, 위대함이라는 이름에 부응하기 위해 노력하는 영혼에게 최상의 행복일 것 같았다. 그에게는 이 세상에 동반자가 없었다. 그건 분명했다.

능숙한 손길이 연주하는 달콤하면서도 나른하고 느린 바이올린 선율이 같은 거리에 있는 어느 집 열린 발코니에서 흘러나왔다. 「파우스트」 3막의 주제곡이었다. 음악을 잘 몰라 그 음악에 해당되는 장면이 연상되지는 않았지만 사랑에 대해 말하고 있다는 것은 알았다. 뭔가를 넌지시 암시하는 그 음악을 즐거운 마음으로 듣고 있다 보니 부드러움이 느껴졌다. 감각적이고 위험한 쾌락이기도 했다. 그런데 신기하게도 그가 느끼고 있는 감정을 그 바이올린이 잘 대변해주었다!

페르민 신부는 불현듯 자기가 살아온 서른다섯해가 떠올랐다.

그가 살았던 삭막한 삶이, 갖은 우여곡절과 회한으로 가득한 삶이 떠올랐다. 그 삶이 이제는 그를 덜 아프게 찌르지만, 마음에는 더 강한 최면을 걸었다. 그는 자기 자신이 너무 불쌍했다 그리고 바이올린이 자기에게 이렇게 흐느끼는 것 같았다.

Al palido chiaror

che vien degli astri d'or

dami ancor contemplar il tuo viso…[2]

총대리신부는 주체하지 못하고 흐르는 눈물 속에 달을 바라보며 마음속으로 울었다. 문학이 연재되는 목요일과 일요일마다 그가 사서 보는 『엘 라바로』에서 뜨리폰 까르메네스가 말하던 그대로 달을 바라보았다.

우리는 훨씬 나아졌어! 페르민 신부는 너무나도 터무니없는 감상주의에 빠져 있다가 문득 이런 생각이 들었다. 조금 전까지만 해도 자기가 그렇게 감상주의에 젖어든 것은 꼬냑이나 뭐 그런 것 때문일 거라고 생각했다.

아래에서는 정산하는 날이었다. 도냐 빠울라는 돈 문제로 '적십자'의 주인인 프로일란 싸삐꼬와 정기적으로 만났다. 프로일란은 도냐 빠울라의 백인 노예였다. 그는 그녀에게 많은 빚을 졌다. 심지어 감옥에 가지 않은 것도 그녀 덕분이었다. 도냐 빠울라는 그를 사방으로 꽉 움켜쥐고 있었으며, 그래서 배신의 두려움 없이 그를

---

2 1859년 빠리에서 초연한 샤를 구노의 오페라 「파우스트」 3막. 스페인 비평가 소베하노(Sobejano)가 지적했듯이 작가가 「파우스트」 3막의 이딸리아어 버전을 잘못 인용해서 가사 내용은 해석되지 않는다.

바지 사장으로 내세울 수 있었다. 빠울라는 그에게 반말을 했으며, '이 도둑놈' '짐승 같은 놈'이라고 불렀다. 그래도 그는 미소를 지었으며, 항상 파이프를 입에 물고 염세주의 철학자처럼 차분하게 말했다. 주인마님의 일인데…… 그는 프록코트를 입었으며, 종교 행렬 때는 검은 장갑까지도 꼈다. 그는 베뚜스따에서 가장 잘나가는 사업인 '적십자'의 실제 주인이라는 인상을 주기 위해 지체 높은 사람처럼 보여야 했다. 불쌍한 돈 산또스 바리나가가 파산한 이후로 그 분야에서는 그의 사업이 독보적이었다.

도냐 빠울라는 고향 마을에서 데려온 하녀 중 한명과 프로일란을 결혼시켰다. 도련님 근처에서 시중을 들던 떼레시나의 선임들 중 한명이었다. 그녀도 지금의 떼레시나처럼 총대리신부의 방 바로 옆에서 잤다.

후아나에게 이 결혼은 보상이었다. 프로일란은 주인마님의 제안을 완전히 이해한다는 듯 엉큼한 분위기를 풍기며 받아들였다. 하지만 그는 매우 철학적인 사람이었다. 다른 사람들이 많이 따지는 요구조건들을 그는 대수롭지 않게 여겼다. 주인마님은 그에게 결혼을 제안하며 생각했다. 그에게 시킬 일이 많은데 들고 일어나면 어떡하지? 프로일란은 들고 일어나지 않았다. 후아나는 잘생긴 아가씨였고, 남자를 돌볼 줄 알았다. 프로일란은 결혼했고, 결혼식 다음날 힐끔거리며 그의 눈치를 보던 도냐 빠울라는 믿을 수 없다는 표정으로, '줄을 너무 팽팽하게 잡아당겼나보다'라는 약간 후회하는 표정으로 지켜보았다. 신랑이 매우 만족스러워하며 그녀에게 매우 친절하고, 아내에게 정말 잘했던 것이다.

프로일란은 뭐든지 꿀꺽하고 삼키는군. 꽤 용기가 있어. 그녀는 그를 존경하는 동시에 무시했다.

그리고 그는 그 어느 때보다 음흉하게 미소를 지었다.

마님이 크게 실망했겠는걸. 그녀가 혹시라도 안다면…… 그가 파이프 담배를 피우며 생각했다. 하지만 안주인이 생각했던 것과는 매우 다른 놀라운 일이 있었던 그날밤의 비밀을 그녀에게 절대 발설하지 않은 것만은 분명했다.

그것이 주인과 노예 사이에 있는 유일한 비밀이었다. 그리고 그녀가 그에게 유일하게 저지른 고약한 짓이었다…… 그리고 프로일란에게 그 결과는 그다지 나쁘지 않았고, 오히려 상당한 이득을 챙길 수 있어, 계속해서 도냐 빠울라를 존중했다. 그녀는 프로일란이 전혀 섭섭해하지 않고 매우 만족스러워하는 모습을 보고는 그 이유가 궁금해 조바심이 날 정도였다. 그리고 그 역시 결국에는 자기에게 이득이 된 안주인의 속임수가 매우 만족스러워 뭔가를 얘기하고 싶어 안달이 났지만, 결국 두 사람 모두 입을 다물었다. 두 사람은 서로 물끄러미 쳐다보다가 가끔 그 눈길을 들켰다. 두 사람은 그 비밀을 캐기 위해 자주 상대방의 얼굴을 응시하며 골똘히 생각에 잠겼다…… 하지만 입 밖으로는 절대 꺼내지 않았다. 도냐 빠울라는 어깨를 으쓱했으며, 프로일란은 면도한 턱 아래로 멧돼지처럼 축 늘어진 턱수염을 손으로 만지작거리며 웃었다.

그곳에서는 돈이 가장 중요했다. 계산은 항상 정확하고 깔끔해야 했다. 프로일란은 자기 이해 때문에, 그리고 두려움 때문에 철저했다. 그 집에서 돈 계산은 신앙고백과 같았다. 페르민 신부는 어릴 때부터 돈 문제를 다룰 때의 종교적인 진지함과 금과 은을 다룰 때의 미신에 대한 존중에 익숙해 있었다. 사람들은 수군댔지만 저 아래 '적십자'의 가게 뒤편과 총대리신부의 집은 지하로 연결되어 있지 않았다. 1층 가운데 넓은 벽장문을 통해 들락거릴 수 있었다.

도냐 빠울라는 단상 위의 초록색 책상 앞에서 장부책들을 살펴보며, 알파풀 큰 광주리와 기름진 봉투에서 프로일란이 하나씩 건네는 금이나 은, 동, 구리를 세고 또 셌다. 프로일란은 주인마님이 장부들을 검사하고 있는 책상보다 약간 낮은 단의 계단에 서 있었다. 빠울라는 여사제 같았고, 프로일란은 황금을 숭배하는 주술사 같았다. 페르민 신부조차, 그런 의식들을 볼 때마다 어렴풋이 미신적 경외심을 느꼈다. 특히 어머니의 얼굴을 바라볼 때면 더욱 그랬다. 상아 동상 비슷하게 매우 창백한 얼굴이었다. 금을 두른 누런 미네르바, 팔라스 아테나 동상 같았다.

그날밤 총대리신부는 가게 뒷방에 내려가 어머니의 기분을 맞추고 싶지 않았다. 역겨웠다. 저 아래 커다란 부패 웅덩이에 썩은 물이 고여 있다는 생각이 들었다. 낡은 동전과 금과 은이 맑은 소리를 내며 부딪치는 소리가 저 멀리서 어렴풋이 들려왔다. 멀어서 잘 들리지는 않는데도, 계단의 틈새를 따라 집안 전체를 휘감은 깊은 침묵을 넘어 들려왔다. 밖의 침묵 속에서 별처럼 반짝이며 떨리는 음으로 바이올린 소리가 다시 침묵을 찢었다. 이제는 마르가리따의 순수하고 정숙한 눈길에서 느껴지는 파우스트의 사랑스러운 갈망에 대한 내용이 아니었다. 바이올린 연주자는 죽음을 앞둔 뜨라비아따의 흐느낌을 바이올린 선율에 천천히 담아내고 있었다.

그때 거리 골목에서 한 물체가 모습을 드러냈다. 비틀거리며 다가오는데, 인도와 도로를 왔다 갔다 하며 걸었다. 돈 산또스 바리나가였다. 그가 집으로 돌아오는 길이었다. 총대리신부의 집 길 건너편에서 문 세개를 더 가면 되었다. 페르민 신부는 그가 자기 집 발코니 바로 아래에 올 때까지 그를 알아보지 못했다. 하지만 그전에 바이올린 소리가 들리는 집 옆을 지나갈 때 혼자 중얼거리던 바리나가가 걸음을 멈추고 가만히 있었다. 그는 끝이 잘려나간 원추 모양의 초록색 모자를 벗더니, 고개를 들고 고상한 분위기로 음악을 들었다. 그리고 가끔 고개를 끄덕였다…… 저 음악을 알아.「라 뜨라비아따」아니면「일 뜨로바또레」야. 하지만 뭐 다 좋은 거지.

"완벽…… 하게……"그가 큰 목소리로 말했다. "아주 축하합니다, 아구스티노…… 그거…… 그거…… 예술을 키우는 거…… 장사가 아니라…… 이 도둑놈들의 땅에서. 응?……"

"양초 장수의 아들이잖아." 그가 한쪽 옆으로 땅을 보며 덧붙였다. 마치 자기 옆의 키 작은 누군가와 말을 나누는 듯 보였다. 바이올린은 잠잠해졌으며, 바리나가는 사라진 음을 찾기라도 하듯 뒤를 돌았다. 그때 자기 앞으로 가로등의 불빛을 받아 금색 글자로 적힌 '적십자' 간판을 보았다.

바리나가는 거리 한가운데서 비틀거리며 모자를 벗어 초록색 모자 끝을 손바닥으로 한번 툭 치고는 한쪽 팔을 뻗으며 소리 질렀다. "네, 강도님!" 목소리를 낮추어 말했다. "나는 한 단어도 물리지 않겠어. 당신 어머니와 총대리신부 당신, 날강도야!"

바리나가는 가게 간판과 얘기하고 있었지만, 총대리신부는 양쪽 볼이 화끈거렸다. 그래서 이웃이 자기 존재를 눈치채기 전에 얼른 발코니에서 물러나, 아무 소리도 일절 내지 않고, 유리문을 살짝 닫았다. 자기 정체를 들키지 않고 듣고 볼 수 있을 정도로 작은 틈새만 남겨두었다. 페르민 신부는 좀더 확실하게 안전을 기하기 위해 램프의 불을 낮춰 자기 방에 갖다놓았다. 그러고는 그 취객의 말과 행동을 살피려고 다시 발코니로 갔다. 페르민 신부는 일년 내내 그를 무시했다. 그런데 그날밤은 왠지 모르게 그가 두렵고 불편했다. 다른 때도 밤늦게까지 일하다보면, 그 시각에 원망을 퍼부어대며 투덜거리는 소리를 여러번 들었었다. 하지만 그 패배자의 멍청한 소리를 듣기 위해 일어난 적은 한번도 없었다. 페르민 신부는 바리나가가 자신이 종사하던 쇠붙이 사업이 망한 걸 자기와 어머니 탓으로 돌린다는 걸 잘 알고 있었다. 하지만 술에 전 그 가난뱅이의 말을 누가 신경이라도 쓴단 말인가?

바리나가는 계속 얘기했다.

"네, 총대리신부님, 당신은 도둑이고 성직매매자요. 포하가 당신을 그렇게 부르듯이 말이야…… 자유주의자지…… 입증된 자유주의자……"

'적십자'가 아무 대답도 하지 않자, 바리나가는 닫혀 있는 가게 문 쪽으로 점점 가까이 다가가 턱수염까지 올라온 자기 그림자에게 말을 걸었다. 자기 그림자가 페르민 신부로 보였던 것이다.

"반계몽주의자 양반! 암매상! 당신이 내 가족을 망쳐놓았어…… 당신이 나를 이단으로 만들었어…… 프리메이슨으로. 맞아. 나는 프리메이슨이야. 복수할 거야. 신부놈들 뒤통수를 칠 거라고!"

골목길을 돌아오는 야간순찰원이 들을 정도로 바리나가가 크게 말했다. 절친한 뻬뻬의 등불에서 나오는 생생하면서도 뻔뻔할 정도로 환한 불빛이 취객의 눈에 비쳤다.

야간순찰원 뻬뻬는 바리나가를 알아보자 발걸음을 재촉하지 않고 다가왔다. 바리나가가 말을 계속했다.

"잘 지냈나, 친구. 자네는 정직한 사람일세…… 그래서 내가 자네를 높이 사지…… 여기 검은 옷 입은 놈, 제병祭餠 먹고 사는 놈, 양초 도둑, 저주받은 교회의 폭군, 이놈의 총대리신부, 강도 맞아. 항상 그렇게 말했어. 담배 한대 피우게나."

뻬뻬가 담배를 받고는 등불을 숨겼다. 들고 다니던 창을 벽에 기대놓고 진지한 목소리로 말했다.

"바리나가, 이제 잘 시간이오. 문 열어줄까요?"

"무슨 문?"

"당신 집 문……"

"나한테는 이제 집이 없어…… 거지일세…… 안 보이나? 내가 입고 있는 바지랑 프록코트가 안 보이나?…… 그리고 내 딸도…… 미꾸라지 같은 년이지…… 내 딸도 신부들이 훔쳐갔어…… 이놈은 아니지만…… 이놈은 내 고객을 훔쳐가…… 나를 망하게 했고…… 꾸스또디오는 내 딸의 사랑을 훔쳐갔지…… 나한테는 가족이 없네…… 나한테는 가정이 없어…… 나한테는 불 위에 올릴 냄비 하나 없네…… 그리고 사람들은 내가 술을 마신다고 하지!…… 그런데 내가 뭘 할 수 있겠나? 뻬뻬…… 나한테 자네마저 없다면 자네와 술이라도 없다면…… 이 늙은이는 어떻게 되었겠나?"

"자, 가십시다. 바리나가. 집에 갑시다……"

"난 집이 없다고 말하지 않았나…… 놔두게…… 오늘 나는 여기서 할 일이 있네…… 가게, 자네는 가…… 비밀인데…… 그들은…… 그들은 내가 모른다고 생각해…… 하지만 나는 알고 있어…… 그들을 감시했거든…… 그들의 얘기를 들었네…… 자네는 가게…… 나에게 묻지 말게…… 가라니까……"

"하지만 바리나가, 괜한 소동을 피워서는 안돼요. 이웃사람들이 벌써 당신에 대해 불평해요…… 그리고 나는…… 뭘 원하나요……"

"그래, 자네가…… 맞아. 나는 가난뱅이고…… 자네는 가. 나는 이 도둑놈 집안과 놔두게…… 아니면 내가 창으로 자네 머리를 박살낼 거야."

야간순찰원은 소리 높여 시간을 노래하며 가던 길을 계속 갔다.

바리나가가 가끔 뻬뻬에게 술을 샀다…… 그가 뭘 할 수 있겠는가? 게다가 그는 그렇게 소란을 피우지도 않았다.

바리나가는 혼자 거리에 남았고, 총대리신부는 위층의 살짝 열린 유리문 뒤에서 그를 놓치지 않고 지켜보았다. 페르민 신부는 이제 속으로 그를 희생자라고 불렀다……

바리나가는 다시 독백으로 돌아갔다. 가끔 속이 거북하거나 혀가 잘 돌아가지 않으면 말을 중단하기도 했다.

"치사한 놈들!" 애처롭고 나지막한 목소리로 말했다. "치사한 놈들!…… 하느님의 대리인이라니!… 대리인은 무슨 빌어먹을 대리인, 내가 대리인이다. 나, 산또스 바리나가란 말이야. 정직한 상인…… 나는 아무한테도 강요하지 않아…… 나는 아무한테서도 빵을 빼앗지 않았어…… 나는 교구의 모든 신부들에게 강요하지 않았어…… 그래, 맞아, 내 가게에서 성배랑 성체 접시, 성수병, 제의, 양초를 사라고 강요하지 않았어." 그가 손가락으로 하나씩 셌으며, 나중에는 손가락으로 세기도 어려워졌다. "게다가 제단과 같은 다른 물품들도…… 그랬어. 총대리신부, 귀머거리들은 우리말을 들어보시오! 당신은 교구 모든 성당에 제단을 바꾸라고 했소…… 그리고 나는 그 사실을 알고…… 그것들을 대량으로 구입했지…… 왜냐면 나는 당신이…… 점잖은 사람이라고…… 그리스도교인이라고…… 생각했거든. 훌륭한 그리스도교인은 무슨! 예수님은…… 위대한 자유주의자였지. 포하 말처럼…… 그래 맞아…… 공화파야…… 제단을 팔지 않고…… 장사꾼들을 성전에서 내몰았지…… 결국 나는 빚만 잔뜩 져서 구속되고, 도둑맞았지…… 당신은 당신 마음대로 매긴 가격으로 수백개의 제단을 팔았지…… 모두 다 알아! 모두 다 알고 있다고! 이 눈 가리고 아웅하는 양반아! 마법사 시몬,³……또르께마다,……깔로마르데!⁴ 당신들은 이 사이비신자가 보이오?…… 심지어 제병까지 판다니까……그리고 양초까지……초장사도 망했지……그리고 색지도……그가 직접 빨로마레스의 성전을 도배하도록 시켰다니까……거기 항구의 깡패 놈들도 그렇게 말했다니까…그가 도둑놈이라고……내가 벌써 말했잖아……도둑놈이라고. 펠리뻬 2세처럼 말이야……당신 내 말 들어봐! 이 교활한 인간아! 나는 오늘 밤 저녁거리도 없어……내 부엌에는 불씨도 없을 거야……차나 한잔 달라고 해야지……그러면 내 딸이 로사리오를 나한테 주겠지……당신네는 치사한 인간들이야!" 침묵이 감돌았다. "빛의 세기라니, 내 참!" 가로등을 가리키며 "웃긴다……빛이라……저들이 도둑놈들을 목매달지 않는데 내가 뭐하려고 가로등을 원하겠는가?……천둥번개에 맞아 죽으라지! 그리고 혁명?……석유!……석유나 갖고 오라고 해!"

취객이 잠시 잠잠해졌다. 그러더니 비틀거리며 '적십자'의 문 앞에 이르렀다. 그는 열쇳구멍에 귀를 대고 잠시 열심히 듣더니 연극에서 냉소적 웃음이라 불리는 그런 웃음을 터트렸다.

"하하하!" 그가 목에서부터 올라오는 코맹맹이 소리로 말했다. "저 안에서 이제 또 무슨 궁리들을 하고 있군. 잘 들리는데. 치사한

---

3 그노시스주의(Gnosticism)의 창시자. 그노시스주의는 그리스도교 이전의 여러 신비 전통들, 즉 그리스 철학, 유대 신비주의, 인도 사상, 이집트 및 바빌로니아, 이란, 지중해의 신비주의 전통, 점성학이 기독교 사상에 수용되면서 본격적으로 성립되었다. 그노시스주의는 교회의 근본교리를 부정하는 파격적인 이론 때문에 '이단'으로 낙인찍혔고, 정통파로부터 배척되어 3세기경 쇠퇴하였다.

4 프란시스꼬 따데오 깔로마르데(Francisco Tadeo Calomarde, 1773~1842). 페르난도 7세 때 장관으로 자유주의자들을 박해한 인물로 유명하다.

놈들, 숨지 마…… 내 돈을 나누는 소리가 잘 들린다니까. 도둑놈들. 그 금은 내 거야. 그 은은 양초 장수 것이고…… 도냐 빠울라, 내 돈 내놔!…… 페르민 신부 내 돈 내놓으라고! 당신네들이 신사야? 아니야?…… 그 돈은 내 거라니까! 내 말이 틀려? 내 돈 내놓으라니까!"

그러고는 다시 입을 다물고는 열쇳구멍에 귀를 갖다댔다.

총대리신부가 소리없이 발코니를 열고 난간 위로 몸을 숙여 바리나가를 살펴보았다.

뭐가 들리나? 그럴 수는 없을 텐데……

총대리신부는 다시 어둡고 조용한 집안 쪽으로 고개를 돌려 역시 신경을 곤두세우고 들었다…… 맞았다. 무슨 소린가 들렸다…… 동전들이 부딪히는 소리였다. 하지만 애매한 소리였고, 돈을 세고 있다는 걸 미리 알고 있어야 알 수 있는 소리였다…… 하지만 길에서는 아무 소리도 들리지 않았다…… 불가능했다…… 그러나 취객의 환청이 현실과 일치할 수 있다는 생각이 그를 더욱 불편하게 했다. 그는 미신과도 같은 두려움을 느끼며 겁을 먹었다.

"저 빌어먹을 놈들이 교구의 돈은 몽땅 갖고 있단 말이야!…… 거기 있는 것 모두 내 거랑 양초 장수 거야…… 날강도들!…… 총대리신부 양반, 우리 얘기 좀 합시다. 당신은 신앙이나 얌전히 설교하고…… 나는 돈을 벌고……"

바리나가가 몸을 일으키고는 다시 한번 손바닥으로 초록색 모자를 내리쳤다. 그는 한쪽 손을 뻗으면서 한발 뒤로 물러나 소리질렀다.

"일절 폭력 없이…… 법 앞에 문을 열어라! 정의의 이름으로 이 문을 부순다!"

"바리나가, 가서 주무세요!" 야간순찰원이 어느새 돌아와 말했다. "당신이 계속 소동을 피우도록 내버려둘 수는 없어요."

"자네가 저 문을 열게나. 삐삐, 자네가 부수라고. 자네가 법을 대표하지 않나…… 그렇다면…… 저 안에서 내 돈을 세고 있단 말일세."

"자, 바리나가, 헛소리는 그만하세요."

그러고는 야간순찰원이 그의 한쪽 팔을 붙잡고 억지로 끌고 갔다.

"내가 가난하니까 그러지…… 배은망덕한 놈!" 바리나가가 완전히 맥이 빠져 말했다.

그는 순순히 끌려갔다.

총대리신부는 발코니 창문 뒤의 어둠속에 숨어서 숨을 죽인 채 눈으로 두 사람을 따라갔다. 그는 다른 것은 다 잊고 술이 떡이 되어 자기에게 온갖 폭언을 쏟아대는 산또스 바리나가만 보였다.

페르민 신부는 잔뜩 겁에 질린 모습이었다. 딸꾹질 속에 내뱉는 그 취객의 말과 살아온 인생의 굴곡에 더 마음이 쓰였다. 꼬냑 한잔과 좀 과하게 먹은 점심식사가, 보르도산 와인 몇잔이 양심과 뇌에, 하여간 어딘가에 그런 불안감을 일으킨 것일까? 알 수 없었다. 하지만 자기에게 희생당한 사람의 존재가 그토록 비극적으로 소름 끼친 적은 단 한번도 없었다. 지금 소름이 온몸을 타고 흘러내렸다. 텅빈 가게와 죽은 사람들을 파묻은 웅덩이 같은 초콜릿 색깔의 바닥이 드러난 황량한 선반들이 보였다…… 그리고 불기 하나 없이 재만 남은 차가운 아궁이가 보였다…… 사경을 헤매는 병자나 노인들에게나 주는 그런 따뜻한 차 한잔이나 뜨끈한 국물을…… 혼자 헛소리하며 한숨을 내짓는 저 불쌍한 늙은이에게…… 누가 권하겠는가!

바리나가와 야간순찰원은 한참 후에 바리나가의 가게문 앞에 이르렀다. 그곳이 집으로 들어가는 입구이기도 했다. 총대리신부는 창으로 나무문을 두드리는 소리를 들었다. 문이 열리지 않았다. 조바심이 났다. 딸내미가 잠들었나? 그런 생각이 들었다.

야간순찰원과 바리나가가 나누는 말소리가 쇠 부딪히는 소리와 함께 들려왔다. 그들이 무슨 이상한 말을 하는 것 같았다.

뻬뻬가 다시 문을 두드렸고, 2분 정도 있다가 발코니가 열리더니, 위에서부터 까칠한 목소리가 들려왔다.

"여기 열쇠 던질게요!"

그러더니 발코니가 꽝하고 닫혔다. 총대리신부가 생각한 대로 바리나가가 가게 안으로 들어갔다. 그러고는 그는 야간순찰원이 비쳐주는 불빛을 받으며 서글픈 가게 안을 지나갔다. 그곳에서는 원형 천장 아래를 지나갈 때처럼 발소리가 사방으로 울려퍼졌다. 그는 힘들게 숨을 내쉬며 천천히 계단을 올라갔다. 야간순찰원은 집주인에게 열쇠를 건네준 후 밖으로 나와 세게 문을 닫고 거리 위쪽으로 올라갔다. 어둠과 침묵만이 남았다. 그제야 총대리신부는 발코니 문을 활짝 열고, 몸을 난간에 기울인 채 바리나가의 집 쪽을 바라보았다. 무슨 소리라도 듣기 위해.

처음에는 머릿속에서 들리는 것처럼 자기에게 들리는 소리가 두려웠다…… 하지만 유리창 뒤로 빛이 보이자 총대리신부는 저기 안에서 싸우고 있다고, 마룻바닥 위로 뭔가를 집어던지고 있다고 확신할 수 있었다……

바리나가의 딸인 셀레스띠나는 뱀과 같은 여자였다. 그녀는 돈 꾸스또디오에게 고해를 보았으며, 자기 아버지를 무서운 문둥병 환자처럼 대했다. 주임신부와 보좌신부 무리는 총대리신부를 물리치기 위해 불쌍한 바리나가의 상황을 이용해 뭔가 큰 이익을 챙기고 싶어했다. 그리고 그것을 위해 셀레스띠나를 지배해야 했다. 하지만 셀레스띠나는 자기 아버지를 마음대로 하지 못했다. 바리나가는 술을 마셨고, 이것 때문에라도 그의 가난을 총대리신부 탓으로 돌릴 수 없었다. 당연하지. 돈은 몽땅 술에 쓰니. 그는 항상 취해 있어 손님을 놀라게 하지. 어떻게 성직자들이 타락한 사람의 물건을 사주기를 바라나?…… 게다가 그는 이단인데? 페르민 신부의 편들은 그렇게 말했을 것이다. 또다른 슬픈 은총이었다. 바리나가는 딸의 온갖 구박과 천대를 받으면서도, 총대리신부의 반대편에 합류하지 않았다. 그는 자유사상가가 되어, 모든 종교와 성직자 계급 전체를 미워했다. "싫다. 싫어." 그가 반복해서 말했다. "모두 똑같아. 돈 뽐뻬요 기마란의 말씀처럼 악은 뿌리에 있어. 뿌리를 태워야 한다고! 성직자 계급을 무너뜨려야 해!" 그리고 더 많이 취하면 취할수록, 그는 더 뿌리부터 자르려고 했다. 셀레스띠나는 아버지를 회개시키려고 들들 볶았지만 아무 소용이 없었다. 기껏해야 불쌍한 리어왕처럼 절망에 빠뜨려 울거나, 아니면 불같이 화를 내며 머리 위로 뭐든 집어던지게 했을 뿐이다. 셀레스띠나는 순교자의 자리에 관심이 없었지만 바리나가는 순교자였다.

바리나가가 우려했듯이 셀레스띠나는 그에게 차도, 뗄라 차도, 아무것도 주지 않았다. 불이 없다느니, 시간이 늦었다니 하면서…… 비명소리와 울음, 허공으로 집기들이 날아다녔다. 밤의 침묵 덕분에 총대리신부는 멀리서도 싸우는 소리를 들을 수 있었다. 이 세상에는 잠이 존재하지 않는 듯 싸움이 길어졌다. 총대리신부는 두 눈이 감겼지만, 어떤 힘이 자기를 발코니에 붙잡아두는지 알지 못했다……

그는 그 순간 셀레스띠나가 너무 싫었다. 며칠 전 제단 뒤의 고해실에서 꾸스또디오 신부의 발밑에 있는 것을 본 적이 있는 젊은 여자였다. 그날 오후에는 그녀를 알아보지 못했다. 제의방의 벌레 같은 그런 모습이었다……

계속 시끄러운 소리가 들려왔다. 가끔 퍽하고 때리는 소리가 들렸다. 불 켜진 유리창 너머로 이따금 시커먼 물건이 지나갔다.

야간순찰원이 멀리서 12시를 알렸다.

잠시 후 멀리서 아련하게 들려오던 시끄러운 소리마저 멈췄다.

총대리신부는 기다렸다. 다시 소리가 나지 않았다. 이제 그친 모양이군.

유리창의 불빛이 갑자기 사라졌다.

총대리신부는 계속 침묵을 지켜보았다 아무것도 없었다. 말소리도 불빛도 없었다.

야간순찰원이 다시 12시를 알렸다…… 더 멀리서.

페르민 신부는 깊이 한숨을 내쉬며 중얼거렸다.

"이제야 딸내미를 재웠나보군!"

그러고는 밤의 침묵을 어지럽힐까봐 두려워하며 조용히 발코니 문을 닫는 소리가 들렸다.

페르민 신부는 조용히 자기 방으로 들어왔다.

사이에 있는 벽 너머로 떼레사가 누워 있는 돗자리의 옥수수 잎사귀가 사각거리는 소리가 들려왔다. 그러고 나서 한숨소리가 크게 들려왔다.

총대리신부는 양어깨를 으쓱하고는 침대 위에 앉았다.

12시였다. 야간순찰원이 알렸으니, 이제 내일이다! 그러니까, 벌써 오늘이다. 8시간만 있으면 판사 부인이 전날 잊고 있었던 잘못

들을 고해하며 그의 발밑에 있을 것이다.

"그녀가 지은 죄들!" 총대리신부는 램프의 불꽃을 응시하며 중간 톤으로 말했다. "내 죄를 그녀에게 고해한다면!…… 그녀는 정말 역겨워할 거야!"

그러고는 머릿속에서 망치로 두드리듯 바리나가의 외침소리가 들려왔다.

도둑놈!…… 날강도!…… 양초 도둑놈!

고전의 새로운 기준, 창비세계문학

오늘날 우리는 인간의 존엄과 개성이 매몰되어가는 시대를 살고 있다. 물질만능과 승자독식을 강요하는 자본주의가 전지구적으로 확산되면서 현대사회는 더 황폐해지고 삶의 질은 크게 훼손되었다. 경제성장만이 최고의 선으로 인정되고 상업주의에 물든 문화소비가 삶을 지배할수록 문학은 점점 더 변방으로 밀려나고 있다. 삶의 본질을 성찰하는 문학의 자리가 위축되는 세계에서는 가진 자와 못 가진 자 할 것 없이 모두가 불행할 수밖에 없다.

이 시대야말로 인간답게 산다는 것의 의미가 무엇인지 근본적인 화두를 다시 던지고 사유의 모험을 떠나야 할 때다. 우리는 그 여정에 반드시 필요한 벗과 스승이 다름 아닌 세계문학의 고전이라는 점을 강조한다. 고전에는 다양한 전통과 문화를 쌓아올린 공동체의 경험이 녹아들어 있고, 세계와 존재에 대한 탁월한 개인들의 치열한 탐색이 기록되어 있으며, 새로운 세상을 꿈꾸는 아름다운 도전과 눈물이 아로새겨 있기 때문이다. 이 무궁무진한 상상력의 보고이자 살아 있는 문화유산을 되새길 때만 개인의 일상에서 참다운 인간적 가치를 실현하고 근대적 삶의 의미와 한계를 성찰하는 지혜를 얻을 수 있을 것이다.

'창비세계문학'은 이러한 문제의식에서 출발한다. 세계문학의 참의미를 되새겨 '지금 여기'의 관점으로 우리의 정전을 재구성해야 할 필요성이 그 어느 때보다 절실하다. '정전'이란 본디 고정된 목록으로 존재하는 것이 아니라 그때그때 주어진 처소에서 새롭게 재구성됨으로써 생명을 이어가는 것이다. 우리는 먼저 전세계 문학들의 다양성과 차이를 존중하면서 국가와 민족, 언어의 경계를 넘어 보편적 가치에 기여할 수 있는 가능성에 주목하고자 한다. 근대를 깊이 성찰한 서양문학뿐 아니라 아시아와 라틴아메리카, 중동과 아프리카 등 비서구권 문학의 성취를 발굴하고 재평가하는 것 역시 세계문학의 지형도를 다시 그리려는 창비의 필수적인 작업이 될 것이다.

여러 전집들이 나와 있는 세계문학 시장에서 '창비세계문학'은 세계문학 독서의 새로운 기준이 되고자 한다. 참신하고 폭넓으면서도 엄정한 기획, 원작의 의도와 문체를 살려내는 적확하고 충실한 번역, 그리고 완성도 높은 책의 품질이 그 기초이다. 독서시장을 왜곡하는 값싼 유행과 상업주의에 맞서 문학정신을 굳건히 세우며, 안팎의 조언과 비판에 귀 기울이고 독자들과 꾸준히 소통하면서 진정 이 시대가 요구하는 세계문학이 무엇인지 되묻고 갱신해 나갈 것이다.

1966년 계간 『창작과비평』을 창간한 이래 한국문학을 풍성하게 하고 민족문학과 세계문학 담론을 주도해온 창비가 오직 좋은 책으로 독자와 함께해왔듯, '창비세계문학' 역시 그러한 항심을 지켜 나갈 것이다. '창비세계문학'이 다른 시공간에서 우리와 닮은 삶을 만나게 해주고, 가보지 못한 길을 걷게 하며, 그 길 끝에서 새로운 길을 열어주기를 소망한다. 또한 무한경쟁에 내몰린 젊은이와 청소년 들에게 삶의 소중함과 기쁨을 일깨워주기를 바란다. 목록을 쌓아갈수록 '창비세계문학'이 독자들의 사랑으로 무르익고 그 감동이 세대를 넘나들며 이어진다면 더없는 보람이겠다.

2012년 가을
창비세계문학 기획위원회
김현균 서은혜 석영중 이욱연 임홍배 정혜용 한기욱

창비세계문학 56

레헨따 1

초판 1쇄 발행/2017년 5월 22일

지은이/레오뽈도 알라스 '끌라린'
옮긴이/권미선
펴낸이/강일우
책임편집/허원·부수영
펴낸곳/(주)창비
등록/1986년 8월 5일 제85호
주소/10881 경기도 파주시 회동길 184
전화/031-955-3333
팩시밀리/영업 031-955-3399 편집 031-955-3400
홈페이지/www.changbi.com
전자우편/lit@changbi.com

한국어판 ⓒ (주)창비 2017
ISBN 978-89-364-6456-1 03870